Aemilia im Sternenthal

Tabea Welsh

© 2019 Tabea Welsh

Verlag und Druck: tredition GmbH, Halenreie 40-44, 22359 Hamburg

ISBN
Paperback: 978-3-7439-8691-6
Hardcover: 978-3-7439-8692-3
e-Book: 978-3-7439-8693-0

Diese Geschichte ist für all die Menschen, die mich zum Weiterschreiben ermutigt haben.

Danke, dass ihr an mich und meine Fantasiewelt glaubt und ihr dabei, so sensibel mit meinen Zeilen umgeht.

In liebe,

Tabea.

Es kommt ein Tag, da werden die Menschen aller Rassen, Farben und Bekenntnisse ihrer Unterschiede beiseitelegen.

Sie werden sich in Liebe versammeln und einander in Einheit die Hände reichen, um die Erde und all ihre Kinder zu heilen.

Sie werden über die Erde ziehen, wie ein wirbelnder Regenbogen und Frieden, Verständnis und Heilung überall hintragen.

Viele Geschöpfe, die als ausgerottet oder Legenden galten, werden zu dieser Zeit wieder auftauchen.

Die großen Bäume, die verschwunden waren, werden beinahe über Nacht wiederkehren.

Alles Lebendige wird gedeihen und seine Nahrung aus der Brust unserer Mutter, der Erde, beziehen.

Hopi Prophezeiung

Kapitel 1

Mit Glauben allein kann man sehr wenig tun, aber ohne ihn gar nichts.
Samuel Butler, 1835- 1902

Die Sonnenstrahlen kitzeln mich langsam munter und ich strecke mich ausgiebig in meinem Bett aus. Das erste was ich, wie jeden Morgen mit meinen hellblauen Augen erblicke, sind die Augen meines dreifarbigen Katers mit dem Namen Barna, der es faustdick hinter den Ohren hat.

„Morgen", flüstere ich und gebe ihm einen flüchtigen Kuss auf seine Stirn, ehe ich ihn vorsichtig von meiner Brust runterschiebe. Dann greife ich auf den Nachttisch nach meiner Brille, mit der ich niemals einen Schönheitswettbewerb gewinnen werde und setze sie mir auf die Nase. Fix schlüpfe ich in meine Pantoffeln und schaue auf den Holzfußboden, der mittlerweile einen Trampelpfad durch mein Zimmer zieht und sein Alter verrät.

„*Unser Haus lebt*", höre ich im Geist meine Oma sagen, die nie woanders gewohnt hat, als hier.

Mein eigenes Reich ist quadratisch und ist mit einer Fensterfront fünf Quadratmeter groß. Die Wände sind mit weißen Holzpaneelen getäfelt und mein Bett nimmt fast das komplette Zimmer ein. Obwohl, wenn ich es mir genau überlege, ist es schwierig mein Bett als solches zu entdecken. Denn es ist mit vielen Kissen und den drei Tagesdecken, die meine Vorliebe von Quilts erahnen lässt überdeckt. Ein kleiner Schreibtisch am Fenster, sowie ein Holzkleiderschrank neben der Tür macht das Zimmer, was überwiegend in Weiß und verschiedenen Blautönen gehalten ist, für mich perfekt.

„Mila, bist du munter?", ruft sie bereits, als hätte sie ein Radar in ihrem Kopf, der ihr sagt, was ich augenblicklich mache.

„Ja, Omi. Ich komme gleich runter."

Endlich habe ich die Abi Prüfung hinter mich gebracht und habe die ersehnten, vorgezogenen Ferien. Aber auf irgendeiner Weise habe ich ein mulmiges Gefühl. Immerhin verändert sich plötzlich alles Vertraute. Gute Freunde sind nicht mehr ständig da und meinen alltäglichen Abläufen werden neuen Folgen. Es ist, als nehme ich von allem liebgewonnen Abschied und starte einen Neubeginn in das Ungewisse.

Flink ziehe ich mir eine bequeme Jeanshose und ein langärmliges T-Shirt an. Doch bevor ich nach unten zum Frühstücken schlappe, laufe ich ins Bad. Eilig mache ich, eine Katzenwäsche wie meine Oma immer zu sagen pflegt.

Aber echt mal. Wenn ich mich jeden Abend Dusche, warum soll ich es acht Stunden später schon wieder machen? Immerhin gibt es noch genügend Menschen auf unserer Erde, die keinen Zugang zu sauberen Trinkwasser haben.

Rasch trage ich etwas Wimperntusche auf und binde mir einen Zopf, denn mein hellblondes Haar reicht mir bis zur Schulter. Als Hingucker habe ich es mir sogar an den Enden mit Pink färben lassen. Während ich nun meine Brille aufsetze, verfluche ich meine Lichtempfindlichkeit. Wieso muss mir die Sonne dermaßen zu schaffen machen? Denn wenn ich diese nicht trage, beginnen meine Augen wie verrückt zu tränen, sodass ich nichts mehr sehe. Also bleibt mir nix anderes übrig, als diese mit der enormen Brille, die mein halbes Gesicht bedeckt, zu schützen. Selbst meine helle Haut muss ich vor der Sonne abschirmen, auch wenn es mit langer Kleidung im Nu erledigt ist. Was mich aber am meisten stört, dass ich von fremden Leuten immer komisch angeguckt werde. Als käme ich von einem anderen Stern. Zwar habe ich eine fast normale Figur, bei einer Körpergröße von einen Meter und fünfundsechzig, aber ich könnte gut drei Kilo abnehmen. Nur was soll ich sagen, ich nasche eben gerne. Vor allem wenn ich voll im Stress bin. Dennoch finde ich auch etwas Schönes an mir. Zum Beispiel den Schmollmund in meinem herzförmigen Gesicht. Den setze ich gerne ein, wenn ich unbedingt etwas bekommen möchte. Aber mal ganz ehrlich, wer hat nicht das eine oder andere an sich, was seinem Gegenüber zum Schmelzen bringt?

„Komm, Barna, Frühstückszeit für uns!"

Lachend steige ich mit ihm die Treppe runter und laufe direkt auf die Holzkommode zu, die mein Vater aus Indien mitgebracht hat. Denn im Flur haben meine Eltern neben den Familienbildern einen großen Altar mit gesammelten Objekten eingerichtet. Darauf liegen die Skulpturen, Steine und andere Gegenstände, die er von seinen vielen Reisen mitbringt. Denn mein Vater ist ein begehrter Wissenschaftler und hat in Berlin einen Lehrstuhl für Archäologie. Und weil er nicht nur in Deutschland anerkannt ist, reist er oft als Gastdozent in der Welt herum. Dennoch macht er am liebsten die Ausgrabungen vor Ort selbst, weil er sich dort am wohlsten fühlt. Zumindest sagt er es, sobald er eine Anfrage bekommt und ihn seine Abenteuerlust packt, die ich nicht von ihm geerbt habe. Er ist ein Spezialist, was die Mythologie der verschiedenen Kulturen betrifft und meine Mutter fährt seit dem letzten Sommer mit, weil er sie mit seinem Forscherdrang angesteckt hat.

Durch meine Familie und den Unterricht in der Zauberschule weiß ich, dass unser Universum aus verschieden Parallelwelten und deren Wesen besteht, damit wir unsere Magie im Interesse der Menschen ausüben können. Aber seit der Hexenjagd, die ihren Höhepunkt im siebzehnten Jahrhundert hatte, dürfen wir nur noch in den Sicherheitszonen zaubern. Aus diesem Grund leben wir versteckt im Hintergrund des alltäglichen Treibens. Für uns Kinder der Neuzeit bedeutet das, dass wir neben dem normalen Schulunterricht in einem gesicherten Gebäude Zauberkunde bekommen, welches auf dem Grundstück von meiner besten Freundin Jola ist. Dort lerne ich das Hexeneinmaleins sowie die Kräuterkunde und das Zusammenbrauen von Kräuterelixieren und jede Menge an Geschichte, aus einer Zeit, die ich nie erlebt habe. Einer Zeit, in der die Magie zu unserem Leben gehörte und wir niemanden, damit in Angst und Schrecken versetzt haben.

Als ich über all das nachdenke, schaue ich direkt auf eine Holzfigur die meine Eltern von einer Reise aus Norwegen mitgebracht haben. Es ist ein Weltenbaum aus der keltischen Mythologie, in dessen Ästen und Wurzeln verschiedene Gesichter von Frauen, Kindern, Männern und Tieren zu sehen sind. Diese besagte Holzfigur ist handgefertigt und soll nach Meinung meines Vaters alle Völker auf Erden und der Himmelswelt miteinander verbinden. Selbst die Druiden glaubten damals an drei Reiche, die unser Universum verband. Das Land, die See und der Himmel. Der Weltenbaum verbindet das Land mit dem Himmel und durch den Regen, der auf die Erde fällt, wird das Wasser zur See und der Weltenbaum zum Vermittler der drei Reiche. Es heißt aber auch, dass die Baumkrone so hoch in den Himmel reicht, damit dieser nicht auf die Erde fallen kann. Genauso stark sitzen seine Wurzeln im Erdreich fest, damit die Balance zwischen den Welten gehalten werden kann. Er ist die Weltachse zwischen Himmel, Mittel und Unterwelt.

Genau das zeigt mir die handgeschnitzte Skulptur auf der Holzkommode. Das wir nämlich alle miteinander verbunden sind und das unsere Taten langreichende Folgen haben. Immerhin heißt es bei uns Hexen, dass alles was ich mache und denke, es dreimal zu mir zurückkehrt. Das bedeutet für mich: Egal was ich anstelle, ich soll bewusst meine Handlungen ausüben.

Wenn ich einen anderen Menschen zulächle und Grüße, dann kommt es zu mir zurück. Sollte ich jedoch mit dem falschen Bein aufgestanden sein und nur motzen, dann habe ich den ganzen Tag mit einem Umfeld zu tun, das lieber auch im Bett geblieben wäre. Und wenn ich es mir überlege, sollte jeder Tag mit einem Lächeln beginnen und zu etwas besonderen werden. Schließlich weiß ja niemand, was der nächste Tag bringt.

Auch das handgeschnitzte Original von diesem Weltenbaum, konnte nicht wissen, dass es irgendwann einmal von meinem Vater gefunden und ausgegraben wird und jetzt im Geschichtsmuseum in Norwegen steht. Jeder kann es jetzt bewundern, nachdem mein Vater mit seinem Team auf eine alte Siedlung aus der Ur- und Frühgeschichte stieß. Dort fanden sie viele Gegenstände von den einstigen Bewohnern, die ebenfalls ausgestellt sind.

Echt der Wahnsinn.

Ich kann mir gar nicht vorstellen, wie lange es unsere Spezies bereits gibt. Das ist für mich ein Begriff von Raum und Zeit, den ich nicht greifen kann. Und genau, diese Art von Arbeit macht mein Vater. Sachen ausgraben, bestimmen und für uns in Museen zugänglich machen.

Ich betrachte mir die Fotos mit meinen Eltern und meiner Oma an der Wand, sowie die vielen Postkarten, die sie uns regelmäßig schicken und entzünde mit einer Handbewegung eine Kerze, die nach einer roten Pfingstrose schnuppert. Flüchtig gebe ich meinen Eltern auf ihrem Hochzeitsbild einen dicken Kuss. Und was soll ich sagen? Natürlich zwinkern sie mir glücklich von ihrem Foto zurück. Das liebe ich an unserer Magie, dass selbst die Fotos leben.

Guten Morgen ihr beide, flüstere ich in Gedanken, als ich Barna um meine Beine schleichen, merke. „Na, da hat aber einer, einen großen Hunger. Dann lass und mal frühstücken gehen, bevor du noch verhungerst."

Augenblicklich läuft Barna zielstrebig in unsere Küche, während ich meine Eltern noch mal auf dem Foto anblicke. Immerhin sind beide für mich etwas Besonderes. Sie lieben sich nach über zwanzig Jahren immer noch und ich habe nie ein böses Wort von ihnen gehört. Von meiner Oma weiß ich, dass sie sich damals sofort in einander verliebt hatten, als sie sich auf einer Klassenfahrt in Österreich kennengelernt hatten. Doch seit drei Monaten sind sie bei einer Ausgrabung in Mexiko. Nur per skype, können wir uns sehen, was mich echt bedrückt. Zwar haben mir meine Eltern ein

Smartphone geschenkt, damit ich sie überall anfunken kann, allerdings ersetzt es mir ihre Nähe trotzdem nicht.

Du wirst sie bald wiedersehen, höre ich in Gedanken meine Oma sagen, weil wir beide telepathisch miteinander verbunden sind. Da kann ich mir nur wünschen, dass sie pünktlich zu meinem Abschlussball kommen werden und wir dann gemeinsam etwas Zeit verbringen.

„Guten Morgen, ihr zwei", begrüßt mich meine Oma in der Küche, als ich diese endlich betrete.

Die Küche ist nicht besonders groß, aber gemütlich in ihrem maritimen Flair. Sie ist mit Holzpaneelen halbhoch getäfelt und ein restaurierter Küchenschrank aus dem achtzehnten Jahrhundert, der in Weiß und Blau gehalten ist, steht darin. Der eiserner runder Tisch mit vier, dazugehörigen Stühlen und selbst genähten Stuhlkissen macht für uns die Küche perfekt, deren große Terrassentür uns Licht in diesem Raum spendet.

„Frühstücken wir hier oder draußen?", fragt sie mich, weil die Sonne bereits recht weit oben steht.

„Mir egal, Hauptsache ich bekomme meinen, großen Milchkaffee."

Wissend zwinkert sie mir zu. Sie weiß ja das ich ein kleiner Morgenmuffel bin und ohne einen Pott Milchkaffee absolut nicht überlebensfähig. Und wie jeden Morgen bestücken wir zusammen den Frühstückstisch und werden natürlich von Barna beäugt.

„Keine Angst, Süßer, ich habe für dich alles vorbereitet. Kalte Sachen aus dem Kühlschrank tun deinem Magen nicht gut", höre ich meine Omi von sich geben, als ich mich auf einen Stuhl setze und durch die geöffnete Terrassentür den Garten betrachte.

Ich rieche den Lavendel sowie die verschiedenen Kräuterinseln und beobachte die Hummeln, Bienen und Schmetterlinge, wie sie die Blüten umschwirren. Immer wenn ich das erblicke, bin ich beschwingt und glücklich zugleich. Ich könnte mich stundenlang dort hinsetzen und zuschauen, wie fleißig diese Tierchen sind, nur um uns durch ihre emsige Arbeit das Überleben zu sichern. Seit ich mich zurückerinnern kann, sind wir von Kindesbeinen angehalten worden, nicht alles was kreucht und fleucht gleich tot zuschlagen. Weil wir alle voneinander abhängig sind! Das schließt die Tierwelt ebenso mit ein, wie unsere Natur und unsere Erde.

Schließlich fällt mein Blick auf Barna, der genüsslich seine Pfoten abschleckt, weil er weiß, dass es gleich lecker Futter gibt.

„Sag mal, Omi, wieso bekommt Barna eigentlich nur ausgewählte Sache von uns? Das hat mich übrigens auch Jola gefragt." Derweil gieße ich uns beiden einen Kaffee mit ordentlich viel, warmer und aufgeschäumter Milch ein. Denn seit wir den elektrischen Milchaufschäumer haben, ist das Gerät mein Lieblingsgerät in unserer Küche geworden. Natürlich zusammen mit der Kaffeemaschine.

„Na, hör mal. Weißt du überhaupt, was im Fertigfutter alles so drin ist? Abgesehen davon, warum soll unser kleiner Gauner nicht wie wir, seinen Lachs bekommen?" Lächelnd sieht sie mich an und ich muss grinsen, sodass mir meine Brille rutscht, die ich dann geistesgegenwärtig hochschiebe.

„Omi, das war nur eine Frage und keine Diskussionsrunde. Wenn ich koche, erhält er ja auch immer gleich was davon", denn wenn ich ihm nichts abgebe, dann muss ich echt mit ihm um mein Essen Kämpfen. Entspannt belege ich mir mein Brot mit Käse, welches meine Oma selbst bäckt und lehne mich zurück. „Echt super, dass wir bereits vor den Ferien frei haben und dann haben wir noch tolles Wetter", träume ich vor mich hin.

„Was willst du heute machen? Hilfst du mir im Geschäft?", sieht sie mich fragend an.

„Ich wollte mit Jola durch die Altstadt bummeln, aber wenn du mich brauchst, sage ich ihr ab. Kein Problem."

Der Laden von meiner Oma mit dem Namen: *Antiker Kräuterhexenkessel*, befindet sich in unserem dreistöckigen Haus. Hier verkaufen wir neben Trödelkram verschiedene Kräuter, Tees und Öle für die Küche, sowie zur äußerlichen Anwendung. Es gibt bei uns erntefrisches Gemüse, welches wir im angrenzenden und innen liegenden Hof selbst ziehen. Wir verkaufen sogar einige Blumen, Heilsteine und Räucherutensilien. Mit diesen Dingen bin ich groß geworden und weiß, dass es funktioniert. Vor allem mit ein paar Zauberformeln, die das Ganze in ihrer Wirkung verstärken. Immerhin besitze ich, wie meine Vorfahren die Gabe der weißen Magie. Bloß wenden wir diese nie eigennützig an.

Was den Laden betrifft, so glauben die Kunden selbstverständlich nicht an Magie. Dennoch haben sie gelernt, dass die Natur viele einfache Dinge bereitstellt, um uns selbst zu heilen.

„Warum strahlst du so?"

„Ich? Na ja, über den Laden. Wenn die Kunden wüssten, dass wir echte Hexen sind, glaubst du, die würden weiterhin freiwillig zu uns kommen?", antworte ich ihr ehrlich und ihr fällt fast der Löffel mit dem Frühstücksei runter.

„Also, manchmal bist du unmöglich! Deshalb sagen wir es ihnen natürlich nicht und mischen alles in unserer kleinen Küchen an, wo der Kunde keinen Zutritt hat", begehrt sie mit erschrockenem Gesicht auf.

„Danke, Omi, das weiß ich. Immerhin hast du zu mir selbst gesagt, dass ich den Leuten erzählen soll, dass früher die weißen Frauen so genannt wurden, weil sie sich mit der Heilkunde aus der Natur auskannten und die Menschen vor ihnen Angst hatten. Aber eins musst du auch sagen, unser Name über unseren Laden lässt ja viele Neukunden darüber philosophieren!"

„Ich erinnere mich." Nachdenklich sieht sie mich kurz an.

„Was ist? Stimmt es etwa nicht?", hake ich nach und greife nach meinem Pott Milchkaffee.

„Doch, doch …, nur macht es mich unglücklich, wenn ich sehe, wie im Handumdrehen sich unsere Welt verändert und immer mehr Menschen ihre Fröhlichkeit verlieren."

Unsicher luge ich sie an.

„Wie meinst du das?"

„Na ja, seit die ständigen Wetterkapriolen mit ihren Überschwemmungen und Erdbeben nicht nur unsere Stadt heimsuchen, sind viele Menschen ängstlich und nicht mehr so ungezwungen."

Zu allem Überfluss kommt ihre Traurigkeit bei mir an.

„Och, Omi, wir beide können leider unsere Welt nicht ändern. Das hatten wir jetzt schon sooft", gebe ich vorsichtig zurück. Ich checke ja, was sie meint. Selbst mir fällt es auf, dass sich die Welt immer mehr verändert. Bloß was sollen wir zwei Frauen verändern können? Fast nichts. Zumindest können wir mit ein paar magischen Formeln die Menschen glücklicher machen. Aber auf mehr Diskussion habe ich jetzt echt keinen Bedarf, auch wenn meine Oma betrübt aussieht.

„Also, Omi, brauchst du nun heute meine Hilfe oder nicht?", probiere ich, das Thema zu wechseln.

„Nein. Aber sag, gehst du zu Jola?"

„Ja, warum?", und ich trinke den restlichen Schluck Milchkaffee aus.

„Kannst du ihrer Mutter was von mir mitnehmen?"

„Klar. Wir wollen mit unseren Rädern on Tour."

Da fällt mir sofort ein, dass ich an meinem Fahrrad noch die Luft aufpumpen muss. Bloß als ich draußen vor dem Laden stehe, denke ich, mich trifft der Schlag. So viel dazu, dass sich unsere Welt verändert. Irgendein Spaßvogel hat mir meine Lichtmaschine, den Dynamo sauber abgeklemmt und ich kann mit einem verkehrsuntüchtigen Fahrrad durch die Stadt radeln. Ich hoffe nur, dass mich kein Polizist anhält und ich Ärger bekomme.

Während ich mit dem Fahrrad losfahre, denke ich über meine Familie und die Magie nach. Wir wohnen in einem Haus, was seit Tausenden von Jahren unserer Familie gehört und in dem ich sogar geboren bin. Es ist wunderschön und steht direkt am Wasser, mit einem Zugang zum Meer.

Wie alle unsere Spezies dürfen wir nicht mehr außerhalb der gesicherten Zone zaubern. Das ist eine Anordnung von dem hohen Gemeinschaftsrat, der in Norwegen lebt. Wer sich aber nicht daran hält und mit seiner Magie auffällt, der wird zur Anhörung zu ihnen gebracht. Doch weil ich aber mit dem Gesetz aufgewachsen bin und es nicht anders kenne, stört es mich weniger. Immerhin hat man diese Rechtsverordnung damals erlassen, weil ein erbitterter Krieg zwischen der schwarzen und weißen Magie entstanden ist. Selbst unsere mächtigen Friedenswächter haben bereits manche Niederlage von den Dämonen der Gegenseite einstecken müssen.

Im Schulunterricht hat man es uns einmal, wie folgt erklärt: Wenn wir unsere Magie nicht öffentlich ausleben, können wir damit die Krieger schützen, weil wir Hexen und Zauberer keine Aufmerksamkeit auf uns lenken. Somit vermögen sie ihre Kraft zu bündeln, um uns von der Unterdrückung zu befreien.

Klingt eigentlich voll einleuchtend. Oder?

So lebe ich, wie all die andern auch. Nach außen normal und zuhause oder an der Zauberschule kann ich dann meine Gaben ausleben. Obwohl ich nicht viel kann, macht es mir trotzdem Spaß, die Buchseiten mit angehobenen Händen zu durchstöbern, wenn ich etwas suche. Es ist schnell und effizient. Vor allem prägen sich mir die gelesenen Seiten fix ein. Durch meine Hände kann ich auch jederzeit Gegenstände bewegen oder den CD-Player bedienen. Für mich ist es spaßig und Luxus zugleich. Und wenn mal was, außer Kontrolle gerät oder mein Trinken umgibt, kann ich kurz die Zeit anhalten. Das ist doch was? Am liebsten bin ich aber in der Hexenküche und bastle an Rezepturen, die ich anschließend in das imposante magische Tagebuch schreibe, welches seit Anbeginn in unserer Familienlinie existiert.

Dass es bei neuen Formeln und Rezepten nicht immer reibungslos klappt, versteht sich ja von selbst. Bisher hat es bei meinen Fehlversuchen zum Glück nur gequalmt oder es gab einen lauten Knall mit Stichflamme. Meistens hat es meinen Pony oder die Wimpern erwischt. Die waren dann mal eben weg geschmort, aber was soll's. Wenn ich mir Rezepturen ausdenke, muss ich damit rechnen, dass mein Gesicht verrußt oder meine Haare in Mitleidenschaft gezogen werden. Allerdings bekomme ich durch die Magie mein Aussehen in null Komma nichts in den Griff. Denn bei Übungsstunden ist alles erlaubt. Auch wenn man für sich selbst zaubert.

Cool was?

Kurz schüttle ich den Kopf mit den vielen Gedanken, die in mir rumspuken und ich spüre den Wind auf meiner Haut, während ich auf das Meer schaue.

Ich bin echt froh, dass ich mit meiner Familie in einer alten und bekannten Stadt direkt an der Ostsee lebe, die schon immer ein wichtiges und beliebtes Städtchen war und geblieben ist. Egal, ob damals für die Freibeuter, für die Schweden oder als Handelsort für Kriegs- und Flaggschiffe. Heute legen noch eine Menge Schiffe mit ihren Erzeugnissen bei uns an. Aber gerade im Sommer ist es zu einer Touristenstadt geworden, die viele Gäste anzieht.

Zu meiner Freundin ist es am Hafen entlang fast zwei Kilometer, die ich entweder im Winter dick eingemummelt mit Handschuhen und Mütze laufe oder an den eisfreien Tagen mit dem Fahrrad bewältige.

Jola lebt mit ihren Eltern ebenfalls am Wasser und in ihrem Elternhaus befinden sich zwei Arztpraxen. Ihre Mutter ist eine liebevolle Tierärztin und ihr Vater ist unser Allgemeinarzt, der mich oft verarzten muss. Aus irgendwelchen Gründen bekomme ich in unregelmäßigen Abständen Fieberschübe, die er leider nicht zuordnen kann. Allerdings meint Doktor Marius Bartel, solange es mich nicht stört, sollte ich auf Tests verzichten. Meinen Segen hat er, denn auf Nadeln und solch ein Zeug habe ich eh keinen Bock.

Jola hat noch einen Bruder und der ist drei Jahre älter als sie. Weil er später die Praxis von seinem Vater übernehmen möchte, studiert er Medizin und deshalb sehe ich ihn wenig. Selbst meine Freundin weiß längst, was sie nach ihrem Abi machen wird. Sie will Tiermedizin studieren.

Als ich mit meinen Überlegungen fertig bin, finde ich mich am Eingangstor der Familie Bartel wieder, die gleichzeitig unsere unterirdische Zauberschule ist. Ich steige vom Fahrrad ab und schiebe es auf den Hof.

Das gesamte Anwesen ist größer, aber in gleicher Weise im Viereck gebaut wie das meiner Oma. Es ist ein altes Backsteinhaus auf fünf Etagen und im Inneren der sich vier, verbundenen Gebäude ist ein traumhafter Innenhof mit vielen Blumen und einer ausladenden Eiche. Dort habe ich oft als Kind mit Jola gespielt. Später haben wir uns sogar eine Sitzecke zum Plaudern eingerichtet, weil uns ihre Eltern immer störten und damit wir heimlich üben konnten, was die Zauberkunst so alles mit sich bringt. Denn auch meine beste Freundin kann zaubern. Nur dürfen wir es ohne elterlichen Beistand nicht. Aber die langen Äste mit dem Blätterwerk und den tief hängenden Zweigen sind einfach das perfekte Versteck. Wir können uns darunter verbergen, ohne dass uns jemand sieht. Optimal für uns zwei, wenn wir auf dem Grundstück bleiben sollen, aber nicht permanent beobachtet werden wollen.

Mit zügigen Schritten laufe ich die fünf Stufen hoch und öffne schwungvoll die Praxistür. Sobald ich den Empfangsraum betrete, stehe ich an der Rezeption für beide Praxen. Rechts ist die Praxis von ihrer Mutter und durch die linke Tür geht es zu ihrem Vater.

„Hallo, Sanita", rufe ich der Sprechstundenhilfe zu.

„Hallo, Mila", begrüßt sie mich, die ebenfalls wie ich eine Brille trägt und mit ihrem hochschwangeren Bauch und den Sommersprossengesicht hübsch aussieht. „Hast du einen Termin?" Betriebsam sieht sie auf das Buch, indem sie alles akribisch plant und rein schreibt.

„Ich besuche Jola." Da ich zu keinen der beiden Ärzte möchte, laufe ich um die Theke zu der geschwungenen Treppe.

„Mila? Warte, ich komme runter", ruft Jola bereits vom oberen Treppenabsatz herunter.

„Hast du Wache gestanden?", empfange ich sie, als ich ihr freudestrahlendes Gesicht über mir erblicke.

Flink kommt Jola mir mit ihrer großen und sportlichen Figur, die sie von ihren Eltern geerbt haben muss, entgegen. Ihre knallroten Haare in ihrem ovalen Gesicht reichen bis zu ihren Ohren, die sie gerade geschnitten trägt. Zudem hängen an ihren Ohrläppchen immer lange Ohrringe, die ihr fast bis zum Schlüsselbein reichen. Als sie zu mir runter eilt, winkt sie mir in ihrer lockeren Art zu und ich erhasche flüchtig einen Blick auf das Tattoo auf ihrer linken Hand. Da muss ich daran denken, was es für einen Krach damals gab, als sie sich dieses Motiv stechen ließ. Denn als wir letztes Jahr in Rostock waren, hatte sie die spontane Idee sich ihr erstes Tattoo stechen zu lassen. Trotz meiner Einwände zog sie ihr Vorhaben durch und ließ sich in meinem Beisein an ihrem linken Handrücken vier Tropfen stechen, die sich in der Mitte zu einem Stern formieren. Ihre Eltern waren da das erste Mal in ihrem Leben stock sauer auf sie, weil sie vorher nicht mit ihnen darüber gesprochen hatte. Doch zum Glück hielt der Ärger nicht lange an.

Heute trägt sie kurze, flippige Klamotten, die wieder einmal ihren Charakter unterstreichen. Denn sie hat unter ihrem gemusterten T-Shirt, welches einen V-Ausschnitt hat, ein türkisfarbenes Neckholder-Oberteil darunter und eine kurze Jeans an, die ihre langen Beine zeigen.

„Jeep. Aber wir sollten gleich los, bevor meiner Mutter wieder irgendetwas einfällt und uns ausbremst. Bei ihr weiß man ja bekanntlich nie", feixt sie mich in unserer Umarmung an.

„Oh, das hätte ich glatt vergessen! Meine Omi hat mir die Bestellung für deine Mutter mitgegeben." Augenblicklich müssen wir beide Kichern und ich höre ihre vielen kunterbunten Armbänder klirren.

„Ich habe soeben von mir reden hören", vernehme ich hinter mir eine Stimme.

Ich drehe mich um und schaue zu einer hochgewachsenen Frau mit grünen Augen und sommersprossigen Gesicht auf, die mich herzlich anlacht. Mutter und Tochter sind gut einen Kopf größer als ich und Jola ihre Mutter hat rotes, gelocktes Haar, welches sie halblang trägt. Durch ihre kräftigen Naturlocken sieht es immer toll aus. Wenn ich an meine leicht, gewellten Haare denke, die so widerspenstig sind, möchte ich manchmal gerne tauschen. Na ja, man kann eben nicht alles haben.

„Hi, Matilda", begrüße ich sie mit einer Umarmung.

„Hallo, Mila, sag mal, kommt ihr nun am Samstag zu uns?", fragt sie mich.

Wohingegen ich ehrlich gesagt, keine Ahnung habe was sie damit meint.

„Samstag?", gebe ich nachdenklich von mir.

„Sag bloß, du weißt nicht, dass wir bei uns am Wochenende grillen wollen?"

„Nee, das wusste ich echt nicht."

Sogleich verzieht Jola ihre Mutter ihr Gesicht zu einem Grinsen.

„He, Jola, du redest doch sonst immer wie ein Wasserfall", gluckst sie daraufhin ihre Tochter an, die nur mit ihren Augen rollt.

Jola ihr Gesicht ist fast das Ebenbild von ihrer Mutter, nur ohne Sommersprossen und Lachfalten um die Augen. Doch bevor Jola noch irgendetwas erwidert, gebe ich Mathilda die Sachen von meiner Oma und dann machen wir beide uns flink aus dem Staub.

„Wollen wir eine Hafenrundfahrt machen?"

„Mm, ehrlich gesagt sagt mein Verstand nein, weil die Sonne gerade am höchsten steht und auf dem Wasser mit seiner Spiegelwirkung lässt sie mich nur verbrennen." Leider ist es bei mir so. Etwas zu viel Sonnenglut und auf meiner Haut erscheinen nässende Blasen, inklusive der plötzlichen Fieberschübe.

„Sorry, stimmt ja. Das ist aber echt blöd! Weder in die See können wir springen, noch uns die Sonne auf die Köpfe scheinen lassen, weil der Schatten für dich reserviert ist", gibt sie enttäuscht zurück.

„Tut mir leid. Aber was hältst du davon, wenn wir durch die kühlen Gassen zur Eis Marie radeln? Ich lade dich sogar ein."

Somit ist alles besiegelt und wir fahren zum Eiskaffee, wo wir uns einen großen Erdbeerbecher mit Sahne bestellen.

Die erste Ferienwoche vergeht für mich, wie im Flug. Ich helfe bei meiner Oma in ihrem Geschäft mit und gemeinsam haben wir in den letzten Tagen für einige Kunden Liebestränke, Beruhigungstränke, Abnehmtränke und noch vieles mehr zusammengebraut. Nur denken unsere Kunden natürlich, dass es unseren guten Kräuterkenntnissen zu verdanken ist, dass diese Tinkturen funktionieren.

Jetzt sitze ich im Keller, der gleichzeitig unsere Hexenküche ist, und betrachte meine Oma beim Putzen. Denn seit einigen Tagen restaurieren wir eine Kommode, die sie unbedingt noch in ihren Laden stellen will.

„Ich habe gesehen, wie du die Tage an einem Rezept gebastelt hast. Was ist es denn diesmal?", möchte sie interessiert von mir wissen. Immerhin habe ich das Herumexperimentieren, wie sie immer sagt, von ihr geerbt.

„Jetzt wirst du bestimmt lachen. Aber ich habe ein Mädchen in der Klasse, die es einfach nicht schafft, dass ihr Schwarm sie wahrnimmt. Na ja, und da habe ich ihr gesagt, dass ich mir mal aus der Bibliothek ein Buch ausgeliehen hatte, in dem es um Kräuterwissen ging. Schließlich glaube ich ja an die Magie der Kräuter."

„Du weißt aber schon, dass du niemanden sagen darfst, wer du bist?",
ermahnt sie mich streng.

„Ja, Omi! Deshalb habe ich ja die Bibliothek erwähnt. Vertrau mir", denn
ich bin ja nicht blöd und lasse mich von der Außenwelt an den Pranger
stellen.

„Nun gut. Aber sag, hast du etwas herausgefunden?" Da kommt sie zu
mir, als ich aufstehe und zu unserem magischen Tagebuch tappe.

Kurz halte ich meine Hände darüber und genieße das Gefühl, das mein
Buch lebt. Klingt für andere komisch, ist es aber echt nicht! Das Papier, der
Duft und das Geräusch, wenn man mit Tinte darin schreibt. Das Rascheln
bis man die richtige Seite gefunden hat. Von dem Einband der tausend Jahre
alt ist, will ich erst gar nicht reden. Aber es ist wie ein Teil von mir und ich
finde, den gesuchten Text in null Komma nichts.

„Hör zu!", beginne ich stolz. „Man nimmt das Foto von seinem Schwarm
und bindet es mit folgenden Blumen zusammen: einen Stängel Kalmus,
Johanniskraut, Immergrün, Enzian, Lavendel, Liebstöckel, Melisse,
Mondraute, Myrte, Ringelblume, Rose und Edelraute. Das Gebundene
blumengesteckt wird in eine feuerfeste Schale gelegt und entzündet.
Gedanklich wünscht man sich, dass die Person auf einen zukommt, damit
man die Chance hat, sich kennenzulernen." Erwartungsvoll betrachte ich ihr
Gesicht.

„Und?", hakt sie ungeduldig nach.

„Jeep, es hat geklappt. Ich habe es ihr aufgeschrieben und die Blumen
von uns mitgebracht. Sina sagt, also das Mädel meine ich, sie haben sich auf
ein Kaffee getroffen und wollen jetzt am Wochenende mal zusammen ins
Kino gehen. Toll was?", plappere ich aufgeregt.

„Finde ich gut." Sie streichelt mir kurz meine Hand, bis sie sich wieder
zur alten Kommode bewegt, die sie ja mit mir gerade restauriert.

Meine Oma und ihre antiken Sachen.

„Schau mal, Mila! Die hat so viele Schubfächer, da bekommen wir noch
einiges an Dingen unter", höre ich sie sagen, dass ich mir mein Lachen nicht
verkneifen kann.

„Omi, alles was wir irgendwo reinstopfen und nicht mehr sehen, werden
wir auch nie wieder anfassen, geschweige es jemals suchen." Bloß während
ich immer noch lache, sieht sie mich kämpferisch an.

„Oh, Mila, sei nicht so garstig mit mir", beschwert sie sich auch gleich.
Schnell laufe ich zu ihr und umarme sie ganz fest.

„Ach, Omi, ich weiß nur das du ein ausgeprägtes Sammlerherz hast. Aber wir können die Dinge, die wir nicht brauchen doch verkaufen." Wenn wir alles behalten würden, müssten wir auf langer Sicht eine Garage für ihre Sammelleidenschaft bauen.

Meine Oma ist ohne Witz eine liebenswerte Persönlichkeit. Leicht ergrautes Haar in einem runden und freundlichen Gesicht, welches viele feine Falten hat, das man sie einfach lieb haben muss. Außerdem ist sie immer für mich da, egal, wie behütet ich bei ihr erwachsen werde. Selbst ich habe manchmal Tage, wo mich alles stört und ich bockig bin. Trotzdem ist sie mir niemals lange böse, sondern redet mit mir, damit sie begreifen kann, warum ich mich in diesem Augenblick daneben benehme. Das gibt selbst mir die Zeit zum Grübeln, ob ich ungerecht zu ihr gewesen bin. Bloß strengt mich das mehr an, als wenn wir uns nur streiten, weil ich dann nicht impulsiv reagieren kann, sondern mit Bedacht ihr entgegentrete.

„Ich weiß nicht. Immerhin habe ich vieles davon geschenkt bekommen", begehrt sie auf und holt mich aus meiner Gedankenwelt zurück.

„Stimmt. Auch weiß ich, dass man Geschenktes nicht weiterverschenken soll, weil es Unglück bringt. Deshalb nehmen wir ein Obolus von einem Cent pro Teil und weg damit." Überzeugend sehe ich sie an, auch weil ich mit meiner Idee mehr als zufrieden bin.

„Und was machen wir mit dem bildschönen Schrank?" Wehmütig sieht sie den antiken Apothekerschrank aus dem achtzehnten Jahrhundert an.

„Den nehmen wir für unser Sammelsurium mit dem einen Cent Artikeln. Abgemacht?" Tatenkräftig schaue ich sie an, selbst wenn ich noch nicht sagen kann, wo wir dieses gewaltige Möbelstück im Laden unterbekommen sollen.

„Hast ja recht, Kind. Aber den Schrank gebe ich nicht wieder her. Der bleibt hier!"

So säubern wir beide das neu erstandene Möbelstück. Selbst ich kann solch ein altes Stück mit all seinen Geschichten nicht verkaufen. Denn er sieht mit dem Holz und Verschnörkelungen wundervoll aus.

„Das waren damals noch Möbel. Handwerklich so hergestellt, dass diese Tausende Jahre halten und in der Familie weitervererbt wurden", brummelt meine Oma vor sich hin.

Da muss ich natürlich erneut lächeln, als ich eine kleine Schublade nach der anderen reinige. Immer wieder ziehe ich behutsam die Schubfächer auf, um diese von ihren Staub zu befreien, als ich mit den Fingern an etwas

Kantiges stoße. Aber das Fach ist auffällig klein, dass ich nicht herankomme. Kurz probiere ich es, mit meiner Magie Gegenstände zu bewegen, bloß eigenartigerweise, funktioniert es nicht.

Echt merkwürdig!

Angestrengt überlege ich, wie ich das eingeklemmte Etwas herausbekomme und mir kommt eine Idee. Zügig sprinte ich an den Schreibtisch in meinem Zimmer und hole das Lineal. Denn damit sollte es klappen!

Tatsächlich, nach einer gefühlten Ewigkeit bekomme ich ein kleines Holzkästchen aus der Schublade. Diese ist völlig mit Staub überzogen, um überhaupt zu erkennen, um was es sich handelt. Deshalb befreie ich es mit dem Ärmel von meinem Pulli von seinem Schmutz. Es ist eine Schatulle, die aus einem dunklen und sehr alten Holz mit goldenen Zeichen geschnitzt ist.

„Die Zeichen, die du siehst, sind Sigillen. Es sind grafische Symbole die aus ligierten Buchstaben bestehen", flüstert mir ehrfürchtig meine Oma über meine Schultern, weil ich immer noch vor dem Schrank hocke.

Komisch, ich habe sie gar nicht kommen hören.

„Ich hätte nie gedacht, dass ich die alten Schriftzeichen mal in meinen Händen halte. Diese hier sehen nämlich ganz anders aus, als unsere Runen mit Buchstaben und Symbolen, die wir benutzen."

„Die Schriftzeichen sind ligiert, wie eine Art Siegel und wurden in der alten Antike benutzt. Aber ich kann sie nicht entschlüsseln", kommt es leicht atemlos von ihr. Jedoch mag ich nicht nachdenken, warum sie so geheimnisvoll tut.

„Mein Vater sagt, dass es nur ein paar von diesen beschrifteten Steinen in einem Museum in Neuseeland geben soll. Es sind Symbole, die auf ein Amulett oder Talisman aufgebracht wurden, die wiederum einem Gott oder Göttin geweiht sind."

Mit Vorsicht öffne ich die unscheinbare Kiste, die eine bezaubernde alte Kette zum Vorschein bringt. Sie besteht aus zierlichen Gliedern und ein unförmiger Stein schimmert in verschiedenen Farben. Ich sehe rot, schwarz, grau, blau und viele andere Nuancen die miteinander verschmelzen. Leicht streiche ich darüber und es fühlt sich gut an. Selbst ein kurzes Aufleuchten kann ich erhaschen und ich bin verunsichert, als ich in das überraschte Gesicht meiner Oma blicke. Ob sie es ebenfalls gesehen hat? Ich nehme die kupferfarbene Kette mit dem unebenmäßigen viereckigen Stein in die Hand.

„Es ist ein Azurit-Malachit", erklärt sie mir mit angespannter Stimme, als ich den Stein fast hypnotisch begutachte.

Bloß ist es nicht nur ein einfacher Edelstein, sondern auf ihm ist eine Gravur die ich mir, genauer ansehe. Die Verzierung ist ein keltischer Knoten, wie ich es von unseren Symbolen, mit denen ich arbeite, kenne. Es verwebt sich ganz fein ineinander, sodass ich sogar ein sich bewegendes Reptil erkennen kann. Es ist eine zierliche Schlange, die in diesem runden Kreis eingebettet ist, als gehöre sie dorthin. Aber je intensiver ich ihr mit meinen Augen folge, umso mehr löst sie sich auf. Und in der Mitte des Knotens erkenne ich einen Baum mit einer hohen Baumkrone und seine tiefen Wurzeln, reichen bis ins Erdreich hinein.

„Das muss ja ein herausragender Künstler gemacht haben", kann ich da nur vorbringen.

„Du weißt, was der Knoten bedeutet?", fragt mich meine Oma und ich kann nur nicken.

Wir glauben nämlich, dass der Knoten die Bindung der Seele an die Erde darstellt. Solange aber der Mensch nicht bewusst und nachhaltig gelebt hat, wird er immerfort auf die Erde zurückgeschickt. Doch wenn seine Seele eines Tages erkannt hat, was der Sinn auf Erden ist, dann darf sie in die Ahnenwelt hoch über uns einkehren und für immer dort verweilen.

Nochmals streiche ich vorsichtig über den Stein und ein flüchtiges Aufleuchten ist zu sehen. Nur ist es leider so fix weg, dass ich jetzt denke, dass ich es mir nur eingebildet habe. Immerhin gibt es bei uns im Laden oft Lichtblitze, wenn ein Autofahrer vorbei fährt und sich seine Außenspiegel mit dem Licht brechen.

Glücklich wie ein Kind, was vom Weihnachtsmann sein Geschenk bekommen hat, strahle ich sie an.

„Ist die Kette nicht schön?", und ich schiebe meiner Oma das Fundstück in ihre Hand.

Behutsam streicht sie mit ihrer Hand darüber und lächelt mich milde an.

„Mm, das Amulett ist unglaublich schön", erwidert sie nachdenklich und sieht sich die Kette genauer an, indem sie diese Hin und Her dreht.

Fast habe ich das Gefühl, das sie Angst vor meinem Fundstück hat. Aber ich denke mir, wenn sie etwas auf ihrem Herzen hat, wird sie es mir sagen.

„Meinst du wir dürfen die Kette behalten?", frage ich sie hoffnungsvoll.

„Ich denke nicht, denn der Eigentümer vermisst sein Stück bestimmt längst!", kommt es bestimmend von ihr und ich schaue sie enttäuscht an.

„Kannst du dich noch erinnern, von wem du letzten Samstag auf dem Trödelmarkt den Schrank erstanden hast?", hake ich vorsichtig nach. Vermutlich lässt sich ja der Eigentümer nicht ermitteln und ich kann diese dann behalten.

„Na ja, lass mich mal überlegen. Ich habe ihn bei einem alten Mann erstanden und Marius hat mir mit dem Herbringen geholfen." Damit meint sie Jola ihren Vater, der zu unserem Freundeskreis gehört. „Ich werde beim nächsten Trödelmarkt den Mann suchen und ihm sein teures Erbstück zurückgeben. Solange passen wir auf diese wundervolle Kette auf."

„Meinst du, ich darf die Kette Jola zeigen?", probiere ich mein Glück, meiner besten Freundin, so etwas Einmaliges zu präsentieren. Vor allem weil sie eine Schmuckkennerin ist. Ich dagegen habe keinen Bezug zu Schmuck. Mir muss er gefallen und kann demnach, sogar aus einem Kaugummiautomaten kommen und so gut wie nix gekostet haben. Darüber zieht sie mich stets auf, weil sie einen riesigen Berg von Schmuckstücken ihr Eigen nennt. Wenn wir dann mal weggehen, bestückt sie mich mit ihren Klunkern, wie ich es immer nenne. Denn sie meint, dass man den Schmuck austragen muss, damit dieser nicht seinen Glanz verliert. Na ja, sie muss es ja wissen und ich muss darüber kichern.

„Aber pass gut darauf auf!", mahnt sie mich an.

Ich nehme das Schmuckkästchen in meine Jacke und verschließe die Tasche mit dem Reißverschluss. Somit sollte die Kette sicher sein.

„Also, kann ich fix rüber radeln?"

Zerknirscht sieht sie mich an.

Da steht, meine Oma, die Mitte sechzig ist und mich mütterlich und stolz zugleich ansieht, dass ich gar nicht anders kann. Eilig springe ich auf und schließe sie fest in meine Arme.

„Danke, Omi, ich habe dich ganz doll lieb", und ich schaue in ihre Augen, die von vielen Lachfalten umrundet sind. „Ich bringe die Kette unversehrt zurück."

„Nun gut, aber in einer Stunde brauche ich deine Hilfe und dann geht die Kette in den Safe!" Verstehend nicke ich ihr zu, weil wir später noch im Garten die Pflanzen ausreichend gießen müssen.

„Ich bin um sechs zurück, versprochen. Danke, Omi." Schon verschwinde ich samt Fahrrad, welches mir Marius repariert hatte, an dem Tag, als wir von unserem Ausflug vom Eiskaffee zurückkamen.

„He, Jola, ich muss dir unbedingt was zeigen", rufe ich von Weitem, als ich in ihr Reich stürme, welches offen steht. Sie hält nichts von verschlossen Türen, genauso wenig wie ich. Ich schließe meine auch nur, wenn ich Ruhe brauche, sonst ist sie immer auf.

Jola ihr Zimmer sieht komplett anders aus, als meines. Ihre Wände sind in Erdfarben gestrichen und zwei moderne Schränke stehen mit einem Schreibtisch im Raum. Das Hochbett ist für sie optimal, weil sie sich unwohl fühlt, wenn sie direkt auf den Boden schlafen muss.

„Könnte ja in der Nacht ein Löwe angreifen", neckte ich sie mal als Kind.

„Deshalb schlafen kluge Tiere auf Bäumen und nicht unten, wo man sie überfallen kann", entgegnete sie mir.

Doch damals hatte sie mir als Kind mit ihrer Antwort solche Angst gemacht, dass wir nach einer tollen Pyjamaparty die Nacht bei ihr im Bett verbracht hatten. Oben, wo wir jeden Angreifer sofort bemerken. Wenn ich heute darüber nachdenke, kann ich mich immer noch kaputtlachen. So laufe ich direkt zu ihrer übergroßen Couch und lasse mich darauf plumpsen.

„Was guckst du denn?", frage ich sie, weil sie vor dem Fernseher sitzt.

„Die Wiederholung von Super Star." Daraufhin muss ich glucksen, sodass sie mir ihren Ellenbogen in meine Seite schlägt.

„He, das tut vielleicht weh!", beschwere ich mich, auch wenn es etwas gespielt ist.

„Und du machst dich stets lustig, nur weil ich mir das gerne reinziehe."

Belustigt gucke ich sie an.

„Ehrlich, Mila. Ich brauch das für mich, um runterzukommen. Sowie du, wenn du mit deinem Barna schmust oder ihn mit deinen Tränen das Fell verklebst." Prüfend sehen wir uns in die Augen, bis wir losprusten. „Okay, dann zeig mir mal, was nicht bis morgen warten kann!"

„Ich zeige es dir in der Werbepause." Obwohl ich längst weiß, dass sie es nicht mehr abwarten will. Sie liebt nämlich Überraschungen über alles und damit kann ich sie immer ködern. Deshalb ziehe ich die Kette langsam aus ihrer Schatulle und zeige ihr den Stein. Kritisch berührt sie ihn und ich erzähle ihr, wie ich das edle Stück gefunden habe.

„Der Stein ist ein Azurit-Malachit und soll ein direkter Schutzstein der Mutter Erde sein. Er beschützt die Natur, Tiere und uns Menschen vor allem Bösen. Seinem Träger soll er sogar magische Momente bescheren und ihm das Böse vom Hals halten", sage ich mit großen Augen, bis ich weiter plappere. „So viel dazu, dass dieser Stein mir magische Momente geben soll", gluckse ich kurz. „Aber wie soll das gehen? Muss ich den Stein berühren oder rubbeln, wie bei Aladin seiner Wunderlampe, damit er leuchtet? Na ja, mal gucken", und wir beide mustern uns verschwörerisch.

„So etwas Ästhetisches habe ich noch nie gesehen."

„Möglicherweise habe ich ja für dich auch einen besonderen Stein in meiner Hand", unterbricht uns eine Männerstimme.

Zusammen mit Jola drehe ich mich um und wir bemerken ihren Vater, der ebenfalls wie die ganze Familie groß und schlank ist. Nur seine Haare sind dunkelbraun und seine Haut ist leicht gebräunt.

„Hallo, Mila, geht es dir gut?" Lächelnd nicke ich ihm zu, während er mich mit seinen grau, grünen Augen mustert. „Schön. Darf ich mir deine Kette mal ansehen?"

„Aber klar", und ich reiche ihm das Schmuckkästchen.

„Ich erkenne, dass es ein überaus alter Stein ist", versichert er mir gedankenverloren, als er ihn in seinen Händen dreht. „Eigentlich gibt es diesen Stein nur noch sieben Mal auf der Welt. Die Urzauberer aus Norwegen tragen ihn unter ihrer Kleidung, als Zeichen ihrer Weisheit und zugleich ist es ihr Schutzstein gegen die bösen Mächte.

Damals bevor die Fehde zwischen der schwarzen und weißen Magie ausbrach, da gab es noch einige mehr davon und die hatte man dann auf dem Schwarzmarkt zu hohen Preisen verkauft. Jetzt kann man sie nirgends mehr bekommen. Dein Stein ist nämlich aus der Materie, aus der unsere Welt besteht und äußerst wertvoll." Aufmerksam sieht er mir tief in meine Augen, dass es mir unheimlich heiß wird.

„Vielleicht sollte ich ihn dann besser nach Hause bringen?", schaue ich ihn fragend mit gerunzelter Stirn an, sodass mir meine Brille die Nase runter rutscht. Wie immer schiebe ich diese automatisch zurück.

„Ich würde die Kette an deiner Stelle permanent tragen. Denn man sagt dem Stein nach, dass er sich positiv auf deine Gedanken auswirkt. Deshalb wird er vom Hexenrat getragen", erklärt er mir und ich runzle erneut die Stirn, meine Brille diesmal gleich gut festhaltend.

„Also, Mila, den hättest du viel eher gebrauchen können. Ich sage nur … Abi Prüfungen." Verschmitzt sehen wir uns beide an. „Und, Dad, wo ist dann mein Stein, damit ich inspiriert werde?", fragt sie ihren Vater spöttelnd.

Sogleich holt er ein kleines Kästchen heraus und drückt es ihr in die Hand.

„Hier, den habe ich heute Morgen aus unserem Safe geholt! Ich finde, er passt zu dir."

Vorsichtig nimmt Jola aus dem dunkelgrünen Samtkätschen, ebenfalls eine kupferfarbene Kette heraus. Ihr Edelstein ist ein heller, cremefarbener Stein, der bei genauer Betrachtung bräunliche Einschlüsse hat. Stürmisch umarmt sie ihren Vater und nimmt sie an sich.

„Hat die Kette ebenfalls eine Entstehungsgeschichte?"

„Ja. Es wird behauptet, dass dieser Stein vor ziemlich langer Zeit eine direkte Verbindung zu den Engeln herstellen konnte. Aus diesem Grund wird er, als der Stein der Engel genannt und die Gravur mit dem typischen keltischen Kreuz, ist mit einem Kreis versehen. Denn es symbolisiert die Brücke zu anderen Welten." Aufmerksam schaut er sie an. „Und weil du mein großer Engel bist und bald zum Studieren ausfliegst, möchte ich, dass dir mein Stein Glück bringt."

Da kommen selbst mir die Tränen, als sich beide fest umarmen.

„Danke, Dad", schnieft Jola voller Überwältigung, als ihr Vater diese um ihren Hals legt und ihr zum Schluss noch einen Kuss auf die Stirn gibt.

„Jetzt sollten wir Mila ihre Kette auch um den Hals legen und hoffen, dass sie ebenfalls beflügelt und beschützt wird wie du." Urplötzlich steht er auf und kommt auf mich zu.

„Ehm. Die Kette gehört mir nicht! Wir haben sie heute nur bei uns gefunden und ...", nur komme ich nicht weiter, weil ihr Vater einfach zu flink bei mir ist und ich das zu klicken des Verschlusses hören kann. Na ja, was soll's, dann nehme ich diese eben später wieder ab und schließe die dann gut weg, bis meine Oma den Eigentümer ermittelt hat.

„Ursprünglich wollten wir dir die Kette zu deinem Abschlussball überreichen. Aber als ich euch beide mit dem Stein von Mila sah, fand ich den Augenblick passend, auch wenn mein Geschenk nicht eingepackt ist."

„Dad, du bekommst von mir die volle Punktzahl, du bist dabei", jauchzt Jola glücklich auf und ihr Vater sieht mich ungläubig an.

„Ich sage nur: Super Star Sprüche von Dieter Bohlen." Verstehend lachen wir beide uns an.

„Diese Show und ihre flotten Sprüche", hören wir ihn sagen, als er aufsteht und das Zimmer verlassen will. „Wir sehen uns morgen und Mädels, ich an eurer Stelle würde die Glücksbringer jeden Tag tragen!", zwinkert er uns verschmitzt an.

„Echt?" In diesem Augenblick fällt mein Blick auf ihre Uhr, die über den Türrahmen hängt. „Oh, mein Gott, gleich sechs? Ich soll pünktlich zuhause sein." Fix springe ich auf und drücke einer, sprachlosen Jola einen Kuss auf ihre Wange. „Bis morgen."

Schon bin ich weg, um meiner Oma im Garten zu helfen und die Kette in den Safe zu packen.

Der Grillabend findet im Garten der Familie Bartel statt. Es gibt viel Gemüse, Obst, Käse, Baguettes und Salate. Gemütlich sitzen wir alle unter der enormen Eiche und ihr Blätterwerk raschelt durch den Wind. Die Korbstühle sind bequem und mit Kissen, sowie Decken kunterbunt durcheinander gewürfelt. Die hohen Glaslichter und das angrenzende Kräuterbeet mit seinem Duft lassen mich die sommerliche Stimmung aufnehmen und durchatmen. Normalerweise fange ich rasch zu frösteln an, aber heute ist es einfach nur schön, obwohl wir es bereits nach neun Uhr haben. Aber bisher ist es ein guter Sommer für mich. Nicht zu heiß, um meine Haut zu verstecken, und abends kühlt es nicht so schnell ab. Deshalb kann ich die Decke unbenutzt neben mir belassen.

„Und Mädels, was habt ihr die nächsten Tage vor?", fragt uns ihre Mutter, die in Jeans und einer Baumwolltunika mir gegenüber sitzt.

„Ich wollte noch einige Woche faulenzen, bevor ich in München studiere."

„Hast du eigentlich das Zimmer bekommen?", will ich von Jola wissen und schiebe mir eine Erdbeere in meinen Mund.

„Ja, im Studentenwohnheim. Klein aber fein. Im August kann ich es beziehen. Daher hat es noch gut Zeit."

„Och, dann bist du so weit weg und ich sitze hier fest", denn davor hatte ich Bammel. Obwohl wir uns von klein an kennen, so wusste ich bereits, dass ich nie Tiermedizin studieren wollte. Klar helfe ich gerne Tieren, aber an Lebewesen herumsäbeln, nein danke, das ist nicht meine Welt.

„Du wolltest ja dein freiwilliges Jahr nicht in München machen, sondern in Wismar", erinnert sie mich daran.

Hier habe ich mich bei uns im Ort für eine Einrichtung entschieden, die sich um benachteiligte Kinder kümmert. Egal ob sie magische Fähigkeiten haben oder nicht. Weil wir letztendlich alle gleich sind.

„Stimmt schon, aber der Abschied macht mir bereits zu schaffen", und wir schweigen uns beide eine kleine Weile an.

„Aber bevor der Herzschmerz kommt, ist in zwei Wochen euer Abschlussball", höre ich vielversprechend meine Oma sagen, die mich beobachtet. „Und da gehen wir gemeinsam hin. Im Anschluss haben wir für euch sogar, eine Überraschung."

Flüchtig beobachte ich die drei Mienen, deren Mimik unterschiedliche Bände sprechen. Meine Oma sieht in ihrem runden Gesicht nachdenklich aus. Mathilda mit den vielen Sommersprossen sieht zuversichtlich aus und ihr Mann, der ebenfalls einige Lachfalten um die Augen hat, guckt kritisch. Alle drei verunsichern mich.

„Ist es etwas Gutes oder Schlechtes?", probiere ich, die drei zu locken.

„Das eine schließt das andere nicht aus", antwortet mir Mathilda betont langsam und abwartend.

„Mila, das ist doch völlig egal! Es ist eine Überraschung für uns. Das ist super! Bist du nicht aufgeregt?", sprüht voller Vorfreude und Aufregung mich meine Freundin an.

„Na ja, ich bin …", allerdings komme ich gar nicht weiter, weil Jola bereits über alle Möglichkeiten einer Überraschung spekuliert.

„Ist es unser Führerschein, den ihr springen lasst oder eine Shoppingtour nach London? Vielleicht ein Kurzurlaub auf die Malediven?"

Sofort bekommen alle einen Lachanfall über Jola und ihre vielen Wünsche.

„Oh, Jola, du bist manchmal echt unmöglich!", gebe ich genervt auf.

„Du kannst das Geld ja spenden, wenn es dich glücklich macht! Aber ich werde später als Tierärztin sehr bodenständig sein. Doch bis dahin will ich mir ein bisschen was gönnen", spottet sie mich aus.

„So ist es nicht gemeint, aber …"

„… nichts aber! Wir werden die zwei Wochen Zeit nutzen, um uns am besagten Freitagabend in Szene zu setzen, und dann ist Party angesagt. Wer ist eigentlich dein Begleiter für den Abend?", purzeln ihre Gedanken durcheinander, ehe ich die angekündigte Überraschung verdaut habe.

„Das ist meine Omi", gebe ich ehrlich zurück.

„Dich hat kein Junge gedatet?" Ungläubig sieht sie mich an und ich nicke ihr zu.

„Ja, weil keiner auf der Schule sich für mich interessiert. Denn die wollen immer nur das eine haben und das gebe ich niemanden, der es nicht Wert ist!", blinzle ich sie etwas erbost an, weil ja ihre Eltern und meine Oma neben uns sitzen. Ich kann ja wohl schlecht sagen: Wenn die Jungs dafür mit mir einen One Night Stand bekommen, dann tänzeln sie mit mir dorthin. Denn so klar und deutlich haben sie sich ausgedrückt, weil ich noch auf ihren Eroberungszettel stehe, zusammen mit Jola und noch drei Mädels aus unserer Oberstufe.

„Stimmt das?"

Indes bemerke ich, wie ihre Eltern sie betrachten und sich meine Oma fast an ihrer Weinschorle verschluckt, als ihr Vater sie das fragt.

Toll was?

Sicherheitshalber schaue ich in Richtung Grill und Bete, dass wir das Thema fallenlassen. Ich habe echt keinen Bock darüber eine Diskussion zu führen. Obwohl ich ja weiß, dass wir beide noch Jungfrauen sind und Jola nicht vorhat, als solche ihr Studium zu beginnen. Gerade als ich meine Freundin danach fragen will, wer ihr Begleiter ist, kommt mir ihr Vater zuvor, als er mit dem gegrillten Gemüse und Käse am Tisch erscheint.

„Was eure Begleitung betrifft, so sind dein Bruder und dein Cousin aus Österreich für euch beide da."

Jola funkelt ihn böse an.

„Wir werden alle anwesend sein und denk an die Überraschung, die wir für euch zwei haben!", schiebt er noch mit einem Augenzwinkern nach, dass ich mir ein Kichern verkneifen muss.

„Verdammt aber auch! Da wird man ja von allen Seiten bewacht", mault sie kurz auf.

Weil sie aber weiß, dass wir kein Mitspracherecht haben, nimmt sie es hin und ich habe eine Sorge weniger. Nämlich, wie ich sie vor den Typen mit ihrer Liste hätte schützen sollen. Auch wenn es ihre eigene Entscheidung ist, so hätte ich mich ihr, als beste Freundin in den Weg gestellt.

Am nächsten Morgen stelle ich gerade einige Limonaden mit natürlichen Zusätzen aus unserem Garten her, als die Ladentür auf springt. Meine Samtpfote Barna, der es sich in meiner Nähe gemütlich gemacht hat, öffnet nur kurz seine Augen, bis er diese wieder schließt. Demnach wittert er für sich keine Gefahr. Bei mir sieht es da etwas anders aus. Denn ein durchtrainierter Typ von ein Meter neunzig, mit schwarzem, lockigem Haar steht mit Sonnenbrille in unserem Laden und macht mich mit seiner Erscheinung nervös. Leider komme ich mit gut aussehenden Jungs nicht zurecht. Da könnte man mich gleich als Maus vor eine Schlange setzen. Starr vor Schrecken, was ich jetzt machen soll, kommt er mir zuvor.

„Hallo", begrüßt er mich abwartend.

„Hallo", gebe ich betont cool zurück und hoffe, dass er meine Nervosität nicht bemerkt. Eilig laufe ich zu Barna und hebe ihn hoch, sodass er als mein Schutzschild für mich herhalten muss. Zum Glück lässt er sich das von mir anstandslos gefallen. Geistig danke ich ihm und als ob er mich versteht, schnurrt er mich an, was mich beruhigt.

„Was führt dich denn in unseren Laden?", frage ich höfflich und distanziert. Schließlich sieht er nicht danach aus, dass er sich Blumen in sein Zimmer stellt.

„Den wollte ich mir mal ansehen", gibt er nüchtern zurück.

„Schau dich ruhig um!" Schnell hole ich tief Luft und halte mich hinter meinem Verkaufstisch fest. „Wenn ich dir behilflich sein kann, dann gib einfach Bescheid!"

„Gerne." Dabei sieht er mich komisch an, als wolle er mich prüfen. Aber auf irgendeiner Weise erscheint mir die Prüfung nicht geschäftlich, weil er seine Sonnenbrille auf die Nasenspitze runterzieht. Ich schaue in braungrünen Augen, die mich mustern und instinktiv trete ich einen Schritt zurück. Irgendetwas beunruhigt mich daran. Bloß habe ich keine Ahnung, was es ist. Mein Körper sendet mir Signale, die ich nicht checke und ich fühle mich, wie auf dem Sprung vor etwas, dass ich nicht kenne.

„Nun, da du alles gesehen hast, werde ich mich wieder an die Arbeit machen", versuche ich, ihn aus unseren Laden, zu bewegen. Nur presse ich, aus einem Reflex heraus meinen Kater zu fest an mich, dass er sich mit einem kurzen Mauzen bemerkbar macht. Da lockere ich natürlich meinen Griff.

„Was verkauft ihr denn noch, außer Blumen?"

Unsicher und überrascht sehe ich ihn an. Was will er denn jetzt hören? Und warum ging er nicht einfach? Ich hatte ihn ja nicht eingeladen und so ein Typ kauft doch eh nix. Davon bin ich fest überzeugt! Da höre ich in meinem Kopf, was meine Oma immer zu mir sagt: Ich soll bloß nicht zu vorschnell mein Gegenüber verurteilen. Erst durch ein Gespräch könnte ich wissen, wie die Person vor mir tickt, und erst dann darf ich mein Urteil über ihn abgeben. Bei dem Typen, der am Blumentisch gelehnt steht und ein großes Ego ausstrahlt, habe ich keinen Grund, diesen näher kennenzulernen. Vorurteil hin oder her.

„Und?", fragt er mich gedehnt und bringt mich fast aus der Fassung.

Kampfbereit straffe ich meine Schultern und schaue ihn an.

„Na ja, was soll ich sagen. Blumen sind mit ihrer Eigenschaft als Botschafter schon perfekt, um sich damit zu beschäftigen. Wir verkaufen noch Kräuter und Gewürzpflanzen, denn diese besitzen ihre eigene Magie, um die Sinne von uns zu beeinflussen. Immerhin sagt der Name bereits einiges, oder? Dann verkaufen wir noch selbst gemachte Teemischungen, Öl und Essig für Speisen, sowie frische Limonade." Mehr bringe ich nicht zustande, sonst verhasple ich mich noch und das wäre echt peinlich.

„Das klingt gut."

Argwöhnisch schaue ich zu ihm auf, weil ich ihn nicht kapiere.

„Bitte?"

„Na, dass ihr alles aus natürlichen Zusätzen herstellt. So etwas gibt es selten. Wenn wir Menschen nicht aufpassen, vergiften wir uns noch selbst."

Prompt erkenne ich auf seinem Gesicht, dass er es ernst meint.

„Nur manchmal ist es schwer, den Überblick zu behalten, wenn man nicht alles selber anbaut", äußere ich mich.

„Wann hast du denn heute Abend Schluss?"

Während er mich das völlig überraschend fragt, kommt er einen Schritt näher an mich heran, sodass er in diesem Moment für mich groß und bedrohlich aussieht. Trotzdem strahlt seine Gefährlichkeit keine Gewalt aus, sondern eher eine Art Wartestellung. Wie ein Adler, der erst die Beute von allen Seiten beäugt bevor er den Sturzflug ansetzt, um dem Tier seinen letzten Atemzug zu entringen. Als ich meine Fantasie bildlich vor mir sehe, vergesse ich kurzzeitig das Atmen, sodass ich stark husten muss. Allerdings lächelt er mich nur an, als hätte er meine Gedanken ebenfalls gesehen. Mir schießt die Röte in mein Gesicht und ich bin völlig verblüfft. Eilig schiebe ich meine Brille hoch und massiere mir die Stirn, darauf bedacht Barna nicht fallenzulassen und diesen Typen nicht anzusehen.

„Wann hast du heute Schluss?"

Wollte er mich echt anmachen? Ich glaube, er hat mich noch nicht richtig angesehen. Er sollte mal lieber seine Sonnenbrille abnehmen oder am besten das weite Suchen.

„Ich verstehe dich schon und diesen Spruch kannst du dir sparen. Also würdest du dann gehen! Ich habe noch zu tun", kämpfe ich darum, dass er es lässt und mich ernst nimmt.

„Entschuldigung, ich wollte dich nicht beleidigen! Das lag mir fern. Manchmal spreche ich das aus, was ich grade denke. Ich werde mich etwas vorsehen."

Mh, was soll ich, darauf antworten? Plötzlich sieht er voll zerknirscht aus, dass es mir leidtut, ihn zu vorschnell verurteilt zu haben. Verdammte Erziehung und ich atme tief durch. Obwohl mich das nervt, weil der Typ mich absolut unlogisch reagieren lässt.

„Nun gut, was soll ich darauf antworten?", probiere ich, die Sache aus dem Weg zu räumen.

„Wie wäre es mit einer Entschuldigung von mir und wir fangen noch mal von vorn an?" Schon streckt er mir seine Hand entgegen und lächelt mich gewinnend an.

Was soll's, daher gebe ich mich geschlagen.

„Einverstanden und wir gehen noch mal auf Anfang. Aber meine Hand kann ich dir nicht geben, weil mein Kater mich voll in Anspruch nimmt." Schnell hebe ich Barna zu mir hoch, dass ich ihm einen Kuss von mir geben kann. Immerhin habe ich keine Ahnung, wie ich auf seine Körperberührung reagiere. Ich fühle nur, je näher er mir kommt, dass die unterschwelligen Schwingungen im Raum zu nehmen. Das spüre ich, seit er unseren Laden betreten hat und das verunsichert mich umso mehr.

„Mila?", höre ich meine Oma aus dem Garten rufen und mein Herz setzt fast vor Schreck aus. Hatte ich sie doch glatt vergessen.

„Bis dann, Mila", feixt er mich an und lässt mich alleine im Laden zurück, ohne das ich seinen Namen kenne.

Verflixt aber auch! Vorsichtig lasse ich Barna runter und laufe zu meiner Oma, um ihr beim Bewässern der Pflanzen zu helfen.

Weil Jola heute keine Zeit für mich hat, beschließe ich, ein bisschen durch die Stadt zu bummeln. Rasch ziehe ich mir eine hellblaue Leinenhose und eine passende Baumwollbluse an, sowie die rosafarbene Sweat-Jacke. Dann schnappe ich mir meine Mütze.

„Tschüss, Omi", rufe ich ihr knapp zu, als ich durch den Laden ins Freie trete, da sie eine Kundin bedient.

„Komm aber nicht so spät zurück!", erwidert sie und ich lache sie an, damit sie im Bilde darüber ist, dass ich sie verstanden habe.

Auf der Ladenstraße ist es warm und keinen Luftzug kann ich spüren, denn die Luft steht bereits am Morgen in der Stadt. Bevor ich aber zum Hafen pilgere, laufe ich zu meiner Lieblingsbäckerei, die nicht weit von unserem Laden entfernt ist. Auf dem Weg dorthin sehe ich, dass trotz der schwülen Luft die Tische von all den Gaststätten und Cafés gut gefüllt sind und höre die Stimmen der Möwen hoch über mir. Zielstrebig laufe ich durch die kleinen Gassen der restaurierten Altstadt und nehme dabei die Menschen wahr, die lachend und plaudernd das Wetter genießen.

„Guten Morgen, Mila. Was darf`s denn heute sein?", fragt mich beim Betreten in der Bäckerei Frau Roser.

Sie und ihr Bruder bewirtschaften den Laden in der fünften Generation und trotz viel Arbeit genießen es beide, ihn mit Leben zu füllen. Außerdem ist sie eine gute Freundin meiner Oma. Marianne ist etwas größer als sie und hat ihr dunkles Haare zu einem Bob geschnitten. Das Schöne an ihr ist aber, ihr Lächeln, welches immer ihre braunen Augen erreichen. Ich kann viel an ihrem Gesicht ablesen, wie ein offenes Buch und leider auch, durch eine weitere Gabe von mir, die ich von meinen Vorfahren geerbt haben soll. Für mich ist es vergleichbar, wie das Brummen eines rhythmischen Basses, wenn ein instrumentales Stück gespielt wird. Wie wenn du taub bist, aber der Klang in deinem Körper widerhallt. Genauso empfange ich die Stimmungen der Menschen in mir. Zwar haben meine Oma und ich schon viel daran gearbeitet, aber noch kann ich mich nicht von dieser Art Überfallkommando von menschlichen Gefühlen rechtzeitig schützen. Denn die Empfindung meines Gegenübers verlangt mir einiges an Kondition ab. Eine passende Zauberformel konnte ich bis jetzt in unserem dicken Buch der *Zaubersprüche und Zaubertränke* nicht entdecken. Aber ich arbeite daran und wer weiß, möglicherweise erfinde ich eines Tages, meine eigene Formel dafür.

„Guten Morgen, Marianne, ich möchte bitte einen Milchkaffee zum Mitnehmen!", strahle ich sie an.

„Bei dem Wetter traust du dich hinaus? Ich sag dir, das gibt dieses Jahr einen sehr heißen Sommer! Seit Wochen hat es nicht mehr geregnet", mahnt sie mich an, als sie die Maschine zum Laufen bringt.

„Och, das werden wir ja sehen. Es kann ja wohl schlecht, den ganzen Sommer über nicht einmal regnen. Irgendwann muss die Sonne auch mal eine Pause machen und wir bekommen unseren ersehnten Regen", gebe ich zuversichtlich zurück. Das stimmt ja auch, denn in Deutschland gab es noch nie eine Saison lang keinen Regen.

„Möchtest du noch etwas Süßes mitnehmen?", fragt sie mich, als sie mir den Kaffee über die Ladentheke reicht.

„Nein, danke. Das kann ich meiner Omi nicht antun, denn sie hat heute Morgen gebacken." Da müssen wir beide feixen, denn Marianne kennt die leckeren Kuchen von ihr.

„Wie wahr, wie wahr", höre ich sie beim Eintippen in ihre Kasse lachen. „Macht zwei Euro."

Ich bezahle und betrete mit beiden Händen, meinen Kaffeebecher festhaltend die Straße. Tief durchatmend nehme ich die leichte salzige Meeresluft auf und kann es kaum erwarten den alten Hafen am Kai entlang zu laufen.

Sobald ich aus dem fünf letzten, noch stehenden Backsteinernten Stadttor komme, weiß ich, dass ich gleich an meinem Lieblingsplatz stehe. Dieser ist am Jachthafen, wo kleine Segelboote festgemacht sind und die sich sacht mit den Wellen wiegen. Direkt am Kai hat es eine Holzbank und darüber erstrecken sich die Pappelbäume, die mir genügend Schatten spenden. Dort bummle ich gerne hin, weil die Geräusche des Meeres und die schreienden Vögel mich beruhigen.

Als ich nun dem Hafenbecken näherkomme, entdecke ich die verschiedenen Möwen auf den Booten und Stegen sitzen und höre sie schreien. Ebenfalls höre ich den Wind über mir heulen und spüre, wie die Windstärke abrupt zunimmt. Unwillkürlich ziehe ich meine Jacke enger um mich und umklammere den Becher noch fester. Abermals schaue ich auf die Möwen und ihre Schreie machen mich heute unruhig. Bestimmt geht es ihnen wie mir. Sie fühlen sich an dieses Fleckchen Erde gebunden, weil sie Angst vor Veränderungen haben. Deshalb kann ich mich auch nicht aufraffen, ein Studium zu machen oder eine Lehre, weil ich einfach keine Vorstellung habe, was ich in meinem späteren Leben arbeiten will. Immerhin werde ich erst im August achtzehn. Das sind doch Dinge, die ich noch gar nicht entscheiden kann. Aber weggehen, um die Welt zu erkunden, das traue ich mich nicht.

Nun stehe ich auf dem Bootssteg und habe wie sooft null Durchblick, was ich mit meinem Leben anfangen soll. Voll genervt, weil ständig irgendwelche Gedanken in meinem Kopf rumwirbeln, setze ich mich auf die Bank und beobachte das Treiben am Hafen, bis es Zeit zu gehen ist, um unsere tägliche Gartenarbeit zu machen.

Kapitel 2

Einander kennenlernen, heißt lernen, wie fremd man einander ist.
Christian Morgenstern, 1871- 1914

D ie nächsten Tage vergehen wie im Flug und mit Jola ihrer Ausdauer, finden wir nicht nur in Wismar, sondern auch in Rostock unser perfektes Kleid, samt Zubehör für den Abschlussball. Müde aber glücklich sitze ich mit ihr im Zug nach Hause.

„Ich wusste gar nicht, das Shoppen so was von anstrengend ist", maule ich und entlocke ihr damit ein Lachen.

„Mit mir schon und unsere Kleider sind der Traum mit dem U-Bootausschnitt. Von dem Korsett und dem mehrlagigen, leicht durchscheinenden Chiffon mal ganz abgesehen", schwärmt sie.

Beide haben wir lange Kleider gewählt, die unsere Figur gut zur Geltung bringen. Für mich hat sie ein Hellblaues ausgesucht, wo die Ärmel und der Rock, ab eine Handbreit vor dem Knie durchsichtig werden. Die zierlichen Ornamente, kringeln sich an den Seiten, wie die Ranken einer Rose entlang. Mein Muster ist in Weiß wie auch auf ihrem Kleid, nur das ihre Kleiderfarbe smaragdgrün ist.

„Ach, und eh ich es vergesse! Wir gehen Freitag früh zusammen zum Friseur und dann lassen wir uns bei dir von den beiden Jungs abholen. Mein Vater hat gesagt, dass wir junges Volk ruhig alleine hinkommen sollen. Sie warten dann am Tisch."

„Bist du noch auf deinen Vater sauer?", denn mir fiel der Grillabend wieder ein.

„Eigentlich nicht wirklich. Klar wollte ich mit einem heißen Typen auf den Ball. Aber als du es so niedlich umschrieben hattest, was nach dieser Feier abgeht, habe ich eingesehen, dass ich das nicht will."

Jetzt bin ich unendlich dankbar, dass meine beste Freundin verstanden hat, was es mit der einen, großen Liebe auf sich hat.

„Du brauchst mich nicht so verträumt anzugucken! Ich habe nur von dem Abend gesprochen, nicht von den nächsten Monaten. Sonst sterbe ich noch als alte Jungfrau", zieht sie mich auf und ich zucke nur mit meinen Schultern.

„Wenn du ab und an, an meine Worte denkst, wirst du bestimmt nicht mit jedem X-beliebigen deine Matratze teilen."
Wissend Feixen wir uns beide an.

Schließlich komme ich schwer beladen zuhause an, aber meine Oma ist nicht da. Dabei wollte ich ihr doch meine Einkäufe zeigen und ihre Meinung dazu hören. Enttäuscht schaue ich mich nach Barna um.

„Hallo, Süßer", begrüße ich ihn, als er mir mit hoch erhobenem Kopfes entgegen stolziert. „Na, dann mache ich mir mal was zu essen und hoffe, dass sie bald kommt."

Mit meinem Kater stiefle ich in die Küche und richte mir ein schnelles Essen. Bratkartoffeln mit Rührei und einem Salat, und gebe meinem Barna etwas Ei. Nachdem ich gegessen habe, ist es bereits weit nach sieben Uhr und allmählich mache ich mir um meine Oma Sorgen. Rasch laufe ich in unseren Laden, um nachzusehen, ob sie mir einen Zettel hingelegt hat. Denn wenn sie in Eile ist, lässt sie ihre Notiz gerne dort liegen.

Gerade als ich den Ladentisch absuche und Barna mich auf Schritt und Tritt verfolgt, schwingt die Ladentür auf, obwohl ich sie abgeschlossen hatte. Zwei große und kräftige Männer in schwarzer Lederkluft, samt Springerstiefel und mit einer Skimaske auf ihren Köpfen, die nix außer ihren Augen und Mund erkennen lassen, stehen urplötzlich vor mir und wedeln mit ihrer Schusswaffe vor mir rum.

Mir läuft sofort eine Gänsehaut über meinen Rücken, denn ihr plötzliches Auftreten und ihre massige Gestalt zeigen mir, dass sie nicht lange fackeln werden, wenn ich nicht das mache, was sie sagen.

„Geld her!", brüllt mich der eine Typ bestimmend an und seine Stimme ist hart und kalt, dass ich automatisch Richtung Kasse taumle.

Ich bete nur, dass die beiden Männer schleunigst den Laden verlassen. Doch bevor ich überhaupt hinter dem Tresen ankomme, springt mein Kater vor mich, um sich zwischen mir und die Typen zu stellen. Er spitzt seine Ohren, plustert sich auf und erscheint mir viel größer, als er ist. Selbst sein Schwanz wird dick und buschig.

„Der denkt wohl, er sei ein Hund?"

Augenblicklich schütten die sich vor lauter Lachen aus und ich empfinde ihr Gelächter unerträglich und schrill. Es tut meinen Ohren weh, sodass ich innerlich zu zittern beginne.

„Ich gebe euch alles Geld, was ich habe", will ich es schnell hinter mich bringen.

Daraufhin schmeißt mir einer von den Typen einen Beutel entgegen, den ich auffange. Als ich erneut zur Kasse laufe, legt mein Barna seine Ohren an und macht einen Katzenbuckel. Ein ohrenbetäubender Schrei, der bestimmt nicht nur mir, durch Mark und Bein schallt, lässt mich die Angst vom Tod in mir aufkommen. Der Aufschrei kommt von meinem Tier, dem ich solch ein Orkan nie zugetraut hätte.

Die Männer halten sich genervt die Ohren zu, bis es einem reicht und er seine Knarre zieht. Er zielt augenscheinlich auf Barna. Da springe ich wie ein geölter Blitz auf meinen Kater zu und beschütze ihn mit meinem gesamten Körper, als mir die Brille von der Nase abstürzt.

Der Schuss fällt und trifft meine Schulter. Es ist ein harter Druck. Es brennt, es schmerzt und tut höllisch weh. Ich fühle, dass ich wütend werde und sich mein Körper anspannt. Ehe ich überhaupt realisieren kann was im Laden passiert und ich kapiere, was der Kerl mir zu brüllt, gibt es eine heftige Explosion. Unsere Schaufensterscheibe berstet auseinander und die Typen fliegen im hohen Bogen auf die Straße. Ehe ich reagieren kann, weil alles innerhalb kürzester Zeit passiert und die Glassplitter auf mir landen, steht der Kerl in der Tür, der Tage zuvor bei uns im Laden war. Er sieht flüchtig zu mir und kümmert sich zuerst um die beiden Gestalten, die mich ausrauben wollten.

Behutsam und zittrig streiche ich über Barna sein Fell, nur um sicher zu sein, das er nicht verletzt ist. Als ich feststelle, dass mit ihm alles in Ordnung ist, ziehe ich ihn fest an mich, den Schmerz in meiner Schulter ignorierend und weine ihm in sein weiches Fell. Mit einem Mal kommt der Typ zu mir gestürmt und geht vor mir in die Hocke, sodass ich nicht weiß, was das zu bedeuten hat.

„Wo bist du verletzt?"

„Ich kapiere das alles nicht", stottere ich und er sieht mich geduldig an, während er Barna über den Kopf streichelt.

„Lass mich dir helfen! Es ist die Schulter, stimmt's?" Doch ich brauche nicht zu antworten, weil er bei seiner Berührung, meine Verletzung findet. „Es ist zum Glück nur der Oberarm, knapp unter der Schulter. Ich muss unbedingt die Blutung stoppen!"

Ich kann ihm nur zunicken, weil meine Gedanken ihr Eigenleben leben. Denn ich spüre den gerade erlebten, körperlichen Druck in mir. Vor meinem innerlichen Auge höre ich erneut den Knall und sehe ein violettes Licht, als die Einbrecher im hohen Bogen durch die Scheibe fliegen. Bloß begreife ich nicht, was solch eine Explosion ausgelöst haben kann.

„Ich nehme jetzt meinen Gürtel mit dem Pulli und mache eine Art Druckverband. Verstanden?" Natürlich merkt er im Nu, dass ich weit weg bin. Ruckartig nimmt er mein Gesicht in seine beiden Hände und ich stiere ihn überrascht an, weil ich seine Wärme fühle, die meinem kalten und zittrigen Körper guttut. „Du hast mich verstanden? Ich verarzte dich und es tut höllisch weh", meint er, als er sieht, dass ich ihn ansehe.

„Mm", mehr bringe ich nicht über meine Lippen.

Er bindet den Arm fest ab und es tut ungelogen weh, dass ich instinktiv meine Zähne zusammenbeiße. Immerhin mag ich mich nicht vor ihm blamieren.

„Das muss genäht werden. Aber zum Glück ist es ein glatter Durchschuss. Hätte schlimmer kommen können", erklärt er mir.

Just in diesem Moment höre ich die Sirenen der Polizeiautos und sehe meine Oma auf mich zukommen. Da laufen mir erneut die Tränen. Eilends läuft sie zu mir und nickt meinem Helfer dankend zu, denn wir beide sitzen auf den Fußboden. Dann tauschen sie ihre Plätze und sie hockt sich zu mir.

„He, Kleines, alles in Ordnung mit dir?"

Trotzdem kann ich nur nicken und meine Tränen wollen schon wieder die Oberhand gewinnen. Völlig erschöpft und verschreckt lasse ich mich in ihre Arme fallen.

„Hauptwachtmeister Schulze", meldet sich eine geschäftstüchtige Stimme und wir drehen uns zu ihm um, als er unverzüglich seinen schwarzen Notizblock zückt. „Was genau ist passiert?"

„Das Mädchen wurde von den beiden Männern, die an der Hauswand sitzen Überfallen", übernimmt der Typ.

„Und Sie sind wer?", fragt der untersetzte Polizist, der garantiert in seiner dreißigjährigen Laufbahn solch ein Chaos in unserer Stadt noch nicht erlebt hat und lieber Schreibtischarbeit macht, als auf die Jagd geht.

„Mathis Bartel. Ich stand auf der gegenüberliegenden Straßenseite. Leider ging alles ziemlich rasch." Das Letzte spricht er eher zu meiner Oma und ungläubig gucke ich ihn an. Demnach ist er der Cousin von Jola, der in Österreich lebt.

Warum hatte ich ihn nicht erkannt? Nun gut, ich habe ihn nie zuvor gesehen und doch ist da seine Augenfarbe, die mich bereits im Laden irritiert hatte. Ob der Rest seiner Verwandtschaft auch braungrüne Augen hat? Ich mustere ihn noch mal und bemerke die grünlichen Schattierungen darin. Aber die Ähnlichkeit zu Jola ist außer den Augen nicht zu erkennen. Aber klar, sie sind ja eben nur Verwandte und keine Geschwister.

„Wie kam es zu dem Fensterbruch?"

„Es hatte sich ein Schuss von einem der Männer gelöst und dann flogen die beiden Kerle durch die Scheibe."

Echt, hatte sich das so ereignet? frage ich mich selbst. Auf irgendeiner Weise fühlt sich das Gehörte, für mich falsch an.

„Um was für eine Waffe soll es sich handeln, die solch einen Rückschlag hat?" Indes kritzelt er unaufhörlich auf dem Notizblock herum und beim Senken und Heben seines Kopfes, kann man eine fortgeschrittene Glatze am Hinterkopf erkennen.

„Davon habe ich keine Ahnung. Jedenfalls habe ich beide mit einem Strick aus dem Laden, die Hände und Beine gefesselt. Wusste ja nicht, wie schnell Sie und Ihre Kollegen kommen."

Dass er die Kerle verschnürt hatte, das habe ich gesehen, aber mit einem Bindfaden vom Laden? Habe ich etwas verpasst? Ich hoffe nur, dass er nicht öffentlich gezaubert hat, sonst steht in wenigen Stunden die magische Schutzpolizei auf der Matte, um uns zu verhören. Also, das brauche ich jetzt echt nicht!

„Herr Schulze, kann ich meine Enkelin erst mal zum Arzt bringen und danach kommen wir auf ihr Revier? Ihre Wunde sollte dringend versorgt werden."

„Natürlich, Frau Lichtner. Alles Weitere klären wir später auf dem Präsidium." Rasch verabschiedet sich der Polizist bei uns und geht zu seinen Kollegen.

„Omi, das geht nicht! Hier sind sämtliche Dinge zerbrochen und wenn wir beide den Laden verlassen, dann kann jedermann zu uns rein." Ängstlich betrachte ich mir den Schaden. Überall liegen Glassplitter herum und die Blumen sind verstreut. Außerdem hat es viele Regale dermaßen durchgerüttelt, dass fast alles auf dem Boden liegt, was vorher im Laden gestanden hatte. Und dann haben wir nur eine Tür, die in unser Haus führt und das ist gleichzeitig die Ladentür. Doch jetzt ist die Eingangstür in Schutt und Asche.

„Ich kümmere mich darum", bietet sich Mathis an und meine Oma nickt ihm bejahend zu.

„Was ist mit meinem Barna? Der hat garantiert einen Schock", denn er sitzt nach wie vor auf mir und lässt mich nicht aus seinen treuen, grünen Augen.

„Um ihn kümmere ich mich ebenso, damit er sich nicht noch seine Pfoten verletzt."

Schließlich lächle ich ihn schüchtern an.

„Hier deine Brille. Zum Glück ist sie ganz geblieben."

„Danke."

„Eine schöne Kette hast du übrigens", flüstert er mir, mit einen beobachtenden Augenausdruck zu und ich luge zu mir runter.

„Omi, das begreife ich nicht?", erwidere ich leise. Schließlich steht der eine Polizist noch im Raum und dem will ich bestimmt nicht unser magisches Leben offenbaren.

„Was?" Da fällt ihr Blick auf das gefundene Amulett.

Komisch, zumal ich nachdem Besuch bei Jola und ihrem Vater, die Kette im Beisein meiner Oma in den Safe gelegt hatte. Allerdings verschwand diese beim Hineinlegen in einem violetten Nebel. Sprich, sie löste sich vor unseren Augen auf und seitdem haben wir die Kette nicht mehr gesehen.

Alle drei mustern wir uns fragend. Hat Mathis etwa über das Amulett Kenntnis? Doch jetzt habe ich keinen Bock mir Gedanken, um dieses Ding zu machen, weil mir mein Arm höllisch wehtut.

„Okay, bis später, mein Süßer." Fix gebe ich Barna noch ein Kuss auf seine Stirn und lasse mich von meiner Oma zu Marius bringen, der bereits ein Auto für uns geschickt hat. Immerhin hatte ihn Mathis gleich angerufen, als sein Verhör bei dem Polizisten beendet war.

Vollends platt und völlig müde komme ich endlich zuhause an, nachdem mich Marius gut vernäht hat. Und eins muss ich sagen, die Spritze zur Betäubung tat genauso höllisch weh, wie das Nähen selbst. Entweder bin ich eine Mimose oder die Anästhesie hat nicht gewirkt. Wenngleich wir zaubern können, so dürfen nur unsere großen Heiler uns kurieren, wenn die normale Medizin versagt. Bloß gibt es nicht mehr viele von ihnen, weil unsere magischen Fähigkeiten in den letzten Jahrhunderten kaum noch vererbt werden. Manchmal denke ich, dass man unsere Kräfte raubt, damit wir bald nicht mehr auf dieser Welt existieren.

Auf dem Revier bei Herrn Schulze war ich echt froh, dass meine Oma an meiner Seite saß. Das war ja anstrengend und nervig, wie das Verarzten der

Wunde. Nach gut sechs Stunden und es ist längst weit nach Mitternacht, traue ich meinen Augen nicht, als wir vor unserem Laden stehen.

Die Schaufensterscheibe ist komplett eingesetzt und nicht nur provisorisch repariert. Ohne Scherz! Eine neue Scheibe sitzt drin. Auch eine brandneue Tür ist eingebaut und im Inneren sieht es sauber aus. Ich könnte es nicht glauben, wenn ich es nicht besser, wüsste, dass hier eine Explosion stattgefunden hatte.

„Danke, noch mal und einen schönen Abend", höre ich Mathis seine Stimme, als wir den Laden betreten und zwei Frauen mit Eimer und Putzzeug diesen fröhlich verlassen.

„Ich glaube, ich sollte mich echt bei dir bedanken." Daraufhin sehen wir uns direkt an, als sein breites Grinsen mich lächeln lässt. „Ich danke euch beiden", und ich schließe meine Oma mit ein.

„Ich konnte zwar nicht so viel zaubern, wie ich wollte, aber ich hatte in null Komma nix fleißige Helfer gefunden", erklärt er uns. Außerdem kann er ja nicht wissen, wie groß unser Radius ist, um mit freier Magie etwas anzufangen.

„Mila, lass uns noch kurz setzen, bevor du dich ausruhen kannst!", bittet mich meine Oma.

„Kann das nicht bis morgen warten?" Zumal ich für heute keinen Bedarf mehr habe, all die Fragen zu beantworten. Der ist fürs Erste bei mir voll gedeckt.

„Nein, es geht um die Explosion!"

Da kann ich jetzt nur hoffen, dass sie mich nicht für verrückt hält.

„Omi, ich weiß selber nicht, was es war. Es gab eine Druckwelle, dann hellviolettes Licht und Pumps, da war auch schon alles vorbei und unser Laden fast abbruchreif."

„Das hast du dir nicht eingebildet, nur das es durch die Gasexplosion kommt, die heute in unserer Straße verursacht wurde. Das hast du selbst von Herrn Schulze gehört."

Plötzlich fühle ich, wir es mir schlecht wird.

„Es ist zum Glück nichts Schlimmeres passiert", spricht sie leise auf mich ein.

„Ernsthaft?"

„Es war die Gasexplosion, die du erlebt hast. Mit nur einem großen Unterschied. Das diesmal die Verbrecher Schachmatt gesetzt wurden, die in

Wismar und Umgebung ihr Unwesen trieben." Dabei streichelt sie meine Hand.

Ich will echt hoffen, dass es diese, eine logische Erklärung gibt, zu dem was ich gefühlt und gesehen habe!

„Ich möchte, dass du die Medizin nimmst und eine Mütze voll Schlaf!"

„Mm, wenn du meinst." Nur, wie soll ich mich erholen, wenn meine Gedanken durcheinanderwirbeln? Verlegen schaue ich zu Jola ihren Cousin, der sicherlich alles mitbekommen hat.

„Ich werde dann mal nach Hause gehen und Mila…", wachsam zwinkert er mir zu. „Du kannst wirklich getrost schlafen gehen. Deine Omi passt auf dich auf."

Ich blicke ihn nur müde an und nicke ihm zu.

„Dann bis die Tage", höre ich ihn noch sagen, als er unseren Laden verlässt.

So stiefle ich die Treppe hinauf in mein Zimmer und öffne das Fenster, weil ich dringend Luft zum Atmen brauche. Zumindest hat mir meine Oma ja versprochen, auf mich aufzupassen. Dann schmeiße ich mich endlich in mein Bett und hoffe, dass ich rasch einschlafe. Immerhin ist es heute ein aufregender Tag für mich gewesen. Und als ob das meine Samtpfote spürt, springt er in mein Bett und kuschelt sich auf meine rechte Seite. Lange sieht er mir in meine Augen und ich bin glücklich.

„Danke, dass du für mich da bist. Ohne dich fühle ich mich sonst alleine." Vorsichtig hebe ich den verletzten linken Arm an, um ihn zu streicheln, und kuschle mich gedankenverloren an ihn. Durch mein Fenster sehe ich, wie stockdunkel die Nacht heute ist, doch durch Barna seiner Wärme verflüchtigt sich meine Angst, der letzten Stunden. Dann schlafe ich endlich ein und Träume.

In meinem Traum finde ich mich in einem Raum wieder, den ich weder riechen, noch fühlen oder sehen kann. Es ist, als würde ich gedanklich woanders sein. Es macht mich unsicher, denn ich kann mich nicht erinnern, dass ich diese Art von Erfahrung schon mal gemacht hatte. Da höre ich das Quietschen einer Tür, die sich öffnet und schließt. Die Schritte hallen auf einem alten Holzboden wieder und mir wird es unheimlich.

„Sie haben gerufen?", fragt die eingetretene, männliche Stimme und ein Rascheln ist zu hören.

Offenbar sitzt die betreffende Person an einem Schreibtisch.

„Ja", ertönt eine Stimme, die sich für mich weder männlich noch weiblich anhört. „Ich vermag jetzt zu sagen, dass sich die Vorhersage erfüllen wird", klingt diese bedrohlich.

„Sicher?", hinterfragt der Mann, die Antwort seines Gegenübers.

„Ganz sicher. Ich kann durch ihre Hilfe meine Schwester befreien und zugleich Asbirg töten", und ein euphorisches Gelächter ist zu hören. „Bring mir die Person! Dann kann ich meinen Schwur einlösen."

Ich höre, wie das Wesen hinter dem Schreibtisch aufsteht, nur um auf den Mann zu zuschreiten.

„Wie, soll ich die Person bringen? Lebend oder ....", jedoch muss er von seinem Auftraggeber unterbrochen worden sein.

„Ich brauche das Geschöpf lebend, nur wenn ..."

„Verstehe", gibt er von sich.

„Nichts verstehst du!", brüllt das Wesen los und ein Durchlaufen des Raumes ist zu hören.

Plötzlich habe ich das Gefühl, das man mich bald findet und eine Gänsehaut kriecht in meinen Nacken.

„Man könnte meinen, dass uns jemand belauscht", vernehme ich die Stimme des Auftraggebers. „Merkst du es nicht?", will dieser von seinem Gegenüber wissen.

„Nein."

Allerdings schleicht sich die Person immer näher an mich heran, dass ich am liebsten wegrennen möchte. Nur leider kann ich mich nicht vom Fleck bewegen. In diesem Augenblick höre ich ein Flüstern:

„Wach auf, dann bist du in Sicherheit!"

Hastig kämpfe ich, darum aufzuwachen, weil ich das Gefühl habe, das mich bald eine Hand packt, die ich nicht an meinem Körper haben will. Vor lauter Angst schlägt mein Herzschlag immer schneller bis ich mich panisch sitzend im Bett wiederfinde und nach dem Lichtschalter taste. Zum Glück geht in dem Moment das Licht an.

Der Deckenfluter im Zimmer leuchtet den Raum aus und ein schussbereiter Mathis steht mit einer gezogenen Schusswaffe bei mir, dass ich den nächsten Angstschrei loslasse.

„Alles in Ordnung bei dir?", erkundigt er sich leise und kontrolliert dabei das Fenster, samt Kleiderschrank und mein angrenzendes Bad.

Ich bin so was von erschlagen, dass ich ihm nicht mal Entwarnung geben kann. Ich nehme die Brille vom Nachtschrank und setze mir diese auf, damit ich meine Sicherheit zurückbekomme. Nur, wie ich so rasch mein Herzschlag beruhigen soll, das weiß ich nicht.

„Öhm, ich hatte schlecht geträumt."

Er sieht mich an und kommt direkt auf mich zu, nur um seine Hand auf meine Stirn zu legen.

„Du glühst ja. Du hast starkes Fieber."

„Ich habe nur …", doch ehe ich ihn unterbrechen kann, ruft er mit dem Handy seinen Onkel an.

„Geht klar, mache ich", sagt er und sieht mich dabei angespannt an. „Du sollst liegen bleiben! Ich bringe dir Medizin." Damit verschwindet er und ich höre, dass er in den Keller läuft.

Der Kellerraum ist nämlich bei uns mit einem Sicherheitszauber gesichert, dass wir darin unsere uralte Magie verwenden können. Wir haben dort die Möglichkeit, Dinge von A nach B zu zaubern. Mit Sicherheit schickt ihm sein Onkel auf diesem Weg, die Medizin für mich.

Mein Traum beschäftigt mich noch immer, bloß je mehr ich an ihn denke, umso mehr verflüchtigt er sich. Doch ehe ich mir weiter darüber Gedanken machen kann, steht Mathis mit einem Becher voll Medizin vor mir.

„Du musst das schluckweise trinken!"

Skeptisch nehme ich den Trinkbecher in die Hand, nur um daran zu schnuppern.

„Das riecht aber übel." Unsicher betrachte ich mir das Getränk noch einmal genauer und verziehe angewidert mein Gesicht.

„Du sollst es ja auch trinken und nicht riechen", bemerkt er trocken.

„Aber wenn das so schmeckt, wie es riecht, dann bekomme ich das Zeug nicht runter." Dabei höre ich, wie er kräftig tief durchatmet und mich eindringlich ansieht, dass sich mein Herzschlag in seiner Gegenwart beschleunigt. Na großartig! Ich liege hier im Bett und ein sexy Typ steht vor mir, der mir am liebsten das Zeug persönlich verabreichen würde.

„Aemilia, du sollst das trinken, weil es dir hilft. Solltest du es nicht runter kriegen, dann flöße ich es dir persönlich ein! Anweisung von deiner Oma, die noch bei meinem Onkel ist. Also sei so gut und trink es!"

Missmutig, aber dennoch leicht belustigt gucke ich ihn an. Hat der etwa meine Gedanken gelesen? Ne, das gibt es gar nicht, beruhige ich mich selbst.

„Danke, für dein Überfallkommando, auch wenn ich nicht checke, wie du so schnell hier sein konntest."

Aufmerksam mustern wir beide uns, während ich das eklige Zeug runterschlucke. Mein angewidertes Gesicht will ich gar nicht sehen. Sieht bestimmt voll bescheuert aus.

„Du hast mich mit deinem Schrei erschreckt."

„Ich wusste nicht, dass ich schreie." Das stimmt auch.

„Was hast du geträumt?"

Angestrengt überlege ich, nur leider muss ich meinen Kopf schütteln.

„Ich kann mich nur noch daran erinnern, dass ich wahnsinnige Angst hatte und außer Atem war. Ich bin vor etwas davon gerannt."

„Ich bleibe heute Nacht in deiner Nähe."

Fast hätte ich mich an dem restlichen Getränk verschluckt.

„Keine Angst, ich schlafe nicht in deinem Bett. Abgesehen davon, hätte ich durch deinen getigerten Schutzpatron keine Chance. Er macht sich nämlich so was von breit, dass ich eher rausfalle, als das ich darin Platz hätte", grinst er mich an und Barna rekelt sich ausgiebig im Bett. „Ich schlafe in dem Nachbarzimmer bei deiner Oma. Sie hat mir gesagt, wo ich eine Luftmatratze und frisches Bettzeug finde. Das reicht mir." Damit verschwindet er aus meinem Zimmer und lässt einen Spaltbreit die Tür auf.

„Das ich dich besser hören kann", ruft er noch kurz über seine Schulter und lässt mich verwirrt zurück. Jedoch ergebe ich mich meinem Schicksal, weil ich müde werde und er mir ja eh keine Antwort gibt, was er hier zu suchen hat.

Wie jeden Morgen werde ich durch das Zwitschern der Vögel geweckt und strecke mich langsam aus, wobei ich Barna etwas von mir runterschiebe, als ich einen Schmerz in meinem Arm fühle. Da fällt mir schlagartig alles wieder von gestern ein.

Der Überfall!

Ich hatte so sehr gehofft, dass es nur ein blöder Traum war. Ich stöhne auf, nur um mich dann blitzartig aufzurichten, was mir nicht sonderlich gut gelingt. Als ich meine Augen öffne und halbwegs aufrecht sitze, entdecke ich meine Oma auf einem Stuhl.

„Guten Morgen, Mila." Aufmerksam sieht sie mich an.

Natürlich erkenne ich sofort ihre Sorgenfalten in ihrem Gesicht.

„Wie geht es dir?"

„Mm", gebe ich etwas bedrückt zurück. „Ich würde sagen, mir ging es schon mal um einiges besser."

„Erzählst du mir von deinem Traum letzte Nacht?"

„Omi, mich beschäftigt eher die Explosion von gestern! Ich kann mich an fast alles bei dem Überfall erinnern, nur nicht, wie die Einbrecher durch die Scheibe geflogen sind. Was ich aber mit Sicherheit sagen kann, dass ich einen innerlichen Druck gefühlt habe und dann ein sanftes violettes Licht aufgeleuchtet hat."

„Mila…, da ist wirklich nicht mehr dran!", erwidert sie ernsthaft. Bloß ihre dunkelblauen Augen schimmern, als ob sie ihre Tränen unterdrücken muss.

„Und du glaubst das?" Stirnrunzelnd setzte ich mir meine Brille auf die Nase.

„Ja, ich weiß es! Was war mit deinem Traum?"

Sofort merke ich in unserem Gespräch, dass sie nicht mit mir über meine Sicht der Dinge reden will. Nun gut, womöglich braucht sie etwas Zeit. Sie hat gewiss einen Schock, denn ich hätte beileibe ernstlich getroffen werden können.

„Aemilia, ich mache mir Sorgen um dich. Der Einbruch hätte böse enden können und du, du sitzt hier und glaubst, dass diese Explosion nicht so stattgefunden hat. Ich möchte dir nur helfen. Vielleicht kann dein Traum mir sagen, ob du deine Angst darüber verarbeitet hast", bittet sie mich eindringlich nachzudenken.

„Na ja, es könnte durchaus sein, dass ich letzte Nacht den Einbruch verarbeitet habe. Aber ganz genau kann ich dir das nicht erklären. Nur das ich weggerannt bin und ein Bedrohungsgefühl hatte. Leider kann ich mich nicht erinnern." Verzweifelt schaue ich sie an.

„Was hast du gefühlt?"

„Angst und eine Art von Fluchtinstinkt. Aber mehr kann ich dir nicht beantworten", denn das stimmt leider, ich wusste nix mehr. „Ganz ehrlich. Wo warst du eigentlich gestern Abend noch?"

„Wir haben für euren Abschlussball noch einiges vorbereitet. Für dich und Jola", und eine Pause tritt ein, bis sie weiterspricht. „Jetzt weiß ich nur nicht, ob ich heute den Laden öffnen soll?"

„Ich denke schon. Ich erhole mich etwas und bleibe die nächsten Tage bei dir. In einer Woche sieht die Welt schon viel besser aus", tröste ich uns beide. Immerhin brauchen wir die Einnahmen vom Laden, damit wir leben können. „Omi, wirst du mein Begleiter zum Abschlussball sein?", denn ich möchte lieber sie neben mir wissen, als Mathis. In seiner Gegenwart fühle ich mich schüchtern und verlegen.

„Ich denke, wenn du feiern möchtest, was ich dir nicht verübeln kann, dann solltest du Mathis als deinen Partner nehmen und nicht mich alte Frau. Aber ich werde da sein." Damit erhebt sie sich. „Lass uns frühstücken, weil dich Jola gleich Besuchen kommt!"

Wir laufen mit unserem Barna die Treppe hinab und ich bleibe am Altar bei dem Foto meiner Eltern stehen.

„Wissen sie bereits Bescheid?"

„Ja. Beim Frühstück beantworte ich dir deine Frage."

So schlappe ich mit ihr in die Küche. Schließlich ist es unser morgendliches Ritual, bevor jeder seinen Tag bestreitet. Als ich den Pott Milchkaffee in meiner Hand halte, schaue ich sie abwartend an.

„Du weißt ja, dass deine Mutter nicht nur das Verständnis zur Heilung mit Kräutern hat, sondern sie ist wie wir eine gute Emphatin."

Ich lächle ihr wissend zu, weil wir ein besonderes Band haben, welches uns verbindet. Dafür benötige ich noch nicht einmal ein übernatürliches Radar. Für mich ist es völlig normal, wenn man sich liebt und einen siebenden Sinn hat. Da braucht man keine kleine Hexe zu sein, wie ich es bin.

„Sie hat dich angerufen?", hake ich nach. Nur als sich meine Oma fast an ihrem Stück Brot verschluckt, da checke ich, dass sie Angst um mich hat, und zwar mehr als sie zu gibt. Ich brauche nur ihre Augen mustern, die immer größer werden. Genauso spüre ich ihre Verwirrung.

„Ja, das hat sie und sie macht sich große Sorgen um dich", sieht sie mich bedrückt an.

„Du machst dir ebenfalls Sorgen um mich, stimmt's? Sei ehrlich!", bohre ich nach.

„Aemilia, ich will aufrichtig zu dir sein. Du bist meine einzige Enkelin und da wir so viel Zeit miteinander verbringen, habe ich Angst dich zu verlieren", erklärt sie mir mit Bedacht und gedrückt zugleich.

„Mir ergeht es nicht anders. Ich spüre natürlich auch unsere Verbindung", denn so war es immer. Egal wo meine Eltern sind, ich fühle, wie es ihnen geht. Uns verbindet eine Menge miteinander. „Aber warum solltest du mich verlieren?"

Mühsam erhebt sie sich und richtet den Blick auf den Innenhof, bevor sie sich zu mir umdreht. Ihr Gesicht sieht niedergedrückt aus und am liebsten würde ich zu ihr laufen und sie ganz fest umarmen, jedoch bedeutet sie mir mit ihren Händen, es zu unterlassen. Schweren Herzens betrachte ich sie einfach nur.

„Ich weiß, dass du auf dem Weg des Erwachsen werden bist und das ich dich ziehen lassen muss. Aber ich tue mich schwer damit." Daraufhin macht sie eine nachdenkliche Unterbrechung. „Klingt egoistisch, oder? Aber ich möchte nicht noch einen geliebten Menschen so weit weg von mir wissen. Natürlich bin ich im Bilde darüber, wenn ich dich nicht ziehen lasse, dass du dann nie deinen eigenen Weg gehen kannst. Ich habe dich unwahrscheinlich lieb, Mila. Das darfst du nie vergessen!"

Schon springe ich von meinem Stuhl in ihre Arme.

„Ich liebe dich auch ganz doll." Trotzdem kapiere ich sie nicht. Was will sie mir nur damit sagen? Immerhin mag ich sie und Barna nicht alleine zurücklassen. Ehe ich sie danach fragen kann, läuft sie einfach in den Garten und schneidet Schnittlauch für das Frühstück.

„He, Mila, was machst du nur für Sachen?", begrüßt mich Jola, als sie durch unseren Laden schlendert und es sich bei mir auf der Terrasse bequem macht.

„So kann man das auch nennen", zucke ich mit meinen Schultern. „Aber ehrlich, auf diese Erfahrung hätte ich gut und gerne verzichten können", und wir umarmen uns dabei vorsichtig.

„Ja, das glaube ich dir. Selbst Matt war von dem Vorfall echt überrascht. Schließlich leben wir in einer kleinen Hafenstadt", plappert sie drauf los und schiebt ihre übergroße, verspiegelte Sonnenbrille auf ihren Kopf.

„Matt?"

„Ja, meinen Cousin."

„Das es dein Cousin ist, habe ich geblickt, nur wusste ich nicht, das er Matt heißt", maule ich sie an, weil ich über ihn nicht reden mag.

„Jetzt kennst du somit seinen Spitznamen. Bei deinen Namen war er etwas irritiert. Er dachte echt, dass du Mila heißt", sieht sie mich verschwörerisch an und zieht in der Zwischenzeit ihre Jeansjacke aus.

„Hat er dir auch erzählt, wie er mit gezogener Knarre in meinem Zimmer stand und ich fast einen Herzinfarkt bekommen habe?"

Doch von Mitgefühl fehlt ihr jede Spur, sondern ein Lachanfall durchschüttelt ihren Körper.

„Echt?", prustet sie los, ihren Anfall wegatmend.

„Hallo? Sehr witzig."

„Das kann ich mir gar nicht vorstellen. Er ist sonst immer so beherrscht und eher jemand, der im sicheren Abstand alles beobachtet, bis er mal reagiert."

Aufgewühlt sehe ich sie an.

„Echt, Mila, er ist ein guter Beobachter. Er kann tatsächlich kämpfen und dich retten, wie gestern bei dir im Laden", und sie nimmt meine Hand. „Ich bin froh, dass es so glimpflich ausgegangen ist und mein Cousin zur Stelle war."

„Wenn du es so sagst, dann sollte ich wohl auch froh sein, dass er da war, oder?"

Ein weiteres Mal kichern wir, wie Teenies, den die ganze Welt offen steht.

„Wer sagt denn, dass ich nur gestern da war?", höre ich seine männliche Stimme.

Ein sportlicher Mathis spaziert in Jeans und einem hellblauen T-Shirt herein und fixiert mich fragend. Mein Herz macht einen Sprung und ich glaube, dass es jeden Moment herausspringt. Natürlich schießt mir in dem Moment die Röte in meine Wange und ich senke eilig den Blick. Dabei entdecke ich flüchtig auf der Innenseite seiner Unterarme verschlungene Zeichen. Bloß lassen sich diese nicht von mir entziffern. Eigenartig.

Aber eins muss ich mir jetzt eingestehen. Sobald Mathis vor mir steht, werde ich völlig nervös, weil mich sein gesamter Anblick fasziniert. Nur ans Aufatmen ist dank der Schwingungen, die auf mich zurollen nicht zu denken.

„He, alles okay bei dir?", fragt mich besorgt meine Freundin und drückt mir dabei meine Hand, als könnte sie mich damit erden.

Augenblicklich ist meine urplötzliche Nervosität fast verschwunden und ich kann meine Augen von Jola ihrem Gesicht nehmen, um Mathis entgegenzutreten, der unseren Tisch erreicht hat.

„Hi, Jola."

„Hi, du Lebensretter. Schön zu sehen das du wieder munter bist", neckt sie ihn. Allerdings zuckt er nur seine Schultern, als checke er Jola ihre Frage nicht. „Na ja, ich würde sagen, dass du durch dein gestriges Abenteuer, etwas Schlaf zum Nachholen hattest."

Insgeheim muss ich lächeln, dass er sich nicht gegen sie wehren kann.

„Und, warum bist du hier?"

„Ich wollte überprüfen, wie es Mila geht."

In dem Augenblick rollen die Schwingungen erneut nach oben. Ich bekomme das Gefühl, als würde uns ein unsichtbares Band zusammenweben. Da er mich gleichermaßen starr ansieht und sein Körper Widerstand leistet, glaube ich sogar, dass er es ebenso verspürt. Aber ihn darauf ansprechen, möchte ich dann doch nicht.

„Setzt dich zu uns!", unterbricht Jola unseren Blickkontakt und ich kann langsam meine Luft ausatmen, die ich im Unterbewusstsein angehalten hatte.

„Jeep." Längst greift er sich den dritten Stuhl und lässt sich leger darauf nieder.

„Magst du auch einen Tee trinken?", frage ich ihn und wundere mich zugleich, warum ich das tue. Mir wäre es lieber, wenn er weggehen würde. Dann könnte sich nämlich mein Körper endlich entspannen und mein Herz normal weiter klopfen.

„Was trinkt ihr denn für welchen?"

„Beruhigungstee", höre ich mich antworten.

„Was?"

„Okay, das war ein Spaß", ergebe ich mich, als ich sein grimmiges Gesicht sehe. „Wir trinken einen Minze Tee."

„Eigene Herstellung?"

„He, willst du mich beleidigen?", ereifere ich mich. „Bei uns gibt es keinen gekauften Tee."

Blitzartig hebt er seine Hände in die Höhe und zwinkert mir zu.

„Sollte ebenfalls nur ein Spaß sein."

Während wir zwei Diskutieren, zaubert Jola eine weitere Tasse auf unseren Tisch und gießt ihm den Tee ein.

„Danke, mein Cousinchen", und sein Augenpaar landet abermals bei mir, was mich verunsichert.

Was sollte nur meine beste Freundin von mir denken? Gerade ist Mathis erst in Wismar angekommen und schon stiere ich nur ihn an, anstatt mich mit ihr zu unterhalten. Zum Glück quatschen die zwei über alles Mögliche und ich bekomme kein schlechtes Gewissen. Nur kann ihnen einfach nicht folgen, weil meine Gedanken zu ihm und den gestrigen Erlebten abschweifen. Aber das Gelächter der beiden holt mich augenblicklich in die Gegenwart zurück.

„Stell dir das mal vor! Da liege ich mir nichts, dir nix am Wasser und da kommt Matt und schmeißt mich einfach hinein, ohne zu wissen das ich überhaupt nicht schwimmen kann."

Zerstreut schaue ich sie an.

„He, du hättest ja was sagen können. Außerdem habe ich dich ja gleich zurück an Land gebracht", beschwert er sich.

„Dann hättest du dich mal öfters blicken lassen sollen. Findest du nicht auch, Mila?"

Erwartungsvoll sehen sie mich an. Aber irgendwie bin ich platt.

„Öhm, ich denke, wenn er dich gerettet hat, dürftet ihr jetzt quitt sein. Oder?"

„Jeep, so ist es, Cousinchen."

Somit ist Mathis mit meiner Antwort mehr als zufrieden.

„Ja, das hat er", höre ich Jola sagen und sie nimmt mich intensiv in Augenschein. „Magst du dich etwas hinlegen? Du siehst blass aus."

„Mm, ich denke, es ist eine gute Idee." Hastig stehe ich auf. „Aber ihr könnt gerne noch bleiben. Omi freut sich immer über Besuch."

Beide nicken mir zu und ich stiefle langsam in mein Zimmer. Kaum das ich meine Schuhe ausgezogen habe und mich auf die Tagesdecken lege, springt mein Kater zu mir und schnurrt mich in den Schlaf.

Endlich ist unser Abschlussball und ich brauche zum Glück nur noch zwei Tage, diese doofe Armschiene tragen, die mich in meinen Bewegungen einschränkt. Fertig gestylt warten wir auf der Terrasse auf unsere Begleiter und während ich aufgeregt bin und Angst vor dem Abend habe, ist Jola voll in ihrem Element. Party und Feiern. Spaß haben und nur nicht an morgen denken. Na klar, wer denkt an Später. Ich natürlich auch nicht. Aber mich macht es nervös zu wissen, das Mathis mein Partner für diesen Abend ist. Sein Auftreten und sein Blick lassen mich einfach nicht in Ruhe. Ich mag Jola und ihre Familie, weil ich sie seit eh und je kenne. Aber muss ich deswegen ihren Cousin mögen? Er macht mich nervös und unsicher zugleich. Außerdem habe ich keine Ahnung, was das für mich bedeutet. Am liebsten würde ich mich jetzt in mein Zimmer zurückziehen und für mich alleine sein.

„Du, der Friseur hat unsere Frisuren echt super hinbekommen", holt sie mich aus meinen Überlegungen.

Meine Haare hat er zu einem Scheitel geteilt und ihn zu zwei französischen Zöpfen geflochten. Ich komme mir vor, wie ein Mädel beim typischen Oktoberfest in München.

„Dann lass uns mal losgehen, meine Jungs sind da!"

Wir nehmen unsere leichten Jacken und eilen auf die Ladenstraße hinaus.

„Tschüss, Barna, bis später", rufe ich, weil ich ihn nirgends finden kann, ehe ich den Innenhof verlasse und durch den Laden laufe.

Begeistert begrüßen uns die Jungs mit einer höflichen Verbeugung. Beide haben ihr Haar durchgestylt, sodass es zerzaust und sexy aussieht. Sogar einen drei Tage Bart haben sie sich stehen lassen, und Mathis sein Mund wirkt voll und geheimnisvoll. Flink schellte ich mit mir selbst. Was soll ich bloß von meinen Gedanken halten?

„Du siehst wundervoll aus", haucht er mir bereits mit einem Augenzwinkern in mein Ohr, als wir uns zur Begrüßung drücken.

Nervös stiere ich ihn an. Seit wann umarmen wir uns und was soll ich von dieser Aussage halten? Will er mich schon wieder anmachen? Eilig löse ich mich von ihm und schiebe mir meine Brille zurecht.

„Dann steigt mal ein!", ruft Aaron und beide öffnen uns zum Einsteigen die Autotür.

„Seid ihr beiden zu Kavaliere geworden?", spöttelt Jola. Doch die Jungs sehen sich nur an.

Beide stecken sie in einem sportlichen Anzug mit einem cremefarbenen Hemd und der passenden Krawatte. Und weil die zwei die gleiche Größe haben, könnten sie faktisch als Brüder bei der Frauenwelt durchgehen. Zusammen fahren wir in einem dunklen BMW mit Mathis am Steuer zur Aula, wo ab heute unser neues Leben beginnt.

Als wir ankommen, laufen wir zielstrebig zu dem Tisch, wo bereits Jola ihre Eltern und meine Oma auf uns warten. Aber nirgendwo entdecke ich meine, obwohl sie mir versprochen hatten, dass sie kommen. Enttäuscht und traurig setze ich mich an den Tisch und kämpfe gegen meine Tränen an. Da spüre ich die Hand meiner Oma, wie sie meine in die ihre nimmt und mich verständnisvoll ansieht.

„Sie haben es nicht geschafft. Aber du wirst sie in wenigen Tagen wiedersehen, denn die Überraschung beinhaltet sie selbst", baut sie mich auf.

„Aber warum hat es nicht geklappt?", kämpfe ich meine Tränen tapfer weg.

„Weil ihre Fähre einen Motorschaden hat und durch den Sturm kein Flugzeug zur Zeit fliegt", bringt mir meine Oma den Stand der Dinge näher.

„Aber wir haben doch magische Fähigkeiten und gute Verbindungen, die uns gewiss geholfen hätten." Immerhin kann ich Gegenstände bewegen und die Zeit anhalten. Auch gibt es andere Zauberer, die noch größere Dinge können, als ich oder meine Eltern.

„Klar, hätten sie sich hierher hexen können, doch du hast gelernt, dass wir uns nicht selbst bereichern dürfen. Nur im Notfall darf man sich seiner Kräfte bedienen! Außerdem müssen wir uns so verhalten, damit die schwarze Magie nicht auf uns aufmerksam wird", appelliert sie liebevoll an unsere Grundsätze.

Doch will ich das wirklich? Immer verantwortungsbewusst sein. Verdammt aber auch! Ich wollte doch nur, wie die anderen Schüler auch, dass meine Familie komplett bei mir ist.

„Auch wenn es egoistisch ist, ich finde schon, dass es ein Notfall ist. Was ist daran so schlimm, dass ich sie bei mir haben will?", schiebe ich bockig nach.

Stattdessen nimmt mich meine Oma nur in ihre Arme und drückt mir einen Kuss auf die Stirn.

„Du siehst traumhaft schön aus. Und glaub mir, deine Eltern wären sehr stolz auf dich, wenn sie hier wären."

In dem Moment verfliegt meine Enttäuschung darüber und macht einem kleinen Glücksgefühl Platz, weil sie mich kennt und sich nie von mir in die Irreführen lässt.

„Du weißt wirklich, wie du mich herumbekommst, oder?" Verstehend strahlen wir uns an.

Als alles formell beendet ist, geht es zu dem gemütlichen Teil über. Endlich habe ich Zeit für mich und meine Gefühle. Denn seit wir in der Aula sitzen, habe ich das Empfinden, als könne ich die Gefühlsregungen der Menschen, noch stärker in mir spüren und das schlaucht mich. Die Leute um mich herum sind nicht nur glücklich, sondern auch aufgeregt, wie ihr Leben ab morgen verlaufen wird und das setzt mir zu. Mittlerweile werde ich genauso hibbelig, wie die Jungs und Mädels in diesem Raum. Es fällt mir, von Stunde zu Stunde schwerer auf die Tanzenden zu achten, ohne dass mein Kreislauf verrücktspielt, weil mein gesamter Körper vibriert.

Meine Oma tanzt mit dem Mann von ihrer Freundin Marianne und Mathilda bewegt sich fantastisch mit Marius. Auch Jola hat sich einen Typen aus unserer Parallelklasse zum Tanzen geholt und hat ebenfalls ihren Spaß mit ihm. Sie lacht viel und lässt sich von ihm führen.

Ich freue mich für sie.

Schließlich entdecke ich Mathis und Aaron, die sich kaum vor tanzwütigen Mädels retten können. Sie sehen nicht nur toll aus, sondern sie sind ebenfalls gute Tänzer. Bloß ich mit meinem Arm, der immer noch bandagiert in einer Schlinge hängt und einer aufsteigenden, starken Migräne, will nach Hause.

Langsam stehe ich auf und schleiche Richtung Toilette, um mir etwas kaltes Wasser auf mein Gesicht zu spritzen. Mich schlaucht nicht nur mein Kreislauf, der allmählich gen Keller fährt, sondern eine aufsteigende Übelkeit setzt mir zudem auch noch zu. Jetzt kann ich nur hoffen, dass mir das Wasser für mein Gesicht und über das Handgelenk Linderung bringt. Je länger ich zur Toilette taumle, umso mehr hämmert es in meinem Kopf und das Summen darin wird heftiger. Es ist, wie ein starkes Gewitter, was sich über einen zusammenzieht, bevor es sich direkt über dir entlädt.

Doch als ich endlich ankomme, wird es nicht besser, sondern nur noch schlechter. In kleinen Schritten, damit mir mein Kopf nicht platzt, trotte ich zur Toilette und setze mich, wie ein Häufchen Elend darauf. Dort stütze ich meinen Kopf in der gesunden Hand ab. Irgendwie begreife ich nicht, was mir zu schaffen macht.

Na klar, man hat mich vor nicht mal zwei Wochen angeschossen. Bestimmt ist mein Körper nur schlapp, weil es ihm zu viel wird und die Schmerztabletten nicht mehr helfen, weshalb ich jetzt mit einem donnernden Gewitter im Kopf zu tun habe. Welch ein Mist aber auch! Es ist heute Abend leider nicht so, wie ich es mir vorgestellt habe. Zumindest wollte ich mit Jola feiern und im Moment bin ich nur müde und möchte heim. Eine absolute Schlaftablette bin ich.

„Darf ich kurz rein und meiner Freundin helfen? Ihr geht es nicht gut", höre ich Mathis sagen und ich denke, der spinnt doch.

„Hau ab, das ist ein Mädchenklo!", rufe ich ihm genervt zu, wobei mein Kopfschmerz heftiger wird. Aber wer jemals solche Schmerzen hatte, weiß wie es einem dann geht. Man kann einfach nur alles um einen herum verfluchen.

„Och, ich denke, du brauchst meine Hilfe", kommt es voller Überzeugung von ihm und ich höre, wie er neben mir in das WC läuft und auf die Kloschüssel springt. Nur um dann über die Trennwand zugucken und mir direkt auf den Kopf.

„Was ist?", maule ich ihn an und mein Kopf will zerspringen.

„Das frage ich dich!" Amüsiert sieht er auf mich runter.

Klasse, jetzt stiert ein super Typ auf mich herab. Wie tief muss ich eigentlich noch sinken? Der denkt gewiss, dass ich nicht mehr alle habe. Flugs straffe ich meine Schultern und sehe ihn herausfordernd an.

„Man merkt, dass du nicht in unserem Dorf lebst."

Ein erstaunter Mathis sieht mich an.

„Hast du eigentlich eine Ahnung, was du mit deiner Äußerung jetzt angestellt hast?"

„Sollte ich?"

Was will der denn nur von mir?

„Verdammt, die denken nun, du bist mein Freund. Das macht jetzt voll die Runde. Toll was?"

„Ich bin doch ein Prachtexemplar von Mann, mit dem du angeben kannst. Findest du nicht auch?", lugt er mich provokativ an.

„Sag mal, spinnst du? Du bist nicht mein Typ!", ereifere ich mich.

„Bist du dir da sicher?", hakt er mit einer neckenden Stimme nach, dass ich erst einmal schlucken muss.

„Mathis, wenn du mich genau angeschaut hast, wirst du feststellen, dass du mit mir keinerlei gute Partie an Land ziehst."

Na echt mal, zwar bin ich keine Schreckschraube, aber auch kein Top Model. Und während ich gedanklich, damit beschäftigt bin, ihn auf Abstand zu halten, springt er über die Wand in meine Toilette. Bloß passiert das so was von schnell, dass ich nicht mal Zeit zum Fliehen habe. Prompt stehe ich ihm gegenüber und das in einer sehr engen Mädchentoilette.

„Was soll das?", begehre ich genervt auf, als er mich an meiner Schultern festhält.

„Ich glaube, du musst noch einiges lernen. Doch jetzt müssen wir zurück, sonst denken die anderen noch, dir sei ernsthaft was passiert."

Fast wäre ich in seinen Augen versunken, deren vorherrschendes Grün spiralförmig sich mit dem braun verbindet.

„Ich will aber nicht! Ich brauche erst mal etwas Frischluft", versuche ich, dem hier zu entfliehen.

„Pass auf! Wir gehen kurz hinaus und danach zu den anderen, um natürlich eure Überraschung abzuholen. Das hatte dir ja deine Oma bereits angekündigt."

Erleichtert nicke ihm zu, auch weil sich eigenartigerweise meine Kopfschmerzen verflüchtigen.

„Lass mich, bitte, nur kurz frisch machen!" Da öffnet er mir bereits die Tür und einige Mädels schauen uns belustigt an.

Ich hätte mich am liebsten unsichtbar gemacht. Zügig marschiere ich zum Waschbecken und spritze mir kaltes Wasser in mein Gesicht. Mathis steht natürlich direkt hinter mir und wenn ich es nicht besser wüsste, könnten die Umstehenden durchaus denken, dass er mein besorgter Freund ist. Leicht schüttle ich den Kopf, weil meine Fantasie einfach mit mir durchgeht.

Nebeneinander tappen wir aus der Mädchentoilette und werden von den anderen komisch oder sogar amüsiert angeglotzt. Was für ein Mist! Während ich hier weiterlebe, fährt er zurück nach Österreich und ich bin eine Zeit lang das Hauptgespräch in unserem Dorf. So ein Idiot aber auch.

Zu zweit verlassen wir das Gebäude und spazieren zu einem Wäldchen an den Dünen. Direkt dahinter ist das Meer, welches ich längst hören und riechen kann. Wir haben es bereits gegen zehn Uhr abends, aber es ist angenehm, weil die milden Temperaturen mir und meinem Kopf guttun.

„Es ist einfach nur schön hier", höre ich Mathis sagen.

„Ist es bei dir, dort wo du wohnst, nicht so traumhaft?"

„Doch. Ich lebe in den Bergen, in einer fast unberührten Natur."

„Was machst du überhaupt dort?"

„Mm, ich arbeite als Personenschützer in einer Firma", sieht er mir wissend in die Augen und die Schwingungen in meinem Körper nehmen zu.

Ich fühle ihn komplett um mich herum. Jede Faser seines Körpers sauge ich in mir auf und ich höre seine Gedanken, die mir sagen, dass er Gefahr wittert, weshalb ich mich umdrehe. Aber außer uns beiden, entdecke ich niemanden. Wahrscheinlich täusche ich mich ja. Nach solch einem Anschlag auf mein Leben muss ich erst mal klarkommen.

„Ich denke, wir müssen gehen!" Eilig nimmt er meine Hand.

„Aber…", jedoch komme ich nicht weiter, weil er mich in einem Eiltempo mit sich zieht. Auf irgendeiner Weise fühle ich, dass er mich mit seinem Körper beschützt. Er schützt mich vor etwas, was ich nicht sehen kann.

„… die anderen warten längst", erklärt er mir, als wir auf dem Schulhof ankommen.

Fragend richte ich den Blick auf ihn und merke augenblicklich seine Anspannung. Womöglich werde ich ja langsam paranoid.

„Das ist jetzt nicht euer Ernst? Was sollen wir denn bitteschön in Österreich?", protestiert Jola, als sie erfährt, dass wir drei Wochen lang einen Familienurlaub in den Bergen verbringen werden. „Stell dir das mal vor!", sieht sie mich wütend an. „Das wird ein Wanderurlaub in Familie", ruft Jola eine Oktave höher.

Mich stört es weniger. Habe ich noch nie mit meinen Eltern einen Urlaub verbracht. Aber wenn ich es mir genauer überlege, habe ich etwas Angst davor. Denn solange bin ich noch nie von meiner Oma getrennt gewesen. Wenn ich weiter nachdenke, so gibt es sogar noch einen guten Grund, weshalb ich nicht mitfahren sollte. Ich würde in Österreich mehr Zeit mit Mathis verbringen. Wie sollte das aber gehen? Schließlich kapiere ich nicht, was er in mir auslöst. Ich spüre nur, dass unsere Körper aufeinander reagieren, sobald sie aufeinandertreffen. Immerhin bringen seine Berührungen irgendetwas in mir zum Klingen. Wie ein Pianist der seine Klaviersonate spielt. Erst sacht und dann von Mal zu Mal intensiver und eindringlicher. Ich weiß nicht, ob ich dem Entgegenhalten kann. Denn ich kenne ihn nicht und vom Verstehen mal ganz abgesehen. Wenn ein Junge meist nur knappe Sätze spricht, wie soll man sich da vernünftig unterhalten, geschweige denjenigen kennenlernen?

„Was sagst du dazu?", fragt mich meine Oma.

„Es klingt nicht schlecht. Ich war noch nie weg und kenne nur die See. Aber kann ich dich alleine lassen?", denn ich merke, dass sie schwer atmet und sichtlich um ihre Fassung ringt. „Omi, stimmt was nicht?"

„Mila, ich möchte, dass du wie andere Jugendliche etwas erlebst. In den drei Wochen helfen mir Mathilda ihre Eltern." Damit meint sie die Großeltern meiner Freundin, die bei ihnen im Haus leben.

„Oh, Omi. Ich habe dich lieb", freue ich mich. Denn ganz im Ernst, ich finde es für mich okay, dass ich mal etwas anders zu sehen bekomme. Vor allem bin ich ja nicht mutterseelenallein, sondern mit meiner und Jola ihrer Familie unterwegs. Da sollte ich Mathis definit aus dem Weg gehen können.

Doch als ich in seine Richtung gucke, bin ich etwas verunsichert. Er sieht mich an, als würde er sich über unsere Diskussion prächtig amüsieren. Sein Gesichtsausdruck zeigt mir, dass es für ihn bereits beschlossene Sache ist. Er geht mit uns drei Wochen auf Wanderschaft und das sogar in seine Berge.

„Mm, wenn du fährst, dann komme ich auch mit, obwohl mir andere Orte viel lieber wären", gibt sich Jola einen Ruck.

„Wie sieht die Reise aus?", möchte ich nun in Erfahrung bringen.

Gemeinsam sitzen wir an unserem Tisch in der Aula und die Tanzmusik ist noch immer im vollen Gange, während meine innere Unruhe von neuen stark zu wachsen beginnt und mich langsam an die Grenzen der Belastbarkeit bringt. Denn diese vielen Gefühle der Menschen im Raum führen ihr eigenständiges Leben und wollen doch glatt von mir beachtet werden. Ich merke, wie kleine Anstupser an meinen Körper prallen und weiß ehrlich gesagt nicht, wie ich damit umgehen soll. Zumal ich diese intensive Art bisher noch nie erlebt hatte.

„Wir fahren mit einem gemieteten Kleinbus von Wismar nach Österreich in den Vorarlberg und quartieren uns dort in einem wunderschönen Gasthof ein, welcher immer der Ausgangspunkt für unsere Tagestouren sein wird", erklärt uns Mathis.

Indessen fühlt mein Körper hundertprozentig, dass er uns etwas Wichtiges verheimlicht.

„Und das ist alles? Wir machen in den Bergen im nirgendwo einen entspannten Urlaub?", hake ich nach und beobachte meine Oma. Wieder einmal erkenne ich, wie sie um ihre Fassung ringt. „Omi, geht es dir wirklich gut?", flüstere ich leise in ihr Ohr, weil sie neben mir sitzt und ihre Finger knetet. Das ist immer ein Zeichen davon, dass sie sich in ihrer Haut nicht wohlfühlt. Sie sieht mich an und ich spüre ihre Unsicherheit. „Soll ich besser nicht mitfahren?"

„Doch!" Dabei guckt sie durch mich hindurch. „Geh deinen Weg! Ich warte auf dich", spricht sie und mir wird eigenartigerweise übel.

„Wie wäre es, wenn wir morgen weiter verhandeln?" Nicht minder kommt es mir so vor. „Ich möchte nach Hause. Die Schussverletzung macht mir immer noch zu schaffen." Was keine Ausrede ist, denn meine Wunde brennt. Selbst die Geräusche werden für mich zunehmend lauter und eindringlicher. Ich muss hier schnellstens weg!

„Mathis, bringst du die beiden bitte heim!", vernehme ich seinen Onkel und er nickt ihm zu.

„Jola, schlaf darüber und morgen quatschen wir noch mal und dann sehen wir weiter." Flüchtig gebe ich ihr zum Abschied einen Kuss. „Mache ich", antwortet sie mir.

Wir werden von Mathis nach Hause chauffiert und ich gehe ins Bad, um es mir dann mit meinem Kater im Bett gemütlich zu machen.

„Ach, Süßer, was soll ich nur tun? Ich kann dich und meine Omi doch nicht zurücklassen, oder?" Prüfend schaue ich in sein Gesicht und sein Schnurren beruhigt mich, als ich ihn ausgiebig streichle. Bloß eine Antwort bekomme ich von ihm nicht. Wie denn auch, er ist mein Stubentiger, den ich schweren Herzens hierlassen muss. Ich atme laut aus und zermartere mir mein Gehirn, um festzustellen, dass mich das keinen Schritt weiterbringt.

Nachdenklich stehe ich noch mal auf und öffne mein Fenster, um auf die Ostsee zu stieren. Und während ich mich auf die salzige Luft und die Geräusche des Meeres einlasse, werde ich zu einem Ort getragen, den ich nicht kenne. Es ist eine eingeschlossene Bergwelt, mitten in einem Tal und ich habe ein Gefühl von Heimweh, obwohl ich hier zuhause bin. Verunsichert lege ich meine Hand auf meinen Brustkorb. Und bevor ich es überhaupt realisieren kann, fühle ich in der rechten Hand die Kette, die ich nicht an mir tragen sollte und ein kurzes, violettes Aufleuchten erscheint. Sobald ich aber diese Kette in meiner Hand halte, verschwindet das Licht.

Was geht hier bloß vor?

Magische Momente, schießt es mir durch den Kopf, den ich aber gleich schüttle. *Na ja, was soll's*, denke ich mir. Egal, wie das passiert ist, in unserer zauberhaften Welt ist eben alles möglich. So beschließe ich, dass ich die Kette mit ihrem Erscheinen akzeptieren werde und diese hoffentlich bald ihrem rechtmäßigen Besitzer zurückgeben kann.

Um mich jetzt aber von dem Schreck abzulenken, denke ich an die besagte Überraschung und die drei Wochen Familienurlaub in Österreich. Sollte ich es wagen und mit unseren Familien, sowie mit Mathis einen Ausflug in die Berge machen? Bin ich dann auch noch die, die ich bin, wenn ich mein Zimmer verlasse? Leider bin ich ein Mädchen, das eine gewisse Sicherheit braucht, damit ich keine Angst haben muss etwas falsch zu machen. Bloß wenn ich verreise, werde ich neue Dinge erleben und meistern müssen. Bisher waren meine Familie, meine beste Freundin und ihre Eltern um mich und gaben mir die Sicherheit, den Alltag zu bewältigen. Nur wenn ich jetzt die Reise mache und neue Eindrücke sammle, komme ich garantiert verändert zurück.

„Ich dachte, du wolltest schlafen?"

Überrascht zucke ich kurz zusammen, als ich meine Oma in ihrem bodenlangen, blauen Nachthemd entdecke.

„Ich überlege, was ich machen soll?" Schon laufe ich zu ihr und drücke mich an sie, bis wir in einer Umarmung verharren.

„Mila, um sich weiterzuentwickeln, muss man es zulassen neue Wege zu gehen. Du hast immer die Wahl, welchen Weg du einschlagen möchtest. Selbst, wenn du falsch gewählt haben solltest, so kannst du jeder Zeit umkehren und deinen Weg ändern. Es ist wie ein Schiff auf hoher See. Wenn es die falschen Koordinaten hat, kannst du es sacht umlenken oder die Segel anders setzen, wenn sich der Wind auf rauer See verändert. Du musst nur an dich Glauben und an all das, was ich dich mit deinen Eltern gelehrt habe!"

Aufmerksam schaue ich sie einfach nur an, weil sie ja recht hat. Solange ich mit einem reinen Gewissen entscheide, kann ich keinen falschen Weg einschlagen. Außerdem hat man mir beigebracht, dass alles, was ich tue, einen Sinn ergibt und es eine Art Prüfung unserer Himmelswelt ist. Sie wollen feststellen, ob ich ein Leben auf Erden verdient habe. Denn meine Familie brachte mir ihre tiefste Überzeugung bei. Nämlich dass es eine höhere Macht gibt, die nur unser Bestes möchte. Wir Menschen sollen reinen Herzens und mit offenem Blick durch unsere Welt gehen. Ob ich jetzt magische Fähigkeiten habe oder nicht, spielt für die Lebensphilosophie meiner Familie keine Rolle.

„Mm, Omi."

Abermals sehen wir uns an, bis sie die Kette entdeckt.

„Wo hast du sie her?"

„Keine Ahnung. Ich fand sie eben an meinem Hals wieder, als ich eine Sehnsucht nach einem Ort bekam, den ich nicht kenne. Verstehst du das?", frage ich sie eindringlich, weil ich zur Zeit ein kleines bisschen durcheinander bin. In den letzten Tagen denke ich nämlich, dass seit ich die Kette gefunden und berührt habe, sich die Ereignisse bedrohlich um mich verändert haben. Als käme irgendwas auf mich zu, was ich nicht will.

„Mm, das macht mir langsam etwas Angst", gesteht sie ehrlich. „Weil ich den alten Mann, von dem ich den Schrank vor drei Wochen erworben habe, nicht mehr auf dem Trödelmarkt gesehen habe."

Und das stimmte.

Sie erzählte mir, dass sie die letzten drei Samstage den Platz ohne Erfolg abgesucht hatte. Vorsichtig probiere ich, dass Amulett von meinem Hals zu nehmen.

„Bist du so lieb und bringst sie in den Safe, ich will nicht noch mal Überfallen werden!" Aber sie lässt sich nicht öffnen.

Erschrocken blickt sie mich an.

„Glaubst du, die Einbrecher wussten von der Kette?"

„Ich habe keine Ahnung, aber ich finde es recht merkwürdig. Nachdem wir sie gefunden hatten, tauchte Mathis auf. Kurz danach ist der Überfall im Laden passiert und plötzlich ist er nochmals zur Stelle. Das gleiche dann in meinem Zimmer, als er schussbereit hier stand, wo du jetzt stehst."

Sie sieht mich nachdenklich an.

„Sind ein paar Zufälle zu viel, findest du nicht auch?", immer noch bemüht den Verschluss zu öffnen.

„So habe ich das noch gar nicht gesehen."

„Und dann sehe ich ständig das violette Licht. Das ist derselbe helle Schein, wie bei der besagten Gasexplosion", gebe ich meine Gedanken frei.

„Was ich auch komisch finde, das ich diese alte Schrift auf Mathis seinem Unterarm nicht lesen kann. Sobald ich mich konzentriere, verschwimmen die Buchstaben. Kannst du sie lesen?" Hoffnungsvoll schaue ich meine Oma an.

Zerknirscht schüttelt sie ihren Kopf.

„Also, Mila, mir will keine simple Erklärung einfallen. Dennoch bitte ich dich, nicht zu viel hineinzuinterpretieren! Manchmal gibt es einfach viele Zufälle auf einmal, sodass man denkt, es ist Hieb und stichfest. Sprich, wie bei einem Tatverdächtigen, der in allen Punkten angeklagt wird, obwohl es nur eine unglückliche Verknüpfung von Zufällen ist", versucht sie mir zu erklären.

„Also, meinst du, ich bilde mir das alles nur ein?"

„Nein, mein Kind ..." Da nimmt sie mein Gesicht in ihre Hände und sieht mich liebevoll an. „Nein, mein Schatz. Ich möchte nur, dass du mit offenen Augen und unvoreingenommen das Ganze siehst. Fahr mit deinen Eltern in den Urlaub und genieß die Berge! Lass dich etwas treiben, auch was Mathis betrifft."

„Matt ...", bloß komme ich gar nicht weiter, weil sie mich wissend anlächelt.

„Ich weiß, dass dein Herz für ihn lauter klopft, wenn er in deiner Nähe ist. Ganz zu schweigen, wenn ihr euch berührt", lacht sie mich leise und herzerweichend an.

„So viel zu unserer inneren Verbundenheit."

„Mm, das auch. Aber in erster Linie weil ich dich Liebe. Deshalb sehe ich es an deinem Gesichtsausdruck. Dafür muss ich nicht deine Omi mit empathische Fähigkeiten sein. Deine Augen verraten dich." Daraufhin drückt sie mich an ihre Brust und wir schauen uns wissend an.

„Ich werde dich jetzt schon vermissen." Plötzlich puzzeln mir meine ersten Tränen die Wange hinunter.

„Schi ..., du wirst mich schneller wiedersehen, als dir lieb ist." Behutsam wischt sie mir mit ihren Zeigefingern meine Tränen fort. „Glaub mir, in den drei Wochen wirst du viel erleben, das die Zeit wie im Flug verfliegt."

Nach einer gefühlten Ewigkeit am Fenster, als wir zusammen in die Nacht hinein hören, schickt mich meine Oma ins Bett.

„Sonst kommst du heute gar nicht zur Ruhe. Außerdem war es ein langer Tag für dich."

Geschwind gebe ich ihr einen Kuss auf ihre Wange und wir beide beobachten, wie sich die Kette erneut in einem violetten Nebel auflöst. Erst als ich dann im Bett liege und sich Barna zur mir gesellt, verlässt meine Oma das Zimmer.

Nicht mal drei Tage später stehe ich mit gepackten Koffern vorm Haus von Jola ihren Eltern und ich bin echt froh, dass ich keine Wimperntusche aufgetragen habe, denn sonst würde ich jetzt, wie ein Pandabär rumlaufen. Mir fällt es nämlich unheimlich schwer, meine zwei Liebsten zuhause, zu lassen. Klar, es sind nur drei Wochen, aber für mich klingt es endlos lang. Auch fühlt es sich für mich, wie ein Abschied für immer an. Obwohl mir mein Verstand sagt, dass es nicht sein kann, weil ich spätestens im September wieder hier sein muss, um mein freiwilliges Jahr zu machen.

Komisches Bauchgefühl.

Seit ich bei Mathilda und Marius angekommen bin, sitze ich mit Jola, die wie ich in Jeans und Pulli gekleidet ist in der Küche. Alle warten wir darauf, dass meine Eltern mit dem Kleinbus ankommen. Aaron und Mathis haben statt einem Sweatshirt ein Hemd an, das sie an den Ärmeln hochgekrempelten haben. Natürlich dürfen ihre Sonnenbrillen nicht fehlen, die sie auf ihrer Nase tragen, als würde in der Küche eine bitterliche Sonne brennen. Na ja, womöglich soll es nur cool aussehen. Ich sage ja nicht, dass ich die Jungs verstehe.

„Sie kommen", schreit Mathilda aufgeregt, als ein schwarzer Mercedesbus auf dem Hof zum Stillstand kommt und wir alle hinausrennen.

Als ich dem Bus entgegenrenne, springt die Beifahrertür auf und meine Mutter stürmt mir mit ausgebreiteten Armen entgegen.

„Endlich, Mama." Schon liege ich in ihren Armen und es ist mir egal, was die anderen darüber denken.

„Hallo, Schatz." Zögernd lösen wir uns voneinander und ich schaue in das gleiche herzförmige Gesicht, eben nur etwas älter. „Gut siehst du aus", flüstert sie mir zu. Denn seit drei Monaten haben wir uns nicht gesehen und das alles nur, weil mein Vater ständig Termine hat und er dem Ruf der Mythologie nicht widerstehen kann.

„Was ist mit mir?", höre ich eine brummende Stimme neben mir.

Groß und stark zugleich steht mein Vater vor mir. Seine dunkelblonden Haare sind durcheinandergewirbelt, die ihn mit der Nickelbrille und dem glattrasierten Kinn, wie einen Studenten aussehen lassen und nicht, wie einen gestandenen Professor.

„Oh, Papa." Flugs fliege ich in seine Arme, als er zu mir kommt.

„Hi, meine Kleine", neckt er mich und wir drei umarmen uns. „Schön, dass du mit uns einen Wanderurlaub machst."

„Dürfen wir kurz unterbrechen und euch zwei Weltenbummler ebenfalls mal festdrücken?", fragt freudig Marius, wobei er seinen Freund bereits auf die Schulter klopft.

Obwohl Jola ihr Vater einige Zentimeter größer ist als meiner, haben beide die gleiche, schlanke und sportliche Figur. Was mein Vater an blonden Naturlocken hat, sind Marius seine Haare dunkelbraun und verwuschelt. Beide Männer kennen sich seit der Sandkastenzeit und haben ihr Gegenstück durch die besagte Klassenfahrt kennen und lieben gelernt.

„Wo ist eigentlich meine Mutter?"

„Sie wollte sich die Tränen sparen und uns drei zusammendrücken, wenn wir zurück sind. Sie hofft, dass ihr diesmal etwas länger bei uns bleibt." Selbst ich erhoffe es mir. Ich wollte ebenfalls mal, ein normales Familienleben in Wismar führen. Klar ist meine Oma eine tolle Omi, nur manchmal möchte ich mich bei meiner Mutter oder bei meinem Vater anlehnen dürfen und Dinge besprechen, die per skype, nicht so optimal sind.

„Also, packen wir es!" Dabei öffnet Aaron den Kofferraum, damit unser Gepäck dort unterkommt. „Der Sprinter hat aber gut Stauraum."

„Ist ja auch ein Mercedes", lockt ihn mein Vater.

Seit ich denken kann, fährt er nur Autos von dieser Marke. Bloß seinen Traum den Jeep ML 350 hat er sich noch nicht erfüllt.

„Ah ja", mischt sich Mathis ein. „Ich fahre nur BMW."

„Warts ab, wenn du diesen Kleinbus gefahren bist, mit allen Schnickschnack, was der hat, wird dein nächstes Auto ein Mercedes sein", prophezeit ihm mein Vater.

„Los Männer, das könnt ihr im Auto bequatschen!", mischt sich jetzt Mathilda ein.

Wir Mädels sitzen hinten auf der letzten Bank und unsere Mütter davor, denn sie haben sich seit einer Ewigkeit nicht mehr gesehen. Auf meiner Bank sitzt, leider direkt neben mir Mathis, während Aaron es sich neben seiner Mutter bequem gemacht hat. Die beiden Männer sitzen vorn, weil mein Vater die erste Tour fährt.

„Hast du Mittel gegen Übelkeit eingesteckt?", höre ich meine Mutter fragen.

„Habe ich", beruhigt Mathilda sie.

„Hä?"

„Na ja, Mila, sobald wir in Österreich ankommen, sind Kurven angesagt. Weil wir nicht wissen, wie ihr beiden Mädels diese Art Achterbahn vertragt, haben wir was eingepackt, damit ihr im Auto keine Sauerei anrichtet."

Macht Sinn, oder?

Dann geht es auf einen dreizehnstündigen Trip, mit eingeplanten Pausen und vielen Staus, damit sich alle, außer Jola und mir, beim Fahren ablösen.

Wir durchqueren auf der Tour komplett Deutschland auf seinen Autobahnen. Zwischendurch wird es mir echt mulmig, wenn ich beobachte, wie dicht manche Autofahrer auf uns auffahren oder sogar von rechts überholen. Selbst an die Lichthupe habe ich mich mittlerweile gewöhnt und die engen Baustellendurchfahrten, mit den verrückten Fahrern und ihren überhöhten Geschwindigkeiten. Bin ich Gott froh, dass ich keinen Führerschein habe. Diesen Höllentrip könnte ich nicht bewältigen, vorher würde ich sterben.

„Macht es euch was aus, wenn ich in Österreich das Lenkrad komplett übernehme? Die Kurven kenne ich, wie meine eigene Westentasche", fragt Mathis laut und mein Vater nickt ihm zustimmend zu.

Demnach wäre das geklärt und ich habe etwas Abstand zu ihm.

„So, jetzt kommt der letzte Halt", sagt mein Vater, der noch am Steuer sitzt. „Ich hole fix eine Vignette und dann übernimmt Matt."

Somit steigen wir alle aus und ich betrachte die Umgebung. Überall stehen Autos und Lastwagen, sowie Menschen, die in ein Gebäude hinein und herausrennen. Das Haus ist ein Betonbunker und sieht für mich nicht einladend, sondern nur funktionell aus.

„Das ist der ehemalige Grenzübertritt. Bevor die Grenzen geöffnet wurden, hatte man hier alle Autofahrer kontrolliert und die Abfertigung zog sich ewig in die Länge. Zum Glück sind in der heutigen Zeit viele Grenzposten überflüssig geworden", erklärt mir Mathis.

Doch seine Erklärung interessiert mich diesmal nicht, weil ich müde bin und offen gesagt nur eine Dusche und ein Bett will. Hätte nie gedacht, das Vereisen anstrengend ist. Von meiner morgendlichen Vorfreude ist im Moment kein bisschen mehr übrig. Aber auch, weil ich die gesamte Zeit versucht habe, die unterschwelligen Schwingungen von Mathis zu ignorieren. Ich bin jetzt wirklich froh, dass er die nächsten Stunden unser Fahrer ist.

„Es kann zur letzten Etappe losgehen", höre ich meinen Vater sagen und an Mathis gewandt: „Dann lass uns mal starten!"

So zügig, wie wir in die Kurvenstraße kommen, obwohl Mathis gleichmäßig fährt und die Kurven weich nimmt, wird es mir immer schlechter. Mir ist heiß und übel zeitgleich, selbst der Schweiß bricht mir aus und ich fange zu frieren an. Nur das Schlimmste ist, das mir die Magensäure aufsteigt und ich Sodbrennen bekomme, mit dem Gefühl, das ich mich gleich übergeben werde.

Plötzlich passiert alles in Windeseile, dass es noch nicht mal mein Vater bemerkt, der neben mir eingeschlafen sein muss.

„Mir ist übel", presse ich aus mir heraus und ich fühle eine kräftige Vollbremsung sowie ein Aufreißen der Seitentür. Augenblicklich werde ich von Marius rausgezogen und falle fast noch über die Füße meines Vaters. Sobald ich die frische Luft rieche und begreife, dass ich im Freien stehe, erleichtere ich mich über die Leitplanke. Immer noch zittrig und voll ausgelaugt halte ich mich an dem Geländer fest.

„Trink das!", vernehme ich Mathis seine Stimme neben mir.

Es ist mir mehr als unangenehm, dass er mich so sieht und womöglich auch noch riecht. Ich nehme einen großen Schluck aus der Wasserflasche und schaue in die erschrockenen Augen meiner Mutter.

„Oh, Schatz, warum habe ich das nicht bemerkt?"

„Weil du im Gespräch mit Mathilda vertieft warst."

„Mh..., aber sonst spüre ich doch auch immer, wie es dir geht."
Fassungslos sieht sie mich an und ich kann es mir ebenfalls nicht erklären,
warum sie diesmal meine aufsteigende Übelkeit nicht bemerkt hatte.

„Mm. Aber mach dir keinen Kopf. Alles gut. Hast du vielleicht
Mundwasser griffbereit? Außer ihr wollt die nächste Zeit einen säuerlichen
Geruch im Auto haben."

„Stimmt, aber danach nimmst du die Kaugummis. Mathis, fahr bitte so
langsam wie möglich, ohne dass wir einen Strafzettel bekommen!", sagt
meine Mutter besorgt zu ihm und ich kann nur nicken.

„Wenn wir keinen bekommen wollen, sollten wir langsam los, weil ich im
Halteverbot Parke."

Unverzüglich klettern alle zur Weiterfahrt hinein, nachdem ich meinen
Mund ausgespült habe.

Ich betrachte mir die gigantischen Berge, die sich wie aus dem Nix in die
Lüfte stemmen und kaue ganz brav den Kaugummi in der Hoffnung, dass
dieser hilft. Als ich dann gedankenverloren die Bergwelt mustere, fühle ich,
dass sich in meinem Kopf eine Migräne aufbaut. Bevor ich überhaupt etwas
sagen kann, blitzt es und ein Gewitter entlädt sich direkt über dem Auto.
Fassungslos stiere ich aus dem Fenster, als sich ein regelrechter Wasserfall
über uns ergießt. Mathis drosselt zwar das Tempo, aber bis er an Fahrt
verliert und wir eine dunkle Wasserwand vor uns haben, holpern wir über
etwas drüber, dass wir Frauen laut aufschreien. Ich habe das Gefühl, als
wären wir über etwas Schwammiges gefahren.

„Brems! Du hast gewiss einen Menschen überfahren", brüllt Jola neben
mir.

„Quatsch, den hätte ich gesehen", verteidigt sich Mathis.

„Wie denn? Du kannst ja nicht die Bohne sehen", motzt sie weiter.

Vorsichtig bringt er, den Kleinbus mit Warnblinker zum Anhalten und
der Regen, der uns die Sicht nimmt, will einfach nicht abreißen. Es schüttet
echt unerbittlich. Nicht einmal die Autowischer schaffen es, uns einen
Durchblick auf die Straße zu gewähren.

„Ich steige mal aus und sehe nach."

„Warte, Matt, ich komme mit!" Sogleich probieren Marius und Mathis auszusteigen. Nur leider ist der Wind sowas von unerbittlich, dass die beiden die Autotür nicht aufbekommen.

Allmählich macht sich in mir ein Angstgefühl breit, das ich nicht beschreiben kann.

„Kommt das oft hier vor?"

„Na ja, in den Bergen ändert sich ständig blitzartig das Wetter. Aber so arg habe selbst ich es noch nie erlebt", erklärt mir Mathis ehrlich und dabei mustert er mich besorgt.

„Und jetzt?", piepst Jola neben mir, sodass ich ihre Hand nehme. Sofort fühle ich ihre Beklemmung, die meine widerspiegelt.

„He, Jola, wir sitzen nicht alleine im Auto."

„Schon, Mila, aber wir hocken hier drin, wie in einem Käfig", flüstert sie mir zu und ich muss ihr zustimmen, weil sie jetzt grade Platzangst bekommt.

„Atme tief ein und aus! Das wird wieder."

„Wir sollten einfach den Regenguss abwarten und dann weiterfahren", höre ich meinen Vater sagen.

„Ja, aber wenn wir jemanden überfahren haben?", begehrt sie erneut auf.

„Das wissen wir nicht und solange wir festsitzen, können wir nicht nachschauen und helfen", beruhigt sie Matilda.

„Mila, fühlst du etwas?", brüllt mir meine Mutter laut zu, weil das Gewitter immer dröhnender wird.

„Ich fühle keinen Schmerz. Vermutlich war es nur ein Gegenstand, der auf der Fahrbahn lag. Aber wie es um unser Auto bestellt ist, da habe ich keinen Durchblick. Ich bin kein Mechaniker", antworte ich ihr ehrlich. „Und du?"

Sofort schließt meine Mutter, die direkt vor mir sitzt ihre Augen.

„Mm, ich spüre auch nichts."

Wir beide sehen uns wissend an, denn wir haben einen großen Radius, was das betrifft. Das macht eben eine Emphatin aus, inklusive eines Helfersyndroms.

„Dann hätten wir das geklärt", höre ich Aaron seine Stimme, der neben Mathis sitzt.

„Wollen wir langsam weiterfahren?" Angespannt sieht er seinen Cousin an.

„Ich denke, wir sollten es probieren." Dabei startet er den Bus.

„Aber ihr könnt doch nicht …?" Hilfesuchend guckt mich Jola an. „Bist du dir, ganz sicher?"

Langsam, aber aufrichtig nicke ich ihr zu.

Kaum das Mathis Gas gibt, reißt der Wolkenbruch auf und nur das Wasser auf der Fahrbahn zeigt mir, das es eben geregnet hatte. Allerdings wird der Nebel in den Berggipfeln immer dichter und es fühlt sich für mich bedrohlich an. Als ich nach vorn schaue, blicke ich in Mathis seine Augen, die mich erneut intensiv beobachten, bevor er die Sonnenbrille auf seine schmale Nase schiebt. Was sollte ich bloß davon halten? Beobachtet er mich etwa?

Zum Glück hat unser Kleinbus nichts abbekommen und ich danke dem Himmel dafür, dass uns das erspart geblieben ist und wir weiterfahren können. Immerhin möchte ich einfach nur duschen und eine Mütze voll Schlaf.

„Wie lange brauchen wir denn noch?", nörgle ich, weil ich weiterhin leichtes Kopfweh habe.

„Nicht mehr lange. Meine Familie freut sich übrigens mächtig auf uns", antwortet mir Mathis. Schließlich fahren wir ja zu Marius seinen Bruder und dessen Familie, die sich nie ein Leben in einem anderen Land vorstellen kann.

Jola erzählte mir mal, dass ihrer Tante und deren Vorfahren seit eh und je auf diesen Fleckchen Erde leben. Doch sie selbst war noch nie bei ihnen zu Besuch gewesen, weil ihre Eltern keine Zeit aufbrachten, um einen Urlaub dort zu verbringen. Und weil Marius seine Schwägerin, wie es die Familientradition vorsah, den Gasthof ihrer Eltern übernahm, war es umgekehrt genauso.

„Sag mal, wie viele Geschwister hast du eigentlich?", frage ich, um etwas mehr über Mathis zu erfahren.

„Noch zwei Schwestern und glaub mir, die sind voll anstrengend."

„Echt?" *Na, hoffentlich wird es nicht so schlimm, wie er sagt*, fährt es mir durch meinen Kopf. Da erhasche ich ein belustigtes Zwinkern von ihm. „Aha, sehr witzig", gebe ich etwas zu schneidend von mir. Jetzt lerne ich noch seine Familie kennen und dann macht er mir vor denen Angst. Aber bei genauer Überlegung, frage ich mich, warum es mir wichtig ist, wie diese so tickt. Außerdem kenne ich ihn nicht. Es ist doch nur der Cousin von Jola. Aber wenn ich ehrlich zu mir selbst bin, finde ich ihn faszinierend. Allerdings mehr nicht! Denn, wie es sich anfühlt verliebt zu sein, davon habe ich null

Ahnung und will es auch noch nicht wissen. Sonst muss ich meine vertraute und sichere Welt verlassen, um ein Abenteuer zu erleben, was ich nicht möchte.

Endlich kommen wir ohne weitere Zwischenfälle an und ich bin völlig überwältigt, von dem Anblick im Tal. Es ist buchstäblich nur schön. Der Gasthof von seinen Eltern steht im Zentrum des Ortes, wo es dahinter in die Berge hinaufgeht. Sprich, die Straße verläuft nicht weiter, weil der Ort in einem Bergkessel eingebettet liegt. Rechts davon schlängelt sich ein lauter Fluss, der nicht breit ist, dafür aber stürmisch fließt. Eine Holzbrücke führt vom Parkplatz zum Hotel und über den reißenden Fluss. Dahinter erscheint das Hotel mit dem Namen *„Gasthof zum Sternenthal"* und alles ist im typischen Holzdesign gehalten. Auf drei Etagen sind Balkone mit Pflanzenkästen, die mit Begonien bestückt sind. Selbst die Terrasse ist mit seiner Holzumrandung und der Pergola, in einem Blumenmeer von roten und blütenweißen Begonien umrandet. Vor dem Hoteleingang ist eine Sitzecke mit einer Holzbank und zwei Stühlen, sowie einem Schild aus handgeschmiedeten Eisen. Darauf steht der Spruch: *„Grüaß di"*, sodass ich es nicht erwarten kann, das Innere des Gasthofes zu entdecken.

„Nehmt erst mal nur das Dringendste mit und später holen wir den Rest!", ruft Marius und jeder nimmt nur das, was er unbedingt beim Einchecken braucht.

„Brauchst du nix?", sieht mich Mathis stutzig an.

„Nee, ich möchte erst mal nur mein Zimmer sehen und mich kurz auf das Bett schmeißen." Das Duschen kann ich noch aufschieben.

Als ich anschließend über die Holzbrücke laufe, bemerke ich, dass diese mit denselben Blumen bepflanzt ist, wie das Hotel. Jedoch habe ich das Gefühl, als ob die Brücke bebt.

„Hält die uns denn alle aus?", frage ich Mathis aus dem Impuls heraus.

„Auf jeden Fall!", betont er, obwohl ich seine Anspannung fühle. Aber vermutlich ist er nur genauso müde wie ich. Immerhin saß er heute echt viel am Steuer.

Dann schreite ich endlich durch die Tür zum Hotel und eine Wärme von Geborgenheit durchflutet mich, als wäre ich an den Ort angekommen, wo ich hingehöre. Überrascht schaue ich meine Mutter an, die mich anlächelt.

„Du merkst die Wärme auch, oder?"

„Ist das gut oder schlecht?"

„Es ist gut, weil du Serafine ihren guten Hausgeist spürst", antwortet sie mir leise.

Bevor ich fragen kann, wen sie meint, taucht eine Frau hinter dem Empfangstresen auf. Sie ist groß und hat ein dunkelgrünes Dirndl an. Ihre dunklen Haare trägt sie kinnlang in ihrem ovalen Gesicht. Sie hat wie Jola grüne Augen, die aufleuchten, als sie Mathis sieht. Schnellen Schrittes läuft sie auf ihn zu.

„Hallo, mein Großer", ruft sie glücklich aus und gibt ihm ein Kuss auf seine Stirn, wenngleich er sein Gesicht zu ihr runternehmen muss.

„Hi, Mutter", kommt es gut gelaunt von ihm und er gibt ihr noch einen weiteren Kuss auf die rechte Wange.

Das Foyer in dem ich stehe, ist mit einem rot, gepunkteten Teppich ausgelegt und am Eingang ist der Empfangsbereich mit einer kleinen Bar. In der Mitte des Raumes befinden sich ein Kamin, der aus weißem Stein besteht und eine gemütliche Sitzgruppe mit grünen Holzsesseln. Eine Art Holzzaun zwischen der Sitzlandschaft und dem Kamin grenzt die dahinter sitzenden Gäste ab, um in Ruhe zu speisen oder Fernsehen zuschauen. Im Anschluss schließt sich eine großzügige Terrasse mit Korbstühlen und Tischen an. Alles ist liebevoll mit Sprüchen an der Wand und kleinen Skulpturen dekoriert. Diese bestehen aus Fabelwesen, sowie verschiedene Wesen aus unserer Himmelswelt und Engeln. Sobald man das Haus betritt, erhält man echt das Gefühl, an diesem Ort willkommen zu sein.

„Mutter, darf ich dich mit Aemilia und ihre Eltern bekannt machen, bevor du deinen Schwager und Schwägerin überfällst?"

„Willkommen", höre ich sie sagen und meine Eltern reichen ihr die Hände. Damit dreht sie sich zu mir und sieht mich freundlich an. Nur als ich ihre vielen Lachfalten um ihre Augen sowie ihren interessierten Blick bemerke, mache ich, einen Schritt nach hinten und trete Jola auf ihren Fuß.

„Sorry, ich bin etwas müde und will einfach nur eine Runde schlafen", antworte ich mechanisch.

„Magst du nicht mit uns zu Abend essen?", höre ich meine Mutter fragen und ich schüttle meinen Kopf, ehe sich alle zur Begrüßung um den Hals fallen.

„Isabella und Annabella kommen erst später zu uns. Sie machen sich zurzeit fertig, um unsere Hotelgäste für heute Abend zu bewirten", erklärt seine Mutter Mathilda. Anschließend dreht sie sich zu Jola um und ist voll begeistert, wie groß ihre Nichte geworden ist. „Es ist schön, dich endlich mal in meinen Armen zu halten." Prompt knuddelt sie Jola. „Jetzt gebe ich euch mal die Schlüssel, damit ihr wisst, wo ihr wohnt", und sie läuft an den Empfang. „Marius, ihr habt das Doppelzimmer, mit Ausblick zum Fluss, Nummer 203. Aemilia und Jola haben die Zimmernummer 204 und deine Eltern ... haben die 205." Damit schiebt sie uns die sechs Schlüsselkarten zu.

Kaum habe ich meine Karte in der Hand, laufe ich mit Jola in das Zimmer. Sobald wir es betreten, erkenne ich, dass es äußerst behaglich und geräumig ist. Es ist mit dem roten Teppichboden ausgelegt, wie am Empfang. In dem Raum stehen kleine Sideboards, ein großer Holzschrank und ein Steinkamin, in dem die Heizung versteckt ist. Ein breites Doppelbett, welches mitten im Zimmer steht und daneben eine Sitzecke. Es gibt eine Couch mit Tisch und einem Schreibtisch, auf dem ein Fernseher ist, sowie einer Minibar darunter. Das Bad ist riesig und es gibt eine separate Toilette. Aber am meisten freue ich mich über das gigantische Fenster, was die gesamte Front vom Balkon einnimmt. Langsam öffne ich die Balkontür und höre das Rauschen des Baches, welches ohrenbetäubend laut ist.

„Hast du Ohropax eingesteckt?", brüllt mich Jola an und ich muss bedauernd meinen Kopf schütteln. „Also, bei dem Lärm kann doch kein Mensch schlafen."

Da muss ich ihr leider zustimmen.

„Fragst du mal deine Tante, ob die so was hat? Denn mit geschlossenem Fenster kann ich nicht pennen."

„Mach ich. Du willst wirklich schlafen?", fragt sie mich bedauernd.

Während ich auf den Fluss blicke und beobachte, wie die Männer unsere Taschen holen, muss ich mir eingestehen, dass mein Körper etwas Zeit für sich braucht.

„Nicht böse sein! Aber durch das Übergeben und den Kaugummi bin ich müde geworden. Ich will nur ausruhen." Schnurstracks laufe ich auf das Doppelbett zu. „Welche Seite magst du?"

„Mir egal, ich bekomme schon meinen Platz", neckt sie mich und ich lasse mich auf die rechte Seite, die näher zum Fenster ist fallen und schlafe unverzüglich ein.

Kapitel 3

Als ich wach werde, fühle ich mich extrem gerädert, wie lange nicht mehr. Kurz muss ich überlegen, wo ich überhaupt bin. Ach ja, wir machen einen Familienurlaub in Österreich. Wehmütig denke ich an meinen Kater und befürchte, dass ich vermutlich nur gut schlafen kann, wenn ich ihn am Morgen von meiner Brust herunterschieben kann.

Leise setze ich mich auf meiner Betthälfte auf, um Jola nicht zu wecken. Sie muss irgendwann heute Nacht ins Bett gekommen sein und jetzt schläft sie friedlich neben mir. Ich spüre, dass es in unserem Zimmer echt kalt ist und überlege kurz, ob ich die Balkontür schließen soll, doch da geschieht es von selbst. Argwöhnisch runzle ich meine Stirn und greife nach der Brille, die auf dem Nachttisch liegt. Bestimmt ist das nur Einbildung. Denn, wie sollte sich in einem Gasthof, die Tür von alleine schließen? Doch als ich meine Brille auf die Nase schiebe, ist die Balkontür immer noch zu. Verwirrt schaue ich zu Jola, die sich in ihre Decke eingekuschelt hat, und erkenne nur ihre Nase mit ihren schlafenden Augen und den roten Haaren.

Immer noch bemüht leise zu sein gehe ich zuerst auf die Toilette, um danach unter die Dusche zu steigen. Dort genieße ich das heiße Wasser auf meiner Haut in vollen Zügen. Vor allem nach den gestrigen Strapazen.

„Mist aber auch!", entfährt es mir ärgerlich, als mir bewusst wird, dass ich außer den Handtüchern vor der Dusche, nix von mir hier drinnen habe. Weder die Kosmetiktasche, noch meine Klamotten habe ich mit hineingenommen. Rasch wickle ich mir das Duschtuch um und rubble mir die Haare durch, als aus dem Nichts mein Zeug erscheint. Fassungslos beäuge ich die Tasche und frage mich langsam, wo ich gelandet bin. Also, ein normaler Gasthof ist das eindeutig nicht. Hier geht es definitiv nicht mit rechten Dingen zu. Sollte es sich in Wirklichkeit um Zauberei handeln? Denn wenn das so ist, dann kapiere ich es nicht, weil wir ja seit dreitausend Jahren nicht mehr öffentlich zaubern dürfen.

Frisch geduscht und eingecremt, ziehe ich mir eine Jeans und einen bunten Pulli über. Im Handumdrehen föhne ich mir die Haare trocken und räume meine Sachen auf der linken Seite des Waschtisches ein, damit Jola später genügend Platz für ihr Zeug hat.

Jetzt will ich nur noch zu ihr und sie wecken, doch eigenartigerweise schläft sie trotz der Lautstärke des Föhns immer noch tief in ihrem Bett.

„He, Schlafmütze", rufe ich ihr zu und setze mich auf ihre Bettkante.

Gemächlich streckt sie sich aus und gähnt ausgiebig, wobei ich ihr Genuscheltes nicht verstehen kann.

„Soll das Guten Morgen heißen?", frage ich sie deshalb und sie nickt mich verschlafen an. „Wie lange hast du denn gestern Abend noch gemacht?", denn wirklich fit sieht sie nicht aus. Ich denke, sie könnte noch ein paar Stunden mehr Schlaf vertragen.

„Weiß nicht, zumindest war es dunkel", nuschelt sie etwas deutlicher.

„Einleuchtend. Aber sag mal, wusstest du, dass es in unserem Zimmer spukt?", flüstere ich. Aber sie sieht mich nur entgeistert an. Anscheinend glaubt sie mir nicht. „Wirklich!", beharre ich auf mein Erlebtes.

„Aha." Augenblicklich setzt sie sich auf und lehnt sich an das Kopfteil vom Bett. „Es spukt hier? Im Gasthof meiner Tante."

Erschrocken sehe ich sie an, doch sie lacht sich voll schlapp.

„Wie kommst du bloß auf so eine Idee?"

„Lachst du mich an oder aus?"

Na echt mal, denkt sie ernsthaft, dass ich mir das einbilde. So viel Fantasie besitze ich nicht. Selbst meine Vorstellungskraft ist da etwas schlechter ausgebildet, als ihre.

„Als ich heute Morgen wach geworden bin und gefroren habe, hatte ich kurz überlegt, ob ich die Balkontür schließen soll. Und was soll ich dir sagen? Da verschließt sich die Tür, wie von Geisterhand selbst." Nur statt das meine Freundin es ebenfalls komisch findet wie ich, lugt sie mich verschwörerisch an.

„Mila, wir sind in einem ganz besonderen Haus", versucht sie, mir zu verklickern.

„Hä? Was soll das jetzt heißen?" Nachdenklich sehe ich sie an und runzle meine Stirn, sodass ich meine Brille wieder auf die Nase zurücksetzen muss. „Ein Haus, wo aus dem Nix ...", beginne ich, als ich sie mit den Augen etwas wütend anfunkle. „Wo aus heiterem Himmel im Badezimmer, meine Klamotten aus einer Nebelwolke erscheinen? Die Sachen sind einfach so vor meinen Augen aufgetaucht. Das ist doch Magie, oder?" Dabei mustere ich sie eindringlich. „Sag nicht, das ich das selbst heraufbeschwört habe. Ich will nicht bestraft werden!" Augenblicklich wird es mir ganz schlecht, wenn ich nur daran denke.

„Mila, beruhige dich!" Flugs legt sie mir ihre Hand auf die meine. „Der Gasthof meiner Tante ist nur für Zauberer und Hexen zugänglich. Nur wir können ihn sehen und betreten. Das ist so, seit die erste Hexe aus unserer Familie in diesem Tal lebte. Das Gebäude ist absolut sicher und vom Hexenrat in Norwegen abgesegnet. Es stellt keinerlei Gefahr für uns und unsere Mitmenschen dar."

Etwas erleichtert, aber auch enttäuscht sehe ich sie an.

„Wann hattest du vor, mir das zu sagen? Bevor ich mich blamiere oder erst danach."

„Mensch, Mila, ich dachte, du wüsstest darüber Bescheid", verteidigt sie sich.

„Jetzt verstehe ich auch deine Mutter", maule ich.

„Was hat das jetzt mit meiner Mutter zu tun, dass du nicht über das Haus informiert wurdest?", fragt sie mich etwas säuerlich und stiert mich prompt kämpferisch an.

Na gut, mein Kampfgeist ist ebenfalls geweckt, vor allem weil ich noch keinen Pott Milchkaffee in meinen Händen halte.

„Weil du den ganzen Tag viel und gerne quasselst, bloß das Wichtigste behältst du für dich", beschwere ich mich und verschränke die Hände vor meiner Brust.

Beide sehen wir uns missmutig an und schmollen vor uns hin, bis wir es nicht mehr aushalten und losprusten.

„Voll kindisch, oder?", gibt sie von sich.

„Ja, du bist voll kindisch!" Lachend halte ich mir meinen Bauch.

„Warum zanken wir uns eigentlich?", beendet Jola unseren Lachanfall und bevor wir beide keine Puste mehr haben, steht sie auf. „Okay, ich mache mich eben frisch und du kannst schon mal die Schränke durchstöbern, wo unsere Kleidung steckt!" Damit verschwindet sie im Bad.

Während sie sich im Bad alltagstauglich fertigmacht, durchstöbere ich die Schränke und finde unsere Klamotten bereits fein säuberlich eingeräumt. Auf der rechten Seite im Kleiderschrank liegen Jola ihre Sachen und meine links davon. Kopfschüttelnd tapse ich auf den Balkon, als sich die Balkontür von alleine öffnet. Na ja, schlecht finde ich das zwar nicht, aber wenn man mal aus lauter Frust die Tür hinter sich ins Schloss krachen lassen will, ist es mit dieser Art Zauberformel nicht möglich. Außer man kennt den Gegenzauber, sonst ist das schon doof.

Als ich auf dem Balkon stehe, fühlt sich die Luft auf meiner Haut feucht und kühl an und ich beginne zu frösteln. Interessiert betrachte ich die Berge mit den Wäldern und höre den Fluss unter mir geräuschvoll plätschern. Dann bemerke ich, einen tief hängenden dichten Nebel auf den Baumwipfeln und ich habe das Verlangen, meine Hand dort hineinzustecken. Da wird mir klar, dass ich bereits Hunger habe, weil ich jetzt an Zuckerwatte denke. Doch bevor ich in das Zimmer zurückgehe, schaue ich nochmals auf den Fluss unter mir, der sich durch das gesamte Tal schlängelt und arg laut ist. Ich kann mich nur über mich selbst wundern, dass ich bei solch einer Lautstärke schlafen konnte. Vermutlich war ich dermaßen übermüdet, dass ich wie ein toter Stein durchgeschlafen habe. Oder es liegt an diesem besonderen Zimmer und seiner Zauberformel.

In dem Moment ertönt die Kirchenglocke. Genau acht Mal zähle ich laut mit. Also sind wir rechtzeitig auf und können den Tag nutzen. Gerade als ich den Balkon verlassen will, wird der Fluss immer stürmischer und lauter. Ohne Vorwarnung empfinde ich, eine Art Niedergeschlagenheit tief in meinen Körper widerhallen, die mir das Gefühl gestorben Zusein gibt. Ich halte mich am Geländer fest und begreife nicht, was mich in diesen Minuten an Gefühlsregungen überschwemmt. Unschlüssig suche ich mit meinen Augen die Gegend ab, aber ich kann in keiner Weise etwas entdecken. Demnach ist niemand in Not, der meine Hilfe braucht.

Langsam nehme ich meine Hände vom Geländer und taste mich rückwärts ins Zimmer zurück. Nur so kann ich Abstand zu dem Gefühl bekommen. Bewusst konzentriere ich mich auf meine Eltern und den Urlaub. Diese Art Konzentration hilft mir, um das eben Gefühlte auszublenden.

Im Zimmer angekommen setze ich mich auf das bereits gemachte Bett und schüttle meinen Kopf, weil man denken könnte, dass unser Zimmermädchen längst durchgegangen ist.

„Praktisch, oder?", höre ich Jola neben mir äußern. „Schade dass wir daheim, nicht so einen guten Zauberspruch draufhaben. Nie mehr aufräumen und putzen."

„Mm, mich würde es nerven. Vor lauter Langeweile wüsste ich gar nicht, was ich dann mit meiner Freizeit machen soll."

„Also, Mila, manchmal bist du echt komisch."

Da stimme ich ihr gerne zu. Ich weiß ja selber, dass ich nix Unüberlegtes mache, aber nicht, weil ich muss, sondern weil es meine Natur ist. Ich kann eben nicht anders.

Zügig laufen wir die Treppen runter. Direkt am Empfang sowie an der kleinen Bar vorbei, um in den Speisesaal zukommen. Wir finden gleich den Tisch, der einer Tafel gleicht und vor dem Fenster steht, wo unsere Eltern auf uns warten. Nur die Jungs fehlen noch. Trotzdem stört mich das nicht, denn jetzt brauche ich erst mal meinen Morgenkaffee. Ich hatte bereits genug Aufregung, ohne das ich wirklich munter war.

Der Tisch ist mit einer farbneutralen Damast Tischdecke und mit Wassergläsern, Kaffeetassen, Tellern und Besteck bereits gedeckt. Zwei silberne Kerzenleuchter und eine Ministaffelei mit den Familiennamen und Zimmernummern stehen darauf.

„Kommt ihr zwei, die Bank ist für euch reserviert!", ruft uns Marius zu. Zögernd mache ich am Tisch halt.

„Wo sitzen später die Jungs?" Immerhin habe ich keine Lust, die beiden aufzuscheuchen, wenn ich zum Frühstücksbuffet will. Andersherum finde ich es besser.

„Neben uns", antwortet Jola mir augenzwinkernd.

„Dann sitze ich rechts außen bei meiner Mama."

Beim Vorbeilaufen drückt sie mir meine Hand und ich bleibe glücklich stehen, ohne ihre Hand loszulassen. Wie lange haben wir nicht mehr miteinander gefrühstückt? Viel zu lange und ich genieße die Berührung mit ihr.

„Guten Morgen, mein Liebling."

„Guten Morgen, Mama." Rasch gebe ich ihr ein Küsschen auf ihre Wange und wir strahlen uns glücklich an.

„Was ist mit mir?", höre ich meinen Vater hinter mir, als er mit einem voll beladenen Frühstücksteller bei uns eintrifft.

„Mm, was denkst du?", grinse ich ihn spitzbübisch an. Wenngleich ich längst an seiner Seite bin und mich etwas groß mache, damit ich ihm einen Kuss geben kann.

„Geht doch", strahlt er mich vergnügt an.

Nachdem wir sitzen und ich mich im Raum umschaue und den Kaffeeduft in der Luft wahrnehme, merke ich, dass ich auf Kaffeeentzug bin.

„Muss man sich hier nun den Milchkaffee wünschen oder selber holen?", maule ich etwas genervt meine Mutter an.

„Kaffee wird dir gebracht und den Rest holst du dir vom Büffet", antwortet sie mir mit einer hochgezogenen Augenbraue.

„Mich hat sie heute Morgen auch schon angemault", beschwert sich Jola mit einem Augenzwinkern.

„Hallo, ich maule nicht! Nur finde ich es schade, dass ihr mir nicht gesagt habt, dass es ein Haus für Menschen ist, die wie wir sind. Das ist es, was mich wütend macht!"

„Wir fanden es nicht wichtig", erklärt mir meine Mutter und ich gucke sie enttäuscht an.

„Wisst ihr, manchmal glaube ich, dass ihr mich zu sehr in Watte packt."

„Ist das so?", höre ich Mathis seine Stimme, der unverhofft mit Aaron am Tisch erscheint.

Doch ich ignoriere ihn. Was weiß der denn schon von mir.

„Die Magie in unserem Haus funktioniert ...", beginnt Mathis, aber ich winke ab.

„Ich brauche jetzt endlich meine Portion Milchkaffee, sonst bin ich nicht aufnahmefähig!" Wobei einige am Tisch vor sich hinzulächeln beginnen, außer ihm, er sieht mich nur verständnislos an.

In dem Moment erscheint ein Mädel mit dunkelbraunen langen Haaren, die sie zu zwei Zöpfen geflochten hat. Ihr Pony betont ihr ovales Gesicht und ihre Augen sind graugrün, die mich verschmitzt, aber freundlich ansehen. Da checke ich die Ähnlichkeit zu Mathis. Sie ist eine seiner Schwestern und gerade mal ein Kopf kleiner als er.

„Dein Milchkaffee", sagt sie schon und reicht mir eine riesen Tasse, meines Muntermachers und ich strahle sie glücklich an.

„Danke."

„He, du kannst dich ruhig nützlich machen und dich um unsere Gäste kümmern! Du kennst dich bestimmt hier noch aus."

Derweil muss ich mir ein Feixen verkneifen, als ich sein bestürztes Gesicht betrachte. Normalerweise gibt er die Ansagen und Kommandos und heute Morgen ist sie es, die ihn herumkommandiert.

„Bist du seine große Schwester?", möchte ich von ihr wissen und sie dreht sich in ihrem grün, rosa Dirndl zu mir um.

„Wie man es nimmt."

„Öhm, wie jetzt?", schiele ich über meine Tasse Milchkaffee, den ich genüsslich schlürfe.

„Ich bin Isabella und die Schwester von Annabella. Sie ist achtzehn und ich bin bald zwanzig. Matt ist unser großer Bruder und ...", da wird sie von ihm unterbrochen.

„Das reicht für heute an Auskünften. Kümmere dich lieber um die anderen Tische, ich übernehme hier!"

Sie zuckt nur ihre Schulter und sieht mich belustigt an, als sie mir zum Abschied winkt. Da muss ich kichern, ehe ich mich wieder den anderen zuwende, die darüber diskutieren, was wir heute unternehmen werden.

„Nee, das ist jetzt nicht euer Ernst!", protestiert Jola lautstark sowie ich sie seit eh und je kenne, wenn sie etwas partout nicht will.

„Natürlich!", beharrt Aaron auf die Entscheidung.

Daraufhin verdreht sie genervt ihre Augen, sodass ich mir mein Lachen verkneifen muss. Denn sie weiß ganz genau, wenn sie das macht, muss ich immer kichern.

„Mensch, hier hat es doch voll die Wellnessoase bei Tante Serafine und ihr wollt uns in die Pampa schleppen?"

Sofort merke ich, wie meine Lachmuskeln zucken.

„Berge!", korrigiert Aaron und sie starrt ihn genervt an, wenngleich sie nochmals mit ihren Augen rollt.

Ganz tapfer versuche ich, meine Lachattacke zu unterdrücken.

„Von mir aus: Berge in der Pampa. Fakt ist, dass wir Mädels keine Wanderklamotten und Ausrüstung haben!", kämpft sie weiter und ich nicke allen am Tisch zur Bestätigung zu.

Obendrein stimmt es ja, dass wir uns für den Wanderurlaub nicht eingekleidet haben, weil es zu fix ging. Außerdem brauchen wir in Wismar eher Regenstiefel statt Bergwanderschuhe.

„Das wussten wir, deshalb haben wir uns alles von Serafine besorgen lassen", erklärt uns Marius und ich traue mich erst gar nicht, Jola anzusehen.

Vorsichtig nippe ich an meiner Tasse. Als ich es dann nicht mehr aushalte und ich mir ihr erschrockenes Gesicht ansehe, bekomme ich voll den Lachanfall. Bloß kann ich den Kaffee in meinem Mund nicht bei mir behalten und spritze somit alles über den Tisch, trotz der Hand da vor. Selbst die beiden Jungs die neben ihr auf der Bank sitzen, bekommen einiges auf ihre Klamotten ab. Doch Mathis sein erschrockenes Gesicht ist für mich in dem Moment die Krönung. Nur was doof ist, dass meine Lachmuskeln umso mehr loslegen und ich es absolut nicht schaffe, aufzuhören.

Buchstäblich bahnt sich das nächste Problem in vollen Zügen an, als Jola die glorreiche Idee hat, an ihrem Tee zu nippen, und sich unsere Augen begegnen. Mit einem Mal geht es bei ihr los. Da müssen natürlich beide Jungs dran glauben. Jetzt haben sie Flecken von Kaffee und Tee auf ihrer Kleidung.

„Kinder!", will mein Vater, die Situation retten, weil längst die Nachbartische interessiert zu uns schauen.

Selbst unsere Mütter stimmen in unser Gelächter mit ein, sodass fast alle aus vollem Halse prusten, bis auf Mathis. Er sieht mich nur nachdenklich an. Aber auf irgendeiner Weise steige ich über seine Reaktionen nicht durch. Immerhin ist er mir fremd und doch fühle ich die Anziehungskraft, die uns verbindet, seit wir uns das erste Mal begegnet sind. In Windeseile stehe ich auf und laufe aus dem Frühstücksraum nach draußen zum Haupteingang des Gasthofes. Und als ich tief durchatme und auf die Straße stiere, spüre ich seine Präsenz, ohne mich umdrehen zu müssen.

„Was sehen die Leute, wenn sie an uns vorbeigehen?", denn in diesen Minuten eilen Schulkinder an uns vorbei, um in ihre Schule zukommen, die eine Straße über uns liegt.

„Ein altes und unter Denkmalschutz stehendes Haus, in dem wir leben."

„Und die vielen Gäste bei euch?" Das müssen die Anwohner doch bemerken.

„Die Besucher sind für die Dorfbewohner, unsere Familie und Freunde, die regelmäßig bei uns vorbeisehen", und er zuckt gelangweilt seine Schultern.

„Okay", sage ich betont lahm, weil ich das Gesagte erst mal kapieren muss. „Das bedeutet, dass die Kinder uns sehen können? Auf diesen Stufen, aber nicht das Gasthaus."

„Jeep. Unser Jahrtausend alter Tarnzauber macht es möglich", blickt er mich verschmitzt an.

„Mm." Was sollte ich darauf auch erwidern?

„Ich denke, damit wir die Wanderung nicht in der Dunkelheit bewältigen müssen, sollten wir uns umziehen und dann loslegen." Da nimmt er mich überraschend an die Hand und zieht mich in das Gebäude hinein.

Mit einem kribbeln im Körper, komme ich an unserem Frühstückstisch an.

„Abmarsch in dreißig Minuten! Treffpunkt Leseecke am Eingang?" Abwartend sieht er Marius und meinen Vater an.

Als ihm alle am Tisch zunicken, kann ich ihn nur verständnislos ansehen. Na echt mal, der führt sich auf wie der Boss persönlich. Der spinnt doch!

Ich bin echt überrascht, wie groß unsere Gruppe für den Wanderausflug wird, als ich in der Leseecke ankomme. Dort stehen Jola ihre und meine Eltern mit ihrem Bruder startklar da. Serafine wartet mit ihren Mann Thomas auf ihre beiden Töchter, die ebenfalls bei dem Ausflug dabei sind. Und während wir uns noch besprechen, betrachte ich mir Mathis seinen Vater, der wie sein Sohn dunkle Haare und ein markantes, ebenmäßiges Gesicht hat. Nur sind Thomas seine Augen leicht grünlich und nicht so klar wie bei seinem Sohn. Bei den Töchtern sieht es anders aus, sie sehen nämlich ihrer Mutter zum Verwechseln ähnlich.

„Das ist Rainer, ein guter Freund von uns und unser Bergführer für heute", stellt Thomas ihn vor.

Ein stattlicher Mann in Wanderklamotten und mit einem fröhlichen, runden Gesicht lächelt mich an. Auch er trägt eine Brille, die sich gewiss dunkel einfärbt, sobald die Sonne auf das Glas fällt. Genau, wie die anderen in unserer Gruppe, trägt er einen Rucksack und neben der Kamera einen Wanderstock.

„Alle aus der Familie Bartel kennen diese, besondere Bergwelt, wie ihre eigene Westentasche. Nur ich bin ein klein wenig besser als sie, weil ich mit meiner Frau auf dem Berg lebe", raunt er mir zu, während er meine Hände festhält und mir verschwörerisch zuzwinkert.

Serafine muss bei seiner Äußerung nur hell auflachen, obwohl sich sein Gesagtes für mich wahr anfühlt. Na ja, vermutlich leide ich langsam unter geistiger Umnachtung. Rasch schiebe ich meine Überlegung weg, immerhin betrete ich seit neusten eine Welt, die sich außerhalb meiner Hafenstadt befindet.

Schließlich ist es soweit und wir stiefeln einige Meter zu der hauseigenen Kabinenbahn. Allerdings empfinde ich die Gondel extrem klein und unsicher. Die Seiten der Kabine bestehen nämlich aus Glas und nur der Boden, auf dem ich stehe, ist aus Metall. Als wir schließlich an Fahrt und Höhe gewinnen, bete ich nur noch, dass ich heile dort oben ankomme. Denn je länger ich in dieser Gondel stecke, umso schlechter wird es mir.

Im Handumdrehen fühle ich, wie sich in mir eine Art Höhenangst bemerkbar macht, und ich verfluche mich dafür. Warum muss ich mich immer wieder mit irgendwelchen Ängsten herumplagen? Solche Probleme hat doch sonst niemand und das verstehe ich nicht. Hektisch versuche ich, irgendeinen Punkt am Himmel zu fixieren, doch leider schwankt es, als wäre die Kabine ein großer Luftballon, der im Wind umhertreibt. Mein Magen verkrampft sich, sodass ich denke, wenn ich hier nicht gleich hinauskomme, dann bekomme ich Atemnot und sterbe an Sauerstoffunterversorgung. Mein Pulsschlag beschleunigt sich und ich höre das Klopfen meines Herzens im Ohr, als mein Kreislauf langsamer wird.

„Aemilia, atme gleichmäßig!", höre ich Mathis seine Stimme.

Aber wieso kann ich ihn hören und quasi auch spüren? Schlagartig beginnen sich meine Gedanken um ihn zu drehen. Während ich an ihn denke, dreht sich in meinem Kopf ein knallbuntes Karussell und immer wieder erblicke ich sein Gesicht, sodass die bunten Farben allmählich aus meinem Blickfeld verschwinden. Ich schaue in seine tiefgründigen braunen Augen, die deutlich grüner und dunkler werden, nur um mich zu mustern. Dann wandern meine Gedanken wiederholt zu Mathis seiner Art zurück. Wie gerne möchte ich ihn mal richtig Lachen hören und erleben, wie er ist, wenn er nicht kontrolliert und beherrscht vor mir steht.

Nachdem ich erneut die Augen öffne, erkenne ich, dass er sich Sorgen um mich macht und ich lächle ihm zaghaft zu, worauf er sich zum Glück entspannt. Als ich mich nun endlich von seinem Blick lösen kann, wandert meiner zu seinen geschwungenen Lippen, die ich in dem Moment berühren möchte. Jedoch erschrecke ich mich über meine Gedanken so sehr, dass ich einen Hustenanfall bekomme. Es ist, als ob sich meine Lungen fix mit Sauerstoff vollpumpen wollen, nur damit mein Herz für mich in diesem Leben kräftig weiter schlagen kann. Ich bemerke, wie mich Mathis fest an sich drückt, und ich lasse es geschehen. Bin ich doch zu fertig, um auf meinen eigenen Beinen zu stehen. Außerdem fühlt es sich in seinen beschützenden Armen super an.

„Wir sind gleich oben", beruhigt er mich und ich kann nur nicken.

Alle anderen habe ich ausgeblendet. Mein Körper konzentriert sich nur auf ihn und mir ist es in dem Moment so was von egal, was sie von uns denken.

Nach einer gefühlten Ewigkeit kommen wir bei fast dreitausend Höhenmetern an. In Windeseile renne ich mit zittrigen Knien aus der Kabine und lasse mich auf diese fallen. Ich bin überglücklich, wieder festen Boden unter mir zu haben. Mit meinen Händen berühre ich den Erdboden und bedanke mich dafür, dass ich heil angekommen bin, als alle zu mir kommen. Sie wollen begreifen, was eben mit mir passiert ist.

„Warum hast du uns deine Höhenangst verschwiegen?", sieht mich besorgt Mathilda an, als meine Eltern mich hochziehen und mich fest in ihre Arme schließen.

Ich spüre tief in mir die Angst meiner Mutter, genauso dass mein Vater mich aufmerksam und besorgt mustert. Mit einem Mal sehne ich mich nach Hause. Nach Hause zu meiner Oma und zu meinem Kater. Die beiden geben mir eine Menge Wärme und einen Rückzugsort, dass ich jetzt weiß, dass ich das glücklichste Mädchen auf der Welt bin, weil ich einen Ort für mich habe, den ich jederzeit ansteuern kann. Denn dort wartet die besondere Liebe meiner Oma, die immer für mich da ist. Für mich bedeutet es, dass ich bei ihr und den Laden bleiben werde. Ich möchte keine Weltenbummlerin, wie meine Eltern werden.

„Ich wusste bis eben nicht, dass ich so was habe." Na ja, in Wismar haben wir ja nicht solche hohen Berge oder Gebäude, die ich besteigen musste. Somit konnte ich es bis jetzt auch nicht austesten. Stimmt doch, oder?

„Komm, Mila, lass uns die Wandertour rasch hinter uns bringen und morgen legen wir zwei einen Wellness Tag ein. Das schwöre ich dir!", flüstert mir Jola in mein Ohr und ich bin heilfroh über ihre Ablenkung.

„Genau, so schnell kriegt mich keiner mehr in solch eine Bahn", wispere ich immer noch etwas außer Atem.

Mit Wanderrucksack und Stöcken, die ich an den Rucksack gebunden habe, weil ich keine Ahnung habe, was ich mit den Dingern machen soll, marschieren wir noch einiges an Metern nach oben. Ich hoffe nur, dass wir heute wieder im Gasthof ankommen werden.

Die reine Luft und das Farbspiel der Wälder faszinieren mich sehr, das ich meinen Kreislaufkollaps überwunden habe und gut im Mittelfeld der Truppe mitlaufen kann. Jola macht das Abschlusslicht mit unseren Müttern. Zwischendurch wechselt alles Mal, sodass jeder mit jedem ins Gespräch kommt. Eins habe ich aber gelernt. Wenn ich als letzte unterwegs bin und der Vortrupp ab und an auf den Rest wartet, haben die eine Zwangspause zur Erholung, nur ich Schlusslicht nicht. Denn sobald ich bei ihnen ankomme, spurten die, wie gehabt los und ich muss weiterlaufen. Uff, und das ist echt anstrengend. Daher bemühe ich mich, im Mittelfeld zu bleiben, obwohl ich meine nicht vorhandene Kondition bereits spüre sowie die Sonne, die immer höher hinaufsteigt.

„Lasst uns hier am Plateau eine Rast einlegen!", sagt Rainer, der Freund von Serafine ihrem Mann und ein Aufatmen ist zu hören.

„Man, sind wir weit oben", gebe ich ängstlich von mir und meine Mutter drückt mich fest an sich. Denn das Bergplateau hat eine Art Erhöhung, damit wir in das Tal blicken können und als ich das tue, wird es mir erneut schwindlig.

„Hier kannst du nicht herunterfallen, glaub mir."

Fragend sehe ich sie an.

„Ich habe ebenfalls Höhenangst, nur habe ich gelernt, diese fort zu atmen. Ich wusste nicht, dass du das gleiche Problem hast."

„Mama, ich auch nicht", und wir schmiegen uns aneinander. „Zeigst du mir, wie das geht?"

Nachdenklich sieht sie mich an und nickt mir dennoch zuversichtlich zu, sodass um ihre himmelblauen Augen kleine Fältchen entstehen, die sie noch liebenswerter machen.

„Mama, meinst du, ihr könntet mal eine Weile bei uns bleiben?"

„Das müssen wir mit deinem Vater bereden, aber ich denke schon."

Erleichtert und glücklich schaue ich sie an.

„Wollt ihr auch?", fragt uns Thomas, als die anderen bereits ein Schnapsglas in ihren Händen halten.

Alle sind sie bester Laune und prosten sich zu, außer Mathis, meine Mutter und ich. Selbst Jola probiert sich an dem Schnaps und hustet, was das Zeug hält.

„Wow, das ist aber scharf!", kommentiert sie. „Oder, Mila?"

„Nee, danke, vielleicht ein anderes Mal", winke ich ab und sie dreht sich zu Thomas, weil sie noch ein Gläschen von ihm will.

„Später auf der Hütte", sagt er. „Wir müssen noch einige Bäche, Wasserfälle und offene Kuhherden bewältigen."

Nachdem wir nicht nur Wasser getrunken, sondern auch etwas an Gemüse und Obst vertilgt haben, wandern wir weiter. Wir laufen an Bächen entlang, die aus den Felsen von oben auf uns herabfließen. Aus kleinen Pfützen, die unseren Weg kreuzen, werden größere, die sich zu einem reißenden Fluss verbinden und sind entweder über enorme Steine oder Holzbrücken zu überqueren. Ich entdecke sogar alte und verwitterte Hütten, die zum Teil noch genutzt werden, aber öfters nur sich selbst überlassen sind. Auch sehe ich die vielen Schneegitter auf meinem Wanderweg, die im Winter das Tal vor den abgehenden Lawinen schützen. Dann geht es vorbei an Kuhweiden mit grasenden Kühen und ihren Glocken am Hals. Obwohl ich Respekt vor frei laufenden Kühen habe, habe ich gelernt, dass sie mir nichts tun, solange sie keine Jungtiere dabei haben.

„Sie wollen nur grasen und sofern sie die Glocke der anderen Kühe hören, ist für sie die Welt in Ordnung", erklärt mir Rainer.

„Warum tragen die eigentlich diese Glocken? Wenn ich die Dinger jeden Tag um meinen Hals hätte, von dem Gewicht mal ganz zu schweigen, dann würde mir das ständige Läuten auf die Nerven gehen."

„Zwei Monate bevor der Almauftrieb stattfindet, werden den Tieren die Glocken umgebunden, damit sie sich daran gewöhnen."

„Aber warum?"

„Sie lernen anhand der Klänge, welche Kuh zu ihrer Familie gehört. Und weil diese Tiere Herdentiere sind, suchen sie immer ihren Familienverband."

„Sprich, solange sie die Glocke hören, bedeutet es für das Tier, dass alles gut ist."

„Genau und weil die Tiere hier hochgebracht werden, um viel zu fressen bevor sie den Winter zurück in den Stall müssen, können wir ihren Radius damit vergrößern. Sie weiden, dort wo es saftig ist und müssen sich nicht ständig suchen. Außerdem weiß ich, als Almhirte immer wo mein Tier ist."

„Bist du denn ein Almhirte?"

„Ja, ich habe meine eigene Alm mit meinen Tieren. Doch ich nehme im Sommer noch andere Kühe aus den Nachbarställen auf. Außerdem stelle ich meinen unverwechselbaren Käse her. Doch das Schönste ist, dass du nach der Regelmäßigkeit deiner Kühe lebst, die sich wiederum dem Tag-Nacht-Rhythmus anpassen", strahlt er mich ausgeglichen an.

„Heißt das, du stehst mit dem ersten Sonnenstrahl auf und gehst erst ins Bett, wenn es dämmrig wird?"

„Schlaues Mädel, ja so ist es."

„Klingt aber auch erholsam", muss ich lachen.

„Na ja, wenn ich die Kühe melken muss, habe ich gutzutun. Dazwischen habe ich die Almhüttenbesucher, die gerne bei mir rasten", höre ich den Stolz aus seiner Stimme.

„Und heute? Wer kümmert sich jetzt um deine Tiere?"

„Ich habe drei Mitarbeiter, die entlasten mich nicht nur heute." Worauf er mich anzwinkert und wir schweigsam weiter nebeneinanderher laufen.

Als wir den Aufstieg bewältigen, nehme ich die Höhenluft und den Wind auf meiner Haut wahr. Während die anderen ihre Wanderhosen bereits kürzen und ihre Jacken in ihren Rucksack verstauen, schmerzen mich die Sonnenstrahlen. Trotz, dass ich mich mehrmals mit Sonnencreme eingecremt habe. Sogar das Basecap sitzt tief in meinem Gesicht, weil ich meine Haut der Sonne nicht aussetzen kann. Deshalb muss ich eben Schwitzen und viel Wasser trinken.

„Wir wussten nicht, das es so heiß wird. Das hatten wir lange nicht mehr", höre ich Rainer besorgt zu mir sagen. Da kann ich ihm nur erschöpft zu nicken, sodass er mir seine Wasserflasche zum Trinken in die Hand drückt. „Eine kleine Pause sollte ebenfalls möglich sein. Rennen brauchst du im Übrigen auch nicht. Ich bleibe bei dir."

„Und die anderen?"

„Ich bin der Wanderführer, sodass sie warten müssen." Verstehend lächeln wir uns an.

„Danke."

Nachdem ich getrunken habe, marschieren wir hinter den anderen her. Dabei betrachte ich die wundervolle Bergwelt, die mich mit sich zieht. Denn die Welt hier oben fasziniert mich mit ihrer zum Teil kargen Landschaft und Geröllgestein. Doch im gleichen Atemzug bewundere ich die saftigen Wiesen, die mit kleinen Bächen durchzogen sind. Dann wiederum sehe ich Bergseen, die derart dunkel und furchtbar kalt sind, dass ich darin nie schwimmen könnte.

Als wir an solch einem See eine Rast einlegen, springen nicht nur die Jungs in das kühle Nass, sondern alle Männer und die beiden Mädels von Serafine. Ich finde es faszinierend, wie das Ökosystem, hier oben noch funktioniert.

„Echt, auf diesem Berg hat es Murmeltiere?", höre ich Jola neben mir fragen.

„Murmeltiere und Wildgänse. Obwohl die Wildgänse in diesem Jahr stark dezimiert wurden. Ihre Krankheitserreger haben viele unsere Kuhherden vernichtet", antwortet ihr Serafine und sie erhascht mein erschrockenes Gesicht.

„Einfach getötet?", hauche ich.

„Ja, das mussten wir dieses Jahr machen. Letztes Jahr ist unser Viehbestand stark zurückgegangen. Eine Milchkuh lebt gut zehn Jahre und ist für uns sehr wertvoll", beantwortet sie mir ehrlich meine Frage.

„Aber wieso gleich töten?"

„Weil sie kaum, natürliche Feinde haben und ihre Population ständig wächst. Um das Gleichgewicht, eine Art Balance zu behalten, müssen wir in manchen Jahren einschreiten, um nicht unseren gesamten Viehbestand zu verlieren."

„Aber ...", beginne ich, weil ich nicht verstehen kann, wie wir Menschen manchmal ticken. Klar bin ich darüber im Bilde, dass die vielen Eingriffe der Menschheit in unsere Natur, das Gleichgewicht ganz schön durcheinander geschüttelt haben. Dennoch blutet mir jedes Mal mein Herz, wenn jemand anderes sterben muss, egal ob Tier, Pflanze oder sogar ein Mensch, nur um sich daran selbst zu bereichern.

„So was Egoistisches und Engstirniges aber auch", fluche ich hörbar vor mich hin.

„Lass es bleiben!", flüstert mir Jola beruhigend ins Ohr.

Geknickt schaue ich sie an, weil ich nichts ändern kann, egal ob ich mich jetzt aufrege.

„Ja, ich weiß, aber es ärgert mich, dass man Tiere niemals so respektieren kann, wie sie sind."

„Komm schon, lass uns Steine ins Wasser schmeißen und zu sehen, wie lange sie springen!"

Da wird mir klar, dass sie mich nur ablenken will und ich grinse ihr dankbar zu. Hand in Hand marschieren wir an den Bergsee und spielen unser Kinderspiel, während die anderen quatschen, sich ausruhen oder ein kleines Nickerchen machen. Doch bald gesellen sich Isabella und Annabella zu uns, weil sie mitspielen wollen. Da braucht Jola viel Geduld, um den beiden das Spiel zu erklären. Aber, als dann die Jungs dazukommen, haben die Schwestern es echt drauf. Wir sechs Spielen mit viel Lachen, Jubelrufen und manchen Flüchen unser Steinchen Spiel aus Kindheitstagen.

„Wie weit ist es denn noch?", frage ich Rainer und er sieht mich wissend an, als wir ein gutes Stück gelaufen sind.

„Magst nicht mehr, stimmt's?"

„Dafür, dass ich eine Landratte aus einem flachen Land bin, musst du zugeben, dass ich mich wacker schlage", bestehe ich drauf. Zudem sind wir seit fünf Stunden unterwegs.

„Ich denke, dass wir in vierzig Minuten auf meiner Almhütte sind. Leider können wir den ursprünglichen Weg nicht nehmen."

„Wieso?"

„Seit gestern Nachmittag schneit es und sieh nur ...", und er zeigt in die Richtung, in die wir direkt laufen. „Das sind die Ausläufer davon."

Ich verstehe sofort, was er damit meint, weil der Schnee sich seinen Weg ins Tal bahnt. Nur sieht es für mich absolut unwirklich aus. Auf der einen Seite der Schnee und auf der anderen die saftigen Wiesen und Sonne, die von oben gnadenlos auf mich herunter scheint. Der Vergleich mit einem Rührkuchen, der eine Glasur hat, kommt mir in den Sinn und ich merke, dass ich langsam Zuckermangel habe. Eilig nehme ich einen Traubenzucker in meinen Mund, damit ich weiterlaufen kann.

„Los, lasst uns eine Schneeballschlacht machen!", ruft Aaron uns zu und Isabella rennt mit ihrer Schwester los.

Selbst Jola lässt sich nicht lange locken. Zum Schluss stehen wir alle dort und machen eine kleine Schneeballschlacht. Als wir uns verausgabt haben, reiben wir den Schnee zur Erfrischung über die nackten Stellen. Na ja, bei mir ist es nur mein Gesicht, Hals und die Hände, aber es tut mir unwahrscheinlich gut.

„Schaut, diesen steilen Hang müssen wir noch runter! Dort können wir ordentlich was essen und den Abstieg ins Tal wagen."

„Also, wir brauchen dann ein kaltes Bier!", stimmen sich die Männer ein und ich freue mich, dass ich bald eine Verschnaufpause bekomme.

„Nee, ein Radler, Kaiserschmarrn und Weinschorle!", erklärt Mathilda voller Inbrunst.

Schlagartig werden alle munterer, sodass ich fast rennen muss. Immerhin fällt der Abstieg zur Hütte steil ab. Aber zum Glück ist es in einem großzügigen Gelände und ich brauche diesmal keine Angst haben, dass ich vom Berg herunterfalle. Denn auf unserer Wandertour hatte es manche Kletterpartien gegeben, die ich riskant fand, wenn nicht sogar lebensgefährlich. Ich hatte öfter das Gefühl, das ich einfach von einer Art Tellerrand stürze. Immer, wenn ich den Berg über einem schmalen Trampelpfad entlang lief und auf der einen Seite, eine steile Klippe nach unten fiel, überkam mich diese Panik abzustürzen und das zerrte echt an meinem Nervenkostüm. Zum Glück ließen mich Mathis und Rainer nicht alleine. Rainer wanderte vor mir, um mich zu sichern, und Mathis lief hinter mir, um mich notfalls zu retten. Immerhin ist Rainer ein ausgebildeter Bergführer und das ließ mich etwas locker werden.

Als ich dann endlich mit beiden als Nachhut in der Almhütte ankomme, brauche ich erst einmal was zu trinken. Prompt bekomme ich dort, das erste Radler in meinem Leben. Weil ich allerdings noch nicht viel im Magen habe, bin ich recht schnell beschwipst. Was alle, außer mir selbst lustig finden.

„Da bist du wenigstens mal easy", raunt mir Jola ins Ohr.

Genervt von ihrer Äußerung, drehe ich mich von ihr weg und betrachte mir stattdessen die einfache Holzhütte mit den zierlichen Fenstern. Ich nehme den Kachelofen, die Holzbänke mit den Tischen sowie die rot karierten Tischdecken und die wundervolle Aussicht nach draußen in Augenschein. Dabei bemerke ich, dass meine Wandergruppe sich untereinander gut versteht. Sie haben an diesem Ausflug sichtlich ihren Spaß. Selbst Mathis seine Eltern scherzen miteinander und zusammen essen wir am Tisch sitzend ein Käsebrett, bis auf den letzten Krümel leer.

„Und, wie gefallen dir unsere Berge?", sieht mich Mathis fragend an, der mir gegenüber am Tisch sitzt.

Jedoch schaue ich mich im Raum um, ehe ich ihm antworte.

„Ist eben etwas anderes, als den ganzen Tag Wasser um mich zu haben und kreischende Möwen über mir zu hören. Das genaue Gegenteil."

„Und?", bohrt er nach.

„Die Berge haben genauso ihren Charme, wie meine stürmische See." Nachdenklich schaue ich ihn an. Doch sage ich nix weiter, weil ich nicht sicher bin, ob er an einer Unterhaltung interessiert ist. Natürlich frage ich mich schon ein bisschen, wie er so tickt. Zumindest glaube ich, das Mathis nicht immer so wortkarg und distanziert ist. Ich drehe mich zu seiner Schwester Isabella um, die direkt neben mir auf der Bank hockt und sich mit ihrer Mutter ein Stück Kuchen teilt.

„Schmeckt das süße Zeug?" Schließlich ist es ein Berg von Kuchenstück mit ordentlich viel Sahne drauf.

„Magst mal probieren?" Damit schiebt sie mir ihre Kuchengabel vor mein Gesicht.

„Na ja, jetzt wo das Stück fast von meinen Lippen berührt ist, sollte ich wohl den Mund öffnen", feixe ich sie an. Das Stück wandert augenblicklich in meinen Mund und ich muss mir eingestehen, dass das Himbeertörtchen nicht so schwer und süß ist, als ich es erwartet habe.

„Manchmal erscheinen einen die Dinge anders, als sie wirklich sind", sieht mich Isabella abwartend an, bis sie weiter quatscht. „Und?"

„Mein Gesicht spricht bestimmt Bände, so gut schmeckt es."

„Man sollte immer einen zweiten Blick wagen, um hinter die Fassade zu sehen!"

„Sprechen wir immer noch von dem Stück Kuchen?", denn für mich klingt es eher, nach allen Möglichen, aber nicht, ob es mir schmeckt.

Schmunzelnd zuckt sie nur ihre Schultern und wirft ihren geflochtenen Zopf auf ihren Rücken. Dabei sieht sie ihren Bruder an, der uns beide beobachtet. Als ich zu ihm gucke, wird mir zum wiederholten Mal heiß und ich laufe rot an.

„Ich glaube, das Radler Bier ist nicht wirklich was für mich." Flugs erhebe ich mich, um frische Luft zu schnappen, und als ich draußen ankomme, steht bereits Annabella dort und ich strecke ihr meine Hand entgegen. „Hi, ich bin Mila."

„Auch wenn wir noch nicht das Vergnügen hatten, so weiß ich, wer du bist", antwortet sie mir und ich habe das Gefühl, das sie mehr damit meint.

„Mm, stimmt und wir werden euch die nächsten drei Wochen belagern."

„Solange? Finde ich echt super."

„Jeep, wir sind quasi bei euch um einen erholsamen Familienurlaub zu machen."

Wir bemerken, dass ihre große Schwester ebenfalls zu uns hinauskommt.

„Hörst du, die bleiben drei Wochen bei uns. Cool was?", ruft sie ihr aufgeregt zu und lädt sie mit ihrer Handbewegung ein, es sich mit uns auf der Bank vor der Hütte bequem zu machen.

„Finde ich auch klasse."

„Echt warum?", hinterfrage ich die beiden Schwestern, als wir auf die Holzhütte schauen, die im Winter ein Viehstall für die Kühe ist.

Sie erklären mir, dass in den Sommermonaten, wenn die Viehherde auf der Weide steht, eine Gruppe Murmeltiere darin leben. Sie werden von Rainer und seinen Mitarbeitern den Sommer über geduldet bis sie zu ihrem Winterschlaf abrücken. Natürlich kann ich erkennen, wie gut es die fast zwanzig Tiere haben, inklusive ihrer Vollpension. Da würde ich ebenfalls hier verweilen. Denn sie werden nicht nur geduldet, sondern sie lassen sich von Rainer und seinen Männern ihr Brot per Hand geben. Die Wildtiere vertrauen ihnen und sie haben ihren Spaß daran.

„Endlich haben wir mal Zeit Mathilda und Marius besser kennenzulernen, sowie Jola", beantwortet mir Annabella meine Frage und holt mich somit in unser ursprüngliches Gespräch zurück.

„Was ist mit Aaron?"

„Oh, der kommt regelmäßig bei uns zum Wandern vorbei", erwidert Isabella.

„Bitte? Bei uns sagt er immer, er müsse so viel lernen, dass es für ihn arg schwierig ist, mal nach Hause zu kommen", beschwere ich mich.

„Nee, oder?" Beide schmeißen sich vor lauter Kichern weg und ich kann leider ebenso meine Lachmuskeln nicht zurückhalten und stimme mit ein.

„Wenn Aaron uns besucht, dann sehen wir endlich Matt wieder. Der zieht nämlich sonst die gleiche Masche ab", beschwert sich nun Annabella über ihren Bruder.

„Im Ernst?" Beide nicken mir bestätigend zu. „Aber ich dachte, er wohnt bei euch. Arbeitet er nicht bei euch mit?"

Isabella sieht Annabella fragend an, ehe sie mir antwortet.

„Er arbeitet schon, aber nicht in unserem Gasthof."

„Was macht er dann?"

„Ich würde sagen, dass er mit euch zusammen Urlaub macht", flachst mich Isabella an.

„Also …, ich meine arbeitstechnisch." Hatte er mir in Wismar nicht irgendetwas von einem Sicherheitsdienst gesagt?

„Das musst du ihn schon selbst fragen."

Schnell kapiere ich, dass die beiden Mädels mir nichts sagen wollen.

„Aber sagt mal, könnt ihr mir das mal mit eurem magischen Gasthof erklären?"

„Klaro, wenn du heute Morgen das mit deinem Zimmer meinst?", und ich nicke ihr gespannt zu. „Alle unsere Gästezimmer sind durch eine Zauberformel magisch. Die anderen Zimmer im Gasthof nicht, außer es gibt eine Ausnahme. Denn wenn sich zu viele Wünsche überlagern, führt es zu Chaos und Missverständnisse", versucht mich Isabella für ihre Art Magie zu verzaubern.

„Das heißt, was?"

„Unser Speisesaal hat Platz für fünfzig Leute und jeder der Gäste will, dass seine Bestellung natürlich flott erfüllt wird. Dann kannst du dir gewiss vorstellen was passiert? Die Teller und Gläser sausen nur so um dich, dass du nicht mal unbeschadet in den Raum rein, geschweige wieder hinauskommst", skizziert sie es mir bildlich.

„Da gibt es bestimmt eine Lösung", beharre ich auf die Logik und Zauberformeln. „Denn wenn ich mit dem Bus oder der Bahn unterwegs bin, gibt es Fahrpläne, damit nix durcheinander kommt."

„Ja, so ist es bei uns gleichfalls. Deshalb haben einige Räume keine Wunschzone, sondern es funktioniert, wie bei allen, die nicht zaubern können."

„Genau, weil wir dann die Gäste bedienen und eine gewisse Normalität haben. Wenn wir immer zaubern würden, dann könnte es uns außerhalb der Sicherheitszone auch Mal passieren", unterbricht Annabella ihre Schwester und ich begreife, was sie damit meint.

„Dann noch mal für mich, zum leichten Verständnis. Wenn ich in meinem Zimmer bin und mir was wünsche, dann passiert es? Finde ich schon irgendwie bedenklich."

„Warum?" Interessiert mustern mich beide.

„Na ja, bei uns wird fast nie gezaubert und dann denke ich oft an meine Omi und meinen Stubentiger. Was ist, wenn die zwei, sagen wir mal … Plopp von der Decke fallen?"

Augenblicklich brechen die zwei wieder in ein Gelächter aus und halten sich ihre Hände an ihren Bauch.

„Schön, dass ich euch zum Lachen bringe", maule ich kurz auf. „Ihr seid vielleicht damit aufgewachsen, nur für mich ist diese Art von Zauber Neuland."

Beschwichtigend nimmt jede von ihnen eine Hand von mir.

„Sorry, das meinen wir nicht böse", setzt Annabella an.

„Wir finden es nur niedlich, weil wir es noch nie so gesehen haben", sagt jetzt Isabella zu mir. „Aber wir können dich beruhigen, Menschen und Tiere werden nicht in dein Zimmer platzen."

„Genau, sonst wäre unser Gasthof überfüllt und bricht in sich zusammen", klingt sich Isabella mit einem unterdrückten Kichern ein.

„Na, wenn das so ist, bin ich ja beruhigt", betrachte ich sie versöhnlich. „Also, erscheinen nur Handtücher oder Klamotten vor mir oder Türen und Fenster öffnen sich von selbst?"

„Das schon, aber nur solange, wie es nicht dein Schaden ist."

„Schaden?", entgeistert blicke ich Isabella an.

„Ja. Mm, wie erkläre ich es dir am besten?", und eine kurze Stille tritt ein. „Jeep. Wenn du zum Beispiel die Nachtluft schnuppern willst, aber es hat im Winter draußen minus vierzig Grad, dann öffnet sich die Tür nicht, damit du nicht erfrierst."

„Das ist so, wie in der normalen Welt. Wenn du zuhause dein Badewasser einlässt, und vergisst, es auszudrehen, dann geht das natürlich nicht von alleine, außer du bist in unserem Gasthof. Aber bei den einfachen Menschen befindet sich ein Überlauf in der Wanne, so kann das Wasser keine Überschwemmung im Badezimmer anrichten", bringt sich erneut Annabella mit ein, um mir zu erklären, wie die Magie in ihrem Gasthof funktioniert.

„Okay, damit kann ich was anfangen." Für einen Moment denke ich nach. „Und was ist mit dem lauten Fluss, der unter meinem Zimmer entlang fließt? Kann ich die Lautstärke von dem Wasser, trotz offener Tür regeln?" Hoffnungsvoll luge ich beide an.

„So gesehen nicht, weil er unterschiedliche Geräuschpegel hat. Das kommt durch den Wasserpegel, den er mit sich führt. Du kannst dir nur heute Abend von mir ein Paar Ohropax mitnehmen."

„Sehr nett von dir, Isabella. Dein Angebot nehme ich dankend an."

„Nenn uns einfach bei unseren Kurznamen", bittet mich Isabella und zwinkert mir flüchtig zu. „Ich bin Isa von Isabella und meine Schwester rufen wir Anna."

„Mila, du musst wissen, dass Isa ein Wesen ist, welches sich sofort begeistern lässt und in jedem Lebewesen das Gute sieht. Da kann es schon mal passieren, dass sie bei wildfremden Menschen ins Auto steigt, nur weil sie den Bus verpasst hat", bringt sich Annabella ein.

„Hallo, soll ich vielleicht ewig warten?", protestiert Isabella lautstark.

„Na ja, ich habe zumindest gelernt, dass man mit Fremden nicht mitgehen darf, selbst wenn sie dir noch so freundlich erscheinen oder dir süßes anbieten", mische ich mich ein.

„Genau!", kommt es stolz und mahnend von Annabella.

„Und du, betrachtest viel zu lange dein Umfeld. Eh du in die Hufe kommst, ist die Party seit einer ganzen Weile vorbei", gibt Isabella etwas eingeschnappt von sich.

„He, das hat doch auch was Gutes, weil ihr beiden euch damit völlig ergänzt. Zwei Schwestern die zusammenhalten. Wie ich und Jola. Während sie die große Welt in kürzester Zeit erforschen will, bleib ich lieber daheim und verpasse natürlich jede Party. Aber wir zwei lieben uns und respektieren unsere unterschiedliche Persönlichkeit", denn das stimmt echt.

Die beiden Mädels blicken mich überrascht an.

„So haben wir das noch gar nicht gesehen, aber du hast völlig recht", antwortet mir Isabella und Annabella nickt ihr zustimmend zu.

„Dann hoffe ich, dass ihr das nächste Mal daran denkt!", erwidere ich und beide strahlen sich an.

„Jeep, das werden wir."

„Abmarsch Mädels, es geht heim!", hören wir die Stimme ihres Bruders überraschend hinter uns.

Als ich von der Bank aufstehe, kommen die anderen aus der Hütte gelaufen, um den letzten Abstieg zu wagen, ehe es dunkel wird. Schließlich sind wir seit sieben Stunden unterwegs und ich fühle meine Beine. Bestimmt habe ich morgen früh kräftigen Muskelkater.

Frisch geduscht und etwas platt von der neunstündigen Wandertour stehen Jola und ich, in Jeans und Pulli, pünktlich um halb neun vor dem Speisesaal. Der Tisch ist in der gleichen Ecke am Fenster, wie heute Morgen. Drei Tische sind zusammengeschoben und mit der Farbneutralen Damast Tischdecke eingedeckt. Ich hoffe nur, dass unser Malheur nicht mehr zu sehen ist, denn das wäre mir natürlich peinlich. Auf ihm entdecke ich drei fünfarmige Kerzenleuchter, die silbrig schimmern und die roten Spitzkerzen brennen bereits friedlich vor sich hin. Alle Plätze sind mit mehreren Gläsern und Besteckteilen eingedeckt und glitzernde Steinchen laufen in der Mitte über den Tisch.

Unsere Eltern sitzen bereits da und unterhalten sich aufgeregt, genau wie die Jungs und Annabella mit ihrer Schwester. Grüßend betrete ich mit Jola den Raum und ich kann nur hoffen, dass ich meinen Platz von heute Morgen bekomme. Zielstrebig will ich auf unseren Tisch zu laufen, als angerichtete Speisen auf Tellern unterwegs sind. Schwebend, wenn ich das mal erwähnen darf. Die fliegen aus der Küchentür direkt zum Gast. Dann beobachte ich ein Pärchen, die ihre Essen kommen sehen und sich leicht zurücklehnen, um Platz für den Teller zu machen. Perplex betrachte ich, das Ereignis und versuche mich daran zu erinnern, was die beiden Schwestern mir vorhin erklärt hatten. Aber irgendwie ist meine Festplatte blockiert.

„Komm, sonst sind die besten Plätze weg!" Schon zieht mich Jola mit sich.

„Eh, ist das normal ... Ich meine ja nur ...?"

„Später, später ..." Schon stehen wir an der besagten Außenecke der Bank. „Rutscht mal Jungs, das sind ab sofort unsere Plätze!" Augenblicklich quetscht sie sich dazu.

„Mensch, Jola, muss das denn sein?", mault ihr Bruder auf.

„Dann krabble später eben unter den Tisch durch, wenn es dir zu nervig ist und außerdem hat Aemilia Platzangst. Du verstehst, Herr angehender Doktor?", neckt sie ihn.

Mir ist es voll peinlich, weil sich die Tafel langsam füllt und wir im Mittelpunkt stehen, was mir nie sonderlich behagt. Da fällt mir schlagartig auf, dass alle am Tisch, außer Jola und mir, Trachten anhaben.

„Mama, ich wusste gar nicht, dass ihr diese Kleidung tragt. Ihr seht umwerfend aus."

Lächelnd tritt meine Mutter zu mir, nur um mir einen Kuss auf die Stirn zu geben, bis sie sich mir gegenüber auf ihren Stuhl setzt.

Die Männer tragen Lederhosen und passende Socken, samt Leinenhemd. Die Frauen ihre Dirndl, die in unterschiedlichen Farben gewählt sind und kurz vor ihrem Knöchel aufhören. Außer bei Isabella und Annabella. Ihre Dirndl enden, eine Handbreit vor ihrem Knie.

„Mama, meinst du, ich kann mir auch so ein Kleid kaufen?"

„Das sollten wir in den drei Wochen, die wir hier sind schaffen", antwortet mir mein Vater augenzwinkernd, der echt gut in seiner Tracht aussieht. Liebevoll sieht er meine Mutter an, als ich von Jola unter dem Tisch mit ihrem Fuß angerempelt werde.

„Was?", frage ich etwas zickig.

„Du glaubst doch wohl nicht im Ernst, dass ich so eine Klamotte anziehe!"

„Wie?"

„Bist du taub? Die Dinger liegen absolut nicht im Trend!", wird sie eindringlicher zu mir.

„Trend?" Immer noch durcheinander, was sie überhaupt von mir will, schaue ich sie stirnrunzelnd an, sodass ich meine Brille hochschieben muss.

„Mensch, Mila, bist du heute begriffsstutzig?", beschwert sie sich.

„Was willst du mir eigentlich sagen?" Da macht es bei mir klick. „Ah, das du so ein Teil in Wismar nicht tragen wirst, weil es schlecht hin, out ist?"

Dabei zieht sie ihre Nase kraus, bevor sie sagt:

„Sehr witzig."

„Jeep", grinse ich sie an.

Als dann alle am Tisch sitzen bemerke ich den leeren Stuhl neben Rainer und stelle fest, dass wir jungen Leute mit Serafine auf der Bank hocken.

„Fehlt noch wer, weil wir ja vom Wandern her vollzählig sind?", frage ich in die Tischrunde hinein.

„Ja, meine Frau Thea. Sie müsste aber bald erscheinen", antwortet mir Rainer.

Interessiert betrachte ich den Speisesaal, weil alle in ihre Gespräche vertieft sind. Acht Tische sind mit Gästen besetzt. Zum Teil zu zweit oder zu viert. Somit komme ich auf insgesamt vierundzwanzig Leute, die mit uns speisen und mit diesem Spuk von schwebenden Tellern keine Probleme haben. Nun gut, aber ein Chaos kann ich nicht erkennen. Erst wenn die Personen an einem Tisch gemeinsam fertig sind, wird abgeräumt und gut zehn Minuten später kommt der nächste Gang. Die Getränke fliegen nicht gesittet durch die Gegend, weil sie einfach auf dem Tisch der Gäste erscheinen.

„Sagt mal, wie funktioniert das jetzt mit den Speisen? Ich denke, es ginge hier nicht."

„Ich kann dir das gerne erklären", höre ich Serafine am anderen Ende unseres Tisches sagen.

„Sie?", rutscht es mir heraus, weil ich ja bis jetzt kaum mit ihr zu tun hatte. Aber auch, weil es Mathis seine Mutter ist.

„Aemilia, die förmliche Anrede kannst du weglassen. Die Freunde unserer Geschwister sind auch meine Freunde. Nenn mich Fine, wie es die anderen auch tun!", bittet sie mich liebevoll und ich schmunzle ihr zu. „Auch brauchst du dir keine Gedanken darüber machen, ob deine Fragen passen oder nicht. Denn es gibt keine falschen Fragen."

Mensch, kann die Gedanken lesen? geht es mir durch meinen Kopf. Aber irgendwie klingt das zu verrückt, als das es stimmen kann. Denn bis jetzt habe ich noch keine Hexe getroffen, die es echt drauf hat. Sollte etwa solch eine Hexe vor mir sitzen?

„Unsere Gäste an den anderen Tischen wissen, dass wir mit euch die drei Wochen Urlaub verbringen werden."

„Wirklich? Wir haben Ferien?", freut sich Annabella und knufft ihrer großen Schwester an der Schulter.

„He, lass das!", ruft sie leicht zickig und ich muss glucksen.

„All die Menschen hier, sind lieb gewordene Stammgäste von uns. Sie haben mich und meinen Mann davon überzeugt, das Gasthaus weiterhin zu öffnen. Und mit ein bisschen mehr Magie läuft der Gasthof magischer als sonst. Ich muss zwar an diesem Zauber im Speisesaal noch etwas rumtüfteln, aber ich glaube, alle Anwesende finden es bis jetzt nicht schlecht, oder?", fragt sie mit einem kräftigen Klang in ihrer Stimme und die Gäste an den acht Tischen nicken uns begeistert zu.

„Ein Prost auf alle, die mit uns in diesem Raum sitzen!" Schon erhebt sich Thomas und prostet allen Anwesenden zu, als wie aus dem Nichts jeder ein Sektglas in der Hand hat. Alle stehen nun zum Anstoßen mit auf.

„Zum Wohl!", vernehme ich all die Stimmen und ich nippe an dem Glas, bis mich Jola anstupst.

„Das ist Hugo. Trink, sonst mache ich das!", fiept sie mir in mein Ohr, dass ich ihr mein Glas in die Hand drücke.

Noch mal Alkohol auf nüchternen Magen, das überlebe ich nicht. In dem Moment bemerke ich, dass mich Mathis mit einem allwissenden Grinsen im Gesicht beobachtet und ich schaue weg. Gedankenübertragung? Frage ich mich. Doch ich beantworte es mir mit dem Wort Bullshit selbst, weil es das einfach nicht gibt.

Schließlich kommt das Abendbrot, welches aus fünf Gängen besteht. Diese sind in kleinen, leckeren Portionen angerichtet. Trotzdem schaffe ich die Vorsuppe genauso wenig, wie die Nachspeise in Form eines Eisdesserts. Alle am Tisch lassen es sich schmecken und sind guter Stimmung, als plötzlich die Tür aufgeht und eine Frau in einem blau, gestreiften Trachtenkleid den Raum betritt.

„Thea, Liebling", klingt es erfreut von Rainer, als er aufsteht und zu ihr schreitet. Er nimmt sie liebevoll in seine Arme und gibt ihr einen Kuss auf ihre Stirn.

Da begreife ich, dass bei ihnen ebenfalls die Liebe wohnt und ihre Welt in Ordnung ist.

Seine Frau ist groß gewachsen und fast gleichgroß mit ihm. Sie hat rabenschwarzes Haar, welches kinnlang geschnitten ist. Allerdings ist das besondere an ihr, ihre intensiven Augen. Diese sind hellblau, fast durchscheinend, wie die Augen eines Haskyhundes im Schnee und diese betrachten mich freundlich. Mir wird es mulmig, weil sie, wie die meinen sind. Aber wie ist das möglich? In meiner Familie gibt es zwar hellblaue

Augen, aber nie so durchscheinend, wie bei dieser Thea und mir. Da muss ich schnell weggucken, damit ich nicht ins Grübeln komme.

„Hallo, alle zusammen. Fine, meinst du, ich bekomme bei dir noch eine Kleinigkeit zu essen?"

„Bei mir doch immer", erklingt es etwas rauchig von ihr.

„Thea, warum sind eigentlich eure zwei Söhne nicht mit dir gekommen?", erkundigt sich Thomas.

„Die beiden studieren immer noch im Ausland und haben aktuell ein Projekt laufen. Sie sollten aber in den nächsten Tagen bei uns eintreffen", erklärt sie uns am Tisch.

In diesem Augenblick nehme ich ihren Stolz und Liebe wahr, die sie für ihre Jungs empfindet.

„Was studieren die beiden denn?", möchte ich wissen.

„Alban studiert Kinderarzt. Das wollte er schon immer und sein Bruder Lehrer für Sport- und Naturwissenschaften."

„Wo werden die beiden später arbeiten? Haben sie ebenfalls übersinnliche Fähigkeiten?", hinterfrage ich, zumal es immer mehr Kinder gibt, die ohne magische Gaben zur Welt kommen.

„Ja. Beide werden einmal in einem Hexeninternat arbeiten und leben", beantwortet mir Thea meine Frage und sieht meine Mutter entschuldigend an.

„Moment mal! Müssten Jola und ich nicht solch eine Einrichtung kennen?"

„Es gibt zwei große Hexenschulen. Eine in Alaska und eine in der Antarktis", antwortet mir Serafine mit angespannter Stimme.

„Aemilia, mein Schatz ...", beginnt meine Mutter. „Die beiden Hexeninternate kamen für uns nicht in Frage."

„Was ist das für ein Internat?", hakt Jola wachsam nach.

„Es ist eine Hochschule für überbegabte Hexen und Zauberer", reagiert meine Mutter etwas genervt auf diese Frage, als sie ihr antwortet.

„Nix für uns beide?" Enttäuscht mustere ich sie und ziehe meine Augenbrauen fragend nach oben. Natürlich gleich meine überdimensionale Brille gut festhaltend. Als sie mir nicht antwortet, sieht sie hilfesuchend zu Thea. „Stopp! Wenn ihr uns beiden erlaubt hättet mehr zu lernen, glaubt ihr dann nicht, dass wir gute Hexenschülerinnen geworden wären?"

Na echt mal, nur weil sie uns das Zaubern verbieten, können wir es wohl schlecht von selbst erlernen.

„Ich stimme Mila zu. Ihr habt uns stets verboten, nicht ohne eure Aufsicht zu zaubern, und jetzt sagt ihr, wir sind nicht gut genug?"

Sofort fühle ich, dass meine Freundin frustriert ist und keiner antwortet uns.

„Glaubt ihr im Ernst, wenn wir so schlecht wären, dass wir dann unser Abi mit Bravour geschafft hätte? Selbst Jola hätte wohl kaum an der Uni in München einen Studienplatz bekommen", gebe ich meine Gedanken frei.

„Lasst uns nicht streiten!", mahnt uns Serafine an.

Ich spüre, dass ich jetzt wütend bin und das ich nicht böse über meine Eltern denken sollte, aber etwas enttäuscht bin ich dennoch von ihnen.

„Ich geh mal kurz auf die Terrasse, ich brauche Frischluft." Man könnte glatt meinen, das jetzt alle am Tisch denken, das Jola und ich voll bescheuert durch die Gegend laufen. Das macht mich, stinksauer. Deshalb sollte mir die frische Luft guttun.

Draußen in der Abendluft, die sich deutlich abgekühlt hat, höre ich den reißenden Fluss unter mir und schaue auf die Bergwelt gegenüber. Ein leichter Nebel legt sich langsam über den Berg und ein kurzes Aufleuchten macht sich in einer Art Bergsenke bemerkbar. Ohne mich, umdrehen zu müssen, fühle ich Mathis hinter mir.

„Deine Mutter meint es nicht so", höre ich ihn sagen, während er sich mir nähert.

„Lass es einfach! Ich will nicht darüber reden." Das mache ich mit Jola und nicht mit einem Fremden. Das geht ihn null an und das soll auch so bleiben.

„Schön hier draußen", flüstert er, als er sich direkt neben mich stellt und sein Gesicht im Schatten liegt. „Leider fehlen uns nur die Sterne."

„Mm, die gibt es nur sehr selten. Ich habe seit Ewigkeiten keine mehr gesehen." Allmählich entspanne ich mich in seiner Gegenwart, weil er mich genauso schlecht sehen kann, wie ich ihn. Schließlich reicht der Mond über uns nicht aus, um uns genügend zu beleuchten. „Was ist eigentlich dort oben, ziemlich mittig im Berg? Sieht fast wie eine Bergsenke aus." Abwartend gucke ich ihn an und hoffe, dass er die Stelle kennt, welche ich meine.

Kaum merklich verdichten sich die Wolken über uns, sodass der Nebel dort oben dichter wird.

„Komm, lass uns dazu an die Terrassenbrüstung gehen, dann berichte ich dir von einer alten Legende, die sich angeblich dort oben zugetragen haben soll! Ich hoffe, dass das Wetter noch ein bisschen hält, weil sich die Geschichte im Dunkeln am besten vortragen lässt."

„Willst du mir etwa eine Gruselgeschichte erzählen?", frage ich ihn lächelnd, als wir zur Brüstung laufen und ich mich vorsichtig über diese Neige. „Ist der Fluss immer so laut?"

„An manchen Tagen mehr und an manchen weniger. Je nach dem, was alles vom Gletscher runterkommt."

„Dann schieß mal los, ich bin ganz Ohr!"

„Vor unendlich langer Zeit soll es dort oben ein besonderes Dorf gegeben haben. Drei mächtige Seherinnen lebten dort. Sie besaßen die Fähigkeiten in die Vergangenheit, Gegenwart und Zukunft zusehen. Anhand ihrer Gaben konnten sie unserer Gemeinschaft die Ängste nehmen und ihnen zugleich Zuversicht und Trost spenden. Durch ihre Visionen brachten sie uns Mitgefühl bei und verhalfen uns somit zu einem guten Leben. Denn die Eventus sind nämlich der Auffassung, dass wenn wir mit anderen Mitfühlen können, gäbe es nur Frieden auf Erden, weil keiner dem anderen ein Leid zufügen kann."

„Nur Menschen?"

„Eigentlich schon, aber ich weiß, dass du an unsere Tierwelt denkst. Es bezieht sich automatisch auch auf diese. Wenn sich der Mensch in den Finger schneidet, hat er Schmerzen. Wenn es dazu noch ein kluger Mensch ist, vermag er zu verstehen, dass sein Tier, egal ob Hund, Katze oder Vogel, den gleichen Schmerz erlebt wie er selbst. Da wir alle keine Schmerzen haben wollen, versuchen wir, so zu leben, dass wir nicht leiden."

„Stimmt", gebe ich nachdenklich zurück. Selbst ich versuche, möglichst keine Spinne zu zertreten, obwohl ich vor den Krabbeltieren Furcht habe. Mutig hole ich dann ein Glas und eine Postkarte. Das Glas setze ich auf die Spinne und schiebe vorsichtig die Karte darunter, nur damit ich diese nach draußen ins Freie bringe. Und welcher Mensch steht schon auf Schmerzen? Ich kann mir nicht vorstellen, einem Wesen bewusst Leid zu zufügen.

„Also, weiter mit der alten Legende. Fakt ist, dass jede Seele die von den drei Frauen auf den richtigen Weg geführt wurde, später als ein heller Stern am Himmel zu sehen war. Deshalb ist das Bergdorf bald zu einer Pilgerstätte geworden und immer mehr Sterne leuchteten über unserem Tal, sodass die Nacht bei uns zum Tag wurde. Es war an dreihundertfünfundsechzig Tagen so hell, dass dieser Ort den Namen Sternenthal erhielt."

„Echt jetzt?", gebe ich ehrfürchtig von mir. „Was ist dann mit all den Menschen und ihrem Dorf passiert?", hinterfrage ich bestürzt und bedrückt zugleich. Immerhin sieht man jetzt nur eine leere Senke im Berg und über uns im Himmel, keinen einzigen Stern.

„Eines Tages soll ein unsterblicher Magier auf das Dorf aufmerksam geworden sein. Er wollte das Bergdorf mit den drei Seherinnen besitzen und die Macht an sich reißen, damit sie, unseren magischen Leute, nicht mehr mit Rat und Tat zur Seite standen."

„Was? All die anderen Menschen sollten dann nicht mehr in das Dorf pilgern können?"

„Nicht nur das. Er raubte jeden Zauberer, der sich ihm nicht anschloss seine Fähigkeiten. Aus diesem Grund vermochten wir uns nicht gegen ihn zu wehren. Er beschloss daraufhin, dass diejenigen die nicht mehr zaubern konnten, zu einfachen Menschen wurden. Wer ihm aber nicht Gehorchte, wurde sofort körperlich bestraft bis hin zum Tod."

„Nein!", flüstere ich leicht schwankend, sodass er mich festhält. „Und sie konnten sich wirklich nicht gegen ihn wehren?"

„Sobald ein magisches Wesen sich wehrte, raubte er ihnen ihre Magie."

„Aber so etwas geht doch nicht! Das ist völlig falsch, ungerecht, Diktatur ...", bloß komme ich nicht weiter, weil mir Mathis sein Finger auf meinen Mund legt.

„Pst, das ist nur eine Legende. Sie soll uns erklären, wie aus einer Hexe plötzlich ein normales Mädchen wird."

Echt fertig blicke ich ihn an, obwohl mir bewusst ist, dass er mich nicht sehen kann. Denn das ist auch gut so, womöglich bin ich in diesem Augenblick kreidebleich.

„Legende", flüstere ich.

„Ja, Aemilia, ich sprach von einer sehr alten Legende! Einem Mythos", mahnt er mich liebevoll an oder bilde ich mir das nur ein? „In dem heißt es nämlich, dass der unsterbliche Magier nicht nur seine Macht demonstrieren wollte. Er wollte der Himmelswelt zeigen, dass die Menschen die nicht mehr zaubern konnten, aus Angst lieber ihm folgten, als ihr Leben zu verlieren."

„Ja, aber er hatte doch brutal nachgeholfen. Er hatte sein System eingeführt und ihnen ihre Gaben geraubt. Wie sollten sie da frei entscheiden können?", gebe ich meine Gedanken frei. „Und jetzt gibt es das Dorf nicht mehr?"

„So ist es. Es soll von ihm zerstört worden sein", sieht er mich nachdenklich an.

„Aber gab es jetzt das Dorf zweifelsfrei oder ist es nur ein Märchen?", möchte ich von ihm wissen. Doch ich kann ihn, nur leicht lachen hören, ohne, dass er mir antwortet. „Okay, meinst du wir können da morgen mal hoch wandern?" Außerdem habe ich vorhin das Leuchten gesehen. Da muss was Wahres dran sein! Aber wollte ich es wirklich finden?

„Gerne. Aber du kommst nicht auf das besagte Fleckchen Erde, von der die Legende erzählt."

„Nicht? Wieso?"

„Weil es eine Moorlandschaft ist. Ein Sumpfgebiet. Solltest du einen falschen Schritt machen, dann bist du weg. Für immer."

Mit einem Schlag schießt ein ohrenbetäubender Blitz vor uns in den Fluss hinein, sodass mich das Licht blendet. Vor lauter Lichtempfindlichkeit muss ich mich an Mathis seiner Brust festhalten und mein Gesicht zu ihm drehen.

„Beeil dich, wir sind fast von einem Blitz getroffen worden!" Schnurstracks zieht er mich mit sich, als ich das Phänomen betrachte.

Der Himmel über mir wird schlagartig dunkler und stürmischer. Er beginnt sich zu einer, immer schneller werdende Spirale zu zuziehen, und dann wird es ohne jeden Übergang stockdunkel. Von dem sturmartigen Wind mal ganz zu schweigen. Zugegeben das kurze Farbenspiel am Himmel fasziniert mich ungemein. Zu Beginn schimmert es rötlich bis es, in ein tiefes dunkelrot wechselt, nur um dann in ein dunkelschwarz zu verschmelzen. So etwas Schönes hatte ich bis jetzt noch nie erlebt, obwohl alles blitzschnell passiert.

Widerwillig laufe ich mit Mathis in den Speisesaal zurück. Alle Anwesenden starren uns an und der Sturm, mit seinem Gewitter nimmt ohrenbetäubend zu. Hagelkörner prasseln auf die Holzterrasse und die Glaspergola. Es ist dröhnend laut, dass ich nicht mal mehr den Fluss unter mir hören kann.

„Schließt die Tür und kommt bloß rein!", ruft sein Vater ihm mit besorgniserregender Stimme zu.

„Das habe ich kein einziges Mal erlebt", schreit einer der Gäste aus.

„Das ist ja, wie ein Sechser im Lotto", höre ich den nächsten Satz.

Ich laufe zu meiner Mutter, die mir bereits ihre Arme entgegen streckt.

„Mama, ich geh jetzt schlafen, das war ein anstrengender Tag für mich."
Sogleich drückt sie mir kleine Küsse auf meine Stirn und sieht mich verständnisvoll an.

„Klar, mein Liebling. Soll ich dich hochbringen?"
Indes schüttle ich meinen Kopf.

„Ich mag etwas für mich sein. Ist das okay für dich?", fragend sehe ich Jola an, die mir ebenfalls zunickt und zu verstehen gibt, dass sie mir später folgt.

Eilends verabschiede ich mich von allen mit einer festen Umarmung und zwei Küsschen auf jeder Wange bis ich vor Mathis stehe.

„Ich bring dich noch bis zu deiner Tür." Nur wartet er erst gar nicht meine Antwort ab, sondern zerrt mich mit sich.

„Danke, für deine sehr realistische Geschichte. Hoffentlich bekomme ich deswegen keine Albträume", scherze ich, als ich vor meiner Zimmertür stehe.

„Wünsch dir einfach einen erholsamen Schlaf!" Damit schiebt er mich durch die Tür und schließt diese für mich, von außen.

Komischer Kerl, denke ich noch, bevor ich meine Zähne putze und völlig fertig ins Bett falle.

Kapitel 4

Setze dich selbst deiner inneren Angst aus, danach bist du frei.
Jim Morrison, 1943- 1971

M itten in der Nacht werde ich wach, weil es im Zimmer arg
kalt ist. Wenn ich es nicht besser wüsste, könnte ich denken,
ich schlafe in einer Schneehöhle. Als ich meine Augen öffne
und kurz puste, steigt meine Atemwolke über meinen Kopf und schwebt in
Richtung Tür, wobei ein helles Licht auf dem Balkon aufleuchtet.

Widerstrebend erhebe ich mich und wickle mir meine Wolldecke um, die
über der Bettdecke liegt. Flüchtig schaue ich zu Jola, doch sie schläft tief und
fest, was ich an ihren gleichmäßigen Atemzügen erkenne. Was ich allerdings
nicht begreife, dass ich meinen Atem sehe aber nicht ihren. Träume ich dann
oder spinne ich nur? Na gut, dann werde ich mal mutig auf das Licht zu
spazieren und gucken, was passiert.

Flink schlüpfe ich in die gefütterten Clogs und laufe zur Balkontür, die
sich für mich noch ein weiteres Stück öffnet. Das Licht zieht sich langsam
zum Berg zurück und die Nebelwolken öffnen sich. Ich habe das Gefühl,
dass dieses Licht mir den Ort zeigen will, den ich mir unbedingt anschauen
soll. Aber warum nur?

Das Leuchten wird immer intensiver und berührt mich, als gehörte ich
dorthin. In meinem Herzen verspüre ich eine Art Heimweh. Aber wie kann
ich das Empfinden, wenn ich dort nie war? Das kann nur bedeuten, dass ich
nicht mehr alle Sinne beieinanderhabe. Oder?

„*Hilf uns!*", wispert mir eine Stimme zu, die sich mit mehreren überlagert.

Entgeistert drehe ich mich im Kreis, weil ich nicht erkennen kann, woher
dieses gebündelte Flüstern kommt.

„*Hilf uns!*", wird es eindringlicher und eine Welle von Schmerzen
durchflutet meinen Körper, sodass ich mich wieder einmal an einer
Balkonbrüstung festhalten muss.

„*Hilf uns!*", ertönt es zum dritten Mal laut an mein Ohr und mein Körper
vibriert intensiver.

„Wer seid ihr denn?", keuche ich und lege, meine linke Hand auf den
Brustkorb, als ich wider Erwarten etwas Hartes in dieser halte. Zumindest
habe ich die Hoffnung, dass es nur ein Albtraum ist und Mathis sein Tipp

mit dem Wunsch nichts gebracht hat. Fakt ist, sobald ich meine Hand anhebe, entdecke ich das Amulett, was ständig ohne Vorwarnung bei mir erscheint. Und so langsam ärgert es mich, dass wir seinen rechtmäßigen Eigentümer nicht gefunden haben und sich das Ding stattdessen bei mir einfindet.

„*Du musst uns finden!*", flüstert die Stimme zum wiederholten Mal.

Etwas schüchtern schaue ich zu dem Berg und ein helles, violettes Leuchten zieht mich in seinen Bann. Es ist dasselbe Aufleuchten wie bei dem Amulett, das ich in der Hand halte. Und gerade als ich das Gesehene realisieren will, verschwindet das Licht. Nur das Amulett behalte ich in meinen Händen. Werde ich jetzt langsam verrückt? Insgeheim kann ich es mir leider nicht vorstellen, weil sich alles für mich echt anfühlt und ich den Drang habe zu diesen Ort zu gehen. In Windeseile fälle ich für mich eine Entscheidung. Nämlich, dass ich da morgen hinauf will, egal ob die anderen mitkommen oder nicht.

„Kannst du nicht schlafen?"

Fast bekomme ich eine Herzattacke, als ich Jola ihre verschlafene Stimme hinter mir höre.

„Mensch, Jola, hast du mich vielleicht erschreckt." Erschrocken halte ich die Hand an meine Brust, auch mit dem Wissen, das dieses Amulett diesmal nicht verschwunden ist.

„Was ist, hattest du einen Albtraum? Du siehst so verschreckt aus", neckt sie mich.

„Ha, wenn du dich so ran schleichst", gehe ich dankbar auf ihren Scherz ein. „Und ja, ich habe schlecht geträumt."

„Na, dann lass uns hineingehen, sonst holst du dir noch eine fette Erkältung! Ist schon echt kalt hier draußen, findest du nicht auch?"

Langsam laufen wir ins Zimmer zurück und lassen die Tür angekippt, damit wir Luft zum Schlafen haben.

„Schlaf gut!" Schon kuschelt sie sich in ihre Decke.

„Du auch", antworte ich ihr und falle in einen leichten Dämmerschlaf.

Am nächsten Morgen wache ich abermals übermüdet und mit bösen Muskelkater in den Beinen auf.

„Oh, meine Beine", jammere ich, als ich mich im Bett ausgiebig strecke.

„Sag bloß, die merkst du jetzt schon?"

„Mm", und ich drehe mich zu unserer Fensterfront um. „Hast du heute Nacht die Tür geschlossen?" Vielleicht bin ich deshalb so müde, weil ich zu wenig Sauerstoff im Zimmer hatte.

„Nein."

Eilig springe in meine Schuhe und laufe mit der karierten Baumwollhose, samt Pulli zur Balkontür.

„Jola, das glaubst du jetzt echt nicht!" Da wo gestern Nacht, die Nebelwolken den Berg verschlossen hatten, liegt jetzt Schnee. Der Berg mit seinem Moor ist völlig zugeschneit und die Schneeausläufer, reichen bis tief ins Tal. Selbst der Fluss unter mir ist nicht mehr stark fließend.

„Und das im Sommer?" Diesmal steht Jola nachdenklich neben mir und reißt unsere Balkontür ruckartig auf, ehe der Türzauber funktioniert. Offenbar hat sich ihre spontane Reaktion mit dem Zauber nicht vereinbaren lassen. Sie zieht ihre Nase kraus und schnuppert die Frischluft, als müsse sie sich vergewissern, dass wir es Sommer und keinen Winter haben, denn die Luft riecht völlig anders.

„Mist aber auch!", schimpfe ich und bemerke, dass es etwas kühler geworden ist.

„Hattest du was vor?", fragt sie mich, während sie ihre Augen über das Phänomen schweifen lässt und sich mit ihrer rechten Hand, gedankenverloren ihren Hinterkopf kratzt.

„Ganz ehrlich?" Sie mustert mich mit ihren grünen Augen und ich muss an meinen Kater denken, den ich schwer vermisse. „Ich wollte heute, genau dorthin stiefeln, wo jetzt der doofe Schnee liegt", zeige ich mit dem rechten Zeigefinger in die Richtung.

„Was? Aber warum denn?", fragt sie mich völlig geschockt. „Bist du plötzlich unter die Wanderfraktion gegangen?", schüttet sie sich vor lauter Lachen aus.

„Danke, das du mich als Freundin unterstützt", erwidere ich nüchtern. „Gute Freundinnen akzeptieren, was ihr Gegenüber macht", maule ich sie trotzig an.

„Aha, das sollte ich? Obwohl ich weiß, wie schwer du dich gestern bei der Wandertour getan hast und jetzt schmerzende Waden hast? Ich dachte, wir machen heute einen Wellnesstag und erst morgen geht es wieder in die Berge."

Irgendwie muss ich ihr zustimmen, nur da wusste ich noch nix von einer Legende und wurde nicht mitten in der Nacht nach draußen gerufen.

„Weil, nun ja ...“

Zweifelnd starre ich sie an, weil ich Angst vor ihrer Reaktion habe. Nicht das sie gleich denkt, dass ich auf dem besten Weg in eine Klinik bin.

„Mila, mir kannst du wie immer alles sagen und wenn ich dich eben verletzt habe, dann tut es mir ehrlich gesagt leid“, und sie nimmt meine beiden Hände in die ihren.

„Das ist es nicht, ich habe nur Angst, dass du glaubst, dass ich langsam unter geistiger Umnachtung leide.“

„Hä, warum sollte ich? Wir kennen uns von klein auf und noch nie habe ich an deinem Gehirn gezweifelt. Dann lass mal hören!“

Spontan nehme ich sie erst mal ganz fest in meine Arme und zeige dann mit meiner Hand auf den Berg.

„Irgendetwas zieht mich dorthin und ich habe keine Ahnung, warum das so ist“, und das entspricht der Wahrheit. „Egal welche Überlegungen ich mir über diesen Berg mache oder weshalb wir, das erste Mal in unserem Leben, einen solchen Familienurlaub unternehmen, komme ich zu keiner einleuchtenden Erklärung. Ich habe das Gefühl, das mit mir im Sternenthal irgendetwas passiert. Aber ich habe voll den Schiss, weil ich den Grund dafür nicht kenne.

Warum passieren mir auf einmal seltsame Dinge?

Auch bricht in diesen Tagen meine kleine und sichere Welt zusammen. Denn ich hatte noch nie mysteriöse Lichter gesehen. Noch irgendwelche Stimmen gehört und dann das Amulett, welches schwer auf meiner Brust liegt. Ebenso checke ich nicht, was die von mir wollen.

Jola, ich weiß nur, dass alles mit diesem, geheimnisvollen Anhänger bei meiner Omi anfing. Seit dein Cousin bei mir aufgetaucht ist, ist es eigenartig und verzwickt geworden.“ Daraufhin zeige ich ihr mein Amulett und sie staunt nicht schlecht, bevor sie mir fest in meine Augen sieht.

„Und dann willst du freiwillig dieses Ding durchziehen? Du, die keiner Fliege Leid zufügen kann. Die, deren Adrenalinspiegel nie nach oben ausschlägt. Die von Panikattacken überrascht wird und nie sagen kann, wann sie ausbrechen? Denn vergiss nicht, wie gefühlsintensiv du lebst! Das haut dich doch völlig um“, spricht sie sich eine Tonleiter nach oben.

„Vielen Dank, Jola, das du mich so was von aufbauen und motivieren kannst. Echt großartig!“ Nur als ich verärgert ins Zimmer stampfen will, hält sie mich fest.

„Aemilia, ich werde an deiner Seite bleiben und wir bekommen das hin! Doch bevor wir das Ding angehen, möchte ich, dass wir uns mit dem Berg da oben etwas vertraut machen und einen ortskundigen Wanderführer mitnehmen. Außerdem musst du mir alles erklären, damit ich kapiere, um was es eigentlich geht! Verstanden?"

Völlig überwältigt strahle ich sie, leichten Herzens an. So viel zu meiner besten Freundin.

„Abgemacht!", sage ich verschwörerisch zu ihr.

„Hand drauf!"

Beide schlagen wir ein und besiegeln damit unseren Abenteuerurlaub. Mal gucken, ob das gut geht.

Wenig später sitze ich mit Jola an unserem Frühstückstisch. Zum Glück ist weit und breit niemand im Raum. Die Tische sind eingedeckt und ich rieche einen Kaffeeduft aus der Küche.

„Hallo, ihr zwei, seid ihr etwa Frühaufsteher?", kommt uns Serafine mit zwei Tassen Milchkaffee entgegen.

„Danke", kann ich da nur sagen.

„Dann werdet mal richtig munter, bevor ihr mir erzählt, warum ihr nicht schlafen könnt!" Damit schiebt sie uns die Becher hin, während sie sich selbst mit einer Handbewegung eine Tasse Kaffee herzaubert. „Manchmal verführt es mich, mit ein paar kleinen Tricks, sich den Morgen zu versüßen."

Darüber müssen wir beiden Mädels kichern.

„Na ja, was soll uns schon aus den Federn holen?", fragt Jola sanft, als sie mir zuzwinkert.

„Ihr wisst aber schon, dass dies hier mein Gasthof ist?"

Entgeistert sehen wir uns an.

„Mein Zuhause passt nicht nur auf mich auf."

„Öhm, das blicke ich jetzt nicht", platzt es aus mir heraus. Entweder ist mein Gehirn noch nicht munter oder ich bin etwas begriffsstutzig.

„Ich bin im Bilde darüber, dass ihr beiden schlecht geschlafen habt und du ...", da zeigt sie auf mich, „vor irgendetwas Furcht hast."

„Dein Haus sagt dir, wie es deinen Besuchern geht?", frage ich sie völlig entgeistert. Na, das wird ja immer schöner. Erst Lichtstrahlen, dann Geisterstimmen und jetzt ein Haus, das die Gefühle an seine Besitzerin weitergibt. Mir klappt meine Kinnlade runter. Zum Glück reagiert Jola für mich sehr nüchtern.

„Finde ich ja mal interessant. Wir haben tatsächlich schlecht geschlafen, weil dieser Wetterumschwung mit Donnerschlag und Blitz uns etwas verstört hat."

Ich nicke ihr dankend zu.

„Nun ja, da kann ich euch beruhigen, denn Wetterwechsel sind bei uns oft. Von einer zur nächsten Minute kann sich die Wetterlage blitzartig ändern. Am stabilsten ist das Wetter bei uns im September, was für die Wandertouren in höheren Lagen von Bedeutung ist."

Jola und ich hören ihr wissbegierig zu.

„Ihr müsst wirklich keine Angst haben. Das sind alles natürliche Vorkommen. Einige unserer Gäste waren gestern wie eure Eltern erschrocken, wenn nicht sogar geschockt. Sie haben so was noch nie selbst erlebt, sondern immer nur darüber gehört oder gelesen. Damit muss man erst mal klarkommen. Es theoretisch zu wissen, ist etwas ganz anderes, als es zu erleben", zwinkert sie uns aufmunternd zu. „Keine Angst, was meine Verbindung zu diesem Gasthof für euch bedeutet. Nämlich nichts, was von belange ist. Es ist nur zu eurem eigenen Wohl", beendet sie ihren Vortrag.

„Was, ihr seid längst munter?", ruft es uns drei von der Tür zu und Aaron steht mit Mathis dort, der mich finster ansieht.

Habe ich etwas verpasst oder habe ich ihm gestern Abend keine Frage mehr beantwortet? Nach dem grimmigen Gesichtsausdruck zu urteilen, passt es ihm gar nicht, dass ich mit seiner Mutter zusammensitze. Denn als die beiden eben kamen, war ich noch in unser Gespräch mit ihr vertieft. Mag sein, dass er jetzt denkt, dass sie etwas aus seiner Kindheit ausgeplaudert hat. Wäre selbst mir unangenehm. Aber was ihn betrifft, kann er ruhig denken, was er will. Er muss ja nicht immer alles wissen.

Und schon trudelt der Rest ein. Meine Mutter umarme ich ganz fest, als mein Vater mir über den Kopf streichelt und im Anschluss einen Kuss auf meine Stirn hinterlässt. Denn lange böse sein kann ich eh niemanden. Deshalb werde ich heute das Gespräch bei ihnen suchen. Womöglich können sie mir mit dem Amulett und den neuen Ereignissen helfen.

„Das ist echt ein blödes Wetter", mault Annabella unüberhörbar, die ihr Gesicht mürrisch verzieht.

„Es ist doch nur nasskalt und etwas nebelig", antwortet ihr entgeistert und ihr Brötchen belegend Isabella.

„Ich habe null Bock im Regen zu laufen! Da habe ich einmal Ferien, wo ich nicht arbeiten muss und dann das." Sie hebt ihre Hände gen Himmel und lässt es leicht auf ihre Handinnenflächen regen.

„Das Wetter zu verzaubern, das es dir gefällt, das können wir noch nicht", sagt ihr Vater und sie stellt ihr magisches Regenwetter ein.

„Warum eigentlich nicht?", fängt sie ein ernstes Gespräch an, obwohl noch einige von uns am Tisch müde aussehen.

„Wenn jeder sein eigenes Wetter zaubern könnte, würden alle mit einem Regenschirm umherlaufen, um ihren Bereich damit zu manifestieren. Sprich, jeder hat eine andere Auffassung von seinem perfekten Wetter", antwortet er ihr.

„Wenn jeder macht, was er will, dann haben wir ein großes Problem. Weil es dann keine Felder mehr gibt, die an den Jahreswechsel gebunden sind", erinnert sie liebevoll Thea daran.

„Na und? Dann zaubern wir uns eben unser Essen." Mit einer Handbewegung hält sie ein Stück Kuchen in ihrer Hand und strahlt uns an.

„Du bist schon ein schwerer Brocken", gibt Thea schmunzelnd zurück. „Aber dann würden wir Tag ein und Tag aus, nur künstliche Lebensmittel essen. Meinst du wirklich, dass wir dann gesund und bei Kräften bleiben?"

„Außerdem kannst du dir nur das herzaubern, was unser Koch Lars zubereitet hat. Das weißt du doch!", mahnt sie ihre Mutter an.

„Das heißt?" Immerhin bin ich nur eine Kräuterhexe, die ihre Bücher liebt und mit einigen Zauberformeln die Menschen glücklich macht. Aber von so was habe ich null Ahnung.

„Unser Frühstück gibt es sonst immer in Form eines Frühstücksbuffets, sodass wir nur den frischen Kaffee direkt an den Tisch bringen. Aber solange wir Urlaub haben, zaubern wir es uns auf den Tisch. Sprich, es erscheint dann mit einer Handbewegung vor dir. Seit heute Morgen haben wir die Zauberformel verbessert, dass ab sofort nichts mehr durch diesen Raum fliegt, sondern auf deinem Platz auftaucht", antwortet mir stolz Isabella.

„Das bedeutet im Klartext, dass mein Essen direkt aus der Küche zu mir kommt", hake ich noch mal nach.

„Genau. Nun lasst uns endlich frühstücken, ohne schwere Themen! Ich habe Urlaub", beschwert sich Marius und alle am Tisch müssen lachen.

„Okay, okay", beschwichtigt Annabella ihre Diskussionsrunde.

In dem Moment muss ich an meine Oma denken, die wie sie alles gleich besprechen will, wenn ihr etwas auf der Seele liegt. Somit fühle ich abermals, wie ich sie und meinen Barna vermisse. Warum kann ich es nicht genießen, da wo ich bin, sondern möchte immer nach Hause?

„Weil du dort in Sicherheit bist", flüstert mir die Stimme von letzter Nacht zu und ich lasse vor lauter Schreck, meine Tasse fallen.

Konnte das echt sein oder bilde ich es mir nur ein? Hat es jemand, außer mir gehört? Unsicher luge ich in die Runde und einige Beschwichtigen mich, mit dem Spruch: Das kann doch jeden passieren.

Nur Mathis und meine Eltern betrachten mich eingehend. Ich berühre die Hand meiner Mutter und sie schüttelt nur für mich sichtbar, verneinend ihren Kopf. Für mich bedeutet es, dass ich später zu ihr gehen werde, um mir Antworten zu holen. Immerhin ist sie seit Beginn unserer Fahrt merkwürdig. Klar, habe ich am Anfang gedacht, dass sie überarbeitet, etwas abgespannt ist. Nur mittlerweile bezweifle ich es, auch weil meine Oma nach dem Fund des Amulettes durcheinander war. Doch bei unserem Frühstück in der großen Runde werde ich mich zurücknehmen. Ich drücke ihre Hand und blinzle leicht verlegen. Fix zaubere ich mir eine neue Tasse Milchkaffee in meine Hand und bin voll stolz auf mich, dass ich es geschafft habe.

„Sag mal, Fine, kannst du uns etwas Zauberunterricht geben, weil ich nur mit Zaubertränken und Tinkturen zu tun habe?", frage ich sie gedankenverloren. Schließlich haben wir genügend Zeit, wenn man nicht jeden Tag wandern mag.

„Gerne doch. Ich besitze eine voll funktionstüchtige Hexenküche mit allem, was eine Hexe begehrt."

„Abgemacht!", stimmt Jola mit ein.

„Heute ist ja mit großartigem Wandern, nichts drin", meint Aaron, wobei er seine Schwester ansieht und ich meinen Pott Milchkaffee genieße.

„Jeep. Deshalb werden Mila und ich uns schön entspannen", höre ich Jola zu ihm sagen. „Danach wollen wir uns mal das Dorf ansehen."

„Klingt gut."

„He, Brüderchen, sag bloß du willst mit uns planschen gehen?"

Schon feixt er Jola mit seinen vielen Sommersprossen im Gesicht an.

„Klar doch! Mädels in hübschen Bikinis gucke ich mir gerne an."

Unverzüglich erhält Aaron einen Seitenhieb von Jola ihrem rechten Ellenbogen.

„War doch nur Spaß", verteidigt er sich, obwohl seine Augen erneut vor Spaß funkeln. „Lasst uns einfach gemeinsam den Ort ansehen und anschließend können wir in die Fluten springen." Allerdings hat er nicht mit Jola ihrer schnellen Reaktion gerechnet. Denn kaum das er es ausgesprochen hat, gibt es noch einmal einen Seitenhieb und ich muss mir ein Kichern verkneifen. „Mensch, Jola, das tut mir vielleicht weh!", beschwert er sich aus voller Brust.

„Soll es auch, damit du das nächste Mal vorher überlegst, was du von dir gibst!"

Als wäre dieses Geplänkel nicht schon lustig genug, wird es mit dem Ausflug bestimmt nicht anders werden. Denn jetzt wollen sich die beiden Schwestern mit ihrem Bruder uns anschließen. Na toll! Einen weiteren Tag mit Mathis, der mir langsam zu schaffen macht. Denn ich fühle seine Präsenz überall. Überlegend schaue ich in die Runde, wie ich aus dieser Nummer raus komme. Wie soll ich etwas über die Legende aufspüren und Jola reinen Wein einschenken, wenn alle dabei sind?

„Aaron, die Idee ist genial. Wenn nicht wir drei Geschwister, wer sonst könnte den beiden diesen Ort besser zeigen, als wir", erklärt Mathis mit seinen Blick auf mich gerichtet und ich gebe mich geschlagen.

Schließlich will ich kein Aufsehen erregen, weil ich aufs neue Rot anlaufe. Immerhin weiß ich selber nicht, was ich von ihm halten soll. Mal ist er distanziert zu mir und dann, wie ein Schatten, permanent in meiner Nähe.

„Dann lasst uns ordentlich frühstücken, ehe es losgeht!", antwortet Jola und ich lächle sie an.

Dennoch überlege ich, wie ich es am besten, trotz der vielen Leute anstellen kann, alles über das Sternenthal herauszufinden und natürlich über die Legende.

„Bist du startklar?", fragt mich Jola und wedelt mir mit ihrer rechten Hand vor meinem Gesicht rum.

Geistesabwesend runzle ich meine Stirn und die Brille rutscht mir auf die Nasenspitze, sodass ich diese nach oben schieben muss. Manchmal überlege ich ernsthaft, ob ich mir die Augen Lasern lassen sollte, damit ich das Ding nicht mehr tragen muss. Aber anders gesehen, kann ich mich super dahinter verstecken.

„War ich etwa so weit weg, dass du mir vorm Gesicht herumwedeln musst?", hinterfrage ich sie genervt.

„Jeep", kommt es unverzüglich von ihr und sie zieht mich von meinem Sitz Richtung Tür mit sich. Winkend und voller Vorfreude, läuft sie mit mir in unser Zimmer.

Dort ziehen wir uns wetterfest an, weil der Nieselregen nicht aufhört. Immer noch fällt er vom Himmel und lässt es für mich bedrohlich aussehen. Da kann ich mir nur wünschen, dass es bei dem Sprühregen bleibt und nicht eine dunkle Wolke folgt, die dann kräftig ihre Schleusen öffnet. Denn ich mag keinen starken Regen, weil ich im Handumdrehen bis auf die Knochen aufgeweicht bin und am nächsten Tag eine dicke Erkältung habe.

„Fertig?" Umgezogen steht Jola in ihrer Allwetterjacke, natürlich in Bluejeans mit pinkfarbenen Nähten und einer blauen, betonten Regenhose vor mir. Auch ihre knöchelhohen Wanderschuhe stehen ihrem Outfit in nichts nach.

„Sag mal, woher wusste Serafine eigentlich deinen Geschmack, was deine Klamotten betrifft?", frage ich sie. Immerhin hat sie ja alles für uns besorgt. Jola total Figur betont und ich eher legere in einem sportlichen Stil.

„Mm, stimmt. Deine Klamotten sehen fast wie Army Look aus, trotzdem stehen sie dir unwahrscheinlich. Vor allem die Hose mit den vielen Taschen. Das erspart dir den Rucksack", zwinkert sie mir zu.

„Ja? Warum hast du mir das nicht schon gestern gesagt? Dann hätte ich nämlich keinen schweren Wanderrucksack auf meinen Schultern, samt Stöcke bei mir gehabt. Und die Wanderstöcke bleiben ab sofort hier!"

„Oh je, die Stöcke. Verschone mich bloß damit! Die lassen wir auf dem Balkon stehen, damit wir die Dinger nicht sehen", und Schwups bringt sie diese hinaus. „Mila, sieh mal, es zieht sich etwas auf! Vielleicht hört es, bald zu regnen auf", klingt es hoffnungsvoll von ihr und ich lächle sie an.

Gemeinsam trotten wir runter, wo die anderen in der Leseecke vor dem Kamin auf uns warten.

„Meinst du, dass es hier eine Bibliothek hat?" Ich bin mir sicher, dass ich dort die besten Chancen habe, meinem Wissen auf die Sprünge zu helfen. Immerhin hatte Jola heute Morgen ganz recht gehabt, als sie sagte, dass wir zuerst Informationen sammeln sollten, bevor wir dort hochsteigen.

Jetzt kann ich nur hoffen, dass der Rundgang mit den anderen mir etwas bringt, um das nächtliche Rätsel, mit dem Licht und den Stimmen zu lösen. Und egal was ich nachher über den Ort herausfinden werde, ich werde es später mit meinen Eltern besprechen. Damit ich endlich verstehe, was mit mir gegenwärtig passiert.

Das Sternenthal ist klein und übersichtlich und es hat alles, was man zum Überleben braucht. Nicht weit vom Gasthof entfernt ist ein Supermarkt, der auch einen Bäcker und eine Metzgerei hat. Es gibt eine Grundschule, ein Künstleratelier, eine Apotheke, eine Post und ein Ärztehaus sowie einige Hotels am Ort. In der Mitte des Dorfes steht eine Kirche, die mich an alte Zeiten erinnert. Sie ist klein gebaut und um sie herum ist der Friedhof mit seinen wunderschönen Gräbern angelegt. Selbst wenn der Tod eines geliebten traurig ist, so fühle ich die Liebe und Erinnerung an diesem Ort, wo all die Menschen Zuflucht finden, wenn es nötig ist.

„Wieso habt ihr eigentlich so viele Hotels und Gasthöfe in eurem Ort?", frage ich Mathis. Zumal er nicht mehr von meiner Seite gewichen ist, seit wir das Haus seiner Mutter verlassen haben.

„Weil wir vom Tourismus leben."

„Und, wie muss ich mir das vorstellen?"

Klar, weiß ich, wie es bei uns in Wismar ist. Aber meine Heimatstadt ist nicht so abgeschieden, wie ich es im Sternenthal erlebe. Wismar ist eher eine Stadt und nicht verschlafen wie dieses Dorf. Das ist ein enormer Unterschied. Ich lebe am Wasser und Mathis in einem Bergkessel, wo die Landstraße vor dem massiven Berg endet.

„Wir leben im Winter von den Stammgästen. Mit der Kristbergbahn wirst du direkt ins Skigebiet befördert. Du musst nämlich wissen dass unser Skigebiet im Montafon einmalig und sehr groß ist. Wir haben viele Kabinenbahnen und Sessellifte, die gut miteinander verbunden sind. Somit hat jeder Skifahrer die Möglichkeit, für sich die passende Skipiste zu finden, die er abfahren will." Abwartend sieht er mich an, als wolle er abchecken, dass ich sein Gesagtes kapiere.

„Was ist bei euch, eine Wintersaison?"

„Sie geht von Ende November bis Ostern. Für uns bedeutet es, sieben Tage die Woche und das gut ein halbes Jahr durchweg, für die Gäste da zu sein und sie zu verwöhnen. Danach machen wir einen Monat Urlaub und glaub mir, den brauchen wir dringend."

Mitfühlend nicke ich ihm zu, weil diese Art Dienstleistung mit Dauerlächeln und Small Talk haltend, einiges von einem abverlangt. Entweder ist es einem in Fleisch und Blut übergegangen oder man hat verloren. Das Letztere ist für beide Seiten, dem Gast und der Bedienung nicht wünschenswert und all die Arbeit, die bis dahin investiert wurde, geht zu Nichte. Wenngleich ich es selbst von unserem Laden kenne, dass manch ein Kunde, es einem echt schwer machen kann, wenn er uns und unsere Arbeit nicht anerkennen kann. Aber zum Glück ist solche Kundschaft nicht oft bei uns.

Meine Oma sagt dann stets:

„Schatz, diese Menschen kann man nur bemitleiden, weil sie mit ihrem Leben nicht glücklich sind und immer ein Haar in der Suppe finden werden."

Da gebe ich diesen speziellen Kunden, zusätzlich eine kleine Prise Glücksgefühl mit in ihre Einkaufstüte, damit sie etwas mehr Lächeln können. Denn mit einem Lächeln sieht die Welt viel freundlicher aus. Echt komisch, dass meine Oma immer in meinem Kopf herumspukt. Da muss ich feixen.

„Was ist?", will Mathis gleich wissen, weil ihm das nicht entgangen ist.

„Ich arbeite auch in einem, kleinen Laden. Wenn du dich noch erinnern kannst?", lockere ich unser Gespräch etwas auf, während wir den anderen hinterherlaufen.

„Ich kann mich noch gut daran erinnern, wie wir uns begegnet sind", flüstert er leise oder bilde ich es mir nur ein?

Bevor noch alles aus den Rudern läuft, weil sich mein Pulsschlag beschleunigt und es mir langsam heiß wird, kurble ich flink unser Gespräch auf eine neutrale Ebene an.

„Was macht ihr nach eurem Urlaub?"

„Wir öffnen dann für die Wanderfreunde und Erholungssuchenden unser Hotel von Ende Mai bis Ende September."

„Was ist im Oktober?"

„Da machen wir vier Wochen zu. Zu dieser Jahreszeit ist es zum Wandern unbeständig, weil das Wetter instabil ist. Da hat es seine Kapriolen, wie du es gestern Abend erlebt hast. Es wäre zu gefährlich."

„Aber warum schließt ihr den kompletten Gasthof?"

„Na ja, wir machen es wie die meisten Hoteliers. In diesen beiden Monaten verirrt sich so gut, wie kein Fremder in unser Tal."

„Das macht Sinn. Wenn ich mir vorstelle, dass ein Gasthof permanent Personal bereitstellen muss. Vom Strom, Gas und eurem Putzteam ganz zu schweigen. Selbst die Küche muss ja ausreichend besetzt und kochbereit sein. Da würde viel zu viel an Energie verbraucht werden, die ungenutzt bleibt. Selbst das vorbereite Gemüse für die Gerichte, könntet ihr gar nicht verbrauchen. Sprich, es wird wertvolles Essen im Überfluss weggeschmissen."

Mathis schaut mich bewundernd an.

„He, ich möchte damit nur sagen, dass ihr alles richtig macht! Lieber den Hof schließen, als für einen Gast das Ganze anzuschmeißen und am Laufen zu halten. Vor allem, weil ihr in eurem Tal das komplette Jahr über heizen müsst."

„Genau. Ich sehe, du verstehst schnell."

„Meinst du, nur weil ich blond bin, bedeutet es, dass ich blöd bin?", funkle ich ihn wütend an. Dieses verdammte Vorurteil! Was bilden sich manche Menschen nur ein. Bloß weil der Satz sich fest in unseren Sprachgebrauch eingebunden hat. Dieser Spruch nervt mich megamäßig, selbst wenn es von ihm kommt. Nur gerade da am meisten.

Prompt hebt Mathis seine Hände, als Friedensangebot in die Luft und lächelt mich herzerweichend an.

„He, he ..., da hast du was falsch verstanden", gibt er von sich, bevor er mich überraschend in seine Arme zieht.

Völlig geplättet und verlegen blicke ich ihn an. Meine Schwingungen nehmen massiv zu und ich habe keine Ahnung was ich, davon halten geschweige, wie ich damit umgehen soll. Ein verdammt gut aussehender Typ hält mich in seinen starken Armen und sieht mich, fast liebevoll an. Außer mein Gehirn spielt mir in dem Moment einen Streich, obwohl ich seine Schwingungen spüre. Bevor mich meine Gefühle überrollen und ich mich vor ihm blamiere, stemme ich mich kräftig mit den Händen von seiner Brust ab. Nur gewinne ich leider keinen Zentimeter an Abstand. Er ist einfach zu stark für mich.

„Was soll das?", frage ich ihn etwas genervt. Zwar bin ich nicht mehr ganz so wütend, weil meine Wut verraucht und ich mich langsam in seinen Armen geborgen fühle. Na ja, soweit ich das beurteilen kann. Aber je mehr ich mich gegen ihn Stämme, umso mehr zieht er mich zu sich heran.

„Lass das!", versuche ich, mich abermals, selbst davon zu überzeugen, dass wir das besser nicht tun sollten. Vor allem auf offener Straße und unsere Begleiter sind nicht weit von uns entfernt. Was sollen die bloß denken?

„Das wollte ich schon den ganzen Tag machen", erklingt es flüsternd von ihm.

Das meint er doch nicht im ernst? Wir sind viel zu unterschiedlich und kennen uns ja nicht mal. Klar ist er der Cousin von meiner besten Freundin und klar, er hat mir bei dem Überfall geholfen, aber trotzdem! Mag sein, dass ich ihn ja gar nicht näher kennenlernen will, auch wenn unsere Schwingungen jetzt heftiger werden. Ich habe das Gefühl, das unsichtbare Fäden uns miteinander verweben. So, als gehörten wir zusammen und es müsse so sein.

„Mila, ich will dir nur zeigen, dass ich dich nicht in eine Schublade stecke, und das ich dich mag", flüstert er mir, wachsam in meine Augen blickend zu.

„Lass das!", bringe ich abermals mit einem Kloß im Hals vor, weil meine Nervosität enorm wächst. Denn was sollte ich tun? Wie sollte ich mit ihm umgehen? Ich hatte solch einen Fall noch nie. Immerhin ist mir bisher kein fremder Junge nahegekommen oder hat mich so tief berührt, wie Mathis. Wie kann das sein? Unschlüssig betrachte ich ihn, als er mich langsam loslässt und ich bemerke, dass er mich ebenfalls beobachtet. Nervös streiche ich meine Haare, die in einem Zopf stecken, glatt.

Man bin ich verunsichert. Dabei fühle ich doch, wie seine Wärme langsam in mein Herz fließt.

Vorsichtig blicke ich zu ihm auf und kämpfe nicht mehr gegen ihn an. Und ab diesem Moment werden diese Schwingungen in meinem Körper stärker, als ob mein Geist im Körper eine Drehung macht. Als wäre das nicht längst verwirrend genug, bemerke ich, wie sich sein Körper anspannt.

„Du spürst es auch, oder?" Behutsam lege ich meine rechte Hand auf seine linke, weil wir uns gegenüberstehen.

„Ich denke schon", gibt er verlegen zurück und ich blicke zu ihm auf.

„Warum hast du mir nichts gesagt?" Wenn ich das gewusst hätte, wäre einiges leichter für mich gewesen.

„Weil ich nicht wusste, ob du das Gleiche fühlst", und seine Augen schauen mich entschuldigend an. „Aber du kannst dir sicher sein, ich hätte es nie zu meinen Gunsten ausgenutzt. Ich würde niemals etwas machen, was du nicht selber willst."

Bevor wir weiter miteinander reden können, werden wir unterbrochen.

„Kommt ihr endlich!"

Am liebsten hätte ich Jola in diesem Moment erwürgt. Jetzt habe ich die Möglichkeit, Mathis etwas behutsam auszufragen, da scheucht sie uns auseinander. Verdammt aber auch! Manchmal hat meine beste Freundin einfach ein schlechtes Timing. Lächelnd sehe ich ihn an, ehe wir schnellen Schrittes auf die anderen aufschließen, die vor einem Sporthotel stehen und auf uns warten.

„Wollt ihr mit uns Bowling spielen?", fragt uns Aaron und die drei Mädels zappeln erwartungsvoll neben ihm.

„He, wir haben Urlaub und können etwas Spaß gebrauchen."

Ich schaue zu Isabella, die ihre Schwester an die Hand nimmt, um mit ihr ins Hotel zu stürmen.

„Was soll ich darauf antworten?" Unschlüssig blicke ich Jola an.

„Komm, gib dir einen Ruck und lass es uns versuchen!", bittet sie mich und zieht ihren Bruder mit sich, sodass ich mit Mathis zurückbleibe.

„Wovor hast du Angst?", will er ehrlich von mir wissen.

„Gute Frage", gebe ich zerknirscht von mir und er sieht mich abwartend an. „Okay, ich habe es noch nie gespielt", antworte ich kleinlaut. Dabei traue ich mich nicht, ihn anzusehen, weil er bestimmt, gleich über mich lacht.

„Aemilia, das ist doch nicht schlimm. Jeder fängt mal klein an."

Ohne Vorwarnung nimmt er mich in seinen Arm, als habe er Angst ich könnte ihm entwischen. Aber wie soll ich bei seinen Überrumplungen frühzeitig reagieren?

„Wenn du willst, zeige ich es dir. Solltest du merken, dass du daran keinen Spaß hast, dann setzen wir uns hin und sehen den anderen zu, wie sie versuchen, das Spiel für sich zu entscheiden", lächelt er mich gewinnbringend an, dass ich es ihm unmöglich abschlagen kann.

„Mm, wenn du das sagst." Insgeheim frage ich mich, wie es wäre, wenn wir beide mehr Zeit zusammen verbringen würden. Bloß sobald sich dieser Gedanke in meinem Geist einnistet, wird es mir heiß und kalt zugleich. Fix schaue ich nach unten, damit er meinen roten Kopf nicht sieht. Vermutlich beginne ich mich jetzt zu verfärben. Voll peinlich.

„Lass uns reingehen!", gehe ich die Flucht nach vorn an und reiße mich aus seiner Umarmung und stürme in das Hotel.

Dort finde ich mich in einer glanzvollen Lobby wieder. Alles ist viel Großzügiger und Pompöser eingerichtet. Ich fühle mich hier unwohl und das kühle Treppenhaus, welches vom Empfang zu beiden Seiten abgeht, schüchtert mich ein. Unsicher versuche ich, mich zu orientieren, als Mathis meinen Arm ergreift und mich links die Treppe hinabführt. Erleichtert luge ich ihn an.

„Was?"

„Du bist mein Retter in der Not."

„Ich wollte nur sichergehen, dass du dich nicht verläufst."

Ich lächle ihm nur zu, denn zu mehr bin ich nicht fähig. Auf irgendeiner Weise haut er mich um und bringt mein Gefühlskarussell zum Laufen.

„Und natürlich weil ich dein Ritter sein will", erwidert er. Worauf wir beide vor lauter Witz loskichern.

Insgesamt fünf Bahnen, mit den dazugehörigen Sitzgruppen befinden sich in dem Bowlingcenter. Rechts im Raum steht eine Bar und links ist eine Art Empfangstresen, hinter dem Regale voller Schuhe stehen.

Zielgerichtet steuert Mathis darauf zu.

„Welche Schuhgröße hast du?"

„Was?" Wofür braucht er meine Größe?

„Mit deinen Wanderschuhen darfst du nicht auf die Bahn." Damit zeigt er auf den Platz, wo die anderen bereits warten und uns zu sich winken.

Ich komme mir vor, wie ein kleines Mädchen, das von der weiten Welt noch kein bisschen gesehen hat. Selbst wenn es natürlich stimmt. Denn außer in Wismar und seiner Umgebung war ich noch nirgends. Na ja, und abends bin ich lieber mit meiner Oma im Garten oder tüftle an Rezepten, als die verschiedenen Spaßklubs abzulaufen.

„Öhm, ach so ... Siebenunddreißig", erwidere ich brav und ich beobachte, wie er sich mit dem Typen hinter dem Tresen unterhält. Allerdings sprüht dieser noch mal kurz mit einem Spray rein, ehe er Mathis die Schuhe gibt.

„Das ist Desinfektionsmittel, damit du von deinem Vorgänger keinen Fußpilz kriegst."

Etwas widerwillig nehme ich sie entgegen.

„Sicher, dass da drinnen nix rum kriecht?" Dabei gucke ich in Mathis sein amüsiertes Gesicht.

„Sicher. Lass uns zu den anderen gehen, die warten längst!"

Jedoch halte ich ihn an seinem Arm fest und fühle dabei seine Wärme.

„Muss ich nicht erst die Schuhe wechseln?" Hatte er es eben nicht selbst zu mir gesagt?

„Bis zur Sitzgruppe können wir mit unseren laufen. Erst dort ziehen wir die Bowlingschuhe an und dann kann es losgehen."

„Wo bleibt ihr denn nur? Aaron wollte schon ohne euch anfangen", beschwert sich Jola und zieht mich gleich hinter sich her.

Fast wäre ich noch in die Gruppe gestolpert, weil es dort einen Absatz nach unten geht. Auf irgendeiner Weise habe ich es heute nicht so wirklich mit meiner Standfestigkeit.

„Der Platz ist für dich. Wir sitzen nebeneinander", strahlt sie mich an.

„Jola, manchmal denke ich, du bist meine Mama", gebe ich etwas angespannt zurück.

„Das nicht, aber ich bin deine allerbeste Freundin, die auf dich aufpasst!" Kampfeslustig sieht sie Mathis an.

„Dann hättest du sie am Eingang nicht bei mir lassen dürfen", schießt er belustigt zurück.

Somit verstand er das Gleiche wie ich. Und als sich unsere Blicke flüchtig berühren, fangen meine Schmetterlinge im Bauch zufliegen an. Zum Glück ist das Licht etwas schummrig, sonst würde Mathis mich erneut mit einem roten Kopf ertappen.

Geschwind wechsle ich die Schuhe und betrachte mir dann die Bahn sowie meine Freunde, die sich an den bunten Bällen zu schaffen machen. Sie heben die Bälle an, drehen sie und machen kurze Handübungen, als wollen sie testen, ob diese gut in der Hand liegt.

„Du musst dir auch einen passenden Ball heraussuchen", fordert mich Mathis auf und zieht mich zu einem Regal voller bunter Kugeln.

Obwohl es mir nicht einleuchtet, dass man zu einer Bowlingkugel Ball sagt, laufe ich mit ihm mit. Dort zeigt er mir, wie man eine Kugel hält und was es mit den drei Löchern auf sich hat. Nach einer gefühlten Ewigkeit finde ich eine neongelbe Kuller für mich, die nicht zu schwer und gut mit meinen drei Fingern zu halten ist. Denn Loch ist nicht gleich Loch und das Gewicht einer solchen Kugel ist ebenfalls nicht zu unterschätzen. In der Zwischenzeit hat Aaron unsere Namen in den Computer eingegeben, damit es jetzt losgehen kann.

„Du startest als Letzte, sodass du dir das eine oder andere abgucken kannst", vernehme ich Aaron neben mir, als wir zur Bahn aufschließen.

Als ich spüre, dass Mathis mich ansieht, steigt meine Nervosität in der Hoffnung, dass ich mich nicht all zu blöd bei dem Spiel anstelle. Zuerst bowlt Aaron, gefolgt von seiner Schwester. Dann kommen Isabella und Annabella dran, bevor Mathis die Bahn betritt. Ich versuche, mir alles genau anzusehen und dabei erkenne ich den Spaß der vier. Natürlich hoffe ich inständig, dass ich genauso entspannt bin, wenn ich gleich starte.

Ich sehe, wie Mathis von der Bank aufsteht, kurz den Ball anhebt und Anlauf zur Bahn nimmt. Anschließend lässt er den Arm neben seinem Körper gleiten, bevor er mit einem Ausfallschritt, den Ball direkt auf die Pins zu rollen lässt. Ich muss echt sagen, dass er umwerfend aussieht. Dann geht plötzlich eine Art Hube los, weil er alle neun sofort erwischt hat.

„Strike", brüllt er los und die anderen klatschen ihn grölend ab.

Trotzdem steige ich nicht durch.

„Das kommt nicht so häufig vor", höre ich Isabella neben mir sagen, weil sie gewiss meinen Gesichtsausdruck bemerkt haben muss.

„Na ja, sagen wir mal, dass wir nie so gut sind wie er. Bei ihm ist es eher eine Seltenheit, wenn er mal einen Strike vergeigt", lacht ihre Schwester los.

„Oh!" Was soll ich darauf antworten? Ein Profispieler und ich, die Anfängerin mit Komplexen. Wen schüchtert solch eine Info nicht ein? Und, als hätte Mathis meine Gedanken erraten, schreitet er zielgerichtet auf mich zu und schiebt mich auf die Bowlingbahn.

„So und jetzt du!" Entspannt steht er neben mir und sieht mir herausfordernd in die Augen. Oder ist das eher Belustigung, die ich bei ihm erkenne? Na, was soll's, ich werde es meistern.

„Mm", kann ich nur antworten. Jetzt muss ich eben mein Bestes geben.

Ich beginne mit einer Art Anlauf, Hand schwingen, um dann einen Kniehopser zu machen, damit ich dann quasi die Kuller, loswerde. Nur bei so viel mitdenken, damit die Abläufe stimmen, werde ich völlig verunsichert. Und was soll ich sagen? Die Kuller rollt beim Loslassen nicht dorthin, wo sie Hinsoll und ein lauter Aufschrei ist hinter mir zu hören.

Ängstlich drehe ich mich um.

Statt das diese auf unseren Tisch zu fliegt, kullert sie in den Gegenverkehr der Spielerin, die grade dran ist, sodass sie ins Straucheln kommt. Man ist mir das peinlich. Warum muss mir so was Blödes passieren? Mist aber auch.

Voll auf ganzer Linie blamiert, schießt es mir durch meinen Kopf.

„Wenn die da nicht spielen kann, hat sie hier nichts verloren!", kreischt sie auf. „Das ist ja echt lebensgefährlich, wie die spielt", schraubt sich ein Mädchen, die etwas älter ist als ich, einige Oktaven höher.

Sie ist schlank und in einem Retrostil gekleidet, das ich mir wie eine graue Maus vorkomme. Ihr Gesicht ist ebenmäßig oval und stark geschminkt. Ihre dunklen Augen hat sie schwarz umrundet und die dunkelschwarzen Haare sind zu einem Zopf hochtoupiert. Im ersten Moment könnte man meinen, sie steht auf Kleopatra. So krass ist sie bepinselt.

Warum gibt es in diesen Minuten nicht die Möglichkeit, unsichtbar zu sein oder in den sprichwörtlichen Erdboden zu versinken? Sogleich fühle ich, wie mir die Röte ins Gesicht schießt.

„He, mach mal langsam! Du konntest selbst nicht von Beginn an, Bowling spielen", ergreift Mathis sein Wort und richtet sich kerzengerade auf, als müsse er mich vor ihr beschützen.

„Matt?", ruft sie überrascht und verzückt aus, als sie, trotz Bowlingschuhe, wie ein Model bühnenreif auf ihn zu stolziert. „Ich dachte, du bist im Ausland?"

„Und?", fragt er sie unbeeindruckt, als sie sehr dicht vor ihm stehen bleibt.

„Du wolltest dich bei mir melden, wenn du zurück bist, damit wir was zusammen machen", entgegnet sie ihm vorwurfsvoll und anmaßend zugleich.

Läuft da etwa was zwischen den beiden? Sie ist dunkel gebräunt und einen Kopf größer als ich. Ihre Figur ist schlank und durchtrainiert. Unentwegt schiebt sie einzelne Strähnen, die sich aus ihrem Zopf gelöst haben, hinter ihr Ohr und schielt Mathis mit einem schmachtenden Blick an. Selbst ihre Gesichtszüge sehen gemeißelt schön aus, sodass ich neben ihr mit meinem roten Gesicht und den Pickeln, die mich einmal im Monat unbedingt quälen müssen, voll unscheinbar vorkomme. Aber warum sollte ich mit ihr konkurrieren?

Ihre dunklen Augen fixieren mich, bis sie sich abermals Mathis zuwendet. „Oder bist du zur Zeit anderweitig beschäftigt?"

Als sie diese Frage stellt, fühle ich, dass er sich anspannt, um nicht seine Beherrschung zu verlieren.

„Katharina, ich denke, dass du gut daran tust, dich an deine Kinderstube zu erinnern!"

„Das sehe ich nicht so. Die da ...", dabei zeigt sie mit ihren manikürten Fingernägeln abfällig auf mich, „die kann mir nicht das Wasser reichen. Hast du sie mal genauer begutachtet?"

Augenblicklich machen mich ihre erniedrigenden Worte wütend und betrübt zugleich. Was denkt sie sich bloß, mit jemanden so umzugehen, den sie noch nicht mal kennt? So was Überhebliches bin ich lange nicht mehr begegnet.

„He, du kannst in aller Ruhe deine Krallen einfahren! Mathis und ich sind nur Bekannte", mische ich mich ein. Denn ich lasse mich von niemandem respektlos behandeln.

„Ja klar. Ab morgen glaube ich an den Weihnachtsmann", sieht sie mich kampfeslustig an, ehe sie sich von mir abwendet und sich erneut Mathis zu wendet. „Du weißt ja, wo du mich findest", faucht sie ihn an und stolziert hoch erhobenen Hauptes, von der Bowlingbahn zu ihren Freunden.

„Was war das denn?", denn die Auseinandersetzung hat mich voll geschlaucht. Am liebsten würde ich jetzt meine Klamotten nehmen und zurück ins Hotel trotten, damit ich mich auf mein Bett schmeißen kann, um diese Art von Begegnung zu verdauen. „Die war ja voll daneben", schimpfe ich weiter über die Person.

„Es tut mir leid", vernehme ich Mathis neben mir und ich kann ihm nur leicht zunicken.

Wenn ich mir vorstelle, dass die beiden was miteinander hatten, da könnte ich glatt spucken. Klar, er ist fünf Jahre älter als ich und hat gewiss, das eine oder andere Frauenherz gestohlen, bloß hoffentlich nicht von ihr. So eine aufgetakelte Tusse, die meint, dass sich die ganze Welt nur um sie dreht.

„Wollen wir weiterspielen?", fragt mich Jola, die ihre Hand auf meine gelegt hat. „Mist, dass du die nicht erschlagen hast!"

Obendrein muss ich ihr zustimmen. Immerhin hätten wir dann diese Diskussion nicht. Na ja, aber mal ganz ehrlich. Ich wäre todunglücklich, wenn ich damit einen Schaden angerichtet hätte.

„Klar doch, von der Zicke lassen wir uns nicht den Spaß nehmen!", äußert sich Isabella laut, dass diese Katharina es eindeutig hören kann.

„Die spinnt doch!", ereifert sich Aaron.

„Wovon träumt die nachts?", gibt noch Annabella von sich.

Da staune ich nicht schlecht, dass keiner sie mag und möglicherweise zwischen ihr und Mathis nichts ist. Schön wäre es natürlich.

Nach drei Stunden und einem reichlich belegten Käsebrötchen bin ich eine Erfahrung reicher, was Bowling betrifft. Erstens ist es kein bisschen für mich, weil es mir meine Kugel ernsthaft schwer macht. Und nicht nur, weil sie sich in einem Schneckentempo auf die Pins zu bewegt. Jedes Mal wenn ich denke, dass es klappt und ich endlich was treffe, schlägt diese links oder rechts aus und nimmt den Ausgang über die Bande, nur um den Zusammenstoß zu vermeiden. Echt blöd und von dem angespannten Gemurmel von meinen Freunden mal ganz abgesehen.

Zweitens fehlt mir einfach die Kraft in der Hand und den Fingern, sodass ich nach der ersten kompletten Runde ausgestiegen bin. Aber auch, weil das blöde Ding nicht nur einmal nach hinten zu den Tischen entwichen ist. Zum Glück war es immer nur unsere Sitzecke.

Fakt ist, ich habe es jetzt gespielt und es hat für mich keinen Spaßfaktor. Bei den anderen sieht es natürlich besser aus. Mathis hat ständig zwölf Strikes pro Runde hingelegt und konstant seine dreihundert Punkte abgeliefert. Da könnte ich glatt meinen, er sei ein Vollprofi. Etwas weiter und deutlich abgeschlagen liegt Jola, was ich nie von ihr erwartet habe, dicht gefolgt von ihrem Bruder, der jetzt schmollt, weil sie besser ist als er. Als ich den beiden bei ihrem Schlagabtausch zuschaue, finde ich es witzig wie sie sich kappeln. Selbst Mathis seine Schwestern, die Aaron dicht auf den Fersen waren, hatten ihr Spaß und sehen gelassen den beiden bei ihrem Wortwechsel zu.

„Mach dir nicht ins Hemd!", vernehme ich Jola ihre Stimme.

„Du hast hundertprozentig gemogelt, oder?", brummt er mit seiner kräftigen Stimmlage zurück.

„Klar, ich habe mal eben gezaubert. Simsalabim", neckt sie ihn.

„Wer weiß?", höre ich seine genervte Stimme.

„Aaron, wie soll das denn hier funktionieren ...", und sie zeigt in die Runde, „ohne das es jemand bemerkt?"

Indes beobachte ich, wie er kopfschüttelnd mit den Händen durch sein rötliches Haar fährt.

„Können wir los, ihr zwei Streithähne?", kichert Annabella und springt bereits auf, um sich Aaron seine Hand zu schnappen.

„An mir liegt es nicht", erklärt Jola und wir stiefeln hinauf.

Endlich hinaus aus der stickigen Bowlingbahn. Raus aus dem künstlichen Licht und ab ins Freie. Ich atme erst mal tief durch, um einen klaren Kopf zu bekommen. Denn dort unten war alles so was von laut und drückend. Erst hier vor der Tür kann ich durchatmen. Wird wohl damit zu tun haben, dass es mir keinen Spaß gemacht hat und ich an die frische Luft wollte.

Als sich alle vor der Tür einfinden, hat es aufgehört zu regnen. Die Wolken über mir ziehen sich allmählich zurück, sodass hoffentlich bald die Sonne scheint.

„Ich fühle mich hier, wie in einem Dampfkessel", stupst mich Jola an und holt mich aus meiner Gedankenwelt.

„Wegen der Wärme hier draußen oder deinem super Spiel, welches regelrecht in Sport ausgeartet ist?" Dabei schaue ich in ihr glückliches Gesicht.

Prompt zuckt sie lächelnd ihre Schultern und sieht mich aufrichtig an.

„Und hattest du wenigstens etwas Spaß?"

„Ehrlich gesagt, ist diese Art von Spiel nicht mein Ding", gebe ich offen zu.

„Was ist denn dein Ding, damit wir dich heute noch glücklich machen können?", fragt mich Annabella, die von hinten zu mir aufschließt.

Der Wind zerzaust ihre langen Haare, die sie zu einem lockeren Zopf zusammengebunden hat und auch ihr Gesicht ist von dem Spiel und das feuchtwarme Klima hier draußen erhitzt. Doch ihre Augen funkeln mich aufrichtig und erwartungsvoll an.

„Mm, wenn es eine Bibliothek gibt, dann bin ich glücklich", kommt es von mir, ohne lange zu überlegen. „Ich mag Bücher über alles. Mit ihnen lerne ich meine Zaubertränke."

„Na, dann sollten deine Augen heute noch leuchten", lacht sie mir augenzwinkernd zu und zeigt mit ihrer Hand nach vorn. „Dort befindet sich eine kleine Bibliothek für uns Einheimische und die Touristen. Wir haben dort auch ein Heimatkundemuseum. Trotzdem musst du dich etwas gedulden. Die öffnen erst in einer Stunde."

„Echt?", frage ich glücklicher als beabsichtigt.

„Ist eben meine Leseratte", gibt Jola von sich und ich drücke ihre Hand. Innerlich spüre ich meine Vorfreude, weil ich heute definit das ein oder andere noch erfahren werde.

„Dann können wir solange zu unseren Eltern gehen und entweder einen Eisbecher oder einen leckeren Apfelstrudel mit Vanilleeis essen", überlegt gleich Isabella, die neben den beiden Jungs läuft.

„Jeep, lasst uns rübergehen und später unsere Mila glücklich machen!"

Ich nicke daraufhin dankend Aaron zu, dem mein kleiner Knicks mit schwenkender Hand sichtlich amüsiert. Als wir alle losprusten, stürmen wir in den Gasthof.

Die Bibliothek ist mit den fünf Regalen, die das viereckige Zimmer einnehmen mehr als überschaubar. Die Holzregale sind bis unter die Decke gezimmert und der Raum hat eine Größe von zweimal zwei Meter. Ich finde Comics, Bildbände, Kinderbücher, Romane und Zeitschriften. Alles sieht abgegriffen, aber gut erhalten aus.

„Gibt es vielleicht aktuelle Ausgaben?", möchte ich wissen, da ich keine Bücher von bekannten Schriftstellern aufstöbere.

„Wir nehmen das auf, was die Gäste oder Anwohner uns überlassen. Leider haben wir kein Geld, um uns brandneue Bücher zukaufen", antwortet mir eine ältere Frau, um die sechzig, die in Jeans und Bluse mich erwartungsvoll ansieht. „Ich mache das nur, damit ich nicht einroste und dieser Bücherraum nicht schließen muss", zuckt sie verlegen ihre Schultern. „Haben ja sonst niemanden, der drei Tage die Woche sich am Nachmittag reinstellt."

Augenblicklich kommt ihre Traurigkeit bei mir an.

„Das wusste ich nicht. Aber finde ich bei Ihnen etwas über die Entstehungsgeschichte vom Sternenthal?"

„Ihr könnt euch die Ausstellung ansehen und in der Zeit suche ich dir unser Heimatbuch und vergleichbare Bücher heraus!", ermuntert sie mich, das Heimatmuseum anzusehen und ihre großen Augen in ihrem runden Gesicht, die voller Falten sind, strahlen mich glücklich an.

„Kommt wahrscheinlich nicht sooft jemand her", flüstert mir Jola zu und ich kann nur nicken, dass ich sie verstanden habe.

So laufe ich mit ihr und den anderen durch die Tür in das Museum hinein.

Auf zwei Etagen des Gebäudes präsentiert sich die Dorfgeschichte der Gemeinde. Auf Bildern und gebastelten Modellen sieht man anschaulich, wie klein einmal dieses Dorf gewesen sein muss. Ein Gemälde an der Wand, zeigt in der Mitte des Sternenthal eine Holzkirche mit einem Toreingang und zwei Fenstern am Eingang. Ansonsten hat das Gotteshaus nur einen schmalen, hohen Glockenturm. Wenn das Gebäude neun mal neun Meter hat, dann ist es schon groß. Selbst das Dach besteht aus mehreren Lagen von Holzziegeln.

„Echt Wahnsinn." Verblüfft steht Jola neben mir und zeigt auf das Dorfmodell. „Sieh mal, eine Handvoll Häuser und eigentlich sind das ja nur Holzbuden", kommt sie aus dem Staunen nicht mehr heraus.

„Ich bin ebenfalls sprachlos. Was steht denn dort an dem Schild, direkt über den Nachbau?"

„Warte mal ...", und Jola rückt näher ran, um es besser lesen zu können. „Die ersten, erwähnten Aussiedler sind mit ihren Ziegen und Kühen an diesen Platz gewandert, um die Viehzucht auf den Berghöhen für sich zu vergrößern. Das Dorf bestand aus fünf Häusern, einem Gotteshaus und aus knapp dreißig Menschen.

Da es Holz, Wasser und Wildkräuter im Überfluss gab sowie einen Herzsee, der heute versiegt ist, konnte sich das Dorf selbst versorgen." „Dreißig Leute, jung wie alt. Wie die wohl gelebt haben?", flüstere ich. Schließlich es ist offensichtlich, dass früher alles zweckmäßiger eingerichtet war, was uns gleich die Bilderwand mit Zeichnungen und weiteren nachbauten aufzeigen.

Die Holzhütten waren faktisch nur Bretterbuden, die in der Mitte eine Feuerstelle zum Kochen hatten. Es gab einige Holzhocker, einen Tisch, Heusäcke zum Schlafen und eine Abtrennung für ihre Tiere.

„In den kalten Jahreszeiten nahm man das Vieh mit in die Hütte, damit die Temperatur im Haus anstieg. Außerdem ist es in diesem Tal mehr dämmrig, als sonnig", lese ich laut vor, was auf dem nächsten Schild steht.

„Uff, das ist mir eindeutig zu dunkel und zu kalt."

„Mm, also mir würde es gefallen." Zumal es stimmt. Ich mag den heißen Sommer nicht, weil meine Haut die Sonne nicht verträgt.

„Aber sieh mal!", holt mich Jola aus meinen Überlegungen. „Die fünf Häuser sind nicht nur spärlich eingerichtet, sondern sie stecken fast bis zur Hälfte im Berg drin."

Zusammen nehmen wir das nächste Bild, samt Nachbildung in Augenschein.

„Und sieh nur! Alles was im Berg steckt, ist aus Felssteinen gehauen. Die darauffolgenden Häuser, die sich dem Dorf angeschlossen hatten, sind in den folgenden Jahrhunderten mit Felsgestein und Holzschindeln in gleicher Weise in den Berg hineingebaut worden." Nachdenklich runzle ich dabei meine Stirn und weil Jola mit ihrem Gesicht mir in dem Moment sehr nahe ist, schiebt sie mir die Brille mit ihrem rechten Zeigefinger hoch. Als wir beide uns aufrichten, weil wir uns in gebückter Haltung die Bauweise angesehen habe, steht Mathis hinter uns.

„Sie haben in den Felsen gebaut, um windgeschützt zu leben", und wir lächeln ihm verstehend zu. „Die erste Zeit gab es auch nur Löcher als Fenster mit Holzbrettern davor, weil man ja noch nicht mit Glas umgehen konnte."

Es wird anschaulich erklärt, wie die Holzdächer in fünf Schichten aufgebaut waren, damit sie dem Klima standhielten. Fast bis in unserer heutigen Zeit hatte man diese traditionelle Technik im Ort angewendet. Aber durch die Modernisierung mit Gasleitungen und Elektrizität wurde die Bauart eingestellt. Zum Schutz vor Kabelbrand, damit einem nicht die komplette Hütte abbrennt. Macht für mich ja Sinn. Obwohl, wenn ich an die damalige Kochstelle in den Holzhütten denke, wie oft sind da wohl die Häuser abgebrannt?

„Früher konnten wir weltweit noch öffentlich zaubern, um uns selbst zu schützen, bis es im achtzehnten Jahrhundert per Gesetz verboten wurde", flüstert uns Mathis zu, damit es niemand hören kann.

Ich entdecke nachgebaute Holztische, Hocker und selbst die Strohsäcke, die meist nur eine Wolldecke oder Tierfell als Überwurf hatten, und frage mich unweigerlich, wie es sich damals gelebt hatte. Es muss schwer, hart und derb gewesen sein. Für die Romantiker mag es grandios und einfach sein, aber für uns im einundzwanzigsten Jahrhundert klingt es absolut weltfremd. Kein fließend warmes Wasser, keinen Laden für Klamotten und Lebensmittel um die Ecke. Kein Schnellrestaurant und keine Ärzte, die einem helfen, wenn der Zahn schmerzt oder man sich den Arm gebrochen hat.

Doch je mehr ich darüber nachdenke, schleicht sich abermals meine Oma in meine Gedanken. So ist mir bewusst, dass es nicht nur damals, sondern auch heute noch viele Menschen auf unserer Welt gibt, die diesen Luxus nicht haben. Es gibt Leute, die auf der Straße leben oder die hart auf den Feldern bei jedem Wetter arbeiten müssen. Die außer einer Kerze am Abend kein Licht haben und mitunter, mit einem knurrenden Magen ins Bett gehen. Rasch schicke ich ein Stoßgebet nach oben, das man von dort auf diese Leute aufpassen möge. Weil so ein Leben beschwerlich ist und wir Menschen, die in Europa leben, es noch nicht mal wissen, wie gut es uns geht.

„Hallo, Erde an Aemilia?", und Jola schnippt mit ihrem Mittelfinger und Daumen vor meinem Gesicht rum.

„Sorry."

„Na ja, zumindest bist du wieder da, auch wenn du betrübt aussiehst", bringt sie mir ihre Besorgnis zum Ausdruck.

„Ich musste eben daran denken, wie hart und trist das Leben damals war und manche Menschen immer noch so wohnen. Das schmerzt mich. Wirklich!", und das ist nicht dahin geredet. Aber wenn ich andere sehe, denen es nicht so gut geht, wie mir, bin ich emotional berührt. „Leider weiß ich ja, dass ich nicht jeden retten kann."

Sogleich nimmt mich Jola in ihre Arme.

„Jetzt bloß nicht weinen! Außerdem hilfst du all den Menschen, die euren Laden betreten und denen du spontan begegnest und meinst ihnen mal eben zuhören zu müssen. Deshalb gehst du doch auch in die Arche Noah." Dabei drückt sie mich ganz fest an sich.

„Hast ja recht. Aber dieses viele Leid, was es in unserer heutigen Zeit gibt, setzt mir halt echt zu", klingt meine Stimme noch etwas bedrückt.

„Aber schlaue Menschen passen gut auf sich auf, damit sie nicht unnötig ihren Kopf verlieren!"

„Wenn wir doch bloß richtig zaubern könnten, zum Wohle der Menschen", begehre ich auf.

„Ja, was dann? Glaubst du im Ernst, es würde plötzlich alles friedlicher und besser sein?" Indes schüttelt sie verbissen ihren Kopf, sodass ihre kurzen roten Haare fliegen.

„Nicht?", frage ich enttäuscht.

„Nicht im Geringsten! Weil jeder Mensch erst begreifen muss, warum er an einem Leben im Frieden und ohne Leid teilhaben will. Erst wer versteht, kann eine Entscheidung treffen und später in unsere Ahnenwelt aufsteigen."

„Mm, stimmt. Und wenn ich es nicht besser wüsste, würde ich glauben, dass jetzt meine Omi mit mir spricht. Sag, wo hast du sie versteckt?", flachse ich sie an und ich bin froh, dass ich Jola habe. Meine beste und ehrlichste Freundin, der ich komplett vertraue. So war es schon immer und ich wünsche mir, dass es so bleiben wird.

„Danke, dann lass uns weitergehen!", versuche ich, mich, zu sammeln.

„Aber nur, wenn du keinen Trübsinn bläst. Sonst schleppe ich dich in die Bibliothek zurück und wir machen es uns mit den Büchern im Zimmer bequem."

Fix gebe ich ihr einen Kuss auf ihre rechte Wange und sie strahlt mich an. „Dann lass uns die Wälzer holen und nachlesen!"

Wie kleine Kinder, die ein Geheimnis haben, laufen wir los, um unser Vorhaben in die Tat umzusetzen.

„Wollt ihr schon gehen?", werden wir von Mathis beim Richtungswechsel angehalten.

„Ja. Wir wollen es uns mit ein paar Büchern im Zimmer bequem machen und uns für die morgige Wandertour ausruhen", springt gleich Jola für mich ein und zerrt an meiner Hand.

Ich lächle ihn hoffnungsvoll an, dass er uns beiden Mädels versteht und folge ihr in die Bibliothek, zu der alten Dame.

Kapitel 5

Es gibt keinen fundamentalen Unterschied zwischen Mensch und Tier in ihren Fähigkeiten, Freude, Schmerz, Glück und Elend zu fühlen.
Charles Darwin, 1802-1882

E ndlich im Zimmer angekommen, schmeißen Jola und ich die vielen Bücher auf das Doppelbett, ehe wir uns aus den wetterfesten Klamotten schälen.

„Die Oma hat es aber echt gut mit uns gemeint. Oder?", stellt Jola fest, als sie die Bände sichtet.

„Na ja, sie wusste ja nicht, welches Buch uns wichtig ist und was wir genau über die Geschichte, ihres Dorfes wissen wollen", verteidige ich, die Frau aus der Ortsbibliothek.

„Okay. Aber bevor wir loslegen, lass es uns auf dem Bett bequem machen und uns was zu trinken und schlemmen herzaubern!", sieht sie mich verschwörerisch an und ich grinse ihr zu.

Jede von uns macht einige Handschwünge mit dem Wunsch, was wir gerne hätten, als ich tatsächlich mit meinem Milchkaffee und einem Eisbecher auf dem Nachtschränkchen überrascht werde. Bei Jola ist es nicht anders, nur das sie sich einen warmen Apfelstrudel hergezaubert hat.

„Toll was? So was sollten wir daheim auch einführen", gibt sie zufrieden von sich und ich muss tief seufzen.

„Stimmt. Ich finde es immer noch ein Jammer, dass wir zuhause unsere Magie nur heimlich und in den gesicherten Räumen abhalten können. Wir schaden doch niemandem. Wir dürfen nur Zaubertränke herstellen und bei deiner Tante wird direkt und viel gezaubert. Finde ich voll unfair!", beschwere ich mich.

„Na ja, uns hat man in der Zauberschule gepredigt, dass wir nicht auffallen sollen." Überlegend sieht sie mich an, während sie ihren Löffel mit dem Apfelstrudel in den Mund schiebt, bevor sie weiterspricht. „Mein Vater hatte mir mal erklärt, dass die Menschen vor uns Hexen Angst haben, weil sie sich damit nicht auskennen. Selbst die Wissenschaft kann es ihnen nicht logisch erklären."

„Angst, vor was denn?" Ungläubig sehe ich sie an. „Ja, echt mal. Dieser ständige hochwissenschaftlicher Kram und der Versuch alles was passiert, müsse eine einleuchtende Erklärung haben, passt mir so langsam nicht mehr in meinen Kram." Kampfeslustig mustere ich die Bücher, die wir uns ausgeliehen haben. „Niemand erfreut sich mehr an unserer Natur. Sie bemerken noch nicht mal, wie viele Wunder diese tagtäglich zum Vorschein bringt." Rasch hole ich tief Luft, bevor ich mit Bedauern weiterspreche. „Immerhin hätten wir gar nicht unsere Gaben, wenn es die Mutter Erde nicht gebe."

„Mm, das ist mir klar Kleines. Aber ich würde sagen, lass uns weitermachen und dein Rätsel mit dem Stimmen und dem Bergdorf entschlüsseln", lächelt sie mir zaghaft zu.

„Jeep, das sollten wir tun." Doch zuvor widmen wir uns dem Dessert.

„Also, was sind das alles für Bücher?", fragt mich Jola, als sie noch mit ihrem Strudel kämpft, wohingegen ich mir einen zweiten Milchkaffee ordere.

Ich nehme die Lektüre, die neben mir liegen zur Hand. Als ich im Schneidersitz auf meiner Betthälfte sitze und die Buchtitel studiere, befreit Jola ihre Lippen mit ihrer Zunge von dem Vanilleeis.

„Puh, das ist ja eine ganze Menge", schnaufe ich. Dabei verstreue ich die Bücher auf dem Bett und ziehe das erste mit dem Titel: unsere Heimat, heraus. Als Jola aufsteht, um sich ihre Hände zu waschen, lege ich das Band auf den Schoß und ich hebe meine Hände leicht darüber, um ihm eine geistige Frage zu stellen, damit es mir die passende Seite aufschlägt. Denn so klappt es mit unserer Magie, auch wenn es dir unwirklich erscheint.

„Das Dorf entstand um 900 und ist von fünf Familien mit ihren Schafen und Ziegen aus den Nachbardörfern entdeckt worden. Sie fanden heraus, dass ihnen der Gebirgskessel mit dem Gletscherfluss Litz und dem herzförmigen See, das Umherziehen mit ihren Tieren abnahm. Sie bauten Holzhütten in den Bergfelsen hinein und lebten somit windgeschützt und nah an den Nahrungsquellen für ihre Tierhaltung. In den Nächten wohnten die Menschen mit ihren Haustieren zusammen in den Hütten. So wurden die Tiere nicht von anderen Wildtieren gerissen und die Leute froren nicht, weil diese ihre Körperwärme abgaben", überfliege ich den Text mit meinen Worten. „Stell dir das mal vor! Eine Handvoll Menschen mutterseelenallein in der Einöde." Mein erster Gedanke ist, dass es mir zur damaligen Zeit zu einsam gewesen wäre. „Die sind gewiss auch nicht alt geworden. Oder was denkst du?" Mit einem fragenden Gesicht luge ich Jola an, die auf unser Bett hopst und mir entgleitet das Buch aus meiner Hand.

„Ich glaube, wenn die dreißig Jahre alt geworden sind, ist es hoch gegriffen. Die Natur kann schon ihren Tribut fordern." Konzentriert zieht sie sich ein anderes Buch aus dem Stapel und hält es mir vor mein Gesicht, bevor sie es sich selbst genauer ansieht.

„Das heißt: das Leben im Thal. Sehen wir mal, was darüber steht." Sie hebt wie ich ihre Hand über das Buch. „Hör mal! Die sind jeden Tag mit dem ersten Sonnenstrahl aufgestanden. Dann haben sie ihre Tiere gemolken, ehe sie diese auf die Weide gebracht hatten. Ihre Kinder ließen sie als Hirten bei den Weidetieren zurück, bis sie am Abend heimkehrten. Während die Frauen das Essen zubereiteten und das Feuer in ihren Häusern schürten, holten die Männer Holz ein oder erlegten das eine oder andere Wildtier. Allerdings töteten sie nur ein Tier, wenn es die Menschen zum Überleben brauchten und jeden Abend dankten sie ihren Göttern im Himmelszelt.

Aber welche Wesen im Himmel haben, die denn angebet?", fragt sich Jola selbst und kratzt sich gedankenverloren an ihren Hinterkopf.

„Nachdem was du mir vorgetragen hast, kann es alles Mögliche sein. Vielleicht sind es ja Hexen wie wir gewesen. Aber wir können später mal meine Eltern fragen. Immerhin ist mein Vater der Experte in unserer Familie."

Nachdenklich sehen wir beide uns an.

„Mm, aber eigentlich ist es egal, wer die Leute damals waren", überlege ich weiter. „Sie glaubten genau wie wir an die vielen Parallelwelten, in denen es Geister, Götter, Elfen und sogar Feen gibt. Die Siedler vom Sternenthal lebten wie wir nach dem Jahreskreis, der unser natürlicher Rhythmus der Natur mit all seinen Festen ist. Selbst die Kirche hat viele unserer heidnischen Feiertage übernommen."

„Schon gut, schon gut", erhebt sie ihre Stimme. „Da höre ich voll deinen Vater sprechen. Ich denke, dass du das eine oder andere von ihm hast. Sobald es um Mythologie oder Legenden geht, musst du den Dingen auf den Grund gehen."

Verschmitzt lache ich sie an, denn genauso ist es ja mit ihrem Vater.

„Jetzt aber mal was anderes. In Serafine ihrem Gasthof haben wir alles und jeden, den wir zum Überleben brauchen. Ist dir das auch aufgefallen?", fragt sie mich mit einem bedenklichen Blick.

„Hä, wie meinst du das?"

Geschwind richtet sie sich in ihrem Schneidersitz kerzengerade auf und lenkt ihren Blick bedeutsam auf mich. Doch bevor sie loslegt, streckt sie sich ausgiebig. Dann zählt sie mit ihren Finger ihre Punkte auf.

„Also ..., wir haben eine warme Unterkunft, Essen und Trinken. Dann haben wir einen Hausarzt und meine Mutter als Tierärztin dabei. Dein Vater ist ein Wissenschaftler, was die Entstehung der Völker betrifft und deine Mutter kann wie du die Stimmung in unserer Umgebung positiv beeinflussen. Meine Tante und ihre Kinder können besser zaubern als wir und Mathis ist ein Kämpfer, der uns beschützen kann. Außerdem hat mir Aaron gestanden, dass er neben seinem Studium eine Kampfausbildung zur Selbstverteidigung macht. Zudem haben wir einen hilfreichen Wanderführer, der sich bestens mit der Bergwelt auskennt. Bloß was Thea und Rainer können, checke ich noch nicht. Sogar die Gäste sind Zauberer."

Langsam entgleist mir mein Gesicht.

„Du glaubst, das hat was mit dem Amulett zu tun?", flüstere ich, als ob uns jemand hören kann. Augenblicklich ziehe ich es aus meinem Pulli.

Erstaunt mustert mich Jola mit ihren großen, ernsten Augen.

„Ich dachte, dass sich die Kette in Wismar im Nichts aufgelöst hat?"

„Seit gestern Nacht ist sie wieder aufgetaucht", und ich schnaufe kurz durch. „Auch bekomme ich das Ding einfach nicht ab. Die Kette lässt sich nicht öffnen", sehe ich meine beste Freundin genervt an.

Selbst Jola probiert ihr Glück, doch leider ohne Erfolg.

„Ich glaube nicht, dass das ein Zufall ist! Da bin ich zu realistisch."

„Uff, na das muss erst mal rutschen. Und was machen wir jetzt?"

„Na ja, abgesehen von den komischen Unfällen, die mit dir zu tun haben, seit du das Ding berührt hast... Ich würde sagen, wir suchen in den Büchern alles durch und gehen dann zu unseren Eltern. Wenn wir ihnen nicht trauen, wem dann sonst."

Immer noch erschrocken stimme ich ihr zu.

„Mein Vater sagt, ich bin ein Engel und du bist meine beste Freundin. Deshalb werde ich dich mal eben beschützen."

„Das verstehe ich nicht", spreche ich meine Gedanken aus, als wir uns erneut mit den Büchern beschäftigen.

„Mm, bei mir gibt es auch Unstimmigkeiten", stimmt sie mir zu und tippt in ihrem Samsung-Tablett auf verschiedene Internetseiten herum.

„Okay, was ist es bei dir, was dich verunsichert?" Allmählich macht mir das Gelesene mit seinen Widersprüchlichkeiten und Zeitdaten nervös.

„Bei mir ist es die Entstehung des Dorfes im Allgemeinen", antwortet sie mir, ohne ihren Blick vom Tablett zu nehmen. Dabei kaut sie auf ihren Bleistift, den sie benutzt um sich Notizen zu machen.

„Bei mir ist es ähnlich, aber da geht es um die Jahrhunderte, wann das Dorf zum ersten Mal genannt wurde und seinen Einsiedlern."

„Wann ist es denn bei dir erwähnt worden? Vielleicht bekommen wir eine Parallele zusammen. Weißt du was? Wir zeichnen einfach eine Linie, eine Art Zeittafel und stimmen es mit unseren Daten ab."

Tatkräftig schauen wir uns an und als wir nach draußen gucken, bemerken wir, dass es heftig regnet und es sich verdunkelt.

„Ich glaube, wir machen besser das Licht an." Kurz gebe ich einen kleinen Wink Richtung Deckenleuchte und jube das es geklappt hat. Glücklich, aber mir meinen Nacken reibend, erkenne ich, dass Jola die Bücher abermals auf unserem Bett ausgebreitet hat. „Ich glaube, wir sollten unten Bescheid geben, dass wir noch hier sind", überlege ich laut.

„Nö, brauchen wir nicht. Fine ist mit dem Gasthof und unserem Zimmer verbunden. Wenn wir den Zimmergeist bitten ihr das auszurichten, wird sie es schon hören. Wir gehen eben etwas später essen."

Das leuchtet mir ein. Gemeinsam sammeln wir alle Daten und schreiben es in unseren Zeitstrahl hinein.

„Einmal wurde es um neunhundert in einer Geschichte erwähnt. In einem anderen Buch steht das dreizehnte Jahrhundert. Angeblich sind die Menschen aus dem Kanton Wallis in das Sternenthal eingewandert. Sie rodeten das Tal großflächig, um weitere Siedlungen zu bauen. Auch wurde später neben Erz noch Silber geschürft. Das brachte diesem Ort seinen Reichtum.

Dann lese ich etwas vom dritten Jahrhundert, als eine Frau mit ihren beiden Töchtern im Sternenthal Zuflucht fand. Sie wollte nach dem Tod ihres Mannes nicht neu verheiratet werden."

„Wo wir erneut dort sind, was die Wissenschaft mit ihren logischen Erklärungen betrifft. Manches lässt sich nicht mit Mathematik oder anderen Theorien beherrschen. Schließlich haben unsere heutigen Wissenschaftler vor Tausenden von Jahren noch nicht gelebt. Sie denken nur, anhand ihrer theoretischen Schablonen die Antworten zu kennen. Das Leben hat sein eigens Rätsel und das wollen wir jetzt versuchen zu knacken." Geschwind sehe ich mir ihre Zeitlinie mit meinen Informationen an.

„Okay, dann mal weiter! Danach essen wir was und gehen zu unseren Eltern", höre ich Jola beschließen.

„Gut, denn ich werde langsam hungrig."

Nachdenklich sieht mich Jola an, als sie das Papier mit unseren Daten aufs Neue betrachtet.

„Sind echt ein paar merkwürdige Schilderungen." Sie richtet sich auf, weil sie beim Zeichnen auf ihrem Bauch gelegen hatte, bis sie weiterspricht. „Vor allem, dass dieser Ort, seit Anbeginn unseres Denkens mit Hexen und Zauberer angesiedelt gewesen sein soll."

„Cool."

„Mila, es sind Erzählung. Im achtzehnten Jahrhundert brach abrupt alles zusammen und ab da ging es diesem Ort immer schlechter. Selbst in unserer heutigen Zeit leben noch nicht mal Tausend Menschen hier. Da hat es bestimmt mehr Gäste, oder?"

„Weißt du, was ich glaube?", gleichzeitig sieht sie mich erwartungsvoll an. „Ich glaube, dass die Dorfgeschichte mit Absicht so widersprüchlich ist, damit niemand den wahren Kern darin findet." Deshalb berichte ich ihr Anschließend von der Legende, die mir Mathis gestern Abend erzählt hatte und die mich letzte Nacht unruhig schlafen ließ.

„Irre!", klingt sie ebenso erstaunt.

„Komm, lass uns eine Pause einlegen und uns die Füße vertreten! Danach gehen wir zu unseren Eltern und erzählen ihnen alles."

„So machen wir das!"

Im Handumdrehen spritzen wir uns Wasser in unsere erhitzten Gesichter und ziehen uns eine Jeans und einen frischen Pulli über. Wir wollen ja nicht zerknittert erscheinen.

„Schön, dass ihr beiden noch auftaucht", empfängt uns Serafine herzlich am Tisch. „Nachdem Abendbrot werde ich euch mein kleines Reich zeigen."

Als ich das höre, begebe ich mich schnell auf meinen Platz. Denn auf irgendeiner Weise bekomme ich bei ihrer Ankündigung ein flaues Gefühl im Magen.

„Guten Appetit!", wünscht mir meine Mutter mit einem Lächeln im Gesicht.

Während ich mich setze, mustert mich Mathis und allmählich frage ich mich ernsthaft, ob irgendetwas mit mir nicht stimmt. Immer wenn ich auf ihn treffe, bin ich aufgeregt. Na ja, und von den Schwingungen mal ganz zu schweigen. Oder nennt man sowas etwa Liebe? Aber will ich die Liebe kennenlernen, wenn ich mich selbst noch nicht richtig kenne? Zum Glück erwartet jetzt niemand eine Antwort darauf und ich kann mich etwas entspannen. Soweit, wie man sich locker machen kann, wenn sein Schwarm neben einem Sitz und anstiert.

Im Großen und Ganzen habe ich dann das Abendbrot hinter mich gebracht und bin mit Jola und unseren Eltern unterwegs in das heilige Reich von Serafine. Selbst Mathis folgt uns mit seinen Schwestern und Aaron.

Ich laufe die steinernen Treppenstufen, die aus den Felsen gehauen sind hinunter und eine Fackel nach der anderen geht an. Und das nur mit der ureigenen Magie, die uns im Blut liegt. Vor mir erscheint ein fünf Meter langer Flur und am Ende kann ich einen runden Raum entdecken. Dieser hat einen Durchmesser von neun Metern und ähnelt einem alten Weinkeller. Auf dem Boden befindet sich ein ausgenordetes Pentagramm und die Holzbänke sind halbkreisförmig angeordnet, sodass ungefähr dreißig Leute Platz haben.

Etwas weiter vorn ist ein Altar mit zwei fünfarmigen Kerzenständern, die sich bei unserem Betreten selbst entzünden. Darauf entdecke ich die typischen Utensilien und muss einmal mehr an zuhause denken. Dort haben wir auf dem Dachboden den Altar stehen. Dieser ist immer mit einer Damast Tischdecke ausgelegt, welche die Farbe der Kerzen hat. Der zweischneidige Ritualdolch, der dem Element Luft angehört und zum Anrufen der vier Elemente benutzt wird, gehört genauso dorthin, wie unser Zauberstab. Der Stab ist jedoch individuell, weil er von jeder Hexe aus der Natur selbst geholt und bearbeitet wird. Er gehört dem Element Feuer an und wir verwenden ihn, um verschiedene Götter zu rufen. Natürlich gibt es bei uns auch einen Kupferkessel, der eines unserer wichtigsten Werkzeuge ist. Er steht in der Mitte des Altares und gehört zu dem Element Erde. Der Weinkelch, der dem Element Wasser angehört, wird bei unseren Ritualen mit Wein gefüllt und bis zum Schluss auf dem Altar stehen gelassen, um danach der Reihe nach ausgetrunken zu werden. Als ich noch kleiner war, haben meine Eltern immer roten Saft eingefüllt und ich muss darüber lächeln. Immerhin mag ich bis jetzt den Wein nicht wirklich.

Auf dem Altar liegt noch eine runde Tonscheibe mit einem aufgeritzten Pentagramm. Diese gehört zum Element Erde. All das sehe ich sowie eine Räucherschale und ein Pendel mit einem Bergkristall dran.

Die Öle und Kräuter sind, wie bei uns, feinsäuberlich in durchsichtigen Glasflaschen mit einem Korken abgefüllt, um sie vor Verunreinigung zu schützen. Ich fühle mich gleich viel wohler hier. Verrückt, aber mit all den Dingen lebe und arbeite ich. Es kommt mir vertraut und richtig vor. Diese Art von Magie gehört zu mir, wie das Atmen und meine Gedanken wandern weiter.

Wieso möchte ich jetzt an dem Platz verweilen, statt mir anzuhören, was mir Serafine zeigen will? Na ja, eine mutige Person bin ich eh nicht. Immer wenn jemand mit mir reden will, habe ich Angst, dass ich etwas gesagt bekomme, was ich nicht hören will. Dann wappne ich mich innerlich, um mich gegebenfalls zu wehren. Während ich darüber grüble, schaue ich kurz zu Jola, die sich interessiert, in Serafine ihrem Reich umsieht. Ich folge ihren Augen und schaue zu dem langen Altar, bevor ich die runden Wände betrachte.

Hinter dem Altar sind etwas versetzt, zwei rundbogenförmige abgeschlossene Zweiflügelholztüren. Diesmal ist das Pentagramm nicht eingeritzt, sondern es aus Eisen geschmiedet. Auf der ersten Tür steht, in unseren Sigillen Schrift, der Name: *Friedenswächter* und auf der anderen *Eventus*. Beide sind mit keltischen Ornamenten verziert, die ich als Spirale erkennen kann. An den zwei Holztüren brennen Fackeln, die uns anleuchten und ich kann den Ruß in der Luft wahrnehmen. Und aus irgendeinen Impuls heraus drehe ich mich um, in der Hoffnung noch weitere Türen zu finden. Warum? Keine Ahnung. Aber irgendwie hatte ich noch welche erwartet.

Echt seltsam.

Als ich zum Altar laufe, entdecke ich auf ihm eine handgroße Statue aus einem Heilstein, die ich eben nicht gesehen hatte. Der Azurit-Malachit ist nicht nur ein grober Block, sondern ein Meisterwerk. Ein Steinmetz hat aus ihm sechs weibliche Gesichter ausgearbeitet. Wie in einem Reigen halten sie sich an den Händen fest und schauen nach oben in den Himmel. Ihre Oberkörper mit den Gesichtern kommen aus einem Körper, als wären die Frauen ineinander verschmolzen. Diese Skulptur fasziniert mich ungemein, sodass ich sie mir genauer betrachte. Und wenn ich es nicht besser wüsste, könnte man glauben die Leben.

Geistesgegenwärtig lege ich meine Hand auf die Brust, als ich das Amulett immer noch fühle. Vorsichtig, nur um nicht zu hyperventilieren, rede ich mir ein, dass alles nur blanke Einbildung ist.

„Die Skulptur ist einfach nur ein Traum", flüstere ich total überwältigt. Bloß als ich dann vorsichtig darüber streiche, leuchtet sie flüchtig weiß violett auf und mir setzt kurz mein Herzschlag aus, sodass ich einen Schritt zurückgehe und auf den Fuß eines anderen trete.

„Mila?", höre ich eine mir vertraute Stimme.

Überrascht drehe ich mich zu ihr um und schmiege mich in die Arme meiner Oma. Wie immer trägt sie ihre praktischen Jeans und ihre bunte Baumwolltunika. Wie sehr ich sie doch liebe und als ob sie mich versteht, streichelt sie mir über meinen Kopf und sagt mir, dass sie mich ebenfalls sehr vermisst hat.

„Ich glaube, wir sollten miteinander reden." Behutsam schiebt sie mich von sich fort und ich blicke in ihre Augen, die leicht gerötet sind. Dieser Blick teilt mir mit, dass sie sich um mich sorgt und das schüchtert mich etwas ein.

Wir laufen zur ersten Holzbank und die anderen zaubern sich Hocker herbei, damit wir besser beieinander sitzen können.

„Was ist mit Barna?" Meinen Kater jetzt bei mir zu haben wäre herrlich. Da höre ich sein Mauzen und mit einem Sprung sitzt er auf meinem Schoß. Schnell drücke ich ihn an mich, nur um zu sagen:

„Ich habe dich, ja sowas von vermisst", und sein Schnurren beruhigt mich.

„Ihr beide habt euch letzte Nacht, als das Unwetter runter kam etwas belesen. Stimmt's?"

Ich nicke mit Jola, die neben mir auf der Holzbank sitzt meiner Oma zu.

„Ich schätze mal, dass ihr zwei auch einige Ungereimtheiten gefunden habt."

Ist das jetzt eine Frage oder eine Feststellung? Fakt ist aber, dass sie uns beide super kennt und oft erwischt hatte, wenn wir etwas Verbotenes gemacht hatten. Sprich, sie hat ein ausgezeichnetes Radar, was Jola und mich betrifft.

„Wie kommst du eigentlich her?", frage ich sie, um etwas Zeit zu schinden. Denn ich kann noch nicht sagen, ob ich für das bereit bin, was jetzt gleich kommt.

„Ich habe mir Sorgen gemacht."

„Was, das verstehe ich nicht?"

„Bevor wir das Frage und Antwortspiel beginnen, sollten wir uns darüber unterhalten, was es mit deinem Amulett auf sich hat."

Ein lautes zustimmendes Gemurmel ist im Raum zu hören, sodass ich meine Luft anhalte.

„Denn als du den Anhänger gefunden und an dich genommen hast, haben Marius und ich etwas recherchiert."

Da muss ich kurz meine Stirn runzeln.

„Aber warum hast du mir daheim nichts darüber gesagt?"

„Weil ich ganz sicher sein wollte. Deshalb ..."

„Stopp!", rufe ich und lege meine Hand auf die meiner Oma, weil sie sichtbar schwer atmet, als hadere sie damit mir die Wahrheit zu sagen. „Muss ich das jetzt hören, was du mir sagst? Kann es manchmal nicht besser sein, wenn man manche Dinge nicht weiß?"

„Aemilia, die Wahrheit ist immer lebensnotwendig! Nur wenn du ehrlich zu dir selbst bist, kannst du dir jeden Tag offen in dein Gesicht sehen. Dadurch hast du die Wahl, den richtigen Weg einzuschlagen. Sprich, du hast die Möglichkeit ganz alleine zu entscheiden und da gibt es zu diesem Zeitpunkt, kein richtig oder falsch! Du gehst deinen Weg, bis er sich gabelt und du abermals entscheiden musst."

„Aber vielleicht will ich einfach nur zurück nach Wismar und mein Leben dort leben, wie bisher!" Kritisch mustere ich unsere Runde und bleibe bei Aaron seinem Gesichtsausdruck hängen, welchen ich nicht deuten kann. Versteht er, was ich sage?

„Aemilia, wenn du jetzt ohne das Gesagte von uns nach Wismar gehst, so wirst du keine Ruhe finden und den Mysteriösen Dingen auf die Spur gehen. Ich kenne dich doch."

Obendrein muss ich meiner Oma erneut zustimmen.

„Marius und ich haben in den alten Schriften nachgelesen, die sich bei ihm zuhause befinden."

Wissend nicken wir beiden Mädels ihr zu, als Jola ihr Vater aufsteht und zu uns tritt.

„In den Aufzeichnungen fanden wir eine Zeichnung deines Amulettes mit dem Sigillen Symbol, welches auf der Holzschatulle aufgebracht ist", erklärt mir Marius, um im Anschluss den Blick auf seine Tochter zu richten. „Und deinen Stein haben wir zu deinem Schutz ausgewählt."

„Mm. Wenn du das sagst", höre ich sie neben mir langsam und vorsichtig entgegnen.

„Es heißt, dass Mila ihr Stein die auserwählte Hüterin beschützt", erläutert er.

„Bitte? Was soll das heißen?", hinterfrage ich etwas zu laut.

Daraufhin erhebt sich mein Vater und legt beschwichtigend seine Hand auf die Schulter von Marius.

„Ich darf kurz?", und er nickt ihm zu. „Aemilia, ich habe dir damals von dem druidischen Glauben erzählt. Kannst du dich noch daran erinnern?"

Allerdings habe ich keine Ahnung, was er meint und zucke deshalb mit meinen Schultern.

„Eine Schlange symbolisiert die Schöpfung der Welt. Sie kann sich häuten, wenn es ihr zu eng wird und deshalb steht sie für die Wiedergeburt und das Weiterleben nach dem Tod. Ebenso steht sie für die Fruchtbarkeit, weil sie viele Nachkommen hervorbringen kann. Außerdem hat ihr Gift und ihr Speichel die Kraft der Heilung. Die Druiden sagen, dass die Schlange unser Urvorfahre aller Menschen ist, welcher noch Beinlos aus dem kosmischen Ei der Schöpfung schlüpfte. Es heißt weiter, dass die Urschlange aus ihrem Ei schlüpfte und sich an die Mutterbrust der Göttin Verbiss, um sich von ihrem Leben zu nähren."

„Und, was hat das jetzt mit mir zu tun?", wispere ich verängstigt.

„Du bist eine besondere Hexe. Die Hüterin des Lebens", raunt mir mein Vater zu.

„Bitte, was?"

„Wir glauben, dass du mit deinen Berührungen den Menschen ihre Zauberkraft zurückgeben kannst. Denn du bist eine mächtige und starke Emphatin. Du kannst die Gefühle deiner Mitmenschen im Handumdrehen positive beeinflussen. Das ist auch der Grund, warum wir möchten, dass du nie spontan deine Hände auflegst. Du musst erst lernen damit umzugehen!"

„Muss ich das jetzt verstehen?", will ich von ihm erfahren, weil sich mir die ganze Tragweite an Information noch nicht erschließt.

„Mm, dann fangen wir mal in kleinen Schritten mit dem an, was ihr beiden wissen solltet", übernimmt Marius und mein Vater setzt sich zu meiner Mutter, die mich mit roten, erhitzten Wangen anlächelt.

„Dein Stein entstammt von unseren mächtigen Göttern aus der Himmelswelt", erklärt uns Marius, während er hilfesuchend seine Frau ansieht.

„Aemilia", eilt ihm Mathilda zu Hilfe, die nun ebenfalls von ihrem Hocker aufsteht. „Dieser Stein beschützt seine Besitzerin solange, bis ihre

Aufgabe erfüllt ist. Und, Jola, …", und sie dreht sich zu ihrer Tochter um, „da du die beste Freundin von Mila bist und sie einen schweren Weg vor sich hat, hat dein Vater diesen Stein für dich ausgewählt. Er ist ebenfalls sehr mächtig, was seine Trägerin betrifft."

In dem Moment denke ich, dass Jola gleich ausflippt.

„Was soll das denn für ein Bullshit sein?", höre ich sie motzen und ihre Mutter versucht es, ihr zu erklären.

„Jola, es ist keine erfundene Sache. Es heißt, wenn dem Träger die Kette um seinen Hals gelegt wird und sich der Verschluss zu klicken lässt, dann akzeptiert das Amulett diese Person. Das trifft auf beide Ketten zu."

Etwas unschlüssig blickt mich Jola an. Sollten wir ihren Eltern Glauben schenken?

„Mm, aber was bedeutet das jetzt für Mila und mich?"

„Es heißt in einer alten Überlieferung, dass Aemilia ihr Amulett direkt von der Himmelswelt geschickt wurde, um beide Welten miteinander zu verbinden", antwortet ihre Mutter knapp.

„Wieso müssen zwei Welten miteinander verbunden werden? Ich lebe doch nur auf dieser", denn das begreife ich nicht. „Klar, kenne ich als Hexe die normale und die magische Welt. Aber soll es die Parallelwelten wirklich geben? Meint ihr das damit?", frage ich hoffnungsvoll meine Eltern, die ihren Hocker zu mir heranschieben.

„Ja", beantwortet mir stattdessen Serafine, die auf ihrem Platz vor dem Altar sitzt. „Deshalb werde ich jetzt mal übernehmen!"

„Dieses Fleckchen Erde ist durch eine gütige Hexe und ihren engsten Vertrauten besiedelt worden, nachdem sie in ihren Träumen Besuch von einer bedeutenden Göttin bekam." Da unterbricht sie sich kurz und ich staune nicht schlecht. „Das was ihr gelesen habt, stimmt zum Teil. Einst konnte jeder Mensch zaubern, aber ein unsterblicher Magier aus der Himmelswelt raubte ihnen ihre Zauberkräfte. Seitdem gibt es die verschiedensten Sprachen, weil die Magie sie nicht mehr miteinander verbindet. Selbst unser Gemeinschaftscodex geht nach und nach verloren."

„Stopp!", unterbreche ich. „Welcher Codex?"

„Wie du weißt, sprechen wir alle weltweit unterschiedliche Sprachen."

Aufmerksam nicke ich Serafine zu.

„Und jetzt stell dir mal folgendes vor! Ein Zauberer oder eine Hexe treffen auf Ihresgleichen und sie besitzen noch den Gemeinschaftscodex in sich."

Nervös runzle ich meine Stirn, während sie mich mit ihren Augen fixiert.

„Durch den Codex, der in unserem Körper steckt, verstehen wir ihn. Wir haben dann die ursprüngliche Sprache, die ein nicht magischer Mensch nicht sprechen und verstehen kann. Was allerdings schwerwiegende Folgen hat. Denn die, die ihre Gaben noch haben werden von diesem Magier unermüdlich gejagt."

„Es gibt wirklich einen Mann, der unsere Fähigkeiten klaut. Aber warum das denn?", fragt Jola ihre Tante. „Ich dachte immer, das wäre nur ein Mythos, der uns erzählt wurde."

„Schön wäre es, aber es ist kein Mythos um kleine Kinder zu verängstigen. Es gibt ihn wahrhaft. Je mehr Fähigkeiten er von uns besitzt, umso einflussreicher wird er."

Als Jola darauf etwas erwidern will, drücke ich ihre Hand, damit Serafine weiterreden kann.

„Es gab damals eine Hexe mit dem Namen Sigrun und sie lebte mit ihrem Mann Sondre an der Ostseeküste. In ihren nächtlichen Träumen wurde sie von der besagten Göttin heimgesucht. Diese trug ihr auf, gemeinsam mit ihrem Mann und den Menschen denen sie blind vertraut aufzubrechen. Ungeachtet der Tatsache, dass es eine beschwerliche Reise in eine bessere Heimat wird. Und weil zu dieser Zeit der besagte Magier mit seinen Anhängern auf der Erde den Krieg gegen uns weiße Hexen ausgerufen hatte, wollte die Göttin, dass Sigrun mit ihren Zukunftsvisionen ihm nicht zum Opfer fällt. Sie versprach ihr, dass sie in einer fast eingeschlossenen Bergwelt ihr magisches Wissen ungehindert nutzen dürfte."

Meine Oma nickt mir zur Bestätigung zu, bevor Serafine weiterspricht.

„So zog die Frau mit ihrem Mann, ihrer Schwester und ihren engsten Freunden los, um der Stimme ihrer Träume zu folgen. Da dieser Marsch jedoch fast ein volles Jahr ging und es damals überwiegend Tauschgeschäfte gab, als das man Geld hatte, gingen alle immer wieder bei ihren Durchquerungen von Ortschaften anderen Bauern zur Hand. So verdienten sie sich etwas Essen und einen Schlafplatz."

„Aber konnten sie denn nicht zaubern?", unterbricht sie Jola, während wir uns gleichzeitig fragend ansehen. Immerhin durfte man in unserer

Vorgeschichte jeder Zeit den Zauberstab schwingen. Oder habe ich im geschichtlichen Hexenunterricht nicht aufgepasst?

„Jola, zu der Zeit als Sigrun von der Göttin mit dem Namen Birgitta gerufen wurde, sollte sie alles geheim halten. Birgitta, die obendrein die Göttin des Lichtes ist, trug ihr auf, sich mit Bedacht zu bewegen. Denn vergiss nicht, sie durfte nur Hexen und Zauberer mitbringen, denen sie zutiefst vertraute."

Diesmal stimmt Jola ihrer Tante mit einem Kopfnicken zu.

„So schlossen sich einige ihrer engsten Freunde und Familienangehörige an, gemeinsam diese Strapazen auf sich zu nehmen."

„Ich wüsste, nicht ob ich den Mut hätte, mit meiner Familie ins Ungewisse zu ziehen, nur weil mich eine Göttin ruft", flüstert Jola neben mir. Nur alle im Raum können es hören, weil ich ihre Mutter leise kichern höre.

„Mm, was soll ich sagen? Ich höre ja leider auch seit einigen Tagen, die sich überlagerten Stimmen und sehe ein violettes Licht", antworte ich ihr ehrlich. Schnell begreife ich, dass ich bereits auf dem besten Weg bin, dort hoch zu stiefeln und mich dem zu stellen, was da kommt.

„Somit schlossen sich einige Hexen, die sie unterwegs trafen mit ihrem wenigen Hab und Gut den Reisenden an.

Ihren ersten Winter verbrachten sie in einem Dorf im Harz, bis sie in diesem Ort ankamen. Weil die Berge anstrengend und tückisch sind, waren sie heilfroh, dass sie das Licht richtig geführt hatte", erzählt uns Serafine weiter.

Kurz muss ich an unsere Bergtour denken. Das waren ja einige Kilometer und ich fand es arg anstrengend. Wenn ich dann die Wanderung der Menschen betrachte, ist es für mich total nachvollziehbar, dass sie glücklich gewesen sein mussten, dass sie endlich an ihrem Ziel ankamen.

„Als sie unten im Tal eintrafen, waren die fast zwanzig Leute körperlich fertig, dazu glücklich und sprachlos zugleich. Sie liefen den Berg hinauf und fanden sich in einem eingeschlossenen Dorf wieder. Sie schritten durch den Torbogen hindurch, welcher der einzige Zugang zu diesem Ort war und sahen sich staunend um.

Es standen neun Holzhütten kreisförmig angeordnet, die zum Teil in den Felsen gehauen und mit Gras sowie Moos überwuchert waren. In dem saftigen Bergkessel grasten bereits einige Ziegen, Kühe und Hühner, was die Neuankömmlinge erfreute. Man hatte nun Milch, Eier und Käse zum

Überleben, wie auch Kräuter und Beeren. Denn die Beerensträucher und Kräuter wuchsen innerhalb dieses Dorfes.

Der rundförmige Altar stand auf fünf Metern erhöht, der über den Herzsee mit einem Holzsteg zu erreichen war und dort leuchtete ein durchscheinendes Licht. Die Menschen, die wie wir Zauberer und Hexen waren, liefen ohne Scheu in das Gebäude hinein." Da steht Serafine auf und zeigt auf ihren Tempel. „Das Bauwerk sah fast genauso aus. Doch einige Unterschiede gibt es allerdings. Hier seht ihr Felssteine, wie in einem alten Keller, nur das diese hier unsere Natur zu Tage gefördert hat. In dem Tempel im Bergdorf bestand das Gebäude aus einzelnen senkrechten Steinsäulen. Es waren viele, die nicht dicht in einem Kreis aufgestellt wurden. Zwischen den Steinen hatte immer noch ein weiterer Platz", erzählt sie uns begeistert.

„Sprich, es war ein offener Tempel, sodass er von überall zu betreten war?", höre ich Jola neben mir fragen.

„Ja. Der Tempel war zum Himmelszelt offen. Somit konnte ein flackerndes Licht im Dunkeln von innen heraus strahlen. Die Lichtquelle kam direkt von dem Altar, der aus Prasemstein besteht und die Diplomatie bei Auseinandersetzungen fördert. Auf ihm stand eine Feuerschale und aus ihr strömte ein süßlich, blumiger Duft, der den Geist öffnet und reinigt", und eine kurze Pause tritt ein, als sie in unsere Gesichter sieht. „Dieses besagte Gebäude im Oberdorf ist eine ergänzende Tempelanlage aus einer längst vergangenen Zeit, die einst ein Priester oder eine Priesterin leitete. Sie kamen aus den verschiedensten Mächten, die unsere Welt erschaffen hatten. Es waren Geister, Götter, aber auch mächtige Zauber und Zauberinnen aus der Himmelswelt. Es gab dreizehn Männer und dreiundzwanzig Frauen, die auserwählt wurden, um auf diese Welt herunterzukommen", erklärt uns Serafine mit leuchtenden Augen.

„Wie heruntergekommen?", hinterfragt Jola mit einem überraschten Gesichtsausdruck und Serafine sieht meine Oma an.

„Also, aufgepasst, ihr beiden Mädels. Zu Anbeginn unsere Welt gab es Sechsunddreißig Tempelanlagen, die weltweit verstreut waren. Da die überirdischen Wesen wohl kaum einen Tempel alleine betreiben konnten, holten sie sich gute und treue Hexen sowie Zauberer. Gemeinschaftlich pflegten sie Kranke und unterstützten Hilfsbedürftige."

„Und die sprachen alle eine Sprache?", möchte Jola genauer wissen.

„Ja. Sie verständigten sich in ihrer ureigenen Ausdrucksweise, die selbst wir sprechen können. Wenn wir mit anderen Hexen aus einem fremden Land zusammentreffen und deren Sprache nicht verstehen, wird es automatisch ausgelöst. Es klingt wie ein unwirkliches Flüstern und eine Abfolge von Schwingungen. Es erklingt geheimnisvoll und macht Fremden Angst, wenn sie das hören. Sollte jedoch, ein winziges Fünkchen Magie im Unterbewusstsein der Menschen stecken, dann folgen sie den Klängen. Denn diese Urmagie ist unser Codex, der sein Gegenüber erkennen und erwachen lässt", flüstert uns Serafine zu, bis sie plötzlich wieder bitterernst wird. „Bis ein Fluch im achtzehnten Jahrhundert selbst unsere Tempelstätte zerstörte."

„Bitte? Ja, was soll das jetzt heißen? Erst haben alle Wesen im Universum solche Anlagen erschaffen und dann soll ein furchtbarer Fluch all das ausgelöscht haben?"

Fassungslos gucke ich Jola an, die gegenwärtig ihre Stirn runzelt.

„Also, ich muss sagen, ich bin jetzt auch etwas überfordert", klingt sich mein Vater ein. „Geschichtlich gesehen stimmt soweit alles. Natürlich brauchen wir uns über göttliche Wesen und dergleichen nicht zu unterhalten, denn ohne sie hätten wir unsere Magie nicht, aber der Fluch? Warum habe ich nicht das Geringste von diesem Fluch gehört?"

„Weil es keiner wissen konnte. Die besagte Lichtgöttin ist mir kurz, nachdem Aemilia das Amulett berührt hatte, in meinen Träumen erschienen."

Da muss ich schlucken.

„Bitte?", haucht jetzt meine Oma, als sie Serafine ihre Antwort verdaut hat.

„Bei deiner Berührung hatte es gewiss ein erstes Aufleuchten gegeben, welches bei mir, wie ein Aufatmen ankam. Es fühlte sich in diesem Moment an, wie ein Aufwachen meiner Sinne."

Argwöhnisch schaue ich sie an.

„Ja, Aemilia, so ist es und seitdem erschien mir Birgitta. Sie gab mir den Auftrag euch zu holen, damit wir geschützt in meinem Gasthof einen Schlachtplan aufstellen können. Deshalb schickte ich Mathis zu euch."

Jedoch schüttle ich nur meinen Kopf, als sie mit ihrer Erklärung endet.

„Jetzt hört mal! Ich kenne unsere Vorgeschichte, die ich in all den geheimen Schriften gelesen habe, doch habe ich bisher nix darüber gelesen, dass solche Wesen tatsächlich existieren. Auch habe ich noch keinen Geist oder eine Göttin getroffen. Das geht doch gar nicht!", suche ich nach logischen Erklärungen.

„Alle Familien die hier sitzen stammen aus dem Bergdorf und wir wurden gerufen, um dieses Geisterdorf von seinem Fluch zu befreien", antwortet sie uns sachlich und bestimmend.

„Wie soll denn sowas gehen? Wir wissen ja noch nicht mal, was passiert ist, um einen Umkehrspruch zu kreieren", mischt sich Matilda ein.

„Deshalb müsst ihr mir zuhören, was die Göttin des Lichtes gesagt hat! Dann können wir beratschlagen, was wir tun können, damit wir mit unserer Magie nicht aussterben."

Also, das klingt für mich nicht nach einem entspannten Urlaub in der Pampa, wenn ich das mal mit Jola ihren Worten sagen darf.

„Wir haben keine Ahnung, warum der Magier uns bekriegt, und sollen eine Lösung finden?", äußert mein Vater mit nachdenklicher Miene, der wie Thomas aus diesem Dorf stammt.

„Wenn das stimmt, wie sollen wir das anstellen? Und nicht nur das. Wir sollen mal eben, warum auch immer, dass gerade biegen, was unser Hexenbund all die Jahrhunderte nicht geschafft hat?", höre ich meine Mutter skeptisch in die Runde fragen. Sie ist von der Offenbarung ebenfalls überrascht, wie fast alle in diesem Raum.

„Na ja, Birgitta bat mich, euch zusammenzutrommeln und dann würden wir erkennen, wie wir ihren Tempel zu neuem Leben erwachen lassen können, damit die Menschen ihre magischen Fähigkeiten zurückbekommen", beantwortet sie uns.

„Das klingt für mich nicht einleuchtend", maule ich auf und Serafine tritt auf mich zu.

„Aemilia, ich kann dir noch nicht sagen, was jeder Einzelne auf sich nehmen muss, um diese Tempelstadt zum zweiten Mal ins Licht zu führen. Auch weiß ich nicht, was so bedeutungsvoll an dem Ort ist, dass wir ihn befreien müssen. Doch nur du vermagst das Licht zu sehen! Du hörst die Stimmen und ich bin davon überzeugt, dass du uns morgen in das Bergdorf führen kannst! Du bist eine besondere Hexe."

Entgeistert rutsche ich etwas von ihr ab.

„Ich?" Na, jetzt dreht die ja voll ab.

„Wir können dort oben, außer dem Moor nichts sehen und wir haben keine Möglichkeit Kontakt zu den Geschwistern aufzunehmen. Dieser

Altarraum, in dem wir sitzen, ist mit der Tempelanlage verbunden, aber nur du sollst den Schlüssel haben um diese Welt betreten zu können."

Noch immer stiere ich sie entgeistert an, weil es mir mulmig wird.

„So steht es seit genau achtzehn Jahren in unserem Weissagungsbuch geschrieben. Ein Mädchen wird auf die Welt geschickt, welches bis zu ihrem achtzehnten Geburtstag behütet aufwächst, damit sie ihrer Bestimmung folgen kann. Und dein Amulett ist der Beweis. Nur du kannst es an deinen Hals legen, ohne zu verbrennen. Du bist die Auserwählte!"

Als ich unterbrechen will, winkt sie jedoch ab und ich gedulde mich. In meinem Kopf hallt nur das Wort: Amulett, welches ich jetzt endgültig verfluche. Wie konnte es auch sein, dass die Kette unbedingt in dem blöden alten Schrank liegen musste, den meine Oma und ich restaurieren wollten? Warum musste ich auch sowas von neugierig sein und los sprinten, nur um ein Lineal zu holen? Wie bescheuert muss ich denn gewesen sein? Und jetzt soll ich mal eben Tote zum Leben erwecken? Ich bin doch nicht Lebensmüde.

„Ich mache da nicht mit!", platzt es aus mir heraus. „Geister, Götter und ein verfluchtes Dorf. Ich habe gelernt, dass man Tote nicht wieder auferstehen lassen darf, weil sich dabei ihre Seele verändert. Damit ihr es wisst, ich werde mich strikt daran halten!" So, jetzt habe ich meinen Dampf abgelassen und mir geht es um einiges besser. Demonstrativ verschränke ich die Arme vor meiner Brust und schaue kampfeslustig Serafine an. Allerdings sieht sie mich nur flüchtig an, als sie vor den Altar tritt.

„Jetzt hört mir erstmal zu! In meinem Traum hat sich nämlich folgendes zugetragen." Kurz holt sie tief Luft. „Hinter dem besagten Altar stand die Lichtgöttin die eine hochgewachsene und schlanke Frau war. Sie trug ein blaues langärmliches und bodenlanges Kleid. Darüber hatte sie einen hellblauen Umhang, der durch zwei goldene, geflochtene Bänder um ihren Hals festgehalten wurde und auf ihrem Dekolletee hing eine Kette mit verschlungenen Fäden, die zu einem runden Knoten verbunden waren. Ihr blondes, Hüftlanges Haar umrandete ihr herzförmiges Gesicht und ihr heller Antlitz ließ sie dennoch menschlich erscheinen. Sie strahlte die eintretenden Zauberer und Hexen an und bat unsere Vorfahren, auf den Holzbänken Platz zu nehmen. Nur Sigrun, die all die Menschen hergebracht hatte, blieb vor dem Altar stehen.

Daraufhin schritt Brigitta, begleitet von einem schwarzen und einem blütenweißen Labrador zu ihr. Sie dankte ihr von ganzem Herzen, dass sie ihrem Ruf gefolgt ist und sie den Mut hatte, mit den Menschen in ein ungewisses Leben zu reisen. Sie sagte ihnen, dass sie der Hexe Sigrun bald drei Kinder mit besonderen Fähigkeiten übergeben werde, die in ihrer Obhut heranwachsen sollten. Bis dahin wollte sie, dass alle Anwesenden das Dorf mit ihrem Tempel, als ihre neue Heimat annahmen."

Eindringlich sieht Serafine uns an.

„Als unsere Vorfahren Birgitta ihr Ehrenwort gaben, erschien aus dem Nichts ein Mann am Altar. Er steckte in einem braunen Kapuzenmantel mit langen Trompetenärmeln und sein Gesicht war durch den schlohweißen Bart, der ihm bis zur Schulter reichte und spitz zu lief, kaum zu erkennen. Man sah nur, dass er eine Art Nierengurt trug, wahrscheinlich um den Mantel geschlossen zu halten. Außerdem hing über seinen Körper eine Ledertasche mit Schriftrollen. Er hielt in der linken Hand einen geschnitzten Stock, der mit goldenen Bändern verziert war und in der rechten Hand ein verschlossenes Buch. Birgitta erklärte Sigrun und ihren Freunden, dass sie mit Wotan ihrem Ehemann diese besondere Tempelanlage beschützten."

Unser überraschtes Gemurmel lässt Serafine kurz innehalten, bevor sie weiterredet.

„Daraufhin erfuhren die Menschen, dass der Tempel als Schutzanlage errichtet wurde, weil die dunkle Macht um ihre Vorherrschaft kämpfte. Genauso hörten sie, dass nur an diesem Ort die Verbindung zu allen Wesen aus den Parallelwelten aufrechterhalten werden könne. Als das die neuen Dorfbewohner verstanden, schwebte sie mit ihrem Mann nach oben in das Himmelszelt. Nur der schwarze Labrador wich von da an, nicht mehr von Sigrun ihrer Seite", endet Serafine mir ihrer Erfahrung.

„War das echt ein Wesen von oben?", fragt Jola etwas unsicher in die Runde hinein.

„Ja, so ist es. Sie ist eine von vielen, die unsere magische Welt mit erschaffen hat. Birgitta besitzt sogar noch andere Gaben. Eine davon nutzt sie, um über die Träume der Menschen zu wachen", antwortet ihr Serafine und ich checke wieder nur Bahnhof.

„Was hat eine Frau mit dem Namen Birgitta mit unseren Träumen zu tun?", frage ich deshalb etwas genervt.

„Ganz einfach. In deinen Träumen zeigt dir dein Unterbewusstsein, was dein Geist, dein Ich gerne machen will und sie sieht das natürlich auch", erklärt es mir meine Oma, als wäre das die logische Antwort.

„Und?"

„Was, und?" Entgeistert sieht sie mich an.

„Omi, was tut die dann?", werde ich langsam ungeduldig.

„Also, Aemilia!", ermahnt sie mich liebevoll.

„Hallo, vielleicht höre ich davon zum ersten Mal. Genauso, dass ich in einer unglaublichen Märchengeschichte stecke, die sich nie und nimmer so zugetragen hat", maule ich sie an.

Na echt mal, ganz kapiere ich das immer noch nicht. Egal wie ich es drehe, ich drehe mich im Kreis. Als ich in Jola ihr Gesicht blicke, bezweifle ich, dass selbst sie, was davon versteht, weil sie sie ihren Kopf schüttelt. „Jola blickt auch nix", schiebe ich deshalb hinterher und schaue direkt in das belustigte Gesicht von Mathis, der zum Glück nicht in meiner Nähe sitzt. Rasch blicke ich von ihm weg, damit ich mich auf meine Oma fokussieren kann.

„Ursprünglich wollte ich fertig erzählen, aber na gut", atmet Serafine schwer auf.

Ein kurzer Blick auf Jola und meinen Vater, die auf ihren Hockern vor uns sitzen, lässt mich erkennen, dass sie sich ein Lachen verkneifen. Immerhin kennen die beiden das von uns zu genüge, dass wir alles genau wissen wollen und an manchen Tagen ist es dann echt anstrengend für sie.

„Wenn du träumst und tiefgreifende Probleme darin bewältigst, dann sieht es Birgitta auch und sie erscheint dir. Sie zeigt dir dann zwei Möglichkeiten auf, damit du das erreichen kannst, was du willst. Nur musst du deinen Weg selbst wählen und auch gehen!"

„Das ist ja voll gruselig", entfährt es mir. „Ich will niemanden in meinen Träumen haben der mich beeinflusst." Zustimmend nickt mir Jola zu.

„Kann ich weitermachen?"

Daraufhin Schweigen wir beide sofort.

„Gut. Nach einigen Jahren haben es die Menschen mit viel Geschick und ihrem gemeinsamen Traum geschafft, dieses Dorf zu beleben. Sie konnten von ihren Tieren, Schnitzereien und reichlich mehr leben. Sie gingen in andere Dörfer um ihre Töpfereien, Kräuter und sonstige Sachen zu tauschen. Bald sprach es sich herum, dass im oberen Bergdorf weiße Hexen beheimatet sind. Ebenso das diese Frauen handverlesene Zutaten für

Zaubertränke herstellten. Deshalb pilgerten immer mehr in das Dorf, um Tauschgeschäfte zu machen oder um der Gemeinschaft beizutreten."

„Das klingt alles so weltfremd und friedlich für mich." Das fühle ich bei den Worten von Serafine. Harmonie und das die Menschen, trotz schwerer Arbeit zufrieden mit sich und ihrem Leben waren.

„So war es auch eine sehr lange Zeit. Sogar als eines Nachts Birgitta mit den drei Säuglingen zu Sigrun kam, um sie daran zu erinnern, dass sie jetzt ihre Hilfe brauchte."

Eine nachdenkliche Stille tritt ein, als hätte es Serafine selbst erlebt. Aber vermutlich ist es so, wenn man einen lebensechten Traum hat. Sie klingt traurig und glücklich zugleich. Doch als ich darüber grübeln will, fährt sie fort.

„Ohne Fragen nahm sie die drei Mädels bei sich auf. Es sind sogenannte Drillingsschwestern, die am gleichen Tag zur selben Zeit geboren wurden. Zu der Zeit ..."

„Hä, ...?" Als ich sie unterbreche, schüttelt sie nur ihren Kopf und ich lasse sie weiterreden.

„Zu der Zeit hatte selbst die Seherin bereits drei Mädchen bekommen, sodass sie jetzt mit ihrem Mann sechs Mädels hatte."

„Sechs Kinder zur damaligen Zeit und dann auch noch alles Mädels?" Puh, das konnte nur schwer zu schaffen sein. Ich wusste natürlich, dass früher die Mitgift bei einer Hochzeit, die Familie der Braut ausrichten musste und das konnte sehr teuer für eine einfache Bauernfamilie werden.

„Eilends trommelte Sigrun die Leute zusammen, die mit ihr in der besagten Nacht am Altar saßen und zeigte ihnen die drei Mädchen. Und von diesem Zeitpunkt an kümmerten sich all die Menschen nicht nur um die Drillingsmädchen, sondern auch um die Kinder von Sigrun, die nicht viel älter waren als sie. So wuchsen sie wie Geschwister auf und die Gemeinschaft im Dorf verlor nie, ein Wort darüber, wie die Mädchen zusammengehörten. Sie waren Schwestern, die sich gegenseitig und andere halfen, und die nur eine Mutter und einen Vater kannten. Je älter sie wurden, umso mehr zeigte sich, dass sie sich untereinander ergänzten und sich beschützten. Selbst, als die seherische Fähigkeiten der Drillinge, immer größer wurden.

Jedes Mädchen hatte eine Gabe und zu dritt bündelten sie ihre Visionen. Denn die Drillinge halfen Jedem, der ihre Hilfe brauchte. Anschließend absorbierten die Töchter von Sigrun die aufkommenden Schwingungen, die bei ihrer seherischen Arbeit von den Drillingsschwestern entstanden. Zusammen ergaben sie eine Einheit zum Wohle aller."

„Stopp!" Schnell stehe ich auf und laufe im Raum kurz auf und ab. „Was für Gaben und was meinst du mit abschirmen oder absorbieren?", und mein Kater, der die ganze Zeit auf meinem Schoss schlief, sieht mich verschlafen an. „Oh sorry, Barna, das wollte ich nicht!" Dazu knie ich mich zu ihm runter.

„Na, wenigsten entschuldigst du dich."

„Was?" Überrascht schaue ich ihn an, wie er sein rechtes Vorderpfötchen putzt. Na ja, vielleicht geht jetzt grade meine Fantasie mit mir durch. Bei dieser Geschichte wäre das ja all zu verständlich.

„Ja, Mila, du siehst und hörst einwandfrei. Ich kann reden."

Da hocke ich nun vor meinem Stubentiger und stiere ihm direkt in seine grünen Augen. Völlig überrumpelt verliere ich mein Gleichgewicht und plumpse auf den Popo.

„Nee, oder? Im Ernst jetzt?", hinterfrage ich etwas entgeistert in die Runde.

„Dein Barna kann reden, aber nur im Sternenthal und auf diesem Fleckchen Erde, wo unsere Urmagischen Wurzeln noch sind", erklärt mir meine Oma. „Früher konnten alle Tiere sprechen und einst haben das die Menschen verstanden. Nur leider heutzutage nicht mehr."

Augenblicklich denke ich an all die Tiere, die geschlachtet oder gequält werden und bin Gott froh, dass ich ihre Schreie nicht hören muss, denn diese Aufschreie würden Tag und Nacht, den Himmel empor erklingen. „Okay." Zu mehr bin ich nicht in der Lage und luge hilfesuchend Jola an, die etwas blass aussieht. „Geht es dir gut?"

„Ja, ja. Aber das muss ich erst mal verdauen. Zum Glück bin ich Vegetarier."

Nachdenklich stimme ich ihr zu, weil wir Anwesenden in diesem Raum kein Fleisch von Tieren essen. Jetzt kapiere ich auch warum. Es steckt in unseren Urwurzeln. Wir glauben nämlich, dass in den tierischen Lebewesen Götter stecken.

„Ja, aber sagtet ihr nicht oder habe ich es nur gelesen, dass die Menschen Wildtiere erlegten?", grüble ich nach.

„Das kam alles viel später, als der unsterbliche Magier es geschafft hatte, den Tieren und den Menschen ihre Verbindung zu nehmen. Ihr müsst wissen, dass jeder Erdenbewohner ein Tier hatte, welches ihn Tag und Nacht vor der schwarzen Hexerei beschützte. Denn sie waren zeitgleich ihre Traumhüter. Deshalb fühlst du dich glücklich und kannst zu nächtlicher Stunde besser schlafen, wenn Barna bei dir im Bett liegt. Er behütet dich und gibt dir Geborgenheit." Lächelnd mustert mich meine Oma.

Als ich zu ihm blicke, streckt er sich und beobachtet mich sehr genau, bevor er mit mir spricht.

„Ja, wir sind eine Art Traumfänger und alle Kinder können bis zu einem gewissen Alter auch heute noch mit uns reden. Denn das konnte der Bösewicht zum Glück nicht unterbinden. Wir sind für die Kleinen ihre Imaginieren Freunde, bis sie leider ihre Gabe, an uns verlieren." Dabei blinzelt er mich mit seinen grünen Augen an.

Jetzt habe ich einen Kater, der mit mir redet. Kopfschüttelnd schaue ich zu Jola.

„Also, Leute, das ist mir alles zu viel an Informationen", unterbricht sie uns, die sich mit ihren Händen ihre Haare verwuschelt. „Meint ihr, wir können einen Break machen und uns die Beine vertreten?", fragt sie laut, als sie bereits aufsteht.

„Gerne, und ich zeig euch meine Hexenküche", übernimmt jetzt Serafine und alle sind damit einverstanden. „Einen Muntermacher gibt es auch. Achtung Mädels, Hände auf!" Prompt haben wir beide einen Milchkaffee in der Hand. „Ihr anderen wisst ja, wie es geht. Jola? Naschereien gibt es später in meiner Küche."

Schließlich höre ich alle durcheinanderreden. Klar, das Thema ist mächtig gewaltig. Immerhin sollen wir ein Dorf zu seiner vollen Blüte auferstehen lassen.

„Unsere Vorfahren haben damals einen Auftrag erhalten und wir werden auch dieses Mal mithelfen", erklärt mir mein Vater augenzwinkernd, wobei er mir meine Hand drückt.

Schnell presse ich ihn fest an mich, die Tasse gut festhaltend, weil ich nur seine Wärme fühlen will. Denn meine Festplatte ist im Augenblick echt voll. Im Anschluss muss ich erst mal einen Zwischenspeicher für das Gehörte freischaufeln. Ich hoffe nur, dass mir die Pause dafür ausreicht.

Die Hexenküche befindet sich gleich neben dem Treppenaufgang zum unterirdischen Altar. Diesmal ist der Raum jedoch quadratisch und gleicht einem alten Trödelstand. Er hat ebenfalls keine Fenster und die Felswände sind wie die im Tempel. Es sieht ein bisschen unaufgeräumt und leicht chaotisch aus. Dennoch hat es etwas Gemütliches an sich.

Auf der rechten Seite steht eine alte Küchenkommode auf der, viele Gläser mit Kräutern und Gewürzen stehen. Links daneben ist ein gemauerter Kamin, der zum Kochen benutzt werden kann. Neben ihm ist ein kleiner Schrank, in dem mehrere Weidenkörbe Platz haben und sich im Inneren bestimmt das ein oder andere Schätzchen verbirgt. Auch erkenne ich, eine Art Sideboard aus Holz, welches zum Zubereiten von Kräutersalzen und Pulvern verwendet wird.

Der Arbeitsraum von Serafine wird durch zwei Deckenleuchter die aus Eisen und mit Kerzen bestückt sind sowie einigen Fackeln an der Wand ausgeleuchtet und in der Mitte steht ein Holztisch mit einem Einlegboden. Darauf befinden sich unterschiedliche Schüsseln, Holzbretter, ein Messerblock und verschiedene Mörser. Neben mir am Eingang hängen Trockengestecke aus Kräutern und Blumen von der Decke herab und ein enormes Bücherregal kann ich ebenfalls sichten.

Schließlich zieht mich ein dunkles Holzregal in der hinteren Ecke magisch an und ich sehe Gläser mit Räuchersalzen und Pulvern sowie verschiedene, durchsichtige Behälter in denen merkwürdige Tierchen schwimmen.

„Also, ich möchte nix an Zauberkunst erlernen, wenn ich dafür Tiere aus Reagenzgläsern brauche." Das kann ich nicht mit meinem Gewissen vereinbaren und ich verziehe angewidert mein Gesicht.

„Das was du dir dort anschaust, sind keine Zutaten, sondern gezüchtete Wesen, die durch die schwarze Magie entstanden sind."

Fassungslos stiere ich Serafine an.

„Sieh dir die Gläser ruhig genauer an!"

Vorsichtig trotte ich näher an den Schrank heran und mustere die schwimmenden Tiere in den Behältern. Es sind Frösche mit Katzenaugen oder Fische ohne Flossen, dafür aber mit Hundebeinen und mir wird übel.

„Oh, ist das furchtbar! Die bedauernswerten Kreaturen. Wie kann man so etwas bloß erschaffen?" Erneut verziehe ich mein Gesicht, als ich den Blick zu Serafine gerichtet halte, die mich beobachtet.

„Die schwarze Magie ist bestrebt, sich weiterzuentwickeln. Sie lassen mutierte Tiere entstehen, um sie für ihre Zwecke zu nutzen. Der Fisch kann nicht nur schwimmen, sondern auch an Land gehen. Da er klein wie eine Maus ist, fällt er im Gewässer und anschließend an Land nicht auf. Das

Gleiche ist mit den Fröschen. Sie bekommen mehr Fähigkeiten, um uns Hexen und Zauberer zu unterlaufen", erläutert es mir Serafine mit einer entschiedenen Stimme.

„Aber ich schnalle es immer noch nicht, warum man uns verfolgt? Immerhin schaden wir niemandem. Wir gehen nicht öffentlich vor und bereichern uns nicht an unseren Gaben."

„Aemilia, der Magier hat seine eigene Sicht auf die Dinge und er hält an seiner Denkweise fest. Diese setzt er mit aller Macht durch, weil es sein persönlicher Machtkampf gegen uns ist. Für uns bedeutet es, in ständiger Angst leben zu müssen. Aus diesem Grund verstecken wir uns vor ihm. Denn wenn er uns entdeckt, dann tötet er uns. Außer wir konvertieren zu ihm."

„Das klingt für mich, wie ein Glaubenskrieg zwischen weißer und dunkler Magie. Gut gegen Böse und wir Hexen stecken mitten drin", höre ich Jola sich äußern und ich muss ihr zustimmen.

„Aber wenn wir alle zu einfachen Menschen werden und ihm alles von uns geben, dann langweilt der sich doch? Es muss definitiv mehr dahinterstecken!"

„Ja, das stimmt, Mila", flüstert mir Mathis zu und ich schaue ihm direkt in seine tollen Augen, als er mit seinen Schwestern und Aaron zu uns aufschließt.

Warum muss er sich immer so leise anschleichen?

„Mathis!", ermahnt ihn seine Mutter.

Feixend schaut er zu ihr und dann zu meiner Oma, ehe er mir nochmals direkt in mein Gesicht sieht. Ich kann nur beten, dass ich nicht rot anlaufe. Das wäre echt peinlich.

„Wie meinst du das?", wispere ich, aber er schüttelt nur seinen Kopf und zuckt mit der Schultern.

„Ein anderes Mal", tönt es knapp von ihm, bevor er das Thema wechselt. „Wir entführen mal die beiden Mädels", und er sieht flüchtig auf seine Uhr.

„Doch bereits so spät?"

„Findest du nicht auch, dass alles sehr merkwürdig klingt?", murmelt mir Jola nervös in mein Ohr. Ich kann ihr nur grübelnd zunicken, als wir beide uns an den Händen halten und den anderen folgen.

„Lasst uns frische Luft schnappen, bevor wir alle schlummern gehen!"

„Schlafen?" Verdutzt sehe ich Mathis an.

„Ja. Eure Gedanken sollten sich etwas erholen, wenn ab morgen eurer neues magisches Leben beginnt."

In dem Moment schießen mir wahnsinnig viele Fragen durch meinen Kopf. Sollte ich wirklich dem eben gehörten Glauben schenken? Hatte sich das Ereignis zweifellos so ereignet oder haben die anderen nur zu viel Fantasie? Womöglich wollen sie uns nur den Urlaub spannend gestalten.

Als mir meine Überlegungen allmählich zu anstrengend werden, laufe ich mit den anderen auf die Terrasse und stelle mich an das Geländer, wo ich bereits gestern Abend mit Mathis stand. Ich atme tief durch, bevor ich all die Menschen mustere. Es ist fast stockdunkel und wir stehen in Jeans und T-Shirt da.

„Stimmt es, dass ihr alle an diese Geschichte glaubt?", flüstere ich fast, weil ich Angst vor der Antwort habe.

„Ja, und wir beschützen euch", erklärt mir Aaron.

Jola sieht zwischen ihm und mir hin und her.

„Das ist jetzt nicht dein Ernst! Warum hast du mir nie etwas darüber gesagt?"

Da erkenne ich, dass sie nicht nur wütend, sondern auch von ihm verletzt ist.

„Es tut mir aufrichtig Leid Kleines, aber ich durfte dir nichts sagen", verteidigt er sich.

„Du bist mein Bruder, verdammt nochmal!"

Außerdem fühle ich, dass sie mit ihren Tränen kämpft, als sie auf ihn zugeht.

„Ja, aber wir mussten sicher gehen, dass das Buch der Weissagungen sich nicht irrt", verteidigt er sich immer noch. Nur da ist Jola längst bei ihm und klopft ihm mit beiden Fäusten auf seine Brust. Aber Aaron ist fixer und hält sie mit seinen Händen fest, bevor sie es ein zweites Mal schafft. „Glaub mir Kleines, unseren Eltern und mir ist es nicht leichtgefallen. Im Grunde würden wir lieber wieder abreisen, als uns alle in Gefahr zu bringen."

In dem Augenblick bemerke ich die Unsicherheit in der Gruppe sowie die Angst vor dem Ungewissen. Jetzt kann ich besser seinen Gesichtsausdruck von vorhin deuten. Er stimmt mir zu, klugerweise abzureisen und manches nicht zu erfahren.

„Wieso wir?", frage ich, wenngleich ich noch nicht blicke, was das für mich bedeutet.

„Weil wir die direkten Nachfahren der ersten Ureinwohner in diesem Tal sind und die, die noch ihre vollen Fähigkeiten besitzen. Unsere Vorfahren haben einst Birgitta geschworen auf die Drillingsschwestern im Bergdorf aufzupassen und für sie selbst da zu sein, wenn sie Unterstützung benötigt. Außerdem wurde ihr Schwur generationsübergreifend abgeben. Das ist das Vermächtnis unserer Vorfahren. Egal, in welchem Jahrhundert sie unsere Hilfe braucht", beantwortet mir Isabella meine Frage.

„Aber das ist doch eine alte Legende. Oder nicht?", denn ich will nicht, dass die Geschichte stimmt! „Warum erst jetzt, nach so langer Zeit?"

„Weil dieser Mann zum gegenwärtigen Zeitpunkt dabei ist, alle Menschen von unserer Art auszulöschen. Es ist nur noch eine Frage der Zeit."

Bestürzt gucke ich Isabella, wie eine begriffsstutzige Kuh an, die vor einem funkelnagelneuen Tor steht und nicht sicher ist, ob sie dort durchgehen soll.

„Wir leben jetzt im einundzwanzigsten Jahrhundert. Meint ihr nicht, dass es solch einen Zauberer gar nicht geben kann?", probiere ich mit etwas Glück, die Geschichte als ein Märchen abzustempeln.

„Unser Hexenrat ist fest davon überzeugt, dass es ihn gibt. Er wird seine Kreuzzüge gegen alle magischen Menschen fortsetzen, weil er der mächtigste Mann in unserem Universum sein will", erklärt mir Aaron.

„Der sieht sich eher als eine Art Gott", flüstere ich jetzt.

„Für die nicht magischen Menschen gibt es eindeutig nur einen Gott. Wir, die zaubern können, sind für diese Leute das Böse. Der sogenannte Teufel in Person. Deshalb verfolgt er uns, damit sie ihm Glauben schenken. Ihre Angst vor uns, gibt ihm genug Spielraum, um uns endgültig zu vernichten. Weil jetzt sein Kriegszug immer brutaler wird und seit Tausenden von Jahren besteht, sollen wir ihm Einhalt gebieten!"

„Ich verstehe nur Bahnhof."

„Und ihr glaubt immer noch, dass sie uns retten kann?", höre ich die kummervolle und überlagerte Stimme in meinem Kopf.

„Was?" Erschrocken blicke ich Jola an, die gleichermaßen geschockt und kreidebleich aussieht wie ich. Hatte sie es etwa auch gehört? Dann merke ich, wie es mir abermals übel wird und sich alles um mich herum dreht. Mein Kopf wird schwer, die Augen fallen mir zu und ich bekomme keinen Ton mehr heraus. Dann wird es nur tiefe Nacht und das war es dann für mich.

Nach und nach werde ich munter und fühle meinen Kater auf meiner Brust schnurren. Innerlich bete ich darum, dass wenn ich jetzt aufwache, ich nur einen langen und bescheuerten Traum hatte. Das ich, wenn ich meine Augen öffne, mich zuhause in meinem Bett wiederfinde. Vorsichtig atme ich tief durch, bevor ich Luftanhaltend die Augen aufschlage. Mein Herz schlägt schneller, alleine nur deswegen, weil ich enttäuscht feststellen muss, das ich echt im Gasthof in Österreich liege. Ängstlich schaue ich mich um und da sehe ich sie. Meine Mutter sitzt auf dem Sessel.

„Hallo, Kleines", begrüßt sie mich mit ihrem typischen Lächeln.

„Mama? Wo ist Jola?", denn ich kann sie nicht nirgends neben mir im Bett entdecken.

„Sie ist längst vor dir munter gewesen. Ich habe sie gebeten, dich ausschlafen zu lassen", sieht sie mich rücksichtsvoll an. „Das war doch okay für dich, oder?"

„Danke."

Eine ganze Weile schaut sie mich abwartend an, sodass ich die Stille unterbreche.

„Alles okay bei dir?", frage ich sie deshalb, aber auch, weil sie total übermüdet aussieht.

„Mm, ich denke Ja. Du hast gewiss einige Fragen. Soweit ich die Antworten kenne, werde ich sie dir ehrlich beantworten." Mit einem besorgten Gesichtsausdruck schaut sie mich an und ich nicke ihr zu, weil ich dringend Auskünfte brauche.

„Kannst du auch diese überlagernde Stimme hören?"

„Nein und Ja. Bis wir hier ankamen, habe ich kein bisschen gehört. Erst seit du mit ihnen kommunizierst, kann selbst ich die Stimme vernehmen. Im Übrigen, wir alle im Gasthof."

Bedrückt schaue ich sie an, weil ich nicht weiß, was ich darüber denken soll. Ist es gut, dass die anderen die Frauenstimmen ebenfalls hören und mich nicht für komplett bekloppt halten? Oder ist es schlecht, weil die Stimme von mir etwas erwartet, was ich gar nicht erfüllen kann? Beabsichtige ich, ein Risiko eingehen, ohne zu wissen, was überhaupt auf mich zu kommt?

„Was sind das für Stimmen?"

„Laut unseres Buches, sind es die gebündelten Stimmen der sechs Schwestern aus dem Bergdorf, die unsere Hilfe brauchen."

Unschlüssig sehen wir uns an, sodass ich auf meine Betthälfte klopfe, wie früher als Kind und meine Mutter kommt zu mir.

„Mama, was wollen die von uns?"

„Das Buch sagt, dass wir uns aufmachen müssen, um den Berg von seinen Fluch zu befreien!"

Augenblicklich werden meine Augen etwas größer, was meine Brille ins Rutschen bringt, die ich vorhin beim Aufwachen automatisch aufgesetzt hatte.

„Ja, dieser besagte Fluch. Was hat es eigentlich mit dem seltsamen Buch auf sich?" Kann ich nicht mal einfache und unkomplizierte Antworten bekommen? Jedes Mal, wenn ich denke, dass mein Gehörtes rutscht und ich halbwegs dafür Verständnis aufbringe, kommen neue Fragen in mir auf.

„Mm, das Buch kann uns Antworten geben."

„Kennst du den Fluch?"

„Wir haben uns alle gestern Abend noch darüber unterhalten, doch wissen wir es leider nicht mit Sicherheit. Denn das Buch hat leere Seiten."

„Wie leere Seiten?" Das blicke ich jetzt nicht.

„Das Buch schreibt sich ständig neu und hält alle Ereignisse schriftlich fest. Bloß aus welchem Grund auch immer, sind die Buchseiten, die uns genügend Informationen geben könnten leer." Enttäuscht sieht sie mich an.

„Ein Buch welches sich selbst schreibt und nicht die Antworten kennt? Kann man das Buch denn ernst nehmen?" Klingt für mich nach einem Schwindel.

„Das werden wir noch herausfinden", beschwichtigt mich meine Mutter. „Aber einiges konnten wir zumindest aus den Träumen von Serafine klären, die ja von Birgitta besucht wurde."

„Und?", maule ich auf. Wie verrückt ist eigentlich mein Leben geworden?

„Wie soeben erwähnt, schreibt sich das Buch ständig selbst neu, weil sich die Welt mit ihren Ereignissen permanent verändert. Es ist aber mit allen Wesen von uns verbunden", klingt sie aufgeregt.

„Na ja, wenn du das so sagst, dann muss es ja wohl sehr aufregend sein, falls das Erzählte, stimmt", gebe ich meinen Kommentar dazu.

„Hör dir mal folgendes an, dein Vater ist sowas von begeistert", zwinkert sie mir zu.

„Na ja, nicht nur der. Oder?"

Indessen sieht sie mich streng an, weil ich sie damit meine. Schließlich zappelt sie neben mir rum, als wären Weihnachten und Ostern am selben Tag und es gäbe gleich wahnsinnig viele Geschenke.

„Ich merke schon, dein Pott Milchkaffee fehlt dir."

Im Nu habe ich diesen in meiner Hand und ich nippe vorsichtig daran.

„Danke."

„Gern geschehen." Dabei gibt sie mir einen Kuss auf meine Stirn.

„Mama, ich finde es schön, dass du und Papa ..., dass ihr beide bei mir seid."

„Ich auch, meine Kleine."

Wir sehen uns einen Augenblick lang an.

„Dann schieß mal los!", bitte ich sie, während ich meinen Kaffee trinke.

„Es heißt, dass seit Anbeginn unserer Zeit alle Menschen tatsächlich magische Fähigkeiten besaßen."

„Wirklich? Alle konnten zaubern und plauderten nur eine Sprache? Das muss fantastisch gewesen sein." Ich bin darüber fasziniert, wie einfach mal alles gewesen sein muss. „Was ist passiert?"

„Man erzählt sich in der heutigen Welt, dass es dem Magier damals in der Himmelswelt zu langweilig geworden sein soll. Deshalb stieg er hinab auf unsere Welt. Hier soll er dann festgestellt haben, wie supertoll es ist. Daraufhin soll er beschlossen haben sein eigenes Reich aufzubauen."

„Echt?"

„Ja. Er soll mit den irdischen Menschen Kontakt aufgenommen und sie verführt haben."

Nachdenklich sehen wir beide uns an.

„Was geschah dann?"

„Natürlich dauerte es eine Weile, bis die anderen sein eigenmächtiges Eingreifen bemerkt haben."

„Na, stellten sie ihn wenigstens zur Rede, was das sollte?", ereifere ich mich.

„Ja. Nur wurden sie von ihm verspottet, weil es für ihn so leicht war. Immerhin hatte er alles im Vorfeld manipuliert, damit die Menschen ihm folgen konnten."

„Der Typ ist aber arg eingebildet. Meinst du nicht auch?"

Obwohl, wenn ich es genauer bedenke, finde ich ihn verabscheuungswürdig.

„Aus diesem Grund stiegen einige Götter herab, um unter den Menschen zu wandeln und um ihnen zu zeigen, dass es sie gibt. Außerdem klärten sie unsere Vorfahren über den Mann auf, der sie auf das Bitterste getäuscht hatte. Dadurch erinnerten sich die geblendeten Menschen, sodass sie sich von dem machtgierigen Zauberer abwendeten."

„Na, das war dann eindeutig eine Niederlage für den Spinner. Vielleicht sollte er dann sein Handtuch werfen."

„Schön wäre es, mit der Kapitulation. Trotz alledem stachelte es ihn nur an." Unglücklich sieht sie mich an, sodass ich ihre Hand spontan drücken muss. „Als er nämlich davon Wind bekam, was die anderen alles auf sich nahmen, um ihm seine angestrebte Macht zu nehmen, zerschnitt er das besondere Band."

„Was für ein besonderes Band?"

„Das Band zwischen deinem Tier und dir selbst", betrachtet sie mich eindringlich.

„Ach ja, das hatte ja Omi gestern Abend erwähnt."

„Aemilia, wenn ein Kind geboren wurde, bekam es gleich seinen tierischen Wächter mit in die Wiege gelegt. Somit wurde es rund um die Uhr von ihm beschützt, damit kein Wesen der dunklen Seite in das Kind eindringen konnte."

„Wow!" Vor lauter Überraschung rutscht mir mein Pott aus der Hand, den meine Mutter für mich eilends in der Zeit festhält. „Danke." Damit kann ich ihn unbeschadet in die Hand nehmen, bevor sie die eingefrorene Zeit frei gibt.

„Als er diese Verbindung kappte, verloren wir Hexen und Zauberer unseren tierischen Wächter und Vermittler zwischen Himmel und Erde sowie die gemeinsame Sprache. Im Laufe der Jahrhunderte büßten immer mehr von uns, ihre magischen Fähigkeiten ein. Daraus entstanden dann, die unterschiedlichen Völker und Sprachen sowie das Nichtverstehen der Tiersprache."

„Das heißt, dass damals plötzlich alle unter sich blieben, weil sich die umliegenden Dörfer nicht mehr verstanden und ihre Familie erkannten?"

Der Mann muss ein fanatischer Hitzkopf sein.

„Genauso ist es, mein Schatz. Deshalb entstanden rund um den Globus, all die Länder mit ihren unterschiedlichen Menschen und Sprachvermögen."

„Mm. Ist echt bitter. Du weißt ja, wie schwer ich mich mit Fremdsprachen tue." Wenn ich darüber nachdenke, klingen manche

Sprachen ähnlich. Wie Norwegisch, Holländisch oder Schwedisch. Wenn ich im Radio diese höre und mich nicht konzentriere, verstehe ich sogar den Wetterbericht.

„Aber ganz ehrlich, Mama, ich kann mir beim besten Willen nicht vorstellen, dass solch ein Krieg nur aus Langeweile entstanden sein soll. Meinst du nicht auch, dass da mehr dahintersteckt?"

Sie zuckt nur ihre Schultern und ich berichte ihr von Mathis seiner Legende und was Jola und ich aus den Büchern zusammengetragen haben. Natürlich merke ich, dass sie selbst keine Antworten auf meine Fragen hat und ich überlege, was ich von dieser Geschichte halten soll. Ich genieße unsere Stille und stelle schließlich fest, dass es für meine Mutter ebenso viel Neuland ist wie für mich selbst.

„Übrigens glaubt Serafine Folgendes: Der weltweite Krieg ist erst ausgebrochen, als wir die Verbindung zu unseren Tierwächtern beraubt wurden. Systematisch hatte er alle Tempeln zerstört und aus dem Sternenthal ist eine Art Geisterdorf geworden."

„Okay, was auch immer das jetzt bedeutet. Aber wieso ist es ein Geisterdorf?" So langsam blicke ich nicht mehr durch. Solch ein durcheinander an Geschichtsinformationen habe ich noch nie erlebt. Jetzt begreife ich zumindest, warum es in der Schule einen Lehrplan gibt und dieser sich aufeinander aufbaut. Denn wenn alle Schüler einen Crashkurs mit widersprüchlichen Aussagen bekämen, wie ich seit gestern, dann würde sich bei einigen von ihnen, ihr Gehirn durch Überreizung verabschieden.

„Der besagte Magier soll die sechsunddreißig Tempelanlagen zerstört haben", erklärt sie mir.

„Aber das Dorf steht noch oder wie muss ich das verstehen?"

„Sagen wir mal so. Er soll über die Tempelstätte eine Art Nebel des Vergessens darübergelegt haben. Wie ein dickes, feinmaschiges Schattennetz, damit die Drillingsschwestern nicht mehr mit uns und den anderen Welten kommunizieren können."

Als sie mir das sagt, atme ich bewusst durch.

„Und woher weißt du das?" Zumindest wäre das schon mal ein guter Ansatzpunkt, um dem Spuk ein Ende zu setzen.

„Das hat uns Thea und Rainer gestern Abend gesagt. Na ja, es sind eher ihre Vermutungen, als das die beiden es ernsthaft wissen. Und genau das ist es, wo wir jetzt um Hilfe gebeten werden. Leider kann niemand erklären, was damals in und mit dem Dorf passiert ist. Jedoch glauben wir, wenn wir dort oben sind, dass wir es erfahren werden."

Unschlüssig linse ich meine Mutter an.

„Ich bin mir sicher, wenn wir das Dorf betreten, dann sind wir schlauer."

„Aber wenn das Dorf verflucht wurde, wieso befindet sich dann der Zugang in diesem Gasthof? Oder habe ich das gestern nicht richtig verstanden?"

„Weil das Geisterdorf, damals wie heute das Oberdorf ist. Früher gab es in dem Bergdorf mit seinem Herzsee nicht genügend Platz für alle Menschen. Deshalb baute man direkt am Fuße der Tempelstadt das Unterdorf, sogar mit einer Kirche zum Schutz aller Hexen und Zauberer. Du weißt doch noch, damit die Kirche nicht auf uns aufmerksam wurde und der Staat seine Zustimmung zu unserer Vernichtung gab? Im Unterdorf machen wir zurzeit Urlaub. Und weil man ja nicht mal eben rüber laufen konnte, hatte man zwei Zugangstore eingebaut."

„Hä?"

„Du hast doch gestern Abend um den Altar die zwei Holztüren gesehen?", fragt sie mich und ich nicke ihr bestätigend zu. „Durch die eine Tür kommt man zur Tempelanlage der Friedenswächter. Die andere Eingangspforte bringt dich direkt in das Bergdorf der Eventus. Das besagte Dorf, was niemand von uns betreten kann, weil der Zugang fest verschlossen ist. Serafine sagt, dass seitdem achtzehnten Jahrhundert sich diese Tür nicht mehr öffnen lässt."

Allerdings kann ich sie nur verwundert anstarren. Allmählich kann ich nicht mehr auf dem Bett sitzen, mit all den Erklärungen von meiner Mutter.

„Aemilia, hör mal! All die Mächte, mit deren Kräfte wir zaubern dürfen, wollen nur das Gleiche. Das wir mit unseren tierischen Begleitern frei und gleichgestellt sind. Wir sollen in Frieden miteinander leben und deshalb ließen sie diese Welt entstehen, die ihre Liebe widerspiegelt."

„Mm, stimmt."

„Aemilia, du hast dich bestimmt gefragt warum dein Vater und ich in der letzten Zeit so viel unterwegs waren und wir dich behütet bei deiner Oma gelassen haben?", vernehme ich ihre verunsicherte Stimme und ich lächle ihr zu. „Dein Vater und ich hatten vom Hexenrat den Auftrag erhalten nach einem Amulett zu suchen, damit ein wichtiges Dorf wieder zur vollen Blüte erwachen kann. Sie glauben, dass dieses Dorf der Schlüssel ist, um den Krieg zu beenden. Wir wussten nicht, um was es eigentlich ging, als wir immer verreist sind und dich bei deiner Oma gelassen haben. Wir haben nur unsere Pflicht getan."

„Deshalb wart ihr solange weg?" Es ging die ganze Zeit nur um mein besagtes Amulett, welches versteckt unter meinem Pulli liegt.

„Ja, sowie die Gegenseite, die deinen Vater ständig sabotiert hat. Bei seinen Ausgrabungen in Ägypten, ließen sie den Menschen mit ihrer schwarzen Magie, Wahnvorstellungen durchleben oder dichteten ihnen Krankheiten an."

„Was hat das jetzt mit mir und meinen schlechten magischen Fähigkeiten zu tun?" Das ist doch der springende Punkt! Was hatte ich, ein fast einfaches Mädchen mit dem ganzen Weltbild und einer Rettungsaktion zu tun? He, sieh mich mal an! Ich bin ein durchschnittliches Mädel, mit etlichen Panikattacken und einem kleinen Selbstbewusstsein. Wie soll so etwas gehen?

„Der Hexenrat in Norwegen sagte uns gleich, als wir dich in unseren Händen hielten, dass du eine besondere Aufgabe in deinem Leben erfüllen wirst. Wir sollten dich unbedingt behütet aufwachsen lassen! Wir durften dich nur mit wenig Magie großziehen, auch wenn es bedeutet, dass du kaum dein Potential ausschöpfen kannst.

Mit deiner Frage, wegen dem Hexeninternat war ich vorgestern Abend nicht ganz ehrlich zu dir. Man wollte dich vor den Anhängern der schwarzen Magie schützen. Du solltest sehen, wie es um unserer Welt bestellt ist, wenn es keine magischen Momente mehr gibt. Durch seine Anhänger wird zurzeit unser Planet zerstört. Es heißt, wenn das Dorf aus seinem Fluch befreit ist, dass alle Menschen ihre Erinnerungen zurückbekommen. Erinnerungen aus einer Zeit, als alle bewusst im Einklang mit sich selbst waren. Da, wo es noch ein Wir gab und die Tiere ihre besten Freunde waren."

Entgeistert mustere ich meine Mutter, die das Gleiche tut.

„Komm mit, ich möchte dir was zeigen!"

In Windeseile bugsiert sie mich aus dem Bett und läuft mit mir und meinem Kater in den unterirdischen Tempel. Dort angekommen schleift sie mich hinter den Steinaltar, ohne einmal anzuhalten. Sie rennt geradewegs auf die Zweiflügeltür mit der Aufschrift: *Friedenswächter* zu. Als sie die Tür öffnet, zieht sie einen dunklen Vorhang zur Seite und winkt mich hinter sich her.

Etwas schüchtern bleibe ich vor der Stoffbahn stehen.

„He, du brauchst keine Angst haben, ich bin auch noch da!", erklingt es Katerhaft von meinem Stubentiger.

„Danke, Barna", und ich streiche ihm über seinen Kopf.

Kaum laufe ich durch den schweren Vorhang, da finde ich mich in einem blütenweißen Tempel wieder. Der Raum leuchtet in einem warmen Licht und das Zimmer ist quadratisch und sehr hoch, als wollte man Giraffen einen Unterschlupf gewähren. Bloß kann ich solche Tiere nirgends entdecken. Die hohen Wände im Tempel sind schlicht gehalten und außer einem direkten Ausgang gibt es keine Lichtquelle von außen. Keine anderen Türen oder Fenster.

Ich befinde mich tatsächlich in einem außergewöhnlichen großen Raum, der im hellsten Licht von irgendwoher erstrahlt und einem Mosaikboden, der den kompletten Raum ausfüllt.

„Atemberaubend", kann ich da nur überwältigt ausrufen.

„Das ist der besagte Zugang in den Tempel der Friedenswächter", flüstert mir Barna zu, während meine Mutter mich in den Kreis einer Blumenblüte zieht.

„Eine Lotusblüte?"

„Du kannst dich daran erinnern, dass wir alle Wesen um uns respektieren? Die Lotusblüte steht nicht nur für ihre Reinheit, Göttlichkeit und Fruchtbarkeit, sondern auch für das Wissen und die Erleuchtung. Sie steht für alles Gute auf der Welt", erklärt sie mir.

„Das ist aber ein schönes Mosaik und die vielen Edelsteine." Ich lasse mich erstaunt von dem Anblick auf meine Knie fallen. Die Steine sehen fantastisch aus, dass ich sie einfach berühren muss. Wie aus heiteren Himmel erscheint vor mir ein großes und schweres Buch, welches nicht nur auftaucht, sondern in einer Wartestellung vor mir schwebt.

„Stell deine Frage nochmal!", höre ich meine Mutter hinter mir sagen. Ich drehe mich zu ihr um und sie lächelt mich liebevoll an.

„Welche Frage?", weil ich echt nicht weiß, welche sie von meinen vielen meint.

„Die, die du mir eben in deinem Bett gestellt hast. Was das alles mit dir zu tun hat?", und sie nickt mir aufmunternd zu.

Etwas beunruhigt tue ich es und das Buch blättert selbst, die entsprechende Seite auf.

Wenn die Liebe aus den Herzen weht und sich die Schatten der Nacht über diese legt.
Wenn der Wind dir mystische Klänge zu trägt und du seine Sprache verstehst.

Wenn sich dein Herzschlag nach seinem vertrauten Flüstern sehnt,
dann lass dich von ihm auf eine Reise mitnehmen.

„Bitte?" Soll ich das etwa verstehen? Ist das irgendein Vers oder ein Gedicht?

Wenn die tierischen Wächter an den Ketten der Dunkelheit liegen.
Wenn unsere Erinnerungen zu dem Nebel des Vergessens fliegen.
Wenn die Magie in unserem Ich erlischt,
dann wird ein Mädchen auf diese Welt geschickt.

„Welches Kind und wo finde ich es?" Vielleicht ist es ja der Schlüssel dazu.

Wenn der Fluch seine Apokalypse erreicht, dann wird das Amulett der Hüterin des Lebens an seine Trägerin gereicht.

„Aber nicht ich, oder?", flüstere ich. Oh bitte, mach dass ich nicht gemeint bin!

Wenn die Stimmen erklingen und ihr Licht erstrahlt, dann ist es nicht mehr weit und wir sind alle befreit.

„Was muss ich tun?", frage ich im ängstlichen Flüsterton und das Buch beginnt in sich selbst, eine neue Zeile zu schreiben.

Du musst den Vorhang des Vergessens lüften!

„Aber wie?"

Hör auf dein Herz und folg dem Licht!
Vergiss dabei den tierischen Wächter nicht!

Dann verschwindet das Buch so schnell, wie es aufgetaucht ist und ich staune nicht schlecht.
„Ja und jetzt?", starre ich unschlüssig meine Mutter an. „Jetzt bin ich genauso schlau wie vorher", maule ich etwas genervt.

So viel zu einem Ferienausflug ins Abenteuerland.

„*Wir werden dir helfen*", hören meine Mutter und ich, die flüsternden Stimmen der Frauen aus dem Geisterdorf.

„Das klingt doch zuversichtlich, findest du nicht?", gibt meine Mutter erfreut von sich. Ich kann nur meine Stirn runzeln und ungläubig meine Brille hochschieben.

„Willst du meine ehrliche Antwort hören? Ich begreife nur die Hälfte von dem Ganzen und mir raucht mein Kopf."

„Dann lass uns eine Pause machen und später mit den anderen alles Besprechen! Zusammen finden wir einen Weg, um das zu erfüllen, weshalb du auf unsere Erde geschickt wurdest."

Sprachlos schaue ich meine Mutter an, die mir sowas von ähnlich ist und ich checke nicht, wieso sie denkt, ich sei bewusst vom Himmel gefallen. Bin ich nicht geboren worden, weil meine Mutter und mein Vater sich lieben? Nur ehe ich eine weitere Diskussionsrunde starte, will ich mit Jola alles bequatschen.

„Lass uns gehen und heute Abend sehen wir weiter!" Damit erhebe ich mich und gehe mit ihr und Barna hinauf zu meinem Zimmer.

„Wenn etwas sein sollte, du weißt ja, wo du uns findest."

„Mama?" Indes bildet sich ein Kloß in meinem Hals. „Ich habe dich und Papa sehr lieb und ich hoffe sehr, dass wir noch lange zusammen sind. Mit Omi und unserem Barna."

Beide lugen wir zu unseren Füßen, weil er diese majestätisch umschleicht. Als wir uns abermals anschauen, blinzeln wir beide unsere Tränen zurück.

„Komm her, Schatz, und Pass auf dich auf!" Rasch gibt sie mir ein Küsschen auf meine Stirn und geht in das Zimmer nebenan.

„He, Mila, wo warst du solange?", begrüßt mich Jola, die es sich vor unserem Fernseher bequem gemacht hat.

„Bei meiner Mama und in dem Tempel von gestern Abend. Sowie einem weiteren lichtvollen Tempel dahinter", sprudelt es aus mir heraus.

„Echt? Erzähl!" Da schaltet sie bereits den Fernseher aus und springt zu mir auf unser Bett, auf das ich mich erschlagen hingeschmissen habe.

„Ich bin echt fertig von dem ganzen Mist. Mir raucht mein Kopf", gestehe ich. „Was hältst du von Schwimmbad und dann erzähle ich dir alles?"

„Klar. Dann hoch mit dir!" Blitzschnell zaubert sie unsere Badeanzüge her, samt Bademäntel und Handtücher. „Musst dich nur noch umziehen." Mit einem Plopp sind sogar die Badelatschen neben mir. Kichernd machen wir uns ans Werk und laufen dann die drei Etagen zum Schwimmbad hinunter. Der Raum ist übersichtlich in Weiß gehalten und mit beigefarbenen Mosaikfliesen belegt. Es ist in einem römischen Stil mit sechs Statuen und angedeuteten Fenstern, die innen mit Frauengesichtern bemalt sind, eingerichtet. Die Liegestühle sind schlicht gehalten und stehen vor der großen Fensterfront mit dem Blick zum Berg. Das ist genau der Blickwinkel zu dem verwunschenen Dorf. Unruhig schaue ich hinauf, um vielleicht etwas zu erhaschen. Bloß schimpfe ich innerlich mit mir selbst, weil sich meine Gedanken nur noch um die Stimmen und das Dorf drehen.

Was ist nur mit mir los? Ich will doch bloß Ferien machen! Etwas Spaß haben und jetzt soll ich mal eben die Menschheit vor ihrem großen Unglück retten. Obwohl ich noch nicht verstanden habe, was genau für ein Desaster, das ist.

Zusammen steigen wir in dem herzförmigen Pool und in null Komma nichts erzähle ich Jola alles. Von dem Tempel, dem Buch und was es mir auf meine Fragen geantwortet hat. Bis ich sie atemlos ansehe.

„Glaubst du eigentlich an die Wiedergeburt?", will Jola wachsam von mir wissen und ich runzle meine Stirn.

„Mm, darüber habe ich mir noch nie Gedanken gemacht." Klar, kenne ich, den Kreislauf des Lebens und über unser Karma bin ich auch im Bilde. Trotzdem ist es für mich schwer, weil ich es ja nur theoretisch weiß. Ich selber kann mich an keine persönliche Wiedergeburt erinnern. Wie soll ich davon überzeugt sein, dass ich daran glaube, dass wir immer wieder auf die Erde geschickt werden?

„Ich schon, obwohl ich es mir nicht vorstellen kann. Auch wenn wir beide wissen, dass alles vergänglich ist und jeder einmal, egal ob Mensch oder Tier sterben muss. Aber was passiert mit uns, wenn wir von dieser Welt gehen?"

„Wenn ich das wüsste?", und ich schaue in ihre wundervollen grünen Augen, die mich nachdenklich ansehen.

„Entschuldigt, wenn ich euch störe, aber ich war eben in der Sauna und habe eure Unterhaltung gehört", kommt Isabella im Bademantel auf uns zu.

„Kein Problem, vielleicht kannst du uns etwas erhellen. Für uns beide ist es zu viel Neuland auf einmal", bittet sie Jola und wir steigen aus dem Pool.

Eilig trockne ich mich ab und ziehe meinen Bademantel an. Dann mache ich es mir auf der Liege bequem. Natürlich mit dem Blick auf den Berg und der Talsenke.

„Was die Wiedergeburt betrifft, kann ich es euch erklären. Wir alle bestehen aus unseren körperlichen Hüllen und der besitzt alles Wichtige, was wir benötigen, um zu leben. Trotzdem fehlt noch das Lebenswichtige, nämlich dein Ich, um diese Hülle auszufüllen. Du könntest sonst deinen Körper nicht bewegen. Nicht mit ihm fühlen und schöne Dinge erleben."

Fasziniert sehe ich Isabella an.

„Was passiert aber, wenn wir aufhören zu existieren?", flüstere ich mit Jola zugleich.

„Dann wird deine Hülle der Erde zurückgegeben, weil wir alle aus Mineralien und Spurenelemente bestehen. Dein Inneres Ich, was viele als die menschliche Seele bezeichnen, geht dann nach oben in den Himmel. Dort darfst du dich, als kleines Ich ausruhen bis du selbst entscheidest, ob du zurück auf diese Welt willst."

„Was? Wie verrückt klingt das denn?"

„Mila, in sehr vielen Ländern wird auch ohne die Fähigkeit zaubern zu können, nach unserer ursprünglichen Glaubenseinstellung gelebt und an die Nachkommen weitergegeben. Das ist der Kreislauf des Lebens. Durch deine Handlungen bist du selbst dafür verantwortlich, welche Lebensaufgabe du im nächsten Leben erhältst, um dich weiterzuentwickeln."

„Was ist denn das schon wieder? Ich bin zwar eine kleine, moderne Hexe und kann Zaubertränke oder Ähnliches zubereiten, aber das klingt zu paradox."

„Mila, damit du mit deiner Magie Gegenstände bewegen oder die Zeit einfrieren kannst, benötigst du die Wesen aus der Himmelswelt, die dir deine Fähigkeit mit auf den Weg gegeben haben. Ohne die Urzauberer, Götter oder sonstige Fabelwesen, würdest du es nicht schaffen.

Jedes einzelne Wesen hat seine Daseinsberechtigung und kann sich mit dir verbinden, wenn du es bei einer Zeremonie zu dir rufst."

„Nur seit der Krieg ausgebrochen ist, sterben unsere Gaben aus", wispere ich.

„Ich sehe, du hast verstanden, um was es tatsächlich geht. Er hält die Geschwister seit Ewigkeiten fest, damit sie mit ihrer besonderen Tempelanlage nicht auferstehen können. Er will verhindern, dass wir die gestohlenen Fähigkeiten zurückbekommen. Denn dann würden sich alle auf unserer Welt erinnern und miteinander versöhnen. Immerhin haben die Menschen die Begabung, dass sie trotz viel Leid und Schmerzen, sich Verzeihen können. Denn wenn man sich verzeiht, hat man einen guten Schritt in einen Neuanfang gemacht."

„Nur, wenn man keine gemeinsame Sprache spricht, wie sollen wir es schaffen, dass es so wird? Was müssen wir tun?", fragen Jola und ich erneut aus einem Munde.

„Das kann ich dir zwar auch noch nicht beantworten, aber ich denke, wenn wir morgen zusammen auf den Berg steigen und vor dem Moor stehen, dann werden wir ein Zeichen von oben erhalten."

Ihre Zuversicht verstreut ein wenig meine Bedenken.

„Ich glaube nämlich, dass du dich mit den Himmelswesen verbinden kannst."

„Himmelswesen? Sollte ich da noch mehr wissen?" Schnell halte ich meine Luft an. Nur bis mir Isabella antworten kann, werden wir unterbrochen.

„He, Mädels, ihr sollt zum Essen kommen!", ruft uns Aaron. „Fine schickt mich."

Somit machen wir uns auf zum Mittagessen, denn mein Magen knurrt seit geraumer Zeit.

Kapitel 6

Ein offenes Herz, ist ein offener Geist.
Dalai Lama

A m nächsten Morgen warte ich mit Jola und ihren Cousinen sowie den beiden Jungs vor dem Gasthof. Alle haben wir unsere Wanderklamotten, samt Regenjacken an, weil es nach wie vor regnet. Wieder ein Tag, an dem es im Bett mit einer Tasse Tee schöner wäre. Na ja, man kann eben nicht alles haben.

Als ich mir die Gruppe betrachte, wird es mir mulmig. Immerhin habe ich keine Ahnung, was mich da oben nach gut zwei Stunden Aufstieg erwartet. Bekommen wir da überhaupt eine Antwort auf unsere Fragen? Könnte ja sein das es unnötig war, aus dem sicheren Gasthof da hinauf zu steigen. Selbst Thea und Rainer schließen sich uns an.

Pünktlich marschieren wir los, anstatt mit der Kabinenbahn zu fahren, weil es ein großer Umweg von gut drei Stunden wäre. Das hatte man uns gestern Abend beim Abendbrot erklärt und mir ist es nur recht. Genügend zu trinken und essen haben wir auch eingepackt, weil wir nicht wissen, wie lange wir on Tour sind. Natürlich hat es der Aufstieg in sich und wird wider Erwarten für uns zu einer Tortur. Es regnet, es stürmt und je höher wir kommen, umso kälter wird es.

„Man könnte meinen, dass man uns eher davon abringen will, als das wir dort jemals ankommen", sage ich laut, weil wir alle dicht beieinander bleiben.

„Schon gut möglich", antwortet mir Rainer und deutet auf einen Felsvorsprung mit einer Holzhütte. „Lasst uns kurz verschnaufen, wir sind gut in der Zeit!"

Zum Glück brauchen alle eine Pause zum Auftanken, weil nicht nur ich bei diesem Aufstieg mit meiner Kondition kämpfe. So stärken wir uns mit Obst, Brezeln und Tee, bevor es weitergeht. Und als wir weiter laufen, wird der Weg immer unebener und schmaler. Man könnte meinen, dass wir über alte, festgetrampelte Wege laufen, die sonst für die Kühe benutzt werden.

„Diesen Pfad nehmen wir mit unserem Vieh, wenn es auf die Sommeralm geht und im Herbst umgekehrt. Zwischendurch sind es super Wanderwege", erklärt mir Rainer, als ob er meine Gedanken gehört hätte.

Verwundern tut mich das aber schon lange nicht mehr. Alles was ich in der Schule oder bei meiner Familie gelernt habe, stimmt nur zur Hälfte und das verunsichert mich.

Plötzlich kommen uns drei Menschen entgegen und ich brauche nicht lange zu überlegen, wer die Frau bei den zwei Männern ist. Lässig, aber dennoch betont weiblich, läuft sie zu Mathis und ignoriert den Rest unserer Runde völlig.

„Sag bloß, du gehst als Tourist wandern und dann noch mit deiner Familie?", höre ich ihre abfällige Stimme.

„Das geht dich nichts an!", kommt es sachlich von Mathis.

Zuckersüß lächelt sie ihn an. Fehlt nur noch, dass sie jetzt ihre Krallen ausfährt und sie ihm sein Gesicht zerkratzt. Entweder, um ihren Besitz zu markieren oder, um ihn zu demütigen.

„Deine Ansage kannst du dir sparen, ich weiß doch, dass du mich magst!" Verführerisch sieht sie ihn mit ihrem hübschen Gesicht an, wobei sie ihren Körper, der in einer sexy Wanderklamotte steckt, zum Einsatz bringt.

„Deine Einbildungskraft lässt langsam nach. Such dir einen anderen zum Spielen!", gibt er trocken zurück.

„Ja klar. Ich beobachte dich! Mir kannst du nichts vormachen." Damit dreht sie sich um und läuft entgegengesetzt mit den beiden Männern den Berg hinauf.

„Was war das denn eben?", will sein Vater von ihm wissen.

„Keine Ahnung." Allerdings läuft er da schon fort, nur um keine weiteren Fragen beantworten zu müssen und ich kann mir mein Aufatmen nicht verkneifen.

„Alles okay bei dir?", stupst mich Jola an und ich nicke ihr zu. „Was würdest du heute machen, wenn wir nicht hier wären?", fragt sie mich und ich bleibe ruckartig stehen.

„Bei dir auch alles in Ordnung oder schadet dir die Höhensonne?" Wie kommt sie auf so eine Frage? Vor allem verunsichert mich ihr Blick.

„Bei mir ist alles Gut. Nur irgendwie wittere ich Gefahr, die ich aber nicht orten kann."

„Was? Wovon sprichst du?", denn sie ist unruhig, was ich sonst nicht von ihr kenne. „Jola, rede mit mir!", bitte ich sie, während ich nach ihrem Handgelenk greife.

Sie zieht ihre Nase kraus und ihre Augen schweifen in die Ferne.

„Ich weiß es selber nicht genau, aber ich habe das Gefühl, als würden wir beobachtet. Aber nicht so, dass es gut für uns ist."

Immer noch schaue ich sie entgeistert an. Hatte Jola in der letzten Nacht genauso wenig Schlaf wie ich oder spinnen jetzt ihre Sinne?

„Komm, lass uns weitergehen, sonst verpassen wir den Anschluss zu den anderen!", fordere ich sie zum Weiterlaufen auf.

„Ihr solltet vorher kurz Pfeifen, damit wir euch nicht verlieren!", schimpft Rainer laut, als wir bei ihm ankommen.

Wäre bestimmt lustig und für mich momentan die bessere Option, als zu wissen, dass ich gleich vor einem verwunschenen Dorf stehe.

Als ich dann zum Stehen komme, finde ich mich vor dem Moor wieder, was in einer Bergsenke liegt und mit einem Warnschild und einem Legendenschild versehen ist. Dort steht einmal: Betreten verboten! Im Anschluss wird der Wanderer über das Moor und das Biotop aufgeklärt. Welche Tiere dort Zuflucht gefunden haben und die Bezeichnung der Pflanzen, die sich abermals angesiedelt haben.

„Es gibt sogar eine Legende für die Wanderführer", bringt sich Isabella ein. Und als sie sieht, dass wir alle mit dem Lesen fertig sind und der Regen etwas nach lässt, spricht sie weiter. „Es soll dort vorn eine Hütte gestanden haben und ein armer Bettler kam vorbei. Er bat die Bäuerin um etwas Essen, weil er, seit Tagen nichts mehr gegessen hatte. Jedoch wollte ihm die Bäuerin nix geben, obwohl sie gut vorgesorgt hatte, um nicht selbst hungern zu müssen. Stattdessen beschimpfte sie ihn und jagte ihn vom Hof. Doch der arme, alte Mann schüttelte nur seinen Kopf und stellte sich Kerzengerade auf. Dann hob er seine Arme nach oben und breite diese aus, während er in einer Hand den Wanderstock hielt. Er sah sofort jünger und gesünder aus.

Er verfluchte diese Frau, die nicht teilen wollte und klopfte mit seinem Stock auf diesen Boden." Dabei zeigt sie uns eine Stelle am Wegesrand. „Die Hütte, samt Hof und Viehstall verschwand mit der Bauersfrau im Erdboden. Seitdem gibt es dieses Moor hier", beendet sie ihre Geschichte.

„Du könntest echt eine Schauspielerin werden", höre ich Jola begeistert von sich geben und alle stimmen ihr halb scherzhaft zu.

„Findest du?", und sie sieht in die Runde. „Dann sollte ich wohl außerhalb der Saison, Schauspielunterricht nehmen. Vielleicht bin ich ja, ein unentdeckter Filmstar und weiß nur noch nichts davon."

Abermals brechen wir in ein Gelächter aus, als ein ohrenbetäubender Knall zu hören ist.

„Legt euch runter!", schreit Mathis.

„Schmeißt euch auf den Boden!", höre ich seinen Vater rufen.

„Macht euch flach und Hände über den Kopf!", grölt Aaron.

Alles was ich in diesem Moment realisiere ist, dass auf uns geschossen wird und ich einige Aufschreie aus der Gruppe aufschnappe. Bloß kapiere ich nicht, warum wir, die zaubern können, uns nicht wehren? Wir werden beschossen, ohne zu wissen, warum und liegen da, als warten wir darauf, dass man uns trifft. Ohne zu überlegen, rapple ich mich auf und breite meine Arme aus, wie einst der arme Bettler. Trotz Todesangst bin ich wütend auf die Angreifer. Die schießen auf uns wehrlose Wanderer und die Übeltäter zeigen sich nicht mal.

Ohne Vorwarnung spüre ich meine innere Anspannung, die sich jeden Moment zu entladen scheint und sehe eine Kugel auf mich zukommen. Eine Kugel, der ich mit hoher Wahrscheinlichkeit nicht ausweichen kann. Völlig unvermittelt springt Jola als mein Schutzschild auf und ein violetter Strahl kommt gleichzeitig aus meinem Körper geschossen. Doch das Faszinierende ist, dass der Lichtstrahl zu einer Luftblase wird, die uns alle sicher umschließt. Es ist, wie ein großer, violetter Ball, der uns schützt, damit wir nicht getötet werden. Ich höre die abprallenden Schüsse und nehme das Geschrei in unserer Gruppe wahr. In dem Moment spüre ich, wie schwer Jola in meinen Armen wird, die ich aus einen Reflex heraus festgehalten haben muss.

„Jola, … alles okay bei dir? Sag was?" Nur bekomme ich keine Antwort von ihr.

„Lass mich Jola ansehen!", eilt mir ihr Vater zur Hilfe und nimmt sie mir behutsam ab. Sie sieht schlafend wie ein Kind aus, als ihr Vater sie auf den Boden legt.

Mir schnürt es meine Kehle zu und ich habe Angst. Angst, meine beste Freundin, ernstlich verletzt zu haben. Ich bete innerlich, dass sie wieder gesund wird und dass dieses Erlebte, nicht real ist. Das ich das alles nur Träume. Starr vor Schreck registriere ich was um mich passiert. Alle helfen sich untereinander und ich fühle, wie meine dicken Tränen an meinem Gesicht herunter tropfen. Völlig geschockt lasse ich mich auf die Knie fallen.

„Jola, bitte, mach das alles wieder gut wird! Lass mich nicht alleine, ich brauch dich doch! Jola, bitte, bitte!", flehe ich sie an, dass mir mein Hals rau und wund vorkommt. Dabei traue ich mich nicht, die anderen anzusehen, weil ich genau weiß, dass ich an dem Dilemma schuld, bin. Ich wollte hier hoch und war nur zu feige, das Ding alleine durchzuziehen. Ich, die sonst den anderen ihre Schmerzen nimmt, habe ihnen jetzt Leid zugefügt. Wie grausam mag es jetzt wohl für sie erscheinen? So schnell kann sich eben das Blatt wenden und manche Regeln über Board schmeißen.

„Wer ist jetzt alles verletzt?", höre ich Mathis seinen Vater, wie aus weiter Ferne rufen.

„Ich, am Knöchel", ruft Annabella mit schmerzverzogenen Gesicht und Tränen in ihren Augen.

„Es ist nur noch Aaron am Bein verletzt und Matilda leicht am Arm", antwortet Mathis ihm und läuft meine künstliche Wand ab. „Wie lange hält deine Sicherheitszone?", fragt er mich angespannt.

Doch ich antworte ihm nicht. Stattdessen richte ich den Blick zu Jola, weil ihre Eltern sie in diesem Augenblick reanimieren. Zitternd sitze ich mit verquollen Gesicht neben ihr und Bete. Ich bete dafür, dass ihr kurzes Leben nicht vorbei ist und wenn es tatsächlich mächtige Wesen da oben gibt, das sie jetzt ruhig mal zur Abwechslung uns helfen können.

„*Aemilia, was erwartest du von uns?*", hallt eine flüsternde, überirdische Stimme und ich suche den Himmel ab, ohne einen bestimmten Punkt zu finden.

„Was ich erwarte? Das ihr Jola wieder gesund macht!", brülle ich lautstark nach oben.

„*Warum sollten wir das machen?*"

„Weil ihr unsere Hilfe braucht", schreie ich verzweifelt auf.

„*Darin bist nur du alleine beinhaltet, nicht deine Freunde.*"

„Oh, so ist das also?", rede ich mich in Fahrt. Wütend genug bin ich. „Wenn ihr was wollt, dann wisst ihr, wer euch helfen soll! Aber wenn die Person selber Beistand braucht, dann könnt ihr nicht zur Hilfe kommen."

„*Das ist nicht so! Du willst, dass Jola bei dir bleibt, für dich und deinen Seelenfrieden. Nur weil du dir selber die Schuld dafür gibst, dass sie in diesen Minuten dabei ist, über die Schwelle aus ihrem Leben zu schreiten.*"

„Oh nein, das sehe ich anders! Das Leben ist ein Geben und Nehmen. Ich verspreche euch eins, wenn ihr uns Jola nehmt, dann will ich für euch nicht kämpfen, weil ihr ungerecht seid!" Mir ist es echt egal, was meine Gruppe und die mächtigen Stimmen von mir denken.

Plötzlich kann ich das Gemurmel von mehreren Frauenstimmen und sogar von einigen Männern hören.

„*Was ist so wertvoll an Jola, dass sie weiterhin auf Erden bleiben soll?*"

Da brauche ich nicht lange nachdenken.

„Sie ist für mich, wie eine Schwester. Ich liebe sie und wenn ich könnte, würde ich sofort mit ihr tauschen und selbst zu euch nach oben kommen."

„Wir haben uns beraten, aber eins solltest du wissen! Wir Mächte der Himmelswelt lassen uns nicht erpressen. Wenngleich Jola wieder aufwacht, wird sich einiges für euch ändern."

„Was bedeutet das?", brülle ich nach oben. Doch ich kapiere, dass ich keine Antwort mehr von ihnen erhalten werde, weil sie sich zurückgezogen haben.

„Aemilia?", ruft mich Marius mit einem eindringlichen Blick, dass ich am ganzen Körper Gänsehaut bekomme. „Das kann jetzt viel bedeuten. Gedächtnisverlust oder einseitige Lähmung, weil unterhalb der Herzspitze die Kugel sitzt. Ich kann nicht erkennen, ob ein Nerv getroffen wurde und sie vielleicht nicht mehr laufen kann. Das meinten die Stimmen damit."

Nervös gucke ich ihn an, weil ich Angst vor den Folgen habe und unglücklich darüber bin.

„Das wusste ich nicht", und meine Tränen fangen erneut zu purzeln an.

„Mila, wir verstehen, dass du nur ihr Bestes wolltest. Jetzt müssen wir sehen, was die Zukunft bringt", mischt sich Mathilda ein.

Sollten die dort oben recht behalten, dass ich nur für mich und meine Schuldgefühle, um das Leben von Jola gekämpft habe?

„Ich wollte nicht…" Da nimmt mich meine Mutter in ihre Arme und drückt mich fest an sich.

„Schi …, Schi … es wird alles wieder gut!" Das sagt sie in einem immer wiederkehrenden Singsang, dass ich mich etwas beruhige.

„Was machen wir jetzt? Sobald das Ding hier platzt, sind wir in der Schusslinie", höre ich Mathis laut äußern, während er mich intensiv anstarrt.

„Kann ich dir auch nicht sagen. Ich weiß nur, ich hätte auf Jola hören sollen", begehre ich auf. Prompt bekomme ich den nächsten Heulanfall, sodass ich meine Brille, die mittlerweile auf der Nasenspitze hängt, abnehme und zusammengeklappt in den Pulli stecke. Völlig niedergeschlagen schaue ich auf meine zittrigen Hände und denke über Jola nach. „Sie hat gesagt, dass sie sich beobachtet fühlt. Das war, als ihr auf uns warten musstet", schniefe ich vor mich hin und traue niemanden direkt anzusehen.

„Okay", und Mathis hockt sich vor mich hin. „Hat sie in eine bestimmte Richtung gesehen?"

„Ich weiß… mm, ich weiß nicht so recht." Wie soll ich mich daran erinnern, wenn meine Erlebtes und meine Gefühle Achterbahn fahren? Und dann hockt Mathis noch direkt vor mir. Längst fühle ich, wie meine Schwingungen sich unterschwellig zu ihm zu bewegen. Das Gefühl wird immer intensiver, als ob meine Empfindungen aus meinen Körper ausbrechen wollen. Mein Pulsschlag beschleunigt sich und mir wird es warm. Allerdings sagt mir mein Gespür, das es ihm nicht anders ergeht als mir. Denn er kämpft genauso dagegen an wie ich, weil seine Augen mich starr betrachten.

„Mila, es ist wichtig! In welche Richtung hat meine Cousine gesehen?" Dabei hält er meine Hände fest, die ich ihm langsam entziehe, weil er mich nervös macht.

Schlagartig fällt es mir wieder ein.

„In die Richtung wo Katharina mit den Männern verschwunden ist."

„Ich wusste es, das dieses Weib mit dem, unter einer Decke steckt!", poltert Rainer aufgebracht los und Thomas stimmt mit ein.

„Das die sich immer mit den Falschen einlassen. Wie oft haben wir ihnen geholfen und jedes Mal werden wir von denen enttäuscht? Und jetzt das. Wenn diese Aktion mit ihnen was zu tun hat, dann gibt es Krieg!"

Hastig springe ich schwankend auf, sodass mich Mathis stützt, als ich meinen Vater drauf erwidern höre:

„Nein, Thomas! Denn das ist genau das, was die wollen. Dadurch entsteht ein Streit und das wird irgendwann so schlimm, dass es eskaliert und nie ein Ende nimmt. Denk bitte an die Fehden und Kriege in dieser Welt! Viele gibt es, seit der Magier alles übernommen hat und ein Ende ist nicht in Sicht", und Marius stimmt ihm zu.

„Lass es, Rainer, die Zeit wird sie eines besseren lehren! Aber jetzt müssen wir sehen, wie wir hier wegkommen, ohne selbst erschossen zu werden."

Aufmerksam betrachte ich mir unsere Gruppe. Die Verletzten hat man mit Jacken, Pullis und was noch dazu taugt verarztet. Innerlich bemühe ich, mich zu entspanne, um eine Lösung zu finden. Aber als ich erneut auf Jola luge, kullern meine Tränen.

„Wie geht es ihr?"

„Wir müssen sie richtig behandeln, dann kann ich dir mehr sagen."

Kurz nicke ich Marius zu. Ich begreife ja, dass wir schleunigst in Serafine ihr Hotel müssen. Nur habe ich keine Ahnung, wie wir hier wegkommen sollen. Und als ich mit meinem verweinten Gesicht auf das verwunschene Dorf sehe, da erkenne ich durch den Tränenschleier das Einsiedlerdorf. Geschwind blinzle ich mit meinen Augen und wische mir mit dem Arm darüber.

„Dreht euch mal um, könnt ihr das Dorf sehen?", rufe ich verblüfft in die Runde und alle drehen sich langsam um.

„Nee, oder?", geht ein Erstaunen durch die Gruppe. Somit können sie das Geisterdorf durch meine Hilfe sehen.

„Ich sehe es wirklich!", und Serafine ihre Stimme überschlägt sich fast.

„Wollen wir es wagen?", frage ich hoffnungsvoll, weil ich nicht sicher bin, wie lange noch die Luftblase hält.

Gemeinsam stützen oder tragen wir die vier Verletzten in das Dorf. Keine Menschenseele ist zu entdecken. Nur die Holzhütten die zum Teil im Felsen stecken sowie umgeworfene Tröge und Bänke. Beim Durchqueren des Dorfes erblicke ich weitere Hütten, die vor dem Felsgestein stehen. Ich kann die Weideflächen für ihre Tiere erkennen und den besagten herzförmigen See, der jetzt dunkelgrün ist und kein Geräusch von sich gibt. Traurig laufe ich durch den verwaisten Ort und stelle mir vor, wie es wohl einst gewesen sein muss.

„Komm, Mila, vielleicht hilft uns der Tempel, damit wir unbeschadet zurückkommen!"

Unglücklich schaue ich neben mich, zu meiner Mutter und Serafine, die mich aufmunternd anlächeln.

„Ich wollte das heute nicht. Ich hatte gehofft eine Erklärung für alles zu bekommen und stattdessen? Wir sind verwundet und haben beinahe Jola verloren", flüstere ich meiner Mutter zu, die mich tröstend an sich drückt.

Beide laufen wir über die Holzbrücke in den Tempel, der haargenau so aussieht, wie es uns Serafine erzählt hat. Nur stehen jetzt die Felsblöcke krumm und schief da. Alles ist verwittert und macht einen verlorenen Eindruck, was mich noch mehr traurig macht. Es zeigt, dass diese Welt in der Tat vergessen ist und vermutlich nie wieder mit Leben gefüllt werden kann. Überall entdecke ich Spinnweben, die im Laufe der Zeit das Dorf eingesponnen haben.

Sobald wir den Tempel betreten, leuchtet der Altar auf und wir stellen uns um ihn herum, obwohl eine Säule auf ihn gestürzt ist.

„Sollen wir jetzt etwa beten, damit wir unbeschadet in den Gasthof kommen?", hinterfrage ich, leicht gereizt.

„Ja. Wir sollten uns an die Hände nehmen und die Geister des Dorfes um ihre Hilfe bitten!", ermahnt mich Serafine streng und ich rolle mit den Augen.

Toll was?

Erst lassen die zu, dass wir fast alle abgeknallt werden und dann sollen wir sie darum bitten uns zu helfen? Wo sind sie denn gewesen, als wir Hilfe brauchten?

Tolle Logik!

Meine Mutter schupst mich mahnend an und ich gebe ihr und meinem Vater die Hand. Alle schließen sich uns an, außer Marius. Er steht mit seiner Tochter auf dem Arm in unserem Kreis.

Dann passiert es und ein heftiges Kribbeln durchfährt meinen Körper, als mich im gleichen Atemzug ein helles Licht blendet. Leicht lässt es mich schwanken, nur um mich kurz darauf in Serafine ihrem unterirdischen Altar wiederzufinden. Dort wartet bereits meine Oma mit drei weiteren Herren in weißer Kleidung und gibt Marius zu verstehen mit ihnen durch eine der Türen zu gehen. Ich kann mir denken, dass sie in den Tempel laufen.

Dennoch bin ich von dem Ortswechsel, der uns in Sicherheit gebracht hat sprachlos. Immerhin habe ich mich noch nie in meinem Leben von einem Ort zum nächsten versetzen können.

„Geht es sonst allen gut?", erkundigt sich Mathis.

In diesem Augenblick kommt Marius mit einer rundlichen, älteren Frau zurück. Sie steckt ebenfalls in einem weißen Kapuzenumhang, der ihren Körper komplett einhüllt, sodass ich nur ihr Gesicht erkennen kann.

„Ich bin Rose und möchte mir die anderen drei verletzten ansehen." Geschäftig schreitet sie zu Annabella, die ausgestreckt auf einer Bank sitzt und sieht sich ihren Knöchel an. Sie legt ihre Hände darüber und schließt ihre Augen. Augenblicklich leuchten nicht nur ihre Hände, sondern ihr kompletter Körper lichtvoll auf.

Ich beobachte, wie erst die Patrone hinausschwebt und sich dann die Schussverletzung verschließt. Das gleiche macht sie mit Aaron seinem Bein und mit Matilda ihren Streifschuss.

„Mensch, Mama, wenn es so etwas bei uns geben würde …?", begeistert und fasziniert knuffe ich sie an. „Dann gebe es keine unheilbaren Krankheiten mehr und annähernd weniger Ängste und Schmerzen."

„Das wäre tatsächlich sehr schön", flüstert sie gedankenversunken, als Mathis zu uns kommt.

„Soll ich etwas bei dir bleiben?", will er von mir wissen und zieht an meinem linken Arm.

„Nein, ich will alleine sein", beantworte ich ihm seine Frage ehrlich. Schließlich muss ich das erst mal selber verarbeiten.

„Sicher?"

Klingt seine Stimme etwa besorgt?

„Ja, lass mich einfach in Ruhe!"

Durcheinander von dem jähen Ende unserer Wandertour stürme ich aus dem Raum und ohne Umweg direkt in mein Zimmer. Als ich dort endlich angekommen, wünsche ich mir, dass diese Tür niemanden reinlässt, außer ich möchte es von mir aus oder Jola will mich sehen. Ich brauche Ruhe zum Nachdenken und um für meine beste Freundin zu beten.

Ich trotte an das Balkonfester und gucke starr hinaus. Beobachte das Treiben der wenigen Dorfbewohner und Touristen, wie sie im Kaufladen Lebensmittel in ihre Autos packen. Sehe die Mountainbiker und Spaziergänger sowie drei Frauen, die an der Bushaltestelle auf den einzigen Linienbus warten. Hilflos muss ich mir eingestehen, dass sich die Welt trotzdem weiterdreht. Als wäre nichts passiert, obwohl ein Unglück geschehen ist.

Echt fertig und wie in Watte gepackt, nehme ich Jola und mein Zimmer wahr. Nur was ich vor meinen geistigen Augen erblicke, macht mich niedergeschlagen. Wie ein endloslanger Film erlebe ich die gleiche Szene, als sich Jola schützend vor mich hinstellt. Nur weil ich blöde Kuh töricht genug war, mich als Zielscheibe zu präsentieren. Vor allem wusste ich nicht, dass ich derart mutig bin. Warum ich das gemacht habe, ist mir auch völlig schleierhaft. Ich habe impulsiv aus dem Bauch gehandelt und einfach den Verstand vergessen. Dass ich dadurch fast meine Freundin verloren hätte, das werde ich mir nie im Leben verzeihen können. Ich hatte nie gewollt, dass ihr oder jemand anderem etwas passiert.

Wieso ist Jola bloß aufgesprungen? Warum ist sie nicht einfach am Boden liegen geblieben? Verdammt! Warum hat sie das nur gemacht? Schon tropfen meine Tränen mein Gesicht entlang.

Zittrig laufe ich zum Spiegel im Badezimmer und stütze mich auf dem Waschtisch ab. Voll schrecklich sehe ich mit meinen geröteten und verquollenen Augen aus. Wenn ich allerdings an Jola ihr kreideweißes Gesicht denke, als sie am Boden lag, und ihre Eltern versucht hatten sie wiederzubeleben, wird es mir übel und ich muss mich, wohl oder übel, übergeben. Danach lasse ich mir eiskaltes Wasser über mein Gesicht laufen. Ich fühle nur die Kälte und diese kriecht in meinen Körper hinein, wobei sie in mir ein Gefühl von Leere und Panik auslöst, dass sich meine Gedanken erneut überschlagen. Immer wieder durchlebe ich das Ereignis am Moor und stelle mir ständig die gleichen Fragen. Was wäre gewesen, wenn ich nicht da hoch gestiefelt wäre? Was wird jetzt aus Jola? War es richtig, dass ich sie in unsere Welt zurückgeholt habe? Wie wird ihre Wunde verheilen? Hat sie danach körperliche Einschränkungen?

Klar, sie hat den besten Heiler an ihre Seite gestellt bekommen. Das hatte mir meine Mutter gesagt, bevor ich nach oben in mein Zimmer gestürmt bin. Dennoch habe ich Schiss, vor dem, was Jola jetzt von mir denkt. Auch habe ich vor den anderen im Gasthof Muffensausen, weil ich nicht weiß, ob sie mich nun hassen. Ich bin fest davon überzeugt, dass ich die komplette Schuld an diesem Vorfall trage.

Abermals brennen mir die Tränen in meinen Augen und egal wie sehr ich mich auch anstrenge, ich kann sie nicht zurückhalten. Mir glüht mein Gesicht, mein Hals tut mir weh und ich bekomme langsam Kopfweh. Von einer roten Nase ganz zu schweigen, die unaufhörlich läuft, als müsste sie den Wettkampf mit meinen Tränen gewinnen.

Ich straffe meine Schultern und nehme den Kopf hoch. Klar, habe ich Respekt, vor dem, was unweigerlich auf mich zu rollt, ob ich will oder nicht. Ich checke es zwar nicht, warum mit einmal Legenden und Märchen wahr werden, doch ich riskiere es nicht aufs Neue, das unschuldige darunter leiden. Ich werde meine Art Prüfung absolvieren, auch wenn ich eher eine Prüfungsphobie habe. Obendrein bin ich das Jola schuldig. Obwohl ich schon denke, dass diese Sache viel zu groß für mich ist.

Warum hat man mich nicht viel früher auf den Kampf der Himmelswelt vorbereitet? Dann wäre ich nicht so unbedarft. Ich hätte eine Kampfausbildung absolviert und mich besser mit den Legenden ausgekannt. Zumindest hätte man mir mehr Magie in meine Wiege legen können, oder?

Außerdem hätte ich dann eine Wahl. Entweder weglaufen oder mich dieser Sache stellen. Da ich keine Spitzensportlerin bin und keine ausgebildete Kämpferin, ist es eher unwahrscheinlich das ich, außer einer Zielscheibe zu sein, dem gewachsen bin. In was für einen Schlamassel bin ich bloß reingeraten? Das Beste wäre, es gebe mich nicht und ich müsste mich dem Ganzen nicht stellen.

Um meinem Kopf endlich eine Pause zu gönnen, beschließe ich, mir ein Beruhigungsbad einzulassen. Während ich das denke, läuft das Badewasser ein. Ich rieche den Lavendelduft und das Handtuch erscheint zusammen mit meinem Nachtzeug vor der Wanne. Eine Kanne mit Melissen Tee und einer Porzellantasse tauchen ebenso aus heiterem Himmel auf.

„Danke", flüstere ich und entkleide mich.

Bevor die Wanne voll ist und der Schaum zu einem riesen großen Berg heranwächst, liege ich in dem Relaxe Bad. Dabei beruhigen sich sogar meine Gedanken, auch wenn ich natürlich nicht abschließen kann. Ich hoffe nur, dass ich morgen früh den Mut finde, den anderen unter ihre Augen zu treten. Was mache ich aber, wenn sie mich von sich wegstoßen und mir nicht verzeihen können? Kann ich damit leben?

Was auch immer ich jetzt denke, ohne das Gespräch zu suchen, kann ich es nicht klären. Nur früher hatte ich immer die Rückendeckung von meiner Jola. Jetzt hasst sie mich bestimmt. Bloß wenn das so ist, wird es mir wehtun und ich weiß jetzt schon, dass ich es nicht ertragen kann. Deshalb hoffe ich sehr, dass sie mir verzeihen kann.

Allmählich verfluche ich mein Kopfkino und atme bewusst ich in mich hinein. Ich nehme den Duft vom Badewasser wahr und höre, wie es in meinem Kopf stiller wird, obwohl meine Gefühlswelt im Körper weiter vibriert. Trotzdem nehme ich es dankend an und flüchte mich in meine Stille, um Kraft zu tanken.

Irgendwann muss ich in der Wanne kurz eingenickt sein, weil ich hustend auftauche und das Badewasser ausspucke sowie panisch im Wasser nach Halt suche. Kaum denke ich, dass ich alles unter Kontrolle habe, stürmt bereits Mathis in mein Badezimmer.

„Raus aus der Wanne!", brüllt er mich an und steht aufgebaut vor mir.

„Was?" Erschrocken sehe ich ihn an und mir wird bewusst, dass ich ja nackig im Wasser bin und sich der Badeschaum schon fast vollständig verabschiedet hat. Schnell ziehe ich meine Beine an meinen Oberkörper und schlinge die Arme herum, damit ich mich besser festhalten kann.

„Raus aus der Wanne! Sofort oder willst du dich umbringen?", brüllt er mich erneut an, während er mir das große Badehandtuch reicht.

Ich stiere ihn nur überrascht an.

„He, übertreib mal nicht. Krieg dich wieder ein!" Na mal ehrlich, der spinnt doch!

„Was machst du dann hier? Tauchübungen?", motzt er mich weiterhin an.

„Nach was sieht das wohl aus?", zicke ich zurück. „Außerdem habe ich dich nicht eingeladen."

Sprachlos stiert er mich mit einem grimmigen Gesichtsausdruck an.

„Dreh dich wenigstens um!", fordere ich ihn auf, weil er das Handtuch immer noch in seiner Hand hält.

„Ich habe schon nackte Frauen gesehen", kommt es etwas belustigt bei mir an.

„Das glaube ich dir gerne. Aber bestimmt nicht mich und das soll auch so bleiben. Also, dreh dich um und reich mir das Handtuch!"

„Wenn nicht?", fragt er mich ernsthaft.

„Tja, dann lasse ich mir eben noch Wasser ein", grinse ich ihn zuckersüß an. Will er nun, dass ich aussteige oder nicht? An warmem Wasser soll es nicht scheitern. Auch habe ich noch keine Schwimmhäute an meinen Händen und Füßen bekommen. Zwar sind diese etwas schrumpelig, aber das muss ich ihm ja nicht auf die Nase binden. So tut er das, was ich ihm gesagt habe.

„Ich warte im Zimmer auf dich!" Wütend stürmt er aus meinem Badezimmer.

Na super! Jetzt stehe ich, wie ein kleines Mädchen da, das den nächsten Fehler begangen hat. Meine Güte, hat sich denn derzeit alles gegen mich verschworen?

Nachdem ich mich trocken gerubbelt und mir den Pulli, die Baumwollpyjamahose, samt fetten Bettsocken angezogen habe, laufe ich zu ihm. Er sitzt auf dem Sessel im Zimmer und sieht mich abwartend an.

„Hier setzt dich auf die Couch!"

„Und wenn ich nicht will?", reagiere ich bockig.

„Wir müssen reden!"

An seinem Gesichtsausdruck kann ich erkennen, dass er zwar wütend, aber auch besorgt ist und ich ergebe mich meinem Schicksal. Ich schnappe mir die Wolldecke vom Bett und hülle mich darin ein, bevor ich mich auf die Couch setze und wir uns gegenüber sitzen.

Er macht eine kurze Handbewegung und zwei, heiße Schokoladen mit Sahnehaube stehen bei uns auf dem Tisch.

„Das beruhigt die Nerven", erklärt er mir, bevor er mir eine Tasse davon in die Hand drückt und er es sich selber mit seiner Tasse gemütlich macht. Vorsichtig nehme ich einen Schluck davon und es schmeckt himmlisch süß. Ich blinzle ihn über meine Tasse an und bemerke, dass er das Gleiche tut. Wieder einmal trägt er sexy Jeans und sein sportliches Hemd hat er hochgekrempelt. Achtsam atme ich durch. Denn kaum, dass ich ihn bewusst wahrnehme, fangen diese blöden Schwingungen zu vibrieren an. Selbst das Licht in unserem Zimmer finde ich plötzlich zu schummrig. Flüchtig schaue ich auf die Uhr und sehe, dass es kurz vor einundzwanzig Uhr ist. Daraufhin mache ich eine Handbewegung und mehrere Lichter in unserem Raum leuchten auf. Ich bemerke, dass Mathis beim Trinken innehält, als würde er meine Gedanken lesen und ich zucke nur meine Schultern.

„Du wolltest etwas mit mir besprechen", versuche ich, meine Stimme zu kontrollieren. Warum musste er auch sowas von gut aussehen?

Daraufhin setzt er sich kerzengerade auf und sieht mir direkt in meine Augen, nachdem er seine Tasse auf den Tisch zurückgestellt hat.

„Was sollte das eben?", fragt er mich und seine Stimme ist plötzlich mächtig Ernst.

„Was?", spiele ich auf Zeit.

„Aemilia, das in der Badewanne!", wird seine Stimme eine Spur schärfer.

„He, ich war einfach bloß plantschen und bin wohl kurz eingenickt. Jetzt mach kein Drama daraus!" Hallo? Außerdem ist er nicht mein Vater.

„Klar, einfach eingenickt. Dich kann man ja keine Sekunde alleine lassen", spricht er für mich immer noch gefährlich scharf aus.

„Was soll das denn? Ich wüsste eh mal, wie du überhaupt hier reingekommen bist." Ich habe ihn mir nicht her gewünscht.

„Du warst in Not", antwortet er mir kurz angebunden.

„Was?"

„Ich war dein Retter und ein Dankeschön, wäre schon angebracht!"

„Findest du?", denn ich denke, dass er es arg übertreibt. Als ich jedoch sein Gesicht betrachte, erkenne ich, wie seine Wut sich in ehrliche Besorgnis verwandelt. „Danke", flüstere ich, weil er ja nichts dafür kann, dass ich fast seine Familie getötet hätte.

Beide sehen wir uns lange an, als meine Tränen erneut rollen und ich merke, dass ich ohne meine Brille vor ihm sitze. Völlig nackt komme ich mir in dem Moment vor und bevor ich sie überhaupt herzaubern kann, rutscht Mathis zu mir auf die Couch.

„He, was ist los?"

„Ich bin schuld was mit Jola und den anderen passiert ist", schniefe ich in mein Taschentuch. „Ich bringe alle nur in Gefahr. Sie hassen mich jetzt bestimmt", begehre ich auf.

„Aemilia, weißt du es, dass sie dich hassen, oder denkst du dir das nur?", hinterfragt er taktvoll meine Überlegungen.

„Ich brauche es nicht zu erfragen. Ich kann es mir vorstellen und verstehen. Meine beste Freundin ist fast tot!" Längst tropfen weitere Tränen.

„Wenn du sie nicht fragst, sind es nur deine Vermutungen."

„Na und?", reagiere ich genervt.

„Sind dir die Menschen im Gasthof wichtig?", regt er mich zum Nachdenken an und lässt echt nicht locker.

„Was weißt du denn schon?"

„Ich? Es geht jetzt grade um dich. Erklär es mir!"

Ich ziehe mich von ihm zurück, in dem ich aufstehe und mich in den Sessel setze, wo er vorher selbst drin saß.

„Bei dir blicke ich nie, ob wir nur Freunde, Bekannte oder gemeinsame Mitstreiter sind", platze ich impulsiv heraus. Obwohl ich mich am liebsten gleich selber Ohrfeigen könnte.

„Aemilia, wir sind Freunde."

Völlig enttäuscht von seiner Antwort schaue ich zu ihm.

„Wir sind gute Freunde, die füreinander da sind. Mehr dürfen wir nicht sein!", beantwortet er mir mit Bedacht meine Frage.

„Und unsere Schwingungen?", murmle ich.

„Das weiß ich selber auch nicht. Aber wir dürfen es nicht zulassen, dass sie uns beeinflussen!", spricht er hart und eindringlich aus.

„Was?", erwidere ich geschockt und hilflos zugleich. Dabei merke ich, wie sich mein Herz zusammenzieht. Ich habe Angst zu hören, dass er mich nicht mag.

„Aemilia, ich bin bis an das Ende meiner Tage ein Krieger der Friedenswächter und da wird nie ein Platz für eine Frau sein."

Sogleich merke ich, wie mir jegliche Farbe aus meinem Gesicht entweicht.

„Es hat nichts mit dir zu tun! Du bist ein unglaubliches Mädel."

„Aber?" Bestürzt blicke ich ihm in sein Gesicht, nur um zu sehen, ob da irgendein Hoffnungsschimmer zu erkennen ist.

„Du bist mein Auftrag und mit einer Partnerin bin ich angreifbar", erklärt er mir sachlich.

„Auftrag?", hauche ich, weil ich das Gehörte, nicht begreife.

„Ja. Als dich das Amulett gefunden hatte, wurde ich für dich rekrutiert."

„Warum hat sich dann Jola vor die Kugel geschmissen und nicht du?", schreie ich wütend.

„Dazu habe ich nichts zu sagen!", vernehme ich seine eisige Stimme, die keine Widerrede duldet.

Schweigsam mustern wir uns eine längere Zeit und ich merke, dass ich ihn und sein Gesagtes nicht ertragen kann. Er hat mich einfach zutiefst verletzt.

„Verschwinde! Raus aus meinem Zimmer!", brülle ich ihn wütend an, während ich aus dem Sessel springe. In dem Moment ist es mir total egal, was er jetzt von mir denkt. „Lass mich in Ruhe!"

Wortlos steht er auf und verlässt mein Zimmer, ohne mich anzusehen und ich rutsche heulend auf den Fußboden zusammen. Erst Jola ihre Verletzung und dann Mathis mit seiner Offenbarung. An das doofe Amulett will ich gar nicht denken. Aber die Schwingungen, sobald er in meiner Nähe ist, müssen doch was bedeuten. Immerhin setzt es ihm genauso wie mir zu. Oder bin ich nur zu sensibel?

Zwei Tage lassen mich alle in Ruhe und Dank des Zimmerservice, kann ich nicht verdursten oder verhungern. Solange Jola mich nicht sehen mag, werde ich mein sicheres Zimmer nicht verlassen. Ich kann weder meinen Eltern, noch meiner Oma unter die Augen treten. Alle, selbst meinen Kater habe ich ausgesperrt, weil ich Zeit für mich brauche.

Ich wollte so gerne wieder die alte Aemilia sein. Ich wollte so denken und fühlen, wie ich es vor wenigen Wochen tat. Ich wollte friedlich in Wismar am Jachthafen sitzen und mir die Meeresbrise um meine Nase wedeln lassen. Stattdessen stiere ich mit nassem Gesicht vor mich hin. Wusste echt nicht, dass ich so viele Tränen in mir habe und das nervt mich genauso, wie der blöde Angriff.

Als ich denke, dass es abermals ein endloser langer Tag wird, ohne eine erlösende Nachricht von Jola zu bekommen, landet meinem Kater mit einem Sprung auf meinem Bett.

„He, Mila. Hast du Lust mit mir zu Jola zu gehen?", fragt er mich, während er mich intensiv mit seinen tief grünen Augen mustert.

„Wie kommst du hier rein? Du bist doch nicht mein Retter in der Not, oder?"

„Nee, aber Jola schickt mich und dein Zimmergeist weiß, dass du erst dein Zimmer verlässt, wenn sie dich ruft."

Verblüfft über seine Antwort streichle ich ihm über seinen Kopf.

„He, vielleicht kostet es mich eine Menge Arbeit, meine Haare zu stylen", beschwert er sich augenzwinkernd bei mir.

„Dann lass uns mal gehen!" Meine Jogginghose, samt Schlapperpulli lasse ich an und schlüpfe nur in meine Turnschuhe. Dann laufe ich mit Barna los.

„Jola hat man zu ihren Eltern gebracht, die sich abwechselnd um sie kümmern", erklärt er mir und ich nicke ihm zu, als ich das Zimmer von Jola betrete.

Ich entdecke sie auf der rechten Seite im Doppelbett ihrer Eltern liegen. Sie sieht viel zu blass und klein darin aus, dass ich erneut mit meinen Tränen kämpfen muss.

„He, Süße", flüstere ich, als ich direkt auf ihre Bettseite laufe.

„Hi, Mila, setz dich!" Dabei klopft sie auf ihre Betthälfte.

Sie muss echt angeschlagen sein, dass sie nicht aufrecht sitzen kann. Ihre grünen Augen sehen matt aus und ihre dunkelblauen Augenringe machen mir Angst. Ich lege ihr meine Hand auf und fühle eine Kälte aus ihrem Körper strahlen, die langsam in mich hineinkriecht.

Plötzlich springt Barna zwischen uns und trennt unsere Hände.

„Nein!", brüllt er und die Heilerin mit dem Namen Rose erscheint im Raum.

„Das dürft ihr beiden nicht! Wenn Aemilia dich heilt, dann hat sie selbst keine Kraft mehr, um nochmal in das Dorf zu gehen."

Verdattert und erschrocken zugleich blicken wir zu ihr.

„Was?", frage ich perplex.

„Wir haben Jola nicht in dein Zimmer gelassen, weil wir wussten, dass du eine starke Macht in dir trägst. Diese kann Jola heilen, aber dich zeitgleich zerstören", antwortet mir die Frau leise, die in ihrer weißen Kutte für mich ausnahmslos weltfremd aussieht.

„Was?", wiederhole ich.

„In dir schlummert eine große Macht. Deshalb müssen wir dich beschützen, damit die Gegenseite nicht auf dich aufmerksam wird. Das ist auch deine Bestimmung."

„Deswegen bin ich so behütet aufgewachsen?", flüstere ich.

„Ja."

Misstrauisch schaue ich Rose an, weil ich mit ihrer Aussage etwas überfordert bin. Deshalb drehe ich mich schnell wieder zu Jola. Immerhin liegt mir viel auf meinem Herzen, was ich mit ihr besprechen möchte. Nur als ich sie erneut berühren will, entzieht sie mir ihre Hand und eine Leere macht sich in mir breit. Sollten wir beide jetzt unsere Freundschaft zerstören?

„Jola, ich …", doch sie unterbricht mich und sieht stur nach draußen.

„Mila, ich will es mal mit deinen Worten sagen. Es ging mir schon mal besser." Dazu probiert sie ein zaghaftes Lächeln, was ihr nicht sonderlich gut gelingt.

„Hast du Schmerzen?" Schon wieder will ich in meinem Unterbewusstsein nach ihrer Hand greifen, als sie ihren Kopf schüttelt und ihre beiden Hände von mir fernhält.

„Als ich oben im Moor auf dem Boden lag und über die Regenbogenbrücke gehen wollte, da habe ich neben mir als Geist gestanden. Ich konnte beobachten, wie meine Eltern versucht haben mich ins Leben zurückzuholen." Sie schluckt schwer, weil sie gegen ihre Tränen ankämpft, die bei mir bereits meine Wange entlang rollen. „Ich habe dich gesehen und wie du mit den mächtigen Wesen verhandelt hast."

Mit verschleierten Augen sehe ich Jola an, weil ich an ihrer Stimme höre, dass sie an meiner Richtigkeit zweifelt.

„Jola, ich wollte …, ich konnte dich nicht …", aber meine Stimme versagt mir.

„Mila, manchmal ist es besser, einen Menschen, der als Geist neben seinem Körper steht, gehen zu lassen", gibt sie mir ernsthaft und glaubwürdig zur Antwort.

„Glaubt du das echt? Was, aber …?"

Ein weiteres Mal unterbricht sie mich.

„Mila, ich war bereit zu gehen! Denn wenn dein Herz nicht mehr schlägt, ist es Zeit zurückzugehen. Dorthin von wo wir alle kommen und das sollte man auch respektieren!"

„Du bist doch viel zu jung, um das beurteilen zu können!", protestiere ich und springe auf, um einige Schritte zu laufen. „Jola, sag mir ehrlich, wie viele Menschen haben nach einer Reanimation noch ein wundervolles Leben geführt?"

„Sie gingen nicht, weil ihre Zeit noch nicht gekommen war und sie die Möglichkeit erhielten, etwas Sinnvolles aus ihrem Leben zu machen."

„Aber du sagtest doch eben …?"

„Mila, ich war in dem wundervollen, hellweißem Licht und wäre hoch zu unseren Ahnen gegangen, wenn diese Wesen mich nicht zurückgeschickt hätten."

„Du warst wirklich schon tot?" Bei dem Gedanken daran wird es mir mulmig zumute und Jola nickt mir zu.

„Ja, das war ich. Sie haben mich wegen dir zurückgeschickt. Jedoch habe ich eine Bürde mit auf den Weg bekommen. Denn jeder der einmal in der Zwischenwelt war, bringt etwas aus dieser mit."

„Was?"

„Ich habe durch die Verletzung Lungenproblemen zurückbehalten. Das bedeutet, dass ich keine anstrengenden Sachen machen kann, weil ich sonst nicht mehr genügend Sauerstoff im Blut habe."

„Oh, mein Gott! Gerade du, die alles gleichzeitig erleben will", und schon wieder fange ich zu heulen an. Wie kann sowas nur passieren? Wie kann es vor allem meine beste Freundin treffen?

„Mm, und jetzt liege ich wie eine alte Frau im Bett und darf mich nicht überanstrengen", gibt sie traurig zurück und ihre Augen füllen sich mit Tränen. „Deshalb sagte ich auch, dass es besser ist den Tod zu respektieren!"

Ihr vorwurfsvoller Blick lässt mein Herzschlag kurz aussetzen. Bloß am meisten schmerzt mich, dass sie jetzt stur an mir vorbei, aus ihrem Fenster sieht und mich ignoriert. Wie benommen sehe ich sie auf ihrem Bett liegen sowie Rose die im Zimmer steht und Barna, der es sich am Fußende von Jola ihrer Betthälfte bequem macht.

„Entschuldigt!"

Ungehalten springe ich auf. Raus aus dem Zimmer, raus aus dem Gasthof, direkt auf die Holzbrücke vor dem Haus. Erst dort komme ich zum Stehen und schaue in den stürmischen Fluss unter mir, wobei ich mich von seinen Wellen und Geräuschen treiben lasse.

Der Fluss ist ebenfalls so stürmisch und laut, wie ich mich jetzt fühle. Ich bin innerlich völlig zerrissen und kann nicht nachvollziehen, warum grade mein Leben durcheinandergewirbelt wird. Jola ihre Aussage hat mich tief verletzt, aber auch verärgert. Sie lebt doch noch? Wir sind zusammen und dennoch sagt mir ein Fünkchen Verstand, das sie nicht ganz Unrecht hat.

Krampfhaft versuche ich all die Gedanken, die mir mein Leben zur Hölle machen, zu verscheuchen, und mustere den Fluss unter mir. Und je gefasster ich werde, umso gleichmäßiger fließt er mit seinen Wellen. Doch als ich mich auf den Fluss mit seinen Geräuschen einlassen will, macht sich meine Brille bemerkbar. Fast wäre sie mir von der Nase gerutscht. Rasch klappe ich diese zusammen und stecke sie, wie so oft in letzter Zeit, in meinen Pulli.

Wie gehabt beobachte ich den Fluss, der augenblicklich klarer und friedlicher wird. Plötzlich ist er wie ein Tümpel im Sommer, wo kein Wind weht und das Gewässer nur steht. Wie aus dem Nichts beginnt dieser mir eine Abfolge von Bildern zu zeigen. Bilder, die mich seit Tagen verfolgen. Aber der Fluss zeigt es mir aus einer anderen Perspektive. Es ist aus der Sicht eines Vogels.

Noch einmal, sehe ich uns lachend zum Moor hochwandern. Wir sind alle in Gespräche vertieft und es haben sich Gruppen beim Lauf gebildet, was mir bisher nicht aufgefallen ist. Vor Jola und mir wandern Serafine, Thomas und Thea, die in den Himmel schauen. Neben Jola, die links von mir läuft, wandert mit etwas Abstand Mathis mit seinen Schwestern. Direkt hinter uns lachen meine Eltern mit Aaron. Bestimmt hat er ihnen wieder einen, seiner vielen Witze erzählt. Neben mir laufen Jola ihre Eltern mit Rainer. Ich schlucke schwer. Jola und ich sind von allen vier Himmelsrichtungen geschützt. Wir sind von unseren Familien umzingelt, besser gesagt abgeschirmt.

Dann höre ich, wie drei Schüsse zeitgleich auf uns abgefeuert werden und das Annabella aufschreit, die links von Jola ist. Der nächste Schrei ertönt von Aaron, der direkt hinter uns ist, weil er an seinem Bein getroffen wird. Genauso erklingt der dritte Aufschrei von Matilda, die neben mir läuft. Während die drei schreien, kommen die Kommandos von den Männern.

Bei dieser Erkenntnis wird mir schlecht. Wäre ich nicht aufgestanden, hätte Jola mich nicht beschützen müssen. Selbst Mathis konnte mir nicht helfen, weil er zu weit weg war. Schließlich lagen wir alle auf dem blanken Boden und Mathis schützte seine Schwestern.

Jetzt sah ich auch, dass er fluchte, als ich aufstand. Er wollte mich echt retten, aber das Kugelgewirr ließ nicht nach, als ob die Angreifer Maschinenpistolen hätten. Da checke ich, dass ich Mathis mit meiner Annahme unrecht tat. Immerhin sagte ich ihm ja, dass er mich hätte retten müssen und nicht seine kleine Cousine. Deshalb steht jetzt für mich aber fest, dass es kein Zufall war, dass Jola und ich von unseren Familien umringt waren und dieser Anschlag bewusst stattfand. Mit diesem Wissen entgleitet mir das Bild und der Fluss beginnt mit seinen Wellen, all die typischen Geräusche wieder heraufzubeschwören.

Was sollte ich jetzt bloß machen? Verängstigt und unsicher schaue ich vom Fluss auf und entdecke Mathis auf einer Bank unter mir am Flussufer sitzen. Dabei berühren sich unsere Blicke, nur kann ich seinen Gesichtsausdruck nicht deuten, weil ich meine Brille nicht auf habe. Fix setzte ich mir diese auf. Bloß als ich ihn erneut ansehe, könnte ich schwören, dass sein Gesichtsausdruck Besorgnis ausstrahlt. Nur vermag ich nicht zu sagen, ob er bloß als ein guter Freund in Sorge um mich ist. Denn auf irgendeine Art verspüre ich, dass uns mehr als Freundschaft verbindet. Aber wie soll ich damit umgehen?

Dann sehe ich, wie er mich mit seinen Augen anlächelt und ich beschließe, zu ihm nach unten zu gehen. Langsam stoße ich mich von der Brüstung ab und schlendere zu ihm.

„He", sage ich, als ich bei ihm ankomme.

„He", begrüßt er mich locker zurück.

Unschlüssig stehe ich vor ihm und weiß mit einem Mal nicht, was ich mir dabei gedacht habe, einfach zu ihm zu laufen.

„Kannst dich ruhig setzen! Ich beiße nicht", zwinkert er mir zu.

Jedoch kämpfe ich noch mit mir, ob es wirklich klug ist, mich zu ihm zusetzen. Deshalb hocke ich mich sicherheitshalber ganz außen auf die Bank und stiere auf den Fluss, um meine Gedanken zu sammeln.

„Aemilia, ich kann mir vorstellen, dass du mit all den Offenbarungen deine Probleme hast. Aber glaub mir, es gibt mehr zwischen Himmel und Erde, als das, was wir zu kennen glauben."

Natürlich sieht er mich eindringlich und direkt an, dass ich gar nicht weiß, wo ich hingucken soll. Hat er echt keine Ahnung, dass er mich mit seinen Augen nervös macht und ich dabei bin, mich in ihn zu verlieben? In ihn, weil er so ist, wie er ist, auch wenn ich ihn noch nicht richtig kenne. Aber seine Art und seine Augen berühren tief in mir etwas, sodass ich mir wünsche, ihn besser kennenlernen zu dürfen. An einem anderen Ort ohne Furcht zu haben, von irgendwelchen gejagt zu werden. Ich atme tief durch und nicke ihm zu.

„Mm. Ich bin zwar in dem Glauben erzogen worden, dass es Wesen gibt, die uns lenken und führen, aber ich habe manches davon eher als ein Mythos oder als Märchen abgetan", und ich atme tief durch. „Wie soll ich dir das erklären? Ich dachte eben, dass meine Familie manches nur sagte, um mir Angst zu machen, wenn ich mal unartig war. Jedoch stellt sich nun für mich heraus, dass all die Legenden wahr sein sollen. Ich höre Stimmen und erkenne ein Licht was mich magisch anzieht. Obwohl das längst nicht alles ist! Denn als mir Jola fast genommen wurde, verhandle ich mit Stimmen aus der Himmelswelt." Da muss ich meinen Kopf schütteln, bevor ich Mathis intensiv ansehe. „Das muss ich erstmal verarbeiten. Aber nicht nur das schmeißt gerade mein ganzes Weltbild durcheinander, sondern das man versucht hat, erst meinen Kater und dann meine beste Freundin zu töten. Weißt du vielleicht, was es mit den ganzen Anschlägen auf uns zu tun hat?" Doch bei meiner Frage lächelt er mich nur mitfühlend an, dass ich mich am liebsten in seine starken Arme gekuschelt hätte. Aber das traue ich mich dann doch nicht. Außerdem dürfen wir es ja nicht, so sagt er. Stattdessen schaue ich ihm jetzt bewusst in seine Augen, um mich nicht mit meinen Gefühlen auseinanderzusetzen, die in diesen Minuten in einer Sackgasse stecken.

„Im Übrigen wollte ich mich noch, bei dir entschuldigen, weil ich …"

„Du mich Lieber tot, als lebendig siehst?", unterbricht er mich etwas steif und leicht verärgert.

„Ich habe es in dem Moment zwar so gemeint, weil ich furchtbar wütend und enttäuscht war, aber …", begehre ich auf und mache eine große ausholende Handbewegung, die alles mit einschließt. „Nur weiß ich, dass ich diese Wörter aus Trotz und verletzten Stolz zu dir gesagt habe", erkläre ich ihm mit zerknirschten Gesicht und hebe es vorsichtig wieder auf seine Augenhöhe. „Aber ich will, dass du weißt, dass ich dich mag und deshalb hoffe ich, dass du meine Entschuldigung annimmst!" Uff, das wäre jetzt geschafft und ich sehe in sein überraschtes Gesicht.

„Das freut mich", mehr sagt er nicht und das soll mir reichen. Mit einem Mal zieht er mich mit beiden Händen hoch. „Ich mag dich nämlich auch", lächelt er mich verschmitzt an und sofort werde ich wie eine Tomate rot.

Und als wäre das nicht schon doof genug, beginnen alle Schmetterlinge in meinem Bauch zufliegen und die Schwingungen blubbern wie Brausetabletten über meinen Körper.

„Komm, lass uns zu den anderen gehen!"

Ängstlich schaue ich zu ihm auf.

„Die warten schon auf dich. Vertrau mir!"

Da kann ich nur hoffen, dass er Recht behält.

Zusammen betreten wir den Speisesaal im Gasthof und die meisten sitzen bereits bei ihrem Abendbrot. Kaum habe ich meinen Fuß über die Schwelle gehoben, drehen sich alle im Raum zu mir um und es wird Mucksmäuschen still. Am liebsten würde ich jetzt Reißaus nehmen. Bloß schleift mich Mathis zum Tisch, ohne etwas zu bemerken. Ich traue mich noch nicht mal meine Eltern anzusehen. Doch ehe ich nachgrübeln kann, springt bereits meine Mutter auf, dicht gefolgt von meinem Vater. Beide schließen mich fest in ihre Arme, sodass ich einen Kloß im Hals habe.

„Gott sei Dank, es geht dir gut", höre ich meine Mutter erleichtert äußern.

„Sind wir froh, dass es dir besser geht", schiebt mein Vater hinterher, als er mir einen Kuss auf die Stirn gibt. „Wir haben uns solche Sorgen um dich gemacht", redet er, ohne Luft zu holen, als er mit seinem Zeigefinger mein Gesicht zu sich hochzieht. „Nicht nur wir. Alle haben sich Sorgen um dich gemacht", und wir sehen uns beide in die Augen, bis ich verlegen nicke.

„Nur wegen deinem blöden Zimmergeist konnten wir nicht mal zu dir durch!", schimpft meine Mutter und ich muss lächeln, weil sie Serafine böse ansieht, die aber nur mit ihren Schultern ganz unschuldig zuckt.

„Aber ich bin doch an allem schuld! Wieso seid ihr denn um mich besorgt?", denn das raffe ich nicht. Sollten sie mir so schnell verzeihen?

„Ich glaube, du siehst die Dinge etwas falsch", beantwortet mir mein Vater die Frage. „Lass uns an den Tisch setzen und dann versuch es mal, aus einem anderen Blickwinkel zu sehen!"

Etwas unsicher lasse ich mich von ihnen an den Tisch ziehen und setze mich widerwillig auf meinen alten Platz, als sich Mathis unerwartet neben mich schiebt.

„Nur damit du mir nicht entwischst."

Als ich das von Mathis höre, ziehe ich meine Stirn kraus, sodass er meine rutschende Brille vorsichtig hochschiebt und es mir plötzlich heiß wird. Ich haue ihm mit meiner Hand auf seine Finger und gucke ihn böse an.

„Lass das! Was sollen bloß die anderen von uns denken?"

Indessen lacht mich Mathis nur an.

„Sehr witzig", knurre ich ihn sauer an. Zum Glück höre ich die Stimme von meinem Vater und das Interesse kehrt zu ihm zurück und das, was er mir zu sagen hat.

„Mila, niemand von uns konnte voraussehen, was dort oben auf uns zukommt. Trotzdem würden wir dich niemals alleine gehen lassen, weil wir eine Gemeinschaft sind, die diese Aufgabe gemeinsam erfüllen wird. Auch wussten wir nicht, dass du bei solch einer großen Gefahr aufspringst, nur um uns alle zu retten. Dass was du getan hast, ist kein Fehler gewesen", verklickert mir mein Vater.

„Gerettet? Ich habe doch niemanden gerettet, sondern fast alle getötet."

Derweil schütteln mein Vater und die anderen am Tisch verneinend ihre Köpfe.

„Nein, Schatz. Du hast eine Art Schutzfeld um uns aufgebaut. Wir wissen zwar nicht wie, aber dein violettes Licht, was aus dir kam, hat schlimmeres verhindern können."

Da kann ich nur mit offenem Mund meinen Vater anstieren.

„Ich?"

„Es kam direkt aus deinem Körper und hatte eine violette Blase aufgebaut, die uns vor den Kugeln schützte", beantwortet mir, voller Begeisterung Annabella. „Sowas habe ich noch nie gesehen."

„Es war wirklich ein helles und warmes Licht", klingt sich ihre Schwester mit ein.

„Ich auch nicht", murmle ich und alle betrachten mich mit glücklichen Gesichtern.

„Mila?"

Vorsichtig schaue ich, zu Serafine die am Ende des Tisches sitzt.

„Niemand von uns gibt dir die Schuld an dem, was passiert ist."

„Doch, Jola." Unruhig rutsche ich auf meiner Bank hin und her.

„Gib ihr etwas Zeit, dann solltet ihr noch einmal reden!" Aufmerksam mustere ich Aaron, der es ehrlich mit mir meint. „Eure Freundschaft wird es schaffen! Dafür seit ihr beiden schon zu lange miteinander verbandelt", muntert er mich augenzwinkernd auf.

„Mila, für sie war es ebenfalls viel. Ich denke, dass eure Freundschaft das aushalten sollte."

Somit bekam ich auch von Marius ein paar tröstende Worte zuhören.

„Eins sollte jetzt aber klar sein! Nämlich das der unsterbliche Zauberer von dir und uns Bescheid weiß."

Von der Aussage überrascht blicke ich zu Rainer und Thea, die sein Gesagtes mit einem Kopfnicken unterstützt.

„Hat der Tyrann eigentlich keinen Namen?"

„Wir dürfen seinen Namen nicht aussprechen, weil er einen Erscheinungszauber darauf gesprochen hat. "

Nachdenklich über die Antwort runzle ich meine Stirn und halte gleich meine Brille gut fest. Nochmal wollte ich nicht, dass Mathis mir zu nahe kommt. Wieder eine Aussage, die ich nicht verstehe und ich sehe Thea fragend an.

„Da nur wir alten Hexen und Zauberer seine wahre Identität von einst kennen, hat er es so eingerichtet, dass wenn sein Name fällt, er direkt vor dir erscheint."

„Und?"

„Er könnte dich dann sofort vernichten. Insbesondere die uralten Familien will er ausrotten, weil wir zu stark in unseren Fähigkeiten sind."

Ich lasse mir Thea ihre Erklärungen durch den Kopf gehen, bis ich vor Müdigkeit gähnen muss.

„Ich finde, wir sollten jetzt alle was ordentlich essen und morgen einen Ausflug in das Nachbardorf machen", höre ich Thomas laut sagen.

„Wir gehen auf das Dorffest", jubelt Annabella und ich muss schmunzeln.

„Ich bin mir noch nicht sicher, ob ich …" Immerhin liegt Jola oben in ihrem Bett und ich soll Spaß haben? Das bringe ich nicht übers Herz und ich schaue Matilda an, die mich vielsagend ansieht.

„Glaub uns, Jola ist in sehr guter Gesellschaft."

„Echt?"

„Dein Kater Barna hat sich jetzt Jola ausgeguckt, die er beschützen kann."

Alle am Tisch müssen darüber lächeln.

„Beschützen oder tot plaudern?", bringt sich Mathis ein.

„Aber Barna ist doch mein Kater!", und ein kurzer Eifersuchtsstich kommt in meinem Herzen an.

„Ja, aber da du ihn zur Zeit ja nicht brauchst …", sieht mich meine Mutter nachsichtig an.

„Stimmt. Entschuldigt." Beschämt sehe ich in die Runde und meine Gedanken wandern zu meiner Freundin. Deshalb werde ich mir später ein Herz fassen und nochmal bei ihr reinschauen.

Nachdem Abendessen stehe ich vor Jola ihrer Tür und hoffe inständig, dass sie mich reinlässt. Gerade als ich klopfen will, öffnet sich die Tür und ein kleines Lächeln kommt mir in meinen Sinn. Echt praktisch, so ein Türöffner und vor allem energiesparend dazu. Langsam betrete ich das Zimmer ihrer Eltern und sehe Jola in ihrem Bett liegen. Mein Kater hat es sich auf ihrem Bauch bequem gemacht und lässt sich von ihr kraulen. Sein schnurren kann ich bis zu mir hören.

„Hallo, ihr beiden", begrüße ich sie fröhlich, in der Hoffnung damit Jola anzustecken.

„Ich weiß, was du vor hast", kontert sie.

„Was soll ich schon vor haben?", mache ich auf unschuldig und Jola guckt mich an.

„Du willst mich zum Lachen bringen." Überlegend sieht sie mich ernst an.

„Ja. Ich gestehe, dass ich in diesem Punkt schuldig bin, aber nur, weil ich dich unendlich vermisse", denn mir fehlen auch ihre lockere Art und ihre flotten Sprüche.

„Mädels, jetzt lasst das Schmollen und gebt euch die Hand!"

Sprachlos blicken wir beide meinen Kater an.

„Na echt mal. Mila mag nicht ohne dich sein und du, du wolltest nie als alte Jungfrau sterben. Jetzt hast du eine neue Möglichkeit bekommen, dem zu entgehen."

„Öhm." Verwirrt über die Sprachfertigkeit meines Katers staune ich nicht schlecht und sehe von ihm zu Jola, die wie ich erst einmal perplex ihn und dann mich ansieht. „Aber ..."

Da sieht mir Jola fest in meine Augen.

„Ich denke Barna liegt da nicht falsch. Ich begreife auch nicht, warum ich dich so an zicke, aber irgendwie ..."

Schnell gebe ich ihr meine Hand und wir atmen auf, als erneut Rose im Zimmer erscheint, nur das sie uns diesmal zunickt.

„Die dunklen Schatten aus der Unterwelt sind aus Jola entwichen", erklärt sie uns, obwohl ich es nicht verstehe.

Aber egal, Hauptsache ich kann Jola wieder anfassen. Somit denke ich nicht darüber nach, sondern genieße unsere freundschaftliche Berührung. Man, wie hat mir das gefehlt.

„Jola, ich habe für dein Gezicke volles Verständnis. Wirklich, denn es erging mir nicht anders. Nur das Mathis meine schlechte Laune und nicht du abbekommen hast. Und wer weiß, vielleicht gibt es ja einen super Highspeed Rollstuhl für dich."

„Du meinst einen, der auch fliegen kann?"

Schelmisch gucken wir uns an.

„Es tut mir alles sehr leid …", beginne ich, jedoch winkt sie ab.

„Das kann ich auch von mir sagen. Also, lassen wir die schrecklichen Tage sein, wie sie waren und beginnen, gemeinsam in Richtung Zukunft zu gehen." So schnell, wie sie es ausgesprochen hat, liege ich in ihren Armen.

„He, dir ist aber klar, dass ich noch etwas angeschlagen bin?" Gleichzeitig lachen wir uns an. „Und jetzt kannst du mir ruhig von dir und Mathis erzählen!"

Erschrocken sehe ich sie an.

„Alles, Mila, und wenn ich sage alles, dann aber bitte keine Einzelheit auslassen!"

Wissend nicke ich sie an, denn sie hat ein besonderes Talent. Sie kann mich nämlich so fragen, dass ich Sämtliches von mir preisgebe.

„Mm, das geht dann aber ein Weilchen", versuche ich, aus dieser Sache rauszukommen.

„Ich denke, dass ich genügend Zeit habe, um alles zu hören." Sie klopft bereits auf ihr Bett und lacht, wie in guten alten Tagen. Obwohl sie sich etwas aufrichten muss, um nicht zu ersticken.

„Ist jetzt dein Lachanfall vorbei?", frage ich sie besorgt. Als sie mir zunickt und uns zwei Kräutertee an ihr Bett zaubert, erzähle ich ihr alles.

„Mila, ich glaube, dich hat es voll erwischt", klärt sie mich mitfühlend auf, weil sie genau wie ich kapiert, dass es kein Happy End geben wird.

„Mm, und das ist ja das Doofe. Sobald er in meiner Nähe ist, macht er mich total nervös und ich fühle, dass es ihm nicht anders geht."

„Aber weil er den Friedenswächtern dient, darf er sich von der Liebe nicht ablenken lassen."

Ich sehe sie verzweifelt an.

„Weißt du etwa was darüber?"

„Ja, aber ich weiß nicht, ob ich es dir sagen soll."

„Wenn es mir hilft, ihn mir aus dem Kopf zu schlagen, wäre es wohl eher hilfreich für mich. Oder?"

„Okay. Aber ich muss von dir verlangen, dass du es für dich behältst!"

Natürlich stimme ich ihr zu, weil wir beide unsere Geheimnisse nie verraten haben.

„Ein Krieger gehört dem Himmelsheer an und ist den Friedenswächtern unterstellt, die das Zeitgeschehen in unserer Welt beobachten. Sobald der dunklen Macht Einhalt geboten werden muss, wird der Marschbefehl an das Himmelsheer ausgerufen und die Krieger schwirren aus. Du musst nämlich wissen, dass sich der rekrutierte Kämpfer beim Eintritt in das Heer verpflichtet, zum Wohle des Guten zu leben und zu verteidigen. Dafür verzichtet er auf seine Belange."

Ungläubig sehe ich sie an.

„Das ist sein Eid und deshalb kann er auch nie eine eigene Familie gründen."

„Aber kann er denn nicht kündigen?"

Na echt mal. Wenn mir ein Job nicht gefallen würde, weil er sich mit meinen Lebenszielen nicht vereinbaren lässt, dann wäre ich weg.

„Nein, denn ein Krieger verpflichtet sich in unserer magischen Gesellschaft, dass er uns bis an sein Lebensende beschützt."

Frustriert klappt mir die Kinnlade nach unten.

„Okay, dann werde ich mir das wie ein Mantra immer wieder aufsagen, wenn sein Blick mein Herz zum Klopfen bringt." So ein Mist aber auch!

Na ja, zum Teil kann ich den Schwur schon verstehen. Wenn man liebt, wird man sensibler und die Gedanken fliegen pausenlos zum Liebsten. Man denkt viel an den anderen oder überlegt, was man alles miteinander unternehmen kann. Klar, dann denkt man nicht mehr kühl und routiniert. Sondern man stellt manche Befehle in Frage, weil man mit dem eigenen Herzen denkt und nicht mit dem Verstand.

„Und wo hat das besagte Heer sein Quartier?"

„Wo genau das ist, das blicke ich nicht. Aber es gibt wohl einen Berg weit über uns, den wir nicht sehen können. Dort werden die Männer zu Kämpfern ausbildet. Später werden sie zum Schutz von uns Hexen und Zauberer in die Welt geschickt. Der Zugang zu ihnen ist in Serafine ihrem unterirdischen Tempel."

„Woher weißt du das alles? Hast du irgendwo gelauscht?"

„Wie soll ich lauschen, wenn ich hier ans Bett gefesselt bin?", feixt sie mich an.

Da macht es bei mir Klick.

„Bestimmt hat dir Barna einen großen Dienst erwiesen." Daraufhin mustere ich meinen Kater sehr genau.

„Na, wenn schon? Jola brauchte einige Informationen und sie ist genauso verschwiegen wie du", verteidigt er sich.

„Aha!", sehe ich die beiden an. „Aus meinem Kater wird ganz spontan unserer, der sozusagen auch noch als Spion durch die Gegend schleicht." Sobald ich das ausgesprochen habe, müssen wir laut loslachen.

Ich fühle mich sowas von erleichtert und glücklich, dass ich den Himmel über mir danke und Barna über seinen hübschen und klugen Kopf streichle.

„Jola, ich habe noch was auf dem Herzen", fragend sieht sie mich an.

„Na ja, die wollen morgen alle auf ein Dorffest und nun ja, ich mag eigentlich nicht mit, weil du hier in diesem Zimmer liegst und ...", bloß lässt sie mich nicht ausreden.

„Es ist für mich völlig in Ordnung. Geh ruhig mit! Ich werde mich solange über einen verzauberten Rollstuhl schlaumachen."

„Jola, wir können zwar die Zeit nicht zurückdrehen, aber ich glaube, dass wir beide das schaffen und unsere Freundschaft nicht darunter leiden wird."

„Sie wird auch keinen Schaden nehmen! Aber es wird für mich etwas schwer werden, sodass ich bestimmt manchmal stinkig oder wütend bin."

Ganz schnell schließe ich sie in meinen Arm.

„Das bekommen wir schon hin. Außerdem hast du jetzt einen besonderen Freund, dem du mit deinen Tränen, sein Fell verkleben kannst", zwinkere ich sie an.

„Ja, ja ..., jetzt gib mir ruhig alles zurück. Aber Barna ist wirklich ein kleiner Seelentröster."

Da streckt sich augenblicklich unser Held im Bett aus, nur um im Anschluss: „Jawohl, meine Damen!", von sich zu geben.

Als ich bemerke, dass Jola müde wird, gebe ich ihr einen guten Nachtkuss.

„Bis morgen", flüstere ich und an meinen Kater gewandt: „Pass gut auf sie auf!" Dabei grinst er mich aus seinen grünen Augen an.

„Gute Nacht, Rose", sage ich noch, bevor diese nach einer kurzen Verneigung in ihrem Nebel verschwindet.

Kapitel 7

Jeder Mensch kommt mit einem speziellen Auftrag auf diese Welt. Er hat etwas zu vollbringen, eine Nachricht zu vermitteln, eine Arbeit fertigzustellen.
Osho, 1931- 1990

Ich stehe in bequemen Jeansklamotten und einem Pulli, samt einer Regenjacke in der Hand, auf den Stufen am Gasthofeingang und warte auf die anderen. Allerdings wollen diesmal nur die beiden Schwestern, Aaron, Mathis und meine Eltern mit.

„Marius und Mathilda bleiben bei Jola. Fine und Thomas kommen auch nicht mit", erklärt mir meine Mutter.

„Aber was ist mit Thea und Rainer?" Immerhin wollten die beiden sich uns anschließen.

„Die warten auf ihre Söhne, die heute eintreffen sollen."

Nun gut, das macht für mich einen Sinn. Schließlich sind Alban und Robin seit zwei Monaten nicht mehr daheim gewesen.

„Beeilt euch, der Bus kommt!", schreit uns Isabella winkend zu.

Geschwind sprinten wir die paar Meter zur Bushaltestelle und Aaron hält sogar den Busfahrer auf, damit wir es schaffen. Leicht außer Puste setze ich mich zu meiner Mutter und die anderen verteilen sich im Bus.

„Sag mal, Mama, warum habe ich heute Morgen meine Omi nicht gesehen?"

„Sie ist nach Wismar zurück", antwortet sie mir besorgt.

Ich weiche ihrem Blick aus und beobachte die Straße, als sich der Bus in Bewegung setzt. Er schlängelt sich die enge Fahrspur entlang, dass es mir etwas mulmig wird. Hoffentlich spucke ich nicht. Denn von einer Lüftung oder Klimaanlage hat das Busunternehmen noch nix gehört.

„Aber ich checke immer noch nicht, wieso sie eigentlich zu uns kam."

„Es hat was mit unserer Verbindung zu Birgitta und diesem magischen Ort zu tun. Meine Mutter bekam von Marius den Auftrag dich aus Wismar ins Sternenthal zu bringen. Sie gab uns Bescheid und somit konnten wir dich begleiten. Schließlich waren wir ja nicht bei dir, als du das Amulett gefunden hattest. Wenn wir bloß gewusst hätten, dass es direkt zur Hüterin kommt, dann wären wir nie zu den Ausgrabungen gefahren", und eine kurze Stille tritt ein. „Aber eins ist auch sicher! Ich werde deinen Vater unterstützen."

„Ich denke mal, dass einige Details nicht nur ihn verwirren", nickt mir meine Mutter bestätigend zu. „Dennoch macht ihr beiden bei dieser Rettungsaktion mit?" Kritisch schaue ich zu meinem Vater rüber, der sich mit Mathis unterhält.

„Ja, denn unsere Liebe festigt unsere Bindung so stark, das wir uns immer gegenseitig helfen werden", lacht sie mich an.

„Helfen oder beschützen?"

„Das gehört beides zusammen. Sich lieben bedeutet sich zu vertrauen und sich den Rücken zu stärken. Da ich schnell zu begeistern und sehr offen Fremden gegenüber bin, kann ich mich das ein oder andere Mal in meinem Mitmenschen täuschen. Da ist es von großem Vorteil deinen Vater, um mich zu wissen. Er fängt mich auf, ohne mir hinterher irgendwelche Vorwürfe zu machen."

Da stimme ich ihr zu. Mein Vater ist eher ein Betrachter bei einem Abendessen oder bei einer Veranstaltung, bevor er auf neue Leute zugeht. Was ihm das ein oder andere Mal, als überheblich oder arrogant erscheinen lässt. Aber in Wahrheit ist er ein gefühlvoller Mensch und in unserem Freundeskreis mehr als beliebt.

„Jetzt ist sie weg?"

„Deine Oma?"

Bejahend nicke ich ihr zu.

„Ja, weil dein Vater einer der direkten Nachfahren ist und nicht meine Familienlinie. Außerdem muss der Laden weiterlaufen. Findest du nicht?"

„Ja, das stimmt schon. Sonst fallen wir noch komplett auf, weil unser Laden noch nie geschlossen war."

Endlich sind wir nach einer halben Stunde Busfahrt da und der Schweiß steht mir auf der Stirn, von meiner Übelkeit mal ganz abgesehen. Als ich nach draußen komme, laufe ich zielstrebig auf die Bank in der Bushaltestelle zu und setze mich erst mal hin. Nur, um durchzuatmen.

„Nimm den Kopf zwischen deine Beine! Hilft schneller", erklärt mir Mathis.

Ohne darüber nachzudenken mache ich, was er mir rät und meine Mutter setzt sich neben mich.

„Sorry Schatz, ich hatte gehofft, dass dich diese Kurven nicht schlauchen." Schon drückt sie mir die Hand und gibt mir mit ihrer mütterlichen Geste etwas Sicherheit zurück.

„Du hast Jola ihren Schmerz absorbiert. Stimmt's?", fragt sie mich leise.
„Du weißt aber schon, dass du das nicht darfst."

„Oh man, das ist einfach passiert! Wir mögen und berühren uns eben.
Und ja, ich habe es gemerkt, als ich ihre Kälte in mich aufgenommen habe",
erwidere ich ebenfalls leise.

„Mila, du hast versucht, ihre Krankheit zu heilen. Dadurch hast du einige
Wellen aus dem Totenreich in dir aufgenommen."

Ängstlich schaue ich sie an.

„Du weißt, dass wir das nicht dürfen, weil wir sonst unsere Gabe
verlieren. Die Gabe des Heilen."

Zu allem Überfluss wird mir schlecht.

„Daran habe ich mit keiner Silbe gedacht." Oh man, warum reagiere ich
manchmal aus einem Impuls heraus und überlege nicht zuerst? Wenn ich ab
und zu mal im Vorfeld nachdenken würde, dann wäre mir das bestimmt
nicht mit dem doofen Amulett passiert. Dann müsste ich mich nicht, mit den
Gedanken, auseinandersetzen, dass ich vielleicht nur eine Art Spielfigur von
denen da oben bin. Denn so fühle ich mich seit Tagen. Wie bei einem
Schachspiel, indem der siegt, der strategisch überlegen ist.

Was kann ich da schon machen, um aus dem Spiel auszusteigen? Wenn
doch alle glauben, dass ich meiner Vorbestimmung folgen muss. Am liebsten
würde ich mich wegzaubern. Weit weg und dann einen Vergessenszauber
über mich legen, damit ich wieder zu mir selber finde. Einfach ein
Beobachter sein und keine Kämpferin.

„Mila?", und meine Mutter schnipst mit ihrem rechten Fingern vor
meinem Gesicht rum, sodass ich mich der Gegenwart stellen muss. Das
bedeutet, mich einfach auf den heutigen Tag zu konzentrieren. „Aus diesem
Grund haben wir Jola aus eurem Zimmer genommen, weil wir nicht
wussten, wie weit du dich dadurch selbst tötest. Denn du musst wissen,
wenn du zu viele dunkle Schatten in dir trägst, wirst du dich verändern! Du
wirst dann zu einer anderen Aemilia und diese, wird sich den Kriegern der
schwarzen Magie anschließen."

Ich kann mir denken, was das bedeutet. Ich würde mit den Bösen
kämpfen und den Menschen das Elend in ihren Körper übertragen. Wie das
Alles genau funktioniert, kapiere ich nicht, weil ich es wohl automatisch in
meinem Unterbewusstsein mache.

„Mama, ich denke, dass ihr mir das Mal in Ruhe erklären müsst! Mit dem
Heilen und was dazu gehört. Ich bin in den letzten Tagen, mit viel Neuland

zugeschüttet worden, dass ich es nicht korrekt abspeichern und verwerten kann. Langsam bin ich heillos verunsichert und weiß echt nicht mehr, was richtig oder falsch ist."

Sie nimmt meine beiden Hände in die ihren und sieht mich einfach nur an. Schließlich sitzen wir ja auf der Bank im Bushaltestellenhäuschen. Da fällt mir wieder der Grund unseres Gespräches ein.

„Und jetzt?", frage ich von Panik erfasst.

„Wir werden auf dieses Dorffest gehen und du wirst schön bei mir oder deinem Vater bleiben. Wenn wir später bei Serafine sind, laufen wir in den weißen Tempel zu Rose, um dich von den Schatten zu befreien."

„Aber können wir nicht sofort zurück?"

Indessen schüttelt meine Mutter nur ihren Kopf.

„So viel ist zum Glück nicht in dir, das es dich gleich verwandelt. Aber behalte deine Hände bei dir. Fass niemanden an! Verstanden?"

Ich nicke ihr zu. Immerhin ist sie meine Mutter und sie sollte sich zumindest etwas besser damit auskennen als ich. Was ich aber immer noch nicht begreife, wieso wusste ich nicht, dass ich solche Kräfte besitze? Für mich klingt das alles sehr merkwürdig. Eine Hexe, die eine Art Heilerin ist? Aber was genau kann ich heilen? Menschliche Gebrechen, wie Rose das mit den Verletzten getan hatte? Sollte ich etwa eine große Heilerin sein, die dann einschreitet und helfen kann, wenn die normale Medizin versagt? Das fände ich nicht schlecht. Dann müsste ich mich nur noch an die Orte versetzen können und Plopp …, ich könnte alle von ihren Leiden befreien.

Nun gut, dann bin ich mal gespannt, was heute Abend in dem Tempel passiert. Vielleicht bekomme ich dort einige Antworten, die in meinen Kopf herumspuken.

„Können wir endlich los?", ruft uns Isabella zu, während sie zappelig und sehnsüchtig auf die Stände schaut, die in dem engen Bergdorf aufgebaut sind.

Die kleinen Straßen sind vollgestopft mit Handwerkskunst und Buden, die uns nicht verhungern lassen. Ich entdecke sogar einen Schießstand, Stände für Ballspiele und eine Kerzengießerei. Natürlich dürfen für die vielen Kinder, die Zuckerwatte und Heliumballons nicht fehlen.

„Was haltet ihr davon, wenn wir zuerst das Spiegelkabinett besuchen?", sieht uns Mathis fragend an und zeigt auf ein großes Zelt.

Das besagte Zelt steht auf dem kleinen Marktplatz mit dem Hinweis, dass hier ein magisches Spiegelkabinett zum Staunen seine Tore geöffnet hat.

„Wenn wir uns dann später das Gruselkabinett ansehen?", beantwortet Aaron ihm seine Frage und plötzlich laufen alle los.

„Mal gucken, wie fett oder riesengroß ich bin", plappert Isabella und Annabella lacht sie spöttelnd an.

„Wir sehen gewiss total unförmig aus", stimmt diese mit ein und ich muss auflachen.

Bin echt mal gespannt! Jedenfalls habe ich noch nie ein Spiegelkabinett betreten. Und wenn ich weiter darüber nachdenke, sind wir nie auf ein Dorffest gegangen. Deshalb betrete ich gut gelaunt mit den anderen das Zelt, welches von außen wie ein blaues Zirkuszelt aussieht. Im Inneren entdecke ich Sitzgruppen und verschnörkelte Spiegel, dass ein Flair aus dem späten Mittelalter vermittelt.

„Willkommen, in unserem Spiegelkabinett! Seien Sie auf der Hut und verlaufen Sie sich nicht! Denn in unserem Labyrinth hat sich schon so manche Menschenseele verirrt und kam nie wieder zurück", feixt uns ein großer, dunkelhaariger Mann mit dicken Bierbauch an.

„Irgendwie ist es mir nicht geheuer", flüstere ich meiner Mutter zu.

„Schatz, er muss uns etwas Einschüchtern, damit wir Spaß haben."

Nun gut, dann sollte ich meine Schultern straffen und hoffen, dass nur meine Nerven verrücktspielen.

„Kommen Sie herein und staunen Sie!"

An dieser Stelle öffnet er den Vorhang, der den Raum von seinen Spiegeln trennt. Dieser ist dunkel und schwach ausgeleuchtet und es gibt unterschiedliche Spiegel, die uns manchmal gut aussehen lassen oder zum Wegrennen sind. Zusammen ergeben sie eine Wand, die wiederum wie Flure in verschiedene Richtungen laufen. Der Fußboden ist aus einem blauen Veloursteppich und ab und an, findet man in den Spiegeln eine Landschaft, als könnte man in diese hineintreten.

„Fantastisch, oder?", höre ich Annabella ihre Begeisterung.

„Wie machen die das bloß?", klingt es fasziniert von Aaron.

Als ich etwas weiterlaufe, habe ich das Gefühl, das es im Zelt nicht mit rechten Dingen zugeht. Ich spüre überall die Magie. Vorsichtig stiefle ich den Gang mit seinen Ecken und Rundungen ab, als mich einer magisch anzieht. Ich stehe vor einem großen, vergoldeten und verschnörkelten Spiegel. Der zwei Meter hoch und ein Meter fünfzig breit ist. Darin erkenne ich eine Landschaft, die mich an das Sternenthal erinnert. Während nun der Spiegel mein Bild zurückwirft, könnte ich fast glauben, dass ich mich in ihm befinde.

Schlagartig wird es mir schwindlig und alles beginnt sich zu drehen. Ich verspüre eine Windböe auf mich zukommen und registriere, dass sich das Spiegelbild verändert. Die Farben im Bild verschwimmen zu einer Spirale, die immer schneller wird. Bevor ich das Gefühl habe, das ich kippe, halte ich mich an dem Spiegel fest. Nur bemerke ich sofort, dass ich keinen Halt finde, sondern unweigerlich in die Tiefe stürze.

Mit gedrosselter Geschwindigkeit falle ich auf weiches Gras und höre die Kühe mit ihrem Glockengebimmel. Habe ich soeben einen festen Schlag auf meinen Kopf bekommen oder ist diese Gegend real? Nun gut, Spiegel sind von je her eine Verbindung zu einer anderen Welt. Aber in welche Welt bin ich just hineingestolpert? Vor allem will ich überhaupt hier sein? Müsste auf der Wiese nicht ein Spiegel stehen, damit ich schnellen Schrittes zurückkann? Geschwind suche ich mein Umfeld ab.

In diesem Augenblick läuft ein Mädel mit hellblondem, langem Haar auf mich zu. Sie hat ein cremefarbenes, langärmliches Gewand an, welches aus mehreren Lagen von Stoffen besteht und einer Fellweste darüber. Darunter trägt sie eine braune Stoffhose, die in Schaftstiefeln mit Bändern steckt.

„Hallo, ich bin Aurora und du bist, bestimmt Aemilia aus der Zukunft?" Dabei reicht sie mir ihre Hand, welche ich zittrig annehme.

„Äh, Zukunft?"

Interessiert betrachtet sie mich und nickt mir freundlich zu.

„Muss ich dich kennen?" Fast glaube ich, dass ich meiner Zwillingsschwester gegenüberstehe.

„Ich denke, wenn wir dir alles erklärt haben, dann schon. Komm!", erwidert sie belustigt und mir bleibt nichts anderes übrig, als ihr zu folgen.

Zielstrebig marschieren wir auf das Tor zu, dass ich als das Geisterdorf wieder erkenne. Ich sehe das saftige grüne Gras und rieche das Feuer, welches in einer kleinen Hütte geschürt wird, aber weit und breit bekomme ich niemanden zu Gesicht.

„Wie alt bist du eigentlich?", frage ich sie, um meine Nervosität zu bekämpfen.

„Mm, ich würde sagen, dass ich einige Tausend Jahre alt bin", lacht sie leise in sich hinein, bevor sie weiterspricht. „Aber wie du siehst, lebe ich noch und komme gut als achtzehnjähriges Mädel durch."

„Öhm, stimmt." Trotzdem irritiert mich etwas an ihr. Sie sieht mir nämlich so was von ähnlich. Sie hat ebenfalls ein herzförmiges Gesicht und die gleiche Körpergröße wie ich. Na ja, mit einigen Kilogramm weniger als ich. Habe ich womöglich schon mal gelebt, wenn wir uns so ähneln? Gibt es in Wirklichkeit die Wiedergeburt?

Okay, ich habe einfach nur einen zu großen Schlag auf meinen Kopf bekommen. Punkt! Deswegen habe ich in diesen Minuten zu viel Fantasie. Oder was verbindet das Mädchen mit mir?

„Das hier ist das Dorf der drei Seherinnen."

Überrascht sehe ich sie an.

„Du hast richtig gehört. Dieses Dorf mit seiner Tempelstätte existiert wirklich. Das ist der Ort, an dem das Unheil begann und welches nur mit deiner Hilfe beendet werden kann", erklärt sie mir und ich höre die Hoffnung in ihrer Stimme.

„Wie soll das gehen?", frage ich sie deshalb und bleibe abrupt stehen. Ich erkenne, dass sie ihre Haare zu einem Zopf geflochten hat und diese hell Leuchten, wie die meinen.

„Du musst den finden, der uns das angetan hat und den Fluch aufheben, damit alle Wesen, die in seiner Welt gefangen sind befreit werden!"

„Bitte?"

„Komm, lass uns auf die Wiese setzen!" Immerhin stehen wir beide noch vor dem Eingangstor zum Bergdorf und ich kann nach wie vor darüber nur staunen.

„Aemilia, ich kann mir vorstellen, dass es für dich komisch klingen muss, weil du in einer anderen Welt lebst und viele von uns nicht mehr ihre Gaben besitzen. Sie wissen kein bisschen über uns Hexen und Zauberer, weil sie durch die dunkle Macht von uns getrennt sind.

Er hat es geschafft, dass sie ihm Glauben schenken und wir werden bald in Vergessenheit geraten. Das ist die Zeit, in der sich deine Welt stark verändern wird und nicht mehr so ist, wie sie zurzeit existiert."

„Aber was soll das für ein Glück sein, sich ihm anzuschließen? Kein Mensch kann bei ihm frei Leben." Schweigend sehen wir uns an, bevor ich fortfahre. „Was bringt die Menschen überhaupt dazu, diesem Mann zu folgen?"

„Sie wissen ja nicht, dass sie von ihm beherrscht werden. Er nimmt ihnen, sobald er ihre Magie gestohlen hat jede Erinnerung an uns. Sie laufen dann automatisch mit seinen Anhängern mit, weil sie es nicht anders kennen.

Außerdem verspricht er den treuen Kämpfern, dass sie nach ihrem Ableben in seine große Kriegerarena kommen. Dort würden sie ein reiches Leben nach dem Tod führen. Wie einst die Römer, die alles im Überfluss hatten. Wein, schöne Frauen und vieles mehr."

„Mm, aber wissen es seine Anhänger wirklich? Ich meine, ob das mit den Frauen und dem Wein stimmt."

„Nein, weil er sich von seinen Anhängern nicht in seine Angelegenheiten reinschauen lässt. Er nutzt seine gefestigte Machtposition für seinen Rachefeldzug gegen uns Hexen. Durch seinen Fluch kommen wir nicht mehr an sie heran. Deshalb können wir den Hexen ihre Gaben nicht zurückgeben. Er hat uns die Möglichkeit mit allen Wesen in Kontakt zu treten beraubt. Wir leben nicht mehr, sondern existieren nur noch und müssen alles mit ansehen und ertragen, ohne helfen zu können."

„Was kann ich da ausrichten?", denn das begreife ich noch nicht.

„Lass uns zur Hütte gehen und dann reden wir", bittet sie mich.

Als ich aufstehe, lasse ich meinen Blick über die Wiese gleiten und entdecke Isabella, Annabella und Aaron. Beide Mädels stecken wie ich in legeren Jeans, einem bunten, langärmligen Sweatshirt mit Kapuze und darüber tragen sie ihre leichte Regenjacke. Ihre Haare haben sie zu einem Pferdeschwanz gebunden und auf ihren Kopf sitzt ein Basecap.

„He, Mila, willst du nicht auf uns warten?", ruft mir Isabella neckend zu.

„Ich wusste nicht, dass ihr kommt."

„So etwas, lassen wir uns doch nicht entgehen", gibt Aaron lachend von sich, der Jeans trägt und über sein sportliches Kurzarmhemd, seine Regenjacke über seine Schultern hängen hat.

Da sehe ich zum ersten Mal, dass er die gleiche Tätowierung trägt wie Mathis. Bloß bevor ich ihn darauf ansprechen kann, kommt er mir zuvor.

„Ich soll dir von Mathis sagen, dass er draußen Wache hält."

„Na, dann kommt mit!", fordert Aurora die Drei auf.

Gemeinsam schreiten wir durch den Torbogen auf eine Steinhütte zu. Diese ist zum Teil in den Berg hineingebaut und die Holzdachziegel sind völlig von Gras und Moos überwuchert. Aurora öffnet mit einer Handbewegung die Tür und ich betrete als Erste den etwas dunklen und stickigen Raum. Eine große Feuerstelle auf der irgendetwas vor sich hin blubbert und ein Holztisch mit besetzten Hockern füllen den Raum aus.

Sechs Mädels die ebenfalls nicht viel älter sind als ich, blicken uns erwartungsvoll an.

„Seid gegrüßt", begrüßt uns ein Mädchen mit dunklen Haaren und beiger Hautfarbe.

Nur was mich jetzt überrascht, dass sie asiatischer Abstammung sein muss und blaue Augen hat. Sie ist genauso zierlich, wie alle am Tisch und ihr rundes Gesicht strahlt mich erwartungsvoll an.

„Ich weiß, was du denkst. Alle Mädels an diesem Tisch sind Geschwister. Wir hatten gute Eltern, die es leider bei dem Angriff auf unser Dorf vor dreihundert Jahren nicht überlebt haben."

An ihrer Stimme höre ich, wie sehr sie diese vermisst. Als ich in die unterschiedlichen Gesichter sehe, entdecke ich nichts anderes, außer Trauer und Wut.

„Ich ...", jedoch bringe ich keinen Satz zusammen und sie lächelt mich freundlich an.

„Mein Name ist Mikayo und ich bin eine der Seherinnen. Alle drei haben wir verschiedene Augenfarben, die es so nicht gibt. Meine Gabe ist, dass ich in die Zukunft sehen kann", und sogleich streckt sie mir ihre beiden Hände entgegen, die ich annehme.

Prompt bekomme ich bei unserer Berührung einen Funken ab, als wäre ein Blitz in mich eingeschlagen. Bestürzt entziehe ich ihr meine Hände und bemerke, dass diese wie verbrannt aussehen. Ich habe jetzt ihre Hände und ihre Fingerabdrücke auf meinen. Erschrocken schaue ich sie an, als ich sicherheitshalber einen Schritt zurückgehe.

„Keine Angst, Aemilia, diese Art Berührungszauber wird dich vor dem Bösen schützen. Sieh es als eine Art Geschenk von mir an", zaghaft lächelt sie mich an.

Nun gut, was soll ich darauf sagen? Deshalb zucke ich die Schultern und brumme nur: „Mm", während ich mir meine Hände genau betrachte. Zum Glück tut es nicht weh. Trotzdem sieht es voll verbrüht aus, als hätte ich sie in kochend heißes Wasser gesteckt.

„Und ihr seid ihre Freunde. Richtig?", sieht sie fragend meine Begleiter neben mir an.

„Ich bin Isabella, das ist meine Schwester Annabella und das ist unser Cousin Aaron."

Da muss ich leise kichern, als ich beobachte, wie Annabella ihren Ellenbogen in die Rippe ihrer Schwester schiebt und ihr zu flüstert:

„Nur ein Esel nennt sich zuerst."

„Iah, iah ….", höre ich Aaron Lachen.

Ich muss mich echt zusammenreißen, dass ich nicht in ein Gelächter ausbreche. Jedenfalls grinsen bereits die zwei Schwestern und Aaron setzt einen Unschuldsblick auf.

„Dann stelle ich mich mal eben vor."

Eine weitere Seherin erhebt sich, die völlig anders aussieht. Sie hat ebenfalls dunkles Haar und ihre Augen sind grün, die sie interessiert auf mich richtet. Bei ihrer Erscheinung brauche ich nicht lange zu überlegen, aus welcher Region sie stammt. Sie ist eine typische Inderin, mit ihrem gelben Sari und dem goldenen Schmuck, den sie am Körper trägt, nur das ihre Augenfarbe nicht passt.

„Mein Name ist Shanti und ich bin die Seherin aus der Vergangenheit."

Aber statt mir ihre Hand zu geben, läuft sie zu mir und stellt sich direkt vor mich.

Etwas ängstlich mustere ich sie. Nicht das mich jetzt ihre Art von einem Geschenk völlig umhaut.

Als sie ihren Mund verzieht und leicht ihren Kopf senkt, bevor sie näher an mich herantritt, erscheint in ihrer Hand ein goldenes Töpfchen mit einem roten Pulver. Sie tunkt mit ihrem Mittelfinger hinein, nur um mir diese Farbe auf meine Stirn aufzutragen.

„Damit dich die guten Geister beschützen."

Bei ihrer Berührung wird es in meinem Kopf warm und die Kopfhaut beginnt zu kribbeln.

„Unterschätze nie den Mann, der uns verflucht hat!" Damit zieht sie sich zurück und das Mädel daneben steht auf.

Auch sie sieht ihren Geschwistern nicht ähnlich, sondern stammt aus einer anderen Region. Sie ist groß und schlank, hat Mandelförmige, weiße Augen und schwarzes, glattes Haar, welches sie, wie die anderen am Tisch lang trägt. Sie läuft schwungvoll und gut gelaunt zu mir.

„Und die Dritte im Bunde, bin ich", lacht sie, als würde sie über einen Witz sinnieren. „Mein Name ist Catalina und ich sehe in die Gegenwart."

Während sie mich beschwingt aufklärt, nimmt sie mich in ihre Arme. Ihre Hitze durchströmt augenblicklich meinen Körper. Allerdings erscheint die Wärme so schnell, wie sie abkühlt. Völlig durcheinandergebracht gucke ich sie sprachlos an.

„Das ist ebenfalls ein Geschenk an dich."

„Bitte?"

„Das wirst du noch früh genug herausfinden. Fakt ist, dass unsere drei Geschenke der Grund sind, weshalb du im Moment unsere Tempelstätte betreten kannst", blinzelt sie mich an, als sie meinen drei Begleitern die Hände schüttelt. „Und die drei Mädels mit den roten Haaren, das sind unsere Schwestern. Aber was sag ich, die drei stellen sich lieber selbst vor!", und Schwups, schwingt sie sich auf ihren Platz zurück.

„Catalina ist immer so. Gewöhnt euch gleich daran! Sie treibt gerne Schabernack", erklärt eine der drei Schwestern, als sie auf uns vier herankommt. „Ich bin Karla und die Älteste."

Bei genauer Betrachtung finde ich, dass sie der Familie Bartel mit diesen roten Haaren ähnelt. Aber ihre grünen Augen mit den vielen Sommersprossen im ovalen Gesicht verwirren mich etwas.

„Dort drüben sind Hanna, die Mittlere von uns drei und Pia, unser Küken." Dabei zeigt sie auf die beiden, die uns zu winken. Bei allen drei Mädels sieht man gleich, dass sie Geschwister sind.

„Seid ihr, mit der Familie Bartel verwand? Na ja, falls sie schon damals existiert hatten."

„Ja, wir sind deren Vorfahren. Wir waren ein großer Familienverband mit Onkels und Tanten. Einige von uns haben die Flucht aus dieser Bergwelt geschafft und somit starben wir nicht aus. Unsere Mutter ist die besagte Seherin und sie entspringt aus der direkten Blutlinie der Familie Bartel ", beantwortet mir Karla stolz, als sie Aaron zu blinzelt.

„Weil es hier drinnen viel zu eng für uns alle ist, schlage ich vor, dass wir in den alten Tempel gehen. Dort können wir euch alles erzählen, damit wir endlich seinen Kriegszug beenden", unterbricht uns Aurora.

Schon erheben sich die Frauen und Aurora öffnet uns die Haustür mit einer Handbewegung. Wir laufen zum Tempel, dessen Felsplatten aufrecht vor mir stehen. Auf dem Weg dorthin entdecke ich die verwitterten Hütten mit den Bänken davor. Selbst die Strohballen und das gesammelte Holz sind stark vermodert, dass man es nicht mehr benutzen kann. Ich erkenne, dass die Töpferei zerstört ist sowie die Schmiede und der Mahlstein, mit dem man das geerntete Korn zermahlen hatte, um Haferbrei herzustellen. All das stimmt mich betrübt und ich begreife nicht, wie wir einen Umkehrspruch finden sollen, um all das wieder zum Leben zu erwecken.

Nachdem wir den runden, offenen Tempel betreten, werde ich mit meinen Begleitern von Mikayo auf die Holzbänke vor den Altar platziert. Die sechs Mädels, setzen sich mit herbeigezauberten Holzhockern zu uns. Nur Aurora hockt sich zu mir auf die Bank und schaut gedankenverloren in die Runde. Ich möchte gerne wissen, an was sie denkt und was sie, vor allem so traurig stimmt. Doch weil ich sie ja nicht fragen kann, sehe ich mir die anderen Mädels an. Schnell erkenne ich, dass außer Shanti alle mehrlagige Baumwollkleider mit Westen und Tierfellen über ihren Schultern anhaben. Ihre langen Haare haben sie entweder als Zopf oder Zöpfe geflochten. Im Großen und Ganzen komme ich mir vor, als würde ich eine Zeitreise in das Mittelalter machen. Bewusst nehme ich meine Klamotten genauer unter die Lupe und komme mir jetzt fehl am Platz vor. Obwohl meine Mitstreiter ja ebenso locker und overdress rumlaufen. Mir wird bewusst, dass ich mich mit all dem nicht auskenne und habe nun Bammel vor dem, was seit einigen Tagen meine Zukunft sein soll. Was ich aber spüre, dass die sieben Frauen uns wohl gesonnen sind. Deshalb versuche ich, gleichmäßig zu atmen, um mich dadurch etwas zu entspannen. Womöglich habe ich mir ja doch bloß meinen Kopf angeschlagen und bin jetzt ohnmächtig. Nur zum Nachdenken komme ich nicht, weil mich Mikayo haarscharf ansieht und mich mit ihrer Hand berührt, die mir zum Glück keinen erneuten Stromschlag verpasst.

„Wie ihr alle bereits erkannt habt, sehen wir drei Seherinnen unterschiedlich aus, weil wir aus verschiedenen Gegenden kommen. Als einst unsere Welt erschaffen wurde, gab es nur Zauberer und Hexen, aber auch Geister, Götter und andere magische Wesen. Gemeinsam lebten sie friedlich miteinander. Sie lernten, arbeiteten und feierten harmonisch zusammen. Wenn dann ein Mitglied ihrer Dorfgemeinschaft von diesem Leben in die Ahnenwelt überging, trauerten sie vereinigt."

„Genau, das habe ich gehört, obwohl es in unserem Schulunterricht, einem einzigen Gott zugeschrieben wird, der die Welt nach seinem Ebenbild erschaffen hat", bestätige ich mein gelerntes, wohingegen die Mädels aus dem Geisterdorf nur verständnislos ihre Köpfe schütteln.

„Hier sieht man mal, wie weit es der Kerl geschafft hat, den Menschen seine Gedanken einzurichtern!"

Entsetzt sehe ich Catalina an.

„Was ist daran falsch? Außerdem steht es genauso in unseren Büchern und die Kirche hat sich dem angeschlossen. Egal ob Hexe oder nicht."

Sollten alle meine bisherigen Informationen falsch sein?

„Wissen ist Macht und damit kannst du die Entwicklung der Menschheit manipulieren", kommt es bestimmend von Catalina.

„Mm, leider", flüstere ich geknickt.

„Aemilia, früher wie heute gibt es Bücher, in denen angeblich die Wahrheit steht. Und sicherlich wird es in eurer Welt immer noch viele Menschen geben, die keinen Zugang zu Bildung haben, geschweige das diese Kinder lesen, schreiben und rechnen lernen."

„Ja, das stimmt." Nachdenklich schüttle ich den Kopf, wobei mir auffällt, dass ich meine Brille nicht auf der Nase trage. Na, hoffentlich habe ich sie nicht verloren.

„Das zu Hören macht uns nach wie vor mehr als traurig."

„Okay. Aber was ist dann mit unserer Entstehungsgeschichte?" Jetzt wollte ich alles verstehen, damit ich weiß, wie ich helfen kann.

„Es waren viele unterschiedliche Wesen mit zugegen, die unsere Welt aus der Taufe hoben, bis diese Welt vollendet wurde. In einer Zeit in der es noch keine Zeitrechnung gab, hatte es viele Parallelwelten. Auf ihnen lebten Geister sowie Götter und mächtige Zauberer. Alle stammten sie aus unterschiedlichen Welten und sie verstanden sich gut. Eines Tages taten sie sich zusammen, um ein Experiment zu wagen.

Das besagte Experiment ist unsere Welt, die aus Sternenstaub hervorgekommen ist. Somit war unsere einstige Alte Welt geboren.

Rasch merkten aber die Erbauer, dass es mit Sternenstaub alleine nicht funktionierte. Deshalb gab jeder etwas von sich dazu, damit die Menschen auf dieser Erde überleben konnten. Und weil die gebündelten Himmelsmächte durch die Erfahrungen von uns lernen wollten, erschufen sie die Tempelanlagen.

Auf der ganzen Welt hatte man diese für die Hexengemeinschaft und ihre Tiere gebaut. Dort lernten sie, mit ihren Gaben umzugehen, und wurden sich bewusst, wie tief sie mit allen Wesen verbunden sind.

Von den Priestern lernten sie, wie sie unsere Natur nutzen konnten, ohne dass sie aus ihrer natürlichen Balance kam. Immerhin gibt es diesen Planeten nur einmal."

Da muss ich lächeln, als ich das Gefühl von purer Lebensfreude in mir verspüre und mir Catalina wissend zuzwinkert.

„Abwechselnd trafen sich die Tempelpriester in ihren Tempelstätten und tauschten sich über die Entwicklung auf Erden aus. Jeder von ihnen war für ein Volk von bis zu tausend Männern verantwortlich. Frauen und Kinder wurden nicht mitgezählt."

Eine bedächtige Pause entsteht, bevor Shanti weiter erzählt.

„Als dann der unsterbliche Magier den Tieren ihre Sprache raubte, nahm er den erwachsenen Hexen und Zauberern ihre Wächter, die sie vor der schwarzen Magie und deren dunklen Mächten beschützten. Ab da konnte er ihnen ihre magischen Fähigkeiten rauben und neue Völker entstanden."

In dem Augenblick höre ich ihre Armreifen und Ohrringe klingeln, und ich muss plötzlich an Jola denken. Wie schön wäre es, wenn sie jetzt bei mir sitzen würde. Fix blinzle ich, meine Tränen weg.

„Ihr müsst wissen, Legenden und Sagen sind durch Überlieferungen entstanden und haben nur ein Fünkchen Wahrheit enthalten. Manche Zahlen sind nicht wichtig, als Fakten und Daten von denen zu erfahren, die tatsächlich zu dieser Zeit gelebt haben", erklärt uns Shanti, während sie uns eine Zeit lang musterte.

„Okay, so eine Art Zeitzeugen. Das kapiere ich", sagt Aaron, der Shanti konzentriert fixiert.

„Habt ihr für mich was zu trinken?", denn egal wo ich jetzt gelandet bin, ich bin durstig und mein Hals fühlt sich belegt an.

Gedankenverloren bleibe ich bei Aurora hängen, die mich nachdenklich ansieht. Auf der Stelle fühle ich, dass uns etwas miteinander verbindet, nur was es sein kann, das schnalle ich nicht. Vielleicht sollte ich sie später mal danach fragen.

Als ich den gefüllten Steinbecher bekomme und ansetze, spucke ich mein Trinken sofort aus. Genauso wie die beiden Schwestern neben mir, die ebenfalls mit Aaron einen Becher in der Hand halten.

„Das schmeckt aber eigenartig." Vorsichtig rieche ich daran, bevor ich zu Mathis seinen Schwestern luge, die ihren Mund wie ich verziehen. Danach sehe ich die Geistermädels an, die aus vollem Halse lachen.

„Was?", fragen wir drei Mädels etwas mürrisch aus einem Munde.

„So was Säuerliches habe ich noch nie getrunken", maule ich auf.

„Oh, nee!", pustet Pia vor Lachen. „Das ist kein Wasser. Wir haben immer selbst gemachten Traubenwein da."

„Wein?", hinterfrage ich, sie ungläubig. „Alkohol auf nüchternen Magen finde ich keine gute Lösung", motze ich. Dabei muss ich an Mathis denken, als er mich mit einem komischen Ausdruck in seinem Gesicht einige Tage zuvor angesehen hatte. „Voll witzig, oder?", frage ich Annabella, die neben mir sitzt.

„Wein ist das Getränk, um dir klare Gedanken zu bescheren und vor allem, um deine Zunge zu lösen. Man sagt, dass es das Getränk der weißen Zauberer ist. Ohne Zauberformeln und Manipulation kommst du auf erleuchtende Offenbarungen deines Gegenübers", gibt mir Aaron in seiner lustigen Art von sich, dem dieses Getränk schmeckt, weil er den Becher bereits ausgetrunken hat.

„Sehr erleuchtend. Wenn es euch nichts ausmacht, wäre uns pures Wasser viel lieber", sage ich.

Shanti zaubert uns Mädels einen frischen Becher in die Hand.

„Danke." Ehe ich es aber probiere, schnuppere ich daran, um danach einen kräftigen Schluck zu nehmen. Bin ich froh, dass es nicht wieder so ein widerliches Zeug ist.

„Jetzt lasst uns weitererzählen!", übernimmt nun Mikayo. „Alle Tempelanlagen wurden damals erschaffen, als die magischen Menschen diese Erde besiedelt hatten. Damit wuchsen dann natürlich die Dörfer mit ihren Einwohnern. Jedoch ist unser Bergdorf im Sternenthal mit seinem Tempel etwas Besonderes. Weil dieser Ort für alle magischen Wesen aus allen Welten zugänglich ist", und sie schluckt kurz.

„Wie muss ich das verstehen?", hinterfragt Aaron, ihre Aussage, als er seine Regenjacke auf seinen Oberschenkel legt.

„Dieser Ort wurde ein letzter Rückzugsort für alle von uns, als der Krieg die Tempelzugänge zerstörte. Aber es gibt noch eine Besonderheit. Wir drei Seherinnen können nur hier unsere Visionen durch Raum und Zeit sowie sämtlichen Parallelwelten miteinander verbinden", beantwortet ihm Mikayo seine Frage.

„Das verstehe ich noch nicht", hakt Aaron, bei ihr nach.

„Als der unsterbliche Magier im siebenden Jahrhundert anfing, nicht nur die Hexen und Zauber zu vernichten, sondern auch alle Seherinnen zu töten, wurden wir drei zu unserem eigenen Schutz ins Sternenthal gebracht. Man ließ diesen Ort entstehen, um sich gegen ihn zu wehren. Angeblich gab es eine Vorhersage von einer Hexe, der man aber wohl keine Beachtung geschenkt hatte."

Erneut entsteht eine nachdenkliche Pause, als Shanti ihn traurig ansieht.

„Doch das wollte man mit der Entstehung unserer Tempelstätte nach holen."

„Und dann?", wispert Annabella fragend.

„Bevor das Sternenthal als Rückzugsort entstand, war der Krieg bereits ausgebrochen. Im Laufe der Jahrhunderte schlossen sich dem Magier einige Hexen und Zauberer an. Sie halfen ihm massiv bei seiner Hexenjagd", übernimmt Hanna und sie sieht Aaron an.

„Aber warum sind die denn zu ihm übergelaufen?"

„Was ist mit Ruhm, Macht und Reichtum?", will Karla von ihm hasserfüllt wissen, bevor sie weiterspricht. „Irgendwann bekämpften sich die Hexen und Zauberer untereinander, weil sie seine rechte Hand in diesem Krieg sein wollten. Sie erhofften sich mit seiner Unterstützung mehr Macht und Ansehen zu bekommen."

Geräuschvoll atme ich durch.

„Als früher die Priestertempel entstanden, war der Sinn darin, dass alle Menschen und Tiere gleichgestellt sind, egal welche Gaben sie besitzen. Selbst unser Tempel wurde später genutzt, um ruhelosen Wanderern Ruhe zu geben. Um Menschen, die in einem Gewissenskonflikt steckten, einen Rat zu geben, oder man betrat einfach den Tempel, um allen Wesen zu danken. Danken, das wir friedlich leben dürfen und unsere Familien gesund und glücklich sind."

„Aber es gab doch viele Himmelsmächte und dann die Priester in ihren irdischen Tempelanlagen, die genügend Zauberkräfte besaßen. Konnten sie diesem Zauberer nicht ins Gewissen reden?", unterbricht nun Isabella, als sie aufsteht und ein paar Schritte läuft. Als sie ihre Regenjacke ausgezogen hat, setzt sie sich wieder hin.

„Ja, das stimmt schon und es wurde auch versucht. Bloß sobald wir uns mit unserer Magie wehrten, entzog er uns diese.

Ihr müsst wissen, dass es damals eine mächtige Tempelpriesterin gab, die sich ihm und seinem Kriegszug anschloss. Vereinigt zogen sie mit ihren fähigsten Kriegern los und fielen dann bei unseren Tempelstätten ein. Sie zerstörten nicht nur die Tempel und Dörfer, sondern sie nahmen den Menschen ihr Leben, nachdem sie ihnen ihre Zauberkräfte geraubt hatten."

Augenblicklich entweicht mir von dem Gehörten meine Gesichtsfarbe.

„Alles in Ordnung bei dir?", fragt mich Aurora besorgt.

„Ich kann die Todesängste fühlen und die Schreie der Menschen in mir hören." Sämtliche Stimmen hallen in meinem Körper nach, als wären sie in mir.

Sofort steht Karla auf und kommt zu mir, nur um ihre Hände auf meine Schultern zulegen. Endlos langsam verklingen die Stimmen in mir und ich kann etwas besser atmen. Ich schaue zu ihr auf, in ihre grünen Augen und sie blinzelt mir aufmunternd zu.

„Das ist unsere Gabe und Aufgabe, wenn die drei Seherinnen den Menschen helfen." Dankend nicke ihr zu und als es mir etwas besser geht, nimmt sie ihre Hände von mir und setzt sich zurück auf den Hocker vor dem Altar.

„Aber wie machte sie ihren Männern klar, dass es nun statt Frieden Krieg gibt?", stellt Annabella stirnrunzelnd ihre Frage.

„Ganz einfach. Durch falsche Erzählungen und Versprechungen. Aus Intrigen wurde Neid und Hass", gibt Mikayo niedergeschlagen von sich.

„Das heißt, man hat, für was auch immer, die anderen Dörfer mit ihren Priestern dafür verantwortlich gemacht."

„So ist es, Annabella, und da damals noch viele über ihre Zauberkräfte verfügten, brauchte es nicht unlogisch zu erscheinen. Ein Spruch und das Erzählte stimmte", antwortet ihr Pia, die eine Träne in ihren Augen wegwischt und ich sehe mir bestürzt meine drei Begleiter an.

Ich mag mir gar nicht ausmalen, wie schlimm die Kriege und das damit verbundene Leid aussahen.

„Aber jetzt mal ernsthaft. Wie kann man unsere Fähigkeiten klauen?", besteht Isabella auf eine fundierte Antwort.

„So genau wissen wir es nicht, wie er unsere Kräfte raubt. Zumindest sind wir uns sicher, dass es der Magier macht, der einst die Welt mit entstehen ließ und uns seitdem achtzehnten Jahrhundert gefangen hält", erklärt Hanna, die größer ist als ihre beiden Schwestern.

„Wahnsinn! Der belegt euch mit seinem Fluch und seit dreihundert Jahren könnt ihr nichts mehr ausrichten", lasse ich deprimiert verlauten.

„Ja, so ist es", kommt es von Pia. „Er beschäftigte sich mit der schwarzen Magie und ist besessen davon, uns zu vernichten."

„Und wann ist jetzt diese Tempelstätte entstanden?", hakt Aaron, nach.

„Seit Anbeginn unseres Menschengedenkens gibt es unser Dorf, als Birgitta diesen Fleck für sich entdeckt hatte. Sigrun hatte es dann besiedelt und vor dreihundert Jahren wurden wir von unserer Außenwelt abgeschnitten", erklärt ihm Catalina.

„Da bin ich jetzt platt", ertönt es von Aaron.

„Platt?" Die sieben Mädels sehen sich irritiert an, bis es ihnen Isabella beantwortet.

„Das bedeutet, dass mein Cousin völlig überrascht ist, dass es euer Dorf und seine Legende tatsächlich gibt."

„Das stimmt wirklich!", erwidert Karla.

„Aber was ist passiert?", will Aaron in Erfahrung bringen.

„Als die beiden mit ihren Anhängern begannen die Macht an sich zu reißen, taten sich unsere Verbündete zusammen. Denn wie bereits erwähnt, waren zu diesem Zeitpunkt fast alle Seherinnen von ihm vernichtet. Nur wir drei waren noch am Leben.

Ab da wurde diese Tempelstätte zu unserem Schutz verstärkt bewacht, indem man bei Serafine ein direktes Tor zu den Friedenswächtern geöffnet hatte, damit sie zeitnah reagieren konnten. Zusätzlich wurden im Unterdorf weitere magische Menschen angesiedelt. Selbst an eine Kirche hatten unsere Verbündeten gedacht. Damit niemand auf Anhieb erkennen konnte, dass sich die strategische Anlage direkt darüber befindet, ließ man diese erbauen.

Außerdem konnten damals Birgitta und Wotan einen Menschen gewinnen, der als Pfarrer und gottesfürchtiger Mann diese mit Leben füllte, ohne das die Kirche auf uns hellhörig wurde."

„Oh ja, wenn ich an Nikolai denke, wird es mir gleich warm ums Herz", unterbricht Catalina ihre Schwester Shanti mit einem verträumten Blick.

„Hör auf damit!", fordert Shanti diese streng auf.

Aber diese hebt nur entwaffnend ihre Hände, um im Anschluss, sich kurz vor ihr zu verbeugen. Trotzdem können alle ihre belustigte Miene erkennen.

„Auf dieser unberührten Bergwelt wurde mithilfe von Sigrun und ihren Töchtern, unsere Verbindung zu allen Parallelwelten aufrechterhalten", fährt Shanti fort.

„Und um welches Jahrhundert handelt es sich eigentlich? Schließlich sind in den Aufzeichnungen, Daten von neunhundert bis ins sechszehnte Jahrhundert zu finden", hinterfragt Aaron.

„Mm, um achthundert kamen unsere Eltern bei Birgitta und Aurora an", höre ich Karla sachlich beantworten.

„Und Aurora lebte da schon hier?", frage ich nach. Denn bei Serafine ihrer Erzählung kam sie nicht darin vor.

„Genauso war es", gibt Shanti Auskunft.

„Wie war das dann mit euch? Denn es heißt ja einer Legende nach, dass damals drei Säuglinge zu ihr gebracht wurden", fragt sie Isabella überrascht.

Also hatte ich mich an dem Abend bei Serafine am Altar nicht verhört. Es sind Säuglinge, sogenannte Drillingsschwestern.

„Nein, das stimmt nicht ganz. Du musst wissen, dass die Überlieferungen zu uns und dieser Bergwelt fast in Vergessenheit geraten sind und das ist gut so. Das eine oder andere ging verloren, weil wir auf schriftliche Aufzeichnungen verzichtet hatten."

Nicht nur ich nicke Mikayo verstehend zu, bevor sie weiterspricht.

„Wir drei kommen aus Indien, Chile, Japan und waren damals drei Jahre alt. Viele Informationen wurden mit Absicht verwischt, damit wir in Ruhe aufwachsen und lernen durften. Karla, Hanna und Pia sind wie richtige Schwestern für uns und halfen uns immer, wenn die Menschen uns auslaugten. Immerhin können wir für jeden von euch, euren vorbestimmten Weg erkennen, sobald wir drei uns verbinden." Damit sieht sie Shanti an, die nun weitererzählt.

„Wir Drillingsschwestern sind die letzten Überlebenden, die eine Verbindung zu den Schicksalsgöttinnen haben. Die Göttinnen leben in der Himmelswelt und verweben dort für jeden Menschen seinen Lebensfaden. Der Faden ist für jeden Sterblichen unterschiedlich lang, weil er die Lebensdauer auf dieser Erde angibt. Jedoch enthält er alle magischen Fähigkeiten, die Verbindung zu ihrem tierischen Wächter und zu ihren Ahnen. Somit kann sich der Mensch jeder Zeit mit der Ahnenwelt und mit der Himmelswelt verbinden."

„Grass", entfährt es Aaron.

„Und was macht ihr so, als Seherinnen?", flüstert Isabella.

„Wenn jemand bei uns Rat suchte, dann verbanden wir uns mit den Moiren. Sie ließen uns erkennen, was dieser Person vorbestimmt ist. Und das Wichtigste, was wir bis dahin konnten ...", und eine kleine Pause kehrt ein, bis alle drei Seherinnen vereint antworten. „Wir konnten all denen ihre magischen Fähigkeiten zurückgeben, die bereits von ihm gestohlen wurden."

Ich beobachte, wie alle drei Augenpaare in ihren Farben kurz aufleuchten.

„Trotzdem konnten wir nicht voraussehen, was ihn betraf", kommt es enttäuscht von Catalina.

„Und die tierischen Wächter beschützten damals alle Hexen?"

„Ja, das stimmt. Ein tierischer Wächter beschützt dich ein Leben lang und ist zeitgleich ein Vermittler zwischen Himmel und Erde. Deshalb war jeder Tempel für Mensch und Tier offen. Sollte dein Tier vor dir sterben, wird dir ein neuer Wächter gesandt. Dieser bleibt aber immer im Kontakt mit seinem Vorgänger", beantwortet mir Mikayo meine Frage.

„Also, Aemilia, bevor du mich fragst, mein Tier ist eine Landschildkröte", höre ich Isabella sagen. „Und Anna ihr Traumfänger ist ein Igel."

„Ich dachte, die Tiere müssen zum Anfassen sein?", denn das checke ich jetzt grade nicht.

„Du musst kein Tier haben, welches du ständig berühren musst. Es kann auch ein Vogel sein, wie bei Aaron", antwortet mir Hanna augenzwinkernd. „Nicht jedes Tier will angefasst werden. Allein deine Fürsorge, deine Liebe zu ihm, vergrößert seine Aura, um dich vor bösen Geistern zu beschützen."

„Woher weißt du das?"

„Lieber Aaron, nenn es Eingebung …", dabei tippt sie sich an ihren Kopf und zwinkert ihm erneut zu.

„Nun aber weiter mit unserer Aufgabe, die wir einst zum Wohle aller ausgeführt haben", unterbricht Mikayo die beiden.

„Wenn Kinder geboren wurden, kamen die Eltern mit ihnen zu uns. Wir sollten ihnen Glück bringen und ihnen sagen, mit wem sie sich verbinden müssen, damit das Glück auf ihrer Seite bleibt."

Bestürzt blicke ich zu Shanti auf.

„Das ist jetzt nicht euer Ernst! Ihr habt Säuglinge indirekt verlobt und ihnen ihre freie Entscheidung genommen?" Na, das fasse ich jetzt nicht. Was soll das für ein Sinn machen?

„Kinder sind manchmal unreif und lassen sich oft verleiten. Wenn die Erwachsenen ihnen ihre Partner aussuchen, dann wird aus einer Eheschließung immer Liebe", zitiert Shanti.

„Na, solch einen Blödsinn habe ich noch nie gehört. Aber gut, da sind wir eben anderer Meinung. Ich hoffe nur, dass es nicht der Grund ist, warum dieser Krieg ausgebrochen ist und euer Ort zum Geisterdorf wurde."

Ein lautes Einatmen ist zu hören.

Na klasse, der Liebe wegen, die eigentlich erst nach der Eheschließung entstehen soll, bringt das Dilemma mit sich. Da muss ich mir echt einen Aufschrei verkneifen. Wenn ich jemanden Heiraten müsste, den ich nicht wollte, dann würde ich eher wegrennen, als mich in mein Verderben zu stürzen. Aber wenn ich es mir genauer überlege, so war das selbst bei uns in Deutschland üblich, dass arrangierte Ehen bis ins neunzehnte Jahrhundert stattgefunden hatten. Ob jetzt alles schlecht war, das kann ich nicht beurteilen, nur für mich wäre es keine Option. Da bin ich echt froh, in einer toleranten und freien Welt leben zu dürfen.

Umständlich erhebt sich Aurora von unserer Bank und sieht mich etwas nervös an.

„Da sollte ich wohl jetzt weitererzählen", und die drei Seherinnen nicken ihr zu. „Also, ihr vier seid aus einer Welt, die wir nicht betreten können und vermutlich begreift ihr das eine oder andere nicht. Nur verurteilt uns nicht zu schnell, weil ihr es mit eurem heutigen Wissen nicht so gemacht hättet! Was geschehen ist, ist geschehen und wir können es nicht rückgängig machen, sondern nur daran arbeiten das es in Zukunft besser wird."

Unsicher läuft Aurora hin und her, bis sie vor mir stehen bleibt.

„Leider können wir uns nicht mehr an alles erinnern, weil mit dem besagten Fluch einige unserer eigenen Erinnerungen genommen wurden." Aufmerksam sieht sie mir direkt in meine Augen, als sie laut flucht. „Verdammt! Es ist alles meine Schuld, obwohl ich es damals nicht besser gewusst habe."

„Aurora, lass das! Wir stecken da alle mit drin. Selbst Birgitta und Wotan hat man mit uns verflucht", erregen sich die sechs Schwestern gleichzeitig.

Ich kann die Ehrlichkeit und das Bedauern in den Stimmen der Frauen fühlen, als sie Aurora unterbrechen.

„Eines Tages, zwar kann ich mich nicht mehr erinnern wann und warum, lag ich erschöpft am Ufer des Herzsees, welcher direkt vor unserer Tempelanlage ist."

„Das ist der Tümpel draußen vor eurer Tür?", platze ich heraus.

„Ja, doch früher einmal war der See traumhaft. Er wechselte seine Farbe, wie die Stimmung der Menschen. Echt unglaublich schön", verfällt sie ins Schwärmen.

„Aurora!", wird sie von Mikayo genervt unterbrochen.

„Ja, ja. Jedenfalls bin ich ohne jegliche Erinnerung aufgewacht und wurde von Birgitta und ihrem Mann, wie eine eigene Tochter angenommen. Zum Glück dauerte es nicht lange und Sigrun kam mit ihrem Gefolge bei uns an. Somit war ich nicht mehr alleine. Als dann das Dorf und unser Tempel in seiner vollen Blüte erstrahlten, kamen die Drillingsschwestern zu uns. Gemeinsam lebten wir in einem festen Rhythmus eines Dorflebens."

Abwartend sieht sie in die Runde. „Nur leider stecke ich jetzt hier fest und weiß ehrlich gesagt nicht warum!", schimpft sie vor sich hin.

„Wir alle, meinst du doch?"

Bestürzt luge ich zu Pia, die sichtlich um ihre Fassung ringt.

„Pia, meint es nicht böse, bloß ist es ohne Menschen und Tiere sehr einsam hier. Wir können nur durch diesen Nebel hindurchsehen, während sich die Welt da draußen verändert. Wenn sich nun ein Mensch oder Tier im Moor verirrt, können wir nichts für sie tun, sondern verfluchen unser Los", erklärt uns Aurora, bevor sie abermals zu Pia sieht. „Bitte, lass mich das Wesentliche erzählen, damit sie verstehen und uns vielleicht helfen können!"

Diese nickt ihr mit den anderen zuversichtlich zu.

„Ich lebte mit ihnen im Bergdorf und zusammen meisterten wir unserem Alltag. Bis zu dem verhängnisvollen Tag, als ich ihm begegnet bin", und sie holt tief Luft. „Eines Tages kam ein edler Mann in langer und teurerer Kleidung bei uns an. Er war groß und schlank. Sein hellblondes, halblanges, gelocktes Haar schimmerte in der Sonne fast golden. Selbst sein geflochtenes Stirnband war von erlesener Handwerkskunst. Für mich sah er wahrlich anmutig aus und das faszinierte mich sofort an ihm. An diesem besagten Tag kam ich etwas stürmisch aus unserem Tempel gerannt und fiel ihm über seine Füße. Zum Glück fing er mich auf, bevor ich all die Stufen herabgestürzt wäre. Nur als ich zu ihm aufsah und dann noch direkt in seine Augen, da habe ich mich sofort in ihn verliebt."

Da beobachte ich, wie sie rot wird.

„Leider durften wir nicht zusammensein. Birgitta erklärte mir, dass ich wie die sechs Schwestern eine besondere Aufgabe hätte und da würde kein Platz für einen Mann an meiner Seite sein. Bis dahin hielt ich mich auch fest daran, aber der Fremde faszinierte mich sehr. Deshalb trafen wir uns heimlich in der Nacht. Er erzählte mir, dass er ein Zauberer wäre, der viele Fehler begangen hätte. Nur wüsste er nicht, wie er wieder ein ehrbarer Mann werden könnte. Vor allem, wie er den Schaden rückgängig machen könnte", lächelt sie verträumt in sich hinein. „Ich erzählte ihm, dass Fehler dafür da sind, dass diese auch gemacht werden müssen. Denn daraus lernt man für sein Leben. Nur muss man den Mut haben für den Ausrutscher gerade zu stehen. Das zeugt von Rückgrat und dem Willen, seinen Fehler auszumerzen. Er müsse sich nur der Tempelpriesterin stellen. Sie würde dann eine Versammlung mit allen Himmelswesen, die noch einen Zugang zu uns haben, anberaumen. Dann könne man entscheiden, welche Art von Wiedergutmachung seine Strafe war.

Ihr müsst wissen, dass zu dieser Zeit bereits alle Tempel in Schutt und Asche lagen und wir keinen Zugang mehr zu einem irdischen Priester oder Priesterin hatten."

Ich spüre, wie schlecht sie sich dabei fühlt.

„Ihr beide habt euch verliebt. Stimmt`s?", hauche ich, mit belegter Stimme.

„Ja, das haben wir." Da rollt bereits ihre erste Träne die Wange runter, die sie leicht verlegen verwischt. „Hätte ich bloß gewusst, was ich damit auslöse, dann hätte ich mich bis zu seiner Abreise im Haus versteckt. Ich wusste nichts von ihm, nur das mein Herz für ihn schlägt." Dabei schnappt sie nach Luft, um sich und ihre Stimme zu beruhigen. „Er ging tatsächlich zu Birgitta und ihren Mann. Aber als die Göttin des Lichtes ihn sah, da brach ein großer Tumult aus. Sie erkannte ihn, als den besagten Magier und wollte ihn vernichten, obwohl ich um seine Rehabilitation bat.

Ich schlug ihr vor, mich mit ihm zu vermählen. Zusammen könnten wir all die Tempelanlagen erneut aufbauen. Wir würden die Geister aus ihrer Zwischenwelt erlösen und die Menschen von ihrem Leid befreien! Dennoch unterstellte die Lichtgöttin ihm arglistiges Vorgehen. Er hätte alles nur geplant und mich verzaubert."

Eine weitere Träne rollt an ihrem Gesicht runter, sodass ich aufstehe und ihr ihre Hände drücke. Ich hoffe damit, ihr etwas von ihrem Schmerz zu nehmen und sie aufzumuntern. Sie sieht mich nur verzweifelt und tieftraurig an.

„Ab da sind unsere Erinnerungen weg. Wir sitzen seit dreihundert Jahren an diesem Ort fest und wissen nicht, was den Fluch ausgelöst hat. Ich weiß nicht mal, ob er überhaupt noch lebt. Oder, wenn er lebt, was er macht? Und ob er uns das Ganze angetan hat." Verzweifelt schüttelt sie ihren Kopf.

„Wir können uns nur noch daran erinnern, dass wir uns liegend und verstreut im Bergdorf wiedergefunden haben", flüstert Hanna.

„Nur wir sieben Frauen. Alle anderen und unsere Tiere waren weg", wispert nun auch Pia, die jüngste der drei Schwestern.

„Und das war wann?", unterbricht Aaron leider etwas genervt, ohne auf Aurora ihr Gefühlschaos zu achten.

„Das war im achtzehnten Jahrhundert."

„Aber wie konntet ihr bis jetzt leben? Ihr seid schon über tausend Jahre alt", frage ich äußerst verwirrt. Denn das ist selbst mir zu viel an Zauberei und Legenden. Alle vier aus der sogenannten Zukunft sehen wir uns begriffsstutzig an. So viel zu einer modernen Welt, in der die Fantasie verloren geht.

„Na, ganz einfach. Birgitta hatte damals mit allen sechsunddreißig Priestern, die auf diese Welt herabgestiegen sind, ein besonderes Wasser aus ihrer Himmelswelt mitgebracht", und Hanna steht auf, um zu mir zukommen. „Aemilia, all die Menschen, die mit Sigrun zu ihr gewandert sind, nur um Birgitta ihre aufrichtige Hilfe auszusprechen, durften von ihrer Quelle der Ewigkeit trinken."

„Was?" Jetzt sehe ich, dass selbst meine drei Begleiter neben mir, mit dieser Aussage etwas überfordert sind. Obwohl sie mit mehr Wissen gesegnet sind als ich.

„Als die Hexen und Zauberer nicht mehr fruchtbar waren, sind sie unsterblich geworden. Sie behielten natürlich ihre Zauberfähigkeiten, damit sie uns weiterhin beschützen konnten. Nur konnten sie unsere Tempelstätte nicht mehr verlassen. Sobald der Unsterbliche seinen Fuß über diesen Eingang dort vorne setzte, zerfiel er zu Staub. Wir denken, dass man unsere Liebsten nach draußen verschleppt hatte, um sie zu Asche zerfallen zu lassen", beendet Hanna ihre verrückte Offenbarung.

„Bei einem Kampf: Gut gegen Böse", gebe ich leise von mir.

„Auch, wenn unsere Eltern den Überfall nicht überlebt haben, so haben sie bis dahin ihre Gene weitergegeben", erklärt mir Hanna.

„Das muss ich jetzt aber nicht wirklich verstehen. Und das ist keine Frage, sondern eine Feststellung!", äußere ich mich mit lauter Stimme.

„Aemilia, mit Magie und einer göttlichen Birgitta geht fast alles."

Unschlüssig blicke ich Hanna an. Kann es so etwas tatsächlich geben?

„Alle, die wir in diesem Tempel stehen und die Menschen, die sich im Gasthof von Serafine befinden, sind direkte Nachfahren von Sigrun. Wir sind alle miteinander verbandelt und über die vielen Jahrhunderte sind etliche Generationen entstanden."

Überrascht gucken sich Isabella und Annabella an, als uns Karla den Familienstammbaum verklickern will.

„Bedeutet das, dass wir Cousin oder Cousine, von so und so viel Grad sind?"

So hatte ich es auch noch nicht gesehen, als Aaron das fragt.

„Ja. Deshalb bewacht Serafine in ihrem Gasthof unseren Zugang und gibt das Vermächtnis an ihre Kinder, also an euch beide ..." Unvermittelt richtet sie ihre Augen auf Isabella und Annabella. „Sie gibt es an euch beide weiter.

Ihr schützt somit den letzten Tempel auf dieser irdischen Welt, dessen Zugang euch zu uns führt."

„Und die anderen Tempel sind unwiederbringlich zerstört?", fragt Isabella.

Mittlerweile sind ihre Wangen ebenso rot wie meine. Mit den Informationen muss man erst mal klarkommen und anscheinend ergeht es ihr nicht anders.

„Birgitta und Wotan sind noch dabei das rauszubekommen. Deshalb schicken sie regelmäßig Mathis aus, um verschiedene Anhaltspunkte ab zu klären."

„Sie halten euch auf dem Laufenden?", will Aaron von Karla wissen.

„Ja. Mathis wird die nächsten Tage wohl die Insel gefunden haben, auf der er seine Festung errichtet haben soll", antwortet ihm jetzt Mikayo.

„Ich verstehe zwar noch immer nicht alles, aber wenn wir später zurück sind, werden wir mit unseren Familien und Jola darüber sprechen." Ich blicke zu Aurora und fühle ihre Trauer und Verletzlichkeit. „Es tut mir für dich Leid, aber du bist nicht alleine daran schuld. Vielleicht hatte Birgitta recht gehabt und er hat dich wirklich bewusst manipuliert", versuche ich, Aurora etwas aufzuheitern, doch sie schüttelt nur ihren Kopf.

„Ich habe mich in ihn verliebt und glaube ihm bis heute, das er es ehrlich mit mir und seiner Buße meinte. Es war ein Band voller Wärme und Liebe, welches uns permanent verweben wollte", flüstert sie überwältigt von den Gefühlen, die sie immer noch in sich trägt.

Ich schlucke schwer, denn genauso ergeht es mir mit Mathis, nur dürfen wir es nicht billigen. Sind wir vielleicht auch füreinander bestimmt?

„Und was ist mit den Friedenswächtern, die in den Legenden und Mythen, als das weiße Heer bezeichnet werden?", fragt Isabella, als hätte sie meine Gedanken erraten.

„Früher bestand das weiße Heer aus den männlichen Göttern, Zauberern und Geistern aus den verschiedenen Parallelwelten. Als die ersten von ihnen fielen, wurden sie in magische Menschen wiedergeboren, die sich unserer Magie verschrieben und sich den Tempelpriestern angeschlossen haben.

Ein direkter Zugang im unterirdischen Tempel von Serafine bringt euch in die besagte Tempelanlage der Krieger. Dort werden nicht nur die neuen Rekruten trainiert, sondern sie beherbergt ebenfalls die gut ausgebildeten Kämpfer. Wenn unser Dorf in Gefahr war, sind die Krieger gleich zu uns gekommen."

Nachdenklich sehe ich zu Catalina.

„Aber warum hat man den Zugang nicht direkt zu euch geöffnet?"

„Gute Frage, Aemilia. Es war unseren Verbündeten bekannt, dass unser Feind mit seinem Heer über die Zugänge der Tempelanlagen eintrifft", antwortet mir Catalina.

„Kapiere ich nicht."

„Jede der sechsunddreißig Tempelanlagen hatte vier Zugänge. Die ersten drei Tore führten zur Himmelswelt, der Ahnenwelt und dem Totenreich. Das vierte Tor hatte den Zugang zu allen Tempeln, also auch zu Serafine ihrem unterirdischen Altar. Jedoch gibt es im Gasthof von den beiden Mädels noch eine mächtige Ausnahme. Von euch aus geht es nämlich direkt zu den Friedenswächtern und zu uns. Das hat keiner der anderen Tempel."

„Warum das?"

„Weil man Angst hatte, man könnte uns überfallen. Selbst wir bekamen im Tempel nur zwei Zugänge. Eine zur Himmelswelt, aus der Birgitta und ihr Mann gekommen sind und der zweite ist zu euch", beantwortet Catalina Annabella ihre Nachfrage.

„Und was ist jetzt mit den Kriegern?"

Prompt mustert mich Catalina mit ihren weißen Augen und ich halte unbewusst meinen Atem an. Jetzt kann ich nur hoffen, dass sie mich nicht durchschaut, weil ich ein leichtes Zucken auf ihren Lippen erhaschen kann.

„Jetzt sind es nach wie vor gute Menschen mit magischen Gaben, die schnell und effizient lernen."

Trotzdem reicht es mir als Antwort nicht aus.

„Und? Das ist bestimmt nicht alles."

„Aha, du lässt nicht so schnell locker. Gefällt mir."

Ich runzle meine Stirn, als mir da wiederum auffällt, das ich meine Brille gar nicht auf habe. Träume ich es vielleicht? Aber ein Zwicken in meinem Arm beweist mir, das alles real ist.

„Okay, Aemilia. Mathis ist ein Krieger des weißen Heeres, weil er nicht nur ein guter Zauberer ist, sondern weil er sich dem Heer bis an sein Lebensende verpflichtet hat. Und egal was er ist, so darf er niemals eine Verbindung zu einer sterblichen Frau eingehen, weil es verboten ist!"

Schon fühle ich, wie mir die Tränen in meinen Augen steigen, die ich rasch weg blinzle, bevor Catalina sie entdeckt. Dabei sehe ich, dass Shanti aufsteht und sich eine Tasse Tee in ihre Hand zaubert. Doch statt für sich schiebt sie mir den Tee in meine Hand und hext für die anderen, ebenfalls eine Tasse, die sie ihnen in ihre Hand drückt.

„Aemilia, wenn durch den Kampf gegen die schwarze Magie, einer unserer Krieger stirbt, wird er in der Hexengemeinschaft wiedergeboren. Außerdem behalten sie alle ihre Fähigkeiten und ihre Erinnerungen aus ihrem früheren Leben."

Da wird mir schlecht. Wie alt war dann dieser Mann?

„Trink das, das wird dir helfen!", mahnt mich Shanti an und ich nippe daran. Zumindest schmeckt es nach Kamille und Fenchel. Gut, für meinen rebellierenden Magen.

„Und nach seinem Alter fragst du ihn besser selbst!" Sie tippt sich an ihren Kopf, dass ich mich fast an meinem Tee verschlucke.

Eine Seherin, die auch noch Gedanken lesen kann. Verrückt! Dennoch werde ich später Mathis nicht nach seinem Alter fragen, weil ich es nicht wissen will.

„Wir leben schon solange hier und niemand kann uns sehen", höre ich Karla nochmals eindringlich sagen und ich entferne mich aus meinen Überlegungen, wie alt wohl Mathis wirklich ist.

„Aber vielleicht … wenn ihr ihn findet und ihn zu mir bringt, dann kann ich ihn durch unsere Liebe davon überzeugen, den Vorhang des Vergessens zu lüften", bringt sich Aurora ein und sie sieht mich mit einem flehenden Blick an.

„Aurora, das kannst du nicht wissen, ob alleine deine Wunschvorstellung mit ihm zu reden, uns alle von ihm und seinem Machtkampf befreit!", unterbricht sie Catalina maulig und genervt zugleich, bevor sie mich ansieht. „Was weißt du über unser Sternenzelt?"

„Was?" Mit so einem raschen Themawechsel bin ich etwas überfordert. Deshalb zucke ich nur meine Schultern.

„Die Sterne, die über unserem Geisterdorf erstrahlen, zeigen dir die Hexen und Zauberer, welche noch ihre Gaben besitzen. Und solange diese noch am Himmelsfirmament strahlen, wird der Krieg gegen uns bestehen bleiben."

„Puh!"

„All unsere Mächte, die es zweifellos gibt, wollen nicht, dass sich jemand für einen von uns entscheidet. Wir gehören alle zusammen, um zaubern zu können."

„Dann hat es aber nicht mehr viele von uns. Denn mal ganz ehrlich, in eurem Sternenthal ist es drei Monate im Jahr nur dunkel und das ganze Jahr hängt nachts ein Nebel darüber. Selbst in Deutschland sieht man so gut wie keine Sterne mehr", muss ich unverzüglich aussprechen, was mir in meinen Kopf kommt.

„Genau, weil es nur noch wenige von uns gibt", bringt sich Aurora ein. „Auch wissen wir nicht wirklich, ob es mein Geliebter ist, der alles vernichten will", redet sie traurig weiter, obwohl ich spüre, wie tapfer sie trotz alledem ist.

Nicht nur ich schaue nachdenklich auf meine Teetassen, die ich ausgetrunken habe und die sich dann im Nichts auflöst.

„Der Fluch besagt, dass wir mit ansehen müssen, was wir mit unserem Starrsinn angerichtet haben. Weder die sechs Schwestern noch ich können uns mit irgendjemanden verbinden", und ihre Augen fangen abermals zu tropfen an.

„Wie hat er es geschafft, dass es nur noch ganz wenige von uns gibt?" Aufgewühlt und mit einer Achterbahn der Gefühle mustere ich unsere Runde, als ich die Frage stelle.

„Er hat die Fähigkeit, Menschen geistig zu manipulieren und, wenn es nicht klappt, kann er noch mehr. Er kann ein Trugbild von dem Menschen entstehen lassen, um in seinem Namen Entscheidungen zu treffen."

Ich bemerke, dass selbst Isabella und Annabella kurz ihren Atem anhalten.

„Das bedeutet doch auch, das er den Menschen jeder Zeit töten kann, wenn er ihn nicht mehr braucht, oder?", fragt Aaron nach und Aurora nickt ihm bejahend zu.

„Das wird ja immer grusliger", gibt Isabella von sich.

„Dann fand er einen weiteren Mitstreiter, der ihm gleich gesinnt war. Dieser Mann wollte uns ebenfalls auslöschen. Gemeinsam schrieben sie ein Buch, das bekannt gab, wer eine Hexe ist und wie man das Testen könnte. Es wurde ein Vernichtungsbuch gegen uns geschrieben, was bis heute seine Gültigkeit besitzt", erklärt uns Catalina.

Was soll ich darauf erwidern?

„Aber warum kann er immer noch seinen Krieg gegen uns führen? Wenn wir mal annehmen, dass es ihn noch gibt", bringt sich Annabella in unser Gespräch mit ein, die ebenfalls durcheinander ist, wie ich selbst.

„Er hatte unsere Welt mit erschaffen und lebte auf dieser. Er erfand den Buchdruck mit, um schriftlich festzuhalten, wer Feind und Freund ist. Damit hatte er die Hexenverfolgung ausgelöst sowie andere Kriege, die ihm dazu dienten, die Menschen gegeneinander aufzuhetzen", klärt uns Karla auf.

„Durch seine Kreuzzüge in der ganzen Welt hat er unsere Gemeinschaft gezwungen, sich nicht öffentlich zu zeigen", informiert uns Hanna.

„Mm, deshalb dürfen wir nicht öffentlich Zaubern", denke ich nach. „Wenn das aber alles schon solange her ist, wieso gibt es diesen Krieg immer noch? Und vor allem, kennt ihr den wirklichen Grund dafür?"

„Den genauen Grund, weswegen er uns so hasst und töten will, kennen wir leider nicht. Doch der Krieg ist erst vorbei, wenn er uns alle vernichtet hat."

Mutlos sehe ich zu Mikayo.

„Wenn wir es schaffen, ihn zu stürzen und alle Sterne zurück an das Himmelszelt bringen, dann kann bestimmt unser Dorf noch mal aufblühen. Wir könnten die anderen Tempel aufs Neue aufbauen und die Krieger des weißen Heeres dürften in den Ruhestand gehen."

Als ich das von Mikayo höre überschlagen sich meine Gedanken. Sollte dann Mathis für mich frei sein.

„Gilt das auch für Mathis?", hinterfrage ich, deshalb hoffnungsvoll.

„Das, Aemilia, ist etwas, was wir nicht wissen, nicht mal als Vermittler der Schicksalsgöttinnen", antwortet mir Mikayo und ich nehme es mit einem kleinen Stich in meiner Herzgegend auf.

„Außerdem gebe es dann unsere Brücke zum anderen Reich wieder, die alle verstorbenen Seelen hinüber bringt. Kein Mensch müsste mehr in einer Zwischenwelt gefangen bleiben", vernehme ich die Stimme des Mannes, der mein Herz zum Klopfen bringt.

Langsam drehe ich mich zu ihm um.

„Hi, Mathis."

Zwinkernd sieht er mich an.

„Aurora, warum bist du eigentlich noch hier?", folge ich einer Eingebung heraus.

„Weil er mich ebenfalls mit einem Fluch belegt hat. Nur mit einem entscheidenden Unterschied", sieht sie mich mit Tränenverschleierten Gesicht an. „Ich muss meine Zeit an diesem Ort absitzen, während Birgitta und Wotan zwischen uns und eurer Welt umherwandern können."

„Bitte?" Er muss doch diese Liebe in sich gefühlt haben.

„Beide Götter sind an diese Dorfwelt und an den Berg gebunden. Somit wandeln sie zwischen deiner Welt und unserer umher. Nur damit sie eine Lösung finden, um diesen Fluch zu beenden."

„Denkst du sie schaffen es?" Alle sieben Geistermädels nicken mir zu.

„Aber warum hat Serafine dich in ihrem Traum von Birgitta nicht gesehen?", möchte ich noch wissen.

„Weil ich nicht von Bedeutung bin, sondern die drei Seherinnen", erklärt sie mir enttäuscht, als sie sich ruckartig umdreht und aus dem Tempel stürmt.

„Wir sollten langsam gehen, weil das Zelt bald abgebaut wird!" Schon zieht uns Mathis von der Holzbank hoch.

„Ich denke, dass es auch fürs Erste reicht", erwidert Mikayo an Mathis gewandt.

Gerade als ich Protestieren will, verschwindet der Tempel mit den vertrauten Gesichtern und ich komme mit einem mulmigen Gefühl an Mathis seinen Körper gepresst im Spiegelkabinett an. Dort warten bereits meine Eltern vor dem Spiegel auf mich. Als ich mich leicht zu diesem drehe, löst er sich im Nichts auf und Mathis sieht mich etwas besorgt an.

„Was haltet ihr davon, wenn wir uns stärken, bevor wir zurückfahren und alles Besprechen?", fragt mein Vater laut und bringt mich somit vom Nachdenken ab.

„Wenn ich ehrlich bin, will ich eigentlich nur Schlafen", gebe ich von mir. Natürlich abermals etwas errötend, weil ich mich immer noch an Mathis seinen Armen festhalte. Deshalb nehme ich langsam Abstand von ihm, nur um zu merken, wie wacklig ich auf meinen Beinen bin.

„Wir gehen etwas Essen und im Anschluss schlafen. Morgen können wir dann beratschlagen, was zu tun ist."

Schnellen Schrittes laufen wir in ein Lokal, welches mein Vater für uns reserviert hat, und selbst die Speisen kommen zügig. Ich schaue auf meine Uhr, weil es dunkel ist, und staune nicht schlecht.

„Wir haben es schon fast elf Uhr abends?" Verblüfft halte ich mit meiner Gabel, die in den Käsespätzle steckt, inne. „Waren wir solange weg?", und alle am Tisch nicken mir zu.

„Pst!", flüstert meine Mutter und wir lassen sofort das Thema fallen.

Nachdem wir fertig gegessen haben und gut gesättigt sind, gehen wir aus dem Lokal hinaus, als uns eine Autohupe empfängt. Zielgerichtet laufen alle zu dem Mercedes Bus und wir begrüßen Thomas.

„He, Herr Taxifahrer! Haben Sie noch Platz und Zeit, um uns in einen guten Gasthof zu fahren?", scherzen die beiden Schwestern mit ihren Vater. „Steigt ein!"

„Aufwachen, Kleines!", weckt mich vorsichtig meine Mutter und ich strecke mich kurz in dem Minibus aus. „Bist wohl trotz Kurvenlage etwas eingenickt?", fragt sie mich und ich lächle sie an.

Als wir zwei Aussteigen, fühle ich die kühle Nachtluft und sie tut mir gut.

„Mama, was meinst du? Wollen wir ein kurzes Stückchen laufen und dann in den Tempel gehen?" Dabei halten wir beide uns an den Händen.

„Was ist mit mir?"

Überrascht drehen wir uns um, als uns Jola entgegen geschlendert. Trotz dass ich sprachlos bin, renne ich mit ausgestreckten Armen auf sie zu und umarme sie ganz fest.

„Mensch, Jola, welchen Deal hast du denn gemacht, dass du wieder laufen kannst?"

Sofort lächelt sie mich überglücklich an, während ich tapfer meine Tränen weg kämpfe.

„Tja, meine Eltern und Fine sind in den Tempel zu den drei Heilern gegangen und mit diesem eigenartigen Buch, haben wir eine Lösung für mich gefunden."

„Echt jetzt, ohne Nebenwirkungen?" Ich fasse es nicht. „Warum habe ich, dich fasst verlieren müssen? Jetzt stehst du vor mir, als wäre nix gewesen." Rasch drücke ich sie noch mal fest an mich.

„Lasst uns einige Schritte gehen!" Schon nimmt meine Mutter Jola in unsere Mitte und gemeinsam laufen wir ein Stück zur Bergbahn.

„Los erzähl schon!", fordere ich sie vor lauter Neugier und Freude auf.

„Das Buch hat herausbekommen, das ich dein Schutzengel bin, wie dein Kater dein Traumfänger. Außerdem wussten die Himmelswesen, mit denen du verhandelt hast nicht so richtig, ob meine Seele tatsächlich bei ihnen erscheint. Deshalb schickte man mich postwendend zu dir zurück.

Jetzt hat der Hexenrat mit den verschiedensten Wesen aus der Himmelswelt beschlossen, mich für dich fit zu machen. Deshalb habe ich noch mehr zauberische Fähigkeiten dazu bekommen, die ich ab sofort mit Serafine üben muss", lacht sie mich an.

„Was?"

„Das Beste ist sogar, das Aaron mit mir üben muss."

„Üben? In was denn?" Na, mal ehrlich, die beiden sind zwar Geschwister, aber was sollte Aaron ihr noch beibringen können?

„Kampftrainig", feixt sie.

„Oh, da mache ich mit!", bestehe ich darauf, doch sie schüttelt nur ihren Kopf.

„Nein. Du musst lernen, wie man sich von den Gefühlen anderer gut schützen kann! Das übernimmt ab morgen nämlich Thea bei dir."

„Habe ich irgendetwas verpasst?"

„Nee, eigentlich nicht. Nur das ich fast wieder die Alte bin und wir zusammen unser Zimmer haben. Natürlich mit Barna, der jetzt uns beide bewacht", strahlt sie mich an und ich freue mich für sie mit.

„Jetzt müssen wir nur noch für Mila in den Tempel, weil sie ein paar Schatten von deiner Krankheit in sich trägt", unterbricht uns meine Mutter.

„Ich soll euch dorthin eskortieren." Wie eine Beschützerin steht sie vor uns.

Ich bin echt froh, dass sie ihre Lebensfreude wiedergefunden hat, und bedanke ich mich leise bei all denen, die sich für Jola eingesetzt haben.

Zielstrebig laufen wir nach unten zum Altar, um durch die Holztür in den besagten Tempel zukommen. Dort wartet bereits Rosi auf meine Mutter und mich. Diesmal betrachte ich mir die Heilerin etwas näher und stelle fest, dass sie gerade mal ein Meter und fünfzig ist. Ihr Gesicht ist rund und ihre großen hellblauen Augen sehen wissenden aus. Ihr blondes, lockigen Haare trägt sie kurz und geben ihren Gesichtszügen eine fröhliche Ausstrahlung. Auch, wenn sie in einem weißen Gewand mit Kapuze steckt, deren Ärmel trompetenförmig sind, fühle ich mich eher zu ihr hingezogen, als das ich Angst haben müsste.

„Geht in den Lotuskreis und setzt euch in einen Schneidersitz hin! Dann nehmt euch an die Hand, während jede mir eine Hand von euch gibt." Zackig und präzise gibt sie ihre Anweisungen und sieht uns zuversichtlich an. Ihre Wangen sind leicht gerötet, als müsse sie sich jetzt konzentrieren. „Immerhin hat deine Mutter etwas von dir abbekommen, als sie es in dir spürte. Schließt eure Augen und atmet bewusst in euch ein und dann langsam aus!"

Somit tue ich, was Rosi mir sagt. Nach und nach fühle ich, die Wärme in mir aufsteigen. Das kalte, was sich wie durchgefroren anfühlt, schiebt sich Stück für Stück nach draußen. Es ist, als werde ich aus einem eingebrochenen, zugefrorenen See herausgezogen, nur um in Anschluss zu spüren, wie mir neues Leben eingehaucht wird. Als ich dann das Gefühl habe, ich schwebe, öffne ich meine Augen und muss kurz an mich halten.

„Atme gleichmäßig!", höre ich Rosi neben mir flüstern, weil wir drei Frauen einen Meter über der Lotusblume schweben und aus unseren Körpern warmes, helles Licht erstrahlt.

„Sofie? Öffne nach und nach deine Augen und atme schön bewusst weiter!"

Selbst meine Mutter ist kurzzeitig verwundert.

„Dann können wir langsam hinab schweben. Wünscht euch gedanklich, was ihr machen möchtet! Nämlich den Boden unter euren Füßen zu spüren."

Zusammen gleiten wir zeitgleich herunter und ich fühle mich wie berauscht.

„Danke, Rosi, für deine Hilfe", sage ich, weil ich jetzt glücklich bin.

„Gern geschehen und ab sofort wird mit dir trainiert, dass so etwas nicht noch mal passiert. Ab morgen beginnt dein neues Leben!", sagt sie an mich gerichtet.

„Schlaft euch gut aus! Alles andere erfahrt ihr dann." Damit erhebt sie sich und löst sich direkt vor uns in einer Vielzahl von Sternschnuppen auf.

„Hast du so etwas schon mal gesehen?", schaue ich erwartungsvoll meine Mutter an.

„Nein, aber es war wunderschön mit eigenen Augen zu sehen."

Daraufhin verlassen wir eilig den Tempel und gehen in unsere Zimmer, nachdem wir uns noch mal fest umarmt haben.

„Gute Nacht, Mama."

„Schlaf gut, meine Kleine."

Kapitel 8

Tiere teilen mit uns das Vorrecht, eine Seele zu haben.
Pythagoras, um 570 v. Chr. bis 510 v. Chr.

„Auf wachen!", höre ich eine männliche Stimme mit einem Anschließenden schnurren.

Müde öffne ich meine Augen, die mir wehtun, als hätte ich megamäßig viel Sand darin.

„Oh, Barna!", stöhne ich kurz auf. Aber er macht es sich auf meinem Brustkorb bequem und kitzelt mich mit seinen Barthaaren.

„Aufwachen, Prinzessin!", beharrt er darauf.

„Prinzessin?", gebe ich als Echo zurück.

„Klaro. Du warst und bist immer noch meine kleine Prinzessin", grinst er mich mit seinen grünen Augen an, die zu engen Schlitzen werden.

Spontan muss ich ihm mit meiner rechten Hand über seinen Kopf streicheln.

„Natürlich ist mir bekannt, wie anstrengend es ist, dieses Styling von Haarfrisur hinzubekommen", lächle ich, während er große Augen macht.

„Ich mag es, wenn du mich so kraulst", schnurrt er mich an.

„Ah, so einer bist du also. Ein Charmeur von einem staatlichen Kater", lasse ich mich auf seine Art ein. Niemals, nicht mal im Traum hätte ich das geglaubt, dass mein Barna mit mir sprechen kann. Dennoch genieße ich es.

„Sag mal, Barna, findest du es jetzt gut, dass du mit mir reden kannst?" Jedenfalls stelle ich es mir schon super vor, wenn man gleich zum Ausdruck bringen kann, wenn einem etwas auf dem Herzen liegt.

„Jeep, ich finde es klasse. Vor allem auch bei dem weiblichen Geschlecht", schwärmt er.

„Weiblichen Geschlecht?" Verwirrt mustere ich ihn, als er weiterhin auf meiner Brust liegt.

„Mm …", sieht er mich nachdenklich und prüfend an.

„Gibt es denn im Gasthof eine Katze, die du umgarnen kannst?" Bisher habe ich kein weiteres Haustier bei Serafine vorgefunden.

„Ein Gentleman schweigt und genießt", klingt es beschwingt von ihm.

„Jetzt mal ehrlich, ich verpetze dich auch nicht", locke ich ihn aus seiner Reserve.

„Es gibt tatsächlich ein hübsches Mädchen und ich denke, aus uns kann was werden."

„Willst du nicht mit mir nach Wismar zurück?" Erschrocken sehe ich ihn an, sodass er von meiner Brust rutscht.

„Aemilia, glaubst du im Ernst, ich lasse dich alleine?", fragt er mich sauer - soweit ich das beurteilen kann.

Denn wie soll ich den Gesichtsausdruck einer Katze lesen können, die mit mir spricht?

„Das heißt, wir nehmen dein Kätzchen mit?"

„Wer weiß, aber jetzt solltest du aufstehen und dir etwas bequemes anziehen!"

Damit ist für meinen Kater das Gespräch beendet, weil er grazil aus dem Bett steigt und es sich auf der Couch bequem macht. Also mache ich mich auf den Weg ins Bad.

„Sag mal, wo ist eigentlich Jola?"

„Oh, sie trainiert mit Aaron", antwortet er mir beiläufig, da er sich ausgiebig putzt.

Na ja, er muss ja Eindruck für eine Katzendame schinden und ich muss laut Lachen.

„Was?", fragt er mich, als hätte er meine Gedanken gehört.

„Ich finde es schön mit dir zureden und mir wird es schwer ums Herz, wenn wir dieses Haus verlassen und du nicht mehr mit mir plaudern kannst."

Und das stimmt.

Für mich ist es immer schwer, wenn ich Dinge habe und diese, warum auch immer, hergeben muss. Meine Oma sagt dann immer: Man kann nur Dinge vermissen, wenn man sie einst erlebt hat. Bisher konnte ich es nicht missen, weil es eben so war. Nur jetzt ändert sich das für mich. Ich mag seine Art, seinen Katerhumor und doch ist mir bewusst, dass diese Art der Kommunikation nur von kurzer Zeit sein wird. Schwer atme ich aus und laufe ins Bad, um mich alltagstauglich zu machen. Mit einer Jogginghose und einem Pulli, samt Turnschuhen und zusammengebunden Haaren stehe ich vor Barna.

„Können wir?"

„Dann lass es uns mal angehen!" Mit einem Sprung steht er neben mir und wir laufen durch die sich selbstöffnende Tür. „Zuerst wird gefrühstückt und dann geht es in den Tempel. Dort wirst du mit Thea etwas trainieren." Zielstrebig läuft er die Stufen hinab.

„Was gibt es denn zu frühstücken?", rufe ich ihm hinterher. Bestimmt gebeizten Lachs für meinen Gauner. Lachend steige ich herunter und da erblicke ich sie.

Barna seine Herzensdame sieht ebenfalls dreifarbig aus, wie er selbst. Nur ist sie etwas kleiner als er und ihr Gesicht hat ein schmales Äußeres, welches ihre hellgrünen Augen umso größer erscheinen lassen. Ein kupferfarbiger Klecks hebt ihre zierliche Nasenspitze hervor, sodass ihr Erscheinungsbild nicht nur für mich anziehend ist. Geschmeidig umkreist sie meinen Kater, der sie nicht aus seinen Augen verliert. Ich kann spüren, wie die zwei mit einem unsichtbaren Band verbunden sind, und ich freue mich für sie. Als ich das soeben denke, schauen sie mich an.

„Aemilia, darf ich dir Maura vorstellen?"

Gleichzeitig setzen sich beide würdevoll auf, während ich auf die Zwei zuschreite, die vor dem Kamin im Empfangsraum sitzen.

„Hallo, Maura", begrüße ich sie.

„Hallo, Aemilia, ich habe bereits einiges von dir gehört", sagt sie, während ich mich im Schneidersitz zu ihnen setze.

„Oh, dann hoffe ich nur Gutes", grinse ich sie an, weil ihre Katzenart distanziert, aber nicht überheblich ist.

„Barna hat mir erzählt, wie du ihn bei dem Einbruch bei deiner Oma beschützt hast. Wenn du dein Leben für ein Katerleben gibst, dann ist das etwas Besonderes."

„Echt? Na ja, so sehe ich es nicht. Es war aus dem Reflex heraus. Die beiden Männer waren einfach nur fürchterlich."

„Menschen interessieren sich nicht mehr für uns Tiere", antwortet sie mit Bedauern in ihrer Stimme und ihre Trauer kommt bei mir an, dass ich ihr zustimmen muss.

„Ich weiß. Durch Barna habe ich gelernt, was es heißt, Verantwortung zu tragen."

„Bin ich so anstrengend?", äußert er sich theatralisch und ich muss kurz auflachen.

„Nein, Süßer, so meine ich es nicht. Ich wollte damit sagen, dass zum Schmusen und dein Fellverkleben genauso deine Fütterung dazu gehört sowie die Planung einer Tiermama, wenn ich weg bin. Immerhin kann man kein Haustier sich selbst überlassen."

„Genau! Aus Babykatzen werden große Stubentiger, die gerne mal Blödsinn anstellen. Deswegen kann man sie wohl schlecht im Wald oder im

Nachbardorf aussetzen", übernimmt Serafine, die unvermittelt hinter mir auftaucht. „Denn dort sterben die Haustiere, weil sie nicht gelernt haben, sich selbst zu versorgen."

Zustimmend nicke ich ihr zu, weil trotz Tierschutz und Tierheimen, dennoch viele Tiere qualvoll in unserer Welt sterben.

„Aber jetzt genug mit Trübsal blasen. Lasst uns frühstücken und dann geht es mit deinem Training los!" Schon zieht sie mich mit ihrer rechten Hand zu sich hoch.

„Also, ihr beiden, ich wünsche euch einen schönen Tag", sage ich, als mir etwas einfällt. „Ach, Maura, wer ist eigentlich dein Schützling?"

„Das wirst du jetzt nicht erraten?", erwidert mein Kater und da fällt mir der Groschen.

„Bist du Jola ihre Art Traumfänger?"

„Ja, ich wurde für sie geschickt", erklingt es stolz von ihr.

„Es ist etwas verwirrend für mich. Haben eigentlich alle in diesem Gasthof ein eigenes Tier?" Somit denke ich wieder einmal an Mathis.

„Mm, ja. Du wirst überrascht sein", zwinkert mir Maura zu.

„Danke, dann bis später." Ich nehme mir vor, Mathis einmal danach zu fragen.

Als ich den Frühstücksraum betrete, sind nur zwei Tische mit Gästen besetzt. An unserem Tisch sitzen bereits meine Eltern und plaudernd mit Thea und Rainer. Gemütlich schlendere ich auf sie zu und setze mich auf einen Stuhl.

„Guten Morgen", begrüße ich alle.

„Hallo, Kleines, wie hast du geschlafen?" Führsorglich streicht mir mein Vater über meine rechte Hand, weil ich direkt neben ihm sitze, als er mir noch einen Kuss auf meine Stirn gibt. Meine Mutter sitzt ihm gegenüber auf der Bank und sieht mich aufmunternd an.

„Danke, gut. Aber warum habt ihr mich heute früh nicht geweckt?" Als ich nämlich im Bad meine Zähne geputzt habe, hatte ich festgestellt, dass wir es bereits gegen ein Uhr mittags haben.

„Wir haben beschlossen, dich ausschlafen zu lassen. Du wirst nämlich mit den anderen zusammen viel Kraft brauchen", beantwortet mir Thea, die neben meiner Mutter sitzt.

„Na ja, wenn du es sagst. Aber weißt du, wie wir das Ganze beenden können?"

„Wie ich sehe, beschäftigt dich das am meisten."

„Ja, natürlich. Immerhin haben wir fast meine beste Freundin verloren. Noch mal lasse ich es nicht zu!"

„Und, wenn das dazu gehört, dass im Kampf auch gute Menschen fallen?", hakt Thea, bestimmend nach.

Ich stöhne auf, denn das Gewicht, welches mir soeben meinen Brustkorb zuschnürt, wird immer stärker.

„Wenn ich es verhindern kann, springe ich das nächste Mal in die Pistolenkugel und stoße jeden, der mich beschützen will weg!" Das ist mein voller Ernst.

„Aemilia, wenn du dir weiterhin die Schuld gibst und dich davon ablenken lässt, wird dich diese Last erdrücken, wie es jetzt in dir vorgeht."

„Aber wenn ich nicht daran denke, dann vergesse ich das Geschehene doch! Außerdem habe ich Jola eine Menge Leid gebracht", protestiere ich.

Jedoch schüttelt Thea ihren Kopf.

„Vergessen und Schuldgefühle sind für mich zweierlei." Sie mustert mich durchdringend, bevor sie fortfährt. „Zu Beginn sind sie wichtig, um zu verstehen. Aber sie gehören deiner Vergangenheit an. Aus diesem Gefühl heraus musst du deinen eigenen Weg finden, um nach vorn zu schauen. In dem Moment und in deiner Zukunft. Alles was du tust, jeden Schritt, den du machst, wirkt sich auf dein jetziges und deinem zukünftigen Leben aus. Sprich, du wirst nie vergessen, was mit dir und den anderen an dem Tag im Geisterdorf passiert ist. Und, wenn du ehrlich zu dir selbst bist, so konntest du nichts dafür und hättest es auch nicht verhindern können.

Fakt ist, du weißt jetzt, dass du bei einer ähnlichen Situation anders reagieren wirst. Du bist auf diese Art sensibilisiert. Dennoch musst du weiterleben und das Beste daraus machen. Das bedeutet, dass du mit deinen Freunden und deiner Familie sowie all denen die dich unterstützen, diesen Weg gehen wirst, um alle von dem Magier zu erlösen. Damit bekommen alle ihre magischen Fähigkeiten zurück und diese Erde wird neu erblühen."

Während Thea es mir erklärt, spüre ich die Wärme und die Eintracht in ihr.

„Wird es dann auch die Tempel ein weiteres Mal geben?", höre ich meine Mutter fragen.

„Davon bin ich fest überzeugt", nickt sie uns bedächtig zu.

„Und jetzt die Hauptfrage: Wie?", denn Thea hat sie mir noch nicht beantwortet.

Nochmals schaut sie mich mit ihren hellen blauen Augen an, ehe sie mir mit einer Handbewegung einen Pott Milchkaffee in meine aufgestützten Hände zaubert. Ich sehe sie abwartend an, doch es kommt nichts weiter von ihr.

„Okay, wir Essen jetzt und danach erklärst du es uns!"

„So machen wir es." Bequem lehnt sie sich auf ihre Bank zurück.

Ich lasse mir mein verspätetes Frühstück schmecken, natürlich mit einem zweiten Pott Milchkaffee, sonst bin ich nicht überlebensfähig. Nachdem ich mich mit meinen Eltern gestärkt habe, klatsche ich mir in die Hände.

„Also, packen wir es an!", denn ich strotze nur vor Tatendrang.

Gemeinsam stehen wir auf und Thea nimmt meine Mutter und mich in ihren Arm.

„Männer, wir sehen uns später", sagt sie beim Verlassen des Raumes.

Nach meinem Frühstück laufe ich mit den Frauen zum Altar. Als ich an dem handgroßen Stein mit den vielen Gesichtern vorbei komme, zieht dieser mich magisch an. Ich habe das Gefühl, als ob mir die Statue etwas sagen möchte, und lege meine Hand auf diesen, obwohl ich keine Stimmen höre. Na gut, möglicherweise geht nur meine Fantasie mit mir durch, weil ich etwas Angst vor dem habe, was mir Thea jetzt erzählen wird. Immerhin steckt mein Mut gerade in irgendeiner Schublade, mit der Aufschrift: *Bitte nicht öffnen!* Schon verrückt das Ganze. Ich brauche einfach nur etwas Mut zur Veränderung. Obwohl es natürlich laut Thea dann diesen Planeten betrifft. Soll ich mich trauen und den Schritt machen? Bin ich bereit dazu? Aber was passiert dann? Da bleibt Thea mit uns neben dem Altar stehen.

„Aemilia, du hast längst den ersten Schritt getan, als du das Amulett an dich genommen hattest", unterbricht Thea meine Überlegungen.

Erschrocken sehe ich sie an.

„Du liest meine Gedanken?"

Vor mir steht eine Frau von normaler Statur und einer Körpergröße von ein Meter und achtzig, hat rabenschwarzes Haar, was sie fast wie Schneewittchen aussehen lässt. Dazu trägt sie eine einfache, türkisfarbene Tunika auf einen weitschwingenden Rock und sieht mich an, als wisse sie alles über mich. Das nervt mich sehr, weil sie meine Gedanken lesen kann.

Voll unheimlich.

Langsam nickt sie mir zu und nimmt mich an ihre Hand.

„Ja, das kann ich. Und was deine Frage mit deiner Entscheidung betrifft, so hattest du keine andere Wahl, als diesen dir vorbestimmten Weg zu gehen", flüstert sie fast.

„Wer bist du?", frage ich sie eindringlich. „Du kannst nie und nimmer eine einfache Hexe wie wir sein!"

„Ich bin Thea und möchte nur helfen, dass unsere Welt in diesem freien Fall nicht auseinander berstet. Lasst mich euch einfach helfen!"

Augenblicklich fühle ich ihre Ehrlichkeit und kann ihr nicht widerstehen, sodass ich ihr zunicke.

„Okay, dann schieben wir es eben auf. Was meintest du mit dem Amulett?"

„Eine weise Frau sagte einst voraus, dass wenn die Zeit reif ist, ein Amulett aus dem Sternenvolk das Kind finden wird, welches den Mut besitzt sich gegen den einen zu erheben. Es heißt, dass sich alle Menschen und Tiere zusammenschließen, um die Welt aus ihrer Starre zu befreien."

Noch mal etwas, was ich nicht begreife. Was soll das nun wieder bedeuten? Hätte ich nicht schon Stroh blondes Haar, dann würde ich jetzt welches bekommen, weil mein Gehirn vor lauter Informationsüberreizung gar keine Pause mehr bekommt.

„Als du dein Amulett das erste Mal in deinen Händen hieltest, da wurden deine Mitstreiter aktiviert, um dich zu unterstützen", flüstert sie.

„Aber auch, um dich zu beschützen", erhasche ich die warme Stimme von Mathis hinter mir, die mir gleich eine Röte auf meine Wangen zaubert.

Von den vibrierenden Glücksschmetterlingen in meinem Körper ganz zu schweigen. Als ich dann allerdings sehe, wie aus meinem Körper kleine violette Fäden kommen die sich auf Mathis zu bewegen, schaue ich erschrocken zu ihm auf. Doch bei seinem Anblick haut es mich fast um.

Aus seinem Körper glüht es hellweiß und seine Strahlen nehmen meine Fäden zärtlich in sich auf, dass ich das Gefühl habe, ich würde schwebe. Jetzt kann ich nur hoffen, dass ich mich nicht darin verbrenne.

Ich habe echt keine Ahnung, wie lange wir uns anschauen oder wie stürmisch wir aufeinander zu laufen. Aber plötzlich stehe ich schüchtern vor ihm und schaue zu ihm auf.

„Dir ist hoffentlich bewusst, dass es keine gute Idee ist?", will er leicht angespannt von mir wissen und ich kann ihm nur zunicken. „Dann sollten wir das nicht zulassen!", sagt er mit gepresster Stimme.

Ich merke, wie viel Disziplin ihn das abverlangt, weil er zittert und seine Augen nicht das Gesagte bestätigen.

„Was machst du nur mit mir?" Neugierig sieht er mich an und ich könnte ihn das gleiche fragen.

Vorsichtig schiebt er mich von sich weg, bloß sehen es meine violetten Fäden anders. Je mehr er mich von sich drückt, umso enger verweben sie uns miteinander. Seine Strahlen sind ebenfalls zu Fäden geworden und wir werden immer fester zu einem Kokon verwebt.

„Mathis? Aemilia?", vernehme ich wie aus weiter Ferne, Thea ihre Stimme.

Erst als sie direkt neben uns steht und ihre Hände auf unsere legt, beginnt sich die Verwebung zurückzuziehen. Die irisierenden Fäden lösen sich nicht auf, sondern sie rollen sich in unsere Körper zurück. Ich fühle ein Bedauern und eine tiefe Enttäuschung in mir, als hätte ich Mathis soeben verloren. Der Schmerz des Verlustes, obwohl er ja vor mir steht, macht mir Angst und mich wütend zugleich. Wie kann man uns beide einfach trennen, wenn wir füreinander bestimmt sind? Böse funkle ich Thea an, aber sie sieht mich nur milde an und zeigt mir nicht mal eine Art bedauern.

„Was soll das?", frage ich patzig.

„Das musste ich tun", erklärt sie mir sachlich.

„Bitte?" Sie muss doch sehen, wie es um uns steht? Sie muss es doch fühlen? Selbst Mathis hat es gefühlt und ist jetzt genauso überwältigt wie ich.

„Es darf nicht sein!", ermahnt sie uns beide.

„Na, das ist ja mal was ganz Neues", motze ich. „Ich denke, dieser Planet braucht Liebe?", schleudere ich Thea entgegen.

„Ja, das stimmt. Aber nicht von euch beiden!", wird sie eindringlicher.

„Ihr müsst euren Weg gehen, aber nicht so!"

Ich sehe sie verärgert an.

„Es trifft sich gut, dass Mathis ein paar Tage fortmuss. Da könnt ihr in Ruhe darüber nachdenken, dass eine Bindung zwischen euch keine gute Idee ist."

„Dann erklär mir mal, warum?" Also, das schlägt jetzt dem Fass den Boden aus. Thea redet es sich, wie sie es braucht. Aber wenn sie denkt, ich werde gegen diese Anziehungskraft ankämpfen, dann hat sie sich verrechnet. Nicht mit mir, auch wenn ich keine Ahnung von der Liebe habe!

„Ich habe dich gehört und verstanden. Sowie du schlichtweg empfindest, brauche ich dir kein Warum erklären, sondern dich nur bitten sowie dich

Mathis ...", dabei sieht sie ihn an, „euch voneinander fernzuhalten. Ihr beide könnt nicht Zusammensein, weil es uns alle gefährdet. Das bricht euch nur euer Herz."

Ich schaue zu Mathis auf, der ebenso perplex dreinschaut und innerlich mit sich kämpft, um Thea nicht zu widersprechen. Ich kann nur mit dem Kopf schütteln. Dann richte ich meinen Blick auf meine Mutter, die mit großen Augen alles verfolgt hat und ganz blass geworden ist. Zielstrebig drehe ich mich um und laufe zu ihr. Dann nehme ich ihre Hand und laufe mit ihr stürmisch durch die Holztür in den Tempel.

Jetzt brauche ich Luft zum Atmen. Verdammt, was ist nur mit mir passiert?

Wir rennen durch den Tempel zu einer Tür, die wir schwungvoll öffnen, als liefe der leibhaftige Teufel hinter uns her. Plötzlich stehen wir auf dem Vorplatz eines weiteren Tempels, der von vier Gebäuden in einem Viereck umschlungen ist. Wie eine Art Festung und etliche Treppenstufen führen nach unten, wobei in der Mitte ein großes, rundes Becken aus weißem Marmor steht. Ich kann sogar einen Wasserstrahl darin entdecken und höre das Plätschern. Über diesem Wasserbecken hängt eine goldene Glocke, die mit vielen bunten Blüten und Bändern geschmückt ist und im Inneren der Tempelanlage laufen die Menschen geschäftig umher. Ich sehe, dass die Männer eine Art Tunika über ihre Hose tragen und die Frauen stecken in einem Sari. Doch alle Kleidungsstücke sind in der Farbe Weiß gehalten.

Neben uns erblicke ich eine weitere große und vergoldete Glocke, die mit vielen Bändern geschmückt ist. Und als diese dann zu Läuten beginnt, erschrecke ich mich und das nicht nur wegen dem ohrenbetäubenden Lärm. Denn alle Tempelbewohner halten in ihren Bewegungen inne und sehen uns interessiert an. Offensichtlich hat das Läuten der imposanten Glocken, uns ankündigen.

Eilig zieh ich meine Mutter hinter mir her und renne die Treppen zu dem Springbrunnen runter. Dort nehme ich völlig außer Puste meine beiden Hände ins Wasser und schütte es mir in mein erhitztes Gesicht. Dann drehe ich mich rum und lehne mich mit dem Rücken an den Brunnenrand.

„Mila, was war das eben?", wispert meine Mutter neben mir und ich zucke mit den Schultern.

„Mama, wenn ich das wüsste", atme ich genervt ein und aus. „Ich fühle mich zu Mathis hingezogen und doch sagt mir mein Verstand, dass wir es - warum auch immer- nicht dürfen."

Nachdenklich sieht mich meine Mutter an.

„Verstehst du, was Thea mit ihrer Anweisung meinte?"

„Klaro. Das wir somit alle in Gefahr bringen. Aber denkst du im Ernst, dass sich diese Bindung unterdrücken lässt?" Das glaube ich selber nicht.

„Weißt du was es für euch beide bedeutet, wenn ihr es nicht in den Griff kriegt?"

Schlagartig wird es mir bewusst, wie es sein wird.

„Man wird uns trennen müssen." Augenblicklich fühle ich mich mutlos.

„Verdammt!", fluche ich und stiere lieber auf meine Füße, statt meine Mutter an. Doch als sie mich an meinen Arm zupft, schaue ich sie zerknirscht an.

„Sieh mal!" Schon zeigt sie auf zwei Jungen, die direkt auf uns zukommen.

Beide tragen eine weiße Tunika über ihre Baumwollhose und sie sind fast gleich groß. Zwar nicht so riesig wie Mathis, aber ihre dunkle, fast schwarze Erscheinung ist ansehnlich.

„Hi, ihr beiden seid Aemilia und Sofie. Richtig?", begrüßt uns der Größere von ihnen und ich nicke ihnen zu.

„Ich bin Alban und das neben mir ist Robin."

Indes fixiert mich der andere.

„Echt jetzt? Ihr seid Thea und Rainer ihre Söhne. Ich hätte euch nie erkannt", platzt es aus mir heraus und meine Mutter stupst mich an.

„Aemilia!", ermahnt sie mich.

„Wieder so eine, die nur oberflächlich ist", mault Robin.

„Entschuldigt, wenn ich euch beleidigt haben sollte, aber es ist erstaunlich, dass ...", bloß werde ich unterbrochen.

„Lass es! Wir beiden wurden von ihnen adoptiert, als unsere Eltern in Bolivien der schwarzen Magie zum Opfer gefallen sind", erklärt mir Alban.

Ich fühle, wie der Schmerz der beiden Brüder auf mich zurollt und ich kurz nach Luft schnappen muss. Im Augenwinkel entdecke ich Thea, die mit Jola die Treppenstufen hinab rennt, während ich spüre, wie die beiden als kleine Jungs gelitten haben. Als ich das realisiere, werde ich das Gefühl nicht los, dass sie bei diesem Anschlag anwesend gewesen sind. Deshalb fixiere ich Robin. Seine Augen zeigen mir seinen eigenen Schmerz, genauso das er versteht, was ich im Moment fühle. Plötzlich und unerwartet spüre ich Jola ihre Hand auf meiner Schulter und merke, wie meine Mutter ihre Hand von mir wegnimmt und selbst von Thea gehalten wird. Kann Thea etwa auch unsere Schmerzen neutralisieren?

„Besser?" Besorgt sieht mich Jola an und ich lächle ihr erschöpft zu.

Eilig drehe ich mich zu dem Becken hinter mir um und trinke von dem Wasser, welches ich mit meinen Händen aufsammle.

„Robin? Alban? Ihr solltet euch dafür entschuldigen!", mahnt Thea hart und konsequent ihre Söhne an.

„Was war das eben?", will meine Mutter wissen, die genauso geschlaucht ist wie ich.

„Ich wollte wissen, wie gut sie sich schützen kann", vernehme ich Robin seine genervte Stimme.

„Kann es sein, dass du mich nicht magst?" Immerhin glotzt er mich abschätzend und abfällig an.

„So würde ich es nicht sagen. Aber da du von nix eine Ahnung hast, wie willst du uns dann helfen?", gibt er patzig zurück.

„Robin?" Thea sieht ihn mit hochgezogenen Augenbrauen an, bevor sie mich und meine Mutter versöhnlich anlächelt. „Ihr solltet wissen, dass die beiden mit ihren Blick, Vorstellungen und Gefühle in andere manifestieren können."

„Und das wird dann eben mal an Mila und ihrer Mutter ausprobiert? Spinnt ihr denn total?", baut sich meine Jola vor den beiden auf.

Doch sie zucken nur gelassen ihre Schultern und feixen sich an, als zwei weitere Jungs zu uns kommen. Diese tragen ebenfalls weiße Tempelkleidung, wie Thea ihre Söhne.

„Thea?" Dabei nicken die zwei ihr zu. „Wir sind für die fünf rekrutiert worden, um mit deinen Söhnen diese zu beschützen", antwortet der Eine, der zwei Meter groß ist und sein blondes Haar kurz trägt, welches in der Sonne fast golden glänzt.

„Friede, Samu", begrüßt sie beide mit einer Art buddhistischen Begrüßung. Dabei legt sie ihre Handinnenflächen aneinander und neigt sich dann leicht vor.

Da staune ich erst mal nicht schlecht, weil ich das überhaupt nicht kenne. Für mich fühlt es sich befremdlich an. Aber was soll's, mittlerweile kapiere ich, dass ich von absolut nix eine Ahnung habe und eher darum kämpfe für alles Verständnis aufzubringen.

„Rean?"

Das ist der andere gleichgroße Hüne von Mann, nur das er dunkelbraunes, glattes Haar hat, welches ihm bis auf seine Schultern reicht. Sein Gesicht hat einen Dreitagebart, der selbst bei uns zurzeit In ist und Samu seins ist glatt rasiert. Allerdings haben beide blaue Augen, die uns anstrahlen.

„Lasst uns irgendwo hinsetzen und dann gehen wir unser Trainingsprogramm durch! Isabella und Annabella kommen gleich mit Aaron zu uns", spricht Rean in einem Dialekt, den ich nicht kenne.

Für mich ist es halb deutsch und englisch. Deshalb luge ich ihn mit interessierten Augen an bis die beiden Mädels mit Aaron die Treppen runtergerannt kommen.

„Wo ist Mathis?", frage ich in die Runde und mir schnürt es fast meine Kehle zu.

„Er wurde wie angekündigt abkommandiert", antwortet mir sachlich und ohne irgendeine Regung zeigend, dieser Samu.

Als sein Gesagtes bei mir rutscht, wird mir mein Herz schwer. Nur nicht zusammenbrechen! Das befehle ich mir und versuche tapfer, eine Mauer um meine Gefühlswelt zu bauen, damit mein Herz keinen Riss bekommt. Leider habe ich keine Ahnung, wie lange ich auf Mathis warten muss. Unglücklich wische ich mir eine Träne weg und folge den anderen, die sich im Schatten eines Kastanienbaumes auf den blanken Sandboden niederlassen.

„Ihr fünf, natürlich Sofie ausgenommen, ihr werdet mit uns in drei Wochen aufbrechen, um den unsterblichen Magier zu finden und ihn unschädlich zu machen", sagt der Junge mit dem Namen Rean.

„Ehm. Du checkst aber schon, dass ich keine Kämpferin bin?", muss ich loswerden, auch wenn es bockig klingt.

„Das wissen wir, deshalb werden wir euch in Ausdauer und Kraft trainieren. Robin und Alban werden außerdem Aemilia und Jola in Meditation schulen."

„Hallo, ihr könnt doch nicht so einfach hier reinplatzen und uns rumkommandieren. Wer seid ihr überhaupt?", protestiert Jola lautstark, die sich sogar aus ihrer Sitzposition gestemmt hat und mit verschränkten Armen auf den blonden Hünen herab sieht.

Indes sieht er sie nur kämpferisch an. Dann springt er selbst aus seinem Schneidersitz auf, nur um sie fast zwei Köpfe zu überragen und auf sie runter zu schauen.

„Wie sind ausgebildete Kämpfer und kommen aus verschiedenen Ländern. Rean aus Irland, wo einst die erste Tempelanlage zerstört wurde, und ich komme aus Norwegen."

Jola sieht ihn mit erhobenen Hauptes an und reckt ihr Kinn zu ihm hinauf und sagt:

„Und?"

„Und kleines Mädchen? Es gibt uns das Recht euch darauf vorzubereiten und zu beschützen", redet er betont langsam und fixiert sie mit seinem Blick, dass ich fühle, das Jola jeden Moment explodiert.

„Jola, lass es sein!"

Daraufhin zieht sie ihre Nase kraus.

„Stimmt, Mila, wegen so was rege ich mich schon lange nicht auf." Mit durchgedrückten Rücken schreitet sie zu mir und setzt sich auf ihren Platz zurück.

Als ich nun unsere Runde mustere, weiß ich ehrlich gesagt nicht, was ich davon halten soll. Drei Wochen soll ich an meinen Muckis und Ausdauer trainieren, und dann noch mit den zwei Brüdern, die mich gar nicht mögen. Na, das kann ja heiter werden.

„Sagt mal, warum das ganze Training mit uns?", lasse ich meine Gedanken frei.

„Ganz einfach, weil wir uns ohne Zauberei in seiner Tempelanlage bewegen müssen, damit er uns und unser Vorhaben nicht bemerkt. Bevor wir aber drin sind, müssen wir einige Höhenunterschiede und Kletterpartien absolvieren. Das wiederum erfordert einiges an Kondition. Genauso das ihr eure Rucksäcke mit Schlafsack und Regenklamotten selbst tragen werdet", erklärt mir Samu, während er belustigt Jola angrinst.

„Was meintet ihr vorhin damit, dass ihr uns beschützt?" Nachdenklich sieht Isabella Samu an.

„Das bedeutet, dass ihr auf der Abschussliste steht. Denn ihr werdet der magischen Gemeinschaft ihre Freiheit zurückbringen. Deshalb passen wir auf, dass euch nichts passiert", übernimmt Robin, der mich mustert.

„Endlich mal jemand der Klartext redet. Bei den ganzen Geschichten wird man ja noch blöd im Kopf", freut sich Aaron.

„Jeep. Deshalb werden wir dich noch mehr in Kampfkunst unterrichten."
Erfreut nickt Aaron Rean zu.

„Das Training beginnt ab morgen um acht Uhr und geht solange, bis jeder von euch sein Ziel erreicht hat", wirft Samu ein und steht auf.

„Wo werden wir trainieren?" Dabei spielt Isabella mit ihren Händen, als wäre sie unschlüssig, ob sie da mitmachen will.

Ich glaube, dass sie sich ihren Urlaub anders vorgestellt hat. Ohne Nichtstun, aber danach sieht es für uns Mädels nicht aus.

„Wir trainieren hier und es wird ein Stück harte Arbeit für euch. Aber wir gehen es langsam an", redet Rean Isabella gut zu und schickt uns fürs Erste in den Gasthof zurück. „Punkt acht Uhr morgen früh und in Trainingsklamotten!" Damit steht er mit Samu und Thea ihren Söhnen auf, um in einem Torbogen neben dem Baum zu verschwinden.

„Was machen wir jetzt mit dem angebrochenen Tag?", sieht uns Aaron belustigt an.

„Ausruhen oder was denkst du?", beschwert sich Isabella und da blicke ich, was sie von dieser Offenbarung hält. Nämlich das Gleiche wie ich.

„Die Typen sind schon sehr anstrengend, oder?"

Lächelnd sehe ich Jola neugierig an.

„Was ich bemerkt habe, ist, dass dir dieser Norweger gefällt."

„Ne, ne! Der ist mir zu frech."

Doch ich sage nichts dazu, weil ein lammfrommer Typ ihr Herz nie erweichen wird.

Müde und mit null Bock stehe ich mit Jola am nächsten Morgen am Brunnen in der Tempelanlage. Die beiden Schwestern haben sich uns angeschlossen und haben auch keine Lust auf das Sportprogramm. Nur Aaron wartet erwartungsvoll auf die sogenannten Ausbilder.

Leichtfüßig kommen die vier Jungs auf uns zu, die wie wir in Trainingsklamotten stecken. Darin sehen sie für mich, wie die perfekten Fitnesstrainer aus. Wenn ich heute mein Ziel erreichen soll, dann wird es garantiert bis weit nach Mitternacht. Mich beschleicht der Verdacht, dass die Jungs sich mit uns übernehmen und schnell ihr Handtuch werfen werden, welches sie in ihren Händen tragen.

„Guten Morgen", begrüßt uns Rean und wir nicken ihm zurück. „Ich denke, das sollten wir noch mal üben!"

Somit begrüßen wir uns alle erneut, nur das wir dieses Mal die Stimmbänder benutzen.

„So, Leute, da wir auf dem Tempelhof nicht großartig Sport machen können, haben wir im Inneren eine gut ausgestattete Sporthalle, die in den nächsten drei Wochen unser Hauptquartier zum Trainieren wird." Abwartend sieht Rean jeden von uns eindringlich an. „Dann mal los!" Prompt marschieren die vier flotten Schrittes voran. Doch nicht nur ich folge ihnen extrem demotiviert in ihre Muckibude, wie Isabella gestern Abend zu unserem Trainingsort meinte. Ich glaube, außer Aaron hat niemand Lust darauf. Aber da ich nicht weiß, was alles auf mich zukommt, werde ich es machen müssen. Bloß je näher ich dem Raum komme, umso nervöser werde ich. Ich habe Angst, dass ich mich vor den muskelbepackten Typen blamiere.

Eilig laufe ich mit den anderen in ein Gebäude hinein und einige Stufen nach unten, bis ich vor einer enormen Holztür mit verschiedenen verschlungenen Ornamenten stehe. Die Schriftzeichen sind dieselben, die ich auf dem Arm von Mathis gesehen habe. Bloß ehe ich nach diesen Text fragen kann, öffnet Samu die Tür und ich stehe im Trainingsraum. Es ist ein großer Raum, in dem es keine Trainingsgeräte gibt und keine Fenster. Zwar ist der Raum wie eine Turnhalle, die ich aus unserer Schule kenne, bloß finde ich es schade, das wir nicht draußen trainieren können.

„Was ist, Aemilia?"

Entgeistert schaue ich zu Samu auf.

„Ich hatte ehrlich gesagt etwas anderes zum Trainieren erwartet."

Da zieht er fragend seine Stirn kraus.

„Na ja, mit richtigen Licht und frischer Luft."

„Wir wollen doch Sport machen und uns nicht ablenken lassen, oder?", grinst er mich an, als er meine Hand nimmt und mich hinter sich herzieht.

Zerknirscht laufe ich mit und stelle mich zu den anderen.

„Heute checken wir, wie es mit eurer Kondition aussieht", erklärt Samu und befiehlt uns, dass wir uns in eine Reihe aufstellen.

Also, diese Befehlsform nervt mich jetzt schon und an den Gesichtern der anderen, erkenne ich, dass es ihnen ebenfalls nicht behagt. Jola steht links neben mir und daneben haben sich Isabella und Annabella sowie Aaron positioniert. Selbst Alban gesellt sich zu Aaron und macht mit. Hoffentlich kann ich mithalten!

„Wir laufen jetzt zügig fünf Minuten auf der Stelle." Rean zeigt es mir und den Mädels mit Samu, während sich Robin neben mich stellt und mit trainiert.

Ich merke schnell, dass es leichter klingt, als es ist.

„Weiter eure Knie hoch und Rücken gestreckt halten!", vernehme ich Samu seine Stimme.

„Tempo!"

Ich könnte jetzt glatt Rean mit seiner Ansage verfluchen. Fünf Minuten kämpfe ich bereits mit meiner Kondition und will einfach nur verschnaufen.

„Atmet kurz durch und trinkt einen Schluck Wasser!", übernimmt Alban und vor unseren Füßen erscheint, eine Trinkflasche mit einem Handtuch, was ich dankbar annehme.

„Aemilia, da hier keine Sonne scheint, würde ich dir für die weiteren Übungen empfehlen, deine Brille abzunehmen", bemerkt Rean und ich mache, was er mir sagt.

Dann müssen wir an eine Wand, aus der plötzlich neun Haken erscheinen. Samu zeigt uns, wie ich ein Seil dort durchziehe und dieses mit meinen beiden Händen festhalten soll.

„Ihr stellt euch direkt davor! Stellt eure Füße etwas nach vorn gerade auf und geht leicht in Hocke. Mit dem Seil, das ihr mit beiden Händen zu einem Seil zusammenhaltet, zieht ihr euch gleichmäßig zwanzig Mal hoch."

Schließlich bemerke ich, dass sich mein Körper bei dieser Übung automatisch nach vorn schiebt und das alleine, nur durch die Muskelkraft in den Armen.

„Das trainiert nicht nur eure Arme, sondern auch eure Oberschenkel und den Po." Bewusst sieht Samu bei seiner Äußerung zu Jola, die ihn überheblich anschaut.

So arbeiten wir uns durch das Programm und die letzten Minuten schlauchen mich. Mein Gesicht wird immer roter und mein Mund trockener. Als wir fertig sind, laufe ich zur Trinkflasche und zum Handtuch.

„Wann machen wir denn Pause?", hinterfragt Isabella, und die Jungs schütteln verneinend ihren Kopf.

„Das dauert noch", antwortet ihr Alban und sie sieht ihn sauer an. „Auf! Auf!"

Damit ist unsere Pause vorbei und Rean zeigt uns die nächste Übung.

„Ihr stellt euch mit leicht gespreizten Füßen hin und nehmt euer Seil in die Hände, die ihr über euren Kopf hebt. Das Seil wird von euren Händen straff gehalten!"

Ich mache es nach, wie er es zeigt und erläutert.

„Dann kommen dreimal dreißig Kniebeugen. Füße stehen komplett am Boden und ihr schiebt euren Hintern nach außen. Das entlastet und ist sehr effektiv."

Es sieht zwar komisch aus, aber ich spüre das ziehen in meinen Beinen und puste etwas fertig, dass ich denke, dass ich die dritte Runde nie schaffen werde. Im Anschluss machen wir noch Armstützübungen, Bauchübungen und zu guter Letzt noch einen kleinen Lockerungslauf. Ich weiß zwar nicht, wie lange die Trainingsrunde ging, doch alle Mädels schnaufen genauso wie ich.

„Auf, Mädels!", ruft uns Samu zu.

Allerdings schütteln wir die Köpfe.

„Wir wollen mit euch noch klettern und im Anschluss Meditieren", mischt sich Rean ein.

„Nee, nee, jetzt lasst uns erst mal Luft in unsere Lungen pumpen!", gibt Jola keck zurück und wir unterstützen sie mit einem demonstrativen Kopfnicken.

„Ihr wollt uns veräppeln, oder?", hakt Samu, nach.

„Gut, dann zwanzig Minuten Pause", ertönt Robin seine Stimme und alle in der Gruppe nicken ihm etwas genervt zu.

„Weißt du, auf was ich inzwischen Appetit habe?", fragt mich Jola und ich schüttle den Kopf, sodass mir meine Haare im Gesicht kleben. „Auf einen Apfel oder Banane."

Schelmisch gucken wir uns an, als wir unsere Hände aufhalten, um das hergezauberte Obst entgegenzunehmen.

„Das glaube ich jetzt nicht!", donnert Samu los.

„Was?", brüllt Jola zurück.

„Wenn ihr essen könnt, könnt ihr genauso gut Sport machen!", motzt Samu, während er an sie herantritt.

Rasch stehe ich mit Annabella auf und Isabella schließt sich uns spontan an. Wie eine Einheit bauen wir uns vor Samu auf und funkeln ihn genervt an.

„Wir brauchen die Pause!", beharren wir drei Mädels.

„Wollt ihr das später im Ernstfall ebenfalls tun?", mault er.

„Sag mal, spinnst du?", eifert sich Jola.

„Ihr wolltet einen Test machen und wir danach eine Pause", gibt Isabella ihre Gedanken frei.

„Wenn ihr was esst, dann könnt ihr schlecht trainieren!", kommt Rean ihm zur Hilfe.

„Hallo, das ist vielleicht unser erster Tag!", erinnere ich die Jungs, damit sie mal runterkommen.

„Genau und wir haben das Sagen!", tut nun Robin seine Meinung kund.

„Nichts habt ihr!", schimpft Isabella.

„Genau, lasst uns in Ruhe verschnaufen!", höre ich Jola verkünden, als ich die Wut der Jungs, außer von Aaron verspüre.

„Habt euch wohl mit uns Mädels übernommen?", lästert Isabella und ich schaue sie an, als von ihnen eine starke Windböe auf uns zukommt.

Erschrocken mustern wir die Jungs und halten uns fix an den Händen fest. Gemeinsam drücken wir uns gegen ihren Wind und lächeln uns an, weil es komisch und ulkig zugleich ist. Wir konzentrieren uns auf die vier und lassen ihre Windböe zu einer Wasserwand erstarren, nur damit im Anschluss diese auf ihre Köpfe zusammenfällt. Dabei schütten wir uns bei den ungläubigen Gesichtern vor lauter Lachen aus und tanzen um uns herum. Klatsch nass sind die Jungs und ihre wütenden Mienen sind der Hit.

„Das war mal spaßig", gluckst Isabella.

„Und die Gesichter erst", lacht Jola und zieht mich hinter sich her.

„Ihr solltet uns Mädels eben nicht ärgern", erklärt Isabella mit fröhlichen Lächeln und strahlenden Augen.

„Wie lange zaubert ihr schon miteinander?", hallt es frostig von Rean.

„Hä?", frage ich.

„Seit wann?", wird seine Stimme noch eine Spur kälter.

„Mm, dann lass mich mal die Jahre an meinen Händen abzählen", fängt Jola zu Feixen an und ich halte sie an ihren Händen fest, als sie es an ihren Fingern durchzählen möchte.

„Rean, ich begreife zwar nicht, was daran schlimm ist, aber wir haben eben spontan gezaubert. Das hat sich einfach ergeben", antworte ich ihm ehrlich.

„Sicher?", erkundigt er sich jetzt etwas gelöster und ich nicke ihm bejahend zu.

„Was ist daran falsch?", möchte Annabella in Erfahrung bringen.

„Wenn wir unterwegs sind, solltet ihr niemals spontan zaubern", erklärt uns Samu. „Das ist der Grund, warum ihr so normal wie möglich euer bisheriges Leben gelebt habt."

„Bitte?", hake ich nach.

„Wir haben eure Einheit und Stärke gespürt, als gehörtet ihr längst zusammen", antwortet mir Rean und die anderen Jungs sehen uns interessiert an.

„Was bedeutet das jetzt für uns?"

„Das in euch mehr steckt, als es den ersten Anschein macht und die Anhänger der schwarzen Magie euch im Handumdrehen auf ihren Radar haben."

Erschrocken blicke ich Robin an, der mich gestern mit seiner Oberflächlichkeit so was von angemacht hat.

„Es bedeutet, wir haben einen guten Ausgangspunkt mit euch, wenn wir in seine Festung ankommen. Jetzt müssen wir mit euch verstärkt die Meditation und Zaubersprüche üben, denn mit einer Wasserwand bekommen wir ihn nicht umgestimmt."

Da müssen wir alle lachen.

Jetzt trainiere ich seit fünf Tagen meine Ausdauer mit wechselnden Übungen. Zum Glück hielt mein Muskelkater nur zwei Tage an, sonst wäre ich verzweifelt genug gewesen und hätte für mich die Magie angewendet. Eine Kletterstange komme ich gut hoch, nur an dem wackeligen Seil, will es einfach nicht klappen. Auch bringen sie uns bei, wie wir uns wehren können, falls Feuerbälle oder andere Gegenstände auf uns zu fliegen.

Annabella kann zum Beispiel Dinge sprengen. Isabella ist in der Lage ihre Position zu verändern, um den Angreifer von hinten zu überraschen. Ich kann nach wie vor nur die Zeit anhalten. Das Beste von uns kann aber Jola. Sie kann sich nämlich teilen, sodass der Gegner nicht erkennt, ob sie Real oder ein Trugbild ist. Sogar uns kann sie vervielfältigen, dass es uns in mehrfacher Ausfertigung gibt. Eigenartigerweise sind wir in den fünf Tagen so zusammengewachsen, dass wir uns trotz der vielen Duplikate von uns richtig erkennen. Wie eine Art Spiegelkabinett, wo von oben, unten, rechts und links jemand neben dir steht. Außerdem können wir vereint unsere Zauber verstärken, was wir natürlich im Gasthof üben und, wenn es nur mal eben, Schneeflocken von der Zimmerdecke rieselt.

Bestimmt ist unsere Verbundenheit entstanden, als wir uns gegen die Jungs in der Muckihalle gewehrt hatten. Dort konnten wir uns zum ersten Mal geistig miteinander verbinden. Trotzdem war ich bei der Unterrichtsstunde vor einigen Tagen über die unerwartete Bindung von uns Mädels überrascht.

An dem Tag sollte ich mit verschlossen Augen bewusst in mich ein- und ausatmen. Was ich auch hinbekam. In dem Moment spürte ich die Wärme und Geborgenheit um mich. Sachte öffnete ich meine Augen und sah völlig perplex in die Gesichter der anderen. Denn wir vier erstrahlten in einem leuchtenden weißen Licht. Es sah aus, als fielen die Sterne vom Himmel.

„Mädels, ihr wisst, dass ihr euch im Schneidersitz aufrecht hinsetzen sollt und bewusst eure beiden Handflächen auf die Knie legt?", unterbricht mich Robin in meiner Erinnerung.

„Ja, Robin", kichern wir, weil es jeden Tag der gleiche Einstieg ist.

„Wir wissen sogar, dass wir unsere Augen schließen und bewusst atmen sollen." Was ich natürlich mache.

„Stellt euch heute einen warmen und friedlichen Ort vor, wo ihr unbekümmert euren Geist zur Ruhe kommen lassen könnt."

Natürlich versuche ich, mich darauf einzustellen. Nur meine vielen Überlegungen in meinem Kopf, wollen bei mir bleiben.

„Aemilia, du sollst bewusst, alle Gedanken von dir aus sperren! Erst, wenn du das hinbekommst, wirst du an einen Ort fliegen, wo du dich erholen kannst", höre ich Robin seine Stimme.

Rasch sage ich es mir wie ein Mantra auf, als mir schon wieder neue Gedanken in meinen Kopf herumspuken.

„Okay, Aemilia, atme einfach nur gleichmäßig. Das üben wir dann noch mit Isabella und Annabella, weil nur Jola es heute geschafft hat. Jola, wenn du soweit bist, dann komm wieder im Hier und Jetzt an!", bittet er sie und ich starre in die Runde.

„Mädels, ihr werdet mir nicht glauben, wo ich war? Es war megacool dort." Voller Begeisterung überschlägt sie sich fast und zappelt unruhig hin und her.

„Wo?", fragt Isabella.

„In einem traumhaften Garten mit knallbunten Vögeln, Schmetterlingen und Sonnenschein. Neben den bunten Blumen gibt es einen riesengroßen Baum, dessen Zweige bis auf die Erde reichen. Es raschelt unermüdlich darin, dass mich nur das Licht ablenken konnte. Das Gefunkel in der Baumkrone ist, wie wir es aus unseren Büchern von Sternschnuppen kennen. Und dann der Mann in seinem, orangegelben Gewand. Voll schön", schwärmt sie und Robin grinst breit und freudestrahlend.

„Wenn ihr anderen drei soweit seid, will ich hoffen, dass ihr euch mit eurem Geist miteinander dorthin versetzen könnt. Selbst, wenn ihr mal getrennt sein solltet. Das ist euer geheimer Ort, um euch zu beratschlagen und um unseren weisen Priester zu besuchen, der mit Rat und Tat euch zur Seite steht."

Verwundert blicke ich ihn an.

„Das ist unser Mann des Lebens. Er kennt viele Weisheiten, die unser Leben selbst schreibt. Diese Erinnerungen und Erfahrungen sind in ihm gesammelt, wie in einem sogenannten Buch des irdischen Daseins."

Unweigerlich muss ich an buddhistische Weisheiten denken.

„Es gibt eine Vielzahl von Gelehrten die in sich ruhen und im Kreislauf des ewigen Lebens, ihren Lebensweg leben."

„Was für ein Kreislauf?", ertönt es von Aaron, der den Raum betritt, weil er mit Samu und Rean Kampfsport gemacht hatte.

„Wir alle leben in einem wiederkehrenden Kreislauf. Irgendwann einmal sind wir so weise und schauen ausgeglichen auf unsere Lebenszeit zurück. Das ist der Moment, an dem wir für immer über die Regenbogenbrücke nach oben zur Ahnenwelt aufsteigen."

Augenblicklich tritt bei uns eine nachdenkliche Stille ein und ich fühle, wie bei mir eine Art Knoten platzt, weil ich den Wahnsinn glaube. Wir leben letztendlich alle in einem ewigen Kreislauf. Egal ob mein Tagesablauf damit gemeint ist oder das Hexenjahr mit all seinen Jahresfesten. Selbst meine Magie nehme ich bewusst an. Als ich das in mir fühle, spüre ich, wie mein Körper kurz zittert. Es ist ein Gefühl, als würde ich auf einmal erwachen und dadurch klarer sehen.

„Um das jemals zu schaffen, müssen wir das Geisterdorf befreien, sonst bleiben alle Seelen in einer Zwischenwelt stecken und können nie mehr wiedergeboren werden", beendet Robin meine Überlegung.

„Puh", höre ich Isabella flüstern, während sie mit ihren Fingern spielt.

„Ihr solltet jeden Tag drei Mal üben, bewusst in euch zu atmen und an nichts zu denken! Wenn eure Gedanken sich in euer Bewusstsein schieben, drückt sie weg! Nur, wenn ihr mental leer seid, kann sich euer Geist mit der Parallelwelt verbinden. Dann wird der Priester des Erwachens euch helfen können, eine Entscheidung zum Wohle aller zu treffen", sagt Alban und läuft auf mich zu. „Außerdem kann niemand mit seiner schwarzen Magie zu euch und unserem Weisen durchdringen."

Sogleich wird es mir bei seiner Aussage mulmig, als er fortfährt.

„Wir wissen ferner, dass es keine leichte Aufgabe für euch ist, weil ihr bisher mit Meditation nichts zu tun hattet."

„Dann sollten wir es als Herausforderung annehmen", predigt Isabella und ich atme schwer aus.

„Da ihr nun genug geplaudert und relaxt habt, geht es jetzt an die Kletterwand!"

Etwas müde schaue ich Samu an.

„Was weißt du schon, was bei uns relaxen bedeutet", mischt sich sofort Jola ein und er mustert sie mit einem starren Blick, als wolle er sie damit durchbohren.

„Auf jetzt!"

Brav stampfen wir hinter ihm her.

In der besagten Sporthalle befindet sich plötzlich eine Kraxelwand. Sie steht dort, wo sonst die Kletterstangen und die Griffe für die Seilübungen waren. Die Wand ist uneben und mit verschiedenen, bunten Farbpunkten markiert.

„Ihr werdet lernen, wie ihr euch anseilt, um gefahrlos nach oben zu klettern. Ihr lernt, wie wir uns gegenseitig sichern und die Farben spiegeln die drei Schwierigkeitsgrade wieder. Blau für Anfänger, gelb für Fortgeschrittene und rot für uns Vollprofis", erklärt Rean und ich verspanne mich allmählich, weil die Wand für mich bedrohlich hoch aussieht.

„Und ich muss das echt machen?", wobei mein Mut gen Erdboden sinkt.

„Ja, und damit du deine Höhenangst abbauen kannst", zwinkert mir Samu zu.

„Jeder von euch erhält einen Sicherheitsgurt, der durch die Beine und Arme geführt wird, bevor ihr ihn kräftig verschließt. Denn im Ernstfall soll der Gurt euch festhalten. Wenn ihr den Haltegurt zu locker macht, könnt ihr in hängender Position hinausrutschen. Verstanden?", und ich nicke Rean angespannt zu. „Steigt dort rein und seht mir zu!"

Ich nehme mir ein Geschirr, welches auf den Boden liegt, und ziehe es mir an, wie es uns Rean und Samu zeigen.

„Jetzt kontrollieren wir noch. Denn es sollte nur der Daumen zwischen den Gurt und eurem Köper passen", höre ich Samu. Schon zupft er bei Isabella rum, während Rean zu ihrer kleinen Schwester geht und Samu zu Jola.

„Muss das sein?", hält sie sich tapfer, und ich muss mir ein Grinsen verkneifen, während meine Gedanken zu Mathis wandern.

Denn bis jetzt hat mir niemand eine Auskunft gegeben, wie es ihm geht und das nervt mich. Klar weiß ich von den Geistermädels im Bergdorf, das er auskundschaftet, wo die Festung von dem Magier steht. Aber kann ihm da nicht etwas zustoßen? Schnell verscheuche ich meinen Gedanken an ihn. Das kann nämlich bis zur Nachtruhe warten, wenn mein Kissen samt Barna, von meinen lautlosen Tränen nass wird.

„Ja, denn wir wollen dich bei unserem Marsch später nicht verlieren", lacht er sie an und Jola ergibt sich widerwillig seiner Kontrolle, und ich werde aus meinen Gedanken geholt.

Nachdem alle gesichert sind, beginnen die Jungs ein Seil bei jeden durchzuziehen.

„Das ist eure Sicherheitsleine. Später im Gelände wird erst einer von uns starten und dann kommt ihr Mädels." Danach gibt Rean Samu ein Zeichen.

„Ich zeig euch nun, was ihr machen müsst." Geschickt klettert Samu die blauen Punkte ab, bis er oben angekommen ist. „Jetzt seid ihr dran!" Mit einem lässigen Satz lässt er sich von Rean abseilen.

Aaron macht als Erster die Kletterpartie und hat sichtlichen Spaß dabei. Überdies strotzt er vor Stolz, als er mit Applaus von uns auf dem sicheren Boden im Empfang genommen wird. Anschließend versucht es Isabella, die gut ist und selbst Annabella, die ihre ersten Schritte unsicher aufgesetzt hat, kommt gut voran.

„Jola?", und Samu läuft auffordernd zu ihr, um sie zu sichern.

Im Nu erkenne ich, dass es ihr unangenehm ist und sie hilflos wirkt.

„Samu, ist es für dich ein Problem, wenn ich erst drankomme und du mich sicherst und im Anschluss Rean, Jola?", probiere ich, sie aus ihrer misslichen Lage zu holen.

„Warum?", sieht er mich stutzig an.

Klar, er ist ein Junge und die ticken anders, aber dennoch muss er es doch spüren. Oder stellt er sich absichtlich nur dumm?

„Weil ich eindeutig länger brauche und Höhenangst habe. Falls ich bewusstlos werden sollte, kann mir nur Jola helfen. Aber wenn sie selber von den Anstrengungen platt ist ...", und ich zucke mit meinen Schultern.

„Ah, klar. Verstehe."

Langsam trotte ich vor und Jola drückt mir kurz meine Hand. Reden braucht sie nicht, weiß ich nur zu gut, was sie fühlt. Sie ist auf dem besten Weg, in das Abenteuer der Liebe zu schlittern, wie ich bei Mathis. Leider mit einem Krieger aus dem weißen Heer und mit einer geringen Chance auf eine gemeinsame Zukunft. Rasch atme ich tief durch und schaue mir die steile und unebene Wand an.

„Na, großartig", lasse ich verlauten.

„Finde ich auch", gibt Samu sein Kommentar ab, während er mein Seil gut festhält. „Zuerst probierst du mit dem Fuß einen Stein, ob er dir genügend Halt bietet. Dann nimmst du deine Hände dazu, um zu sehen, welcher für dich griffig genug ist. Orientiere dich immer an den Blauen! Erst dann ziehst du deinen anderen Fuß nach", gibt er mir Anweisungen und lacht mich aufmunternd an.

„Und du meinst, das ich ...?" Da rutsche ich längst ab und hänge in seinem Seil.

Vorsichtig lässt er mich runter.

„Was war? Du hattest bereits ein gutes Stück erklommen", fragt er mich erwartungsvoll.

„Mm. Ich habe nach unten gesehen und dabei ist es mir schwindlig geworden." Man ist mir das peinlich. Zu denken, dass ich es nicht packe, ist etwas anderes, als augenscheinlich zu versagen.

„Okay, wenn wir das wissen, werden wir daran arbeiten."

Schockiert sehe ich Samu an.

„Wie, ich soll da noch mal hoch?"

Das glaube ich jetzt nicht!

„Jeep. Rauf mit dir!" Dabei zieht er mein Seil fester, das ich gezwungen bin zum zweiten Mal in die Startposition zu gehen.

„Na klasse", maule ich.

„Du kannst das!", gibt Samu von sich und ich krabble Stück für Stück noch mal rauf.

Nach einer gefühlten Stunde komme ich tatsächlich dort oben an und alle klatschen für mich. Da muss ich etwas verlegen lächeln.

„Okay, Aemilia. Bleib locker und Lehn dich in deinen Sicherheitsgurt zurück! Ich lasse dich langsam ab und schau ruhig zu uns runter. Die Aussicht musst du dir antrainieren!", ruft mir Samu hoch und ich spreche mir Mut zu.

Vorsichtig luge ich nach unten, bloß wird mir es mulmig. Außerdem bin ich kein Vogel. Warum sollte ich die Aussicht genießen? Klar checke ich es mit dem Klettertraining. Wenn wir zu den einen marschieren, soll mir nichts passieren. Allerdings brauche ich definitiv noch etwas Zeit, um mich mit dieser Art von Furcht auseinanderzusetzen. Sobald ich unten bin und mich abgeseilt habe, hocke ich mich auf den Boden.

„Alles gut?", will Jola sogleich wissen und legt mir ihre Hände auf meine Schultern.

„Nur etwas mulmig, sonst nichts", versichere ich ihr. „Schnapp dir Rean und probiere es selber aus!"

„Echt, alles okay?", fragt mich auch Samu und ich grinse ihn an. „Wir müssen das mit dir üben. Vor allem weil wir an steilen Kanten schlecht zu zweit klettern können und wir Zeitdruck haben", erklärt er mir.

„Zeitdruck?"

„Wir werden weitestgehend in der Abenddämmerung laufen, damit man uns nicht entdeckt."

Na, wenn mich das jetzt nicht einschüchtert, dann weiß ich auch nicht.

„Das wird schon", höre ich Samu sagen, bevor er sich umdreht.

Flink erklimmt Jola die Kletterwand und selbst ich bin vor Begeisterung sprachlos. Elegant lässt sie sich von Rean abseilen und strahlt uns alle an.

„Und?"

„Fantastisch", lachen wir Mädels sie an.

Ich bin voll Stolz auf Jola, dass sie eine echte Sportskanone ist, deshalb winke ihr kurz zu, bis ich zu Samu schaue. Mein rascher Seitenblick auf ihm sagt mir deutlich, dass er von ihr verzaubert ist und ihm ihre sportliche Seite ausgezeichnet gefällt.

Nach zehn Tagen Sport und Meditation bin ich total kaputt. Ich frage mich ernsthaft, was ich an diesem Ort mache und wie es Mathis geht. Seit er fort ist, habe ich kein Lebenszeichen von ihm erhalten. Ob er ein bisschen an mich denkt?

Mir entgeht in der letzten Zeit auch nicht, dass Jola und Samu sich mögen. Genauso wenig, dass Alban ständig um Annabella herumschwirrt sowie Rean sich zu Isabella mit ihrer fröhlichen und lockeren Art angezogen fühlt. Klar, freut es mich für alle, dennoch mache ich mir meine Gedanken. Was ist, wenn Thea recht hat und gute Menschen bei diesem Kampf ihren Kopf verlieren? Was ist, wenn die beginnende Liebe der drei Mädels so endet, wie bei mir? Nämlich das die zarten Knospen der Zuneigung erfrieren und nur eine leere Kälte von Trauer zurückbleibt.

So sitze ich, wie jeden Abend auf dem Bett und denke an Mathis. Ich vermisse ihn und das ist keine Einbildung. Damit ich nicht gleich losheule, weil es mich bedrückt, will ich jetzt die Atemübung machen, ehe ich es für heute vergesse. Da ich längst im Schneidersitz sitze, lege ich nur noch meine offenen Handflächen auf und schließe meine Augen.

Natürlich habe ich zum wiederholten Male das Problem, meinen Kopf freizubekommen. Aber probiere es mal selbst, nur eine Minute lang an wirklich nix zu denken! Deine Gedanken kommen ständig zu dir zurück und es ist so schwer, diese aus deinem Geist zu verbannen. Somit frage ich mich, wie ich es jemals hinbekommen soll. Auch Aaron kann es jetzt. Nun gut, Jola und er sind Geschwister. Vielleicht ist es genetisch veranlagt. Wir anderen drei haben es nach zehn Tagen immer noch nicht geschafft. Robin sagt, dass wir zu viel nachdenken. Und, wenn ich ehrlich zu mir bin, so stimmt das schon.

Wenn ich zuhause mal nichts zu tun habe, schnappe ich mir ein Buch zum Schmökern oder ich spaziere in die Arche Noah in Wismar. Wenn ich an die Arche Noah denke, merke ich, dass mir die Kinder mit ihrer Ausgelassenheit fehlen. Selbst, wenn ich an unserem Hafen stehe und die Möwen über mir bewundere, sind meine Gedanken nie leise, sondern sie wandern permanent in meinem Kopf rum. Als wäre mein Geist eine Art Datenautobahn, die nie zur Ruhe kommt. Frustriert, weil es wiederholt nicht klappt, beschließe ich, noch mal in den Tempel zu schleichen. Vielleicht komme ich dort zur Ruhe.

Eilig schlüpfe ich in meine Schuhe und laufe mit einem dicken Schal und im Schlafzeug runter. Immerhin kann mich ja eh niemand sehen. Nicht mal fünf Minuten brauche ich, da komme ich im Tempel an und die frische Luft strömt durch den Raum. Augenblicklich verschwindet meine Niedergeschlagenheit und macht dem Gefühl Platz, das ich hierher gehöre. Flink renne ich die vielen Treppen hinunter, am Brunnen vorbei zu dem Baum, unter dem wir unsere erste Besprechung hatten. An diesem besagten Tag wusste ich bereits, dass man mich von Mathis trennt. Einmal mehr schniefe ich und wische mir meinen Tränen fort, bevor ich mich am Stamm hinab gleiten lasse.

Nachdenklich schaue ich über mich und kann die vereinzelnden, glitzernden Sterne, die am Himmelsfirmament aufleuchten nur bestaunen. Schließlich habe ich, kaum welche in den letzten Jahren über mir entdecken können. So sitze ich in Gedanken versunken am Baumstamm und lausche einem sanften Lied, das mir der Baum mit seinen Blättern frei gibt. Es hört sich an, als spielte direkt über mir eine Harfe. Diesmal will ich gar nicht darüber nachdenken, sondern nur den Wind auf meiner Haut spüren und das wehmütige Lied des Baumes genießen. Und plötzlich werden aus der leisen Melodie flüsternde Stimmen die ich nicht verstehen kann, aber ich verspüre, dass es friedvolle Seelen sind. Als schließlich der Klang zu einer hellen und weltfremden Melodiestimme wird, lasse ich mich von ihr treiben.

Ein leichter, geheimnisvoller Nebel steigt vor mir auf und lässt meinen Körper vibrieren. Sacht spielt eine Melodie in mir und um mich herum. Mich durchfluten diverse glückliche Erinnerungen, die ich nicht greifen kann und als die Musik immer intensiver und aufdringlicher wird, reißt ohne jeden Übergang die Nebelwand vor mir auf.

Vor mir stehen auf einmal Kinder, die heller als das helllichteste Licht leuchten. Sie schauen mich freundlich an und machen Platz für weitere. Es gesellen sich zu den Kleinkindern auch noch einige Männer und Frauen. Dabei schimmern die Erwachsenen hell, aber nicht ganz so hell wie die Kinder. Ihre Körper sind fast durchscheinend und stecken in bodenlangen Mänteln, die sie aussehen lassen, als wären sie soeben aus einer Schneelandschaft gekommen. Ihre Gestalten glitzern wie kleine Schneekristalle und auf ihren Köpfen tragen sie funkelte Mützen. Die Stoffabschlüsse sind mit weichen Federn abgerundet und lässt ihr Wesen noch mystischer erscheinen.

Dann tritt eine Frau zu mir und lächelt mich an.

„Willkommen, Aemilia!"

Automatisch verbeuge ich mich vor ihr und spreche mit gedämpfter Stimme:

„Friede."

„Wir sind die Himmelsgeister", flüstert die irisierende Frau in ihrem bodenlangen Mantel, der bei ihr etwas anders ausfällt. Denn sie trägt als einzige der Anwesenden ein blütenweißes Kleid, welches unter einem hellblauen weichfließenden Mantel steckt und sich durch eine silberne Schnürung verschließen lässt. Die Zeichen, die ich als Sonne, Mond und Sterne entdecke, sind als Zierborde aufgestickt. In ihrem offenen, gelockten und hellen Haar trägt sie einen geflochtenen grünen Kranz, wie ich es aus meiner Kindheit kenne. Als ich sie so betrachte, lächelt sie mich freundlich an und sieht mich aufmerksam mit ihrem runden Gesicht an. Fast habe ich das Gefühl, als erwartet sie, dass ich sie erkennen müsste.

„Das kenne ich nicht", traue ich mich, ebenfalls flüsternd zu sagen.

„Wir sind die, die darauf warten erneut auf die Erde zukommen, um Gutes zu tun", erwidert sie mit ihrer leisen und zierlichen Stimme.

„Ich ..."

„Wir werden mit deiner Hilfe den Hexen und Zauberern helfen, ihre Gaben richtig einzusetzen."

Woraufhin ein großes Gemurmel ist zu hören, weil ihr alle zustimmen.

„Aber glaubt ihr denn, dass wir es schaffen werden?", wispere ich ängstlich.

„Ja, weil du in der Dunkelheit hell leuchtest. Denn da wo es Licht gibt, kann es keine Finsternis geben", antwortet sie mir, doch sie begreift im Nu, dass ich ihr nicht ganz folgen kann. „Du strahlst genug Lebenslicht aus, dass es mit uns gebündelt den Vorhang des Vergessens von der gesamten Welt nimmt und diese von der dunklen Macht befreit."

„Und warum bin ich hier?"

„Weil du dir zu viele Fragen stellst. Glaub mir, wenn du unsere Hilfe brauchst, sind wir da! Wir werden jeden deiner Schritte verfolgen und wissen, wann wir uns zeigen müssen, um dich zu unterstützen."

Prompt laufen mir meine Tränen die Wange runter.

„Aemilia, wir sind immer bei dir. Vertrau uns!", bittet sie mich nochmals. Als ich dann die zahlreichen leuchtenden Gesichter vor mir erfasse, kann ich mich nur bedanken, dass sie mir Mut und Hoffnung geben.

„Danke", hauche ich, und sie strahlen mich glücklich an.

Langsam schiebt sich der Nebel vor die Himmelsgeister und ich spüre, wie ich sachte im Hier und Jetzt ankomme. Sollte es tatsächlich sein, dass wir Unterstützung von oben bekommen? Bei dem Gedanken wird mir plötzlich mein Herz warm, das mir diesmal die Tränen vor Freude über die Wangen laufen.

„Aemilia?", höre ich Robin rufen, während er gemächlich auf mich zu schlendert.

„Hallo, Robin, stehst du schon lange hier?", frage ich vorsichtig, weil ich immer noch die Musik und das Geklingel in meinem Körper empfinde und höre. Kurz schaue ich auf den Baum über mir und beobachte, dass einige Sterne aufblitzen. Schnell wische ich mir die Tränen mit dem Ärmel meines Pullis ab, da reicht mir Robin sein Taschentuch.

„Ja. Ich glaube, ich muss dir meine Anerkennung und Entschuldigung geben." Daraufhin steht er neben mir und lässt sich zu mir am Baumstamm runterrutschen.

„Bitte?" Entgeistert mustere ich ihn und taste nach meiner Brille, die ich wohl auf dem Zimmer vergessen haben muss.

„Du bist doch nicht so oberflächlich, wie ich am Anfang dachte", grinst er mich schief an. „Aber weißt du, es ist schwer, als dunkelhäutiger in einer weißen Familie aufzuwachsen. Es gibt leider immer noch doofe Sprüche darüber", bringt er seine Enttäuschung über seine Umwelt zum Ausdruck.

„Das tut mir leid, aber ich meinte es echt nicht böse. Ich fand und finde es immer noch toll, dass ihr zu Thea und Rainer gehört. Du siehst aber auch, dass jeder eine gewisse Vorstellung von etwas hat, weil er darauf geprägt ist."

Verlegen schielt er mich an.

„Als wir durch Deutschland fuhren und an Raststätten anhielten, sah ich die verschiedensten Menschen. An ihrem Nummernschild konnte ich erkennen, aus welcher Gegend sie kamen. Da erkannte ich, dass manche mehr Willkommen sind als andere. Aber ist es nicht genau das, was der besagte Magier mit uns macht?"

„Ja, er entfremdet uns untereinander. Als Kind interessierst du dich nicht, aus welchem Land dein Freund stammt oder ob er den Zauberstab schwingen kann. Dir ist nur wichtig, dass ihr zusammen spielen könnt. Erst, wenn man erwachsen ist, beginnt man seinem Gegenüber zu bewerten und auszugrenzen", klingt er resigniert.

„He, aber du wolltest mir noch mehr Lob geben", versuche ich, ihn abzulenken.

„Jeep, ich habe soeben mitbekommen, dass du sehr tapfer bist."

Überrascht schaue ich ihn an.

„Du hast mit den Himmelsgeistern gesprochen und sie haben dir ihre Hilfe angeboten."

„Ja und? Die sind voll nett und dann erst mal das ganze Drumherum, am liebsten wäre ich dortgeblieben", gebe ich ehrlich zu.

„Genau, das ist das Mutige von dir!" Dabei starrt er mich fest an. „Wenn sie gewollt hätten, dann hätten sie deine Seele oben behalten. Ein anderer wäre dann in deinen Körper gestiegen, um dir zu zeigen, was du alles mit deiner Magie auf Erden vollbringen kannst."

Erschrocken sehe ich ihn an.

„Entweder vertrauen sie dir oder aber, du bist weiser, als jeder von dir annimmt."

„Na, solange du verstehst, was du mir damit verklickern willst und es uns nützt, nehme ich deine Anerkennung gerne an." Dabei stupse ich ihn an seinen Arm.

„Dann lass dich von mir zum Tempel bringen, damit du etwas schlafen kannst." Flink zieht er mich zu sich hoch.

„Danke."

„Wofür?"

Schnell bleibe ich stehen, als ich die Steinstufen betreten will.

„Für das Gespräch und deine Ehrlichkeit."

„Aemilia, das mag heute vielleicht etwas aus der Mode gekommen sein, aber wenn man seine Position neu betrachtet und sich selbst eingesteht falsch geurteilt zu haben, so finde ich, es befreiend dem auch kundzutun. Wie bei dir eben. Manchmal lohnt es sich, unter die harte Oberfläche zu schauen", lacht er mich versöhnlich an und schickt mich nach oben.

„Bis morgen dann", rufe ich und er senkt zum Abschied nur seinen Kopf. Immerhin schläft er mit seinem Bruder im Tempel, weil er ebenfalls ein Himmelskrieger ist.

Erschlagen aber glücklich renne ich mit einer Jola, die nicht wirklich Lust hat durch die Tempelanlage zur Sporthalle. Denn wir beide haben es verschlafen und das kommt garantiert nicht gut an. Auf die Standpauke kann ich gerne verzichten.

Schwungvoll reiße ich die Tür auf und brülle voll außer Atem:

„Guten Morgen, und Tschuldigung …"

Wie vom Donner gerührt bleibe ich an der Türschwelle stehen, während mir Jola voll auf meinen Rücken knallt. Denn das, was ich gerade erblicke, macht mir Angst, dass ich am liebsten abhauen würde.

Wir befinden uns urplötzlich in einem ausgewachsenen Kletterpark mit Seilen, Wackelbrücken und Kletterwänden, die es zu überqueren heißt. Aber nicht nur das lässt mich panisch werden, sondern die Höhe.

„Auch schon wach?", schreit es aus einem Dickicht von Blätterwerk. Wobei Samu sich zu uns bereits abseilt.

„Das …, das ist jetzt nicht euer Ernst?", stammle ich vor mich hin und bewege mich rückwärts an Jola vorbei zur Tür. Bloß bleibt sie einfach dicht hinter mir stehen. „Jola, geh mal weg!", schimpfe ich schon fast hysterisch, das Gefühl eine Panikattacke im Nacken.

„Sag bloß, Jola, du hast, vor meiner Standpauke schieß?", klingt sich Samu mit belustigter Stimme ein.

Da bekomme ich die Chance mich an Jola vorbei zu drängen. Nur komme ich leider nicht weit, weil Robin neben mir steht und mich belustigt ansieht.

„He, du schaffst das! Ich bin bei dir", flüstert er mir zu und ich ergebe mich, sodass ich nur noch sehen kann, wie Jola ihre Ausrüstung von Samu in Empfang nimmt.

„Diesmal mit Helm, die Ladys!", kann sich Samu nicht verkneifen zu sagen.

„Zumindest kenne ich die Anstandsregeln", motzt Jola ihn an.

„He, wir sind nicht bei einem Date, sondern beim Kampf ums Überleben", mault Samu genervt zurück, sodass selbst Robin neben mir sein Lachen verkneifen muss.

„Okay, dann lasst uns starten!", trete ich zwischen die beiden Streithähne und schnappe mir mein Zeug samt Sturzhelm. Etwas unsicher gucke ich in die Runde und bete um Nervenstärke.

„Aemilia, wir ziehen nicht sofort in den Kampf", nimmt mir Robin meine Angst.

„Zuerst klettern wir die Leiter nach oben. Das sollte nicht allzu schwer sein, weil diese ebenfalls gesichert ist. Ihr klickt euch hier unten ein und nach einem Meter, hängt ihr euch in die darauffolgende Laufleine. Verstanden?"

Daraufhin mustere ich Samu, wie eine übereifrige Schülerin.

„Und nur mal so, für mein Verständnis …, wie hochlaufen wir jetzt?"

Allerdings schmunzelt mich Samu bei meiner Frage nur an.

„Aemilia, bevor du fällst, haben wir dich längst gerettet. Aber um dich fürs Erste zu beruhigen, es sind acht Meter die wir die Hühnerleiter hochklettern. Abmarsch!"

Augenblicklich tritt Robin vor, danach komme ich und dann Jola. Zum Schluss betritt Samu die Leiter.

„Wag es bloß nicht, mir permanent auf meinen Hintern zu glotzen!", gibt sie Samu leicht gereizt eine Standpauke.

„Ich habe schon weit bessere gesehen", lässt er sich zu dieser Äußerung von ihr reißen.

Mit einem Ruck bleibt sie stehen und dreht sich zu ihm um.

„Wage es ja nicht …"

Nur weiter kommt sie nicht, weil sie ins Rutschen gerät und Samu gleich die paar Meter mit sich in die Tiefe zieht. Zum Glück kann er sich mit ihr gut abfangen, sodass sie nun ziemlich eng beieinanderstehen.

„Jola, jetzt siehst du, was alles passieren kann, wenn du ...", doch mehr kann er nicht sagen, weil sie ihn unterbricht.

„Und jetzt siehst du, was passiert, wenn du mich reizt!" In dem Moment stellt sie sich auf ihre Zehenspitzen und gibt ihm einen Kuss auf seinen Mund.

Und dann passiert es, als sich beide mit ihren Lippen berühren. Ein helles und ein violettes Licht kommen als Fäden aus ihnen heraus und bewegen sich aufeinander zu, nur um sich miteinander zu verbinden. Es sieht alles völlig umwerfend für mich aus, dass ich unwillkürlich an Mathis und seine Wärme zurückdenken muss. Haben wir etwa in gleicher Weise verschlungen und glücklich ausgesehen? Obendrein beobachte ich, wie Samu krampfhaft versucht, sie wegzuschieben, aber es nicht schafft. Fix nehme ich meinen ganzen Mut zusammen, klicke mich aus der Leine und klettere die paar Meter die Leiter runter, nur um vorsichtig meine Hände auf die zwei zu legen. Und was soll ich sagen? Die Farben und Fäden ziehen sich in die beiden zurück.

Verwundert und überrascht gucken sie mich an, bis Samu das Wort ergreift.

„Wenn wir es nicht kontrollieren können, haben wir wie Mathis und Aemilia ein Problem", flüstert er Jola zu und mir wird es schlecht.

„Aber es weiß doch niemand", sage ich atemlos zu den beiden.

„Du würdest es für dich behalten?"

„Ja, Jola! Ich kenne den Schmerz, wenn man seine zweite Hälfte verliert." Dabei kämpfe ich gegen meine Tränen an.

„Okay, dann laufen wir fix hoch, bevor es jemand merkt", übernimmt Samu und Jola wirft sich mir um den Hals.

„Danke, danke", murmelt sie, obwohl ich nur mit einem Kloß im Hals nicken kann, damit ich nicht vollends in Tränen ausbreche.

Zusammen klettern wir die acht Meter rauf und ich habe nicht mal das Bedürfnis, nach unten zu gucken. Vielleicht sollte ich mal Samu fragen, ob er etwas von Mathis weiß. Als wir oben ankommen, winken uns Isabella und ihre Schwester von oben zu.

„Sagt bloß, wir müssen noch höher?" Hilflos blicke ich zu Samu und Robin.

„Ja. Wir kommen zum Schluss auf sage und schreibe fünfunddreißig Höhenmeter, die wir mit dem Seil in die Tiefe sausen."

Mir wird schlecht.

„Aemilia, es ist unerlässlich, das du es kannst! Unser Training, ist die beste Vorbereitung für dich." Aufmunternd sieht mich Samu an.

„Also, ganz ehrlich. Mir würde es um ein Vielfaches leichter werden, wenn Mathis an meiner Seite wäre." Immerhin stimmt das, weil ich mich bei ihm sicher und beschützt fühle.

„Aemilia, leider hat er einen bedeutsamen Auftrag erhalten, den er ausführen muss, um uns zu unterstützen", ertönt Robin seine Stimme. „Jetzt passen wir auf dich auf und wer weiß, vielleicht kannst du ihn bald wieder sehen. Dann kannst du ihn genauso hinreißend küssen wie Jola ihren Samu." Damit zwinkert er den beiden zu und schickt uns weiter, die Seilbrücke mit den Holzbrettern zu überqueren. „Wir müssen zeitgleich laufen, wie später auch. Das ist wichtig, damit ihr ein Gefühl dafür bekommt!", erklärt uns Robin als er losmarschiert, dicht gefolgt von uns drei.

Die Brücke ist ohne Witz wacklig und meine Konzentration wird auf eine harte Probe gestellt, weil ich leider, um die blöden Trittbretter zu erwischen nach unten schauen muss. Mir strömt mein Schweiß aus den Poren, doch ich kämpfe all das zurück, bis wir endlich auf der anderen Seite ankommen.

„Das sind jetzt achtzehn Höhenmeter für den Anfang gewesen. Super!", freut sich Robin und Samu nickt ihm bedächtig zu.

Fast könnte ich lachen, aber ich bin zu zittrig von der Wackelpartie.

„Nimm!" Robin zaubert mir eine Wasserflasche in meine Hand, samt Handtuch.

„Wenn wir das heute schaffen, werden wir ab morgen mit Gewichten arbeiten", vernehme ich Samu und ich kann es nicht fassen, dass es noch verschärfter wird.

„Du verstehst dich bestens darin, einen zu motivieren!", ist das Einzige, was mir dazu einfällt. Doch er lacht mich aus vollem Hals mit seinem attraktiven Gesicht an.

Eilig werden wir nun angetrieben, die nächste Kletterwand zu nehmen. Nur als dann die erste Art von Seilbahn erscheint, die ich ohne doppelten Boden nehmen soll, verweigere ich ernsthaft mein weiterlaufen.

„Aemilia, du klingst dich mit dem Seil, das zweimal gesichert ist ein und dann ab. Sobald du an deiner Position ankommst, wird dich Robin auffangen."

„Aber wenn ich da festhänge oder abstürze, auch später in echt ...?" Ich mag gar nicht daran denken, wenn ich etliche Höhenmeter hinabstürze.

„Versuch uns, zu vertrauen! Wir werden für dich da sein. Also, trau dich!", sagt Robin und Samu sieht mich aufmunternd an.

„Trau dich!" Selbst Jola nickt mir Mut machend zu.

„Zuerst Robin, dann ihr beiden Mädels und zum Schluss komme ich als Nachhut", erklärt mir Samu. „Schau gerade aus! Es ist eine kurze Strecke. Erst nach und nach, wird diese Seilbahn länger und höher."

Schockiert mustere ich ihn.

„Vertrau uns!", höre ich Robin abermals sagen, während er mich an meine Hand nimmt und mir alles in Ruhe erklärt, was ich machen soll. „Ich sause zuerst hinunter und ich fange dich später auf. Samu passt derweil auf, dass du dich richtig einklinkst. Verstanden?", erklärt er mir, dass ich mich ernsthaft frage, auf was ich mich hier eingelassen habe.

Ich kann nicht mal eben meine Angst vor Höhen überwinden und, wenn ich an dem Seil festhänge, kann ich nicht selbst agieren. Dieses sich ausgeliefert fühlen, ist für mich schwer zu ignorieren. Beide sagen, ich soll ihnen vertrauen, aber reicht Vertrauen aus, um mir die Bedenken zu nehmen? Tapfer sichere ich mich, als Robin das Zeichen gibt, das ich ihm folgen kann, und ich tue es, obwohl mir mein Verstand etwas anderes sagt.

So sause ich eine Strecke von einhundert Meter durch Baumwipfel und drehe mich, wie ein Brummkreisel um mich selbst, bis mich Robin ausbremst.

„Du bist zu leicht. Winkle deine Beine beim nächsten Mal an und strecke deine Arme aus. Dann geht es schneller und etwas weniger in Kreiselform."

Etwas zittrig nicke ich ihm zu. Bin ich doch heilfroh, unbeschadet gelandet zu sein. Dann schleppen mich die beiden Jungs tatsächlich bis auf fünfunddreißig Meter Höhe und lassen mich zum Abschluss fünfhundert Meter, Non Stopp mit der Seilbahn, wie ich sie für mich nenne, abwärts rutschen. Zum Glück schaffe ich es, obwohl ich mich frage, wie ich den Mut aufbringen soll, dieses im Notfall anzuwenden.

Ordentlich fertig wie ich bin, gehe ich mit den Mädels und Aaron schwimmen, um unsere Gelenke und unsere Nerven zu massieren.

„He, was ist los?", erkundigt sich Aaron bei mir.

Ich stiere in das warme Wasser und betrachte meinen Badeanzug sowie meine Figur, die ich in dem Moment voll fett finde.

„Ich bin mir nicht sicher, ob ich das wirklich kann."

„Was?", will Isabella wissen, die ihren langen Zopf nach oben gesteckt und mit einer Haarklemme festgemacht hat.

„Diesen Trip durch das Gebirge und das was auf uns wartet." Alle sehen mich irritiert an. „Während ihr drei daran Spaß findet, sorge ich mich um Mathis. Niemand sagt mir, wie es ihm geht und das fuchst mich." Jetzt war es draußen.

„Du kannst doch deine Entscheidung von keinem Mann abhängig machen? Wenn die gesamte Welt von dem Magier vernichtet wird, dann gibt es keine Zukunft mit Mathis", erwidert Isabella.

„Na ja, irgendwie hast du natürlich recht. Aber ich vermisse ihn so sehr, als ob nur er mich vervollständigen kann", schnaufe ich kurz. „Ich kann echt nicht erklären, was er mit mir macht, aber ich habe mich in ihn verliebt." Was auch stimmt und es wird mir dabei schwer um mein Herz.

„Du weißt aber schon, wenn ihr beide in einander verliebt seid, das ihr, damit für den einen zur Zielscheibe werdet? Er kann euch gegeneinander ausspielen."

Widerstrebend nicke ich Aaron zu.

„Deshalb finde ich es gut, dass man ihn abkommandiert hat."

Prompt fühle ich wie sich Jola neben mir verkrampft.

„Und die Mädels hier sind nicht so dumm, ihr Herz an einen der anderen zu verlieren. Es ist eher unwahrscheinlich, dass die Paare eine gemeinsame Zukunft haben." Damit taucht Aaron ab.

Die drei Mädels schauen mich Anteilnehmend an, bevor sie abtauchen. Was ich gleichfalls mache, um meine Gedanken abzukühlen. Auch wenn ich rasch wieder auftauche, weil das Wasser nicht unbedingt mein Element ist. Dennoch bin ich zu langsam, um Aaron nach diesen Tattoo zu fragen, weil er bereits aus dem Becken springt und weg ist. Ich möchte wirklich mal wissen, seit wann er das an seinem Unterarm hat und was es bedeutet. Bevor ich jedoch grübeln kann, steigen die anderen aus dem herzförmigen Pool und trocknen sich ab.

Im Anschluss gehen wir mit Aaron zum Abendessen. Allerdings dachte ich, dass er als Friedenswächter nicht mehr bei uns bleiben darf.

„Aemilia, Aaron ist noch in der Ausbildung und bleibt unter uns, weil er uns hier am besten beschützen kann. Die anderen Jungs bereiten derweil euren Abmarsch vor", beantwortet mir Thea meine Frage und ich begreife, dass sie in meinem Kopf nachgesehen hat.

Etwas genervt nicke ich ihr zu, bevor meine Gedanken einmal mehr ihr Eigenleben führen.

„Aemilia?"

Nervös blicke ich zu Serafine.

„Darf ich dich mal entführen?"

Bevor ich antworte, schaue ich meine Mutter an, die mir zustimmend zunickt. Wir stehen auf und sie führt mich in ihre Hexenküche. Dort gucke ich sie verlegen und schüchtern an.

„Aemilia, ich weiß nicht, wie ich anfangen soll? Ich habe bemerkt, dass du enormen Respekt und etwas Angst vor mir hast. Doch das brauchst du nicht! Vermutlich hast du eher meine Furcht gespürt, als ich sah, was mein Sohn für dich empfindet", sieht sie mich hoffnungsvoll an.

„Das kann gut sein. Immerhin beherrsche ich manchmal meine Gefühlswelt nicht richtig", versuche ich, Serafine etwas Sicherheit zu geben.

„Ich bin nicht blind, wie jeder anderer es ebenfalls nicht ist. Dennoch musst du dich zum Wohle aller zurücknehmen und ihn ziehen lassen!"

Augenblicklich habe ich das Gefühl, das mir Serafine den Boden unter meinen Füßen wegzieht. Ehe ich jedoch etwas erwidern kann, fährt sie fort.

„Als wir Mathis damals adoptiert hatten, wussten wir bereits, dass er ein Krieger ist."

„Ihr habt ihn adoptiert?", unterbreche ich und sie nickt mir bestätigend zu.

„Es bedeutet: Sich aufopfern und den Traditionen zu folgen, wie es in der Alten Welt üblich ist", erklärt sie mir.

„Dennoch können sich Traditionen ändern und bedeuten nicht immer gleich, dass alles Neue schlecht ist!", kann ich nicht an mich halten.

„Wenn du aber die alten Sitten und Gebräuche nicht verstehst, wie kannst du ihn darin bestärken diese zu leben?"

Ich denke, dass ich gleich von meinem Glauben abfalle.

„Fine, Liebe ist dafür gemacht, um Brücken und Grenzen zu überwinden, egal ob ich eine Hexe bin oder nicht. Wichtig ist doch, dass ich meine zweite Hälfte finde, die mich vervollständigt und mir Flügel zum Fliegen verleiht."

Serafine sieht mich an, als würde ich von einem anderen Stern kommen. Somit probiere ich einen Vormarsch, sie von Mathis und meiner Liebe zu überzeugen. Denn ich bin mir sicher, dass er ebenso fühlen muss wie ich!

Jetzt begreife ich, dass er sich nur aus Verantwortungsbewusstsein gegen mich wehrt.

„Ich weiß, das Mathis meine zweite Hälfte ist", rede ich fast ohne Punkt und Komma.

„Woher willst du wissen, ob es die wahre Liebe bei euch beiden ist?"

Da erkenne ich, dass Serafine um das Wohlergehen ihres Sohnes kämpft.

„Weil uns die Fäden permanent miteinander verbinden wollen", flüstere ich.

„Nein!", haucht sie, zurück und ich schaue sie Kopfnickend an.

„Was ist daran falsch?", möchte ich wissen, weil sie etwas blass aussieht und sich auf einen Stuhl setzt.

„Es gab noch nie eine Verbindung zwischen Himmel und Erde, wie ihr beiden es anstrebt", sieht sie mich besorgt an. „Nur einmal, einer sehr alten und verstaubten Legende her, soll es eine Bindung gegeben haben, die jedoch einen Stamm seinen Untergang gebracht haben soll."

Plötzlich rasen mir viele Fragen durch meinen Kopf, dass selbst ich jetzt etwas atemlos vor ihr dastehe.

„Warum dürfen wir zwei uns nicht lieben?"

„Weil ein Himmelwesen nur beobachten darf. Alle Wesen, auch die Wiedergeborenen, ist es nicht erlaubt sich mit einer irdischen Art zu verbinden. Es ist tabu!", und sie sieht mich mahnend an.

„Regeln kann man auch ändern!" Ich bin kurz davor umzukippen.

Indessen schüttelt sie hartnäckig ihren Kopf.

„Du hast als einfache Hexe nicht die Möglichkeit ihn an dich zu binden. Er ist im Auftrag unserer vielen Himmelsmächte unterwegs. Ein Krieger der Friedenswächter darf sich auf keinen Fall auf einen einzelnen Menschen einlassen. Er muss zum Wohle aller da sein!", flüstert sie immer noch fassungslos und mir rollt eine Träne an meiner Brille entlang. „Das ist ihr Eid, den sie geschworen haben", schiebt sie noch hinterher, meine Enttäuschung ignorierend.

„Glaubst du nicht, wenn wir vier Mädels mit Aaron und den anderen es zusammen schaffen den Einen zu stürzen, dass es dann eine Sonderreglung für mich und Mathis geben wird?"

Wie zwei Kriegerinnen mustern wir uns, die jede ihre Meinung und Ansichten vertritt.

„Ich habe keine Ahnung. Allerdings so, wie du um meinen Sohn und eure gemeinsame Zukunft kämpfst, kann ich es für euch nur hoffen!" Etwas schwerfällig erhebt sich Serafine und läuft in den Tempel, ohne sich noch einmal umzudrehen.

Aufgelöst laufe ich in mein Zimmer und schmeiße mich auf Jola ihre Betthälfte. Dort heule ich, was das Zeug hält. Einfach nur, um mir selbst die Last, die auf meiner Brust sitzt zu nehmen.

Kapitel 9

Wer einen Fehler begangen hat und ihn nicht korrigiert, begeht einen weiteren Fehler.
Konfuzius, 551- 479

S eit dem letzten Gespräch mit Serafine in ihrer Hexenküche, habe ich mir angewöhnt, mich etwas unsichtbarer zu machen und einfach nur zu funktionieren. Selbst, wenn sie mir und Jola Zauberunterricht gibt, halte ich Abstand zu ihr. Alle zwei Tage üben wir mit ihr Abwehrzaubertränke herzustellen oder wie wir uns gegen Angreifer mit unseren Gaben und Sprüchen wehren können. Mich strengt das wirklich an, weil ich mich bei ihr unwohl fühle. Ich weiß, dass es paranoid ist, weil sie ja nur ihren Sohn schützt. Trotzdem will ich es nicht akzeptieren! Was ist denn mit meinen Gefühlen und meinem Seelenfrieden?

Jola ihr Geheimnis mit Samu und ihrer Liebe ist bei mir sicher. Wie immer, wenn wir beide eins haben. Bis jetzt konnte ich auch noch nicht beobachten, dass bei Isabella oder Annabella, sich das Band der Liebe mit den anderen Jungs verbunden hat. Auch, wenn mich Jola oft mitfühlend ansieht, kann sie mir leider nicht helfen. So gesehen, kann ich mir nur wünschen, dass es Mathis gut geht. Deshalb habe ich, eine Mauer um mein Herz errichtet, damit es nicht auseinanderfällt. Somit kann ich den Alltag aufrecht meistern.

Dann gibt es wieder Tage, wo ich nicht verstehen kann, warum ich ständig an Mathis denke. Aber sobald ich ihn mir ins Gedächtnis rufe, habe ich das Gefühl, etwas Wertvolles verloren zu haben. Es ist ein tiefes Empfinden von Wärme und Geborgenheit, die eine Leere in mir zurückgelassen hat, als er fortging. Aber kann ich denn nach dieser kurzen Zeit schon von Liebe reden? Gibt es tatsächlich die Liebe auf den ersten Blick? Sollte ich diese Art von Liebe gerade erleben, obwohl Mathis weit weg ist?

„Was hältst du davon, wenn wir durch unser Dorf laufen?", fragt mich Annabella und erlöst mich aus meinen Grübeleien.

Immerhin sitze ich mit den drei Mädels auf der großflächigen Terrasse im Gasthof und jede von uns hält einen Eisbecher in der Hand.

„Ehrlich gesagt, ich mag nicht."

Und das stimmt.

Wenn ich nicht beschäftigt bin, habe ich mich in den letzten Tagen für nichts aufraffen können, weil das Trainingsprogramm voll anstrengend ist.

„Es gibt bei uns einen super, tollen Wasserfall und man sagt ihm nach, dass er Wünsche erfüllen kann", sieht mich Annabella verschwörerisch an, als sie weiter plappert. „Was meint ihr Mädels, wir haben doch alle den gleichen Herzenswunsch, oder?"

Da muss ich schlucken.

„Echt?", hinterfragt es Jola, mit gedämpfter Stimme.

„Jeep. Wir sind alle verliebt und nun ja, ich dachte mir, weil es ja eigentlich eine Liebe gegen jede Vernunft ist ...“

Bloß weiter kommt sie nicht, weil wir bereits untereinander spüren, dass wir genau dorthin wollen, um unseren Wunsch auszusprechen.

„Dann lasst uns mal die Wanderklamotten holen und losgehen!", mischt sich Isabella ein, die bis dahin nur abwartend zugehört hat.

Wir sind tatsächlich wie ein Wirbelwind fertig. Dank der guten Zauberei stehe ich mit der Regenbekleidung am Empfang und lächle Thomas an.

„Wo wollt ihr denn hin?", fragt er mich, als er von seinem Computer hinter dem Tresen aufschaut.

„Mm, frische Luft schnappen", ruft Annabella von Weitem ihrem Vater zu.

„Also, Mädels, zumindest könnt ihr das nicht alleine. Ihr wisst, dass unsere Gegner höchstwahrscheinlich von euch wissen", und seine Sorgen sind in seiner Stimme nicht zu überhören.

„Oh, Papa!", murrt Isabella.

„Ne, das geht nicht! Aaron und ich kommen mit." Kurz schnipst er in die Hand und steht in voller Montur vor uns.

Selbst Aaron taucht wie aus dem Nichts auf.

„Die Jungs im Tempel wissen Bescheid, falls es Probleme gibt", nickt er Thomas zu.

„Dann ihr jungen Damen!", schickt dieser uns zur Tür hinaus.

„Wo geht es überhaupt hin?"

„Zu einer Art Wasserfall der Wünsche erfüllt", flüstert Jola ihrem Bruder zu und er zuckt nur seine Schultern.

„Das ist ein guter Fußmarsch zum Berg hinauf. Circa eine Stunde, dann sind wir da", erklärt mir Thomas, weil er das Gespräch der Geschwister gehört hat.

Wir gehen an einem Fußballplatz vorbei, einem Spielplatz und an einer Holzfabrik, ehe wir den Fluss noch mal überqueren, um in die Bergwelt zu gelangen. Vor mir wandern die beiden Schwestern und scherzen miteinander sowie Jola mit ihrem Bruder, die seitlich von mir laufen. Und zum Glück spielt diesmal sogar das Wetter gut mit. Kein Tropfen fällt vom Himmel runter und keine Windböe bringt uns zu Fall. Dennoch finde ich den Aufstieg etwas anstrengend, weil der Weg ansteigend ist und sich endlos zieht.

„Weißt du schon, was du dir wünschen wirst?", möchte Thomas neben mir wissen und ich glaube, dass er bereits etwas ahnt.

Mag sein, dass ihm Serafine von unserer Unterhaltung erzählt hat. Deshalb schaue ich ihn nur verlegen an.

„Dann lass dir mal was von mir sagen!", und ich luge ihn mit großen Augen an. „Glaubst du echt, dass meine Frau und ich zusammen wären, wenn Serafine nicht locker gelassen hätte?"

„Wie jetzt?"

„Wir gingen beide in die gleiche Schule und sogar in dieselbe Klasse. Während Serafine sich in mich verguckt hatte, bin ich lieber Fußballspielen gegangen. Als sie dann anfing, in meiner Gegenwart rum zu zicken, na da hat es bei mir klick gemacht."

„Cool."

„Hast du eine Ahnung, wie lange ich dafür gebraucht habe?"

Allerdings kann ich nur meinen Kopf schütteln.

„Fast fünfzehn Jahre", lacht er mich an.

„Aber dann hat sich Fine sehr zeitig in dich verliebt."

„Fine wusste bereits mit acht Jahren, dass sie auf mich steht."

Vor lauter Sprachlosigkeit klappt mir meine Kinnlade nach unten.

„Das ist der Wahnsinn."

„Deshalb, lass dir nicht ständig von anderen Sagen, ein Happy End sei unmöglich! Das Gleiche habe ich meinen Töchtern neulich erst gesagt." Dabei sieht er mehr als zufrieden mit sich aus.

„Soll das heißen, du bist über uns Mädels im Bilde?", und er nickt mich glücklich an. „Aber du weißt schon, das wir aus unterschiedlichen ...", nur fällt mir nicht das treffende Wort ein. „Wie sagt man dazu?"

„Das ihr und eure Auserwählten aus unterschiedlichen Welten seid?", zwinkert er mir schelmisch zu. „Wo ein Wille ist, ist auch ein Weg!", beantwortet er mir meine Frage.

„Wer nicht wagt, der nicht gewinnt", höre ich Aaron sagen. „Oder so ähnlich."

Da kann ich nur staunen, was die beiden Männer wissen, obwohl wir Mädels dachten, wir würden es gut verheimlichen.

„Schaut da vorn!", ruft uns Annabella aufgeregt zu.

Da entdecke ich den berauschenden Wasserfall. Genau neun Meter fällt er in einem freien Fall hinter einer Holzbrücke herab.

„Unter dem Steg fällt er noch weitere fünf Meter abwärts ins Tal", klärt mich Thomas auf.

Alle laufen wir auf die Brücke zu, die ich vorm Betreten skeptisch betrachte.

„Hält die uns aus?", doch Jola stupst mich nur lachend von hinten an und schiebt mich weiter.

Bloß je näher ich dem Wasserfall komme, umso lauter wird das Geräusch des fallenden Wassers. Als sein Plätschern immer intensiver wird, bleibe ich atemlos stehen und die Mädels, die bereits mit Aaron in der Mitte auf der Brücke sind, drehen sich zur mir um.

„Aemilia, was hörst du?" Besorgt schaut mich Jola an.

„Ich weiß es nicht, weil ich die Stimmen nicht verstehe", wispere ich.

„Von wem redet sie?" Aufmerksam und wachsam zugleich sieht sich Thomas um.

„Die Stimmen im Wasser", beantwortet ihm Annabella seine Frage.

„Stimmen?" Nur weiter kommt er nicht.

Der Wasserfall verdichtet sich zunehmend, bis sich dieser direkt vor uns herabfallen lässt. Mit einem Mal sind wir von Wasserstaubwolken umnebelt.

„Was ist das?", sieht mich Aaron angespannt an.

Plötzlich kann ich fühlen, wie sich mir das Wasser mitteilen will. Es ist ein rasches Aufblitzen zusehen und ein starker Wind braust auf, gefolgt von einem lauten Grollen.

„Aemilia, kannst du dem Spuk kein Ende setzen?"

Ich schüttle nur meinen Kopf, weil mir dieser Druck und das ungestüme Geflüster zu schaffen machen. Meine Knie geben nach und ich muss, meine Brille abnehme, damit ich mir die Stirn massieren kann. Als ich den Kopf anhebe und mir den Wasserfall genauer betrachte, schieben sich ein ovales Frauengesicht und einige kleinere Gesichter von Frauen, Männern und Kindern aus dem fließenden Wasser hervor. Bloß glücklich sehen sie nicht aus, sodass mir mein Herz wehtut und mir eine erste Träne die Wange herunterrollt.

„Ihr dürft euch nichts wünschen!", rufen sie lärmerfüllt durcheinander.

„Warum?" Ich verspüre, wie meine Freunde ihren Atem anhalten.

„Weil dieser Wasserfall früher von allen magischen Wesen genutzt wurde. Einst ließ er Wünsche und Träume wahr werden, bis ich von der dunklen Macht verflucht wurde", sprechen die Stimmen weiterhin durcheinander.

„Was bedeutet das?", frage ich.

Daraufhin kommt das kolossale, ovale Frauengesicht aus dem Wasserfall immer näher an mich heran, das ich sie an ihren graublauen Augen fast berühren kann. Ihre Haare hat sie zu einem Kranz um ihren Kopf geflochten und ihr Gesicht zeigt das gleichmäßige Abfließen des Flusses. Ihr Angesicht ist viermal so groß wie meins und ich bin absolut überrascht, weil ich so etwas bisher noch nicht gesehen habe.

„Siehst du all die Menschen bei mir?"

Ich nicke ihr mit einem Kloß im Hals zu, als ich um mich schaue.

„Einst war ich ihre Wunschgöttin und jetzt hat er ihnen ihre Träume und Wünsche entzogen."

„Das ist, als würdest du einem Lebewesen seine Seele rauben", flüstere ich. „Wie können wir euch helfen?", frage ich ehrlich von diesem Leid berührt.

„Wenn du das Dorf der Eventus befreist …", dabei sieht sie bedrückt neben sich in die Gesichter der anderen, „dann werden die Menschen in ihre Welt zurückkehren und mit ihnen, ihre magischen Gaben."

In dem Moment entdecke ich in ihren großen Augen, dass diese vor Trauer in Wasser schwimmen.

„Ich verspreche dir, wir werden dich und die Menschen befreien!"

„Danke, kleines Mädchen. Ich werde mit all meinen Schwestern und Brüdern an deiner Seite bleiben. Ich wünsche dir viel Glück auf dem Weg, die Welt von ihm zu erlösen!"

Bevor ich überhaupt realisieren kann, was sie damit meint und was vor meinen Augen passiert ist, zieht sie sich mit all den Gesichtern in den Wasserfall zurück. Der Wind nimmt ab und das Dösen wird weniger. Selbst die Stimmen verklingen und es ist, wie es sein soll, wenn ein kleiner Erdenmensch vor einem mächtigen Wasserfall steht.

Also, bei so einem spontanen Erlebnis, ohne Vorwarnung, da muss ich erst mal tief durchatmen.

„Alles in Ordnung bei dir?", will sogleich Thomas von mir wissen.

„Voll krass", erklingt es von Aaron.

„Können wir kurz verschnaufen und dann zurückgehen?", frage ich in die Runde, weil mein Körper zittert.

„Wenn du gestattest, dann trage ich dich?"

„Das ist lieb von dir, Thomas. Aber ich denke, für meinen Kreislauf ist es das Beste, nach einer Verschnaufpause selber zu laufen", setze ich mein gewinnendes Lächeln auf.

„Abgemacht!"

In diesem Augenblick läuft Jola auf mich zu und legt mir ihre Hand auf, während die anderen das Erlebte bequatschen. Erschöpft lasse ich den Traubenzucker auf meiner Zunge zergehen.

„Wir können", sage ich, nachdem mir Jola Kraft gegeben hat.

Stillschweigend laufe ich mit den anderen den Waldweg hinunter und ich freue mich auf eine ausgiebige Dusche im Hotel. Nur als ich im Gasthof ankomme und meine Mutter aufgeregt auf mich zukommt, erfahre ich, dass sich längst alles rumgesprochen hat. Nämlich, dass wir zu den Himmelsgeistern, jetzt auch Unterstützung von einer Wunschgöttin bekommen.

„Weißt du, wer sie ist?", fragt mich Thea, als wir an unserem Tisch im Speiseraum sitzen.

Allerdings kann ich nur mit meinem Kopf schütteln. Natürlich darauf bedacht, die heiße Schokolade mit viel Sahne, nicht zu verschütten, die ich mir eben herbeigezaubert habe. Ich zittere immer noch und brauche etwas, um mich daran festzuhalten. Außerdem habe ich mir angewöhnt, diese zu trinken, damit ich Mathis näher bin, wie einst als er in mein Zimmer gestürmt kam. Er war damals mein Retter und leider verstand ich seine Zurückhaltung nicht. Bei Jola und Samu klappt es eigentlich ganz gut. Sie behindern sich nicht und geben sich eine sichere Distanz, damit die Fäden nicht erneut aus ihnen herauskommen. Warum haben Mathis und ich nur nicht richtig reagiert? Warum mussten Thea und meine Mutter als Zeugen anwesend sein, als es passiert ist? Und warum ist mein Leben enorm kompliziert geworden? Macht das die Liebe immer so? Bringt die Liebe sogar den Schmerz mit, der einen unnatürlich leiden lässt?

„Aemilia?", höre ich Thea rufen, als sie ihre Hand vor mir hin und her schwenkt.

Sogleich wird mir bewusst, dass ich gedanklich meilenweit weit weg war. Weg bei ihm und mir ist es ganz und gar egal, ob sie es liest oder nicht.

„Was?", gebe ich etwas genervt von mir.

„Ob die Wunschgöttin sich vor gestellt hat?"

„Da muss ich mal kurz überlegen." Schnell lasse ich, dass Ereignis in meinem Geist Revue passieren. Verneinend schüttle ich den Kopf, sodass ich gezwungen bin, die Tasse auf den Tisch abzustellen, nur um meine Brille gerade zu rücken. „Nein. Aber auf jeden Fall war sie bildschön. Nett, aber bedrückt und sie bietet uns ihre Hilfe an."

„Ich weiß, wer es ist. Das ist definit Eistla die Tochter des Wassergeistes, der noch Zugang zu uns hat. Ihre Hilfe werden wir ebenfalls gut brauchen, wie die der Himmelsgeister. Denn Mitra hat dir ja ihren Beistand angeboten." Gewinnend strahlt uns Thea alle an.

„Schön zu wissen, dass ihr damit was anfangen könnt."

„Sollen wir es dir erklären?", fragt sie mich. Wohingegen sie mich mit ihren blauen Augen, die meinen absolut Gleichen mustert.

„Nein, danke, für heute ist mein Bedarf gedeckt. Ich will nur noch schlafen." Augenblicklich erhebe ich mich und stelle die leere Tasse ab.

„Aber es ist wichtig!", erklärt sie mir.

„Für mich ist auch einiges wichtig und niemand hilft mir!" Damit lasse ich sie stehen und gehe auf mein Zimmer, direkt unter die Dusche.

Das warme Wasser tut mir echt gut. Ich wünsche mir ein Vanilleduschöl und habe es sofort in meinen Händen, um mich damit gründlich einzuschäumen. Allerdings kann ich wieder einmal nicht abschalten, weil meine Gedanken ihr Eigenleben haben. Ich frage mich, warum ich mit manchen Dingen nicht so nüchtern und neutral umgehen kann, wie ich es sollte? Stattdessen stehen mir meine Gefühle im Weg. Klar ist es wichtig, dass ich im Bilde sein sollte, wer uns alles unterstützt. Gleichzeitig sollte ich für die viele Hilfe dankbar sein, um nicht gleich beim ersten Schritt getötet zu werden.

Dennoch frage ich mich, wie wir diesen Fluch auflösen können. Wie hat es der Mann gemacht, dass ihn alle magischen Gaben zufliegen? Was hatte die Wunschgöttin gesagt? Ich muss das Geisterdorf befreien, dann sind alle Menschen frei und ihre Magie zurück. Flink springe ich unter der Dusche hervor, wickle mich in mein Handtuch ein und schnappe mir einen Zettel und Stift. Damit notiere ich mir meine Fragen, nachdem ich mich auf mein Bett gesetzt habe.

Wie kann ich das Dorf befreien? Wo hat der Magier seinen Tempel errichtet? Klappt ein Zauberspruch, um ihn zu uns zu holen? Jedenfalls wäre es viel leichter, als zu ihm zu marschieren. Kann er uns dann von Nutzen sein? Hat er eine Vorgeschichte? Wer kennt ihn? Wer kann darüber erzählen? Das Weissagungsbuch mit seinen leeren Seiten oder der Priester in einer Welt, die ich nicht betreten kann?

Plötzlich überschlagen sich meine Gedanken, als mir bewusst wird, dass es mit Bestimmtheit Mathis beantworten kann. Nur der ist weit weg.

„Oh, so ein verdammter Mist aber auch!", motze ich. „Dann muss ich eben noch mal zu den anderen und es mit ihnen klären." Schnell schnipse ich in meine Finger und prompt stehe ich in Jeans und Pulli ausgestattet da und kann nach unten sausen. Als ich im Speisesaal ankomme, sitzen alle noch da, als hätten sie auf mich gewartet. Na gut, soll mir recht sein.

„Ich habe einige Fragen und die sollten wir mal klären, bevor wir in wenigen Tagen losmarschieren!"

„Na, dann schieß mal los!", höre ich meinen Vater sagen, als er mich zu sich winkt.

Genauso wie früher als kleines Kind setze ich mich auf seinen Schoß und lese vor, was ich auf geschrieben habe. Als ich ende, schaue ich in die Gesichter an unserem Tisch. Die Erwachsenen denken angestrengt nach und während diese grübeln, zaubere ich mir einen weiteren Pott heiße Schokolade. Jetzt warte ich mit Jola und den beiden Töchtern von Serafine auf die Antworten. Immerhin können wir es nicht wissen. Inwieweit Aaron seine Erinnerungen als Krieger der Friedenswächter zurückbekommen hat, das ist eine Frage, die er seiner Schwester noch nicht beantwortet hat. Obwohl Jola ihn beim Training schon oft danach gefragt hatte.

„Thea?", vernehme ich Rainer seine Stimme und sein Blick zu ihr, sagt mir, sie soll mit uns reden.

„Ich brauche ehrliche Antworten, für mich und meine Freunde! Du hast mir bis jetzt noch nicht erklärt, warum du eine Menge über das Bergdorf und die Eventus weißt", gebe ich bestimmend von mir, obwohl ich mich selber darüber wundere.

„Ich ...''

„Ich will keine Geschichten oder Legenden hören, sondern was man über diesen Magier wirklich weiß!"

„Er ist mein Bruder." Sie sieht mich bei ihrer Antwort direkt an und ich muss schlucken sowie es die anderen am Tisch ebenfalls machen.

„Was?", fragt jetzt Serafine mit erschrockenen Gesicht.

Derweil beobachte ich, dass Rainer Thea ihre Hand streichelt, als wolle er ihr Mut zu sprechen.

„Ihr seid auch unsterblich?", platzt es aus Jola raus und die beiden nicken ihr zu.

„Kann es sein, dass du Birgitta und nicht Thea bist?", hinterfrage ich, aus einem Impuls heraus. „Dann bist du Wotan und nicht Rainer? Ihr seid die zwei, die zwischen den Welten umher wandern, um eine Lösung zu finden. Richtig?"

Beide mustern nicht nur mich vorsichtig.

„Hättet ihr uns denn geglaubt, wenn wir als Götter der Himmelswelt vor euch gestanden wären?"

Klar, muss ich Wotan zustimmen. Wenn sich jemand in unserer Welt als Gottheit offenbart, der wird gleich in eine Irrenanstalt eingeliefert.

„Das bedeutet aber, dass ihr uns definitiv etwas über ihn verraten könnt. Was ist passiert und vor allem ist er dann ein Gott?" Jetzt sieht Marius ungläubig aus, wie wir anderen an diesem Tisch auch. Als hätten wir Angst das sich Birgitta mit ihrem Mann gleich vor unseren Augen auflösen.

„Ja, obwohl wir immer noch nicht wissen, wie wir den Fluch aufheben können", erklärt uns Wotan.

„Aber ihr wisst, wo er steckt?", hakt jetzt Thomas, nach.

„Ich kann es mir denken. Mathis klärt es zurzeit, ob meine Vermutungen stimmen", gibt Wotan Antwort.

„Mathis?", frage ich etwas ängstlich und schon sieht Thea zu mir auf.

„Er lebte einst in der Himmelswelt wie wir auch. Nur hat er sich dem Himmelsheer angeschlossen und hat den Sitz als Beobachter abgegeben."

„Beobachter?", erkundigt sich Isabella.

„Wir beobachten und geben euch Prüfungen auf, die ihr bestehen müsst, um über euch hinauszuwachsen. Es können gute Aufgaben sein oder aber auch, welche die Schmerzen und Leid mit sich bringen", beantwortet Birgitta ihre Frage.

„Bitte?"

Ich erkenne, wie verunsichert Mathilda bei ihrem Ausruf ist.

„Jeder der wiedergeboren wird, wünscht sich bei uns im Himmelszelt, was er in seinem neuen Leben auf Erden lernen will, um es besser verstehen zu können", antwortet ihr Wotan.

„Öhm, besser verstehen ...", unterbricht Jola.

„Wenn du in dem einen Leben gelernt hast, was Hunger bedeutet oder du mit starken Verletzungen unter dem freien Himmel alleine stirbst, dann kannst du im nächsten Leben viel Gutes tun."

Nachdenklich blicke ich Wotan an, als ich sage:

„Sowie die ehrenamtlichen Ärzte, Helfer oder Rettungsstaffeln, die in ihrer Freizeit anderen Menschen helfen?"

„Genauso. Aber sie können mit ihren Zauberkräften noch mehr. Durch ihre Berührung haben sie die Fähigkeit, die normalen Menschen vor der dunklen Macht zu beschützen", höre ich Birgitta äußern, als sie ihre Hand auf die von ihren Mann legt. „Doch mein Bruder verhindert die Wiedergeburt der magischen Kinderseelen. Somit stiehlt er unserer Gesellschaft ihre Gaben."

Sprachlos mustere ich in die vielen Gesichter am Tisch.

„Aber was ist der wirkliche Grund, dass er sich gegen alle Gewand hat? Warum hetzt er die nicht magischen Menschen auf uns?", hinterfragt jetzt Serafine.

„Nun gut, dann lasst es uns preisgeben!", ertönt Wotan seine Stimme, während er seiner Frau ihre Hand drückt.

„Es stimmt zum Teil, was ihr in den letzten Tagen an Informationen gesammelt habt. Aber mein Bruder ist kein böser Mensch."

Bei ihrer Offenbarung denke ich, dass ich gleich an meinem Verstand zweifle. Ehe ich jedoch darauf antworten kann, hebt sie beschwichtigend ihre rechte Hand und ich schweige.

„Eines Tages ging mein Bruder aus unserer Welt hinunter auf diese Erde, um sich selbst davon zu überzeugen, wie die Hexen und Zauberer mit ihrem Wissen und Fähigkeiten lebten. Er wollte am eigenen Leib erfahren, wie unsere Tempel angenommen wurden und wie die Menschen sich untereinander verstanden. Er lernte Völker kennen, die mit dem, was sie besaßen, glücklich waren."

„Irgendwann kam ihr Bruder auf eine Insel, die sich aus dem Ozean tausend Meter emporgehoben hat und zu einer massiven Felsenlandschaft geworden war. Auch heute besteht sie aus Gletschern, Wasserlabyrinthen und karges Felsenland."

„Das Dorf was er dort vor fand Unterschied sich von den anderen. Denn die Inselbewohner hatten sich selbst einen kleineren Tempel gebaut, der nicht zu unseren Anlagen gehörte. Sie hatten sich von ihrem ursprünglichen Land dorthin bewegt, weil ihr Dorf zu eng geworden war und das ist für uns völlig in Ordnung", und sie schluckt kurz. „Da er sich natürlich nicht offenbarte, lebte er als einfacher Mann dort und verliebte sich prompt in eine irdische Hexe."

Da macht sich in mir ein mulmiges Gefühl breit.

„Ihr Bruder wusste, dass diese Verbindung von uns Himmelswesen nicht geduldet wird. Dennoch nahm er sie zu seiner Frau, obwohl er damit gegen unser Gesetz verstieß."

Ich beobachte die anderen Mädels am Tisch, deren Gesichter Bände sprechen.

„Wir zitierten ihn zu uns und er musste seine Wahl treffen."

Erschrocken schaue ich zu Wotan.

„Das kann jetzt nicht euer Ernst sein", donnere ich los. „Er sollte sich bestimmt zwischen euch und dem Mädchen entscheiden, oder?" Das darf doch wohl nicht wahr sein! Haben die da oben denn kein Herz?

„Aemilia, Regeln und Gesetze sind dafür da, dass man sie achtet. Zum Schutz der Gemeinschaft", beharrt Wotan auf seine Denkweise.

„Aha, für die Gemeinschaft. Aus Liebe soll man verzichten, um was damit zu bewirken? Denn das begreife ich immer noch nicht", schimpfe ich und es ist mir völlig egal, was die anderen denken. „Ihr wolltet einfach euer Gesetz der Alten Welt, dem Gesetz der Liebe nicht anpassen! Ganz ehrlich, mich wundert es nicht, dass dein Bruder uns hasst."

„Aemilia, reiß dich zusammen! Ich kann verstehen, dass du genau das Gleiche denkst und fühlst, wie einst mein Bruder. Dennoch erlaubt es ihm nicht, andere zu töten."

Der Seitenhieb sitzt und ich schlucke meinen Frust runter. Klar, stimmt es, allerdings sollte sie es nicht verwundern.

„Okay, was ist dann passiert?", frage ich etwas gereizt.

„Er ließ sich trotz Ehrenkodex den Menschen gegenüber nicht umstimmen. Deshalb verließ mein Bruder als ein unsterblicher Zauberer unsere Welt und seine Göttlichkeit ging verloren. Aber das störte ihn nicht.

Er wollte Lieben und Leben, und seine Frau ebenfalls unsterblich machen. Und seitdem ist er als der Magier aus der Himmelswelt bekannt."

Eine gefühlte Ewigkeit lang stellt sich eine Stille an unserem Tisch ein, bis Birgitta bedrückt weiterspricht.

„Indessen schlich sich die Geisterwelt in den Geist seiner geliebten Frau. Diese wollten sie davon überzeugen, ihn zum Wohle aller gehen zu lassen. Er müsste noch viel Gutes in der Welt tun, als sich nur um sie zu sorgen. Er hätte eine Aufgabe im Interesse der gesamten Menschheit und die muss er erfüllen. Man redete ihr ein, wenn sie ihn wirklich liebte, würde sie ihn frei geben. Denn irgendwann käme eine Zeit, wo er seine Frau dafür verantwortlich macht, dass er nie wieder nach Hause zu seiner Familie kommen darf."

Augenblicklich laufen mir die Tränen, ob ich es will oder nicht. Ist es das, was sie mit Mathis und den anderen machen? Sie vor diese Wahl stellen. Entweder seine Familie oder eben, diese kurze Liebe? Mir blutet mein Herz, weil ich jetzt sicher bin, wie Mathis darüber denken wird. Aus dem Grund sollte ich ihn mir aus meinen Kopf schlagen! Ich könnte nie verantworten, wenn er wegen mir seine Familie und Freunde für immer verliert.

„Aemilia?"

Schon spüre ich die Hände von Jola auf meinen. Am liebsten würde ich aufstehen und wegrennen. Weil ich jedoch eine vernünftige Seite an mir habe, ist mir klar, dass es mir und den anderen nichts bringt. So nicke ich den beiden Göttern zu und bitte sie uns alles zu erklären.

„Mittlerweile hatte die Geisterwelt die junge Hexe so stark unter Druck gesetzt, dass sie sich immer mehr in sich selbst zurückzog. Natürlich bemerkte mein Schwager das und er suchte das Gespräch mit ihr. Trotzdem nahm sie seine Hilfe nicht an. Sie verschloss sich und ihren Geist vor ihm. Und dann eines Nachts, als er tief und fest schlief, setzte sie ihren Entschluss in die Tat um."

Nicht nur ich halte den Atem am Tisch an.

„Das Mädchen lief in den dunklen Fjord hinein und ließ sich von den kalten Wassermassen in die Tiefe ziehen. Und selbst da waren ihre Gedanken bei meinem Schwager."

Ein schweres Ausatmen ist am Tisch zu hören und ich kämpfe mit meinen Tränen.

„Als ich das vom Himmel aussah, konnte mich niemand mehr festhalten", beginnt Birgitta. „Ich sprang auf, eilte zu unserem Brunnen des

Lebens und ließ sie bei mir im Dorf auftauchen. Ich habe sie gerettet, aber ihr ungeborenes Kind nicht."

Da entdecke ich die Tränen in ihren Augen.

„Weil ich aus Eigennutz eingegriffen hatte, wurden dem Mädchen jegliche Erinnerungen geraubt."

Urplötzlich erlebe ich den Schmerz in ihr und fühle mich von einer Flut Erlebnisse überfahren.

„Es ist Aurora, stimmt's?", flüstere ich ihr zu.

„Ja, Aurora ist die besagte Hexe."

Bis ich Birgitta ihre Aussage verstanden habe, schlucke ich schwer. In meinem Kopf dreht sich alles, weil ich das erzählte von dem Mädchen mit dem, was mir von der Lichtgöttin offenbart wird, verbinden will.

„Gut, Aurora war weg und was passierte dann?", höre ich Aaron sachlich fragen und in dem Moment bin ich ihm sogar dankbar.

„Als mein Schwager am Morgen seine geliebte Frau nicht vor fand, ging er sie suchen. Alle im Dorf halfen bei der Suche mit, dennoch blieb Aurora verschwunden", und Wotan sieht uns alle an, während eine kurze Atempause entsteht. „Leider konnte er sich gleich einen Reim daraus machen, was passiert war. Vor allem als am Abend einige Brüder von uns bei ihm erschienen, um ihn daran zu erinnern, weswegen wir die Welt erschaffen haben."

Verstehend nickt ihm Aaron mit unseren Vätern zu.

„Er erklärte euch den Krieg und zerstörte alle Tempelanlagen. Richtig?", stellt Annabella ihre Frage.

„Ja", übernimmt erneut Birgitta.

Ich könnte meinen, dass sie mit dem erzählten, altert. Langsam erkenne ich Falten in ihrem Gesicht, die ich sonst nicht gesehen habe. Oder verwandelt sie sich nur in ihre ursprüngliche Form?

„Ja, Aemilia, wir beiden verwandeln uns nach der Offenbarung in unsere göttliche Form zurück. Doch zuvor altern wir."

Was soll ich darauf erwidern, außer sie um Unterstützung zu bitten?

„Birgitta, hilf uns! Was müssen wir wissen?"

„Nachdem mein Bruder die Tiere von ihren Schützlingen getrennt hatte, ging er gezielt gegen die magischen Menschen vor und versuchte uns alle auszulöschen. Als er dann Tausende Jahre später bei uns im Dorf auftauchte, kam es zum Streit. Ich war mir sicher, dass mein Bruder zu uns kam, um unsere Tempelanlage auszuspionieren. Leider traf er dann auf seine einstige

Liebe, weswegen er den Kampf gegen uns aufgenommen hatte. Er war enttäuscht und wütend zugleich, dass Aurora ihn nicht erkannte. Und als ich sogar zum zweiten Mal gegen eine Eheschließung war, ist dann alles eskaliert", erklärt sie uns sachlich.

„Was ist eskaliert?", spricht Marius mit scharfer Stimme aus, und als Birgitta nicht antwortet, setzt er sich kerzengerade auf. „Ihr glaubt doch nicht im Ernst, dass ich diese jungen Herzen in die Schlacht ziehen lasse, wenn wir nicht wissen warum und wie sie sich verteidigen können? Und das Wichtigste ist für mich und den Vätern hier am Tisch ...", unterbricht er sich kurz und Thomas mischt sich ein.

„Was Marius sagen will: Wenn ihr abermals entscheiden müsst, ob ihr eine Verbindung zwischen Himmel und Erde zulasst, wie würdet ihr diesmal und zum dritten Mal euer Urteil fällen? Für eure Prinzipien oder für die Liebe, ohne die es keine Menschlichkeit gibt?"

Ich bin total überwältigt und glücklich zugleich, dass unsere Väter nur unser Bestes wollen. Wenngleich es bedeutet, eine unkonventionelle Beziehung akzeptieren zu müssen. Egal wie die zwei nun entscheiden, ich bin happy, dass unsere Eltern, immer für uns da sind und nur unser Glück wollen. Am liebsten würde ich jetzt aufspringen und alle an unserem Tisch umarmen. Plötzlich spüre ich einen unglaublich starken Druck auf meiner Brust, der von dem Amulett ausgelöst wird, und nehme sein Leuchten bewusst wahr.

„Aemilia?", ruft mir Wotan mit einer ehrfürchtigen Stimme zu und sein Blick ist auf mich gerichtet.

Ich schaue an mir herab und mein kompletter Körper leuchtet violett auf und fühlt sich innerlich warm an. Als ich aufschaue, springt Jola mit den beiden Schwestern auf und die drei umarmen mich. Plötzlich leuchten wir vier Mädels weißviolett auf und strahlen uns glücklich an.

„Ich denke, dass die Himmelsmächte entschieden haben. Wir werden uns ab sofort für die Liebe entscheiden. Egal ob du eine Hexe bist oder nicht. Denn ohne Liebe gibt es kein Herz und kein verantwortungsbewusstes Leben! Wir wollen, dass sich alle Sterblichen weiterentwickeln können! Um das zu erreichen, kommen wir nicht umhin, es selbst vor zu leben."

Vor lauter Tränen kapiere ich nix mehr, nur das unsere Jungs - wenn ich das Mal so sagen darf- nicht mehr zwischen dem Himmel oder der Erde wählen müssen. Vielleicht habe ich mit Mathis dann doch noch eine gemeinsame Zukunft?

Als die Aufregung und das Glücksgefühl etwas abgeklungen sind, will Marius seine Frage beantwortet haben.

„Was ist eskaliert?"

„Ich kann mich nur noch an viele magische Kräfte und Schüsse erinnern. Von überall her wurden wir mit Feuerbällen und Zaubersprüchen angegriffen, sodass es über uns in allen erdenklichen Farben explodierte. Wir versuchten zwar, die Menschen zu beschützen, aber es muss uns nicht gelungen sein, weil wir im Unterdorf erwacht sind und die sieben Mädels oben im Geisterdorf."

Diesmal beobachte ich, wie Wotan beim Erzählen altert. Verblüfft runzle ich meine Stirn, wobei ich feststellen muss, dass ich meine Brille gedanklich abgesetzt haben muss.

„Gut, aber was müssen wir tun, um ihn zur Vernunft zu bringen?"

„Mm, Thomas, das ist der springende Punkt! So genau weiß ich es nicht. Ich weiß nur, dass unsersgleichen aus ihren Heimatorten aus Angst vor ihm flüchten. Sie werden durch seine Wahnvorstellung verfolgt und getötet. Er hat es sogar geschafft, dass niemand ihnen hilft. Das passiert nur, weil die schwarze Magie mit ihren Anhängern uns überlegen ist." Nachdenklich sieht Wotan alle am Tisch an, ehe er Birgitta ihre Hand drückt.

„Für euch mag es jetzt etwas komisch klingen, aber ich glaube nicht dass mein Bruder für das, was nachdem achtzehnten Jahrhundert passiert ist, verantwortlich ist. Ich habe das Gefühl das er, wie wir noch lebt, aber nicht das Mindeste ausrichten kann."

Umgehend ist ein ratloses Aufstöhnen am Tisch zu hören.

„Wie kommst du darauf?"

„Das sagt mir mein Gefühl, Mila."

„Merkwürdig", überlegt Marius laut.

Als ich zu meiner Mutter schaue erkenne ich, dass sie von dem Ganzen ängstlich aussieht. Na toll und dann soll ich mutig sein?

„Was haltet ihr davon, wenn wir das Gehörte, verdauen und es morgen noch mal besprechen?", fragt Mathilda in die Runde.

„Ich denke, das ist eine gute Idee", stimmt Wotan ihr zu.

Ich schaue zu den Mädels, die in dem Moment nicht wissen, was sie davon halten sollen. Na ja, immerhin ist alles schon arg schräg und heavy zugleich. Mich wundert es nur, wie sie und Aaron das verdauen? Denn die drei sehen immer voll beherrscht aus, als könnte sie nichts aus der Spur werfen.

„Wenn es für euch okay ist, mache ich für heute Abend einen Break? Morgen ist auch noch ein Tag", höre ich meine Mutter sagen.

„Genau, und der Morgen ist Klüger als der Abend", vernehme ich Serafine ihre Stimme.

In dem Moment bin ich ihr dankbar, weil sie aufsteht und aufgewühlt den Raum verlässt.

Als ich erneut in der Nacht von Stimmen geweckt werde, laufe ich ohne Furcht auf unseren Balkon und entdecke einen dichten Nebel, der sich auf die Bergsenke legt. Eine Nebelwolke löst sich daraus und zieht auf mich zu, während ich mich an der Balkonbrüstung festhalte. Ganz langsam formt sich ein Gesicht, das ich nur flüstern kann:

„Aurora?", und ihre Augen strahlen mich an.

„Ja, aber ich habe nicht viel Zeit. Ich möchte dich bitten, mir zu vertrauen! Verbinde dein Herz mit deinem Verstand, dann findest du den Weg zu seinem Tempeleingang."

Ich schlucke schwer.

„Was soll das bedeuten?", murmele ich, damit ich niemanden aufwecke.

„Wenn du im Einklang mit dir selbst bist, dann kannst du das Tor der Vergangenheit öffnen."

„Und Mathis?" Vielleicht weiß sie ja etwas.

„Ihm geht es gut." Damit verschwindet ihr Gesicht im Nebel und zieht sich zur Bergsenke zurück.

„Kannst du schon wieder nicht schlafen?", erschreckt mich Jola, als sie von unseren Tierwächtern begleitet wird.

„Ich wurde geweckt", gebe ich ehrlich zurück.

„Und?"

„Genau, Jola, das ist die große Frage! Aurora ist in einer Nebelwolke erschienen und bat mich, mein Herz und Verstand zu verbinden. Über Mathis habe ich null erfahren", gebe ich meinen Gedanken freien Lauf. „Langsam checke ich echt nicht, ob ich mir unsere Liebe nur einbilde? Auch überlege ich, welchen Beziehungsstatus wir beide haben?"

„Kein Wunder, das du die Tiefenentspannung nie schaffst, mit deinem Gefühlskarusell. Mensch, geh doch mal alles ganz langsam an und schalte dein doofes Kopfkino aus!", gibt sie mir ihren gut gemeinten Rat.

„Das sagt die Richtige!"

„Das mit Samu, hat sich einfach so ergeben", lacht sie mich an.

„Mädels, ab ins Bett! Die Jungs werden euch in ein paar Stunden nicht behutsam behandeln", höre ich Barna sagen und da kann ich nur lächeln.

„Danke, dass du uns daran erinnerst."

Dramatisch stolziert er ins Zimmer zurück.

„Na, dann lass uns mal reingehen!", meint Jola und zieht mich in unser Doppelbett, in dem es sich beide Stubentiger zu unseren Füßen bequem machen.

Bloß während Jola rasch einschläft, wälze ich mich hin und her, weil die vielen Gedanken bei mir herumwirbeln. Vor allem die Geschichte von Aurora. Ich bin bedrückt darüber, dass die beiden nie eine Chance bekommen hatten. Es muss doch für alle sichtbar gewesen sein? Nun weiß ich, dass sich die Himmelswelt genauso irren kann, wie wir. Nur das sie damit viel Unheil angerichtet haben. Und als ich vor mich hin grüble, spüre ich die tapsen meines Katers.

„Du sollst schlafen!", mahnt mich Barna an und setzt sich auf meinen Brustkorb.

„Ich kann nicht, weil ich an die traurige Liebe denken muss."

„Das ist Vergangenheit!"

„Eine Vergangenheit, die uns einholt. Dass man einmal ein Fehler macht, das kann ich ja noch verstehen, aber zweimal den gleichen?", sinniere ich vor mich hin.

„Es gibt immer Beweggründe, das man selbst zum wiederholten Mal so entscheidet."

„Mm, wenn du meinst", und er drückt sich fest an mich. „Geh ruhig zu Maura! Sie genießt es mit dir", versuche ich, ihn zu seiner Herzdame zu bewegen.

„Denk nicht zu viel an andere, sondern heute mal zur Abwechslung an dich! Also schlaf jetzt!"

Da kann ich nicht anders als ihm durch sein Haar zu wuscheln und einen Kuss auf seine Stirn zu geben.

„Danke. Aber sag später nie, ich hätte dich von deiner Kuscheleinheit mit ihr abgehalten!" Schon macht er es sich bei mir bequem und schickt mich schnurrend ins Traumland.

Als ich pünktlich um acht bei den Jungs im Tempel ankomme, geht es nicht in die Sporthalle. Sondern wir setzen uns unter den Baum, der mich mit den Himmelgeistern und Mitra zusammengebracht hatte.

„Hi, alle beieinander", begrüßt uns Robin und wir grüßen lachend zurück. „Setzt euch bequem in die Runde und dann aufgepasst!"

„Wir zeigen euch heute, wie das Marschgepäck aussehen wird", beginnt Rean und zeigt auf verschiedene Dinge, die bereits vor ihm liegen. „Das sind Zeltplanen, die fest an zwei oder drei Baumstämmen gemacht werden und ..."

„Wie, wir schlafen nur unter solchen Stofffetzen?", unterbricht ihn Jola entsetzt und ich weiß, dass sie nicht auf dem Boden die Nacht verbringen will.

„Wir haben unter einer Plane, die auf dem Boden liegt, gesammeltes Moos und Blätter zur Isolierung. Dann kommt eine dünne Isomatte mit den Schlafsäcken darüber. Außerdem befindet sich über uns eine weitere Plane, die uns vor Wind und Regen schützt", antwortet ihr Rean.

„Und was ist mit den wilden Tieren? Die können uns doch jeder Zeit angreifen. Wäre da ein Nachtlager in den Baumwipfeln nicht sinnvoller?"

Ich muss grinsen, weil das schon immer ihre Bedenken waren und wir nie auf dem Boden kampiert haben.

„Du brauchst keine Angst haben, weil wir die Tiere nicht anlocken werden!", beschwichtigt sie Samu, der ihr gegenüber sitzt.

„Aber sagtet ihr nicht, wir laufen in der Dämmerung? Da benötigen wir Licht", äußere ich gleich meine Bedenken. „Und da wo Helligkeit ist, kommen die Tiere."

„Schon, aber wir haben Lampen, die rotes Licht und keinen großen Lichtkegel haben. Somit sind diese Leuchten nicht von Weitem zu sehen, als wenn du eine normale Taschenlampe benutzt."

Abermals erkenne ich Jola ihre Skepsis, während Samu mir antwortet.

„Okay, aber wie sieht es mit Proviant aus?"

„Wir haben abgepacktes Zeug, was mit Wasser aufgelöst wird. Schmeckt nicht gut, aber es gibt uns Energie", höre ich Rean zu Annabella sagen, bevor Aaron seine Frage stellt.

„Wie ist die Tour geplant?"

„Wir dürfen uns nur leise und ohne Zauberei auf der Insel bewegen. Denkt daran, sonst findet er uns Schneller, als uns lieb ist! Doch bevor wir ihn stellen können, müssen wir klettern", beginnt Rean.

„Klettern", wiederhole ich leicht nervös seine letzte Aussage.

„Erst rauf und dann runter. Wir glauben, dass er den einzigen Durchgang geschlossen hat. Deshalb ist es zwingend notwendig, dass wir vor Ort herausbekommen, ob die Festung oberirdisch oder unterirdisch ist."

Verunsichert schaue ich ihn an.

„Fakt ist, wir müssen zu ihm rein!" Erwartungsvoll sieht Rean unsere Gruppe an.

„Ihr denkt echt, dass wir es schaffen?", erkundigt sich Isabella skeptisch.

„Ja, denn wir sind ausgebildete Krieger und ihr vier Mädels könnt vereint die Insel explodieren lassen, wenn es sein muss. Selbst Alban und Robin sind gute Kämpfer. Und Aaron ist mittlerweile auch gut drauf. Zusammen haben wir eine Chance. Jedoch müssen wir etwas Wichtiges noch klären …", und Samu sieht mich eindringlich an. „Aemilia, du musst uns den Weg weisen!"

„Bitte?" Ich denke, ich kippe vom Stuhl. Zum Glück sitze ich im Schneidersitz auf dem Boden. „Ich soll die Verantwortung für dieses Höllenkommando übernehmen? Ich bin doch ein absoluter Schisser." Verunsichert schüttle ich meinen Kopf, „Wie soll ich das können?"

Hoffnungsvoll rückt Robin näher an mich heran.

„Aemilia, du kennst Serafine ihren Altar?"

Angespannt nicke ich ihm zu, als er seine Hand auf meine legt, weil er links neben mir sitzt.

„Dort soll es einen direkten Zugang zu dem alten Tempeln geben", spricht er behutsam weiter.

„Eine zusätzliche Tür?"

„Ja. Diese ist, seit der Fluch auf dem Bergdorf liegt verschlossen."

„Und die muss ich finden?"

„Nur du kannst diese Tür öffnen und mit deinem Licht uns den Weg weisen", versucht es Robin neben mir.

Er will tatsächlich, dass ich diese Info schlucke und mit Erleuchtung gesegnet bin?

„Gut. Wenn ich die besagte Tür entriegle, was passiert dann?" Nervös nehme ich meine Brille ab und massiere mir die Stirn.

„Es heißt, dass wir dann direkt und ohne Umwege zu seiner Insel kommen", sieht mich Robin an.

„Wie, ohne Umwege? Bin ich dann gleich in der Höhle des Löwen?"

Indes grinst mich Robin nur an.

„Wir stranden direkt am Fuße vom Eiland und müssen nur noch kraxeln."

Ich ziehe meine Stirn kraus, bevor ich in die Runde gucke.

„Aber kann er uns denn nicht hören?"

„Nein, Mila, weil der Zugang über das Wasserlabyrinth der Wunschgöttin Eistla läuft und sie hat dir ihre Hilfe angeboten. Somit beschützt sie uns."

Aufs Neue bin ich sprachlos.

„Aemilia, mit Hilfe der Wasserwesen wird der Klang der Wellen, das Klatschen von Brandungswellen normal klingen, sodass er selbst unsere Füße nicht hören wird", erklärt Alban nicht nur mir.

„Und wenn wir dann die karge Felsenlandschaft betreten?"

„Die Erdgeister wollen sich ebenfalls von ihm befreien. Deshalb dämpfen sie unsere Bewegungen und Schritte", lächelt mich Alban zuversichtlich an.

„Wie bei einer Mondlandung?", höre ich Isabella lachend hinterfragen.

„Na ja, nicht ganz so. Fliegen können wir nicht", beantwortet ihr Alban ihre Frage.

„Fakt ist, wir bekommen von vielen magischen Wesen Unterstützung, aber nur, wenn Aemilia die richtige Tür öffnen kann", und Samu sieht mich mit seinem angespannten Gesicht an.

„Ich bin mir nicht sicher, ob ich das kann, denn es heißt: Ich soll mein Herz, mit meinem Verstand verbinden, dann finde ich den Eingang zu ihm. Aber ich bin voll durcheinander, dass ich nicht glaube, dass ich es schaffen kann", gebe ich ehrlich zu.

„Okay, dann gehen wir es langsam an! Angenommen wir landen direkt und ohne Umwege auf der Insel, dann müssen wir nur rauf und wieder runter kraxeln", beginnt Rean.

„Klingt ja voll entspannt", gibt Jola von sich und bringt mich zum Feixen.

„He, ihr habt super trainiert und gemeinsam bewältigen wir es", motiviert uns Rean.

„Oh, natürlich. Klingt, wie ein langweiliger Urlaubstrip in der Pampa, im Nirgendwo Land", motzt Jola.

„Genau! Genauso hat man uns den Trip nach Ösiland verkauft", sage ich laut und wir beiden müssen uns ein Lachen verkneifen.

„Kommt, Mädels. Denkt an den Ernst der Lage!", bringt sich Rean ein.

„Okay, wann soll der Abmarsch sein?", fragt Aaron.

„Sobald Aemilia die Tür öffnen kann, kann es losgehen!" Dabei nicken mir Rean und Samu aufmunternd zu.

Zerknirscht schaue ich in die Runde.

„Was müssen wir einpacken?", spiele ich auf Zeit.

„Regenklamotten und warme Sachen. Das reicht."

„Festes Schuhwerk nicht vergessen", fügt Alban noch hinzu.

„Lasst es uns, morgen nachdem Frühstück versuchen!", schlägt Robin vor und alle stehen auf.

Nach dem Frühstück trotte ich, mit den anderen in den unterirdischen Tempel und als ich in die erwartungsvollen Gesichter schaue, fühle ich mich hundsmiserabel. Als dann Birgitta und Wotan zu mir kommen, staune ich nicht schlecht. Die Lichtgöttin steht in ihrem blauen Kleid und dem hellblauen Umhang vor mir. Selbst ihr schwarzes Haar hat sich in der kurzen Zeit, komplett in helles Blond verwandelt und Wotan ist zu diesem älteren Mann geworden, der Schriftrollen in seiner Hand hält. Er hat die Kapuze abgenommen und sein Haar reicht ihm bis auf die Schultern.

Aufmerksam nimmt Birgitta meine Hände in die ihren.

„Schließ deine Augen und höre in dich hinein! Versuch mit deinem Amulett, die Tür in diesem Raum zu finden."

Ich tue, was sie mir rät, trotzdem kann ich nichts fühlen. Ich bin leer und traurig zugleich, weil ich hier stehe und eine Tür öffnen soll, obwohl ich Angst habe diese aufzumachen.

„Ich kann das nicht!", öffne ich, frustriert meine Augen.

„Du musst in dich hineinhören!", bittet sie mich.

„Reinhören?", und meine gesammelte Wut ist dabei auszubrechen. „Ich soll ich mich hineinhören? Wenn ich das mache, dann wird mir mein Herz schwer. Und wenn ich mein Herz nicht schütze, dann bringt mich mein innerlicher Schmerz um." Versteht denn niemand, was ich damit sagen will? Ich soll auf eine Reise gehen, die mich vermutlich nie wieder zurückbringt und das, ohne zu wissen, wie es Mathis geht.

„Glaubst du im Ernst, wenn er hier ist, dass es dir dann leichter fällt?", fragt mich Birgitta leise.

„Ich vermag es nicht zu beantworten. Zumindest sind mir die Last der Ungewissheit und die Angst ihn nie wiederzusehen genommen. Wenn er bei mir ist, dann kann ich vielleicht all meine Energie auf die Aufgabe verwenden", antworte ich ehrlich.

„*So soll es sein!*", hören wir, alle ein Geflüster von Stimmen, die nicht von den Mädels aus dem Geisterdorf kommen.

Ganz gemächlich zieht eine Nebelschwade auf mich zu, die immer dichter wird. Als ich denke, dass ich bald vor einer Nebelwand stehe, löst sich jene auf und Mathis steht vor mir. Ohne auf die anderen zu achten, laufe ich auf ihn zu. Er fängt mich auf und hebt mich hoch, nur um mir im Anschluss einen Kuss auf meinen Mund zu zaubern. Diese Begrüßung ist so was von innig und durchflutet mein Herz, das ich spüre, wie die Mauer um mein Herz Risse bekommt, nur um bei seinem flüchtigen Kuss auf meinem Mund zu zerspringen. Tief atme ich durch und fühle, wie die Hitze aus meinem Körper strahlt, die unsere beiden Fäden miteinander verbindet bis ein ohrenbetäubender Knall uns wachrüttelt.

Ungläubig starren wir auf eine Tür, die sich neben dem Eingang zum Altarraum auftut und in verschieden Regenbogenfarben aufleuchtet. Als dann die Farben durchsichtiger werden, können alle einen Blick in einen Tempel werfen. Dort sehen wir friedlich schlafende Menschen.

„Das ist eine Tempelanlage von vielen, die in einem Vergessenheitsschlaf liegt und wieder auferstehen kann."

„Shanti?", wispere ich.

„Ja, ich habe soeben dieses Bild empfangen."

Flüchtig kann ich ihre klirrenden Armreifen hören.

„Und was heißt das?"

Alle schauen ebenfalls atemlos und überwältigt auf die Szene, als sich das Bild ändert und die Menschen dort erwachen.

„Das ist ihre Zukunft, wenn du dich traust", vernehme ich Mikayo.

Dann verwandelt sich das Gebilde erneut, und eine schwarze Berglandschaft erscheint.

„Das ist die Insel, die du erklimmen musst, um uns alle zu erlösen", höre ich Catalina ihre Stimme.

Alle drei Seherinnen haben uns ihre Eingebung gezeigt. Somit muss ich jetzt nur noch die richtige Tür öffnen, um auf sein Eiland zu gelangen.

„Meint ihr, dass es der richtige Weg ist?"

„Ja, du musst nur an dich glauben!", kommt Aurora ihre Stimme bei mir an.

„Und, Mila, sag ihm, dass ich mich in Geduld übe!"

„Das mache ich, versprochen!"

Glücklich drücke ich die Hand von Mathis und wir schauen uns an. Dann sind die Bilder und die Stimmen verschwunden. Vorsichtig gehe ich auf die verzierte Holztür zu und kann sie tatsächlich mit meiner Hand am Türknopf öffnen. Hinter der Tür befindet sich ein dunkler Raum ohne Fenster und ich kann nichts erkennen. Da zieht mich Mathis mit sich und mit seiner Handbewegung zaubert er uns Licht.

Es ist ein runder Raum, der einige Lichtstrahlen nach draußen zieht. Und dort, wo sich der Lichtschein hinaus stiehlt, entsteht durch einen winzigen Lichtpunkt, eine Tür mit einem umrandeten Torbogen.

„Echt abgefahren", höre ich hinter mir Jola sagen, die ebenso von dem Anblick fasziniert ist.

Als ich mich um meine eigene Achse drehe, erscheinen zahlreiche Türen, sodass ich im ersten Moment nicht kapiere, um wie viele es sich handelt.

„Und ich soll die Richtige finden?", flüstere ich ehrfürchtig.

„Du schaffst das!", erklärt mir Mathis und ich kann ihn nur verängstigt ansehen. „He, ich bin doch bei dir und deine Freunde", zwinkert er mir zu, nur damit erneut mein Herz zu klopfen beginnt und ich rot im Gesicht werde.

Ich bin total überwältigt von seiner Äußerung, sodass sich eine Glücksträne aus meinem linken Auge löst und Mathis muss das sogar sehen.

Er schiebt mir meine Brille hoch, um diese mit seinem Daumen zu entfernen.

„Ich glaube, du hast in der letzten Zeit zu viel geweint. Darum solltest du zur Abwechslung mal wieder mehr lachen! Immerhin bin ich jetzt bei dir und so schnell, wirst du mich nicht los."

„Versprochen?", hauche ich, gerührt, weil ich mir nicht vorstellen kann, dass uns keiner mehr trennt.

„Versprochen."

Augenblicklich zaubert er mir noch einen flüchtigen Kuss auf meine Lippen. Da wird mir klar, dass er mich auch ein bisschen liebt und mich ebenfalls zum Leben braucht, wie ich ihn.

„Und ihr zwei Turteltauben, welche Tür ist es?", bringt sich Rean ein. Dabei grinst er uns verschmitzt an, was mich peinlich berührt, dass ich abermals rot anlaufe.

So was aber auch! Warum muss immer mir das passieren? Bei Jola habe ich das nie gesehen, wenn sie ihren Schwarm ansieht.

„Habt ihr Mal gezählt, wie viele Türen das sind?" Fasziniert betrachtet Isabella den Raum mit den Holztüren.

„Zählen braucht ihr diese nicht, es sind sechsunddreißig", antwortet Wotan ihr.

„Und eine führt uns direkt zu ihm?"

„Aaron, das wissen wir nicht. Aber da Aemilia den Raum geöffnet hat und nur sie den Schlüssel in sich trägt, um uns zu erlösen ...“, schluckt er schwer, „sollten wir auf dem richtigen Weg sein.“

„Und?“ Erwartungsvoll sieht mich Mathis an, doch ich kann nur mit meinen Schultern zucken.

„Okay, keinen Stress. Wir werden jetzt unsere Klamotten herzaubern und bleiben bis sich eine Tür öffnet“, übernimmt Samu und schon zaubern die Jungs, alles was wir die nächsten Tage brauchen zu uns.

In der Mitte des Raumes liegen nun unsere Wanderrucksäcke mit Proviant samt Ausrüstung. Dort setze ich mich auf den blanken Boden, um mich an die Rucksäcke zu lehnen. Jola und die beiden Schwestern machen es mir nach, während die Jungs quatschen und uns ab und zu beobachten, genauso wie unsere Familien. Nur Birgitta und Wotan sind nicht mehr anwesend.

„Und du kannst wirklich nix sehen?“

„Es tut mir leid, Anna, aber ich fühle null“, begehre ich auf.

„Aber sagte Aurora nicht, dass du dein Herz und deinen Verstand verbinden sollst?“

Doch ich lächle Jola nur nachdenklich an, die neben mir sitzt und meine Hand hält.

„Dann frage ich mich, wenn dein Herz frei ist, weil Mathis jetzt da ist, warum ist es dein Verstand nicht?“

„Berechtigte Frage.“ Daraufhin atme ich tief durch, während ich mir die Stirn krause, und die Brille mir von der Nase rutscht.

Gedankenverloren nehme ich diese ab, um mir meine Augen zu reiben, und lege sie in meinen Schoß. In dem Moment beginnen alle Torbögen sich um uns zu bewegen. Es ist so, als würde sich ein Kettenkarussell um mich drehen. Und die Tür, die mir am nächsten ist, erscheint dann ungeheuer groß. Ich habe das Gefühl, als ziehe es mich dort hinein. Trotzdem passiert nichts, außer dass die Jungs sich zu uns gesellen.

Etwas angespannt mustern wir uns, als uns dann eine Tür in sich hineinzieht, sodass ich denke, ich muss sterben. Es ist wie ein heftiger Sturm. Besser gesagt, wie ein Tornado und ich wünsche mir, dass ich in einem Stück mit meinen Freunden dort ankomme, wo immer das sein wird.

Unendlich lange werde ich durch eine Art Schleuse geschleudert, dass ich mir vorkomme wie in einem Düsenjet. Ich fliege mit Karacho auf einen Punkt zu, den ich nicht deuten kann. Und je näher ich dem Zielort komme, umso ängstlicher werde ich. Denn wenn ich jetzt auf das Ziel knalle, bin ich dann Matsch oder gar tot? Während ich das denke und dem Erdboden näherkomme, wird mein Sturzflug gebremster, sodass ich zum Schluss nur noch schwebe bis ich festen Boden unter meinen Füßen spüre.

„Was war das denn?", schimpft Annabella, völlig außer Puste. Dabei richtet sie ihre Klamotten und ihr langes Haar, während wir zur Seite treten müssen. Denn die Rucksäcke kommen nach und nach bei uns an. „Die hätten uns wenigstens mal Vorwarnen können", wettert sie weiter und ich kann mir mein Lachen nicht verkneifen.

„Schön zu wissen, dass es dir wie mir geht", glucke ich sie an. „Wo sind wir denn eigentlich?"

Die Jungs schauen erst Aaron an und drehen sich dann um ihre eigene Achse. Jedoch können sie nichts erkennen und zucken nur ihre Schultern.

Zumindest bemerke ich, dass wir auf einer grünen Weidefläche gestrandet sind. Die Sonne scheint auf uns herab und ich habe das Gefühl von Behaglichkeit in mir. Das Rauschen des Windes und das Zwitschern der Vögel in der Luft lassen mich staunen sowie die vielen Bäume und Sträucher. Alles leuchtet bunt und irisierend, wie die Vielfalt unserer Farben, die wir nur durch unsere Magie heraufbeschwören können.

„Es gefällt mir hier", sage ich, als einige Schmetterlinge direkt über und neben mir flattern. Das witzige dabei ist, das ihre Flügelschläge kleine Lichtpunkte zum Aufleuchten bringen, wie unsere Glühwürmchen in den Sommermonaten.

„Das ist Magie, oder?" Fasziniert berührt Isabella einen Strauch neben sich, der einige Klänge von sich gibt, ehe er seine Farbe verändert. „Echt irre, oder?", ruft sie voller Überraschung aus.

„Das Fleckchen Erde dürfte eigentlich gar nicht mehr existieren", sagt Samu schon fast verstört.

„Ach ja und warum nicht?"

Überrascht schaue ich zu Jola.

„Weil, nun ja ...", doch er bringt es nicht über sein Herz, ihre Frage zu beantworten.

Ich fühle seinen tiefen Schmerz in mir und laufe zu ihm, nur um ihn zu berühren. Ich möchte ihm einfach nur seinen Seelenschmerz abnehmen.

„Die damals hier lebten, sind alle tot, richtig?", hake ich vorsichtig nach, auch wenn ich noch nicht weiß, wer diese fantastische Welt bewohnt hat.

Langsam nickt er und kämpft dabei mit seinem Gefühlschaos. Selbst Jola sieht traurig aus, als sie ihm ihre Hand gibt.

„Von dieser Tempelstätte stamme ich und habe einst nicht helfen können."

Augenblicklich fällt mir Rean und unsere erste Begegnung ein. Er erzählte von diesem Ort, der jetzt zu Norwegen gehört. Er sagte uns, dass der Ort mit zu den ersten Tempelanlagen gehörte, die der Magier zerstört haben soll.

„Aber wieso sind wir dann hier? Ist das real?", stammelt Samu vor sich hin und nicht nur ich kann seine Frage verstehen.

„Bring uns einfach zu dem Tempel und dann sehen wir weiter!", unterbricht Mathis unser aller Schweigen.

„Ich denke, wenn es hier am herrlichsten Tag Magie gibt, dann sollten wir vorbereitet sein und uns gegebenenfalls magisch verteidigen", meint Rean, als er anfängt, uns die Rucksäcke in die Hände zu drücken.

„Wir müssen den Hügel rauf und dahinter beginnt das Dorf", erklärt uns Samu und wir brechen auf.

„Was war das für ein Ort?", will ich von ihm wissen.

„Es war eine Tempelanlage, in der wir tierische Wesen aufzogen."

„Wirklich?", und Isabella hüpft wie ein Kleinkind über die Wiesenlandschaft.

Fasziniert beobachte ich, wie jeder Schritt von unserer Gruppe mit aufsteigenden Samen von Pusteblumen begleitet wird, die kräftig aufleuchten.

„Wir waren zuständig für Tiere, die in Not geraten sind, und päppelten diese auf."

„Eine Art Auffangstation?", plappert Isabella drauf los. „Das wäre was für mich. Ich würde glatt hierbleiben."

„Jeep, das stimmt und Hilfe können wir immer gebrauchen", gibt er augenzwinkernd zurück.

„Und was ist passiert?", fragt Aaron ihn, der neben mir läuft.

„Ich weiß es nicht genau, außer das schlagartig dieser Ort verschwunden war und ich keinen Zutritt mehr hatte. Da wo einst mein Dorf stand, ist heute nur Wasser", ertönt es ärgerlich von ihm. „Ein Fjord in der Nordsee."

„Aber wenn wir hier sind, dann kann es nur bedeuten, dass alle Tempelanlagen noch existieren. Sie wurden nicht von ihm zerstört, sondern liegen in einem Vergessenheitszauber", bemerkt Jola und ich muss ihr zustimmen.

Da bleibt er plötzlich stehen und sieht sie grübelnd an.

„Da könntest du recht haben. Möglicherweise sind alle sechsunddreißig Tempel nur in dem Ozean versunken und können aus eigenem Antrieb nicht mehr heraus. Das macht für mich einen Sinn. Wir sollten uns später mal die aktuelle Weltkarte ansehen!"

Angespannt nicken sich die Jungs untereinander zu.

„Dann lasst uns vorsichtig zum Hügel laufen! Da vorn hat es einen großen Stein. Dort haben wir Rückendeckung und wir können über diesen in mein Dorf runter sehen."

Wir schleichen uns hoch, obwohl wir längst einen ansteigenden Marsch von vierzig Minuten hinter uns haben und ich meine Kondition spüre. Oben angekommen, schieben sie uns hinter den Felsen und bedeuten uns, dass wir uns hinsetzen sollen, bis sie die Lage geklärt haben.

„Das gibt es nicht, oder etwa doch?", stellt Samu seine Frage in den Raum, das wir Mädels es nicht mehr in unserer Deckung aushalten, sondern aufstehen, nur um auf Zehenspitzen etwas über den Felsen zu lugen.

„Seht euch das mal an!", kommt es diesmal von Annabella.

Vor mir ist ein Dorf, dessen offener Tempel in der Mitte auf dem Dorfplatz steht, und über viele Stufen zu erreichen ist. Alles ist schlicht in Weiß gehalten und ich kann im Zentrum eine Runde Säule erkennen, die mich an einen Heilstein erinnert.

„Ist das ein Blue-Moon?" Der Stein fasziniert mich, weil er wie ein Regenbogen in verschiedenen Farben funkelt.

„Ich denke schon. Jedenfalls kam der Stein erst auf die Welt, als alle Tempel erschaffen wurden. Er wurde benutzt, damit sich die Tempelanlagen miteinander verbinden konnten", erklärt mir Annabella und ich sehe sie interessiert an. „Ich weiß das von meiner Mutter. Sie hat uns in unserer Geschichte unterrichtet."

„Also, Jungs, ich muss euch sagen, ich fühle keine Gefahr, sondern nur Frieden", spreche ich es laut aus, damit die sechs mich hören können.

„Bist du dir sicher?", möchte Mathis von mir wissen.

Ich atme tief durch und will geistig gegenwärtig meine Brille hochschieben, als ich diese nicht finde. Bestimmt habe ich sie vergessen. Langsam sollte ich mir angewöhnen besser auf ebendiese aufzupassen.

„Ich spüre nur Freundlichkeit und das hier das Gute wohnt."

„Aber ich kann niemanden entdecken?", meint Rean.

„Ich kann auch nichts Feindliches fühlen. Du Robin?"

„Nein, Bruder. Ich finde, wir sollten in den Tempel gehen."

Als unsere Gruppe unten ankommt, ist der Ort sehr imposant mit seinen Hütten und Stallungen. Die Gebäude sind aus Holz und Stroh sowie in unterschiedlichen Größen. Jedoch ist alles leer. Zusammen steigen wir die fünfzig Stufen hinauf und mit jeden Schritt ist, ein aufatmen zu hören, was ich mir nicht erklären kann. Dann stehe ich auf dem Tempelvorplatz.

Samu erhebt seine Hand und bringt die goldene Glocke, die vor der bunten Säule steht und mit farbenfrohen Bändern geschmückt ist zum Erklingen. In dem Moment ist ein kurzes Zittern des Erdbodens zu hören sowie ein Vibrieren in meinem Körper. Als ich mich von der Glocke umdrehe, da lassen meine Beine vor Überraschung nach. Doch bevor ich den Tempelboden berühre, fängt mich Mathis auf.

„He, was machst du nur?", sieht er mich lächelnd und etwas besorgt an. „Ich ..."

In dem Moment nimmt mich Mathis bereits auf seine starken Arme und ich bin ihm dankbar dafür, weil ich von dem, was ich erblicke, überwältigt bin.

Am Fuße des Tempels stehen etliche Einhörner und andere Tiere, die ich nur aus Erzählungen kenne. Die Menschen haben einfache Baumwollkleider an und tragen bunte Tücher um ihren Hals oder auf ihren Köpfen. Die Einhörner sind in unterschiedlichen Farben, obwohl ich immer an eine Art weißes Pferd glaubte. Alle sehen uns glücklich und voller Erwartung an, dass mir eine erste Träne über meine Wange rollt, weil ich die Liebe und Hoffnung in ihnen fühle. Ein kurzer Blick auf Samu lässt mich erkennen, dass es ihm genauso ergeht wie mir.

Da löst sich ein reinweißes Einhorn aus der Gruppe und stolziert stattlich und grazil auf uns zu. Sein Horn ist einen halben Meter lang und wie ein Schneckengehäuse gedreht. Es glitzert wundervoll, dass ich automatisch meinen Atem anhalte, weil es Reinheit und Eleganz ausstrahlt.

„Atme!", raunt mir Mathis zu und ich muss lächeln, obwohl schon die nächste Überraschung folgt.

Denn je näher dieses edle Geschöpf zu uns die Treppe heraufkommt, umso mehr verwandelt es sich zu einem zierlichen Mädchen. Sie leuchtet genauso hell wie zuvor als Einhorn. Ihr Gesicht ist oval mit großen, graublauen Augen und nur ein kurzes Horn auf ihrer Stirn zeigt, dass sie vorher das Einhorn war, welches sich auf uns zubewegt hat. Sie ist einen

Meter und achtzig groß, und trägt einen weichfließenden, blütenweißen Hosenanzug, der aber ihre Arme und Schultern frei gibt. Gehalten wird er durch eine dreiteilige Lederkette, die ihr Oberteil festhält und hinten am Rücken befestigt wird. Ihr kastanienbraunes Haar hat sie zu einem Pferdeschwanz geflochten und mit einem braunen Lederband zusammengebunden. An ihren Armen und Füßen trägt sie breite Lederarmbänder mit Zeichen aus der alten Zeit. Ich erkenne Labyrinthe, die den Weg des Lebens mit all seinen Irrungen aufzeigt und die Spirale, das Symbol der Sonne.

Was ich ebenfalls wahrnehme, dass dieses Mädchen auf ihren Rücken ein großes Schwert trägt. All das was ich sehe, fasziniert mich, sodass ich meine Augen nicht von ihr wenden kann.

„Friede, Aemilia", höre ich ihre Stimme, während sie sich flüchtig verneigt.

„Lässt du mich bitte herunter?"

Langsam, aber besorgt, gibt mich Mathis frei und ich laufe lächelnd auf das Mädchen zu.

„Friede", und nach einer kurzen Verbeugung strecke ich ihr meine Hand entgegen, die sie annimmt.

„Ich bin Hara und schon sehr lange in Vergessenheit geraten."

In dem Moment begibt sich Samu zu uns und zieht Jola automatisch hinter sich her.

„Wie kann das sein, dass ihr alle noch lebt?"

„Schön dich zu sehen, Samu. Ich habe nie daran gezweifelt, dass du es schaffen wirst, uns wieder zum Leben zu erwecken", und beide treten aufeinander zu und umarmen sich fest.

„Ich bin froh, dass es dir gut geht", sagt er mit belegter Stimme zu ihr, während sie immer noch eng umschlungen dastehen und um Fassung ringen. Sacht löst sich Samu von ihr und sagt:

„Hara, darf ich dir meine Freunde und Mitstreiter vorstellen?" Dabei schiebt er Jola vor sich, als er weiterspricht. „Das ist Jola, meine Freundin."

Nicht nur ich halte den Atem an. Denn Jola sieht Hara, die gleichgroß mit ihr ist und etwas Überirdisches an sich hat, anspannt und verunsichert an.

Erfreut zieht sich Hara ihr Mundwinkel zu einem Lächeln zusammen.

„So ist das also, du hast endlich dein Gegenstück gefunden. Das freut mich mächtig, denn Alleinsein tut niemanden gut."

Bei ihrer Äußerung fühle ich, dass alle in unserer Gruppe erleichtert aufatmen.

„Jola ist dein Name?", wendet sie sich an meine Freundin und sie lächelt ihr zurück.

„Jeep!", gibt sie von sich.

„Wenn du einen Krieger zähmen kannst, dann muss ja einiges in dir und in deinen Freundinnen stecken. Denn ich erkenne, dass fast jeder Recke eine irdische Zauberin für sich gewonnen hat."

Über das gewonnen will ich jetzt nicht nachdenken, vermutlich redet man in einer alten Sprache so.

„Aber, Hara, sag mal, warum sind wir eigentlich hier?", möchte ich von ihr wissen, auch wenn ich die Wiedersehensfreude störe.

„Damit hauptsächlich du, Aemilia, siehst, dass es uns gibt."

Ich begreife sofort, dass sie über meine Zweifel an eine echte Märchenwelt Bescheid weiß.

„Kommt und setzt euch mit mir unten an den See! Dort lasst uns reden", bittet uns Hara und wir schlendern die vielen Stufen hinunter.

Vorbei an den Menschen, den tierischen Wesen und Einhörnern, wobei wir ständig zur Begrüßung unser „Friede" benutzen, weil das jeder versteht.

„Setzt euch!", sagt Hara, als wir unten ankommen.

Ich setze mich mit den anderen auf das Gras und muss dabei an das Geisterdorf denken. Denn vor uns liegt ein Herzsee, dessen Wasserfarbe bis ins dunkelgrün hineinleuchtet.

„Also, dieser See sieht viel schöner aus, als der im Sternenthal."

Überrascht schaut mich Hara an.

„Ihr seid dort gewesen?"

Ich nicke ihr bekräftigend zu.

„Dann ist die Zeit gekommen, um sich von seinen Ketten der Sklaverei zu erheben!"

Ein lauter Jubelruf und Kampfgeschrei ist in dem Moment zu hören, was mir eine Gänsehaut über meinen Körper laufen lässt. Statt mich darüber zu freuen, macht es mir Angst.

„Aemilia, du musst dich nicht fürchten. Die Zeit ist reif, um uns die Freiheit zurückzuholen. Jeder der sich dir anschließt, tut es aus freien Willen!", erklärt mir Hara.

„Aber wo ein Kampf stattfindet, werden auch gute Seelen ihren Tod finden", erhebe ich mein Wort, während sich eine schwere Last der Verantwortung auf meinen Brustkorb legt. „Ein Krieg bringt viel Leid mit sich und unnötiges Sterben."

„Das wissen wir. Aber wenn wir jetzt seinen Kreuzzug nicht stoppen und die sechsunddreißig Tempelstätte mit ihren Inseln nicht aus ihrer Versenkung holen, dann wird er die Welt in Stücke reißen."

Erschrocken halte ich meine Luft an.

„Ist es das, was er will?", wispere ich mit erstickter Stimme.

„Frag deine Begleiter, sie werden es dir bestätigen!", bittet sie mich auffordernd.

Ich bemerke natürlich sofort, dass auch die anderen Mädels aufgewühlt zu den Jungs schauen.

„Ihr wusstet es seit Anfang an?", vernehme ich Jola ihre drohende Stimme, aber keiner antwortet ihr. „Wie könnt ihr es wagen, uns so zu benutzen?", erregt sich meine Freundin wütend.

„Weil wir wussten, dass ihr es nicht verstehen würdet", mischt sich Rean ein.

„So, ihr dachtet was ...?", schimpft sie und wendet ihren Blick nicht von Samu ab.

„Ehrlichkeit ist eine Tugend! Wenn man sich vertraut, sollte man sich darauf verlassen können", mischt sich jetzt Annabella traurig ein, während sie Alban enttäuscht ansieht.

„Wir wollten euch langsam mit all dem bekannt machen", höre ich ihn sagen, als er zu ihr geht und ihre Hände in die seinen nimmt. „Keiner von uns wusste, dass wir uns in euch verlieben. Am Anfang seid ihr nur unser Auftrag gewesen und jetzt haben wir um euch Angst. Angst, dass wir euch verlieren."

Als ich in all die Gesichter schaue, zeichnet sich in ihnen Trauer und Beklommenheit ab, und Annabella schmiegt sich sogleich in Alban seine Arme. Auch Rean lässt nicht lange auf sich warten und nimmt Isabella tröstend in seine starken Arme. Daraufhin gehe ich zu Mathis, der nicht weit von mir steht.

„Das war einer der Gründe, warum ich mich gegen deine Liebe gewehrt habe. Ich will dich nicht unnötig in Gefahr bringen, wenn ich aus Liebe falsch reagiere und nicht routiniert meinen Kämpfermodus durchziehe."

Wir beide mustern uns eine Weile, als ich unsere Schwingungen in mir fühle.

„Mathis, ich glaube, wenn wir uns verlieren sollten, weil niemand sagen kann, wie der Kampf ausgeht, dann treffen wir uns eben im Himmel wieder." Da zieht er mich fest an sich und drückt mir flüchtig seinen Mund auf meinen.

„Dann will ich mal hoffen, dass wir noch einen haben! Denn wenn er die Welt in sich zerspringen lässt, wird selbst das Himmelszelt in die Dunkelheit heruntergezogen."

„So schlimm?"

„Ja, Jola", und Samu schreitet zu ihr. „Glaub mir, wir wollten euch nicht belügen, aber wir mussten sacht und mit Bedacht an das Ganze herangehen", versucht er es ihr zu erklären.

„Mm …, das muss ich erst mal rutschen lassen. So leicht kannst du mich nicht beschwichtigen. Du hast mich belogen!", faucht sie und Samu zieht sie, ihren Widerstand ignorierend in seine Arme.

Prompt folgt nun sein Kuss und ich erblicke die Lichtfäden der zwei, die sie miteinander verweben. Selbst bei den beiden Schwestern und mir ist es passiert, sodass ich etwas verschmitzt lächeln muss.

„Und das, Jola, das ist echt!", faucht Samu zurück und holt mich aus meinen Gedanken heraus.

Überwältigt von ihren Anblick gucke ich Jola an. Bloß ihr überraschter Gesichtsausdruck, der ihre emotionale Seite widerspiegelt, bringt mich zum Lachen.

„Gib nach, Kleines! Ich denke, die Jungs wollten nur, dass wir nicht völlig durchdrehen. Immerhin waren wir von der Trainingsansage so was von begeistert."

Alle um uns herum müssen mit mir auf einem Mal loslachen.

Anschließend setzen wir uns hin, als Samu das Wort übernimmt.

„Hara, verrate uns, was passiert ist!"

Leidvoll schaut sie uns an und einige Tiere kommen zu ihr, um sich in ihre Nähe zu setzen.

„Ihr Hexen müsst wissen, dass wir auf einer Halbinsel lebten, die sich um verletzte Tierwesen kümmerte und diese gesund pflegte. Das konnten wir mit all den magischen Menschen schaffen, die sich uns anschlossen. Sobald die Tiere bei guter Gesundheit waren, durften sie in ihre Heimat und zu ihren Familien zurückkehren."

Schon spüre ich ihre Traurigkeit.

„Einige von ihnen, die ihr bei mir seht, sind bei uns geblieben, um uns zu helfen."

Rasch schaue ich mich um.

„Doch als ich sah, was er aus blinder Wut plante, trennte ich die Halbinsel von den anderen und ließ diese im Meer versinken. Hier habe ich mithilfe unserer Magie es so eingerichtet, dass uns niemand entdecken kann."

„Du hast einen Vergessenszauber darübergelegt?", überrascht mustert Samu sie.

„Ja, und es tut mir leid, dass ich dir nichts gesagt habe. Aber ich wusste, wenn die Zeit gekommen ist, dass du uns finden wirst", sieht sie ihn bittend an.

„Demnach hat er unsere Insel nicht eingenommen?", hakt er, grübelnd nach und fährt sich fahrig durch seine blonden Haare.

„So ist es. Ich bin ihm zuvorgekommen. Seitdem lebe ich mit all den lieben Wesen in dieser eingeschlossenen Welt. Daran kannst du dich doch noch erinnern, oder?", hinterfragt sie, Samu.

„Ich habe nichts vergessen. Ich weiß, dass er alle Tiere die sich mit den Menschen verbinden konnten, auslöschen wollte", antwortet er etwas gereizt. „Hara, du hättest mir was sagen können! Wir sind mehr als gute Freunde gewesen."

Augenblicklich fühle ich, die tiefe Verzweiflung in beiden. Jeder kämpft darum, nicht eine falsche Entscheidung getroffen zu haben.

„Samu, du wolltest von dieser Insel runter. Du wünschtest dir, mal etwas anderes zu erleben. Und nun ja, als Freund lässt man seinen guten Freund ziehen", versucht sie ihre Sicht der Dinge von sich zu geben.

„Wenn ich gewusst hätte, was du vorhast, dann wäre ich ...“

„Ja, was dann?", unterbricht sie ihn und steht auf, nur um sich ihre Beine zu vertreten. „Samu, ich wusste, dass du der Auserwählte bist, der uns helfen wird, wieder aus diesen Tiefen der Dunkelheit aufzusteigen."

„Was?", unschlüssig blickt er zu Hara auf und an seinen schaukelnden Bewegungen erkenne ich, dass er überlegt aufzustehen. „Hara?", brüllt er sie lautstark an.

„Ja."

„Woher wusstest du, dass du mich ziehen lassen musst, nur damit ich nach wie vielen Tausenden von Jahren wieder auftauche?"

In dem Moment spüre ich, wie tief einst die beiden miteinander verbunden waren. Ich halte meine Luft an, aus Angst, was noch folgt.

„Von Frija", flüstert sie leise.

„Wie?" Stürmisch steht er auf und stellt sich ihr gegenüber, damit sie nicht vor ihm davon laufen kann.

„Durch das Orakel." Dabei sieht sie ihn angespannt an.

„Was? Und du hast mal eben gedacht, dass du mir keinen reinen Wein einschenkst, sondern den Worten Frija glaubst?", schreit er sie wütend an, während sie ihm bedächtig zunickt. „Hara, hast du eigentlich eine Ahnung, was du getan hast?

„Ja! Du bist mit all deinen Freunden unsere Zukunft", verteidigt sie ihre Entscheidung, die sie damals eigenmächtig getroffen hatte.

„Und du hast geglaubt, dass ich trotz zig maliger Wiedergeburt dich und die anderen vergessen habe?", donnert er, dass ich fühle, wie hilflos sich Hara in dem Moment fühlt.

„Samu, komm mal langsam wieder runter!"

„Was weißt du denn schon?", und seine Wut richtet sich auf mich, weswegen ich mir aber keine Gedanken mache.

Ich laufe einfach auf ihn zu und nehme seine beiden Hände in die meinen.

„Genau, deshalb bitte ich dich uns zu erklären, wer Frija ist und was es mit dem besagten Orakel und dieser versunkenen Insel auf sich hat!"

In dem Moment steigt ein dunkler Schatten aus seinem Körper hinaus und zerfällt in zig kleine Teile. Erschrocken betrachte ich mir Samu sein Gesicht, der ebenso überrascht darüber ist, wie ich selbst.

„Was war das denn?", flüstert Samu und Hara tritt zu mir.

„Das ist Aemilia ihre besondere Gabe, weshalb sie geschützt aufwuchs und unter anderem auch von dir beschützt wird. Sie hat die Macht, Dunkelheit in Licht zu verwandeln."

„Ich kann was?"

„Deine Urmutter stammt aus dem Stamm der Iselinen, die Träume und Visionen verbinden. Ihr nehmt den Menschen nicht nur ihre Ängste. Durch eure Illusionen seht ihr Zukunftsbilder, die unsere Friedenswächter zum Handeln bewegen."

„Was?"

„Du trägst die tiefsten Wurzeln deines Stammes in dir. Leider wurde dieser von ihm ausgerottet", sagt sie rücksichtsvoll.

„Aber mich und meine Familie, in der Neuzeit gibt es doch?" Irgendwie will das Gehörte nicht rutschen.

„Du wurdest auf diese Welt geschickt, um uns mit deiner Fähigkeit zu erlösen", sieht sie mich eindringlich an.

„Mm, das verstehe ich jetzt nicht." Was sollte das denn nun wieder bedeuten? Stamm der Iselinen. Bisher hatte ich noch nie davon gehört. Kurz schüttle ich meinen Kopf.

„Wow. Deine Berührung hat mich schnell runtergeholt. Ich begreife echt nicht mehr, warum ich mich so verhalten habe?" Hilfesuchend sieht er Hara an.

„Frija?"

Nachdenklich nickt er mir mit seinem Kopf zu.

„Ehm. Ach ja, Frija. Du wolltest ja verstehen, weshalb ich auf diese Offenbarung mürrisch reagiert habe. Dazu sollten wir uns besser zu unseren Leuten hocken."

Wir drei setzen uns hin und die anderen beobachten uns etwas irritiert. Schön zu wissen, dass es ihnen wie mir geht. Denn das Erlebte, ist ein Teil von mir, den ich nicht kenne und vom Verstehen mal ganz abgesehen.

„Gehört die Gabe dann zu dem Thema einer mächtigen Heilerin?"

„Aemilia, du wirst deine Antwort auf deiner Reise noch erhalten. Nur nicht heute oder morgen", antwortet mir Hara mit einem Bittenden und wissenden Gesicht.

„Frija, ist die Mutter aller Götter und Menschen. Sie kann ihre Gestalt in gleicher Weise wechseln wie Hara und ich einst."

Alle Mädels in meiner Runde schauen ihn bestürzt an.

„Noch mal langsam zum Mitschreiben!", beginnt Jola. „Du kannst was?"

„Stopp, ich konnte es in meinem ersten Leben! Wir stammen alle aus der Himmelswelt und konnten somit als Beobachter auf dieser Erde umherwandeln, was unser Gestaltenwandeln mit einbezieht." Dabei fixiert er Jola mit seinem Blick.

„Und jetzt nicht mehr?"

„So ist es. Sobald ich das erste Mal wiedergeboren wurde, bin ich nicht mehr als Beobachter, sondern als Wächter und Kämpfer unterwegs, der sich natürlich in unsere Geschicke einmischen kann."

So langsam zweifle ich an meinem Verstand. Irgendwie kann ich das nicht glauben. Unsicher schauen wir uns gegenseitig an. Die Jungs, weil sie gewiss Angst haben, wie wir auf diese neue Offenbarung reagieren und wir Mädels sind einfach nur fassungslos.

Als ich denke, dass die Stille noch ewig bleibt, schreitet Hara ein und bringt uns auf andere Gedanken.

„Lola?", ruft sie in die Runde und ein Koala Bär kommt auf uns. Allerdings läuft dieser Bär nicht auf seinen vier Pfoten, sondern auf zwei und aufrecht. „Darf ich euch Lola vorstellen?"

Völlig überrascht schaue ich Hara an.

„Aemilia, du siehst richtig. Einst konnten die Tiere kerzengerade laufen sowie es ihnen beliebte. Lola ist eine von ungefähr zwanzig Koalas die auf meiner Insel leben."

Ich schaue erst Hara und dann das Koalamädchen an.

„Willkommen", lacht sie mich an, um im Anschluss vor jeden von uns einen Knicks zu machen. „Ihr müsst wissen, dass wir die verstorbenen Seelen von geliebten Menschen in uns tragen. Wenn ein Erdenkind auf uns trifft, dann kann er sicher sein, dass wir eine verwandte Seele von ihm sind.

Wenn wir dann aufeinandertreffen, gehen wir ein lebenslanges Bündnis ein bis ich entweder als Mensch, Tier oder Pflanze ein weiteres Mal geboren werde. Allerdings können wir noch mehr. Mit unserem dritten Auge sehen wir, was eine fremde Person von uns will."

„Das ist doch fantastisch!", rufe ich aus.

„So ist es. Deshalb hat der Magier unseren Lebensraum zerstört. Weil er Angst vor uns hatte."

Abermals fühle ich Trauer und Enttäuschung, nur diesmal von diesem Mädchen.

„Oh!", kann ich da nur erwidern und ich spüre, dass mir Mathis meine Hand drückt.

„Jetzt habe ich einmal mehr Hoffnung, dass meine Rasse auf diese Welt zurückkehren kann. Wir können dann den Menschen auf ihrem Weg helfen, die richtigen Entscheidungen zu treffen." Daraufhin verbeugt sich das Koalamädchen vor uns und Hara, ehe sie zu den anderen Tieren tänzelt.

„Loxo?", ruft Hara hinter sich und ein staatlicher Elefant läuft zu uns.

„Friede", spricht er mit leicht verstopfter Nase und deutet eine Verneigung an, während er seinen Rüssel in die Luft hebt.

„Friede, und du bist ein weiterer Helfer auf dieser Insel?" Obwohl ich mir eigentlich die Frage hätte sparen können, weil ja alle mit anpacken.

„Einst hat mich Hara geheilt, weil ich mir meinen Stoßzahn abgestoßen hatte, als ich von einer Klippe fiel. Zum Glück ertrank ich nicht im Ozean, sondern strandete hier an Land", zwinkert er mir aufmunternd zu. „Damals lebten wir Urelefanten in diesen Wäldern und streiften dort umher. Wir verteilten somit die Pflanzensamen und aus denen wuchsen neue Pflanzen. Wir sorgten dafür, dass die Menschen und Tiere nicht verhungerten und das aus den Wäldern keine Wüstenlandschaften entstanden."

„Was soll daran falsch sein?", unterbricht ihn Aaron, der neben seiner Schwester sitzt.

„Nichts, außer das der Magier uns vernichten wollte. Deshalb ließ er uns wegen unserer Stoßzähne jagen. Er behauptet nämlich, dass unser Elfenbein wertvoll ist, weil man aus dem Pulver, den Homo sapiens die Unsterblichkeit schenkt."

Nicht nur mir klappt meine Kinnlade nach unten, als eine nachdenkliche Stille eintritt.

„Aber wenn wir aus der Vergessenheit der Menschheit kommen, dann haben wir die Möglichkeit noch mal von vorn anzufangen!"

Jola nickt ihm verstehend zu.

Anschließend verbeugt sich Loxo vor uns und trottet zurück zu seiner kleinen Herde.

„Es sind nur noch fünf Familienmitglieder von Loxo bei uns, dennoch haben sie die Chance eine stattliche Herde zu werden", vernehme ich Hara ihre eindrucksvolle Stimme.

„Mala?"

Eine Raubtierkatze mit schwarzen Flecken stolziert auf uns zu. Ihre Gestalt ist katzenähnlich, nur ihr Kopf ist spitzer und sie hat lange Beine. Sie läuft auf allen vier Pfoten und schaut uns an, als sie sich auf ihre Hinterläufe stellt.

„Friede."

Geschwind verbeuge ich mich mit meinen Freunden vor ihr.

„Ich bin eine Malabar Zibetkatze und leider ebenfalls ausgerottet, weil ich ihm mit meiner Duftdrüse im Weg stand", ertönt es frustriert von ihr.

„Bitte?"

Ich drehe mich bei Jola ihrem Aufschrei zu ihr um. Schockiert mustert sie Mala und Hara.

„Ihr müsst wissen, dass ich auf der ganzen Welt vertreten war. Sobald ich mich bewege, verströmte mein Duft Harmonie und Ausgeglichenheit aus.

Selbst wenn es mal Streitereien unter den Menschen gab, konnte ich um ihre Beine schleichen und jedes falsche Wort war verschwunden. Wie bei dir eben, Aemilia", sagt sie voller Stolz.

„Das ist erstaunlich und gut, was deine Gabe betrifft", klingt sich Annabella begeistert ein und sie sieht Mala bewundernd an.

„Das finde ich auch. Nur solange es mich und meine Art gab, konnte der Zauberer keinen Feldzug anzetteln. Deshalb behauptete er, dass ich wehrlose Kinder fressen würde, Säuglinge verschleppe und selbst vor schwachen Menschen nicht Halt machen würde."

Unverzüglich kommt ihre Trauer bei mir an.

„Aber dein Duft?"

„Aemilia, er redete den Menschen ein, sie sollten ihre Nasen vor uns verschließen, weil wir einen Duft aussondern, der sie einschlafen lässt. Er behauptete, dass wir dann über sie herfallen", spuckt sie aus und stolziert wütend umher.

„Das tut selbst mir leid, wenn ich das höre." Mehr kann ich nicht erwidern, weil ich innerlich zittere, als ich Jola ihre Hand auf meiner Schulter fühle.

„Den Typen werden wir schon knacken, samt den Ketten, die er unserer Welt auferlegt hat!", höre ich Jola kämpferisch äußern, bevor ich im Seitenwinkel sehe, wie Mala uns verlässt.

Schließlich erscheint ein gemächlich laufender Fellmensch. Im ersten Moment denke ich, dass es ein Affe ist. Trotz seines langen, braunes Felles und den großen Augen, will es aber nicht zusammenpassen. Langsam läuft er auf uns zu, bis er sich auf seinen Hintern setzt.

„Mein Name ist Tar. Ich bin ein Bodenfaultier."

Selbst wir verneigen uns alle mit Bedacht vor ihm.

„Früher lebte ich am Boden, weil ich keine Feinde hatte, und jetzt hänge ich auf den Bäumen und sehe mir die Umgebung und ihre Wesen an", spricht er gemächlich, dass ich das Gefühl habe, ich schlafe gleich ein.

So muss ich bereits gähnen und nehme entschuldigend meine Hand vor meinen Mund.

„Entschuldigung."

Doch er lächelt mich nur freundlich gesinnt an.

„Und das ist auch schon meine Gabe."

Verwundert muss ich meinen Kopf schütteln, damit ich mir die Müdigkeit abschütteln kann.

„Wir können alle Lebewesen mit unserer Stimme zum Einschlafen bringen. Somit hatten wir keine Feinde. Ehe ein Mensch mich jagt und tötet, flüstere ich ihm sanft etwas zu und dann fällt er in einen tiefen Schlaf, den ich zur Flucht nutzen kann", lacht er mit geschwellter Brust in die Runde.

Im gleichen Moment beobachte ich, wie er mit seinen Händen eine Art Klaviermelodie spielt und uns eine feine Staubwolke abzieht.

„Wenn ich flüstere, entsteht Staub, der sich auf diese Person setzt und ihn mit einem Vergessenheitszauber zum Einschlafen bringt."

„Und deshalb hat er dich auf seine Rote Liste gesetzt?" Sprachlos sieht ihn Aaron an.

„Genau! Ich konnte seine Leute mit meinen Mitstreitern Schachmatt setzen."

Abermals staune ich nicht schlecht, was es alles gibt und von dem ich sehr wenig weiß.

Als sich Tar in Bewegung setzt, höre ich ein lautes Prusten und Schnaufen sowie ein Klatschen im Wasser. Da entdecke ich einen enormen Wal, der sich aus dem Herzsee hebt und mit seiner Schwanzflosse ins Wasser klatscht.

„Ist das ein Wal?", murmelt Isabella verwundert.

„Es ist ein Wal und viele seines Gleichen sind kurz vor der Ausrottung", antwortet ihr Hara.

„Friede", ruft er mit seiner kräftigen Stimme uns zu.

Ich erhebe mich mit den anderen und laufe zu ihm ans Ufer heran. Meine Güte ist der riesig und seine winzigen Augen ziehen mich an.

„Keine Angst, kleines Mädchen, ich mache dir nichts!", ruft er abermals mit seiner kräftigen Membran Stimme. „Mein Name ist Tac und ich lebe mit einer Gruppe von neun Tieren im See."

Skeptisch mustere ich den Herzsee.

„Ja, wir haben genug Platz, da dieser magisch ist."

„Okay", sage ich, weil ich darüber nicht nachdenken möchte.

„Einst haben wir, jeden der im Wasser in Not geraten ist geholfen, wieder Land unter die Füße zu bekommen. Außerdem halfen wir ihnen, wenn sie ihre magische Energie am See auftanken wollten. Alleine durch unsere Melodie, die wir singen, konnten sie neue Kräfte sammeln. Dann nahm uns der Magier unsere Sprache weg und zum Schluss, ließ er uns wie all die anderen magischen Wesen jagen und töten. Ein Kriegszug, den es endlich zu beenden heißt, damit wir frei von Feinden leben können." Dabei lässt er Luft aus seinem Loch am Kopf entweichen.

„Aber gab es früher nicht Tiere, die andere fraßen?", fragt Aaron nach.

„Einst ernährten sich solche Tiere nur von Ass. Sie erbeuteten kein Tier oder brachten es zur Strecke. Erst als der Zauberer unser Familienband zerschnitt und wir keine gemeinsame Magie und Sprache mehr hatten, sind wir zu gejagten geworden. Auch in der jetzigen Tierwelt", erklärt er ihm und ich sehe, wie ein kleinerer Wal sich aus dem See erhebt.

„Meine Tochter", nestelt er hocherhobenen Hauptes. Und bevor er mit ihr abtaucht, sieht er mich mit seinen Augen intensiv an. „Wir werden dir helfen den einen zur Vernunft zu bringen, genauso wie all die anderen Lebewesen auch. Damit kann unsere Welt aus den Tiefen heraus neu geordnet werden und alle Seelen, die von ihm in Ketten gelegt sind werden befreit."

Mit einem kurzen Klatscher seiner Schwanzflosse verschwindet er im See und ich stiere auf die Stelle wo er bis eben noch war.

Mitgenommen von dem Gehörten und Erlebten, lasse ich mich an dem Ufer nieder.

„Ja und jetzt?", frage ich Mathis, als ich seine Hand auf meiner fühle. „Ich weiß echt nicht was ich tun muss, um gemeinsam mit euch den Himmel zum Leuchten zu bringen?"

„Das wird schon, entspann dich!", flüstert er, als er mich in seine Arme nimmt.

„Wie soll das denn funktionieren, wenn mir furchtbar viel im Kopf herumschwirrt?", flüstere ich zurück und blicke vorsichtig hinter mich.

Alle stehen dort und nicken mir aufmunternd zu, dass mir die Last auf meiner Brust immer schwerer wird. Mein Gefühl sagt mir, dass ich jeden Moment zusammenbreche, weil ich total durcheinander und traurig bin. Dabei ist diese Oase so einzigartig und verwunschen, dass ich gar nicht mehr von hier fort möchte.

„Lass mich kurz etwas Wasser ins Gesicht spritzen, dann können wir beratschlagen."

Widerstandslos lässt mich Mathis los und ich stapfe an den Rand des Sees, der in unterschiedlichen Farben schimmert, und hocke mich auf die Knie. Sobald meine Hände das Wasser berühren, erscheint ein Mädchen mit Schwanzflossen unter der Wasseroberfläche. Etwas verwirrt reibe ich mir meine Augen, weil ich es nicht glauben kann. Dennoch bleibt sie vor mir und taucht mit ihrem Kopf samt Oberkörper aus dem kühlen Nass heraus.

„Hallo, Aemilia", klingt ihre Stimme etwas unwirklich. „Du kannst dich bestimmt noch an Eistla im Wasserfall erinnern?" Dabei beobachtet sie mich mit ihren braunen, mandelförmigen Augen.

„Natürlich, wie soll ich sie vergessen."

„Das ist eine Schwester von mir und ich soll dir etwas von ihr geben." Sie streckt mir ihre Hand entgegen und in ihrer linken Hand hält sie, einen Silber glitzernden Stab, der einen Meter und fünfzig lang ist.

„Was ist das?"

„Das ist ein Dreizack aus unserem Weltmeer. Er trägt all die Flüsse, Berggletscher und Seen in sich. Dieser Dreizack hat die Macht, die Tempelanlagen aus dem Ozean herauszuheben, um die Fläche der Erde in ihren Ursprung zu bringen. Wenn das geschafft ist, werden alle Länder mit ihren Menschen miteinander verbunden sein."

„Wie ist das möglich?" Ungläubig stiere ich auf den Dreizack in ihrer Hand.

„Du musst nur den Menschen berühren, der dafür verantwortlich ist!", antwortet sie bestimmend.

„Und was passiert dann mit ihm?"

„Er wird sich versteinert am Boden im Ozean wiederfinden und beobachten können, wie die Welt in ihrem neuen Gewand erwacht." Schon drückt sie mir den Stab in meine Hand.

„Wie soll ich das Ding denn unbemerkt mit mir tragen?"

„Heb dein Amulett in die rechte und den Dreizack in die linke Hand! Dann führst du beide zueinander und dein Anhänger wird den Dreizack in sich aufnehmen. Wenn das Amulett in Gefahr ist, wird es sich verbergen und wenn du in Gefahr bist, wird es erscheinen", flüstert sie und ich mache, was mir das Mädchen sagt.

Jetzt verstehe ich, warum ich manchmal mein Amulett nicht sehe. Es tauchte in Deutschland auf, weil ich Hilfe brauchte und seit ich im Sternenthal bin, spüre ich es permanent. Mm, sollte mir dort ständig Gefahr drohen?

Bevor ich weiter nachdenken kann, stupst mich das Mädchen mit ihrer rechten Hand an und gibt mir damit zu verstehen, dass ich den Dreizack in das Amulett verschwinden lassen soll.

Und in echt, es funktioniert! Mein keltisches Knotenmuster öffnet sich und eine zierliche Schlange sieht mich an, nur um dann zur Seite zu schwimmen. Ihre Bewegungen erzeugen Wasserwellen und ein violetter Lichtstrahl blitzt aus dem Amulett. Bloß habe ich gar keine Chance, mich mit den Wellen im Wasser zu beschäftigen, weil der Dreizack zu einer Miniatur schrumpft und darin verschwindet. Mit einem hellen Licht schließt sich mein Amulett und ich schaue fasziniert das Mädchen an.

„Wow."

„Und wenn du den Dreizack brauchst, denke an ihn und wünsch ihn dir herbei. Doch merke dir, wenn er in falsche Hände gelangt, wirst du im Ozean liegen und nichts ausrichten können!"

Dann verschwindet sie so urplötzlich, wie sie gekommen ist, ohne dass ich ihren Namen kenne.

„Udine", ruft sie, weil sie mit hoher Wahrscheinlichkeit meine Gedanken gelesen hat.

„Danke", schreie ich ihr hinterher.

„Mm, und was soll ich jetzt machen?", frage ich mich selbst, weil es mir im Moment an Informationen reicht.

Mit einem Lächeln im Gesicht winkt mich Hara zu sich, als sie sagt: „Ihr werdet heute mit uns zu Abend speisen. Dann die Nacht bei uns in einer Hütte verbringen und morgen wird euch der Tempel zur nächsten Tür weiterschicken." Sogleich streckt sie mir ihre Hand entgegen, die ich bereitwillig annehme.

Wir spazieren zu den anderen und setzen uns an einen reich gedeckten Tisch, welcher umgeben von den Hütten und Ställen ist. Alle Bewohner der Tempelanlage sind anwesend, dass es bald zu einem Fest ausartet. Sogar ein großes Lagerfeuer wird angezündet und es wird viel gelacht. Zu Essen gibt es gegrilltes Gemüse, Obst und gebackene Gerstentaler sowie Haferschleim, der für mich etwas gewöhnungsbedürftig ist. Vegetarisch hin oder her. Der Haferbrei ist definitiv nicht mein Lieblingsgericht.

Die ganze Zeit wird am Tisch geredet und ich spüre, wie die Hoffnung dem Gefühl der Freude weicht, das wir uns bald frei bewegen können, ohne Angst haben zu müssen von dem Magier getötet zu werden. Als ich merke, dass ich meine Augen vor lauter Müdigkeit nicht mehr aufhalten kann, schaue ich zu Mathis, der mir mit seinem Kopfnicken signalisiert, das er meine Miene versteht.

„Hara, wo können wir die Nacht verbringen?", wendet er sich an sie.

„Kommt, ich zeige es euch!"

Nicht nur Mathis und ich stehen auf, sondern all meine Begleiter.

Wir laufen Richtung Tempel und vor ihm befindet sich eine kleine Hütte. Als ich diese betrete, werden meine Erwartungen erneut übertroffen. Die Hütte ist mit zehn bequemen Betten ausgestattet, die durch Baumwollvorhängen und weichfließenden Stoffen voneinander getrennt sind. Jeder Schlafbereich hat ein Fenster nach draußen, sodass man den Sternenhimmel betrachten kann. Es gibt einen komfortablen Stuhl, samt mehrlagigen Quilts, die ich so liebe und auf der Kommode steht ein dreiarmiger Kerzenständer, dessen weiße Kerzen vor sich hin flackern.

„Das ist ja megageil", jauchzt Jola und ich muss losprusten. Wohingegen die Jungs uns nur belustigt anlachen.

„Ich denke, dass ihr eure Nacht gut verbringen werdet." Damit verlässt uns Hara und ich stiefle in eines der Schlafkabinen.

Während draußen alle noch quasseln und rum albern, trifte ich längst in meinen Schlaf ab.

Kapitel 10

Tierschutz ist Erziehung zur Menschlichkeit.
Albert Schweitzer, 1875- 1965

„**H**allo, du Schlafmütze", weckt mich Jola mit ihrer energischen Stimme.

„Jetzt schon? Ich bin voll gerädert", maule ich auf. Aber Jola zupft an meiner Bettdecke, bis sie es schafft, mir diese zu entziehen.

„Hopp, hopp! Wir wollen frühstücken", lässt sie nicht nach.

„Vielleicht will ich gar nicht mehr weg", maule ich. „Hier ist alles schön und die Magie erst." Da setze ich mich auf und blicke ihr ins Gesicht.

„Mila, wenn wir ihn nicht stoppen, dann stirbt diese Welt!", sieht sie mich aufmunternd an, sodass ich ihr zustimmen muss.

„Man, musst du immer recht haben?" Schon ziehe ich mir meine Klamotten an, die ich zuvor fein säuberlich über den Stuhl gelegt hatte.

„Und Zähne putzen?"

„Hier nimm einen Stängel Petersilie, das hilft als vorläufiger Ersatz." Sofort habe ich das Kraut im Mund und starre Jola verwundert an.

„Guck nicht so, das funktioniert! Vertrau mir!"

Ich kann nur mit meinem Kopf schütteln, bevor ich sie anlache.

„Dann mal los!"

Beide laufen wir zu den anderen an den Tisch, die bereits auf uns warten und setzen uns dazu. Zum Frühstück gibt es frischen Saft und wie gehabt Haferbrei, sodass ich dann eher zu den Gerstentalern greife und insgeheim meinen Pott Milchkaffee vermisse. Nachdem ich mit meinen Freunden gefrühstückt habe, geht es zum Tempel.

„Aemilia, ich möchte dir noch etwas auf deinen Weg mitgeben." Damit nimmt Hara meine Hand und sieht mir tief in meine Augen, als ich die erste Stufe erklommen habe.

„Echt?", frage ich schüchtern, weil ich langsam keine Lust mehr auf so viel Verantwortung habe. Egal wie fantastisch alles derzeit ist. Ich bin mir nicht sicher, ob ich den Mut habe meinen vorgezeichneten Weg zu gehen. Das zu tun, was all die Wesen von mir erwarten. Bis vor Kurzem wusste ich ja noch nicht einmal, dass es diese Welt mit ihren Wesen wirklich gibt.

Da holt Hara eine weißliche und durchscheinende Amphore aus ihrem Overall hervor. Sie öffnet meine beiden Handinnenflächen und legt diese hinein, bevor sie meine Hände verschließt. Unsicher schaue ich sie an. „Aemilia, das ist ein Pulver von meinem magischen Horn, was Tote ohne Nebenwirkung zum Leben erwecken kann. Doch geh bewusst damit um!", und abermals dieser Wissende und intensive Blick von ihr.

„Du weißt gewiss, für wen ich das Pulver verwenden werde", flüstere ich, weil ich Angst habe das es für jemanden aus meiner Gruppe sein wird.

„Du verlangst etwas, was ich nicht preisgeben kann. Trotzdem wirst du, wenn es Zeit ist, deine Entscheidung treffen." Somit drückt sie mir nur meine Hände ohne meine Frage beantwortet zu haben und entfernt sich einen kleinen Schritt von mir. „Lasst uns hinaufsteigen und das Portal öffnen!", ertönt ihre feste und energische Stimme.

In dem Augenblick zieht mich Mathis bereits an sich, nur um mir zu sagen:

„Versteck das Fläschchen in deinem Anhänger, wenn wir oben sind!"

Sobald wir vor der Tempelglocke angekommen sind, nehme ich das Amulett in die rechte Hand und das Einhorn Pulver in die linke. Langsam füge ich meine Hände ineinander, als würde ich Wasser damit aufnehmen. Mein Amulett beginnt sich vor meinem Auge zu öffnen und die Schlange taucht aus den Tiefen des Wassers an der Oberfläche auf. Sie schwimmt an den Wasserrand, nur um für ein weiteres Geschenk Platz zu machen. Die Amphore mit dem Pulver von Hara wird in das Amulett gezogen, sodass nur ein Glitzern von weißen und violetten Strahlen zu sehen ist, sowie das Plätschern von Wasser zu hören ist, ehe sich mein Amulett verschließt. Erleichtert und etwas angespannt mustere ich die erfreuten und zuversichtlichen Gesichter der Anwesenden vor dem Tempel. Dann beginnt ein Stampfen und Klopfen, als schlugen Trommler auf ihre selbst gebauten Trommeln, um ihnen diese Klänge zu entlocken. Damit zeigen mir die Menschen und Tiere, dass sie uns bei der Befreiungsaktion unterstützen wollen. Währenddessen berührt Hara die große Tempelglocke und es wird windiger, sodass ich mich an Mathis festhalte.

„Haltet euch an den Händen fest!", brüllt uns Rean zu.

Sobald wir uns an den Händen festhalten können, öffnet sich ein Tor, um uns in sich zu ziehen. Zum wiederholten Male habe ich das Gefühl, dass ich eine Achterbahn mit zig Loopings überstehen muss, bis ich aus dem Himmel falle und nicht weiß wo ich lande.

Muss ich jetzt Angst haben oder bekomme ich erneut einen magischen Einblick in eine versunkene Tempelanlage?

„Alles in Ordnung bei dir?", höre ich Mathis besorgte Stimme neben mir. Vorsichtig hebe ich meinen Kopf, weil ich auf den Rücken liege und den Aufprall quasi nicht mitbekommen habe.

„Ehm. Ich denke, es ist noch alles an der Stelle, wo es sein soll", kann ich etwas spaßig erwidern, als ich von gigantischen Vögeln über mir abgelenkt werde. „Wo sind wir denn diesmal gelandet?"

„Komm erst mal hoch!" Schon zieht mich Mathis mit sich empor.

Ich klopfe mir den Staub von meinen Klamotten und beobachte mein Umfeld. Wir sind umgeben von roten Felsen und Bergen. Es ist nicht grün und saftig, wie ich es bei Hara erlebt habe, sondern ausgetrocknet und karg. Als ich mir den Himmel über mir ansehe, werde ich von einer riesigen Vogelschar angezogen. Ihre Flügel sind lang und ihre Köpfe stehen dem in nichts nach. Vor ihren großen Schnäbeln habe ich jetzt schon Respekt. Aber das Merkwürdige ist, der Körperbau bei einem der Riesenvögel.

„Was sollen wir unternehmen?", fragt mich Annabella etwas ängstlich, während sie sich hinter Alban versteckt.

„Wir warten", erklärt ihr Mathis und die anderen Jungs spannen sich an. Wachsam und kampfbereit stehen sie vor uns Mädels, das ich in mich hineinlächeln muss, weil ich keine Bedrohung fühlen kann.

Inzwischen landet das Riesen Federtier mit dem Körper eines Löwen und überragt uns um einige Köpfe. Allerdings signalisieren seine Augen eine freundlich gesinnte Erwartungshaltung. Automatisch schiebe ich mich durch die Jungs durch und laufe einen Schritt auf den Vogel zu, als mich Jola zurückhält.

„Mila, das kannst du keinesfalls machen!", spricht sie leise und ich spüre bei unserer Berührung ihre Unsicherheit.

„Doch ich kann, denn er will uns etwas sagen!" Mutig gehe ich weiter und begrüße ihn durch meine Verbeugung, was er ebenfalls tut. Daraufhin kommt sein Schnabel mir und meiner Hand immer näher, dass ich die rechte Hand öffne und er seine Schnabelspitze hineinlegt. Ohne Vorwarnung erscheint vor meinem geistigen Auge eine Tempelstätte, die auf uns wartet.

„Wir sollen ihm folgen", vernehme ich Mathis hinter mir.

Ich wende mich an das Wesen und frage laut:

„Ist es weit von hier?"

Und als habe er die Frage verstanden, macht sich der Vogel flach, damit wir alle auf seinem Rücken Platz haben.

„Bist du dir sicher?", wispert Annabella und ich nicke ihr zu.

Sogleich schweben wir, einer nach dem anderen zu ihm hinauf, weil er fast fünf Meter groß ist. Gut, dass wir zaubern können.

„Er fragt, ob wir startklar sind", höre ich Mathis sagen.

„Woher kannst du die Sprache?", will ich wissen. Da fällt mir der sogenannte Groschen. „Du kennst diesen Ort. Du hast den Tempel einst beschützt wie Samu Hara ihr Reich?"

Sein Nicken bestätigt mein logisches Denken.

Anschließend geht es auch schon los und wir fliegen. Und was soll ich sagen? Es gefällt mir sogar, trotz meiner Höhenangst. Nur runterschauen mag ich nicht, will ja mein Pech nicht gleich heraufbeschwören. Wir sind von Felsen und Bergen umgeben, und kein Ende der Erde ist zu sehen, nur eine endlos lange Steppenlandschaft und viele Vögel in ihren unterschiedlich bunten Gefiedern. Ich bemerke, dass unser Wesen zum Landeanflug ansetzt und wir auf ein Dorf zu stürzen. Geschwind schließe ich meine Augen, weil ich sonst befürchten muss, dass ich vor lauter Übelkeit loslasse und dann abstürze.

„Ich habe dich fest im Griff, so schnell passiert dir nichts", kommt Mathis seine Stimme an mein Ohr, der hinter mir sitzt.

Sobald der Riesenvogel festen Boden unter seinen Füßen hat, gleiten wir von seinem Rücken. Doch weil ich immer noch null Ahnung habe, wer das Wesen ist, laufe ich zu ihm ohne mir den Tempel anzusehen.

„Sag, wer oder was bist du?"

Seine Vogelaugen beobachten mich genau, während sich sein kräftiger Körper auf und ab bläht.

„Mein Name ist Ross und ich bin ein Greif, den es auf deiner Welt nicht mehr gibt."

„Du sprichst unsere Sprache?" Verblüfft blicke ich ihn an, denn vorhin redete er ja nicht mit uns.

„Ja, wir sprechen alle die gleiche Sprache. Ich wollte meinen alten Freund aus seiner Reserve locken", klappert er mit seinem Schnabel und seine starke Vorderpfote stupst Mathis an.

„Hallo, mein Freund", begrüßt ihn Mathis in verbeugender Haltung.

„Du hast Freunde bei dir. Sag, was muss ich über euren Kriegszug wissen?"

Wissbegierig schaue ich zwischen dem Greif und Mathis hin und her. „Das wir jede Hilfe, die wir kriegen können annehmen!" Dabei mustern sich beide intensiv.

„Dann lasst uns mal reingehen und hören, was du mir zu erzählen hast!" Majestätisch läuft Ross in die riesen Tempelhalle, nachdem er kurz die Glocke zum Läuten gebracht hatte.

Etwas eingeschüchtert folgen wir Mädels ihm und unseren Begleitern.

„Sag mal, Mathis, wenn ihr alle wiedergeboren werdet, wie erkennt ihr euch?", denn das hatte ich mich bereits gestern bei Samu schon gefragt.

„Einmal durch unsere Augen, die sich nie verändern und unserer Seele, die eine Aura aus unseren Alten Welt ausstrahlt. Daran erkennen wir uns", erklärt er mir, während wir auf den Tempel zu laufen.

„Aura?"

„Wir strahlen eine weiße Farbe aus, die dem Gegenüber zeigt, dass wir die Wächter aus der Alten Welt sind. Und unsere Augen koppeln sich mit dem Blick unserer Freunde und Familien, womit dann ein Bild in ihren Erinnerungen erscheint und sie dann wissen, wen sie vor sich haben."

„Irre!", flüstere ich erstaunt. „Und die einheitliche Sprache?"

„Das ist der Kodex, den jeder in sich trägt und den nur die Gemeinschaft hören und sprechen kann." Beschwingt lächelt er mich an. „Komm, lass uns Ross nicht verlieren!", und seine Schritte werden zügiger.

Der Tempel, den wir jetzt betreten, sieht dem von Hara ähnlich und ist ein perfektes Ebenbild, nur eben viel größer und höher. Gut fünfzig Meter hoch. Aber wenn man bedenkt, dass solche hochgewachsene Tiere hier entlang spazieren, dann ist es für mich nachvollziehbar. Zu Ross gesellen sich noch andere gefiederte Lebewesen. Frauen und Männer in unserer Größe kommen ebenfalls dazu. Ross setzt sich gemächlich auf ein Podest, welches noch zwei freie Plätze hat. Er deutet uns an, dass wir es uns vor ihm bequem machen sollen und plötzlich erscheinen vor uns einige Sitzkissen.

„Wo sind Feh und Nic?", fragt ihn Mathis und wir anderen sehen uns unwissend an.

„Die beiden sollten, die Glocke am Tempeleingang gehört haben", klappert Ross mit seinem Schnabel, das er mehr oder weniger piepsig klingt. Anschließend beäugt er mich. „Und du bist das Mädchen, das uns aus der Vergessenheit wieder auferstehen lässt?"

Jedoch kann ich Ross nur zunicken, weil ich ja immer noch nicht verstehe, wieso wir von Hara ohne Umweg zu Ross geschickt wurden.

„Das kann dir später Nic erklären, weshalb ihr erst zu uns gekommen seid und nicht direkt zu ihm."

Trotz Schnabelgeklapper kann ich sein Lachen hören. Da weiß ich, dass er meine Gedanken lesen kann und das unser Trip, bis jetzt nicht durch Zufall stattfindet. Nur kann ich mich nicht damit anfreunden, wenn ich ständig gelenkt werde und nicht selbst meinen Weg bestimmen kann.

„Deine selbst gewählte Entscheidung wird noch früh genug kommen", vernehme ich eine weibliche Stimme.

„Schon wieder jemand der meine Gedanken lesen kann", schimpfe ich.

„Es können aber nur die, die es ehrlich mit dir meinen", erklingt erneut die Stimme, die ich nicht zuordnen kann.

Niemand ist neben oder hinter mir zu entdecken. Nur die Stimme hallt und prallt an den Steinwänden ab. Dann höre ich ein Flügelschlagen und sehe über mich, als ein bunter Pfau über mich fliegt und sich neben Ross nieder lässt.

„Schau mal! Ein weiblicher Pfau, der ein farbenprächtiges Gefieder hat", flüstert Jola begeistert.

„Einst waren wir Frauen bunt. Aber der eine nahm unsere Eleganz und Farbe weg, weil wir die Herren von ihren Pflichten abhalten würden", erklärt sie uns ärgerlich.

Allerdings gibt keiner aus meiner Gruppe einen Kommentar dazu ab, weil in dem Moment schwere Schritte zu hören sind. Als ich mich umdrehe, erblicke ich einen gigantischen Vogel im Tempel, der Ähnlichkeit mit den Fischreihern in Wismar hat. Er verharrt und lässt seinen Blick über uns schweifen, als suche er jemanden. Dann bleiben seine Augen bei Mathis hängen. Ein Zucken seines Körpers ist zu beobachten, bevor er direkt zu Mathis läuft und ihn fest an sich drückt.

„Ich wusste es, ich wusste es", betet er andauernd vor sich hin, während Mathis ihn ebenfalls fest umarmt.

„Bruder, wie geht es dir?", ruft Mathis erfreut aus und ich checke es nicht.

„Wieso Bruder?"

Beide Männer drehen sich zu mir um.

„Er hatte mir mal bei meiner Erneuerung in der glühend heißen Sonne, aus einer misslichen Lage geholfen."

Verblüfft ziehe ich meine Stirn kraus.

„Ich bin ein Phönix. Alle einhundert Jahre werde ich neu geboren, in dem ich mich erneuere."

Ich kann ihm nur mit Jola sprachlos zunicken. Verstehen wir beide, kein bisschen davon. Also, Geister und Fabelwesen sind schon für mich schwierig in so einer kurzen Zeit zu begreifen. Über die vielen Urwesen mag ich gar nicht nachdenken.

„Und eigentlich hätte er in seiner damaligen Gestalt mich nie heben können. Aber in ihm steckt ein starker Mann", sieht er Mathis stolz an.

„Von welcher Gestalt sprecht ihr denn?"

Mathis dreht sich zu mir um, weil er noch bei seinen Freuden steht. Er läuft zu mir, nur um anschließend sich vor mich hinzuknien.

„Mila, da wir eng mit der Tierwelt verbunden sind, ist es das Natürlichste, das ich mich zu einem Tier verwandeln kann."

Sein Gesagtes zieht mich sofort in seinen Bann, das ich die Wahrheit darin erkenne. Selbst seine Augen ziehen mich an, die sich bei genauer Betrachtung verändern. Sie werden zu einem intensiven Grün und ich habe das Gefühl, das wir zusammen fliegen. Sein Lächeln, welches sein Gesicht erreicht, bestätigt meine Annahme und ich kann mich flüstern hören:

„Du bist einst ein Adler gewesen. Stimmst?"

„Ja, ein Haastadler, der eine Spannweite von drei Metern hatte. Ich lebte auf dieser Halbinsel, die jetzt laut meiner Karte, sich vor Neuseeland befinden muss", kommt es traurig von ihm.

„Das heißt, dass diese Art von Adler auch ausgestorben ist?", denn so verstehe ich seine Trauer.

„Ja."

Da kann ich ihn nur in meine Arme nehmen und fest an mich drücken. Beide lächeln wir uns an, bis uns Alban mit seiner Frage aus dem Bann zieht.

„Warum sind wir hier?"

„Weil ihr noch nicht komplett ausgestattet seid, um seinem Reich den Untergang zu bringen", mischt sich Feh ein und ein Rascheln ihres Gefieders ist zu hören. Eine große Pfauenfeder die nicht, typisch grünblau ist, sondern so bunt ist wie Feh selbst, schwebt auf unsere Gruppe zu. „Meine Feder hat die Macht alle Luftgeister von ihm zu befreien."

„Das kapiere ich nicht", höre ich Aaron sagen.

„Aemilia hat einen Dreizack erhalten, der nicht nur die Person versteinern lässt. Dieser Stab lässt außerdem alle Wassergeister auferstehen.

Das Gleiche ist mit meiner Feder. Sie hat die Macht, alle Lebewesen die mit der Luft verbunden sind zu befreien."

Aufmerksam betrachte ich die Feder über mir und als sie zu mir herab fliegt, öffne ich meine Hand. Dann stehe ich auf, weil ich weiß, was es zu bedeuten hat. Ich soll die Feder nehmen und in mein Amulett einfügen, um diese bei Bedarf herauszuholen. Und so mache ich es. Von Mal zu Mal klappt es sogar besser und schneller. Als ich alles verstaut habe, kommt mir eine Frage in meinen Kopf.

„Wenn wir jetzt die Luft und Wasserwesen befreien können, was fehlt noch?", denn ich glaube, dass es noch nicht alles ist.

Unerwartet wendet Feh ihr Augenpaar zu mir und während sie mich betrachtet, verwandelt sie sich zu einer außerordentlichen Frau, die zwei Meter groß ist. Feh steckt in einem figurbetonten Kleid, welches grün leuchtet. Ihr Oberkörper ist in einem Korsett mit goldener Schnürung gehüllt und die langen Ärmel scheinen fast durch. Der Stoff an ihren Armen sieht, wie ein gefiedertes Federkleid aussieht, als sind es ihre Flugschwingen. Schließlich hebt sie ihre Hände und platziert ihr rotes, welliges Haar über ihre Schultern. Ein goldenes Lederband legt sich daraufhin um ihren Kopf, auf dem verschiedenen Edelsteinen erscheinen. Für mich sieht es fast wie eine klitzekleine Krone aus. Als ich das denke, leuchtet Feh ihr kompletter Körper auf. Er erstrahlt in den Regenbogenfarben und ihr Antlitz mit ihrem runden Gesicht, der kleinen Stupsnase und den wissenden Augen lässt mich verstehen, warum man den Frauen ihre Schönheit genommen hat. Feh sieht einfach nur göttlich und geheimnisvoll aus. Nach ihrem Aufleuchten steht sie als eine perfekte Kriegerin da. Sie trägt um ihre Hüften einen Schwertgurt und auf ihren Rücken einen Bogen. Leicht glühen ihre Hände noch bläulich und sie sieht uns kämpferisch an.

„Es fehlen noch der Erdgeist und all seine magischen Wesen", holt mich, Ross aus meiner Verblüffung. Geschmeidig marschiert er auf mich zu bis er vor mir stehen bleibt.

Auch er beginnt sich in einen Krieger zu verwandeln und verschwindet in einer leuchtenden grünblauen Nebelwolke. Ich fühle den Wind, der um ihn wirbelt, und allmählich kann ich seine Füße erkennen, die in Fellstiefeln stecken. Je weiter sich der Nebel in Richtung Kopf auflöst, umso mehr erblicke ich einen beeindruckenden Kämpfer. Er steckt in einer Lederkluft, die mit verschiedenen Fellen und Bändern verschlungen ist. Ross trägt einige Gürtel und Taschen um seinen Körper und ein grüner Umhang, der mit einem blauen Edelstein gehalten wird, liegt über seinen Schultern. In der Hand hält er einen goldenen Stab, auf dem ein vergoldeter Greif zu sehen ist. Rasch blicke ich zu Feh und entdecke in ihrer linken Hand denselben Stab, aber nur mit einem vergoldeten Pfau. Plötzlich streckt mir Ross seine verschlossene Hand entgegen und als er diese öffnet, blicke ich einen roten Stein mit einem beweglichen Auge an.

„Nimm das Auge an dich! Es wird dir deinen Weg weisen, wie alles, was du bei dir und in dir trägst", sieht er mich bezwingend an.

Vorsichtig gehe ich näher auf ihn zu und öffne meine Hand. Ich nehme das Auge an mich, um es gleich in meinem Amulett verschwinden zu lassen. „Was ist das für ein Auge?", will ich von ihm wissen, weil es sich lebendig anfühlt.

„Es gehörte der Tochter eines Erdgeistes, die alles vorausgesehen hat. Damit es nicht in die falschen Hände fällt, hat sie sich ihr drittes Auge mit viel Mut und unter großen Schmerzen herausgeschnitten."

Augenblicklich fühle ich, seine unterdrücke Qual, denn sein kantiges Gesicht mit den vielen Linien, die sein Leben widerspiegeln und die warmen braunen Augen, sehen mich schmerzlich an.

„Du hast es mit angesehen, stimmt's?", kann ich da nur flüstern.

„Ja, und sie löste sich in meinen Armen auf. Ich werde Abnoba niemals vergessen und ich glaube fest daran, dass sie zu neuem Leben erwachen wird, wenn wir ihn gestoppt haben!" Dabei mustert er mich mit seinem Blick, bis ich ihm dann verstehend zunicke.

„Wie sieht jetzt der weitere Ablauf aus?"

„Samu, das nächste Portal wird euch auf seine Insel bringen, die er gut bewachen lässt", höre ich Nic, den Phönix sagen und ich drehe mich zu ihm um.

Selbst er hat sich zwischenzeitlich zu einem schlanken und hochgewachsenen Krieger verwandelt, der einen roten Umhang trägt und sein Stab den Phönix zeigt. Sein langes, rötliches Haar hat er offen, nur ein Lederband schmückt seine Stirn. Die gleichmäßigen Gesichtszüge und seine wissenden Augen, zeigen mir seine freudige Erwartungshaltung.

„Ihr werdet von uns allen geistig geleitet", sagt er verschwörerisch. „Und bedenkt, dass Aemilia den Schlüssel in sich trägt. Ihr müsst sie bis zum Schluss beschützen!"

Jetzt wird mir Himmel Angst.

„Denn ohne die magischen Menschen können wir nicht leben. Wir gehören alle zusammen."

„Ich hoffe mal, dass ich die richtige Entscheidung treffen werde", und ich schaue hilfesuchend Mathis an, der mir aufmunternd zunickt.

„Ehe wir losmarschieren, ruhen wir uns heute noch mal bei meinen Freunden aus und morgen sehen wir weiter."

Na ja, einen Tag Aufschub, bis ich alle ins Unglück stürze, sollte mir reichen, um meine Nerven ein kleines Bisschen zu stabilisieren. Immerhin blicke ich, dass ich ohne meine Freunde nicht mal einen Schritt alleine überlebe.

„Lasst uns draußen an das Lagerfeuer hocken und euch von uns etwas ablenken! Später findet ihr in eurem Zeltlager Ruhe", erklärt uns Ross und schon setzen sich alle in Bewegung.

Ich sitze mit den Bewohnern auf dem Tempelvorplatz beisammen, als sich eine ältere Frau neben mich setzt. Sie ist genauso groß wie ich und steckt in einem braunen Kapuzenmantel, der mit einem Ledergürtel gehalten wird. Die Kapuze hat sie fest mit einem Band zugebunden, sodass ich sie nicht richtig erkennen kann. Bloß ist ihr Gesichtsausdruck fragend, als sie mir etwas zu trinken gibt.

„Also, ihr wollt uns alle befreien?"

„Wir wollen es versuchen."

„Ich habe den Eindruck, dass du nicht an dich selbst glaubst und ständig an dir zweifelst", spricht sie leise zu mir, während sie mich mit ihren grauen Augen intensiv mustert.

„Ja. Ich bin einfach das falsche Mädchen für die Sache."

„Warum glaubst du das?" Dabei nimmt sie meine Hände zu sich auf ihren Schoß.

„Weil ich von all dem keine Ahnung habe. In gewisser Weise habe ich auch im Nebel des Vergessens gelebt."

„Du weißt nichts über dich und deine Prophezeiung?", fragt sie mich bewusst langsam, dass ich meine Stirn runzeln muss. „Komm mit, ich zeige dir etwas!"

Kurz betrachte ich meine Freunde, die sichtlich Spaß am Lagerfeuer und dem Spielmann haben und stehe leise auf, um ihr zu folgen.

„Wer bist du?", frage ich, als wir Richtung Tempel eilen.

„Eine Göttin, die ebenfalls möchte, dass alle Zugänge zu uns geöffnet werden."

Wir steigen die Stufen nach oben und ein kleines Lüftchen begleitet uns. Im Inneren des Tempels bleibt sie stehen und ich laufe zu ihr in das Pentagramm. Dort hebt sie ihre Hände und aus allen vier Himmelsrichtungen kommt ein weißer, glitzernder Nebel, der sich mittig bei uns bündelt. Vor meinen Augen entsteht ein Brunnen und die alte Frau verwandelt sich zu einer typischen Göttin in ihrem weißlichen Umhang.

„Wow!", kann ich nur vor Überraschung sagen.

In dem Brunnenwasser treiben verschiedene bunte Blüten und ein Plätschern ist zu hören. Und als sie mit ihrer Hand darüber streicht, schieben sich diese an den Rand, sodass ich freie Sicht auf das erscheinende Bild bekomme.

„Das was du hier siehst, ist unsere Welt, bevor der Magier unsere Tempelanlagen in den Ozean gezogen hat. Denn es stimmt, dass die Tempelstätten nur versunken sind. Solltest du das Dorf der Eventus nicht bis zum dreiundzwanzigsten August retten, dann wird die dunkle Macht alles mit einem kurzen Fingerschnipsen zerstören."

„Wie meinst du das? Und vor allem, wie kommst du auf diesen Termin?"

„Es wurde ein Fluch mit einem Zeitpunkt ausgesprochen", antwortet sie mir, während sie mich beobachtet.

„Wie Zeitpunkt? Wie so eine Art Deadline?", und ich merke schon, dass diese Frau mich nicht versteht. „Vergieß es! Was muss ich wissen?"

„Aemilia, der Fluch ist mit einer totalen Sonnenfinsternis verbunden. Und du weißt ja, dass eine Sonnenfinsternis von jeher, als Vorbote des Bösen gesehen wurde."

„Ja. Es wird als unheilvolles Zeichen der Götterwelt angesehen. Aber wie kommst du auf den Termin?"

„Weil alle neun Jahre eine besondere Sonnenfinsternis stattfindet", schaut sie mich etwas abwesend an. „Alle sechsunddreißig Priester und Priesterinnen in den Tempelanlagen haben an diesem Tag Zugang zu uns.

Wenn die Sonne, der Mond und die Erde in einer Linie stehen, dann deckt der Mond das Sonnenlicht ab und wir haben bei einer normalen Sonnenfinsternis bis zu zwölf Minuten die totale Finsternis. Doch bei der magischen Dunkelheit, hält diese neun Tage und neun Nächte an."

„Das verstehe ich nicht."

„Bei der übernatürlichen Eklipse haben die Mächte überaus große Kräfte und können alles, was sie in tugendhaften Gedanken erschaffen haben auch wieder zerstören."

„Und was bedeutet das jetzt?"

„Als die Person den Fluch über das Bergdorf aussprach, sagte sie, dass die sechs Schwestern sechsunddreißig Sonnenfinsternisse über sich ergehen lassen müssen, bevor die Dunkelheit für immer einbricht."

Jetzt staune ich nicht schlecht.

„Wenn du am dreiundzwanzigsten August den Nebel des Vergessens nicht aufgehoben hast, passiert folgendes: Die Tierwächter können sich nicht mehr mit ihren Menschen verbinden und das Gleiche geschieht mit den Eventus. Die Hexen und Zauberer bekommen ihre Gaben nicht zurück und alles zerspringt unwiederbringlich in tausend Scherben. Schließlich fällt der Himmel auf die Erde und es gibt nix mehr. Weder ein oben, noch ein unten. Weder hell noch dunkel."

Geschockt schaue ich auf die Wasseroberfläche, die mir ein Bild von der Alten Welt zeigt. Unsere damalige Erde existierte völlig anders, als heute. Es gab keine Ozeane, keinerlei großen Seen oder Meere zu überwinden. Es gab die eine oder andere Halbinsel, die mit ihrer Landfläche ins Wasser ragte sowie Flüsse und Bäche, die man spielend mit einem Sprung überqueren konnte. Und in regelmäßigen Abständen gab es die Tempelanlagen. Egal ob es eine Oase im Regenwald war, eine Schneelandschaft in der Arktis oder eine Wüste in Afrika.

„Egal welche Temperaturen und Umwelteinflüsse der Ort hatte, jeder Mensch konnte zu verschiedenen Tempel pilgern."

In dem Moment verändert sich das Bild im Wasser. Die Menschen zaubern lachend auf offener Straße und unterhalten sich mit ihnen Tieren.

„Dann kam er. Wütend und enttäuscht von uns, und richtete sich gegen uns", zittert ihre Stimme vor Bitterkeit. „Das was ich dir jetzt zeige und sage, muss unter allen Umständen bei dir bleiben! Damit hast du die Chance, die richtige Entscheidung zu treffen."

Benommen stimme ich ihr zu und sie zieht mit ihrem Zeigefinger im Wasser eine Spirale. Als sich diese langsam verzieht und das aufgeschäumte Wasser sich beruhigt, erblicke ich einen anderen Ort.

„Das Sternenthal", flüstere ich und sie nickt mir zu.

Ich sehe augenscheinlich alles, was mir Aurora mit den Mädels erzählt hat. Das Wasserbild im Brunnen zeigt mir, wie die Menschen in der

Tempelstadt mit Lichtkugeln und Zauberflüchen beschossen wurden. Schließlich löst sich eine dunkle Gestalt aus dem Trupp der Angreifer. Es ist eine Frau, die in einem schwarzen Kapuzenumhang gehüllt ist und darunter ein goldenes Kleid trägt. Sie geht auf das Paar zu, die gegenwärtig in einer zeremonielle Trauung stecken. Da erkenne ich Aurora als Braut. Aber wer der Mann ist, mit dem sie vermählt werden soll, das sehe ich nicht. Kurz runzle ich verwirrt meine Stirn, als ich sein Gesicht erblicke. Es ist ein ovales und ebenmäßiges Gesicht mit einem kantigen Kinn und Wangenknochen. Sein Haar ist Blond und zu einem Zopf gebunden. Seine Augen strahlen glücklich, wie die seiner Angebeteten und ihr Anblick berührt mich. Beide lieben sich und jeder kann es sehen, weil ihre irisierenden Fäden aus ihren Körpern sich verwebt haben. In dem Moment zückt die Kapuzenfrau, die ich nicht erkennen kann ihr Messer und wirft es zielsicher in Aurora ihr Herz.

Der plötzliche und schmerzliche Aufschrei sowie die rasche Reaktion des Mannes überschlagen sich. Denn er schleudert mit einer Handbewegung das Messer weg und mit der anderen stellt er sich zu seiner Geliebten und gibt ein helles Licht in ihren Körper. Er muss bestimmt ein großer Heiler sein, denn Aurora öffnet ihre Augen und ich kann das Spiegelbild der Angreiferin darin sehen.

„Katharina?" Erschrocken schaue ich zu der älteren Frau auf.

„Ja, sie ist die einstige Mitstreiterin von ihm. Sie ist die Tempelpriesterin, die sich ihm angeschlossen hatte. Jedoch empfand sie mehr als nur Freundschaft für ihn. Katharina war in ihn verliebt, was dann zu einem großen Fehler führte. Sieh selbst!"

Siegesbewusst schreitet Katharina zu dem Mann, der mit dem Rücken zu ihr steht, weil er Aurora schützend festhält. Mit ihren Händen zielt sie auf ihn und flüstert etwas, bevor Birgitta ihr Hund dazwischen springen kann. Der Mann erstarrt in der Bewegung, während Aurora wegrennt, als er in alle erdenklichen Teile zerspringt. Seine Überreste sammeln sich zu einer Nebelwolke und schweben direkt zu Katharina, die ein Buch in ihren Händen hält. Als dieses Buch die Wolke in sich hineinzieht, schlägt sie es lautstark zu.

„Und was geschah dann?", mit meinen Tränen kämpfend.

„Die einstige Tempelpriesterin kam zu dem Zeitpunkt nicht an die drei Seherinnen und deren Schwestern heran. Sie war nicht mächtig genug, um den Ort in den Ozean versinken zu lassen. Deshalb legte sie diesen Fluch darüber."

„Bis heute", sage ich mit belegter Stimme.

„Genau. Als du dein Amulett berührt hast, begann die Erde zu beben, weil du sie geweckt hast", zeigt sie nochmals auf das Wasser. „Sieh!"

Auf einmal werden alle Tempelstätten der Reihe nach in den Erdboden hineingezogen. Dort wo die Tempel standen, riss die Erde auseinander und sieben Kontinente entstanden. Das sind unsere aktuellen Gebiete, wie ich sie aus dem Geografieunterricht kenne. Auch erkenne ich, dass sich um die versunkene Tempelanlage ein Ozean gebildet hat. Jetzt begreife ich, dass die Tempel im Weltmeer in einer Art Glocken festsitzen, mit der Aussicht nach draußen, wie in einem Meeresaquarium. Wobei die Menschen nur Felsen und Korallen entdecken, die sich darauf entwickelt haben und den Schwefel, der sich nach oben schiebt.

„Jetzt wo du die Erde geweckt hast, ist diese bestrebt sich nach oben zu schieben. Bis zum Dreiundzwanzigsten wird es vermehrt Stürme, Tornados, Hurrikans, Überflutung und Vulkanausbrüche geben."

„Oh, mein Gott, was habe ich nur gemacht?" Doch sie nimmt meine Hand und sieht mich aufmunternd an.

„Du hast die Mutter Erde aus ihrem Tiefschlaf geholt, wie alle anderen Wesen auch. Es ist ein normaler Vorgang, den du abwandeln kannst", flüstert sie mir energisch zu.

„Wie?"

„Indem du Katharina zu Fall bringst. Im Anschluss werden sich unsere Anlagen aus dem Ozean herausschieben und alle Flächen abermals miteinander verbinden. Doch weil wir bemerkt haben, dass die Wasserflächen in der heutigen Zeit wichtig geworden sind, werden wir diese mit natürlichen Brücken vernetzen. Somit können sich alle Menschen weltweit zusammenfinden."

Das klingt für mich großartig.

„Was kann die Katharina?" Immerhin sollte ich schon wissen, was auf mich zukommt.

„Sie besitzt kein Herz! Außerdem lässt sie nicht mit sich verhandeln und kennt keinen Deal!"

„Na klasse, da kann ich ja gleich einpacken."

Na echt mal, was habe ich da zu bieten?

„Du musst das Buch finden und den Mann befreien, damit er dir helfen kann!" Bezwingend ergreift sie meine Hände und sieht mir intensiv in meine Augen. „Aemilia, zu dem Pulver was du von Hara erhalten hast, musst du noch einen Tropfen Blut von dir geben, sonst kann er nicht reinen Herzens auferstehen", und eine kleine Pause tritt ein. „Du hast mich verstanden?"

Ich nicke ihr zu.

„Egal was auf deinem Weg passiert, du darfst es nicht vergessen!", besteht sie darauf.

Als ich sie fragen will, was sie mir vorenthält, werden wir von Mathis und Samu unterbrochen. In Windeseile schiebt sie ihre Hand über das Becken und der Brunnen löst sich im Nichts auf.

„Was macht ihr hier? Wir haben dich gesucht", stiert mich Mathis erzürnt an und sein Gesicht wechselt zwischen hell und dunkel.

Daraufhin schiebt mich die Frau eilig hinter sich und verbeugt sich knapp vor ihm.

„Frija?"

„Ja, Mathis", antwortet sie ihm freundlich.

„Was machst du mit Aemilia hier?" Seine Stimme drückt Wut und Zorn aus, was ich von ihm nicht kenne.

„Wir haben uns nur unterhalten", springe ich für sie ein.

„Unterhalten?" Ungeduldig eilt er auf mich zu, sodass sich Frija weiterhin vor mir aufbaut.

„Ja", kommt sie mir zuvor.

„Und da geht ihr ausgerechnet in den Tempel?", donnert er in einer Stimme, die jeden einschüchtern kann.

Langsam frage ich mich, was hier eigentlich los ist.

„Wir sind nur im Tempel umhergelaufen", umschiffe ich, seine Frage. „Oder glaubst du, dass ich ohne dich durch das besagte Tor springen wollte?" Ich bemerke, wie sich in mir eine innere Spannung aufbaut, und allmählich glaube ich, dass uns von den beiden Gefahr droht, weil ich mein Amulett auf meiner Brust spüre.

„Ist ja jetzt egal, was ich gedacht habe. Lass uns lieber eine Mütze voll Schlaf nehmen und morgen endlich das Ganze zu unseren Gunsten ändern!" Dabei verbeugt er sich vor Frija. Doch bevor er mich mit sich fortziehen kann, umarmt Frija mich flugs und flüstert mir in mein Ohr:

„Schütz dich, aber sofort!"

Obwohl ich ihr noch antworten möchte, sehe ich, wie sie sich im Handumdrehen im Nebel vor mir auflöst. Dann höre ich ein Zischen und zwei hell erleuchtete Lichtblitze schlagen neben mir ein. Fix werfe ich mich auf den Boden und mache instinktiv meine Schutzblase um mich. Meine Arme halte ich schön auf meinen Kopf, während ich bete, dass niemand verletzt oder gar getötet wird.

Sofort ist ein Funkenhagel von verschiedenen Farben und unterschiedlichen Lautstärken zu hören, wie wenn dem Blitz der Donner folgt. Außerdem vernehme ich aufgeregte Stimmen, denen ich noch nicht folgen kann. Als ich keine Geräusche mehr höre, luge ich vorsichtig nach vorn und schaue in ein besorgtes Gesicht. Sogleich berührt mich seine Hand durch meinen künstlich errichteten Schutzraum und meine Schutzzone zieht sich zurück. Blitzschnell bugsiert mich Mathis in seinen Arm.

„Mensch, Mila, lauf nie wieder weg!", bittet er mich und ich fühle seine Besorgnis, sodass ich ihn schüchtern anlächle.

„Ich wusste nicht, dass mir hier Ärger droht", gebe ich zurück. „Wer waren die zwei Männer? Eure Klonen?"

„Die gehören zur Gegenseite, aber ich verstehe nicht, wie sie hier rein konnten."

„Da sind wir schon mal zwei, die sich die gleiche Frage stellen."

„Mathis?" Besorgt kommt Ross in menschlicher Gestalt auf uns zu marschiert. „Diesen Tempel hat der Zauberer selbst verschlossen und nur er kann ihn bei Bedarf öffnen. Er muss gewusst haben, dass ihr hier seid."

Das leuchtet selbst mir ein.

„Und jetzt?"

„Aemilia, das ist eine berechtigte Frage von dir."

„Ich glaube, wir sollten eine Tür finden, die uns zu deiner Mutter bringt. Dort können wir ausruhen und uns beratschlagen."

„Ich weiß nicht", antwortet mir Mathis.

„Heute Nacht seid ihr meine Gäste und wir werden über euren Schlaf wachen. Das verspreche ich euch!" Damit verneigt sich Ross und klopft mit seinem Stab auf den Boden.

„Abgemacht mein Freund, denn: Morgenstunde hat Gold im Munde", lacht Mathis erst Ross und dann mich an.

Nun, wenn es für Mathis okay ist, dann fühle ich mich sicher.

Mathis und ich werden mit Ross und drei seiner Krieger zu einer Holzhütte mit Strohdach geführt. Das Gebäude ist auf Menschengröße gebaut und nicht so gigantisch, wie die meisten Häuser, in denen die Vögel und Fabelwesen untergebracht sind. Außerdem hat Ross seinen Worten tatsächlich Taten folgen lassen und unsere Unterkunft mit Wachen postiert.

„Das sind meine besten Krieger, die du dir nur vorstellen kannst", spricht er mit stolzer Stimme und geschwollener Brust.

Vor mir stehen zwei Meter große Hünen, die entweder einen Falken, Adler oder Bussard auf ihrer linken Schulter sitzen haben. Zwei sind an der Tür und jeweils einer an jeder Hausecke postiert. Die sechs Krieger tragen die gleiche Fellbekleidung wie Ross und ich muss gestehen, dass sie überaus beeindruckend aussehen. Denn in ihrem Ledergurt, der quer über ihren Körper läuft, steckt ein Säbel und ihre großen dunklen Augen, die leicht schräg stehen schauen mich begrüßend an. Die hohen Wangenknochen und ihre gerade geformten Nasen mit den spitzzulaufenden Lippen wirken dennoch einschüchternd. Auch der fast kahl rasierte Kopf mit dem geflochtenen Zopf, der ihnen bis zu ihren Hüften reicht, unterstreicht ihre kämpferische Stärke. Schließlich verzieren verschlungene Zeichen ihre glatten Hautstellen auf ihren Köpfen und diese, sehen wie ein mystisches Tattoo aus.

Verrückt, oder?

„Einige Zauberer und Hexen haben über eure Lagerstätte einen Schutz- und Abwehrzauber gelegt, damit ihr heute Nacht nicht überrascht werdet."

„Danke!", nicke ich Ross zu.

„Tretet ein, eure Freunde warten schon!"

„Ach, mein Gott, vor lauter Aufregung habe ich gar nicht gefragt, wie es ihnen geht?"

„Als du angegriffen wurdest, war unsere höchste Priorität, deine Freunde in Sicherheit zu bringen und dir zur Hilfe zu eilen. Matthis kam mit mir und drei meiner guten Krieger zu dir, während die anderen Krieger deine Begleiter eskortierten", informiert mich Ross. „Heute Nacht wird es friedlich bleiben", verbeugt sich Ross erneut vor uns, bevor er geht, und wir tun es ihm gleich.

„Komm!", stupst mich Mathis am Arm und wir laufen an den Wachen vorbei.

Schnell erkenne ich, dass wir diesmal keine getrennten Nischen haben. Es ist ein offener Raum, in dessen Mitte ein kleines Lagerfeuer vor sich hin flackert. Um das Feuer liegen Strohmatten im Kreis verteilt, dass sich jeder von uns, mit ausgestrecktem Arm berühren kann. Jeder hat ein Kissen und eine Decke für die Nacht bekommen und alles befindet sich innerhalb eines gezogenen Schutzkreises. An den vier Himmelsrichtungen steht eine blütenweiße Kerze und daneben sitzen eine Frau und ein Mann in einfachen Baumwollkleidern, wie ich sie von Hara ihrer Insel kenne.

Bevor ich jedoch grübeln kann, schupst mich Mathis erneut an, weil Jola von ihrer Matte aufspringt und direkt auf mich zu rennt.

„Oh, Mila!" Längst liegt sie in meinem Armen und wir drücken uns ganz fest aneinander. „Was machst du nur für Sachen?", sieht sie mich mit einer Mischung von Sorge und Unmut an, als sie mich etwas von sich schiebt. „Du kannst doch nicht einfach fortlaufen", beschwert sie sich.

„Ich habe mir nichts dabei gedacht, als mich Frija mit in den Tempel nahm", gebe ich ehrlich zurück.

„Frija?", erkundigt sich Samu wachsam, der auf seinem Schlaflager sitzt und mich genau beobachtet.

„Ja, sie stellte sich als eine Göttin vor und wollte mir oben im Tempel zeigen, dass es sie und den Fluch wirklich gibt." Beunruhigt schaue ich Mathis an, der immer noch beschützend hinter mir steht.

„Was hat sie denn gesagt?", prasseln die Stimmen meiner Freunde auf mich ein.

„Stopp!", übernimmt Mathis. „Lasst uns erst mal setzen und dann kann uns Mila alles Wichtige erzählen."

Nur bevor ich ihm folge, halte ich ihn an seiner Hand fest.

„Matt, woher wusstest du, wo ich bin?"

„Ich hatte eine Eingebung gehabt", antwortet er mir knapp.

„Mm, aber wie konntest du wissen, wo ich stecke?", denn dieses Dorf ist wirklich groß und ich hätte überall stecken können.

Daraufhin bleibt Mathis stehen und nimmt meine beiden Hände in die seinen. Tief in meine Augen sehend beginnt er mir zu erklären, wie er mich finden konnte.

„Ein feiner weißlicher Nebel kam zu mir und zog mich mit sich. Ich kann es dir nicht näher begründen, aber ich fühlte durch die Berührung, dass du verängstigt und verunsichert bist. Sicherheitshalber bat ich Ross um Hilfe und er gab gleich die Befehle an seine Krieger. Gemeinsam kamen wir bei dir im Tempel an."

Was soll ich darauf erwidern? Seine Geschichte musste stimmen. Denn wenn ich in so kurzer Zeit, so viele außergewöhnliche Dinge gesehen und erlebt habe, warum sollte ich dann an seiner Aussage zweifeln?

„Danke." Ich stelle mich auf meine Zehenspitzen und sehe zu ihm auf. Bloß ehe ich mich richtig strecken muss, kommt er mir entgegen und gibt mir einen zärtlichen Kuss auf meine Lippen, sodass ich denke, dass ich gleich in tausend Teilchen zerspringe. Als er sich langsam aufrichtet, sieht er mich verunsichert an.

„Mila, als ich dich dort oben im Tempel sah, da blieb mir vor Angst fast mein Herz stehen."

Ich kann mir denken, wie er sich in dem Moment gefühlt hat. Jedenfalls habe ich diesen Ausdruck schon einmal gesehen. Es war an dem verfluchten Tag, als sich Jola vor die Kugel geschmissen hatte und das nur, um mich zu retten. Nur war ich mit dieser Situation völlig überfordert, sodass ich vor lauter Überraschung nicht mal an einen Stillstandszauberspruch gedacht hatte. Aber mal ganz ehrlich. Ich bin in meinem Teenie Leben noch nie bedroht worden. Auch sehe ich in allem nicht gleich das Böse. Gut, als Hexe hätte ich es draufhaben müssen! Aber wie sollte ich als Neuzeitmädel darauf reagieren, die ihre Gaben eher zum Zubereiten von Zaubertränken benutzt und sonst wie jeder normaler Sterblicher lebt?

„Komm, lass uns zu den anderen in den Schutzkreis setzen und dann beratschlagen wir, wie es weitergeht!"

„Sag mal, wer sind denn die Menschen an den vier Ecken?"

„Der Schutzkreis ist von diesen vier Zauberern und Hexen ausgenordet wurden. Sie können nicht nur Schutzzauber anwenden, sondern mit ihren Gaben, jede negative Form, egal wie klein sie sein mag, sofort erkennen und eliminieren", höre ich ihn stolz antworten.

„Die müssen ja ein super Radar haben", platzt es aus mir heraus.

„Mm, das kannst du schon sagen", zwinkert mich Mathis an.

„He, Mila, alles gut bei dir?", fragen mich Isabella und Annabella, die es sich mit Rean und Alban auf ihren Matten bequem gemacht haben.

„Jetzt geht es mir gut, weil ihr alle gesund und munter seid."

„Was ist passiert?", höre ich Rean fragen.

„Über was müssen wir Bescheid wissen?", vernehme ich Robin seine Stimme.

Rasch setze ich mich mit Mathis auf eine Matte und erzähle ihnen alles, was sich im Tempel zugetragen hat. Nur das mit den Bildern in dem

Brunnen und die Information was diese Katharina betrifft, lasse ich vorerst aus.

„Wie am dreiundzwanzigsten August?" Ungläubig sieht mich Jola an.

„Frija erzählte mir, dass der Fluch an diesen Termin gebunden ist. Somit sollen die Geistermädels ihre gerechte Strafe erhalten."

„Aemilia, ich kenne keine Sonnenfinsternis, die neun Tage und Nächte anhält und sich angeblich alle neun Jahre wiederholt. Das können wir gerne bei Fine am Computer nach googeln."

„Jola, ich weiß es selbst, dass es verrückt klingt. Aber findest du nicht auch, dass unser kompletter Ferientrip abgespact ist?"

„Na ja, womöglich hatten wir nur einen Autounfall und liegen alle im Koma. Heißt es nicht, dass man da bizarre Sachen träumt?", versucht es Jola mit ihrer Logik.

„Mädels, ich kann euch beruhigen, dass ihr lebensecht neben uns sitzt und mit uns in diesem Abenteuer steckt", unterbricht uns Rean, der sich mit der Hand an seinem Kinn kratzt und die Stirn in Falten zieht. „An dem besagten Tag, der ungelogen alle neun Jahre wiederkehrt, kämpfen die Guten gegen die bösen Mächte des Universums. Nach neun Tagen und Nächten Gefecht steht dann der Sieger fest. Den überlebenden Menschen werden im Anschluss ihre Erinnerungen entfernt", erklärt er uns.

Selbst Isabella und Annabella halten die Luft an, die sie jetzt auspusten.

„Irre", ertönt es augenblicklich von Isabella. Sie schüttelt rasch ihren Kopf, wodurch ihre offenen Haare ihr Gesicht kurzzeitig verdecken. Sie ist genauso fassungslos wie ich.

Da nimmt Rean eine Hand von ihr in die seine und Isabella sieht ihn an. Bedächtig streicht er ihr ihre restlichen Haare aus ihrem Gesicht, ehe er weiterspricht.

„Bei den Menschen bleibt von diesem Kampf der Mächte nur ein Gefühl zurück."

„Was für ein Gefühl?", hakt sie nach.

„Wenn die schwarze Magie die Überhand hat und als Sieger hervorgeht, werden die Menschen die kommenden neun Jahre in Angst, Schrecken und Sorgen leben. Sie werden an Krankheiten leiden und mit Verlusten leben müssen."

„Und wenn die Guten siegen?"

„Dann haben die Menschen die ganze Zeit ein gutes Miteinander und sie entwickeln sich gleich. Die Menschen sind dann glücklicher und fühlen sich freier, weil sie auf gleicher Augenhöhe sind und es keine Unterschiede gibt, die einen Krieg auslösen."

„Oh, mein Gott!", flüstert da Annabella. „Seit dem achtzehnten Jahrhundert gibt es nur noch Kriege und Ausbeutung. Kein Einziger achtet mehr den anderen, weder die Tiere noch unsere Erde."

„Das stimmt!" Dabei drückt Alban ihre Hand. „Und all unsere Hoffnung liegt darin, dass wir diesmal siegen, damit diese Welt zu einem friedlichen Planeten wird."

Einmal mehr spüre ich die Unsicherheit in unserer Gruppe. Die Angst zu versagen.

„Okay, aber etwas kapiere ich noch nicht?"

Alle sehen mich fragend an.

„Wo ist die Insel, auf der er sein Reich aufgebaut hat?" Als ich beobachte, wie nachdenklich die Runde sich anschaut, rede ich weiter. „Unsere Eltern vermuten ja, dass sich sein Tempel in Norwegen befindet. Aber den hat Hara selbst verschlossen. Immerhin waren wir dort, oder?"

Hatte ich bei dem Ganzen etwas durcheinandergebracht?

„Es gibt sechsunddreißig Tempelstätte, wenn wir das Sternenthal nicht mit zählen. Das ist doch korrekt?", klinkt sich Aaron grüblerisch ein.

„Stimmt", nickt ihm Robin zu.

„Dann hat er bestimmt woanders seine Anlage aufgebaut, oder?"

„Gute Frage, Aaron."

„Aber heißt es nicht, dass einst ein unsterblicher Zauberer auf die Welt herabstieg und sich auf einer Insel in eine Hexe verliebt hatte? Der Stamm dieser Hexe hatte zu diesem Zeitpunkt bereits eine eigene Tempelanlage errichtet. Und um welche Insel handelt es sich?"

„Stimmt, warum sind wir denn nicht gleich darauf gekommen?", beantwortet mir Samu meine Frage und haut sich kurz selbst auf seine Stirn, sodass ich schmunzeln muss.

„Ich muss euch was sagen, auch dir, Mila."

Überrascht drehe ich mich zu Mathis um, der neben mir sitzt.

„Aus diesem Grund war ich fort."

„Und?"

„Es ist das einstige Iceland. Diese Insel hat er, im siebenden Jahrhundert zu seiner Festung gemacht hat."

„Du warst wirklich, nur deswegen unterwegs und dann noch ohne dich bei mir zu verabschieden?" Ungläubig stiere ich ihn an. Sollte ich mir umsonst Gedanken um unseren Beziehungsstatus gemacht haben? Empfand er zu diesem Zeitpunkt noch nichts für mich? Sollte ich mich vor ihm blamiert haben? Plötzlich fühle ich, wie es mir merklich heißer wird, aus Angst mich vor ihm zum Gespött gemacht zu haben.

„Den zweiten Grund erkläre ich dir später", schaut er mich bittend an.

„Okay, aber ich erinnere dich daran!", gebe ich mich geschlagen.

„Iceland, wo soll das liegen?" Interessiert sieht Jola ihn an.

„In unserer jetzigen Zeit ist es Island."

„Die Insel, wo alles brach liegt, seit der Vulkan vor Tausenden von Jahren seine heiße Lava und Asche über diese rollen ließ?", hinterfragt nun Isabella.

„Das ist korrekt. Die Insel hat eine Vulkanschicht über die gesamte Fläche gelegt, sodass kein Mensch und kein Tier darauf leben können", erklärt ihr Mathis.

„Aber dann ist seine Insel nicht versunken, sondern sie steht noch", gebe ich meine Überlegungen preis.

„Aber wie sollen wir dann wissen, wo der Eingang zu dem Tempel ist?"

Ich schaue Annabella an, die von der ganzen Aufregung rote Wangen hat.

„Durch Aemilia, die uns durch die nächste Tür zu ihm bringt", antwortet ihr Rean.

„Und angenommen es klappt, dass ich uns direkt zu ihm bringe, was passiert dann?", denn davor habe ich Schiss.

„Wir müssen auf seiner Insel mit allen möglichen Widerständen und Fallen rechnen. Am schlimmsten sind die Täuschungsmanöver. Die haben es in sich", erklärt mir Robin.

„Wie eine Art Fata Morgana?", hinterfragt Isabella seine Ausführung, ehe ich seine Antwort verdaut habe.

Betreten wir etwa eine Festung mit Falltüren und Schießanlagen, wie man es aus dem Mittelalter kennt? Hoffentlich kommen wir alle lebend zu diesem Typen durch. Na ja, eigentlich müssen wir ja nicht ihn schnappen, sondern diese Katharina. Sollte ich vielleicht den kleinen Hinweis geben? Aber Frija sagte ja, dass ich niemanden davon erzählen darf. Mm, dann warte ich noch etwas, bevor ich alles vermassle.

„So könnt ihr es euch vorstellen. Die Täuschungsmanöver mit falsche Türen, Personen und Begebenheiten, sind die Hauptkraft seiner schwarzen Magie."

„Uff. Wissen wir denn, wie der Tempel im inneren aufgebaut ist?"

„Gute Frage, Jola, das wissen wir nicht. Selbst Aurora kann uns nichts darüber sagen, weil ihr jegliche Erinnerungen genommen wurden, als sie Birgitta gerettet hat."

An Rean seiner Tonlage erkenne ich, dass es ihm ebenso stinkt wie mir. Wir sollen irgendwo rein und kennen den Lageplan und dergleichen nicht.

„Wir müssen eben improvisieren. Wichtig ist, das Aemilia von uns beschützt wird, damit sie die Möglichkeit hat, den Magier mit dem Dreizack zu berühren", gibt Samu von sich.

„Woher wollt ihr denn wissen, dass er es ist. Selbst Birgitta ist sich da nicht sicher. Kann es nicht sein, dass er ebenfalls gefangen ist wie all die anderen Wesen? Kann es denn nicht ein Anhänger von ihm sein, der die Macht an sich gerissen hat?", werfe ich jetzt ein, weil ich nicht alle ins Verderben schicken will.

„Hat dir Frija etwas gesagt?", sieht mich Samu wachsam bei seiner Frage an.

„Nein", antworte ich. „Es ist eine Art Eingebung." Innerlich bete ich, dass mich nicht gleich ein Blitz von oben trifft, weil ich Lüge.

„Du verheimlichst uns etwas. Es fühlt sich genauso an wie einst bei Hara", sagt Samu mit einem harten Unterton.

„Samu, ich denke, wenn die Zeit dafür reif ist, wird uns Aemilia ihre Eingebung mitteilen", mischt sich Mathis ein und mein schlechtes Gewissen wird immer größer.

„Okay, Samu, hast du eine Idee, wie der Fluch lautet?", versuche ich, das Thema, zu umschiffen.

„Nein", klingt es noch leicht verstimmt von ihm.

Gedankenverloren schaue ich auf das kleine Lagerfeuer, welches unsere einzige Lichtquelle ist. Dabei fühle ich, dass mich mein Amulett auf meiner Brust fast erdrückt. Aber zu diesem Gefühl, was mir fast meinen Atem nimmt, regt sich in mir ein Gedanke. Ich soll doch von einem Volk abstammen, welches Träume und Visionen hat.

„Robin, kann man eigentlich Erinnerungen heraufbeschwören?"

„Ja, durch Meditation. Wenn dein Geist frei von jeglichen Gedanken ist, dann kannst du an einen Ort fliegen und mithilfe unseres Priesters, die Rückblicke deiner Vorfahren heraufbeschwören."

Enttäuscht sehe ich ihn an.

„Na klasse, wo ich das in den Übungsstunden nie schaffe", maule ich jetzt auf.

„Die Idee finde ich gut. Robin, was meinst du? Wenn ich zu unserem Priester gehe? Vielleicht gibt er mir die Antworten", bietet sich Jola an.

„Ein Versuch ist es allemal wert", stimmt ihr Robin zu.

„Echt?" Da springe ich auf und drücke sie fest an mich.

„Klaro. Setz dich wieder zu Matt und du, Samu, mach mal ein bisschen Platz!"

Während ich mich bei Mathis niederlasse, setzt sie sich in den Schneidersitz mit den geöffneten Handflächen auf ihren Knien. Langsam schließt sie ihre Augen und atmet bewusst ein und aus, wie wir es bei Robin gelernt haben. Hinter ihr hockt Samu und er sieht arg angespannt aus, als habe er um meine beste Freundin Angst.

Jetzt, wo Mathis direkt neben mir sitzt, muss ich die Zeit nutzen und mit ihm reden, was mir seit einiger Zeit zu schaffen, macht.

„Matt, warum warst du noch mal weg?"

„Es war tatsächlich so, wie du dir es bereits selbst gedacht hattest. Ich war in der Himmelswelt bei meinen Brüdern und Schwestern."

„Bitte?" Was soll das nun wieder bedeuten?

„Ich habe mich damals bewusst dem Heer der Friedenswächter angeschlossen."

Immer noch ungläubig sehe ich ihn an.

„Bist du dann ein Gott?", denn das raffe ich nicht. Das mit den wiedergeborenen Himmelskriegern habe ich nach reichlicher Überlegung irgendwann geschluckt und abgespeichert. Aber ein Gott, das ist etwas Unwirkliches.

„Selbst wenn ich ein Gott wäre, so bin ich, wie du mich kennst."

„Ich verstehe dich nicht." Todunglücklich schaue ich ihn an.

Da nimmt er mich in seinen Arm und drückt mir einen kleinen Kuss auf meine Stirn.

„Mila, seit ich auf dieser Welt lebe, sehe ich einiges mit anderen Augen. Es ist nicht alles toll und einfach, wie meine Familie dort oben es glaubt. Es gibt nicht nur hell und dunkel oder weiß und schwarz. Selbst die Menschen riechen unterschiedlich, egal wie viel sie geduscht haben. Das Leben ist sehr vielfältiger und kunterbunt, wie ein Kaleidoskop. Ständig werden neue Entscheidungen abverlangt, die im Nachhinein nicht immer richtig sind. Das ist sogar gut, weil wir daraus lernen. Ich finde außerdem, dass die unterschiedlichen Menschen und Völker das Leben viel lebhafter machen.

Jedes Volk prägt auf seine Art die Gemeinschaft. Außerdem sind wir alle voneinander abhängig", flüstert er begeistert.

„Stimmt", nicke ich ihm zu.

„Als ich dort oben war, gab es ein endloses langes Gespräch und ständig wurde auf das alte Gesetz gepocht, was einst zum Schutz aller Entstanden ist."

„Für die dort oben oder für uns hier unten?"

„Der Grundgedanke ist nicht schlecht. Aber meine Geschwister haben noch nie die wirkliche Liebe erfahren. Die Menschen auf Erden leben diese Liebe intensiv und damit meine ich, die geistige und körperliche." Dabei sieht er mich wachsam an und ich fühle, wie mir meine Röte ins Gesicht schießt.

Man ist mir das wieder einmal voll peinlich. Allerdings schaut Mathis wie ein Gentleman darüber hinweg und erzählt weiter.

„Denn die menschliche Liebe kann im wahrsten Sinne, Berge versetzen."

Selbst ich muss lächeln, weil ich in dem Moment seine Gefühle spüre, die mein Innerstes vibrieren lässt. Vorsichtig greife ich nach seinen Händen und schaue ihn ein klein wenig schüchtern und verlegen an. Doch bevor ich überhaupt etwas erwidern kann, spricht er weiter.

„Aemilia, während ich dort war und um uns beide gekämpft habe, haben alle Anwesenden gesehen, dass du das Gleiche für mich gemacht hast. Du hast, wie eine Tigerin bei Serafine darauf gepocht, die alten Regeln aufzuweichen. Wir konnten sehen, wie deine Eltern und die der Mädels genauso um die Liebe ihrer Töchter kämpften. Dadurch konnten auch Birgitta und Wotan ihre Meinung darüber ändern."

„Du hast gewusst, was in deiner Abwesenheit bei mir los war?" Fassungslos schaue ich ihn an. „Und du hattest keine Möglichkeit, dich mit mir in Verbindung zu setzen?" Im Großen und Ganzen finde ich das keine Glanzleistung von ihm, mich so in Unklarheit zu lassen. Hätte ich das gewusst, dann hätte ich bestimmt nicht, jede Nacht mein Kissen voll geheult. Na ja, vielleicht nur jede zweite Nacht, weil er mir fehlte.

„Ja, ich habe alles von oben gesehen, aber ich konnte die eingerichtete Barriere nicht durchdringen", verteidigt Matthis sich.

„Mm." Nun gut, dann ist es eben so gewesen. Was soll ich da noch streitsüchtig sein?

„Mila?"

„Mm."

„Sollen wir morgen weiter erzählen?", will Mathis besorgt von mir wissen.

Rasch schüttle ich meinen Kopf. Wer kann denn sagen, wann wir beide wieder einen innigen Zeitpunkt haben, um alles zu besprechen.

„Als du plötzlich am Tisch von innen heraus erstrahltest und deine Gefühle so rein waren, konnte sich dein Amulett das erste Mal seit fast dreitausend Jahren mit den Wesen aus allen Parallelwelten verbinden. Meine Verwandtschaft und Freunde konnten nicht anders, als sich gegen das uralte Gesetz zu entscheiden und eine Verbindung zwischen Himmel und Erde zu erlauben. Deshalb leuchtete dein Amulett, gebündelt mit deiner eigenen Aura auf und gab somit den beiden Göttern an deinem Tisch, die Antwort preis."

„Echt?"

„Ja, denn alle mussten sich eingestehen, dass nur die wahre Liebe: Mitgefühl, Demut, Güte und Mitfreude empfinden lassen kann. Und wenn diese vier Hauptpfeiler im Herzen jedes Menschen sind, dann gibt es keine Kriege und Ausbeutungen mehr. Denn jeder wird ungetrübt sein und nicht mehr, nach noch mehr Reichtum streben. Der wiederum Missgunst und Neid hervorbringt. Denn so ist es mit der schwarzen und weißen Magie."

Verwirrt stiere ich auf meine Hände, die verschlungen in seinen liegen, bis ich dann meinen Blick auf ihn richte.

„Mila, du gehst mir einfach nicht mehr aus meinen Kopf", erklärt er mir mit seinen intensiv blickenden Augen und unsere Fäden beginnen sich ineinander zu verweben.

„Du mir auch nicht." Auf irgendeiner Weise wird es mir in meiner Magengegend mulmig. Klar habe ich mich in ihn verguckt. Bin ich dann jetzt dabei, mich in ein gemeinsames Abenteuer einzulassen? In das Abenteuer der Liebe. Was weiß ich denn schon davon? Vielleicht erwartet Mathis ja Dinge von mir, die ich gar nicht kann oder will. Denn wenn das so ist, dann habe ich echt Angst, dass ich mich vor ihm blamiere. Jungfrau trifft auf einen Unsterblichen, der auf dieser Welt bereits alles gesehen und erlebt hat.

Toll was?

„Aemilia, geht es dir gut, du siehst blass aus?", nehme ich Mathis seine besorgte Stimme wahr.

„Ja, warum?", schinde ich etwas Zeit, um meine Gedanken zu sortieren.

„Du warst eben gedanklich weit weg und ich dachte, dass du dich vor irgendetwas fürchtest?"

Mm, er hat ja echt ein super Radar, auch ganz ohne Nebel, der ihn zu mir bringt.

„Ich denke, ich bin von dem Tag ein bisschen kaputt."

„Na, dann sollten wir uns hinlegen und schlafen, bevor uns Jola von ihrem Treffen mit dem Priester berichtet", zwinkert er mir etwas belustigt zu.

„Matt, ich weiß nicht wie ich es dir sagen soll und ob ich mich jetzt bei dir blamiere… aber ich bin froh, dass du wieder bei mir bist." Zu mehr habe ich mich dann jetzt doch nicht getraut. Wie sagt man denn zu einem super Typen, dass man sich in ihn verschossen hat? Mist aber auch! Bestimmt kommt kein besserer Zeitpunkt mehr und ich habe null Ahnung, was er wirklich denkt. Warum bin ich bloß ständig unsicher, wenn es um uns beide geht? Es ist schön, ihn an meiner Seite zu wissen, und es ergeht ihm ja nicht anders als mir. Denn er hat mir gesagt, dass er in der Himmelswelt ebenfalls um uns zwei gekämpft hatte. Dann sollte eigentlich alles klar sein. Aber so richtig rutschen tut es bei mir nicht. Ist Liebe immer kompliziert oder nur beim ersten Mal, wenn sich alles neu anfühlt?

Jetzt sitzt neben mir ein wunderbarer Typ, der mir außer vielen Schmetterlinge im Bauch, sogar Blubberblasen über meinen gesamten Körper zerplatzen lässt und von unseren Fäden mal ganz zu schweigen.

„Ich denke auch so. Und noch was, Mila!" Dabei stupst er mir mit seinem rechten Zeigefinger auf meine Nase und ich verziehe, aus Spaß mein Gesicht zu einem Grinsen. „Ich fange gerade an, mich in dich mit Haut und Haar zu verlieben."

„Ich auch", kann ich nur mit zittriger Stimme und angehaltener Luft zurückgeben. Und ehe ich es überhaupt erfasse, nimmt er mich in seine starken Arme und küsst mich sanft auf meine Lippen.

„Jetzt sollten wir uns aber etwas ausruhen!"

Ich kann nur hoffen, dass ich ein Auge zubekomme.

Als sich Mathis hinter mich legt, zieht er mich mit sich. Ich liege fest an ihn gedrückt und kann seine Wärme auf meinem Körper spüren. Auch bekomme ich noch mit, wie er uns mit der Decke zudeckt und mir ein Küsschen auf meine Stirn gibt. Das fühlt sich einfach nur fantastisch an. In dem Moment bin ich glücklich und ich kann mir nur herbeiwünschen, dass wir genügend Zeit haben, diese Welt zu retten, damit wir uns besser kennenlernen können. Und während ich das denke, fühle ich das sich unsere Fäden nicht zurückziehen, sondern versponnen bleiben.

Ein kitzeln auf meiner Nasenspitze weckt mich auf und als ich meine Augen öffne, lehnt Mathis über mir und lächelt mich süß an. Von unseren Fäden kann ich allerdings nichts mehr sehen. Vermutlich brauchte unser Körper heute Nacht seine Erholung und wir beide sind deshalb nicht mehr verwebt.

„Guten Morgen, meine kleine Schlafmütze", lacht er mich grinsend an.

„Wie spät haben wir es denn?" Behaglich strecke ich mich unter Mathis seiner vollen Lebensgröße aus. Ein himmlisches Gefühl, ihn dicht über mir zu fühlen, ohne das wir gleich auseinandergescheucht werden.

„Übrigens ist Jola wieder unter uns." Mit einem Kopfnicken zeigt er zu ihr, die sich an Samu gelehnt hat.

„He, Jola, alles gut bei dir?", rufe ich. Flink rapple ich mich auf und laufe zu ihr.

„Ich denke schon. Bin nur ein klein wenig müde", klingt sie schläfrig und ich berühre ihre Hände, um ihr etwas Energie zu geben. „Du weißt hoffentlich, was du tust?", fragt sie mich angespannt. „Schließlich brauchst du selber Kraft." Dabei schiebt sie meine Hände fort.

„Mm, stimmt." Rasch gebe ich ihr ein flüchtiges Küsschen auf ihre Wange.

„Mathis, meinst du, wir können irgendwo Frühstück und Tee auftreiben?"

Grinsend sieht er mich an.

Man ist der Typ schön. Vor allem seit ich sicher bin, dass er mich liebt. Da merke ich, dass ich ebenfalls vor Glück lächle.

„Tee und Frühstück ist kein Problem", beantwortet mir Isabella meine Frage, die mit einem voll beladenen Tablett am Zelteingang erscheint.

„Wo sind eigentlich die anderen?"

„Sie besorgen unser Frühstück", erklärt mir Samu.

„Ja, aber können wir nicht draußen essen?"

„Nein, viel zu gefährlich!", kommt es von Rean, der ebenfalls mit essbaren Sachen im Zelt auftaucht.

Nur bis ich irgendetwas erwidern kann, kommen Annabella, Alban und Robin dazu.

„Wir haben alles bekommen, was wir zu unserer Stärkung brauchen", höre ich Robin leicht lachend verlauten.

„Echt was gibt es denn?" Hoffentlich keinen Haferschleim, sonst kann ich für nix garantieren. Also, manches Essen steht definitiv nicht auf meiner Beliebtheitsliste.

„Dann rutscht mal und lasst es uns im Kreis gemütlich machen!", fordert mich Robin auf und schiebt sein mitgebrachtes Obst an mir vorbei.

Es gibt an dem Morgen Haferschleim und Hafertaler, die ich dann eher vor ziehe. Wasser, Tee, Gemüse und viel Obst.

„Es gibt sogar Rührei?"

„Jeep, wir sind immerhin auf einer Vogelinsel und es wohnen schließlich auch magische Menschen hier", beantwortet Alban, Jola ihre Frage. „Na, dann lasst uns mal stärken, bevor du uns alles erzählt!"

Besorgt schauen wir sie an, die uns müde zunickt.

„Meint ihr nicht, dass wir unseren Bewachern etwas anbieten sollten?", denn auf irgendeine Art habe ich ein schlechtes Gewissen.

„Keine Sorge Aemilia, sie meditieren mit offenen Augen", erklärt mir Rean und ich blicke ihn erstaunt an.

„Echt?", will es selbst Jola wissen.

„Ja, das können nur unsere Wächter aus der Alten Welt. Durch ihre besondere Meditation sind sie in der Lage durch alle Zeitebenen hindurch, sofort die schwarze Magie zu erkennen. Somit reagieren sie längst, ehe wir nur einen Wimpernschlag getan haben."

„Was es nicht alles gibt", höre ich Isabella ausrufen, als sie bewundernd Rean ansieht, der uns Mädels etwas Schlauer gemacht hat.

Also echt mal, was ich in dieser kurzen Zeit erlebe, ist eine fantastische und mystische Welt, in der ich mittendrin stecke. Und allmählich beginnt mich diese Welt zu faszinieren. Geschwind versuche ich, meine Gedanken beiseitezuschieben, als ich feststelle, dass ich immer noch nicht meine Brille gefunden habe.

Meine Begleiter langen alle ordentlich zu, als wüssten sie, dass wir so schnell nicht wieder an Nahrung kommen. Selbst Jola wird munterer, was mich freut. Denn ohne sie ist mein Leben nur halb so viel wert. Sie bereichert mich und ich bin froh, dass sie mein Eingreifen in ihr Leben verziehen hat.

„Und, Jola, jetzt sag schon?", bohrt Isabella.

„Jeep. Ich habe es, tatsächlich geschafft unseren Priester zu begegnen. Genau wie in unserem Training mit Robin", zwinkert sie ihm stolz zu. „Der

Priester saß unter seinem Baum und meditierte. Als er mich kommen sah, öffnete er seine Augen und winkte mich zu sich."

„Im Ernst?", hinterfragt nun Annabella, die es genauso wenig schafft, wie ich.

Meditation ist nicht mein Ding. Aber man muss ja nicht alles können.

„Jeep", kann ich Jola ihren ganzen Stolz hören und wir pflichten ihr bei.

„Er bat mich, sich zu ihm zu setzen. Als ich saß, wollte er gleich hören, was mich zu ihn führt." Daraufhin sieht mich Jola intensiv an und zwinkert mir verschmitzt zu. „Ich sagte ihm, dass ich dringend Antworten brauche. Und, dass es Aemilia nicht selber schafft, diese bei ihm persönlich abzuholen."

„Was? Der denkt jetzt bestimmt, dass ich mich nicht genug anstrenge", platzt es aus mir heraus, weil ich mich darüber ja selber Ärgere.

„He, Mila, beruhig dich!" Versöhnlich tätschelt sie mir meine Hand. „Das hat er überhaupt nicht gesagt."

„Sondern?"

„Wenn die Zeit dafür reif ist und du seine Hilfe brauchst, dann wirst du zu ihm finden."

„Meinst du?"

„Ja, vertrau mir", bittet sie mich und ich kann ihre Ehrlichkeit fühlen.

„Jetzt erzähl endlich! Ich denke, dass wir nicht mehr lange hierbleiben können. Uns rennt die Zeit davon", drängelt Annabella ungeduldig.

„Wir saßen unter einem großen Baum auf seiner Insel des Friedens. Während ich also die Stille in mir aufnahm, spürte ich, wie er mich aufmerksam beobachtet. Er sagte mir, dass er jetzt wisse, weshalb ich gekommen sei.

Daraufhin liefen wir zu dem See des Lebens, über den eine halb fertige Holzbrücke gebaut ist. Und in diesem herzförmigen See sah ich zwei Wasserschlangen schwimmen. Es war eine Weiße und Schwarze, die sich ergänzen wie unsere Magie."

„Was?", unterbricht sie sogleich Isabella.

„Die beiden Schlangen sind die Urquelle des Lebens."

„Müssen wir das im Augenblick kapieren oder kannst du uns das ein anderes Mal erklären?", fragt Isabella sie.

„Mm, für unsere Befreiungsaktion ist es nicht wichtig.", überlegt Jola laut.

„Dann los!", treibt sie jetzt Alban an.

„Okay", schnauft Jola. „Wenn ihr mich nicht laufend unterbrecht! Denn das nervt nämlich", beschwert sie sich und wir versprechen ihr, ab sofort den Mund zu halten.

„Als wir vor dem See standen, schwammen die beiden in einem Kreis, der sich immer schneller zu einer Spirale drehte. Ich hatte das Gefühl, als falle ich kopfüber hinein. Und so unglaublich das auch klingt, ich fiel hinein und fand mich im Sternenthal wieder. Ich bin genau in dem Moment erschienen, als Aurora mit einem Mann vermählt werden sollte. Dann wurde das Dorf mit verschiedenen Blitzen, Feuerbällen und Schadenszaubern angegriffen. Ich konnte ein dunkles schwarzes Heer sehen, die das Dorf von allen Seiten umstellt hatte. Die Menschen liefen schreiend auseinander und die Krieger metzelten sie nieder. Sie hatten keine Chance, denn die Gegenseite war männermäßig weit überlegen. Brigitta erkannte die Gefahr und schickte die Sechs Schwestern in die Tempelstätte, weil die Hochzeit draußen auf dem Plateau der Tempelanlage stattfinden sollte.

Dann sah ich Wotan kampfbereit mit den Kriegern der Friedenswächter auf die Angreifer losstürmen. Sie kämpften mit Schwert und Bogen gegen die schwarze Magie. Doch all die Zauberer und Hexen konnten diesen blitzschnellen Überraschungsangriff nicht zu ihren Gunsten entscheiden", und sie sieht uns mit angstverzerrtem Gesicht an. „Das müsst ihr euch mal vorstellen! Ein Überfall und das während sich zwei Liebende ihr Jawort geben wollten."

Ich kann ihr nur verständnisvoll zunicken.

„Hast du erkannt, wer den Fluch ausgesprochen hat?"

Überlegend sieht sie Samu an.

„Nein, weil diese mit dem Rücken zu mir stand. Jedenfalls war es eine Frau in einem Kapuzenmantel", versichert sie ihm.

„Hast du ihren Fluch gehört?", fragt er behutsam, während er ihr beruhigend ihren Rücken streichelt.

„Ich war so überrascht, wie alle Anwesenden, besonders als ich sah, dass die Menschen zu Staub zerfielen, als sie Richtung Ortsausgang rannten. Die Vermutung der Geistermädels stimmt. Ihre Mitmenschen wurden ermordet, indem man sie aus der Tempelstadt vertrieb", und ein leichtes Zittern ist in ihrer Stimme zu hören. „Mila, sie sprach nur: All die Macht geht nach sechsunddreißig Sonnenfinsternissen dahin und die Schicksalsgöttinnen sind solange blind. Wenn sich letztmalig beide Welten berühren und sich die Dunkelheit mit dem Licht duellieren, dann wird die Entscheidung gefällt.

Licht oder für immer Dunkelheit."

Daraufhin sehen wir beide uns besorgt an, ehe sie für uns alle erschöpft weiterspricht.

„Ich konnte weder einen Magier noch die Kapuzenfrau erkennen. Was ich aber sah, dass sie Aurora angegriffen hatte und der Mann zu Staub zerfiel."

Immerhin deckt sich das mit meinem Gespräch mit Frija.

„Konntest du noch etwas beobachten?"

„Nein, Mila. Es tut mir leid. Ich fand mich dann direkt bei euch wieder. So unverzüglich bin ich noch nie aufgewacht. Ich habe mich noch nicht mal beim Priester verabschiedet."

In dem Moment merke ich, dass sie noch angeschlagen ist. So erging es mir ja auch, als mir Frija einiges offenbart hatte und man mich angriff.

„Nun gut, zumindest bestätigt der Priester all das, was Frija bereits Aemilia gesagt hat", übernimmt Aaron und die Jungs nicken ihm zu.

„Aber wie wollen wir es angehen?", blicke ich grübelnd zu Robin.

„Wisst ihr, wer seine Weggefährtin von einst war? Es heißt doch, dass eine Tempelpriesterin sich ihm anschloss", gibt Isabella ihre Gedanken frei und ich finde die Überlegung berechtigt.

„Keine Ahnung", brummt Rean.

„Heißt es nicht, dass ihr Wiedergeborenen eure Erinnerungen in euch tragt?", hakt sie nach.

„Stimmt, aber da befindet sich bei mir ein großes Loch."

„Ehrlich, das checke ich nicht. Jungs, was ist mit euch los?"

Alle fünf, außer Aaron sehen sich nachdenklich an.

„Ich denke mal, dass diese Person einen mächtigen Zauber über euch gelegt hat", erklärt uns Annabella etwas frustriert.

„Das ist aber voll Mist, weil wir euch dann nicht schützen können", schimpft Rean und die anderen Pflichten ihnen bei.

Jetzt sitze ich sprichwörtlich zwischen den Stühlen. Soll ich es ansprechen oder mich in Geduld üben? Soll ich der Göttin vertrauen, dass sich alles zum Besten wenden wird?

„Ich finde, wir sollten aufbrechen und dann sehen wir weiter! Wir haben genügend Freunde, die uns beistehen und euch beschützen werden."

Da kann ich Aaron nur zu stimmen. Wir haben viele Helfer, weil unsere Magie nicht böse ist. Denn sobald ich meine Magie nicht mehr praktizieren kann, fühle ich mich unsicher und hilflos, wie ein Blatt im Wind, welches langsam vom Baum fällt. Und unsere Gegner wollen jetzt die Weltherrschaft an sich reißen, in der es uns nicht mehr gibt. Denn das habe ich in den letzten Wochen echt begriffen.

Unter dem Gefolge von Ross, Nic und Feh in ihrer menschlichen Gestalt steigen wir die fünfzig Stufen zum Tempel hinauf. Als ich die Glocke mit den bunten Bändern betrachte, überfällt mich ein leichtes Heimweh. Was ist, wenn ich meine Eltern, meine Oma und meinen Barna nie wiedersehe? Ich darf gar nicht daran denken, sonst wird mir schwer ums Herz. Bevor ich jedoch weiter nachdenken kann, wird es um mich stürmischer, sodass Mathis meine Hand ergreift.

„Erlöst die Geisterwelt aus seiner Gefangenschaft und ihr werdet effektive Kämpfer vor Ort haben! Sobald sich unser Tor öffnet, kommen wir euch zur Hilfe", schärft uns Ross noch mal ein, sodass wir ihm zunicken.

Schnell wünschen uns alle Anwesenden viel Glück und treten dann von uns etwas zurück. Wobei unverzüglich der Wind zu einem ohrenbetäubenden Tornado heranwächst und als Nächstes wird mein Körper von dieser Stelle weg katapultiert.

Kapitel 11

Über alles hat der Mensch Gewalt, nur nicht über sein Herz.
Friedrich Hebbel, 1813- 1863

Als wir endlich auf einem Fleckchen Erde landen und ich mir die Umgebung betrachte, möchte ich sofort zurück. So was von konturlos und trostlos habe ich es mir in Wirklichkeit nicht vorgestellt.

Das zugefrorene Meer liegt versunken in der Dunkelheit hinter mir. Nur die mächtige hohe Welle und die aufgeschäumten Ausläufer stehen, wie eine Eistreppe vor mir und keine Geräusche sind zu hören. Noch nicht mal das Glitzern von Eiskristallen kann ich erkennen. Es ist, als hätte sich das Meer das letzte Mal gegen die schwarze Magie aufgebäumt. Vom Ufer der Insel führen etliche lang gezogene Treppenstufen auf eine schwarze Steinwand hinauf, die mit der erkalteten Lava zu eins verschmolzen sind. Und über der monströsen Mauer, die nach der letzten Stufe, wie eine uneinnehmbare Festung aussieht, ziehen nachtschwarze Wolken auf uns zu. Als dann noch Staub auf uns herabfällt und es durch die Dunstwolken kälter wird, beginnt mein ganzer Körper zu zittern.

Die düstere Landschaft mit ihrem schwarzen Felsen und Geröll schüchtert mich zudem ein. Kein Gras, kein Baum oder sonst irgendetwas ist zu sehen und ich frage mich, wie wir diese Wand überwinden sollen?

„Wie hoch ist eigentlich die Mauer?"

„Fünfzig Meter", beantwortet Mathis Aaron seine Frage.

Während die beiden sich unterhalten, verdichten sich die Wolken um uns, die durch den Wind angetrieben werden und immer mehr Staub und Kälte schiebt sich auf uns zu. Dennoch kann ich keinen Weg entdecken, dem es zu folgen gilt.

„Kann mir mal jemand sagen, wo wir gestrandet sind?", vernehme ich Annabella ihre besorgniserregende Stimme.

„Gute Frage", erwidert Aaron.

„Matt?", ratlos sieht Rean ihn an.

„Das ist Iceland, nur nicht in seiner ursprünglichen Form. Immerhin hat er diese Insel im siebten Jahrhundert übernommen und seit dem achtzehnten Jahrhundert wurde sie durch den verheerenden Vulkanausbruch praktisch zerstört", versucht er uns zu erklären. „Hier kann nichts wachsen, geschweige denn leben."

„Aber wie kann er mit seinen Anhängern an diesem Ort existieren?"

„Isabella, es sind keine normalen Menschen, sondern Wesen die mit einer trostlosen und kalten Gegend umgehen können."

„Was meinst du damit?", frage ich Mathis, weil ich vor lauter Unruhe und Kälte noch ganz nervös werde.

„Er hat seine eigenen Wesen erschaffen", begründet er es uns sachlich, während wir alle auf die schwarze Mauer starren.

„Okay, dann mal langsam für uns. Was sollten wir wissen, damit wir improvisieren können?", klingt sich Jola ein.

„Als ich die zwei Wochen weg war, habe ich über die Insel im Auftrag von Wotan Erkundigungen eingezogen." Dabei atmet er tief durch. „Die Insel ist eine Festung und mit vielen magischen Zaubern belegt. Man kann nicht erkennen, wo der Eingang ist oder wo seine Burg steht. Wie diese funktioniert, weiß auch niemand. Was ich aber mit Bestimmtheit sagen kann, dass hinter der Wand eine andere Welt existiert. Diese hat eine dunkelrote Sonne und es kann drückend heiß werden. Wir werden überall nur den schwarzen Lavasand und Felsen vor finden. Aber kein Wasser, was wir zum Überleben brauchen."

„Ach, du Shit ...", schreit Isabella auf, „und was machen wir dann ohne Wasser?"

Bestürzt schaue ich Mathis an, weil mir bewusst wird, dass ich meinen Wasservorrat bei Ross nicht überprüft habe.

„Da nützt nicht mal unser Instantfutter etwas", wirft Jola sofort ein und ganz unrecht hat sie damit nicht.

Als ich in ihr erschrockenes Gesicht schaue, kann ich ihre Wut spüren, denn sie hasst jegliche Art von Hilflosigkeit. Na ja, und verübeln kann ich es ihr es nicht. Ohne Wasser haben wir eine super Ausgangsposition, um die Welt zu retten. Oder checke ich da etwas falsch?

„Geht die Sonne nie unter oder nur gleich wieder auf?", ergründet Alban unsere Lage.

„Hä?", denn das verstehe ich jetzt nicht.

„Ich möchte wissen, ob ihre Strahlen immer heiß sind. Vielleicht können wir ja in ihrem Schatten laufen."

„Aber ohne Wasser, was glaubst du wie lange wir da überleben werden?", und ich tippe mir mit meinem Zeigefinger an meinen Kopf. „Klar, wir laufen im Schatten auf die Festung zu, obwohl wir noch nicht mal ihren Standort kennen", maule ich, genervt auf.

„Aemilia, beruhig dich! Wir bekommen das schon hin", beschwichtigt mich Aaron.

„Und wie ist dann euer Schlachtplan?"

„Wir haben keinen, Mila. Deshalb lass es uns erst mal abklären, ehe wir durch die glühend heiße Sahara laufen müssen!", entgegnet mir Samu sehr ernst und ich gebe mich geschlagen.

„Dafür müssten wir aber über die fünfzig Meter hohe Mauer kommen. Oder?"

Stutzig luge ich in Annabella ihr zweifelndes Gesicht.

„Okay, dann überlegt mal!", und ich setze mich auf die Stufe, auf der wir stehen. Nämlich gleich auf der Dritten und das bedeutet direkt am Anfang unserer Rettungsaktion. „Was ist jetzt mit der Sonne?"

„Nun, ich habe herausgefunden, dass alles auf dieser Insel magisch ist und nichts mit unserer Welt zu tun hat", beginnt Mathis und alle bleiben stehen. „Die Sonne bleibt ständig am Himmelszelt stehen, bis sich die Dunkelheit über sie schiebt. Das passiert in kürzester Zeit, dass man nix mehr sehen kann. In der Nacht wird es bitterkalt, bis Minus fünfzig Grad und am Tag steigt die Temperatur fast auf siebzig Grad an. Und unser Tageszyklus läuft zu unserer Welt entgegengesetzt", höre ich ihn sagen.

„Klingt echt verrückt." Niedergedrückt reibe ich mir meine Arme und ziehe meine Jacke aus dem Rucksack.

„Ja, so ist es. Auch unser gelerntes Rechts und Links befindet sich entgegengesetzt", erzählt uns Matthis.

„Wofür soll das Gut sein?" Dabei schaue ich zu Jola auf, die genauso entgeistert dreinblickt wie ich.

„Es ist ein tolles Täuschungsmanöver, wie die gesamte Insel", informiert uns Robin.

„Stimmt, das ist sein Spezialgebiet", höre ich Annabella murmeln, weil uns die Jungs bereits darüber aufgeklärt hatten.

„Ist das wirklich wahr? Alles was wir automatisch denken, ist entgegengesetzt", überlegt nun Aaron und Mathis nickt ihm zur Bestätigung zu.

„Und wie ist das dann mit oben und unten? Schließlich werden wir gleich losgehen", möchte ich nun wissen. „Und fliegen kann ich noch nicht." Ich erhebe mich und laufe bei meinen Überlegungen nervös hin und her.

„Da stimme ich Mila zu", erwidert Isabella. „Und was ist mit seinen Kriegern? Sind das Dämonen oder Wesen aus der Zwischenwelt, die er nicht frei lässt?"

Niemand hat darauf eine Antwort.

„Super. Wie sollen wir dann wissen wo wir lang müssen?", beschwere ich mich, ohne stehen zu bleiben. „Bevor wir losmarschieren, sind wir doch gleich tot."

Sofort läuft Jola auf mich zu und stupst mich an.

„Jetzt hör auf! Uns wird etwas einfallen."

„Und was ist mit zaubern?", versuche ich, mein Glück, aber alle schütteln nur verneinend ihre Köpfe. „Toll, was?", murre ich, meine beste Freundin an.

„Aemilia, wir werden eine Lösung finden. Es heißt, dass er viele gute Geister gefangen hält. Vermutlich gibt es ja den einen oder anderen, der noch Zugang zu uns hat und uns bei dem Auftrag helfen kann", tröstet mich Mathis und ich kann ihm nur zähneknirschend zunicken.

Die Hoffnung stirbt ja bekanntlich zu letzt.

Gemeinsam überlegen wir angespannt, was wir als Nächstes machen können, als plötzlich mein Amulett aufleuchtet. Es sendet uns einen Lichtpunkt zu der Mauer und der violette Strahl wird immer intensiver, sodass ich es nicht glauben kann.

„Bedeutet das, dass wir durch den Felsen spazieren sollen?" Verblüfft sieht mich Jola an.

„Na ja, so wirklich weiß ich das nicht. Trotzdem vertraue ich meinem Amulett, weil es mich bisher nicht enttäuscht hat." Augenzwinkernd stupse ich sie an.

Schnell nehme ich ihre Hand und wir rennen die vielen Stufen hinauf, die nicht nur mich, etwas aus der Puste bringen. Etwas vorsichtig nähere ich mich dem harten Gestein und schreite dann mit Jola auf die Felswand zu. Sobald ich aber denke, dass ich mit meinem Fuß jetzt anstoßen muss, laufen wir durch diese hindurch.

„Meinst du, dieser Stein ist ein Trugbild?"

Ich kann nur meine Schultern zucken, als unsere Freunde auf uns zu treten, sodass wir Platz machen müssen.

„Was ist denn das für ein Raum?", kann ich vor Überwältigung nur flüstern und betrachte ich ihn mir ehrfürchtig.

Ich befinde mich in einer rötlich, schimmerten und eingeschlossenen Felsengrotte. Bestimmt haben früher die Menschen, einen viereckigen Raum in das Gestein geschlagen. An der Wand stehen ein Kamin und ein eckiger Tisch mit einfachen Hockern. Darüber hängt ein Eisenregal an dem Töpfe, Pfannen und Schöpfkellen sind. Rasch erkenne ich einige Holzmöbel mit eingeritzten Zeichen aus unserer alten Zeit. In einer Ecke sind ein großes Schlaflager aus Stroh und daneben ein dreiarmiger Kerzenständer, der damals wohl die einzige Lichtquelle in der Höhle gewesen ist. Was mich aber am meisten überrascht, dass es einen Altar gegenüber der Feuerstelle gibt. Dieser besteht aus dem gleichen Stein, wie bei Serafine in ihrem Gasthof. Darauf befindet sich ein eingeritztes Pentagramm der weißen Magie. Auch entdecke ich die Utensilien die wir für unsere Magie benötigen, obwohl sie stark eingestaubt sind. Direkt daneben steht ein Brunnen, indem kein Wasser ist, obwohl einst aus dem Felsen über ihm, welches geflossen sein muss.

„Ich komme mir vor, als stehe ich in einem in felsgehauenen Tempel, der gleichzeitig eine Wohnstätte ist", höre ich Isabella fasziniert hinter mir sagen. „Wie geht denn so etwas?"

Beide sehen wir uns grübelnd an.

„Zumindest haben wir fürs Erste eine Unterkunft", und die anderen stimmen Samu zu.

„Nur kein Wasser", flüstere ich etwas geknickt. Traurig laufe ich durch den quadratischen Raum und entdecke zwar auf dem Fußboden Tierfelle, nur leider keine weitere Tür und keine Wasserquelle.

„Aemilia, was ist?", fragt mich Jola besorgt, die wie immer meine Gefühle spürt.

„Wir sind zwar reingekommen, aber kannst du irgendwo eine Tür entdecken?" Als ich ihre Bestürzung erkenne, kann ich nur: „Siehst du!", sagen.

„Wenn die Zeit reif ist, wird sich der Felsen für uns öffnen. Davon bin ich fest überzeugt", kommt Mathis Jola zuvor, die mich sonst immer beruhigt.

„Mm, was machen wir dann solange?", stellt Aaron seine Frage in die Runde.

„Lasst uns ausruhen, wer weiß, wann wir wieder dazukommen!", gibt Samu von sich und einige setzen sich ohne zu zögern, auf die Tierfelle.

„Sagt mal, wie viel Zeit haben wir noch?", fragt mich Rean mit einem beunruhigten Gesicht.

„Bis zum dreiundzwanzigsten August", erwidere ich.

„Aber wenn hier alles anders abläuft, wie sieht das dann mit unserem Zeitplan aus?"

„Ach, daran habe ich nicht gedacht", rutscht es Mathis raus, als er von dem Fell aufspringt und unruhig den Raum abläuft.

„Verdammt gute Frage", pflichtet Samu Rean bei und mustert Mathis.

„Öhm …, schreitet jetzt die Zeit rückwärts oder schneller?", probiert Robin das Rätsel zu lösen.

„Ich denke mal, da wir niemanden fragen können, sollten wir auf unsere innere Uhr vertrauen", gibt Aaron nüchtern von sich.

„Müssen wir dann wohl", brummt Mathis.

Ich kann ihn natürlich verstehen, dass er sich ärgert. Denn er hat etwas Wichtiges übersehen, als er sich über diese Insel Informationen eingeholt hatte.

Während sich nun die Gemüter meiner Gruppe langsam beruhigen und jeder versucht, das alles locker zu nehmen, fühle ich eine Stimme in mir. Und diese will mir etwas mitteilen, bloß kann ich sie nicht verstehen. Von meiner inneren Unruhe angetrieben, stehe ich auf und laufe nochmals den Raum ab. Nur diesmal entgegengesetzt.

Plötzlich verspüre ich, einen Windhauch auf meiner Haut und ein leichter Nebel setzt ein, nur um mich darin einzuhüllen. Ich höre den Wind rufen und habe keine Angst vor dem was passiert. Denn der Wind flüstert mir zu, dass ich dem Licht meines Amulettes folgen soll, weil es die Erinnerungen meiner Ahnen sind. Sie werden mir beistehen und helfen, damit sie wieder selbst Zugang zu den Menschen bekommen.

Ich frage den Wind, was es mit der Zeit auf sich hat und er flüstert mir zu, dass ich dem Amulett vertrauen soll. Es wird uns zur richtigen Zeit an den Ort bringen, um den Kampf zu unseren Gunsten zu entscheiden. Darüber bin ich mehr als erleichtert, nicht noch die Angst mit der Deadline in meinem Kopf zu haben. Als ich schließlich fühle, dass meine Angst verschwindet, löst sich der Nebel um mich auf. Sogar der Wind verflüchtigt sich auf meiner Haut, sodass ich mich am Brunnen wiederfinde und direkt hineinschaue. Dort entdecke ich mein Spiegelbild und wundere mich darüber, wie das geht.

Ist es dann real oder nur eine Täuschung? Ist es ein Wunschbrunnen, wie bei Eistla und ihrem Wasserfall? Schon flüstert mir eine Stimme, dass es mein innerster Wunsch ist, wieder ein normales Mädchen zu sein.

Verunsichert wische ich leicht mit meiner rechten Hand über das Bild in dem Brunnen und fühle sofort das Wasser.

„Wasser?", hauche ich und lasse es in meine Handflächen fließen. Ganz vorsichtig schnuppere ich daran. Gerade als ich es probieren möchte, taucht Rean neben mir auf und hält meine Hände fest.

„Aemilia, ich begreife zwar nicht, wie du das gemacht hast und wir jetzt Wasser in dem Brunnen haben. Lass es uns aber vorher testen, bevor wir uns vergiften!", und schon schiebt er mich weg.

„Glaubst du nicht, dass mein Amulett mich beschützt hätte?"

„Ich gehe lieber auf ganz Nummer sicher." Sogleich taucht er ein Reagenzglas ein und gibt einen Tropfen Flüssigkeit dazu, um es anschließend durchzuschütteln. „Es ist schlicht und einfach reines Trinkwasser", ruft er laut. „Füllt eure Flaschen auf und dann können wir überlegen, wie es weitergeht! Natürlich nur, wenn uns Aemilia nicht noch mehr überrascht."

„Danke, für eure Hilfe", flüstere ich, weil ich keine Ahnung habe, wer uns soeben geholfen hat.

Daraufhin macht sich jeder von uns über das Wasser her und füllt es in die zwei Flaschen aus den Rucksäcken.

„Sag, wie hast du das gemacht?" Mit fragendem Gesicht steht Jola vor mir, jedoch kann ich nur meine Schultern zucken. „Na ja, macht nichts, Hauptsache wir sind jetzt gut versorgt", grinst sie mich an und ich muss lächeln. „Komm, lass uns an den Altar gehen! Könnte sein das wir irgendetwas finden, was uns weiterhilft."

Akribisch mustern wir den Altar mit seinem Pentagramm und pusten den Sand von ihm herunter, als dieses durchsichtig wird und eine Landkarte zum Vorschein kommt.

„Leute, kommt mal her!", ruft Jola mit aufgeregter Stimme in den Raum, als habe sie Angst, unsere Entdeckung verschwindet jeden Moment.

„Was ist?", rufen alle durcheinander.

„Wir sehen eine Landkarte", erklärt sie aufgeregt.

Die Karte zeigt uns den alten Tempel, in dem wir bestimmt stehen. Er befindet sich auf einer Halbinsel, mit fünf Stufen und ist, wie alle die ich bereits besucht habe aufgebaut. Die Insel hat eine breite und stabile Holzbrücke, um zu dem Dorf auf die Hauptinsel zukommen. Das Dorf mit den kleinen Holzhütten liegt unterhalb des ansteigenden Felsens und über die, in den Felsen hineingehauene Stufen kommt man hinauf zur Insel. Und genau dort oben steht die dunkle Festung.

„Wie groß mag die Festung sein?"

„Schau, Isa, hier siehst du, dass die Burg auf jeden Fall quadratisch ist!", und Rean zeigt auf die Zeichnung, die bei seiner Berührung kurz verschwimmt.

„Ups", höre ich Isabella glucksend sagen.

„Ich denke zwölf mal zwölf Meter und fünfunddreißig Meter hoch. Es wurde als eine Art Aussichtsturm von ihm gebaut, um die Insel im Ernstfall zu verteidigen", beantwortet Mathis ihre Frage.

„Stimmt, aber wieso fließt dann Wasser um diese Burg?", überlegt Aaron.

„Warum?", hinterfrage ich Mathis seine Äußerung.

„Das muss eine verdammt alte Karte sein. Weil diese Insel laut meinen Aufzeichnungen nur um sich herum Wasser hatte und nicht auf oder in ihr", mutmaßt er.

„Vielleicht gab es damals oberhalb der Insel Flüsse und Seen?", denkt Aaron laut nach.

„Wäre gut möglich", findet Robin.

„Okay, anhand der Karte sieht man, dass wir in der ursprünglichen Tempelstätte stehen, die einst Aurora und ihre Gruppe erbaut haben", klärt uns Samu auf und zeigt auf diese, während er gut aufpasst, um ihr nicht zu nahe zu kommen. „Hier sind wir und vor uns befindet sich das Dorf. Der Tempel und das Dorf haben einen direkten Zugang zum Meer, wo Aurora einst aus ihrem Leben ging."

„Nur weil die Götter etwas anderes mit ihr vor hatten, als ihre Liebe zu akzeptieren", sinniert Jola traurig neben mir, das es mir schwer um mein Herz wird.

„Das bedeutet, wenn wir das Wasser befreien können, das wir dann in seine Festung kommen. Denn jede Burg hat einen Brunnen und das ist bei dieser bestimmt nicht anders", vernehme ich Annabella hinter mir.

„Woher weißt du das?"

„Weil ich Burgen und ihre Geschichten liebe. Da bin ich etwas belesen, auch was den Aufbau einer stattlichen Burg betrifft", strahlt sie mich an.

„Klingt für mich einleuchtend. Dennoch ist die große Frage, wie sieht es heute auf der Insel aus? Und was für Möglichkeiten haben wir, um dort hineinzukommen, ohne gleich abgemurkst zu werden?", mischt sich Isabella ängstlich ein.

„Schaut mich nicht so an", verteidige ich mich. „Denkt ihr echt, ich brauche nur in mich zu gehen und schon bekommen wir Hilfe?"

„Einen Versuch ist es wert! Findest du nicht?", schupst mich meine beste Freundin an.

So puste ich erneut über die Karte und bitte alle Geister um Hilfe, damit wir weiterkommen. Und ihr werdet es nicht glauben, aber die Karte lebt.

Auf einmal schiebt sich der Ort auf der Karte in dreidimensionaler Ansicht von dem Blatt hoch, um sich vor unseren Augen zu dieser trostlosen Vulkaninsel zu verwandeln. Eine schwarze Kapuzenfrau steht an einem der vier Aussichtstürme und hebt ihre Hände in den Himmel. Sie bewegt ihre Lippen und flüstert irgendetwas, während ein starker Wind aufzieht und es vom Himmelszelt dunkle Flocken regnet. Die Flocken sehen für mich, wie verbrannte Papierfetzen aus, nur das diese schwer herabfallen. Alles was die Asche berührt wird blitzschnell versteinert. Kein Lebewesen hat die Möglichkeit zu fliehen, weil es ausnahmslos rasch geht.

Wir blicken uns an und mir rollt meine erste Träne die Wange runter. Wie grausam ist das denn? Selbst die Dorfhütten brechen von der schwarzen Last zusammen, sodass alles dem Erdboden gleich gemacht wird. Ich sehe die erstarrten Lebewesen dastehen, wenn sie nicht von der schweren Last in tausend Stücke zerschellt sind. Ich fühle den Schrecken und die Hilflosigkeit aller Wesen und meiner Freunde um mich. Schlagartig bekomme ich das Bedürfnis, diese Person umzubringen.

„Nein, Aemilia, man soll nie Gleiches mit Gleichen vergelten! Sonst bist du wie sie und wirst automatisch von der dunklen Macht übernommen."

Sprachlos blinzle ich zu Mathis auf, der neben mir am Altartisch steht.

„Du kannst meine Gedanken lesen?"

Allerding schüttelt er nur seinen Kopf und zwinkert mich an, als er mich in seine starken Arme nimmt und mir ein Küsschen auf meine Stirn drückt.

„Nein, das zum Glück nicht, aber dein Gesicht spricht gerade Bände", neckt er mich.

„Na, da bin ich aber beruhigt." Erleichtert sehe ich ihn noch mal an, als er mir kurz zuzwinkert.

„Seht ihr zwei!", fordert uns Aaron auf.

Erneut verändert sich die Karte auf dem Altar. Sie zeigt uns, wie sich die Festung emporhebt und sich vergrößert. Die Frau steht dort auf dem Innenhof und hebt aufs Neue ihre Hände in den Himmel. Da kann ich dunkle Wesen entdecken, die zu ihr fliegen. Das Verrückte ist aber, dass die Kreaturen ständig ihre Größe verändern.

„Was ist das?", wispert Isabella und klammert sich an Rean fest.

„Das sind Gestaltenwandler aus der dunklen Welt."

„Dunkle Welt?"

„Als die Erde erschaffen wurde, brauchte diese nicht nur Licht, sondern ebenso Dunkelheit. Das gab ein Volk aus der Parallelwelt dazu, die selbst aus Finsternis und Schatten besteht. Sie können ihre Gestalten ständig ändern und sich vervielfältigen. Außerdem leben sie von den Ängsten der Menschen."

Wir Mädels sehen uns eingeschüchtert an, als Mathis uns das erzählt.

„Das wird ja immer grusliger?", höre ich Jola mit angehaltener Luft sagen. „Gibt es so was wirklich?"

„Ja, aber wir lassen diese Dämonen nicht an euch heran. Jetzt schauen wir mal, was uns diese magische Karte noch zeigen will." Dabei drückt mich Mathis ganz fest an sich.

„Dämonen aus einer dunklen Welt?", schnaufe ich ängstlich. Also, auf solch ein Gruselzeug habe ich null Bock.

In dem Moment zeigt uns die Karte, dass diese Wesen die besagte Armee ist, welche uns Jagd.

„Sie ist die Heeresführerin", erkennt Aaron.

„Komisch das ihr sie nicht an ihrer Figur erkennt." Angespannt schaue ich in die Runde. „Gibt es denn so einen mächtigen Zauber, der euch tatsächlich eine Gedächtnislücke versetzen kann?"

„Ja, Aemilia, das ist möglich", beantwortet mir Samu meine Frage. „Und bevor du dich weiter erkundigst, es kann nur eine Tempelpriesterin aus unserer Götterwelt sein."

„Das kann ich mir denken, nur wie wollen wir dann vorgehen?" Darauf bedacht immer noch nichts zu sagen.

„Wir sollten die Karte mal fragen, wie wir am besten dorthin kommen und danach dein Amulett. Vielleicht können wir dann starten", zwinkert mir Robin erwartungsvoll zu und ich kann nur kurz aufschnaufen.

„Was soll's, ich kann es ja gleich mal versuchen." Immerhin sitzen wir jetzt schon einige Zeit fest und an Schlaf ist nicht zu denken.

„Siehst du, was ich sehe?", fragt mich Jola, während sie immer noch diese merkwürdige Karte studiert.

„Mm, die Karte dreht ihre Ansicht von oben nach unten."

„Sieht aus, als stehen wir auf dem Kopf", vernehme ich Aaron seine Stimme, der plötzlich dicht neben uns auftaucht.

Die Karte zeigt uns, so unglaublich das auch klingt, dass wir unterirdisch durch die Insel laufen müssen. Verständnislos schauen wir uns an, bis es bei mir klick macht.

„He, ist das nicht das, was Mathis uns vorhin erklärt hat? Das diese Insel nicht mit unserer Welt vergleichbar ist. Es ist alles entgegengesetzt."

„Mensch, Mila! Vielleicht sind hier der Himmel und die Erde vertauscht", stupst mich Jola an.

„Da können wir nur hoffen, dass es im Tunnelsystem Licht hat", gibt Alban seine Überlegung preis.

„Hallo, wir haben doch Solartaschenlampen?", werfe ich ein.

„Na, eben drum. Wie sollen wir die Zellen ohne Sonne aufladen?"

„Ups."

Alle sehen nicht nur mich überrascht an, doch Mathis fängt sich rasch.

„Dafür haben wir Mila und ihr Amulett."

„Okay, wenn alles verdreht ist, dann bedeutet es, dass der Tag-Nacht-Rhythmus ebenfalls anders ist. Sprich, wenn wir müde werden, ist es Tag und wenn wir munter sind, ist es Nacht. Richtig oder falsch?"

„Stimmt, Aaron."

„Okay, Matt, wenn ich zusammenfasse: Wir laufen in der Nacht, nach unserem Rhythmus. Wir bewegen uns in einem unterirdischen Tunnelsystem, der sich dann eigentlich oberhalb der Erde befindet. Und weil wir nicht wissen, ob wir dann Licht haben oder nicht, gehen wir mal von aus, dass uns die Solartaschenlampen nichts nützen werden." Da nicke ich, mit den anderen Aaron zu. „Und was sollen wir dann tun? Immerhin sind wir keine Maulwürfe, die im Dunkeln ihre Tunnel graben."

„Mensch, Jungs, lasst es uns einfach angehen und dann sehen wir weiter!", ertönt Isabella ihre genervte Stimme. „Ist doch wahr! Erst macht ihr uns Angst, weil immer mehr gruslige Dinger auf uns zukommen und dann diskutieren wir bis zum Umfallen."

„Isa, jetzt reiß dich zusammen!", schreitet Annabella ein. „Lieber vernünftig an das Ganze herangehen, als kurz davor zu scheitern."

„Anna, hast du es noch nicht gemerkt, dass wir hier in einem Höllentrip stecken? Egal was wir können oder was uns diese Karte offenbart. Das ist völlig verrückt und unser Todesurteil zugleich", schreit sie ihre Ängste aus sich heraus.

In Windeseile laufe ich zu ihr hin und nehme sie fest in meine Arme.

„Und deswegen willst du gleich losrennen?"

„Ja, weil ich weiß, dass ich es nicht überlebe. Warum noch lange warten?", gibt sie mir ehrlich zur Antwort.

Ich schiebe sie etwas von mir und schaue ihr in ihre großen Augen.

„Isa, ich werde alles in meiner Macht stehende tun, ebenso wie unsere Freunde, das dir nichts passiert." Das meine ich wahrhaftig.

„Du kannst doch gar nicht wissen, wie alles wird und wen wir von uns auf diesem Trip verlieren", begehrt sie auf.

„Da stimme ich dir zu. Trotzdem werden wir dieser Karte und meinem Amulett vertrauen! Und eins verspreche ich dir ...", dabei sieht sie mich hoffnungsvoll an. „Wenn ich vor der Wahl stehe, dich zu retten und dafür selber sterben zu müssen, ich werde es für dich tun!" Prompt purzeln bereits ihre Tränen und ich kann ihr ihre Angst nehmen und in meinen Körper einschließen, ohne gleich selbst umzukippen.

„Mila, das darfst du nicht versprechen!", brüllt mich Jola wütend an.

„Auch wenn ihr anderer Meinung seid, ich werde es für jeden von euch machen. Noch mal möchte ich dieses Leid nicht miterleben. Tut mir leid, Jola, aber ich muss genauso handeln. Bitte akzeptier das als meine Freundin!", bettle ich sie an, obwohl ich erkenne, dass sie das, was sie mir entgegnen will, runterschluckt. „Bevor unsere Spannung explodiert, sollten wir uns startklar machen und dann befrage ich mein Amulett!"

Damit verlasse ich die Gruppe und laufe zu meinen Rucksack. Ich bin froh, dass ich für einen Moment alleine bin und mir niemand folgt. Denn der Tempel ist gerade zu klein für mich.

„Meinst du wir können die Karte mitnehmen? Denn wir wissen nicht, wie es in der Festung aussieht", werde ich einige Zeit später von Jola gefragt.

„Keine Ahnung."

Hand in Hand laufen wir noch mal zum Altar und ich berühre die Karte, aber bei mir passiert nichts. Enttäuscht schaue ich zu Jola und sage:

„Vielleicht versuchst du dein Glück!"

Hoffnungsvoll macht sie es mir nach, nur gibt es einen entscheidenden Unterschied. Nämlich das sie es schafft. Denn die Karte löst sich aus dem Tisch und zeigt uns, auf einem Leinentuch das Tunnelsystem der unterirdischen Welt.

„Cool!", kann ich da nur sagen und wir zwei freuen uns wie kleine Mädels.

„Super!", sagt Samu zu ihr und drückt sie fest an sich. „Kannst nur du diese Karte anfassen?"

Sogleich schiebt Jola ihm die Karte in seine Hand, die sich sofort auflöst. Ehe er sie aber fragen kann, wo das Stück Zeichnung hin ist, hält sie diese in ihrer Hand.

„Frage beantwortet?", lacht sie ihn an und er drückt ihr einen Kuss auf ihre Lippen.

„Können wir mal nachschauen, wie es jetzt weitergeht? Langsam komme ich mir in diesem Raum eingesperrt vor."

Ich bemerke, wie Aaron nervös auf und ab läuft.

„Ihr habt alles bei euch?", erkundige ich mich und alle nicken mir zu. „Okay, denn ich möchte etwas versuchen. Lasst uns den Raum entgegen, des Uhrzeigersinnes laufen, vermutlich öffnet sich dann die Tür in den unterirdischen Tunnel und wir können mit Jola ihrer Karten den Zugang zur Festung finden!"

Wir nehmen uns an die Hände und gehen hintereinander die Wand ab. Ich halte mich an Mathis seiner Hand fest und weiß, dass Jola seine hält und diese wiederum von Samu gehalten wird, bis Aaron und Robin den Abschluss der Kette machen. Noch nicht mal eine komplette Runde brauchen wir durchlaufen, als sich vor meinen Augen eine erleuchtete Tür öffnet und uns eine Steintreppe zwölf Stufen nach unten führt. Der Tunnel ist aus dunkelrotem, fast schwarzem Felsgestein und staubig. Sein Durchmesser von drei Metern variiert jedoch, weil er unterschiedliche Löcher und Felsvorsprünge hat.

„Hier drin ist es ja taghell." Rasch mache ich meine Taschenlampe aus.

„Das ist doch verrückt", flüstert Isabella, als wir den entgegengesetzten Laufweg gehen. Immerhin sind wir uns alle einig, dass wir diese Art Route beibehalten.

„Vor lauter Überraschung weiß ich gar nicht, wie ich das Phänomen bewerten soll?", höre ich Annabella atemlos sagen.

„Es ist wie in einem Hamsterbau", wirft Robin von hinten ein.

„Jola, sieh mal nach, ob wir auf dem richtigen Weg sind!", unterbricht uns Samu bei dem Bestaunen der Anlage.

Eilig sammeln wir uns, nur um zusammen über Jola ihre Karte zu staunen. Diese zeigt uns tatsächlich an, wo wir uns jetzt grade befinden und was als Nächstes auf uns zukommt.

„Die Karte veräppelt uns doch", ertönt Aaron seine Stimme.

„Warum?" Dabei studiert Jola ihre Karte, bevor sie zu ihrem Bruder aufschaut, der rechts neben ihr steht.

„Hast du die Zeilen in der alten Schrift nicht gelesen?", schnauft er wütend und verwuschelt sich vor lauter Anspannung sein Haar.

„Öhm, dass dort was stand, habe ich schon bemerkt. Nur so schnell konnte ich es nicht entziffern", grinst sie ihn an.

„Dort stand eben, dass wir nicht den direkten Weg nehmen können, weil wir sonst in unser Verderben stürzen. Wir sollen an den Wänden emporklettern und keineswegs etwas nach unten fallenlassen."

„In echt? Klettern?" Mir wird schlecht. „Und zaubern?"

Doch Jola schüttelt längst ihren Kopf, weil sie auf ihrer Karte die kurze Antwort gelesen hat.

„Seit wann kannst du diese Schrift lesen? Habe ich etwas verpasst?"

Na echt mal, was bedeutet das jetzt?

„Ich kann es dir nicht logisch erklären. Bis eben konnte ich es nicht."

„Mm, ich glaube dir. Schon komisch, oder?"

„Mädels, lasst uns das mal ansehen! Jola, rechts oder links?", schreitet Rean ein.

„Laut Zeichnung nehmen wir die Gabelung, die nach rechts abgeht. Da wir aber bisher immer anders herumgelaufen sind, denke ich links."

„Lasst uns ein Stück laufen! Dann sehen wir nach, ob wir richtig Schlussfolgern."

Wir folgen ihm und Jola bestätigt es mit ihrem Kopfnicken auf ihrer Karte und einem:

„Passt!"

Schließlich stehen wir vor dem Tunneleingang, dessen Ausgang uns zu einem bodenlosen Loch führt. Der Raum, den wir durchqueren müssen ist zehn Meter breit und das Loch hat einen Durchmesser von acht Metern. Genau das ist unser Hindernis, welches wir überqueren sollen, um in den nächsten Tunnel zukommen. Für mich stellt sich eher die Frage, wie ich von meinem Standort aus diese zehn Meter entfernte Tür erreichen soll?

„Leute, das werdet ihr nicht glauben", höre ich Mathis seine Stimme, der sich den Raum genauer betrachtet. „Wenn ihr die Runde ablauft, seht ihr außer dem Loch nichts. Wir können nur von unserem Ausgangspunkt aus das Tor zum nächsten Tunnel erkennen. Verrückt, oder?"

„Das bedeutet, dass wir den direkten Weg über das Loch nehmen müssen?", quiekt Annabella neben mir, während Jola ihr zunickt. „Warum gibt es jetzt keine Liane, mit der man sich rüber hangeln kann?"

„Anna, selbst das könnte ich nicht schaffen."

„Mila?"

Hoffnungsvoll drehe ich mich zu Mathis um.

„Wir bekommen das gemeinsam hin."

„Was soll das überhaupt bedeuten? Sind das Aufgaben, um uns im Vorfeld Angst einzujagen?"

„Ja, Anna, so ist es."

Entsetzt schaue ich zu Mathis auf.

„Diese Festung ist durch die schwarze Magie mit verschiedenen Falltüren ausgestattet und mit Zaubern belegt, um es jedem Eindringling zu verwehren, wenn nicht sogar unmöglich zu machen, diese zu betreten. Da aber auf dieser Insel noch die uralte weiße Magie innewohnt, gibt sie uns etwas Hilfe."

„Wenn du meinst." Nachdenklich sieht Jola auf ihre Karte. „Wir müssen ungelogen an jeder Kreuzung eine Aufgabe schaffen, damit unsere Gegner unser Kommen nicht hören. Nur, wenn wir versagen, dann holen uns die dunklen Wesen."

„Und das sagt dir deine Karte?" Verwirrt betrachte ich sie, als sie mir zunickt. Ängstlich schaue ich in die Runde, bevor mich Rean aus meiner Erstarrung löst.

„Okay, dann folgt jetzt meinen Anweisungen wie beim Training!"

Somit übernimmt Rean das Kommando und das ist für mich völlig okay.

„Hier an den Wänden erkennt ihr verschiedene Löcher und vereinzelte Eisennägel, die beim Stollenbau nicht entfernt wurden. Ich lege in die Nägel eine Sicherungsleine rein und die Vertiefungen nehmt ihr dann für eure Füße und Hände. Verstanden?" Als er sieht, dass wir ihm zunicken, spricht er weiter. „Ich klettere als erstes und Samu sichert mich. Dann lege ich die Sicherungsleine und mir folgt dann Mathis und danach Aemilia, bevor ihr anderen loslegt. Und macht bloß alles an euch fest, damit wir nichts in das riesen Bodenloch fallenlassen! Es kann durchaus eine Art Alarmanlage sein."

„Aber wie kommen wir dann, von der linken Wand zu der Tür?", wundere ich mich.

„Jetzt wird es mir aber mulmig", flüstert Isabella ihrer Schwester zu.

„Aber ihr beiden seid beim Training immer spitze gewesen?", kann ich mir nicht verkneifen zu sagen und drehe mich zu ihnen um.

„Mila, ein Trainingsraum ist etwas ganz anderes, als zu wissen, das wir jeder Zeit entdeckt und getötet werden könnten", erklärt mir Isabella.

„Also, eins muss ich dir lassen! Du kannst mir echt meine Angst nehmen." Ihre Äußerung finde ich für mich nicht gerade ermutigend.

„Entschuldige bitte! Seit heute kann ich sagen, dass ich ein Angsthase bin."

„Angenommen. Dann lass uns mal gleich mutig durchstarten!", muntere ich uns beide auf.

Während ich mich mit Isabella leise unterhalte, ist Rean bereits die Felswand entlang geklettert und hat unser Sicherungsseil an den Eisenstangen in der Wand festgemacht. Wahnsinn wie leicht es bei ihm aussieht. Etwas ängstlich schaue ich mir meinen Kletterweg an, den ich nach Mathis antreten soll. Das Ganze fühlt sich für mich, wie eine Kletterpartie in luftiger Höhe, aber ohne Sicherungsnetz an. Denn wenn ich abstürze, geht es im freien Fall direkt ins Niemandsland. Außerdem wird dieses blöde Loch immer größer, als wolle es den kompletten Raum und die zehn Meter Durchmesser ausfüllen.

„Ihr werdet es nicht glauben! Wenn wir hier oben, direkt auf der Höhe von dem linken Torpfosten hängen, gibt es eine Rutsche, die uns in den nächsten Tunnel hineinführt. Das sieht man aber erst, wenn man auf meiner Position ist", erklärt uns Rean verblüfft. „Wenn Mathis bei mir ist, wird einer von uns die Rutschbahn ausprobieren, um zu sehen, ob es keine Falle ist."

Mir wird es immer schlechter.

„Das schaffst du!" Dabei zieht sich Mathis seinen Klettergurt über und wir anderen tun es ihm gleich.

Als ich dann startklar bin, ist Mathis bereits bei Rean angekommen und probiert nun die Rutsche aus. Bloß steigt in mir eine tiefe Angst auf und ich bin mir nicht sicher, ob ich es wagen soll. Doch urplötzlich fühle ich einen leichten Windhauch über meinen Körper strömen und höre eine Stimme, dir mir zu flüstert:

„Vertrau mir. Gemeinsam schaffen wir es."

„Die Tür ist sicher", unterrichtet Mathis nicht nur mich.

Tapfer trotte ich mit dem Wind auf meiner Haut zum Absatz und zum ersten Tritt auf die Felswand zu. Eine kleine Böe schiebt mich sacht hinauf und stützt mich bei der Kletterpartie auf dem Weg zu Rean. Als ich bei ihm ankomme, kann ich eine felsige Rinne erkennen, die eindeutig ein ausgetrocknetes Flussbett ist.

„Setz dich rein und los!", gibt Rean von sich und ich tue, was er sagt, auch wenn mir mein Kopf sagt, dass solch eine Rutsche nie funktionieren kann.

Sie ist felsig und voller Sand, welcher eigentlich bremsen müsste. Von verschiedenen Schürfwunden will ich dann an meinem Allerwertesten gar nicht denken. Aber wie so oft, werde ich eines Besseren belehrt und ich sause zügig hinab. Als ich bei Mathis ankomme, bedanke ich mich leise bei meinem Begleiter und bitte ihn darum, dass er auf meine Freunde aufpassen möge. Ich weiß nicht warum, aber ich habe das Gefühl, das mein windiger Gefährte mich versteht.

„Mila, was war das eben? So flink und leicht bist du noch nie geklettert", fragt mich Jola und ich zucke nur mit meinen Schultern. „Du verheimlichst mir doch nicht etwa was?"

„Ich kapiere es selber nicht, nur das unser Helfer uns nix Böses möchte", denn das fühle ich tief in mir und deshalb bedanke ich mich noch einmal geistig bei ihm.

„Nun gut, dann werde ich das mal so abspeichern und keinesfalls weiter bewerten", antwortet sie mir.

„Mensch, Jola, ich kann dir partout nix sagen, weil ich auch keine Ahnung habe." Doch zum Glück strahlt sie mich an und da weiß ich, dass unsere kleine Welt in Ordnung ist.

„Wie lange müssen wir denn noch laufen?"

„Anna, sag bloß du magst nicht mehr?"

Beide Schwestern blicken mich etwas niedergeschlagen an. Immerhin durchwandern wir den Tunnel mit seiner Abzweigung, die es zu überwinden gilt seit vier Stunden. Mal steigt er an und mal fällt er in die Tiefe, dass man beim Abstieg aufpassen muss. Es liegt wirklich sehr viel Geröll und Schotter auf unserem Weg, der einen oft ins Rutschen bringt.

„Jungs, meint ihr wir können eine Pause machen?", frage ich deshalb in die Runde. Denn wenn ich kaputt bin, werde ich bestimmt nicht mehr fehlerfrei die Hürden bewältigen, die unweigerlich auf uns zukommen. „Jola, schau bitte mal in deiner Karte nach!", versuche ich, den Jungs die Entscheidung abzunehmen.

„Dann lasst mich mal nach sehen." Als Jola das sagt, zieht sie ihre Karte heraus, die sie in ihrer Brusttasche unter der Wanderbluse trägt. „Hier sind wir und dort müssen wir hin. Die Karte schreibt, dass es unser Nachtlager wird", liest sie nicht nur mir vor.

„Vielleicht ist es ein altes Gebäude, in dem wir ausruhen können?"

„Kann gut sein, Aaron."

„Und wie lange brauchen wir noch bis dahin?", hinterfragt ihr Bruder.

„Die Karte sagt, zwei Stunden und das wir uns beeilen müssen, weil in zweieinhalb Stunden es stockdunkel wird und die Nacht blitzartig ihre Dunkelheit über uns legt."

„Okay, dann trinkt was und los", erklingt Rean sein Befehlston. Nicht nur Isabella nickt ihm erschlagen zu.

„Also, Jola, wo lang?"

Jola zeigt Rean und Samu den Weg, während die Jungs uns und das Umfeld gut im Auge behalten. Als die Route geplant ist, marschieren wir sofort los und ich kann nur hoffen, dass wir nicht zu spät in dem Quartier ankommen.

Als ich mit den anderen am Tunnelausgang eintreffe, entdecke ich am nächsten Ausgang die Hürde. Der Raum ist diesmal höher, aber wir müssen, wie ein Stabhochsprungspringer eine Wand von drei Metern überqueren.

Geil, oder?

Und laut Karte dürfen wir keine Felswände benutzen, sondern nur den direkten Weg. Allerdings müssen wir abermals, dieses verfluchte Bodenloch besiegen. Super. Ich frage mich nur, wie wir von einem Abstand von fünf Metern, auf die hohe Mauer springen sollen?

„Jungs uns läuft die Zeit davon! Noch eine Stunde, dann ist es Nacht und ich kann nicht sagen, ob wir hier geschützt sind", mischt sich Jola in die Diskussion ein.

Solange die anderen diskutieren, betrachte ich mir den Raum genauer, als mein Amulett langsam auf meiner Brust erwacht.

„Leute?" Ein einfacher Lichtstrahl erscheint aus meinem Amulett und dieser trifft auf die Mauerkrone.

„Vielleicht könnte man dort ein Seil mit einem Widerhaken hineinschießen", überlegt Samu laut.

„Und dann?"

„Wir klettern dann das Seil hoch. Wie bei einer Kletterstange, nur das es schräg aufwärtsgeht. Und ihr Mädels, zieht schon mal euren Klettergurt an!" Dabei zwinkert Samu Rean zu.

„Und wer von euch ist so treffsicher?", will Isabella wissen.

Gespannt schauen die Jungs Mathis an, der mich verschmitzt anlächelt.

„Aber mit was willst du schießen?"

„Ich habe meine spezielle Armbrust in meinem Rucksack, die mir bis jetzt immer gute Dienste geleistet hat", wobei er das kleine Ding gleich aus seinem Rucksack kramt und auseinanderklappt.

Alban gibt ihm daraufhin ein stabiles Drahtseil und beide Männer befestigen es an einen Pfeil. Als Mathis meine fragende Miene sieht, erklärt er es mir.

„Sobald mein Pfeil auf die Wand trifft, klappt er sich zu einem Wurfanker auf und krallt sich daran fest." Sogleich stellt er sich in Position.

„Du weißt aber schon, dass es gleich beim ersten Mal klappen muss, sonst wissen unsere Gegner Bescheid?", wird er von Robin in seiner Konzentration unterbrochen.

„Entspannt euch!"

Mathis steht bewegungslos und konzentriert mit angespannten Muskeln da, als wolle er den Pfeil tatsächlich olympiareif fliegen lassen. Es zurrt und zischt, als er ihn ab schießt und ein kleines Klacken ist zu hören. Er hat es sage und schreibe beim ersten Mal geschafft.

„Wow!", höre ich Jola ausrufen, die Mathis anerkennend zunickt.

„Und jetzt?"

„Jetzt zieht sich jemand von uns vorsichtig hoch und wenn alles klappt, können wir anderen gleich loslegen", übernimmt Rean und Alban macht sich startklar.

„Das will er nicht in der Tat machen, oder?", quiekt erschrocken Annabella auf, die mich genauso ängstlich ansieht.

Nur ehe ich mir Gedanken darüber machen kann, krallt sich Annabella in meinen Arm und Alban zieht sich das Seil hoch. Vor lauter Panik und Aufregung weiß ich gar nicht, wo ich hingucken soll. So schicke ich ein Stoßgebet nach oben, damit alles gut geht.

„He, Mädels, ihr könnt ruhig wieder eure Augen öffnen", ruft Alban strahlend und siegessicher von der meterhohen Wand.

„Du bist verrückt! Mach das bloß nicht noch mal, sonst sterbe ich an einem Herzinfarkt", donnert Annabella los und alle um sie herum müssen auflachen.

„Anna, glaubst du im Ernst wir hätten ihn das machen lassen, wenn er nicht dafür ausgebildet worden wäre?", fragt sie Mathis.

So flink, wie sie auf ihn losstürmt, so stürmisch klopft sie meinem Freund auf seine starke Brust, dass er erneut lachen muss.

„Anna, ich will ja nicht drängeln, aber wir haben nur noch vierzig Minuten!"

Augenblicklich werden wir alle munter.

„Wir machen die Reihenfolge von vorhin und zieht eure Handschuhe an!", fordert uns Rean auf.

Prompt beobachte ich Rean und Mathis, wie sie spielerisch diese Hürde nehmen.

„Jola, was kommt direkt hinter der Wand?", ruft Rean ihr zu und sie studiert eilig ihre Karte.

„Ein kleiner Gang nach links und dann erscheint eine Tür, die Aemilia mit ihrem Amulett öffnen kann. Marschzeit circa acht Minuten."

„Dann beeilt euch!", spornt uns Rean an und mir wird übel.

Abermals spüre ich den Wind auf meiner Haut und seine beruhigende Stimme lässt mich locker werden. Gemeinsam klettern wir das Seil hoch und ich habe fast das Gefühl, als würde ich hinaufgetragen. Oben angekommen lege ich, meine Hände auf die Mauer und Mathis nimmt mich sicher in Empfang, damit ich durch meine Geschwindigkeit nicht über das Ziel hinausschießen kann.

Als ich auf der Wand stehe, staune ich gleich zweimal. Einmal das ich heil und mit der Hilfe meines Windes sicher angekommen bin, deshalb verneige ich mich vor ihm und flüstere ihm zu:

„Friede."

Mein zweites Erstaunen ist, weil ich einfach von der Mauer hopsen kann. Sie hat die Höhe eines normalen Küchenstuhls.

Verrückt, oder?

„Vollzählig", ertönt Samu seine Stimme.

„Jola, wie viel Zeit noch?"

„Rean, zehn Minuten. Warum?"

„Mathis, vergiss deinen Pfeil nicht!"

„Okay, dann rennen wir mal eine Runde", kündigt uns Rean an.

Während ich nun mit den anderen zur Unterkunft haste, schluckt die Dunkelheit das Licht hinter uns, sodass mir urplötzlich himmelangst wird. Hoffentlich schaffen wir es noch rechtzeitig. Immerhin weiß keiner von uns, was die Finsternis mit uns macht. Sind das ihre Krieger oder ist es nur die alltägliche Düsternis? Auf jeden Fall gehen wir alle von Ersteren aus.

Letztlich kommen wir abgekämpft vor der Tür an und ich bitte mein Amulett, diese zu öffnen. Die schwere Holztür springt auf und ich atme dankbar durch, als wir uns hinein drängen. Allerdings leckt die schwarze Nebelschwade bereits an der Türschwelle, sodass wir uns vereint gegen die Tür stemmen, damit der Nebel niemanden berührt.

Völlig fertig lasse ich mich mit den beiden Schwestern an der Holztür runter rutschen, während Jola sich zu den Jungs gesellt. Diese schmeißen ihre Rucksäcke ab und setzen sich an den Holztisch, auf dem eine Kerze flackert. Dahinter entdecke ich zwei große Betten, in dem bis zu fünf Menschen schlafen können und das Bettzeug besteht nur aus Stroh und Baumwolltüchern.

„Man, wie verrückt war dieser Tag", stöhnt Annabella und reibt sich müde ihr Gesicht.

„Jola, wann müssen wir weiter?", gähne ich und sie breitet ihre Karte auf dem Tisch aus.

„Wir sind laut Karte auf dem Weg zur Festung. Obwohl uns unser logisches Navi in unserem Kopf sagt, dass wir uns weiter davon entfernen. Laut Karte haben wir noch zwei Tagesmärsche vor uns. Und seht euch mal die Zeiten an!"

Während alle die Karte studieren, verstehe ich nur Bahnhof.

„Jola, was meinst du, wie lange darf ich schlafen?", gebe ich müde und etwas mürrisch von mir.

„Ein Tag auf dieser verzauberten Insel hat fünfzehn Stunden. Siebeneinhalb am Tag und die gleiche Stundenzahl hat die Nacht. Es gibt kein dazwischen und ist wirklich kurz. Und die siebeneinhalb Stunden haben wir gebraucht, bevor wir hier eintrafen", informiert sie uns erstaunt.

„Gut, dann packe ich jetzt mein Schlafsack aus und gehe schlafen!", und ehe noch irgendetwas mein Vorhaben stören will, erhebe ich mich von der Tür und stiefle zum Bett. Dort schmeiße ich meinen Schlafsack drauf und schlüpfe hinein. Was mich nur verwundert, dass das Bett nicht muffig riecht, obwohl es ein sehr alter Raum ist.

„Los, Leute, aufstehen!", werde ich unsanft aus meinem Schlaf geholt. „Zack, zack! In einer Stunde müssen wir los", brüllt Rean immer noch energisch.

„Können wir heute nicht eine Pause einlegen?", murmelt Isabella und ich strecke mich sacht aus.

„Nein! Es bleibt Zeit, um etwas zu trinken, und einen Riegel zwischen eure Kiemen zu schieben. Jetzt hoch mit euch!", und seine Stimme kommt immer näher, sodass ich mich aufrapple und echt verschlafen in die Runde sehe.

„Wie lange hast du uns denn schlafen lassen?", gähne ich.

„Fünfeinhalb Stunden", erklärt er mir.

„Für meinen Schönheitsschlaf ist es echt zu wenig", mault Annabella.

„Jola hat weiterhin feststellen können, dass dieser Raum nur für ein Nachtlager geschützt ist und nicht länger."

„Aber warum das denn?", blicke ich fragend zu Aaron, der sich mit den Händen seine roten Haare verwuschelt.

„Dieser Raum strahlt Magie aus. Er wurde damals erschaffen, um uns Himmelskrieger zu unterstützen, damit wir die dunkle Macht besiegen können."

„Mm." Auf mehr habe ich keinen Bock. Ich fühle mich einfach nur erschlagen und unwohl. Am liebsten würde ich mich jetzt unter eine heiße Dusche stellen und solange darunter bleiben bis ich den ganzen Schmutz der letzten Tage von mir runtergespült habe. Da wir aber mit dem Wasser sparsam umgehen müssen, kann ich mir noch nicht mal meine Zähne putzen. Zum Glück finde ich in meinem Rucksack einen zerquetschen Kaugummi und schiebe ihn mir in den Mund.

„Unsere heutige Tour wird ein weiteres Mal einige Hürden haben. Wir müssen eine ziemlich große Strecke über eine wacklige Leiter bewältigen, um uns auf der anderen Seite durch ein Tunnelsystem zu quetschen. Wir haben, um in den nächsten Raum zukommen, fünf Stunden Zeit", klärt uns Rean auf.

„Aber ein Tag hat doch siebeneinhalb Stunden", beschwert sich Isabella.

„Nach dem Tunnel brauchen wir etwas über eine Stunde, bergauf."

Jeder von uns begreift sofort, das Rean einen gewissen Puffer ansetzt.

„Wie viele Kilometer müssen wir denn bewältigen?", fragend sieht Isabella Rean an.

„Eine ordentliche Menge, aber zusammen sollte es klappen."

Da fühle ich die Liebe der beiden, die selbst mir Hoffnung gibt.
„Dann lasst uns mal aufbrechen!", sage ich deshalb fix.
„Wir haben noch vierzehn Minuten, bevor sich diese Tür für uns öffnet."
Ungläubig mustere ich Jola.
„So langsam machst du mir Angst und das meine ich wirklich."
Da kommt sie zu mir und umarmt mich ganz fest.
„Mila, mir geht es wie dir mit deinem Amulett. Ich weiß ebenfalls nicht,
was mit mir derzeit passiert. Aber ich werde nichts tun, was dich gefährdet."
Beide sehen wir uns lange in unsere Gesichter und in dem Moment bin
ich sehr glücklich, weil wir beide uns gegenseitig vertrauen können wie zwei
Seelen in einem Körper.
„Das weiß ich", antworte ich ihr deshalb.
„Neun Minuten. Schnappt eure Sachen, es geht gleich los!"
Jola zieht mich hoch und hilft mir beim Einpacken meines Schlafsackes.
Wir werden gerade fertig, als sich unsere Holztür mit dem eingeritzten
Pentagramm öffnet.
„Rechts und dann links."
„Aber, Rean, sind wir gestern nicht von dort gekommen?", rufe ich ihm
zu.
„Das stimmt, aber die Tunnelgänge verändern sich jede Nacht."
„Was ist denn das schon wieder für ein Mist?", meckert Annabella.
„Langsam glaube ich, dass wir in einem Irrgarten gelandet sind."
„Das ist nicht verkehrt. Wir stecken in einem unterirdischen Labyrinth,
welches sich in der Dunkelheit verändert", erwidert Mathis. „Guten Morgen,
Mila. Hast du gut geschlafen?" Dabei drückt er liebevoll meine Hand.
„Es fehlt mir nur ein bisschen Schlaf", lächle ich ihn an.
Zügig werden wir durch das Tunnelsystem getrieben, bis wir am Ausgang
eines Tunnels stehen. Und was soll ich sagen, die Räume mit ihren Aufgaben
sehen trotz ihrer unterschiedlichen Größe immer gleich aus. In der Mitte
befindet sich ein verfluchtes Bodenloch. Doch das ist nicht alles. Denn in
dem bodenlosen Loch hängt eine Leiter, die aus einem Fischertau geflochten
ist und tausend Meter hinauf geht. Außerdem wackelt dieses lockere Ding im
Freien vor sich hin, sodass wir bestimmt hinabfallen, wenn wir uns alle
zeitgleich hochhangeln.
„Mädels, wir müssen neunhundertsechsundneunzig Höhenmeter
erklimmen, ohne Netz und doppelten Boden unter uns."
Erschrocken schaue ich Rean an.

„Aemilia, keine Angst! Mathis wird dich mit einem Seil sichern, wie ich Isabella und die anderen Jungs ihre Mädels. Wir werden uns in zweier Gruppen absichern und zügig starten."

Erneut müssen wir die Klettermontur anziehen und die Rucksäcke und alles andere gut an uns festmachen.

„Langsam überlege ich mir diesen Gurt ständig, um zu tun", maule ich genervt rum.

Na echt mal. Andauernd das an und ausziehen. Das geht mir wirklich auf die Nerven und wir verlieren unnötig Zeit.

„Übrigens, wie überqueren wir die zwei Meter zur Leiter?", hinterfragt Aaron, unseren Plan.

„Robin?"

Prompt holt er einen Bumerang aus seinem Rucksack, an dem er das Seil befestigt. Bevor uns Samu erklären kann, was Robin machen wird, schleudert er das Ding gezielt durch eine Trittstufe und es kommt geradewegs zurück. Damit hat er die Leiter mit seinem Seil fest im Griff und kann sie zu uns heranziehen, ohne dass wir in den Abgrund stürzen.

„Wahnsinn", entfährt es uns Mädels und Robin grinst uns gut gelaunt an.

„So können wir alle drauf klettern. Ich bin die Nachhut und löse das Seil zum Schluss", informiert er uns, während er den Bumerang zufrieden einsteckt.

Zuerst klettert Rean mit Isabella im Doppelpack. Als Isabella, die hinter ihm läuft die zehnte Sprosse mit ihrem Fuß erreicht, steigt Mathis mit mir im Schlepptau auf das wackelige Ding. Somit ertaste ich die Sprossen und stiere dabei permanent auf Mathis seinen Po. Immerhin verstehe ich ja, dass nach jeder zehnten Sprosse ein weiteres Paar zu uns aufschließt. Und wenn ich mit Mathis abstürze, dass ich alle unter mir mit in den Tod reiße. Puh, was ist das bloß für eine Verantwortung. Von meinem ängstlichen Herzklopfen will ich gar nicht reden.

Je höher wir diese Art Hühnerleiter erklimmen umso windiger wird es, dass ich es erneut mit der Angst zu tun bekomme. Dennoch glaube ich daran, dass wir bestimmt gesegnet sind, um unsere Magie in die Welt zurückzubringen.

„Gleich sind wir oben", ruft mir Mathis zu und ich bin froh, dass ich es bald geschafft habe.

Schließlich werde ich von ihm sicher hochgezogen und ich stehe vor einem Tunneleingang. Dort warten wir auf die anderen, die vollzählig bei uns eintrudeln.

„Okay, gut gemacht. Jetzt müssen wir gerade aus und dann hinunterlaufen", und Jola nickt Rean zu. „Achtet auf die rot gesprenkelten Steine. Ein Tritt darauf bringt euch um. Es sind Tretminen!"

Ich denke, mich trifft der Schlag.

„Wie sieht der Zeitplan aus?"

„Gute Frage, Bruderherz." Angestrengt schaut Jola auf ihre Karte. „Für die Zweitausend Meter steil abwärts, fünfundvierzig Minuten wegen der Tretminen."

„Abmarsch!", und Rean läuft voraus.

„Mila, tritt dorthin, wo ich drauf getreten bin!", ermahnt mich Mathis und ich lächle ihn ängstlich an. „Ich versuche, kleine Schritte zu machen. Versprochen!"

Was soll ich da erwidern, mit einer großen Portion Angst in meinem Nacken?

„Gib mir deine Hand!", und als ich kurz zögere, raunt er mir abermals zu: „Vertrau mir!"

„Matt, das tue ich! Ich bin nur etwas ängstlich. Ein falscher Schritt und ich bin weg. Nicht nur das, unsere Gegner wissen dann Bescheid. Das schüchtert mich echt ein."

„Leute, nicht labern!", höre ich Rean wachsam sagen.

Vorsichtig laufe ich hinter Mathis her, immer darauf bedacht meinen Fuß auf seinen Abdruck zu setzen. Der Tunnel sieht wie all die anderen Röhren aus und vor lauter Anstrengung läuft mir der Schweiß über mein Gesicht.

„Wie weit noch?", rufe ich Mathis zu, der fest meine Hand hält.

„Circa zehn Meter. Ich kann den Ausgang zum nächsten Raum bereits ausmachen."

Schnell nehme ich meine restliche Energie zusammen, damit ich die paar Meter noch schaffe. Zittrig aber glücklich komme ich dort an, sodass ich mich an die Felswand gelehnt nach unten rutschen lasse.

„Hier trink das und lutsch den Traubenzucker!" Besorgt sieht mich Mathis an.

„Danke", flüstere ich, während sich mein Körper beruhigt und ein Pärchen nach dem anderen zu uns hastet. Bloß als ich mich aufrichte, höre ich einen ohrenbetäubenden Knall, der eine dunkelrote Staubwolke in die Tunnelröhre reinschießen lässt.

„Rennt, dalli, dalli!", brüllt Rean und als ich huste, nur um meine Lunge von dem Schmutz zu befreien, stürmt Samu mit Jola zu uns in die Gruppe.

Sofort erkenne ich ihr tränenverschmiertes Gesicht und habe Angst vor dem, was ich gleich hören werde.

„Was ist mit Aaron und Robin?", kreischt sie hysterisch auf.

„Jola, reiß dich zusammen!", fährt sie Rean an und ich fühle ihren innerlichen Schmerz.

„Jola, wo lang? Die Dämonen werden gleich erscheinen!", und Rean seine Stimme wird immer Bestimmender und Lauter.

„Ehm. Links durch einen Kriechtunnel. Direkt auf die Tür zu."

Ein weiterer lautstarker Knall ist zu hören und Panik erfasst uns alle, als erneut die Staubwolke auf uns zuschießt und das Felsgeröll von der Decke auf uns runterstürzt. Ich werde von Mathis mitgezogen, wie die anderen Mädels von ihren Partnern. Rutschend und schlitternd finde ich mich vor einem schmalen Tunnel wieder, der nur robbend zu durchqueren ist. Automatisch mache ich alles und schlucke wortlos meine Träne runter. Diese Explosion bedeutet doch nur, dass Aaron und Robin auf eine gemeine Tretmine getreten sind. Ich will gar nicht wissen, ob sie Schmerzen hatten.

Nach einer gefühlten Unendlichkeit kommen wir knapp, aber sicher in dem Raum an, der identisch mit der letzten Nacht ist. Ich frage mich ernsthaft, ob wir im Kreis gelaufen sind und wir die beiden Jungs umsonst verloren haben.

Jola sitzt still an die Tür gelehnt und starrt stur geradeaus. Selbst Alban hat sich von der Gruppe etwas abseits gestellt und stiert ebenfalls ins Leere. Ich fühle ihre Trauer und Wut, die ich ihnen nicht nehmen kann, weil diese Gefühle zum Leben dazu gehören. Das sind unsere menschlichen Gefühle, wenn unser Herz vor Trauer blutet und man eine Zeit lang auf dieses Ereignis wütend ist. Trotzdem kann man es nicht ändern. Dennoch fühle ich mich mies, weil sie alle auf mich aufpassen und dann selbst dem Wahnsinn zum Opfer fallen.

„Mein Bruder sagte immer: Lieber tot, als eine Geisel der dunklen Macht. Und jetzt? Jetzt wird er bestimmt in einem dreckigen Verlies sitzen und dort zugrunde gerichtet, bis er nur noch ein Frack seines Selbst ist", schimpft Alban vor sich hin, wobei er unaufhörlich seine Fäuste auf das Bett sausen lässt.

„Du glaubst das sie Leben?", raunt ihm Jola mit belegter Stimme zu.

„Ich fühle, dass mein Bruder noch lebt und lebend sind die beiden der Herrscherin mehr Wert, um mit uns zu verhandeln", redet er frustriert.

„Alban, ich teile deine Aussage", spricht Samu aus.

Nachdenklich sehen sich beide an bis Samu ihm aufmunternd auf dessen Rücken klopft.

„Lasst uns nachschauen, was morgen ansteht und etwas verschnaufen!", mischt sich Mathis ein.

Ich schnappe mir, meinen Schlafsack und winke Jola zu mir, die ablehnend ihren Kopf schüttelt. Kurz entschlossen nehme ich den Schlafsack und stiefle zu ihr an die Holztür, vor der sie immer noch auf dem Boden sitzt.

„Was soll das werden?", zickt sie mich an.

„Nach was sieht es denn aus?" Währenddessen platziere ich den Schlafsack vor ihr und schlüpfe hinein.

„Das ist jetzt nicht dein Ernst, oder?", japst sie.

„Doch, ich bewache dich die nächsten fünf Stunden", lächle ich sie gähnend vor Müdigkeit an.

„Okay, ich sehe mir die Karte mit den Jungs an und komme dann zu dir ins Bett", schlägt sie mir vor und ich mustere sie misstrauisch. „Versprochen! Außerdem bist du eine harte Unterlage gar nicht gewöhnt. Nicht das du morgen nicht mithalten kannst", zwinkert sie mir wissend zu.

Somit stehe ich auf und marschiere zum Bett, nur um gleich in meinen wohlverdienten Schlaf zu fallen.

Einige Stunden später werde ich unsanft geweckt und mit einer Dringlichkeit, die mich langsam zu nerven beginnt.

„Aufstehen! Abmarsch in einer Stunde", ruft Rean uns zu.

Nur fühlen sich heute Morgen meine Augen schwer an. Mein erster Gedanke beschäftigt sich sofort mit unseren Rückschlag. Verdammt aber auch! Wenn ich an Jola und Alban denke, wird mir schlecht. Ich mag mir erst gar nicht vorstellen, wie schmerzlich dieser Verlust für beide sein muss. Immerhin sind es ihre Brüder gewesen.

„Mädels, hört mal her!", übernimmt Mathis. „Ich weiß, wie hart es jetzt für euch klingen mag, aber wir dürfen uns nicht runter ziehen lassen, sonst sterben wir selbst!"

„Wir sollen so tun als wäre alles in Ordnung?", sehe ich ihn fassungslos an. „Als würden wir nur einen Punkt von der Tagesordnung abhaken?" „Aemilia, versteh mich bitte nicht falsch, aber wir müssen einen klaren Kopf behalten!" Dabei eilt er zu mir und setzt sich zur mir auf das Bett.

„Aber ich kann doch meinem Herz nicht befehlen, diesen Schmerz wegzuzaubern, nur weil es mich sonst behindert."

Na echt mal, das kann er wohl nie und nimmer von mir verlangen.

„Du musst das Ereignis kurz von dir wegschieben, damit wir mit voller Konzentration die Festung stürmen können!", erklärt er mir eindringlich.

„Ich glaube, Matt hat nicht ganz unrecht", mischt sich Jola etwas lahm ein, die sich hinter mir im Bett aufrappelt. „Das ist, was die Jungs uns bei Hara verklickert haben."

„Bitte?"

„Mila, am Anfang waren wir nur ihr Auftrag. Sie konnten sich voll auf ihren Einsatz Konzentrieren und jetzt haben wir alle untereinander Angst, das wir noch mehr Verluste einstecken müssen."

Bei dieser Aussage schlucke ich schwer, als wir uns mit angespannter Miene ansehen.

„Oh, mein Gott!", stöhnt Annabella auf.

„Einst sagte Matt, das jeder von uns angreifbar wird, sobald wir die Welt mit unseren Herzen sehen. Die Dämonen kennen kein Mitgefühl oder Schmerz, denn sie besitzen keine Empfindungen. Wir sind nur eine Art Gegenstand, den es zu zerstören gilt", vernehme ich Samu, als er ebenfalls zu uns kommt, nur um Jola kurz ihr Haar zu verwuscheln.

Nach dieser ernüchternden Info tritt eine Stille ein, weil jeder von uns, diese Aussage für sich verstehen und verarbeiten muss.

„Was steht heute an?", fängt sich Jola als Erste. Kämpferisch springt sie aus dem Bett und zieht mich zu sich hoch. „Dann lasst uns mal die Karte befragen, wohin wir geschickt werden, damit wir morgen seine Festung zerschlagen!" Sie klappt ihre Karte aus und legt diese auf den Tisch. „Wir haben noch fünfzig Minuten, bevor sich die Tür öffnet. Diesmal sollen wir den Tunnelgang durchlaufen bis wir vor einer Brücke aus Seilen stehen. Diese müssen wir überqueren, um auf ein Plateau zukommen", rattert sie ihre Informationen runter.

„Nicht schon wieder ein schwebendes und wackliges Ding. Ich kann echt keine schwerelosen Räume mehr ertragen. Ich bin doch kein Vogel!", protestiere ich lauter.

„Komm schon, Mila!", muntert mich Jola auf und ich luge sie etwas missmutig an.

„Wie sieht es mit euren Wasservorräten aus?", will Samu wissen und jeder von uns schaut in seinem Rucksack nach.

„Auf irgendeiner Weise wird es nicht weniger", ruft Isabella erstaunt Samu zu.

„Dann war es eine besondere Quelle. Die Quelle der Götterwelt, die uns nicht verdursten lässt", wirft Samu, wie beiläufig in die Runde.

Jedoch mag keiner von uns mehr wissen. Irgendwann ist mal jede Festplatte voll. Jetzt geht es ja eh nur ums blanke Überleben.

„Dann macht euch startklar, in neununddreißig Minuten …", gibt uns Rean den Countdown vor.

Eilig schnappe ich mir meinen Schlafsack und rolle ihn zusammen und verstaue alles. Bis es losgeht, trinke ich etwas und nehme einen Powerriegel zu mir. Mit vollen Magen mag ich auf keinen Fall auf eine schaukelnde Brücke.

„In drei Minuten sollte sich die Tür öffnen und denkt daran, dass unsere Gegner Bescheid wissen!", kommt es von Rean, der wie gehabt auf seine Stoppuhr guckt.

„Man, du hast es heute echt drauf, uns zu motivieren!", schimpft Isabella mit ihm und ihre Schwester sieht sie bekräftigend an.

In unserer Wanderkluft mit geflochtenen Pferdeschwanz, samt Basecap und knöchelhohen Wanderstiefeln stehen wir Mädels an der Tür. Nur das ich mir diesmal gleich meinen Klettergurt anlegt habe.

„Willst du das im Ernst schon anziehen?", sieht mich Jola stutzig an und ich nicke ihr zu.

„Ist doch jeden selbst überlassen, ob man das sofort umschnallt, oder?"

„Jeep, aber wir haben keine Zeit mehr", ruft Rean und da öffnet sich die Tür.

Angespannt betrachten wir in unseren Hamstertunnel, wie ich ihn für mich nenne.

„Abmarsch!", höre ich Rean konzentriert sagen und ich stiefle mit den anderen los.

Mittlerweile hat es sich ergeben, dass immer zuerst Rean mit Isabella stürmt und Mathis mit mir direkt dahinter. Dann folgen schon Alban mit Annabella sowie Jola mit Samu. Ich kann mir nur wüschen, dass wir alle im nächsten gesicherten Raum ankommen.

Wir rennen erst einige Hundert Meter hinunter, nur um dann einem steil ansteigenden Geröllpfad zu folgen. Es ist, wie die Tage zuvor, hell und stickig. Das rötliche Gestein mit seinen unterschiedlichen Körnungen macht mich so langsam nervös. Denn kontinuierlich rieselt ein rotschwarzer Sand auf unsere Köpfe. Seit ich weiß, wie oft sich die Tunnel wiederholt ausrichten, habe ich meine Bedenken, ob das Gestein diesem Druck noch lange standhält. Na ja, zumindest ist es hier groß genug das wir aufrecht marschieren können.

Je näher wir uns auf die Anhöhe hinauf kämpfen, höre ich ein Donnern und Schleifen, was ich nicht zuordnen kann.

„He, hört ihr das Geräusch?"

„Ehm. Was meinst du?", fragt mich irritiert Jola und alle halten kurz inne.

„Na, dieses rutschen … schleifen oder was das ist? Das kommt quasi auf uns zu."

„Jetzt höre ich es auch." Daraufhin nimmt Jola ihre Karte zur Hand. „Hier ist nichts zu sehen", kommentiert sie.

„Aber was grollt dann so verdächtig nah?" Selbst Samu sieht Jola über ihre Schulter.

„Mm …", dabei kratzt sich Jola grübelnd ihren Kopf. „Sagtet ihr nicht, dass diese Insel magisch ist und die dunkle Macht gerne mit Illusionen arbeitet?"

„Was willst du damit sagen?"

„Na ja, es kann doch sein, dass man uns in eine andere Richtung schicken will, um uns zu manipulieren", antwortet sie Samu beunruhigend.

„Das klingt einleuchtend", übernimmt Rean und wir laufen schnellen Schrittes weiter.

„Oh, mein Gott!", schreit Isabella auf.

Wir anderen die gleich hinter ihr sind, verstehen augenblicklich den Grund ihres Angstschreies. Vor uns rollt ein runder Felsbrocken auf uns zu, der den kompletten Tunnel einnimmt und uns gleich platt macht. Und weil diese Röhre keine Nischen hat, in die wir uns hineinquetschen können, kann ich nur von ausgehen, dass wir jetzt alle sterben.

„Beeilt euch mit einer Entscheidung!", brüllt Annabella und ihre Hysterie ist nicht zu überhören. Vor allem zieht sie wie von der Tarantel gestochen ihre Schwester bereits mit sich, weil sie vor dem Ding flüchten will. Allerdings sind Samu und Jola flotter als sie und halten die beiden Mädels fest.

Jetzt ist dieser Koloss von Felsbrocken noch gut hundert Meter von uns entfernt und seine Geschwindigkeit nimmt bedrohlich zu. Rasch bete ich, dass es schnell mit uns zu Ende geht, weil wir es nicht besser machen konnten, nur um kurz vor dem Ziel zu scheitern. Doch urplötzlich bekommt mein Körper völlig unerwartet eine Gänsehaut und ich fühle einen leichten Windhauch über meinem erhitzten Gesicht. Am liebsten würde ich mich von ihm tragen lassen und davonfliegen. Da flüstert er mir mit seiner besonderen Stimme zu, ich solle meine Freunde einsammeln und wir mögen uns an unseren Händen festhalten. Er würde dafür sorgen, dass uns nichts passiert. Ich spüre seine Ehrlichkeit und öffne kurz meine Augen.

„Kommt schnell zu mir und lasst uns an den Händen festhalten!"

„Bist du verrückt?", ruft mir Annabella immer noch voller Angst zu.

„Beeilt euch und vertraut mir!" Bittend sehe ich alle an, denn ich will mit ihnen überleben. Als ich dann unsere geschlossene Einheit fühle, schließe ich meine Augen und bitte um Beistand. Wobei ich weiterhin den Wind auf mir verspüre und seinem Geflüster vertraue.

Das Grollen und Schleifen nimmt lautstark zu, trotzdem glaube ich ihm. Schließlich ist ein Ruckeln und klirren zu hören, als wir mit dem Felsen kollidieren. Vorsichtig öffne ich meine Augen und bin überrascht, dass sich das Ding in viele, dunkle Scherbenteile auflöst.

„Eine Illusion?", flüstert Annabella und ich kann nur verblüfft nicken, weil es mir mein Wind bestätigt hat.

Geschwind bedanke ich mich bei ihm, als ich merke, wie er sich von mir löst. Selbst meine Freunde sagen leise: „Friede". Da weiß ich, dass sie ihm ebenfalls trauen und ich kann sein Schmunzeln wahrnehmen.

„Beeilt euch, wir haben heute einen engen Zeitplan!"

„Oh, Rean, hör endlich damit auf! Den haben wir immer", motzt Isabella. „Aber eins sage ich dir! Wenn ich mit dir hier heile rauskomme, will ich mit dir einen Wellnessurlaub und das ganze ohne Zeitansage!"

Da müssen wir alle Auflachen und versprechen den beiden sogar, dass wir mit kommen.

„Das ist nicht euer Ernst, oder?"

Direkt vor mir schwebt eine große und lange Luftbrücke, die erst durch einen Sprung oder wie auch immer zu erreichen ist. Warum muss man immerfort erst dieses doofe Bodenloch überwinden, bevor man die eigentliche Aufgabe bewältigen muss? Die Brücke sieht für mich zumindest nicht vertrauenserweckend aus.

„Entspann dich", höre ich Jola hinter mir, als sie ihre Karte befragt.

„Und, irgendjemand eine Idee? Freiwillig vor!", vernehme ich Isabella ihre genervte Stimme.

Während sich nun die Jungs mit Jola beratschlagen, inspiziere ich den Raum. Es ist ein rundes Felsgewölbe, welches in der Mitte das Luftloch hat und dort befindet sich der Einstieg zu einer wackeligen Seilbrücke. Diesmal sind die Wände gut ausgeleuchtet und nicht uneben, wie ich es bisher erlebt habe. Geistesgegenwärtig lege ich meine Hand an die Felswand und fühle, wie der Felsen unter ihr vibriert. Mit Bedacht laufe ich entgegengesetzt die Wand ab und lasse meine linke Hand darüber streichen, in der Hoffnung, dass mir irgendeine Idee oder Erleuchtung kommt. Bis jetzt konnte ich mich glücklich schätzen, dass ich von meinem Wind oder dem Amulett ständig für mich und meine Freunde Hilfe bekommen habe.

Aber wie sollen wir diesmal die vier Meter überwinden, wenn wir die Brücke nicht näher an uns heranziehen können? Zaubern dürfen wir ja auch nicht. Plötzlich spüre ich, dass meine Hand mit dem Felsen warm wird und je weiter ich laufe, umso mehr durchflutet mich die Wärme, bis ich an der Ausgangsposition ankomme. Einer kleinen Eingebung zu folge, presse ich meine Hand gegen das Stück Wand und der Felsbrocken lässt sich in die Tiefe drücken. Schließlich schiebt sich eine schmale Holzbrücke aus dem Boden zur schwebenden Brücke. Erschrocken und glücklich zugleich, schaue ich zu meinen Freunden.

„Danke", wispere ich, als die anderen auf mich warten und mich zu sich winken.

„Wir wissen zwar nicht, wie du es gemacht hast, aber echt super! Lasst uns flink auf die andere Seite springen, bevor diese Art Zugbrücke zurückfährt", kommt es von Mathis und der Vergleich mit einer Zugbrücke, trifft es tatsächlich.

Flink laufen wir die schmale Brücke rüber und ich halte mich an den Händen von Mathis und Jola fest, und richte meinen Blick fest nach vorn.

„Atme gut durch!", höre ich Jola ihre Stimme, als wir auf der endlos langen Hängebrücke stehen und sich die Zugbrücke mit einem vibrierenden Geräusch zurückzieht.

„Ich komme mir wie eine Seiltänzerin vor. Das ist voll wackelig und hoch", beschwere ich mich.

„Dann stell dir vor, du bist eine gute Artistin im Zirkuszelt. Du machst das mit links", geht Jola auf mein Gesagtes ein.

„Sehr witzig! Wenn ich das gewollt hätte, wäre ich bestimmt nicht hier."

„Mädels, wir gehen wie gewohnt alle hintereinander. Schaut genau hin, wohin ihr tretet, denn ich bin mir sicher, dass es eine besondere Aufgabe ist! Die Brücke hat unterschiedliche Abstände zu den Brettern und selbst die sind nicht alle gleich breit", ermahnt uns Rean und das Schaukeln nimmt zu.

Oder bilde ich es mir nur ein?

„Mila, ich sichere dich mit meinem Seil an deinem Gurt. Wir laufen zusammen und ich lasse dich nicht fallen. Du hast mich verstanden?", sieht mich Mathis energisch an.

„Aber Angst habe ich trotzdem!"

Eilig schließt er mich in seine Arme und ich fühle unsere Wärme, die mich etwas beruhigt.

„Und schau, bitte, ab und an nach unten!"

„Mm …, damit ich nicht abrutsche", und meine Nervosität nimmt merklich zu.

„Abmarsch!", übernimmt Rean.

Somit geht es auf der wackeligen Schwebebrücke los, die unendlich hoch über dem Boden hängt. Ich fühle, wie mein Herz zu pochen beginnt und es mir heiß wird.

Verdammt, warum bekomme ich immer solche Panikattacken?

Am liebsten würde ich jetzt davonlaufen. Stattdessen marschiere ich tapfer hinter Mathis her und linse zwischendurch auf meine Füße. Dennoch frage ich mich, wie lange ich es noch aushalte, ohne umzukippen. Immerhin muss ich gegen meine innere Übelkeit und meinen Gleichgewichtssinn ankämpfen. Ich verfluche diese doofe Brücke, die immer mehr schaukelt und noch mehr ungleichmäßige Trittstufen zum Vorschein bringt.

„Habt ihr euch mal die Seilbrücke genauer angesehen?", möchte Isabella aufgeregt wissen.

„Ich bin froh, dass ich mit euch mithalten kann", maule ich.

„Oh, Mila, das ist einfach genial!", verteidigt sich Isabella. „Das Seil besteht aus verknoteten Gras und Heu."

„Und das soll uns halten?", kann ich mir nicht verkneifen zu sagen. „Und nicht nur das. Wir baumeln irgendwo zwischen Himmel und Erde. Von einem Ende dieser Brücke ist auch keine Spur zu sehen." Mein Gott, wie mich das Gewackel nervt.

„Deshalb brauchen wir Jola nicht fragen, wo es lang geht. Immer geradeaus", gibt mir Isabella zurück und ich gebe es auf, mich darüber zu ärgern, sondern nur darauf zu achten, dass ich jedes Brett mit meinem Fuß erreiche.

„Ganz so einfach ist es nicht. Wir müssen zügig bis zur nächsten Gabelung laufen, weil wir hier nicht übernachten können!", ermahnt uns Jola.

„Du willst uns jetzt nicht, über eine nicht vertrauenserweckende Seilbrücke hetzen, oder?", frage ich genervt und bleibe erschrocken stehen, sodass Mathis kurz innehalten muss.

„Komm schon, Mila!", entgegnet mir Jola eindringlich.

„Also, ich finde es mit den Trittstufen ebenfalls beschwerlich", höre ich Annabella hinter mir äußern.

„Wir haben nur eine Stunde Zeit, also reißt euch mal zusammen! Immerhin weiß unser Gegner Bescheid und womöglich verfolgen sie uns bereits", verkündet uns Samu und ich muss ihm trotz meiner Höhenangst zustimmen.

Mittlerweile glaube ich aber, dass irgendjemand meine Ängste bewusst schürt, damit ich das Ziel nicht erreiche. Schnell atme ich tief durch und folge Mathis, der unsere Sicherungsleine prüft. Doch plötzlich höre ich hinter mir einen schmerzlichen Aufschrei.

„Anna ist zwischen die beiden Holzstufen getreten", brüllt Alban, als er mit aller Kraft versucht, ihren Fuß aus diesem Loch zu befreien.

„Was ist das?", ruft sie panisch und mit schmerzverzerrtem Gesicht.

Sofort entdecke ich, die vielen Kratz und Bissspuren sowie eine zerrissene Jeans. Behutsam schiebt Alban ihre Jeanshose hoch und mir stockt mein Atem. Ich erkenne sofort, wie schlimm es um Annabella tatsächlich steht. Ihr Bein blutet und hat nur noch einige Hautfetzen dran. Mir wird es schlecht und ich will zu ihr, um ihr zu helfen. Aber Mathis lässt mich nicht durch, sondern hält mich stattdessen nur fest.

„Sagt bloß, das sind Bodenlöcher direkt zur Hölle? Alles brennt und wird heiß", kreischt sie verzweifelt und ich kämpfe weiterhin gegen Mathis an.

„Ich verbrenne innerlich, helft mir doch!", wimmert sie.

„Lasst mich zu ihr durch!" Trotzdem macht weder er noch die anderen für mich Platz.

„Aemilia, du wirst Annabella nicht helfen können", sieht mich Mathis mit einem besorgten Gesichtsausdruck an.

„Wir können sie doch nicht leiden lassen?", begehre ich auf. Dabei sehe ich, wie blass Annabella wird und spüre, wie hart mein Herz vor lauter Angst gegen mein Brustkorb schlägt. Warum hilft mir nur mein Amulett nicht? Alleine komme ich einfach nicht an meinen Freunden vorbei. Selbst Isabella wird nicht zu ihrer Schwester durchgelassen, trotz tränennassen Gesicht.

„Mila, du kannst ihr momentan nicht helfen", vernehme ich Jola ihre tonlose Stimme neben mir.

„Bitte? Was willst du mir damit sagen?"

Bevor mir meine Freundin antworten kann, kapiere ich, was Jola mit ihrer Aussage meint und was unsere Jungs längst wissen. Denn vor meinen Augen beginnt sich Annabella mit der Zeit aufzulösen und in ihrem Körper lodern dunkelrote Flammen.

„Nein!", brülle ich kämpferisch und wütend zugleich. „Anna? Nein, nicht noch du", schluchze ich.

Trotzdem verschwindet Isabella ihre Schwester unter heftigen Schmerzen. Nur ihr Kletterzeug ist noch da.

„Mila, wir klären es später", kommentiert Mathis und ich fühle den Druck der Gruppe und ihre Ängste. Derweil zieht Mathis meinen Gurt fester und die anderen machen sich ebenfalls startklar.

„Aber wir können doch nicht ...", versuche ich, an ihre Menschlichkeit zu appellieren. „Soeben ist Anna vor unseren Augen verschwunden."

„Nicht jetzt, später!", sagt mir mitfühlend Jola und ich nicke ihr tapfer zu.

„Beeilt euch und passt gut auf, sonst seid ihr wie Annabella fürs Erste verloren!", ermahnt uns Rean. „Und denkt an die Zeit!"

Kapitel 12

Das Geheimnis der Freiheit ist der Mut.
Perikles, um 490 v. Chr.- 429 v. Chr.

Erschöpft komme ich mit den anderen und mit einem traurigen Gefühl auf einer Plattform an, die sich zu drei Wegen gabelt. Jola packt sofort ihre Karte aus und studiert den weiteren Weg. Ich schaue mich in unserer Runde um und bleibe bei Alban hängen. Schließlich hat er neben seinem Bruder, jetzt noch seine Freundin verloren. Er funktioniert zwar, aber seine Wut schwellt unterhalb seines antrainierten Auftretens. Sollte ich tatsächlich alle verlieren? Selbst Isabella sieht durcheinander und mutlos aus. Immerhin hat sie soeben gesehen, wie sich ihre Schwester unter Schmerzen aufgelöst hatte.

„Habt ihr eine Ahnung, wie wir unsere drei Freunde befreien können?"

„Ich denke, wenn wir die Herrin der Festung besiegt haben", antwortet mir Mathis und ich glaube ihm.

„Jetzt aber zur eigentlichen Aufgabe, bevor uns die Nacht überrascht. Wo sind wir?", will Rean von Jola wissen.

„Nach der alten Karte zufolge sind wir auf der ersten Stufe zur Anhöhe des Berges. Die Karte sagt, wenn wir geradewegs weiterlaufen, dann kommen wir zu der Burg."

„Und wo befindet sich der gesicherte Raum?", hinterfragt Samu.

„Wir müssen den Weg links einschlagen, bis wir auf eine weitere Plattform stoßen. Danach geht es einen Kurzen, aber steilen Weg nach unten. Wir haben dreißig Minuten Zeit, dann wird es Nacht, bevor wir morgen zur Festung aufbrechen können."

„Und welche Schrecken erwarten uns dann?"

„Aemilia, manches kann dir die Karte noch nicht zeigen. Lass uns später reden."

„Später? Jola, es ist denkbar, dass es kein Später gibt, weil wir dann alle tot sind!", schreit Isabella all ihre Wut aus sich heraus.

„He, es tut mir leid, dass wir deiner Schwester nicht helfen konnten. Aber ich glaube, dass man gerade unsere Stärken und Schwächen testet", beantwortet Jola ihre Frage. „Je mehr wir ihnen offenbaren, umso besser können sie sich gegen uns rüsten."

„So ein Mist aber auch!", entfährt es mir, sodass mir einige Tränen meinem Gesicht hinunterlaufen. Trotzdem laufe ich tapfer weiter.

Als wir schließlich fast das Ende der Seilbrücke erreicht haben, höre ich hinter mir ein lautes Kreischen. Es ist ein sirenenhaftes Stimmengewirr, welches immer schriller wird und näher kommt. Ebenso fühle ich die Kälte, die in unsere Körper kriecht.

„Ich dachte diese Wesen können nur im Schatten existieren", schreit Isabella ängstlich.

Ich muss gestehen, ich bin ebenfalls perplex und angstvoll wie sie, als ich zu den Gestalten hinter mir schaue. Denn diese dunklen Erscheinungen haben keine Gesichter, sondern sie sind nur angsteinflößende Geschöpfe, die direkt auf uns zuschießen. Je näher sie uns kommen, desto schneller teilen sie sich. Aus einem krähenhaften Vogel werden Tausende.

„Lauft was das Zeug hält!", brüllt Rean uns an.

„Immer geradeaus", ruft Jola.

Mathis zieht mich mit sich, während Jola mit Samu mich von hinten anschieben. Aber ich weiß, dass die drei mich nur schützen wollen.

„Lauf, Lauf!", kreischt Jola. „Sie haben uns entdeckt."

Ich merke, wie ich nach oben geschoben werde und nicht, wie vorhin erwähnt nach unten. Sollten wir etwa falsch rennen?

„Lauf!", wiederholen Jola und Samu erneut mit Nachdruck, nur damit ich mit ihnen mithalte.

„Wo soll ich denn hinlaufen?", frage ich, leicht außer Puste. Denn es geht flach ansteigend nach oben. Auch der Schotter unter meinen Füßen macht es mir nicht leicht, weil er mich ins Rutschen bringt. Zum Glück hält mich Mathis gut fest.

„Beeile dich!", schreit mir Jola erneut zu, als ich in dem Moment die vielen unterschiedlichen Lichter über mir entdecke.

Es ist wie bei einem Silvesterfeuerwerk und wäre es nicht zu gefährlich, dann würde ich jetzt stehen bleiben und es mir bis zum Schluss ansehen.

„Sie haben uns im Visier."

Bloß ehe ich Rean seine Stimme höre, komme ich erneut ins Schlittern. Nur diesmal bleibt es nicht beim Schlittern, denn ich stürze mit voller Wucht auf meine Knie und Hände. Ich fühle den Schmerz, der meinen Körper durchfährt, als die spitzen Kieselsteine meine Haut berühren. Es ist wie, wenn du einen hundert Meter Sprint hinlegst und dann auf dem Sportplatz hinfällst. Eigenartigerweise bleibt es nicht nur beim Stürzen, sondern ich falle in irgendetwas hinein. Halb rutschend und schlitternd, ohne das ich mich festhalten kann. Zwar sagt mir mein Gehirn, dass ich eine Art Böschung runter sause, trotzdem frage ich mich ernsthaft, wo ich genau landen werde und ob ich das überhaupt will.

Doch dann komme ich zum Stehen, nachdem ich in ein zwei Meter hohes Loch gefallen bin. Außer Atem reibe ich mir meine Arme, die mit Schürfwunden übersät sind, und klopfe mir den roten Schmutz von den Klamotten ab. Im Anschluss betrachte ich mir das Gewölbe genauer. Es muss eine Art ausgeschwemmte Höhle sein, weil die Ausbuchtungen im Felsen unterschiedlich sind und in verschiedenen, rötlichen Schattierungen leuchten. Über mir befinden sich dicke Baumwurzeln, die sich in dem lockeren Gestein festhalten. Und obwohl ich keine Bedrohung fühlen kann, muss ich unbedingt einen Ausweg finden, um zu meinen Freunden zukommen.

Plötzlich höre ich ein leises Rascheln hinter mir.

Vorsichtig drehe ich mich um meine eigene Achse und entdecke einen großen, schwarzen Hund, wie er mich mit seinen hellblauen Augen beobachtet. Distanziert mustern wir uns gegenseitig und ich habe das Gefühl, das er ebenfalls überrascht ist mich zu sehen, wie ich ihn.

„He, wer bist du denn?", raune ich ihm zu, aber er lässt sich nicht von mir locken.

Achtsam gehe ich auf ihn zu, obwohl er mich ansieht und leise zu knurren anfängt. Das soll bestimmt heißen, dass ich auf Abstand bleiben soll. Etwas enttäuscht, aber ihn akzeptierend, laufe ich die Höhle ab. Außer den vielen Wurzeln, dem roten Sand und dem Felsgeröll ist nichts zu erkennen. Zwar entdecke ich meinen Einstieg über mir, aber kein Seil oder dergleichen kann ich als Hilfsmittel benutzen, um nach oben zu gelangen. Ich bin in der Tat, in eine Felswand hineingerutscht und komme ohne fremde Hilfe nicht mehr heraus.

„Mist aber auch!", schimpfe ich leise vor mich hin und scharre mit meinen Füßen auf dem sandigen Erdboden, als mich eine Feldmaus ansieht. „Na, Mäuschen, hast du dich etwa auch hierher verirrt?"

Genau in diesem Augenblick, als ich das sage, springt der Hund auf mich zu und vor meinen Augen wird aus dem Minimäuschen eine kohlrabenschwarze Gestalt, die gleich unsere Höhle sprengen wird. Doch bevor die Höhle auseinanderbricht, springt der Hund auf das Wesen zu und beißt ihm in seine Kehle, sodass es mir bei dem Anblick übel wird. Sprachlos beobachte ich, wie das Ding in zig tausend dunkle Fetzen zerspringt und diese sich vor meinen Augen selbst entzünden. Ich kann mir nur herbeiwünschen, dass es unwiederbringlich tot ist.

Schnell laufe ich zu meinem Beschützer, der bei seinem Kampf laut aufgejault hatte. Ich vermute mal, dass er von dem Biest verletzt wurde. Allerdings knurrt er mich aufs Neue an und schnappt anschließend mit seiner Schnauze in die Luft. Aber warum er das macht, das kapiere ich nicht.

„Ich wollte dir nur helfen."

Trotzdem behält mich der Hund mit seinem wachsamen Blick im Auge und leckt sich den verletzten Hinterlauf ab. Als er schließlich fertig ist, stellt er sich auf und läuft humpelnd die Höhle ab bis er vor mir stehen bleibt und mit seiner rechten Vorderpfote auf dem Boden scharrt.

„Soll das heißen, ich soll dir folgen?", und er nickt mir bejahend zu. „Aber wo wollen wir denn hin? Hier gibt es keinen Ausgang", grüble ich laut nach, während mein Beschützer bereits den Raum entgegengesetzt abläuft.

Da macht es bei mir klick. Kurz entschlossen folge ich dem Hund und spüre den Wind auf meiner Haut, bis es immer stürmischer wird und ich mich außerhalb der Höhle wiederfinde.

Leise und wachsam laufe ich dem schwarzen Hund hinterher, weil der unterirdische Felstunnel senkrecht hinaufgeht und die Wurzeln mich manchmal fast zu Fall bringen. Ich habe das Gefühl, als würden wir hinaus ins Freie marschieren. Denn je weiter ich den steilen Erdtunnel hochlaufe, umso dicker und größer werden die durchwachsenen Wurzeln. Zum Glück bleibt der Hund zwischendurch mal stehen und schaut nach mir, sodass ich ihn etwas schüchtern anlächle.

Nachdem ich endlich am Tunnelausgang bin, stiere ich auf einen tristen und dunklen Wald mit einer blutroten Sonne über mir. Um mich herum stehen knorrige Bäume ohne Blätter und kein Geräusch ist zu hören. Nur die Luft ist heiß und stickig, obwohl es in der Nacht bis zu minus fünfzig Grad werden sollte. Als ich darüber nachdenke und brav hinter dem Tier herlaufe, bleibt er abrupt stehen. Wie versteinert sieht er auf einen schwarzen Felsen, der eine Runde Scheibe ist und in der Mitte eine Öffnung hat. Bei genauer Betrachtung kann ich trotz des dämmrigen Lichtes einiges mehr erkennen. Denn der Stein ist nicht nur dunkel, sondern es ist der gleiche Edelstein, der in allen Tempelanlagen steht und um ihn ist ein großes Pentagramm gezogen.

Mein tierischer Begleiter läuft direkt darauf zu und setzt sich in den durchscheinenden Gang. Etwas angeschlagen von dem Tag folge ich ihm. Dabei spüre ich meine schmerzenden Glieder und das ich durstig bin. Nun gut, von einem entspannten Urlaub in der Pampa ist ja eh nichts mehr geblieben sowie meine Freunde, die mit einem Mal alle weg sind. Bei dem Gedanken brennt sich ein tiefer Schmerz in mir ein, sodass ich tapfer meine Tränen weg blinzle und weiterlaufe.

Je näher ich der Felsöffnung komme, umso mehr vernehme ich einen leichten Windzug und ein Rascheln von Laub. Obwohl ich mich umsehe, kann ich keine Laubbäume ausmachen. Deshalb schaue ich in die Richtung zu meinem Begleiter, dem es zu folgen gilt, und staune nicht schlecht. Denn auf einmal erscheint eine weibliche und durchscheinende Gestalt in dem Felsen. Der schwarze Hund schreitet ohne Scheu auf sie zu und sie legt ihre Hand auf seinen Kopf. Diese Geste und das Vertrauen der beiden Wesen schnürt mir meine Kehle zu. Ich fühle ihre verlorene Liebe und wie sehr sie sich vermissen. Es ist das Gefühl einer unsterblichen Liebe, die selbst Raum und Zeit nicht überbrücken kann. Jeder ist in seiner Welt gefangen. Deshalb traue ich mich nicht, weiterzulaufen, weil ich ihre Zweisamkeit nicht stören will.

Ich höre ihr Flüstern und das verzweifelte Aufheulen des Hundes, dass ich denke, dass kein Mensch solch ein großes Leid verursachen kann.

„Oh, mein Geliebter, bitte vergiss mich nicht, denn ich liebe dich! Ich werde auf dich warten, bis endlich unsere Zeit gekommen ist." Sowie sie ihr letztes Wort ausspricht, wird sie durchsichtiger und löst sich in einem Nebel auf.

Sogleich knurrt und scharrt der Hund auf den Boden, wo eben noch das Mädchen in ihrem lichtvollen Umhang und einer Kapuze gestanden hat. Leider konnte ich ihr Gesicht nicht sehen, obwohl mir das Flüstern vertraut vorkam. Schade, dass der Hund nicht mit mir reden kann.

Als er sich dann beruhigt hat, legt er sich auf dieses Fleckchen Erde, wo das Mädel mit ihm stand und ich gehe zaghaft auf ihn zu. Weil er aber erneut zu knurren beginnt, setze ich mich im Schneidersitz vor ihn hin und stiere ihn nachdenklich an.

Jetzt sitze ich in einem riesigen Felsen, besser gesagt in dessen Öffnung und vor mir liegt ein Hund, der mich genau beobachtet. Außerdem ist alles finster und aufs Äußerste fremdartig für mich, sodass ich mir vorkomme, als hocke ich auf einem anderen Planeten. Außer einer Helligkeit, die langsam im Stein abnimmt und sich an die Schattenwelt anpasst, kann ich hier nichts entdecken.

„He, verstehst du mich?", und mein Beschützer nickt mir zu. „Echt, du verstehst mich?"

Überrascht schaue ich ihn an und dann tippe ich mir an meinen Kopf.

„Aber klar, du hast ja das Mädel auch verstanden." Dabei sieht er mich mit seinen großen hellblauen Augen an, die er zu einem Zwinkern nutzt. „Sorry!", und ich zucke meine Schultern. „Aber reden kannst du nicht?"

Daraufhin knurrt er mich an und ich hebe beschwichtigend die Hand. „Macht nichts, aber vielleicht kannst du mir ja helfen. Ich muss überleben, damit ich das Sternenthal von seinem Nebel des Vergessens befreien kann."

Überhastet springt er auf und nickt abermals mit dem Kopf.

„Okay, das ist eindeutig. Dann sage ich mal: Danke." Als ich abermals meine Hand nach ihm ausstrecken will, geht er einige Schritte zurück. „Okay, ich werde daran denken, dass ich dich nicht berühren darf."

Zwar reagiert er nicht, aber es ist für mich nicht tragisch. Weiß ich allzu gut, was er im Augenblick fühlt. Trauer und Einsamkeit. Jedoch ist das nicht alles, denn ich spüre seine unterdrückte Wut.

„Weißt du, wo meine Freunde sind?"

Aufrecht stehend nickt er mir zu.

„Kannst du mich dorthin bringen?"

Gerade als ich meine Frage ausgesprochen habe, fühle ich seinen intensiven Blick, den ich nicht brechen kann, und plötzlich passiert es, dass ich mich an einem Ort wiederfinde, wo ich rein logisch nicht sein kann.

Ich finde mich als eine Beobachterin beim Untergang von Birgitta ihrem Tempel ein und kann außer dem grellen weißen Licht nichts erkennen. Rasch checke ich, dass ich das Sternenthal aus dem Himmelszelt betrachte, wie all die Götter und Wesen von den Parallelwelten.

In der Tempelanlage stecken die Menschen in einem Bindungszauber fest und es riecht stark nach Angstschweiß. Das Dorf ist fast völlig zerstört und hoch zu Ross sitzen schwarze Krieger, deren Gesichter nach alter Tradition mit verschiedenen keltischen Symbolen bemalt sind. So kann ich nur ihre unheildrohenden Augen erkennen, die sich an dem Anblick der Schlacht weiden. Plötzlich lässt eine zornige Stimme meinen Blick zu dieser schweifen. Es ist Katharina in ihrem dunklen Kapuzenmantel und dem goldenen Kleid, die Birgitta ihren Bruder auf der Treppenstufe verachtend anschreit. Dabei schiebt sie ihre Kapuze herab, sodass sich ihr langes Haar furienhaft bewegt, als bestände es aus lebendigen Schlangen. Die Eventus und ihre Schwestern stehen direkt hinter den beiden Menschen, die sich fest an ihren Händen halten. Dabei dachte ich immer, dass die sechs zum Schutz aller in den Tempel geschickt wurden. Aber wahrscheinlich stimmen nicht zum ersten Mal einige Erzählungen nicht. Ehe ich weiter grübeln kann, werde ich, von Katharina ihrer Stimme ablenkt.

„*Einst kämpften wir gegen die Mächte der Himmelswelt und du warst ein gefürchteter Krieger, der Seinesgleichen suchte. Doch jetzt sieh dich mal an, was deine kleine Hexe aus dir gemacht hat! Du bist keinen Krieger mehr würdig*", und ihr verachtendes Lachen ist zu hören sowie ihre Verbitterung, das ihr es nicht gelungen ist, sein Herz für sich zu gewinnen.

„*Darum verfluche ich dich und deine Hexe, samt dieser Tempelstätte. Ihr beiden sollt am eigenen Leib erfahren, wie es sich anfühlt, wenn man vor Liebe, verzweifelt um den einen kämpft und ihn nicht erreicht.*

Die Eventus werden zusammen mit den drei Schwestern sowie Birgitta und Wotan erleben, was es heißt, sich dem alten Gesetz zu widersetzen.

All die Macht geht nach sechsunddreißig Sonnenfinsternissen dahin und die Schicksalsgöttinnen sind solange blind. Bis sich beide Welten letztmalig berühren und sich die Dunkelheit mit dem Licht duellieren. Dann wird die Entscheidung gefällt. Licht oder für immer Dunkelheit." Daraufhin geht sie näher an den Mann heran und streicht ihn über sein Gesicht, welches er nicht bewegen kann. Sie lacht ihn siegessicher an und hebt ihre Hand nach oben, sodass ein Gegröle von ihren Anhängern ertönt und ich meine, dass sie ihn jetzt enthaupten wird.

„*Und du bleibst für immer mein, weil du keine reine Seele aus dem Stamm der Inselinen finden wirst, die dich erlösen kann.*"

Abermals ist ein Johlen und Jubelgeschrei zu hören, dass ich ohnmächtig werde und mich beim Erwachen vor dem Hund wiederfinde. Oh man, war das vielleicht ein verrückter Traum, aber der Hund schüttelt seinen Kopf.

„Sag bloß, du kannst meine Gedanken lesen?" Ich denke, mich trifft der Schlag, als er wiederholt nickt. Langsam richte ich mich auf, weil ich ausgestreckt auf den Boden erwacht bin. „Ist das genauso passiert?"

Allerdings brauche ich ihn gar nicht ansehen, denn ich fühle die Wahrheit und höre ein erneutes Flüstern, welches mir in dem Moment irreal erscheint.

„*Auch wenn dir alles unwirklich erscheint, so sind das die Stimmen deiner Ahnen aus der Vergangenheit. Du musst nur ihren Stimmen folgen, um das Auge mit der Statue zu vereinen!*"

Da muss ich sofort wieder an meine Freunde denken. Sind sie etwa bereits versteinert oder Gefangene im Gefängnis der dunklen Macht? Verdammt, woher soll ich jetzt wissen, was ich machen soll! Was ist richtig?

„Hör auf dein Herz und ignoriere deinen Verstand!", flüstert mir die vertraute Stimme meines Windes zu, während mich der schwarze Hund intensiv beobachtet.

„Du sagst mein Herz? Momentan fühle ich mich verängstigt und traurig zugleich. Wie soll ich da auf mein Herz hören, wenn es voller Emotionen ist?", frage ich laut in die Runde. Aber weder mein Wind, noch der schwarze Hund gibt mir eine Antwort darauf. „Meinst du, du kannst mich zu meinen Freunden bringen?"

Als ich vor dem schwarzen Hund stehe, habe ich den Eindruck, dass er abwägt, was er tun soll. Immerhin ist er verletzt und bestimmt nicht einsatzfähig, wenn er mich noch einmal retten muss. Und weil ich keine Ahnung habe, wo ich gerade stecke, kann ich nicht einfach losmarschieren nur, um meine Freunde zu finden. Wer weiß, wo ich dann auf dieser Insel lande.

Während ich also Auf und Ab gehe, legt sich der Hund erneut hin und ich gehe in sicherem Abstand vor ihm in die Hocke. Plötzlich werde ich schwerelos und treibe wie ein Blatt im Wind nach oben, wobei alles um mich herum seine Form, Raum und Zeit verliert. Doch je länger ich Hinaufschwebe, umso dunkler wird es und mein Instinkt sagt mir, dass ich wie eine Motte in das Licht gezogen werde. Und tatsächlich entdecke ich einen hellen Punkt in der Dunkelheit und diesen steuere ich an. Als ich dann stoppe, versuche ich, die Balance zu behalten. Immerhin kann ich mich nirgendwo abstützen. Jetzt kann ich nur hoffen, dass ich mich nicht gleich auf einem Abgrund wiederfinde.

Nach und nach fällt die Dunkelheit von mir ab und ich befinde mich in unserem nächtlichen Schutzraum. Aber von einer herzlichen Begrüßung ist nichts zu erwarten, weil Samu und Jola kampfbereit vor mir stehen.

„Jola? Samu?", kann ich da nur panisch aufschreien, nicht das die beiden mich gleich platt machen.

„Wer bist du?" Angespannt und mit einem Stock in seiner linken Hand, sieht mich Samu wachsam an.

„Was? Was ist bloß passiert, dass ihr mich nicht erkennt?" Irgendetwas muss auf dem Plateau vorgefallen sein, das sie mich als Feind sehen. „Jola, erkennst du mich denn nicht?"

Skeptisch sieht sie mich an, als wolle sie mir noch nicht trauen.

„Aemilia ist seit drei Tagen verschwunden und plötzlich tauchst du hier auf. Wer sagt uns, dass es keine Falle ist?"

„Was? Jola, wie soll das denn gehen? Es war doch nur eine Nacht."

„Wie so etwas geht, das wissen wir nicht. Was wir aber sagen können, dass die Insel todbringend ist. Woher sollen wir jetzt wissen, dass du echt bist?"

„Weil nur eine weiße Hexe Zutritt in diesen Raum hat", erklärt ihm Jola und zeigt auf ihre Karte.

Ich habe vor lauter Aufregung gar nicht bemerkt, dass sie diese befragt hatte. Sofort stürmt Jola mir entgegen, sodass Samu sein Versuch sie aufzuhalten, scheitert. Sein Gesicht zeigt mir aber, das er mir gegenüber noch skeptisch ist und es nicht gutheißt, was Jola gerade macht.

„Jola, was ist passiert, als die dunklen Wesen uns gejagt haben? Was ist mit Mathis?"

Da nimmt sie mich fest in ihre Arme und drückt mich an sich.

„Ich dachte, ich hätte dich für immer verloren."

Wieder einmal muss ich stark sein und schlucke eilig meine Tränen runter.

„Setzt euch beide! In zwei Stunden geht die verdammte Tür auf und wir müssen gucken, dass uns die dunklen Wesen nicht erwischen."

„Wie meinst du das?"

„Sie wollen uns alle töten, bevor wir in ihre Festung kommen."

Erschrocken blicke ich Samu an.

„Okay, dann erzählt mir alles und dann sage ich euch, was ich erlebt habe!"

Im Handumdrehen setzen wir uns an den Tisch, auf dem eine Kerze brennt. Na, hoffentlich schaffen wir unsere Mission, bevor Katharina gewinnt.

„Als Annabella verschwand und die Gestalten auf uns zukamen, versuchten wir, schleunigst wegzukommen. Wir kämpften uns vor, während die dunklen Wesen unermüdlich ihre Feuerbälle auf uns herab schossen. Wie du selbst weißt, rannten wir über die Brücke und du bist gestolpert. Mathis griff zwar nach dir, jedoch hielt er nur dein Kletterzeug in seinen Händen, als du dich vor unseren Augen aufgelöst hattest. Dann warst du auf einmal spurlos verschwunden.

Zum Nachdenken hatten wir echt keine Zeit, weil die Viecher immer bestialischer wurden. Zu dem Zeitpunkt eröffneten die Jungs ihr magisches Feuer und holten den einen oder anderen Schatten vom Himmel. Leider kamen nur wir beide in diesem Raum an. Zum Glück hat uns der Edelstein meiner Eltern hereingelassen", beendet Jola ihre Zusammenfassung, die ihr sichtlich zusetzt.

„Aufgelöst?", hauche ich.

„Ja. Du warst Knall auf Fall weg und wir dachten, man hätte dich erwischt", mischt sich Samu ein und mustert mich durchdringend.

„Dann hat mich offenbar der schwarze Hund gerettet oder der Wind, der uns ständig begleitet", kann ich da nur vor mich hin flüstern. „Echt jetzt, alle tot?", und meine Tränen rollen mir die Wangen runter.

„Aemilia, wir wissen nur, dass wir seit drei Tagen versuchen zu überleben, weil wir null Ahnung haben, was mit den anderen passiert ist."

„Aber auch, weil Jola daran festgehalten hat, dass du lebst. Sie bestand darauf, das wir auf dich warten, um dich zu beschützen", höre ich Samu etwas unsicher sagen, als hätte er es nicht geglaubt.

„Echt?"

„Ja! Deshalb haben wir uns im Tunnel ruhig verhalten und meine Karte hat uns geholfen."

„Ja und jetzt?"

„Wir sollten versuchen, über das Flussbett zukommen und die Festung zu stürmen."

„Also, Samu, das ist jetzt nicht dein Ernst. Wie sollen wir drei das Bewältigen?", nervös blicke ich ihn an.

Na echt mal, ich soll mit den beiden dort einmarschieren und ihr den Krieg erklären? Das ist absolut unmöglich und gleicht einem Himmelfahrtskommando.

„Lasst es uns probieren! Vielleicht kommt uns unterwegs eine Idee. Raus müssen wir so oder so."

„Stimmt", höre ich Jola versichern.

„Lasst uns noch etwas trinken … und, Mila?"

„Ja", sehe ich unsicher Samu an.

„Deine Sachen sind komplett verloren gegangen."

„Na, dann will ich mir mal wünschen, dass wir nicht klettern müssen", spreche ich mir selbst Mut zu. Immerhin weiß ich jetzt eins. Heute ist der Tag, an dem ich mit Katharina zusammentreffe. „Hört mal ihr beiden, auch wenn sich Samu nicht daran erinnern kann, so kann ich mit Gewissheit sagen, wer für alles, nachdem achtzehnten Jahrhundert verantwortlich ist", beginne ich.

„Aemilia, ich will nicht wissen, woher du es hast, aber sag schon!", unterbricht mich Samu und ich erkenne, dass er eine Ahnung davon hat, dass ich ihm etwas verschwiegen habe.

„Es ist Katharina. Sie ist die Tempelpriesterin aus der Götterwelt und sie hat euch einen Vergessenheitszauber auf den Hals geschickt. Ich möchte, dass wenn ich warum auch immer in Not bin ..."

„Mila?", unterbricht mich Jola. „So darfst du nicht denken!"

„Bitte, lass mich ausreden!", und sie nickt mir zu. „Wenn sie mich in Gefahr bringt, tötet sie! Ohne sie gibt es keine Schatten mehr. Ob das Geisterdorf auferstehen kann, das kann ich nicht sagen. Aber zumindest sind wir die Dunkelheit los. Die schwarze Magie verliert ihre Anhänger und Kämpfer, weil Katharina die Verbindung zu allen ist. Sie ist alleine dafür verantwortlich, dass die Menschen sich nicht mehr vertrauen und stattdessen sich bekämpfen."

„Mila, du machst mir Angst."

Zuversichtlich sehe ich meine beste Freundin an, die immer für mich da ist und mir in vielem sehr ähnelt.

„Ich weiß, aber es kommt aus meinem Bauch und daher bin ich mir sicher, dass es lebenswichtig ist. Versprecht es mir!", bestehe ich darauf und beide nicken mich etwas zerknirscht an.

„Warum sagst du uns das erst jetzt?"

„Du wusstest bereits, dass ich es längst weiß?"

„Ja, weil deine Augen dich verraten haben", antwortet er mir sachlich.

„Frija sagte, ich solle es nicht sagen. Warum, das hat sie mir nicht erklärt", gebe ich ehrlich zu und bin total glücklich, dass mir der Ballast von einer Lüge abfällt.

„Dann konnte sie sich denken, dass unsere Leute von ihr in Gefangenschaft genommen werden."

Da begreife ich, dass wir somit eine Chance haben, sie zu besiegen, weil sie keine Ahnung hat, was wir über sie wissen. Deshalb durfte ich es meinen

Freunden nicht sagen, damit sie unter Katharina ihrer Folter nichts ausplaudern können.

„Wenn wir jetzt gleich rausgehen, dann haltet euch im Hintergrund. Mein Gefühl sagt mir, dass sie mich bereits erwartet."

„Ich weiß zwar nicht, ob meine ängstliche Mila hier spricht, aber ich gebe dir mein Wort, das ich es respektieren werde."

„Wir müssen", beendet Samu unser Gespräch am Tisch.

Augenblicklich öffnet sich die schwere Holztür und ich bin auf dem Weg in den Hamstertunnel.

„Wo lang?"

„Links und dann nur geradezu. Dann sehen wir weiter", antwortet mir Jola.

„Sagt dir deine Karte, welche Aufgabe auf uns wartet?", will jetzt Samu wissen, der zwischen uns beiden steht.

„Komischerweise, nein."

„Na, dann mal los Mädels, aber mit erhöhter Vorsicht!"

Wir laufen den Tunnel durch, während die Wände immer mehr Abbröckeln und nicht nur mir steigt der dunkle Staub in die Nase.

„Der Staub ist ja furchtbar", huste ich und die beiden nicken mir zu. „Wenn ich zurück in Wismar bin, werde ich für lange Zeit am Wasser sitzen und meine Lungen von diesem Dreck der Insel reinigen."

Es wäre wirklich schön, wenn ich endlich zurück bei meiner Oma und meinem Kater wäre. In einer normalen Welt, ohne zu wissen, was hier alles abgeht. Doch weil ich jetzt auf dieser Insel in einem staubigen Tunnelsystem stecke, kann ich nur hoffen, dass ich es überlebe und bald bei ihnen bin.

Plötzlich bleibt Jola mit einem Ruck stehen.

„Merkt ihr das?"

„Was meinst du?"

„Die Tunnelwände werden feuchter. Wenn wir Pech haben, versinken wir oder der Schlamm erschlägt uns", erklärt sie nicht nur mir.

„Steht denn nix davon in deiner Karte?"

„Nee", beantwortet sie nachdenklich Samu seine Frage.

„Kann es eine Sinnestäuschung sein?"

„Wäre möglich." Dabei sieht sie mich konzentriert an.

„Mädels, dann lasst uns dicht beieinanderbleiben!"

Mit Bedacht und wachsam marschieren wir weiter. Immerhin wissen wir nicht, was das zu bedeuten hat.

„Kannst du deine Helfer nicht mal fragen?", sieht mich Jola bittend an.

„Na ja, ich kann es mal versuchen."

Während wir weiter voran stiefeln, stelle ich meine Frage und bin überrascht, dass mir niemand antwortet.

„Ich kann leider keinen Kontakt herstellen."

„Dann müssen wir sehr nah an der Festung sein und uns auf das Flussbett zu bewegen. Vielleicht ist es deshalb so matschig", versucht Jola eine logische Erklärung zu finden.

„Kann gut sein", stimme ich ihr zu, als ich einige Pfützen an meinen Füßen entdecke.

„Nicht das wir noch rüberschwimmen müssen", sagt hinter mir Samu und ich muss kurz lächeln.

„Leute, seht ihr die Wassertropfen an der Decke, wie bei einer Tropfsteinhöhle?", höre ich Jola nervös ausrufen. „Und es wird kühler."

Wir drei schauen uns an und trotten angespannt weiter, als wir eine Stimme hören.

„Ich warte schon auf dich."

Für mich ist klar, wessen Stimme das ist.

„Katharina?"

Eilig gebe ich meinen Freunden per Hand ein Zeichen, sie mögen sich still verhalten. Vielleicht hat sie die zwei noch nicht bemerkt und sie können im Falle, dass ich versage, die Welt vor dieser Frau retten. Beide nicken mir zu und ich gehe auf das Spiel ein.

„Schön dass du mich erkennst", kommt ihre schrille und überhebliche Stimme bei mir an.

Na ja, diese Art bin ich seit unserer ersten Begegnung von ihr gewöhnt, als ich sie beim Bowling mit meiner Kugel fast erschlagen hatte. Schade, dass es mir nicht geglückt ist. Jetzt kann ich mir nur herbeisehnen, dass sie meine Gedanken nicht lesen kann.

„Was willst du?", gehe ich die Flucht nach vorn.

„Das du zu mir kommst!", lässt sie bestimmend verlauten, als dulde sie eh keine andere Antwort.

„Warum sollte ich?", lasse ich sie zappeln. Obwohl ich mich echt Frage, woher ich so mutig bin.

„Weil ich etwas habe, was du willst und du etwas, was ich will", ertönt es gelangweilt von ihr.

Je weiter ich mit ihr verhandle und den nassen Tunnel durchlaufe, desto eisiger wird es. Auf den Pfützen und den Tropfen von der Decke bilden sich Eiskristalle. Mir wird es kalt und ich habe das Gefühl, ich werde gleich schockgefrostet.

Meinem Instinkt folgend gehe ich an die Wand, die mittlerweile aus gefrorenen Eis besteht. Vorsichtig lege ich meine Hand drauf und wische das angelaufene Wasser weg.

„Nein!", kreische ich auf.

„Jetzt begreifst du, was ich meine", höre ich ihre Stimme, der einem Gelächter mit maßloser Arroganz folgt.

Hinter der Wand steht eingefroren und mit einem ängstlichen Gesicht Annabella. Schnell wische ich mit meinen bloßen Händen weiter und erblicke dort Rean sowie Robin und Alban. Ich bin geschockt. Sie sehen mich mit aufgerissenen Augen an und ihre Gesichter sind schmerzverzerrt.

„Oh, mein Gott!", entfährt es mir. „Warum bloß?"

„Du kannst so viel wischen, wie du willst. All deine Freunde stecken da drin", und abermals lacht sie sich in ihre Hysterie. „Das ist doch ein guter Einsatz für ein Spiel, findest du nicht?"

„Spiel?"

„Komm zu mir und wir spielen ein Spiel, in dem jeder das kriegt, was er will!"

„Ein Spiel indem beide gewinnen?" Verunsichert schaue ich Jola an und sie schüttelt energisch ihren Kopf. „Das glaube ich dir nicht!", antworte ich tapfer. „Es gibt immer einen Gewinner oder Verlierer."

„Mädchen, du hast keine Wahl!", donnert sie los. „Wenn du nicht kommst, werden deine Freunde qualvoll sterben, wie der Rest der Welt. Wenn du spielst, hast du zumindest eine Chance, zusammen mit ihnen zu verenden."

Da muss ich erst einmal schlucken, weil ich keine Wahl habe, sondern nur einen Versuch, das Ganze zu beenden.

„Okay, ich komme", antworte ich ihr mit fester Stimme.

Schnell drehe ich mich zu Jola um, die ebenso mit ihren Tränen kämpft wie ich und gebe ihr einen Luftkuss.

„Was muss ich tun?", rufe ich laut in den Tunnel hinein.

„Lauf einfach weiter, dann bist du bei mir. Ich erwarte dich!"

Nach einigen Metern ist mir klar, warum man damals diese Insel als Iceland bezeichnet hatte. Es ist eine Insel, die aus Eis und Schnee besteht, und um mich herum befinden sich Eisbrocken, sodass mein Weg zum Teil spiegelglatt ist. Als ich dann fast am Ausgang des Eistunnels bin, nehme ich ein flüchtiges Aufleuchten wahr. Nur sobald ich die erste Stufe zum Burgtor betrete, wird es schlagartig finster und das Eisentor beginnt sich zu öffnen.

Hastig atme ich durch und wünsche mir, dass alles gut wird. Sagt man denn nicht immer, alles wird gut, wenn man Prüfungsangst hat? Na ja, ich finde diese Angelegenheit weit bedenklicher, als eine Klausur zu schreiben.

Dann stehe ich im Burghof und die Fackeln flackern in regelmäßigen Abständen auf. Ich bemerke schnell, dass dort einige dunkle Gestalten in Kutten auf mich warten. Bloß ob die Männer echt sind oder nur irgendwelche Trugbilder kann ich nicht beurteilen. Dennoch schüchtern sie mich ein, vor allem als das Burgtor mit einem lauten Knall verriegelt wird. Eigentlich wollte ich nicht zurücksehen, aber ein Pferdegetrammpel lässt es mich tun.

Da sitzt Katharina hoch zu Ross, auf einem schwarzen Pferd und dessen Augen glühen feurig rot. Sie hat, wie gewohnt ihre Kapuzenkutte an und rutscht elegant von ihrem Pferd. Zwei Männer gehen auf sie zu, als der eine das Pferd übernimmt und mit ihm zu einem Unterstand läuft. Bis dahin hat sie noch nichts zu mir gesagt. Als sie dann auf den Burgeingang zuschreitet, stößt mich der andere Mann von hinten an. Na gut, was soll ich da schon machen, als ihm Folge zu leisten. Katharina spurtet selbstgefällig, die fünfzehn Stufen hoch als würde sie fliegen. Somit muss ich mich echt anstrengen, um mit ihr Schritt zu halten.

Im inneren der Festung verläuft ein schmaler Gang nach links und ein weiterer nach rechts ab. Für mich sieht es wie ein Flur aus, der aus dem schwarzen Lavagestein gehauen wurde und alle zwei Meter brennt eine Fackel an der Wand. Zielstrebig läuft Katharina durch den linken Gang und ich kann über ihre schwarze Reiterhose eine dunkelblaue Tunika, die ihr bis zu ihren Knien reicht erkennen. Darüber hat sie einen hellblauen Mantel, der mit einer goldenen Kordel am Hals locker festgebunden ist. Ihre schwarzen Haare sind offen und bei ihren stürmischen Laufschritten fliegen diese nur so in der Luft, wie ihre Bahnen von Stoff, was ihre Kleidung ausmacht. Sie strahlt eine absolute Härte und Überlegenheit aus, die ich nicht Besitze.

Etwas angespannt und mit klopfenden Herzen, eile ich die Steintreppen hinauf bis ich in einem quadratischen Raum mit zwei Fenstern ankomme. Bestimmt ist es einer der vier Räume, die als Aussichtsturm benutzt werden.

„Setz dich!", und sie zeigt auf einen rot gepolsterten Stuhl, der direkt vor einem Schreibtisch steht. Sie selbst geht zielstrebig auf ihren verschnörkelten Sessel zu und lässt sich mit einem lauten Seufzer darauf fallen. „Ich habe drei Aufgaben für dich und wenn du diese bewältigst, dann hast du deine Freunde zurück."

„Ich verstehe nicht?"

„Was verstehst du nicht daran?"

„Warum du mit mir Spielen willst?"

„Weil ich Spiele liebe, genauso wie die Götterwelt über uns." Aufmerksam beobachtet sie mich, als amüsiere sie sich köstlich.

„Stimmt, du willst es denen da oben zeigen, wie du mit uns Menschen spielen kannst?"

„Genau. Ihr seid doch nichts wert!", kommt es von ihr.

„Wie kommst du nur darauf?"

„Sieh dir die Leute an! Sie sind nur mit sich selbst beschäftigt."

„Aber ist es nicht daher, weil du die Erinnerungen der Menschen unterbindest? Weil du ihnen deine Ansichten vom Leben predigst und deine Art von Weltanschauung vorgibst? Und wenn sie dir nicht folgen, dann tötest du sie einfach."

„Wage es ja nicht, meine Ideologie, infrage zu stellen!", kreischt sie mich an und schlägt mit ihrer Hand auf den Schreibtisch, dass der Kerzenständer umgibt und der Typ hinter mir, sein Messer an meine Kehle hält.

Meine Güte! Vor lauter Aufregung setzt kurz mein Herzschlag aus und ich glaube, dass ich jetzt meinen letzten Atemzug inhaliert habe, als sie ihm ein Zeichen gibt, das zu unterlassen. Mit einer Handbewegung lässt sie den Kerzenständer auf ihren Tisch erscheinen und setzt ihr kaltes Gesicht auf.

„Und Mädchen, noch irgendwelche Fragen?"

Ich denke mir nur, dass sie zur Hölle fahren kann und meine innere Stimme sagt mir, dass sie bald dort ist.

„Wann geht es los?"

„Sofort!" Schon klatscht sie in ihre Hände und ich finde mich plötzlich an einem anderen Ort wieder.

Ich stehe etwas überrascht und wacklig von dem Ortswechsel, vor der Halbinsel auf dem sich der Blue-Moon Stein mit seinem Pentagramm befindet. Alles ist in einem dunkelroten Licht getaucht und die Fackeln der johlenden Menge leuchten mir meine Umgebung schemenhaft aus. Dennoch habe ich das Gefühl, das Katharina die Macht besitzt, dieses Fleckchen Erde zu ihren Gunsten zu manipulieren.

Was treibt diese Frau nur für ein makabres Spiel?

Vor dem Bannzeichen unserer Magie entdecke ich meine Freunde in einer runden Nebelsäule und gut sichtbar für mich. Außer Mathis, Jola und Samu kann ich sie alle in den Säulen erkennen. Hinter mir brüllen die dunklen Gestalten. Einige sind das Fußvolk und andere sitzen auf den schwarzen Pferden mit rot glühenden Augen sowie dampfenden Nüstern. Sie tragen kriegerische Waffen, wie Lanzen, Pfeil und Bogen. Und aus der Mitte dieser Formation stolziert jetzt Katharina heraus. Diesmal sogar in ihrem goldenen Kleid und einem schwarzen Umhang. Ihre Haare sind zu einer hohen Hochsteckfrisur geflochten. Fehlte nur noch eine Krone, da sie sich, als eine Königin fühlt.

„Du weißt, wo wir uns befinden?", herrscht sie mich laut an.

„Nein."

„Über diese Brücke kommst du zum ursprünglichen Tempel der Dorfgemeinschaft von Iceland", erklärt sie mir, als sie siegessicher vor mir hin und her stolziert, bevor sie weiterspricht. „Doch die Landungsbrücke gab es seit Anbeginn nicht, weil es eine Halbinsel war. Dann veränderte sich unsere Welt und mit ihr, das raue Meer und der Vulkan. Somit sank die Insel mit dem Tempel etwas in das Meer hinein und meine schob sich hinauf. Damit war die Tempelanlage nicht mehr zu Fuß erreichbar."

„Und?"

„Das Besondere an der Insel ist der Stein. Einst nahmen sich die Menschen, einige Splitter des Blue-Moon Steins aus ihrem alten Tempel mit, um diese in eine geweihte Schale zu legen. Als sie bei der Einweihung ihrer Gebetsstätte die Tempelstufen betraten, begann der Stein mit seinem Eigenleben."

„Eigenleben?"

„Unterbrich mich nicht ständig!", schreit sie mich an, bevor sie dann unberührt weitererzählt. „Plötzlich wuchs der Stein in die Höhe und verband sich mit allen anderen Tempeln. Nur zu dem Tempel der drei Seherinnen hatte er keinen Zugriff.

Als Leandros und ich den Krieg gegen deine Gemeinschaft begannen, nutzten wir die Verbindung von diesem Stein. Denn wir konnten durch seinen Zugang schnell und ohne Umwege direkt über die Dörfer mit ihren Tempeln einfallen. Als der Tempel der Eventus in ein Bannzauber steckte, war ab da unser Portal verriegelt. Was mich so was von wütend macht! Außerdem verwehrt mir der Bannkreis den Zutritt."

„Mm", kann ich da nur sagen, als sie mich aufkreischend mustert.

„Du musst verstehen, dass dieses Tor die beiden Welten miteinander verbindet! Die Himmelswelt und die ..." Nur kommt sie nicht weiter, denn das Aufschreien ihrer Krieger ist zu hören und Katharina beginnt wütende Befehle zu schreien.

„Erschießt ihn, sofort!"

Ich entdecke meinen schwarzen Hund vor der Felsöffnung mit einem Buch in seinem Maul.

„Neiiin!", begehre ich auf. Und als ich loslaufen will, kommt mir eine Stimme zuvor, die mir sagt, dass ich stehen bleiben soll. Somit habe ich keine Chance zu ihm zu rennen, weil ich mich nicht von der Stelle rühren kann. Stattdessen rufe ich, weiterhin verzweifelt das Wort: „Nein!"

Trotzdem wird er von einem Pfeil der dunklen Gestalten getroffen und ich schreie hysterisch auf. Oh, mein Gott, wie kann man nur so kaltblütig sein? Einer Ohnmacht nahe und wütend zugleich, brülle ich sie an.

„Warum soll ich mit dir spielen, wenn du alle tötest?"

Ungerührt und voller Verachtung richtet sie einen Arm auf die Säule von Annabella und aus dem Nebel wird Wasser. Dann lässt sie diese erwachen, nur damit sie panisch darum kämpft, nicht zu ertrinken. In der nächsten Säule wird aus dem Nebel ein loderndes Feuer und Aaron brüllt mit heftigen Schmerzen lautstark auf.

„Und?", lacht sie mich selbstgefällig an.

„Ich habe es verstanden. Lass es!", bitte ich sie verzweifelt und Katharina schüttet sich mit ihren Kriegern vor Lachen aus.

„So viel Mitgefühl hätte ich einem Menschen nicht zu getraut. Dann lasst uns die Spiele beginnen!" Als sie das sagt, erstarren meine Freunde in ihren Säulen. „Deine erste Aufgabe besteht darin, diesen unförmigen Stein, der nicht nur aus Sternenstaub ist, durch das Loch zu werfen."

„Ja, aber das können deine Krieger bestimmt besser als ich", begehre ich auf.

„Es kann nur das Mädchen, welches aus der Himmelswelt geschickt wurde", erklärt sie knapp und bestimmend.

„Ja, aber?"

„Frag nicht Mädchen, sondern fang an!"

Wiederholt höre ich ein Klatschen und Schlachtrufe hinter mir.

„Und es ist alles erlaubt, um das Ziel zu erreichen?", wiederhole ich die Frage in meinem Kopf, die nicht von mir ist.

„Solange du das Tor öffnest, ist es mir recht", gibt sie gelangweilt von sich.

„Ist das bei allen drei Aufgaben so?"

„So soll es sein!"

Ein rotes und kräftiges Aufleuchten ist urplötzlich über mir zu beobachten.

Wachsam laufe ich über die Holzbrücke und gehe ohne Zögern auf die Stufen zum Tempel zu. Als ich in das Pentagramm eintreten will, welches um die Tempelanlage aus Steinfindlingen angelegt wurde, klappt es eigenartigerweise nicht. Ich habe das Gefühl, als wolle es mich davon abhalten. Vermutlich hängt es mit dem Stein von ihr zusammen. Immerhin sagte Katharina, dass er nicht nur aus Sternenstaub besteht. Was ist, wenn an ihm schwarze Magie haftet? Dann ist es ja durchaus nachvollziehbar, dass mich der Bannkreis nicht eintreten lässt. Aber müsste durch meine empathische Veranlagung und die Gabe des Heilens, mein Körper die dunkle Macht nicht in sich aufnehmen?

Während ich gedankenversunken um das Pentagramm laufe, ist ein lautes Einatmen und Gemurmel von ihren Kriegern zu hören, was ich aber nicht deuten kann. Schließlich stehe ich hinter dem Tempel und außer Sichtweite von Katharina. Da erscheint mir auf einmal mein Amulett. Verwundert nehme ich es in meine Hand und es öffnet sich für mich. Die kleine Schlage taucht aus der Tiefe auf und schiebt mir die Schwanzfeder von Feh entgegen. Augenblicklich verstehe ich, was das zu bedeuten hat. Somit nehme ich die Feder und halte sie an den Stein, in Erwartung, dass sie sich miteinander verbinden. Und siehe da, es passiert mit einem kurzen Aufleuchten meiner violetten Farbe.

„Danke!", kann ich da nur ehrfürchtig murmeln.

Guten Mutes gehe ich zum Ausgangspunkt zurück und versuche, wie beim Dartspiel die exakte Position hinzubekommen. Zum Glück ist die Tempelanlage von Aurora sehr viel kleiner als die anderen, die ich bisher gesehen habe. Daher ist die Entfernung zu dem Stein nicht weit. Bevor mich aber Katharina stoppen kann, fliegt mein Stein, der in unterschiedlichen Farben funkelt, durch die Öffnung von dem Felsen und eine gewaltige Druckwelle von hellen und dunklen Farben lässt mich rückwärts auf meinen Popo fallen. Zumindest hätte man mich mal vorwarnen können.

Oder?

Wenn das so weitergeht, habe ich noch alle Knochen gebrochen, sooft wie ich stürze.

„Du hast das Tor für alle Parallelwelten geöffnet, aber auch für unsere Krieger der Lüfte und die Himmelgeistern“, haucht mir meine Stimme zu und ich denke, dass es für uns gut ist.

„Was hast du an den Stein geheftet?“, motzt mich Katharina an.

„Ich habe eine Daunenfeder benutzt“, mogle ich.

„Sicher?“, fragt sie mich scharf und dabei atmet sie sichtbar ihre angestaute Luft aus, als ich ihr zunicke. „Gut, gut. Dann zur nächsten Aufgabe!“ Schon zückt sie ihre Hände gen Himmel und alle ihre Anhänger brüllen wild durcheinander. „In diesem Pentagramm muss sich ein vertrockneter Fluss befinden. Den musst du ausfindig machen! Wenn du ihn gefunden hast, musst du nach einer rot leuchtenden Perle Ausschau halten. Sie glimmt sehr intensiv, wie die Augen meines Pferdes. Du hast mich verstanden?“

„Muss ich etwas über die Perle wissen?“, schinde ich Zeit.

„Nicht über die Perle, als über den Nebel, der sich ausbreiten wird, sobald das Bannzeichen erkennt, was du vor hast.“

Abermals lachen alle aus voller Kehle hinter mir.

„In dem Nebel erscheinen Gestalten, die dir nichts Gutes wollen. Sobald sie dich berühren, verbrennen ihre Hände deine Haut und böse Blasen werden dich langsam vergiften.“

Schlagartig erkenne ich, dass sie daran Spaß hat, mir Angst einzuflößen.

„Warum lässt du es mich dann machen?“

„Weil meine Schwester in diesen Bindungszauber steckt. Sie ist die Frau des mächtigen Gottes der Unterwelt.“

„Aber wenn ich es nicht schaffe?“, denn das erschloss sich mir noch nicht.

„Dann habe ich es zumindest probiert, meine Schwester Erinnyen, zu befreien", erklingt es fanatisch und alle brüllen ihr zustimmend und voller Zuversicht des Sieges zu.

„Aber wenn die Welt kaputt ist, was hast du damit erreicht? Wo willst du dann leben?"

„Mädchen, ich kann mir jeder Zeit in den vielen Parallelwelten eine neue Welt erschaffen. Das kannst du mir glauben. Und wenn du es nicht schaffst, so sehe ich Erinnyen eben etwas später wieder. Wäre nur schade, wenn sie nicht mit mir meinen Erfolg feiern könnte", erklingt es überzeugend von ihr.

„Kannst du dir sicher sein, dass du sie tatsächlich wieder siehst, wenn der Himmel auf die Welt fällt und uns alle vernichtet?"

„Weil sie wie ich eine Göttin ist und somit unsterblich!"

Abermals heben ihre Anhänger ihre Waffen gen Himmel und brüllen, was das Zeug hält. Ich drücke meinen Rücken durch und versuche nicht weiter nachzudenken. Denn egal was jetzt passiert, die gewinnt. Da bin ich mir absolut sicher! Auch wenn sie ihre Schwester nicht gleich sieht, so hat sie es geschafft, dass wir alle auf dieser Welt sterben.

Mutig trotte ich in den Bannkreis und zum Glück bekomme ich noch keinen Nebel oder irgendwelche Menschen zu Gesicht, die mich davon abhalten wollen. Vorsichtig laufe ich die Steine im Pentagramm ab und kann nix aufspüren, was ich als ein vertrocknetes Flussbett ausmachen könnte.

Plötzlich entdecke ich einen kleinen Trampelpfad. Vielleicht ist es der besagte Fluss gewesen. Denn wer sagt mir, wie groß oder klein ein Fluss sein muss. Es kann ja ein Bach gewesen sein. So folge ich diesem Pfad bis ich denke, ich hätte es rot aufleuchten sehen. Ich hocke mich hin und berühre den Fleck. Tatsächlich erscheint noch mal ein kurzes, rotes Aufleuchten und ich beginne vorsichtig zu wühlen. Und während ich mit meinen bloßen Händen grabe, bemerke ich den Nebel. Er schwabbert langsam über den Boden und wird immer dichter, dass es mir unmöglich macht überhaupt etwas zu sehen. Jetzt bin ich mir sicher, dass diese Wesen nicht mehr weit sind, denn der Nebel wird noch dichter und größer, sodass mein Herz schneller zu schlagen beginnt. Wenn das wirklich echte Geister sind, die mich durch ihre Berührungen verbrennen können, dann habe ich jetzt augenscheinlich ein Problem. Sobald ich die Umrisse von den Wesen entdecke, klopft mir mein Herz bis zum Hals. Jetzt sind sie nur noch eine Armlänge von mir entfernt.

Voller Panik stehe ich auf und will mich schon ergeben, als ich sie erkenne und mir ein Stein vom Herzen fällt.

„Hallo, Aemilia", begrüßt sie mich mit einem zaghaften Lächeln.

„Ich ...", kann ich nur sagen.

„Ich habe dir gesagt, dass wir dich beobachten und dir helfen werden, wenn du unsere Hilfe benötigst", und ihr strahlendes Gesicht, welches in dem Moment für mich noch engelhafter erscheint, lächelt mich an. Sie steckt, wie immer in ihrem hellblauen Kleid mit all den Himmelsmotiven drauf und ihre offenen Haare umrunden ihr helles Gesicht, welches mich aufmerksam mustert.

„Es tut mir leid Mitra, weil ich der schwarzen Magie helfe. Aber ich hoffe immer noch, dass ich einen Weg finde, um zu unseren Gunsten den Kampf zu entscheiden", erkläre ich ihr verzweifelt mein Vorhaben.

„Was musst du für Katharina tun?", möchte sie wissen, statt meine Ehrlichkeit infrage zu stellen.

„Ich soll eine Perle, die hier im Erdboden steckt, ausbuddeln. Obwohl ich weiß, dass es falsch ist", platzt es aus mir heraus.

„Wir und dein Amulett werden dir helfen", spricht sie leise und leuchtet in ihrem himmelblauen Kleid auf, während sie ihre beiden Hände gen Himmel hebt.

„Wie kann ich dir nur danken?"

„Indem du uns befreist."

Überwältigt kann ich ihr, nur mit belegter Stimme zunicken.

„Du stehst an diesem Fleckchen Erde richtig und die Perle mit ihrem Bannspruch sitzt sehr tief, sodass du Monate brauchst, um diese herauszuholen."

Während sie es mir erklärt, bin ich mehr als enttäuscht. Sollte etwa alles umsonst gewesen sein? Nicht nur meine Schmerzen, sondern auch die meiner Freunde? Vor meinem geistigen Auge sehe ich den schwarzen Hund, der mir Tage zuvor mein kurzes Leben gerettet hatte. Ich fühle seine Empfindungen, seine Trauer und seinen Verlust in mir, dass mir die Tränen in die Augen schießen, nur um von meiner Wange auf den Boden zu tropfen. Der Schmerzschrei von dem Hund, die Angst meiner Freunde in den Säulen und all das was ich die letzten Tage erlebt habe, schnürt mir meine Kehle zu. Ich könnte nur weinen, wie an dem Tag, als mir Jola fast für immer genommen wurde.

„Sieh, Aemilia!", wispert Mitra.

Ich blicke an mir herab und kann eine kleine Pfütze entdecken. Hilfesuchend schaue ich zu Mitra auf. Diese deutet mit ihrer erleuchteten Hand auf mein Amulett und es beginnt sich zu öffnen. Daraufhin sieht die Schlange mich an und eine Blüte erscheint an der Wasseroberfläche.

„Was ist das?" Voller Respekt schaue ich zu Mitra auf.

„Eine Lotusblume, die besondere Fähigkeiten hat. Eine davon ist, das sie sehr lange Wurzeln hat. Die hier, kann mit ihrem Wurzelgeflecht Dinge aus den Tiefen der Dunkelheit heraufbeschwören und zeitgleich die Tore aller Wassergeister öffnen."

Zwar verstehe ich nicht wirklich, was sie meint, dennoch vertraue ich ihr und dem Amulett. Behutsam nehme ich die Lotusblume und lege sie in die Wasserpfütze, die ich hinterlassen habe. Als ich mir die größer werdende Pfütze ansehe, bin ich davon überzeugt, dass ich nicht alleine dafür verantwortlich bin. Bestimmt ist es ein magischer Fluss, der sich rasch vergrößert.

„Aber ich kann ihr doch jetzt nicht die Perle geben?" Äußere ich meine Bedenken, als mir Mitra, die nun durchsichtig wird, diese in ihrer Hand zeigt.

„Keine Angst, wir tauschen sie aus."

„Wirklich? Was sollen wir mit der machen?", denn ich will das Ding nicht bei mir wissen.

„Aemilia, bis alles vorbei ist, bewahre ich sie auf."

Und mit einem Mal leuchten all die Wesen um mich herum auf.

„Okay, dann nehme ich jetzt was mit?"

„Diese Perle ist das reine Licht. Wenn Katharina bei ihrer Zeremonie diese zum Leben erweckt, holt sie uns direkt zu sich und wir werden ihre Anhänger auf den rechten Weg schicken." Dabei lässt sie die ausgetauschte Perle aus ihrer Hand in die meine rollen.

„Danke!", kann ich nur immer wieder sagen.

„Jetzt geh und sag ihr, dass wir dir nichts antun konnten, weil du geschützt bist! Mehr muss sie nicht wissen."

„Am liebsten würde ich dich umarmen", kommt es impulsiv aus mir heraus.

„Ich dich auch. Aber bei der kleinsten Berührung nehme ich dich mit zu mir und eine meiner Seelen geht an deiner Stelle zu ihr. Das ist zu diesem Zeitpunkt keine gute Idee", zwinkert sie mir lächelnd zu.

„Ich verstehe", sage ich verbeugend vor ihr.

„Friede", wispert sie und verschwindet mit dem Nebel vor mir.

Erschöpft und glücklich betrachte ich die Perle in meiner Hand, während der schwarze Hund immer noch vor dem Blue-Moon Stein liegt. Das Buch, welches er zuvor in seinem Maul trug, liegt aufgeblättert neben ihn. Als ich einem Impuls folgen will, hält mich eine unsichtbare Hand fest, damit ich ihn nicht berühre.

„Wie ich sehen kann, hast du diese Aufgabe gemeistert", ruft sie mir entgegen, als ich aus dem Kreis trete.

Offenbar können sie und ihre Gefährten ihn noch nicht betreten.

„Ja", gebe ich erschöpft von mir.

„Trink das!", kreischt sie ihren knappen Befehl.

„Was ist das?" Vorsichtig schnuppere ich daran und kann nichts Ungewöhnliches riechen. Selbst mein Amulett bleibt friedlich unter meinen Pulli.

„Wasser. Jetzt gib mir endlich die Perle!"

Was ich natürlich ohne Widerrede tue.

„Jetzt, da wir das Tor geöffnet und ich diese Perle haben, will ich ein Ritual mit dir durchführen." Augenblicklich werde ich mit einem festen Handgriff von ihr mitgeschliffen. „Weil ich noch immer nicht in den Kreis komme, werden wir es an der Stelle tun, als sich einst eine Hexe das Leben nahm."

Katharina zerrt mich links neben die Brücke und wir stehen dem Blue-Moon Stein gegenüber. Nur das Wasser, welches immer noch erstarrt ist, trennt die beiden Insel voneinander. Auf dem Lavastrand hat sie einen Altar aufgebaut und ein blutrotes Tuch darübergelegt. Schwarze Fackeln leuchten den Altar aus, auf dem ich einen goldenen Kelch und einen Dolch erkenne. Viele ihrer Anhänger folgen uns und entzünden weitere Fackeln, sodass ich meine Umgebung besser betrachten kann.

Ungefähr einen Meter von mir entfernt steht ein schwach erleuchtetes Gestell. Es ist das Zeichen der schwarzen Magie, welches eine Größe von drei Metern hat. Neben und hinter dem Gebilde stecken nachtschwarze Fackeln, die schwach brennen. Da ich durch die Dunkelheit nichts erkennen kann, drehe ich mich zu dem Altar um.

„Weil du dich mit unserer schwarzen Magie nicht auskennst, kann ich dir eins sagen. Um Leben zu geben, muss es geopfert werden." Sie legt die Perle in eine goldene Schale.

Doch bei ihrer Aussage wird es mir schlecht. In meiner Hexengemeinschaft werden nie Opferrituale mit einem Menschen oder Tier durchgeführt. Wir müssen keine Götter gnädig stimmen.

„Willst du mich etwa opfern?", entfährt es mir.

„Wenn die erste Wahl nicht klappt, dann schon."

„Erste Wahl?"

Ich glaube, dass ich gleich umkippe.

Schon ergreift sie meinen rechten Arm und zerrt mich mit sich. Die fünf Fackeln am Altar brennen abrupt lichterloh auf und je näher ich dem großen Gestell komme, umso mehr spanne ich mich innerlich an. Denn sobald ich mit Katharina davor stehen bleibe, lodern die Fackeln nochmals kräftig auf und ich erkenne ihn.

„Was tust du nur?", schreie ich sie an. Bloß als ich eilends zu ihm laufen will, werde ich von einen ihrer Männer am Arm festgehalten.

„Ach, ist es nicht immer wieder schön, was Gefühlsduselei alles mit den Menschen macht?", und ihr hysterisches Lachen übertönt alle Geräusche. „Ich brauche ihn, um Erinnyen zu erlösen", erklärt sie mir gefühlskalt.

„Nimm mich und lass ihn gehen!"

„Ich brauche göttliches Blut und keine sterbliche Hexe", zischt sie mich an und zieht mit dem Dolch an Mathis seiner nackten Brust kleine Ritze.

Aber er rührt sich nicht. Bestimmt hat sie ihn gefoltert. Immerhin entdecke ich viele Schrammen, blaue Flecken und offene Wunden an ihm.

„Ich dachte, er ist ein Wiedergeborener und kein Gott."

„Hat er das gesagt?" Gereizt lässt sie von ihm ab und schreitet direkt auf mich zu. Ihr Gesicht ist, wie immer einer starren Statur ähnlich und ihre wachsamen Augen durchbohren mich.

Ich kann ihre Überheblichkeit darin erkennen und das sie mehr als siegessicher ist.

„Ja", antworte ich voller Überzeugung. Zwar weiß ich, das Mathis und ich nie so richtig darüber gesprochen haben. Dennoch erlaubt es Katharina nicht, ihn für ihr Ritual zu missbrauchen! Ob er jetzt göttlich ist oder nicht.

„Weißt du, was ich nicht verstehe?", fragt sie mich mit einem aufmerksamen Gesichtsausdruck, während sie mich mit kleinen Schritten umkreist. „Warum ich deine Gedanken nicht lesen kann und du ohne Verbrennungen aus dem Nebel gekommen bist?"

Na gut, was soll ich darauf antworten? Die Wahrheit oder einfach auf doof machen? Immerhin macht mich ihr Unterton nervös.

„Keine Ahnung."

„Auch erinnerst du mich an jemanden, aber es fällt mir nicht ein."

Rasch atme ich kurz durch, bevor sie sich erneut an mich wendet.

„Das passiert eben, wenn man unsterblich ist."

Doch ich bin mir sicher, dass es mit den Geschenken der drei Seherinnen zu tun hat.

„Lasst uns nun beginnen! Bring den Kelch zu mir!", befiehlt sie mir mit erhobenen Händen gen Himmel.

„Was?"

Ich kann doch nicht Mathis sein Blut auffangen? Noch nicht mal mein Amulett gibt mir ein Zeichen, was ich tun kann. Klar ist mir bewusst, dass wir nicht ihre Schwester erwecken, sondern unsere Mitstreiter. Aber kann ich dann überhaupt Mathis retten? Müsste mir als kleine Hexe nicht irgendetwas einfallen, um den Spuk zu beenden?

Bloß fällt mir einfach keine Lösung ein.

Als ich vor Mathis ankomme und seinen geschunden Körper sehe, kann ich mich nicht mehr auf meinen Beinen halten und sacke in mich zusammen.

Und auf einmal ist mein Geist frei, weil ich um mich herum nichts wahrnehme, außer der dunklen Nacht.

Kapitel 13

Du und ich, wir sind eins. Ich kann dir nicht wehtun, ohne mich selbst zu verletzen!
Mahatma Gandhi, 1869- 1948

Während ich meine Augen aufschlage, entdecke ich eine große Esche über mir. Ihre Blätter rascheln und alles klingt so friedlich, das ich mich nicht rühren will. Ich spüre den Wind auf meiner Haut und kann die frische Luft tief einatmen. Selbst Vogelgezwitscher ist zu hören, dass ich abermals tief durchatme. Ich nehme die vielen bunten Farben um mich bewusst wahr und bin überrascht darüber, was passiert ist.

Bin ich etwa tot?

Zumindest liege ich auf meinem Rücken im Gras und erblicke nicht nur eine tief hängende Esche über mir, sondern echte Wolken darüber, die hervor blitzen, sobald die grünen Blätter im Wind auseinanderwehen. Doch ist es real, was ich erlebe? Leise rapple ich mich auf und schaue mir diese kleine Idylle etwas genauer an.

Ich befinde mich auf einer grünen Insel unter einem majestätischen Baum und höre sogar das Plätschern eines Baches. Auch muss es am Morgen sein, weil in diesen Minuten die Sonne am Himmelszelt auf geht und das Gras noch feucht vom Tau ist. Ich überfliege die Blumenwiese und entdecke viele bunte Schmetterlinge, Hummeln, Bienen und Wespen die sich darauf tummeln. Schließlich formt sich aus der Wiese ein herzförmiger See mit einem Steg, der bis in die Mitte dieses Sees reicht. In dem Moment werden alle Wesen bunter und irisierender, dass ich mir vorstellen kann, dass ich bestimmt nicht mehr bei klaren Verstand bin. Habe ich noch mal einen harten Schlag auf meinen Kopf bekommen oder was passiert grade mit mir?

So nehme ich, wie in den letzten Tagen all meinen Mut zusammen und laufe auf den Steg zu. Eigenartigerweise wird es ein steiler Anstieg und meine Schritte hinterlassen bunte Farben, die gen Himmel fliegen. Vorsichtig drehe ich mich um, aber ich spüre keine Gefahr. Als ich kurz vor dem See bin, kann ich ihn davor sitzen sehen und ich habe das Gefühl, das er bereits auf mich wartet. Sollte ich es tatsächlich geschafft haben oder nur in Gefahr sein?

Da lächelt er mich freundlich aus seinem runden Gesicht an. Es ist ein alter Mann mit vielen Falten im Gesicht. Sein Körper steckt in einem orangenen Umhang und seine sind Haare geschoren.

„Setz dich zu mir!"

„Du bist unser allwissender Priester, stimmt's?"

Aufmerksam sieht er mich an.

„Sagen wir so. Ich weiß einiges über unser Universum."

„Ah." Was soll ich da schon sagen? Bald kapiere nichts mehr, außer das alle Menschen die ich liebe sterben und ich bin schuld.

„Ich weiß, dass du dich durch deine Selbstzweifel blockierst", lächelt er mich weiterhin freundlich an.

„Ich mache was?"

„Deine Angst andere durch deine Entscheidung zu verletzen, lässt dich erstarren und somit einen anderen Weg einschlagen, der das Leid nur unnötig verlängert."

„Es tut mir leid, aber ich verstehe dich nicht?"

„Aemilia, du bist auf die irdische Welt gekommen, damit du der dunklen Macht endlich Einhalt gebietest. Du trägst den Schlüssel in dir, um uns zu einem Neubeginn zu verhelfen. Wenn du Iceland aus den Fängen von Andastra befreist, dann bekommen alle Menschen ihre Erinnerungen zurück. Auch die Magie, die in jedem einzelnen von ihnen schlummert."

„Andastra?", wiederhole ich unklar den Namen.

„In deinem Leben nennt sie sich Katharina."

„Andastra."

„Das ist die Siegesgöttin, die ihre Schwester Erinnyen zurückholen will."

„Ist es das, was sie will und nicht die enttäuschte Liebe zu Leandros? Sind wir alle unter falscher Voraussetzung in den Krieg geschickt worden? Aber warum?"

„Aemilia, wenn du dich zurückerinnerst, dann sagten dir nicht nur die Schwestern im Sternenthal, dass ihnen gewisse Gedächtnislücken verpasst wurden, oder?"

Ich nicke ihm nur zu.

„Und wenn du dich nicht mehr an alles erinnern kannst, was passiert dann?", fragt er mich andächtig.

„Wenn ich mich an etwas nicht erinnern kann, dann schweige ich lieber, als das ich was Falsches erzähle."

„Und wie entsteht dann eine Falscherzählung?"

„Mm, ich denke weil man sich das ein oder andere Selber zusammenreimt und es dann als die Wahrheit ausgibt."

„Genau. Das erlebst du in deinem irdischen Leben. Du wirst jeden Tag von deinem Umfeld beeinflusst, sodass du täglich deine Entscheidungen treffen und dein Leben nach deiner Auffassung leben musst."

„Ehm. Was bedeutet das jetzt für mich und meine Freunde? Werden all die unschuldigen Seelen sterben, weil die schwarze Magie die Herrschaft über diese Welt übernehmen will?"

„Aemilia, hast du eine Ahnung darüber, was unsere Magie im Menschen ausmacht?", sieht er mich mit einem wissenden Blick an.

„Ich ...? Nicht so recht ...", stottere ich.

„Unsere Magie, die im Glauben an das Gute leben kann, spiegelt sich im Herzen wieder. Die Liebe, das Mitgefühl, der Respekt anderer Wesen gegenüber sowie die eigenen Handlungen und Ausführungen, dienen zum Wohle aller. Aus diesem Grund arbeiten wir tagtäglich daran, dass wir alle friedlich miteinander leben. Da ist es völlig egal, welcher Geist oder welche Göttin uns am nächsten ist. Das ist unsere Magie."

„Heißt das, dass in unserem Herzen unsere Magie steckt?", bemühe ich mich, sein Gesagtes zusammenzufassen.

„So ist es."

„Ich weiß aber, dass die Liebe einen auch in Angst versetzen kann", gebe ich meine Gedanken frei.

„Das stimmt und das ist deine Schwäche."

„Bitte? Was soll denn das nun wieder heißen?"

„Aemilia, du bist unvoreingenommen und leidest jedes Mal Qualen, wenn ein Wesen ungerecht behandelt oder sogar gequält wird."

„Mm."

„Du tust dich schwer in den Krieg zu ziehen und die Hilfe anderer anzunehmen, nur weil du ihre Schmerzen und die Verluste nicht ertragen kannst. Dein Mitgefühl fremden Lebewesen gegenüber lassen dich nicht zu diesem Mädchen werden, weshalb du auf die Erde geschickt wurdest", und sein rundes und freundliches Gesicht sieht mich auffordernd an.

„Was soll ich tun?", möchte ich, leicht erschöpft von ihm wissen.

„Du musst verstehen, dass der Tod und das Leben beide eine Gleichberechtigung haben, wie das Licht und die Dunkelheit! Du musst akzeptieren, dass die Wesen, die dir ihre Hilfe angeboten haben, es aus freien Stücken getan haben! Du musst es hinnehmen, dass auch gute Seelen schneller diese Welt verlassen als andere! Wenn du die Dunkelheit vertrieben hast, dann können diese Seelen problemlos über die Regenbogenbrücke in das Himmelszelt aufsteigen und wenn sie möchten, ebenso wiedergeboren werden."

Erneut kehrt eine nachdenkliche Stille ein.

„All die irdischen Wesen wollen im Kreislauf des Lebens unterwegs sein und da gehört alles zusammen. Wir erhoffen durch dich, dass diese Reise des Lebens wieder in ihren Rhythmus zurückfindet. Denn das streben wir an."

„Aber?"

„Aemilia, es wird immer Kämpfe zwischen den beiden Mächten geben. Genauso den Tages- und Nachtwechsel. Das ist völlig in Ordnung, aber es darf nicht sein, dass eine Macht alles beherrschen will, nur um sich zu beweisen! Oder schlimmer noch, um sich damit zu brüsten, die einzige Macht auf Erden zu sein."

„Ich weiß, dass alle Wesen um uns herum ihre Daseinsberechtigungen haben und dass wir Menschen letztendlich alle miteinander verbunden sind." Dabei nickt er mir anerkennend zu. „Wenn ich gleich bei Katharina oder besser gesagt bei Andastra wach werde, was soll ich tun?", flüstere ich mit fast tonloser Stimme. Denn mal ganz ehrlich, ich will eigentlich gar nicht aufwachen.

„Mach das Ritual, aber Bitte um die Unterstützung von den zwei Mädels, die in ihrer Gewalt sind!" Eindringlich sieht er mich an. „Erkläre ihr, dass nur ihr drei die Macht habt, das auszuführen was sie von dir verlangt! Immerhin bist du für Andastra nur eine sehr kleine Hexe", zwinkert er mir zu.

„Aber warum die beiden Mädels? Ich würde sie nur unnötig in Gefahr bringen."

„Weil die zwei mit Jola und all deinen Freuden die gebundenen Seelen aus Andastra ihrem Bindungszauber befreien können, wenn die Zeit naht."

Ich atme tief durch und bin zuversichtlich, dass ich alle Infos bei mir behalte, wenn ich später wieder aufwache.

„Komm, ich zeige dir etwas!" Schon erhebt er sich und ich folge ihm auf den Steg. Als wir fast in der Mitte des Herzsees stehen, sieht er mich bittend an, als er auf den See zeigt. „Wenn du nicht willst, dass unsere Welt stirbt, dann hilf uns!"

Dort erscheint unsere Weltkugel und ich kann erkennen, dass es auf allen Kontinenten lichterloh brennt. Es brodeln rote Flammen, als würden überall zeitgleich Vulkane ausbrechen. Die Vulkane werfen ihre Glut in den Himmel, nur um als Asche auf die Erde herabzufallen. Ich höre die Schreie und fühle die Furcht der Menschen und die Panik der Tiere.

„Das was du hier siehst und fühlst, passiert in diesen Minuten auf dieser Welt. Das sind die letzten Stunden, bevor der Himmel auf den Planeten stürzt", höre ich seine angstvolle Stimme erklingen.

„Ich werde alles geben", erwidere ich aus dem Impuls heraus.

„Wenn du es nicht schaffst, wird es diese Welt nicht mehr geben. Alle Seelen werden unwiederbringlich verloren sein."

Ich verstehe, was er mir damit sagen möchte. Eilig wische ich mir die Tränen aus meinen Augen und versuche stark zu sein. Ich blicke von dem See mit seinen Bildern auf und schaue in einen wolkenverhangenen Himmel. Dort kommen wie aus dem Nichts viele bunte Vögel und landen im See, in dem kunterbunte Fische mit Flügeln auftauchen. Als sogar die zwei Schlangen erscheinen, fasse ich neue Hoffnung. Beide sehen mich an, bevor sie sich ineinander verschlingen und in der Tiefe des Sees abtauchen.

„Einst sagte der deutsche Lyriker Bertold Brecht: Wer kämpft, kann verlieren, wer nicht kämpft, hat schon verloren!"

„Wie kann ich sie bezwingen?" Immerhin hat der Priester recht. Manchmal muss man sich wehren, um in Frieden zu leben.

„Sie ist an ihren göttlichen Namen gebunden und wenn du das Ritual mit den guten Seelen der Himmelsgöttin machst, dann wirst du sie binden. Alles andere kommt von alleine."

„Dann schick mich zurück und ich werde sehen, was ich tun kann!" Entschlossen blicke ich ihn an, worauf er sich tief vor mir verneigt. Von seiner Art völlig überrascht ergreife ich seine Arme und ziehe ihn zu mir rauf. „Wir wollen beide letztendlich das Gleiche. Deshalb lass uns, bitte, in Augenhöhe verabschieden, obwohl ich es natürlich respektiere."

Überrascht sieht er mich an und dann gibt er sich einen Ruck und wir umarmen uns.

„Friede", höre ich uns noch sagen, als ich merke, wie alles vor meinen Augen verschwindet.

Absolut unsanft werde ich zu den Lebenden zurückgeholt und ich befinde mich halb vom Wasser ertränkt auf dem Lavasand wieder. Über mir steht eine dunkle Gestalt, die meinen Kopf ins kalte Wasser drückt. Pustend und hustend werde ich wach. Will der mich etwa in dem Wassertrog ertränken?

„Hallo?", kann ich nur herausbringen, als ich mich aufrichte.

„Schön, dass du zurück bist", ertönt die Stimme, die sichtlich ihren Spaß an dieser Szene hat.

„Wolltest du mich umbringen?", bin ich mutig und empört zugleich. Die hat ja vielleicht Nerven. Klitschnass stehe ich jetzt in meinen Klamotten vor ihr und bitterkalt ist es auch noch. Warum sind mir Jola und Samu nicht zur Hilfe geeilt?

„Wenn du endlich munter bist, können wir loslegen."

Ich könnte schreien. Verdammt aber auch, wie soll ich mein blödes Herz nur ausschalten?

„Mm, bevor du dein Ritual ausführst, sollte ich dir vielleicht etwas sagen."

Urplötzlich bleibt sie mitten in ihrem Sturmschritt stehen.

„Was?", zischt sie mich ungehalten an.

„Da ich nur eine kleine Hexe bin, wird es für dein Ritual nicht ausreichen", gehe ich die Sache an.

„Was soll das heißen?", kreischt sie mich wütend und skeptisch an.

„Ich bin nicht so mächtig, wie du dir das denkst. Ich brauche die zwei Schwestern dazu."

Augenblicklich halten alle in meiner Umgebung die Luft an. Kein Schlachtruf oder Jubelgeschrei ist mehr zu hören.

„Mädchen, du verlangst eine Menge von mir", sieht sie mich überlegend an.

„Aber ich bin eine kleine Kräuterhexe", begehre ich auf.

„Nun gut, aber wage es ja nicht mich zu reizen! Das tut nicht nur dir, nicht gut", kommt ihr gefährlicher Unterton bei mir an.

Gemeinsam mit ihren Bodyguards laufen wir den Weg zu dem Altar und als ich dort ankomme, stehen Isabella und Annabella mit goldenen Handfesseln vor mir. Fix probiere ich ein aufmunterndes Gesicht aufzusetzen, damit die beiden sich entspannen. Aber sie blicken nur starr geradeaus.

„Wenn sie in einem Unbeweglichkeitszauber oder sonstigen Zauber von dir stecken, kann ich dir nicht helfen!" Alle meine sieben Sinne ignorierend.

„Ich warne dich!", fährt sie mich an und mit ihrer Handbewegung sind die zwei frei.

„Annabella? Isabella? Alles gut?"

Beide schauen sich vor dem Altar angstvoll um.

„Ihr müsst mich mit einem Wiederbelebungszauber unterstützen." Ich hoffe, dass sie zwischen den Zeilen lesen können.

„Was?", erklingt es von Isabella und ihre Schwester sieht mich zähneklappernd an.

„Wir müssen bei einer schwarzen Zeremonie helfen, um die Schwester von Katharina aus ihrer Verbannung zu holen", erkläre ich ihnen.

„Redet nicht so viel, sondern tut einfach nur, was ich euch sage!", motzt Katharina und ihre Männer jubeln ihr zu. „Mädchen, nimm jetzt endlich den Kelch in deine Hand und folg mir mit den beiden Hexen!"

Erneut wird es mir schlecht. Wie soll ich das durchstehen, wenn ich Mathis verletze und er stirbt? Da kommt mir der Priester in den Sinn. Ich soll jetzt mein Mitgefühl mal eben zur Seite stellen. Aber kann ich das, wenn ich die letzten achtzehn Jahre so gelebt habe? Kann ich plötzlich meine Gefühle und meine Denkweise komplett auf den Kopf stellen? Ist es vorherbestimmt, dass Mathis stirbt, um die Welt zu erlösen? Aber was hat es dann mit unserer Liebe und unseren Fäden zu tun? Meinte Birgitta deshalb, dass die Liebe zwischen uns ein Tabu ist, weil wir uns nur gegenseitig gefährden? Hat man unsere Aufgabe tatsächlich schon vorausgesehen?

Je näher ich zu ihm komme, umso schwerer wird mir mein Herz, nur das Gesicht von Katharina wird breiter.

„Weißt du was jetzt passiert, wenn ich sein Blut habe?"

Doch ich kann ihr vor lauter Abscheu nicht darauf antworten.

„Mathis ist kein einfacher Urzauberer oder Beobachter, sondern er ist der Sohn einer sehr alten, erhabenen Familie, die ihren Sitz in der Götterwelt hat. Die würden eh nie einer Verbindung zu einer Sterblichen dulden. Sei froh, dass ich dich von ihm und seines Gleichen erlöse.

Egal was er dir erzählt hat, sein ursprüngliches Blut fließt durch seine Adern und daran wird sich nichts ändern. Und die Geschichte mit den vielen Wiedergeburten stimmt nicht. Mir kann man nix erzählen, denn ich weiß es besser", brüllt sie mir hysterisch und siegessicher entgegen.

„Das kapiere ich nicht."

„Mathis ist wie ich als Gestaltenwandler unterwegs. Er kann wie ich Zaubersprüche anwenden, damit seine Umwelt denkt, dass es so ist, wie es in dem Moment erscheint", raunt sie mir zynisch zu.

„Bitte?" Völlig baff von ihrer Aussage erkenne ich auch, wie bleich die beiden Schwestern bei dieser Info geworden sind.

„Mathis wurde noch niemals in seinem bisherigen Leben wiedergeboren." Plötzlich fühle ich, wie er gegen seine Müdigkeit ankämpft.

„Wirklich?", gehe ich auf ihre Äußerung ein und bete, dass ich es mit ihm überstehe.

Daraufhin beginnen ihre Krieger ein Lied anzustimmen, welches düster und kalt erklingt. Sie singen über ihre bereits geführten Kriegszüge und werden stetig euphorischer, vor allem als sie von den Toten trällern.

Sie können nämlich das bevorstehende Gemetzel der Erdbewohner kaum abwarten, weil endlich genügend Angst aus ihnen rinnt. Es sei wie eine Droge und darauf wollen sie nicht verzichten, selbst wenn diese Welt zerstört wird. Immerhin hat es im Universum eine große Zahl von anderen Planeten, auf denen die Schattenwelt mit ihren Vorlieben existieren kann. Doch jetzt erhoffen sie sich erst einmal, dass sie gleich über die Himmelswelt triumphieren können.

Dann wären letztendlich alle Tore der dunklen Mächte geöffnet, die dieses Universum in seine Dunkelheit verschlingt. Keine Lieder und Legenden bleiben über die Menschen und deren Götterwelt zurück, weil es ein kurzes Intermezzo in der Geschichte sei. Das Experiment von den Wesen in den Parallelwelten und deren Verbündeten, wird als gescheitert erklärt.

Je länger sie singen umso mutloser werde ich. Ich kann es genauso an den Gesichtern der Schwestern deuten. Ebenfalls erkenne ich, dass der Hund immer noch am Stein liegt und ich fühle seine verloren Liebe und Trauer in mir widerhallen. Was soll ich bloß tun? Auch weiß ich nicht, wo Jola und Samu sind und ob sie mir helfen können. Da höre ich den Wind in meinen Ohren und sein Rufen gibt mir Mut. Auch wenn ich seine Stimme nicht verstehe, so bin ich mir jetzt sicher, dass es den beiden gut geht und ich danke ihm dafür.

Schließlich höre ich, wie die stürmische See zunimmt und die Fackeln allmählich kleiner werden. Dennoch begreife ich nicht, weshalb ich das Wasser hören kann. Wahrscheinlich habe ich durch meine Aktion mit der Perle die Wassergeister befreit. Leider kann ich es nicht mit Sicherheit sagen, deshalb werde ich es abwarten müssen.

Als ich zu Mathis blicke, fühle ich, wie er in ihrem Bann steckt. Er sieht sie an und kann nicht reagieren. Selbst mich ignoriert er, als ob wir uns noch nie begegnet sind. Mein Gott, wie mächtig ist diese Frau nur und was kann ich tun?

Als ich das denke, zückt sie den Dolch und sticht ihm mitten in sein Herz.

„Neiiin!", schreie ich hysterisch und panisch zugleich auf. Ohne überhaupt einen weiteren Gedanken zu verschwenden, renne ich zu ihm, den blöden Kelch völlig ignorierend, der mir vor lauter Schreck aus meiner Hand fällt. Mir ist egal was mit mir passiert, denn ich bin wütend und zutiefst geschockt. Ich halte, meine Hand an seine Wunde und ignoriere die verschiedenen Hände, die mich von ihm fortzuzerren wollen. Genauso wenig interessiert es mich, dass ein Tumult ausbricht und alles durcheinander schreit. Ich bin so was von geschockt und fühle seinen eigenen Schmerz, als wäre es mein Eigener.

Als ich schließlich seinen Herzschlag nicht mehr spüren kann, beginnt die Luft, um mich zu pulsieren. Völlig fassungslos muss ich mit ansehen, wie seine Seele aus seinen Körper schwebt. Selbst die Kälte und das Zittern kann ich wahrnehmen sowie das violette Licht, welches hinaufsteigt und mir mein Herz fast aus meiner Brust reißt. Wie kalt und anmaßend kann diese Frau sein, die Leben nimmt, nur um etwas Böses aus den Tiefen emporsteigen zu lassen. Wütend drehe ich mich zu ihr um und schaue in ihr Gesicht, die meine Reaktion sichtlich genießt.

„Mir ist es egal, was du tust. Ich werde es nicht zulassen, das du mich weiterhin für deine Zwecke benutzt!" Etwas schwerfällig gehe ich auf sie zu, aber sie weicht keinen Schritt zurück.

„Dir ist aber schon klar, dass ich die beiden Mädels bei mir habe, die bestimmt nicht so enden wollen, wie Mathis?"

Ihre überlegene und anmaßende Art bringt mein Fass von Disziplin zum Überlaufen.

„Du tust mir nur leid. Ich bin mir sicher, dass du außer dir selbst noch niemanden geliebt hast. Du hast Birgitta ihren Bruder nur für deine Zwecke benutzt."

„Du wagst es ...?"

Bloß weiter lasse ich sie nicht kommen.

„Wer sich zu weit heraus lehnt, das bist wohl du. Sieh dich an! Du hast ein selbst herbeigezaubertes Heer. Hast Menschen in deinen Bann gezogen, damit sie dir und deiner Menschenverachten Ansichten folgen. Wenn du so viel Macht besitzt und uns Menschen so sehr hasst, warum sprichst du nicht einen Zauber aus, der uns für immer vernichtet?", schreie ich sie wütend an. „Du willst es nur den Wesen in der Parallelwelt zeigen, was für eine Gefolgschaft du hast. Ständig versuchst du, uns mit den verschiedensten Anschlägen in die Knie zu zwingen. Warum lässt du uns solange zappeln? Nur um wie Cesar dich an unserem Leid zu weiden?"

Mir ist es völlig egal, ob ich mit dieser Äußerung Katharina reize. Was habe ich denn zu verlieren? Ich bin wütend.

„Du bist eine Mörderin, die es auf jeden abgesehen hat, der dich nicht als alleinige Königin ansieht und dich anbetet", schnauze ich sie weiter an und bemerke, dass mich niemand aufhält. Denn ich bin in meiner Wut schnellen Schrittes in das Pentagramm eingetreten.

„So etwas Herzloses ist mir noch nie untergekommen. Weißt du was? Mir ist egal, was du tust! Zumindest werde ich die letzten Minuten, bevor du den Himmel auf die Erde stürzen lässt zu den alten Tempel gehen. Zu dem Platz, in dem das Unglück vor Tausenden Jahren begann."

Ein lautstarkes Gegröle ist zu hören.

Jetzt kapiere ich, wie es ist, wenn man egoistisch ist. Ich dreh mich nicht zu den Schwestern um und verschwende keinen weiteren Gedanken daran. Selbst auf Mathis blicke ich nicht zurück. Der Anblick schmerzt mich viel zu sehr. Unser Schicksal habe ich jetzt besiegelt! Wir werden heute Nacht sterben und ich bin dafür verantwortlich. Egal welches Leid ich in mir fühle. Ich bin mir sicher, dass ich weder Mathis noch die anderen jemals wiedersehen werde. Alle Hoffnungen der Helfer, die uns ihre Unterstützung zugesagt haben, kann ich nicht erfüllen.

Schweren Herzens laufe ich über all die schützenden Steine zu dem schwarzen Hund, der genauso niedergemetzelt wurde wie Mathis, als wäre er ein Gegenstand. Als ich mich vor dem Hund niederlasse, entdecke ich das Buch, auf dem sein Kopf liegt. Es ist das Buch, in dem Andastra den Bruder von Birgitta einst gebunden hatte. Augenblicklich fallen mir die vielen Informationen von Hara und Frija ein und eine Idee nimmt in meinen Kopf Gestalt an. Klar, ich habe ja ein Pulver, welches einen Toten zurückbringt. Mein Verstand sagt mir zwar, ich soll es Mathis geben, jedoch schlägt mein Herz für diesen Hund. Seine ganze Art und das ständige Geflüster in meinen Kopf, sowie der Wind, der meinen Körper in sich einhüllt, gibt mir das Gefühl, das es der schwarze Hund war, der mich auf Iceland beschützt hatte.

Bevor ich überhaupt rational denke, öffnet sich mein Amulett in seiner violetten Farbe und die Schlange schwimmt zur Seite, nur damit sie Hara ihr

Pulver zu mir bringt. Ich nehme die Amphore in meine Hand und bedanke mich bei der Wasserschlange, die ruck, zuck abtaucht und das Amulett verschließt sich. Kraftvoll öffne ich die Amphore, obwohl es echt schwierig für mich ist. Immerhin ist das Gefäß nass und gut verschlossen. Mit einem kräftigen Plopp bekomme ich sie endlich auf und schneide mich in meine Hand. Leider weiß ich nicht wirklich, was ich tun soll und keine Stimme kann mir helfen. So nehme ich das Pulver und schütte es auf die Wunde, in dem der Pfeil ihn niedergestreckt hat. Während ich warte, dass sich etwas tut, tropft mein Blut auf das Pulver und auf seine Wunde.

Abrupt verspüre ich einen Ruck und eine helle Druckwelle lässt mich von ihm abrücken. Völlig irritiert drehe ich mich um und bemerke, dass Katharina ihre Krieger kampfbereit an dem großen Bannzeichen stehen.

Sofort löst sich unsere sichere Zone auf und aus der Öffnung von dem Stein kommen geflügelte Wesen. Ich kann es einfach nicht glauben, aber es sind unsere Verbündeten, die mit all ihren bunten Farben und verschiedenen Körpergrößen über mich und den Hund fliegen. Einige von ihnen haben menschliche Oberkörper und schießen mit Pfeil und Bogen, sowie Feuerblitzen auf unsere Gegner. Selbst Ross seine Krieger kommen durch die Felsöffnung und rothaarige Frauen, die mit keltischen Spiralen bemalt sind und in Lederklamotten stecken. Sie sitzen hoch zu Ross und tragen Schwerter, die sie bereits kampfbereit zücken. Eine der Frauen bläst in ihr vergoldetes Horn und ich kann ihre Kraft spüren. Schließlich fängt die Erde zu beben an und ich habe den Verdacht, dass alles gleich zusammenbricht.

„Keine Angst! Das Wasser befreit sich, um uns zu helfen", erklärt mir der Hund und ich bin fassungslos, das er mit mir reden kann. „Lass uns Andastra finden!" Abrupt springt er auf seine vier Pfoten.

„Und das Buch?"

„Das trage ich bei mir."

In geduckter Haltung laufe ich von der Halbinsel zur Festung, weil der Hund Andastra dort vermutet. Da kann ich mir nur wünschen, dass es stimmt und wir es schaffen, weil ich keine Ahnung habe, wie viel Zeit uns noch bleibt. Als wir auf den Burghof ankommen, stehen Jola und Samu sowie Annabella mit Isabella dort.

„Was macht denn ihr hier?"

„Wir sind Katharina gefolgt, als sie die Flucht ergriff", erklärt mir Jola stolz. „Wer ist das?", will sie wissen.

„Mein Beschützer."

Wir rennen wachsam in den Burghof hinein, als sich die Tür zur Festung öffnet. Ich erwarte bereits, dass Kämpfer auf uns zu stürmen, doch zum Glück passiert es nicht. Zielstrebig läuft der Hund links eine dunkle Treppe hinunter und ich folge ihm. Alle zwei Meter entzündet sich eine Fackel, die in der Wand steckt und als wir vor einem vergitterten Raum anhalten, sehe ich den Hund fragend an.

„Das ist einer ihrer unterirdischen Folterkammern und Gefängniszellen."

Nur ehe ich mir ihre Kammer des Schreckens genauer anschauen kann, läuft der Hund weiter und mein Verstand sagt mir, dass wir die Grundmauer der Festung ablaufen. Auf einmal höre ich eine Holztür zuschlagen und der Hund wird schneller, sodass ich jetzt rennen muss.

Schließlich stürmen wir aus der Tür und Andastra rennt auf die Turmtreppe zu. Aber sie hat nicht mit meinem schwarzen Begleiter gerechnet, denn er springt mit einen großen Satz zu ihr und fletscht mit seinen Zähnen.

„Wage es ja nicht!", spricht er sie drohend an und Katharina sieht ihn erschrocken an.

„Das kann nicht sein!", kreischt sie überrascht auf und rennt wie der Blitz auf den Turm zu.

Natürlich folgen wir ihr und ich finde mich auf dem Turm wieder, auf dem sie einst ihre dunklen Gestalten aus der Parallelwelt herbeigerufen hatte.

Während ich das Bild in mir aufnehme, zieht mich ein Gefühl zu einem Taubenschlag. Wie in Trance steige ich die schmale Holzleiter hinauf.

„Nein!", grölt mir Andastra zu und lässt einen Feuerball auf mich los. „Wieso prallt der an dir ab? Mädchen wer bist du?", schreit sie aufgebracht hinter mir her.

Ich ignoriere sie, denn mich zieht es die Treppe hinauf. Als ich meine Hände an die kleine Tür lege, öffnet sich diese. Es ist stockdunkel und mein Amulett leuchtet mir den Raum aus. In jede Himmelsrichtung gibt es ein verschlossenes Fenster und diese öffne ich, während ich Andastra lärmen höre. Dann drehe ich mich in das Innere des Zimmers um. Dort steht eine versteinerte und zierliche Frau. Sie ist genauso groß wie ich und ist in ein altmodisches, weichfließendes Gewand gehüllt. Ihre Haare fallen leicht gewellt über ihre Schultern und auf ihren Kopf trägt sie einen Kopfschmuck, der in der Mitte eine runde Einfassung hat und tief zwischen ihrer beiden Augenbrauen sitzt. Ihre Augen sind traurig und durchscheinend. Ihre Körperhaltung zeigt mir, dass sich die Frau mit ihren Händen vor einem

Angriff geschützt haben muss. An ihren Händen befinden sich viele Armreife, die verschiedene keltische Symbole zeigen und auf ihrer Brust liegt ein Amulett, welches meinem ähnlich ist. Ich habe das Gefühl als würden mich ihre Augen anstrahlen und da begreife ich, was es zu bedeuten hat.

Behutsam nehme ich mein Amulett in die Hand und wünsche mir das Auge, welches dieser Frau gehören muss. Voller Mitgefühl und Hoffnung nehme ich das Auge an mich und bedanke mich beim Amulett.

Dann fühle ich es.

Die Insel erzittert, als wolle sie sich aus der Knechtschaft befreien. Jetzt weiß ich, dass es richtig ist, was ich gleich tue. Obwohl Andastra ihr Geschrei immer hysterischer wird und ich plötzlich von allen Seiten durch die Fenster mit Pfeilen beschossen werde, lasse ich mich nicht beirren. Auch wenn es jetzt mein Ende sein sollte, wird Abnoba ihre zweite Chance mit Ross bekommen.

Etwas zittrig setze ich ihr Auge in das Medaillon ihres Kopfschmuckes und ein weißes Licht blendet mich. Ich höre, wie die Mauern in dem Zimmer zusammenfallen, genauso wie das Erdbeben. Überall ist ein Krachen und Poltern sowie Zischen zu vernehmen. Selbst ich verliere den festen Boden unter meinen Füßen und versuche mich im freien Fall irgendwo festzuhalten. Immerhin vernebeln mir nicht nur die Gesteinsbrocken und der Staub meinen Blick, sondern das viele Wasser, was auf mich herab prasselt. Nur mein Gehör vernimmt, wie sich die Insel von ihrer dunklen Macht befreit und jeglichen Ballast abwirft. Es ist so, als würde ich nach oben in die Höhe katapultiert, nur um dann abermals nach unten zu sausen. Als ich denke, dass ich es nicht mehr aushalte, kehrt endlich Ruhe ein und ich liege festgekrallt auf etwas Hartem.

Schließlich öffne ich meine Augen und finde mich auf den Stufen der ursprünglichen Tempelanlage wieder. Vor mir stehen kampfbereite Krieger, die in ihrem Kampf unterbrochen wurden. Nirgends kann ich meine Freunde entdecken, die mir sagen könnten, wer von den beiden Seiten im Moment die Oberhand hat. Trotzdem beginnt ein Weiterkämpfen und ich schaue zu meinem tierischen Begleiter.

„Was soll ich bloß tun?" Dabei rapple ich mich auf und betrachte mir nachdenklich diese Szene.

„Keine Ahnung."

Als das Geschrei und die Schwertklingen immer lauter werden, hält mein Körper diesen Druck nicht mehr aus und ich sacke in mich zusammen. Alle Empfindungen stürmen auf mich ein und zwingen mich in die Knie. Langsam frage ich mich, ob ich so wehrlos alles über mich ergehen lassen will. Soll ich mit ansehen, was Andastra mit ihrem Gefolge vor hat? Oder soll ich mich endlich für all die Lebewesen einsetzen, die mein Herz berühren?

Etwas schwerfällig, aber mit viel Mut stelle ich mich in Position, wie einst der Bettler im Sternenthal. Eiligst wünsche ich mir, dass dieser Kampf zu unseren Gunsten zu Ende geht und wir der Menschheit für weitere tausend Jahre Freiheit und Frieden bringen. Zugleich beginnt mein Körper zu vibrieren und eine Welle von Liebe und Güte steigt in mir auf. Es fühlt sich heiß und stark zugleich an, als würde ich in die Lüfte steigen und mich zig Mal um meine eigene Achse drehen. Es ist ein Freiheitsgefühl und ein Glücksmoment für mich und als ich dann meine Augen öffne, bin ich von dem fasziniert, was ich erblicke.

Nicht nur ich erstrahle weißviolett, sondern die gesamte Tempelanlage. Alles steht still und die Krieger stieren mich an. Ich kann sogar einige dunkle Schattenfetzen erkennen, die in Flammen aufgehen und als Asche auf den Boden fallen. Während ich das realisiere, nimmt meine Helligkeit ab und es sieht wie auf einem Kriegsschauplatz aus, der beendet ist. Gerade als ich denke, wir haben es geschafft, stehen urplötzlich unsere Krieger schussbereit vor mir.

„Aemilia, geh von diesem Mann neben dir weg!", brüllt mich Jola an.

Ich entdecke neben mir einen großen, stattlichen Mann in einem blauen Gewand. Sein Gesicht und sein blondes Haar leuchten sogar noch heller in meinem Licht.

„Ich kenne dich", murmle ich. Kurz halte ich Ausschau nach meinem tierischen Begleiter und finde ihn nicht.

„Aemilia, geh weg! Du schützt ihn mit deinem Körper", ruft mir Samu wütend zu.

Doch mein Kopf sagt mir, dass dieser Mann nicht unser Feind sein kann. Als ich neue dunkle Schatten auf den Kriegsplatz zufliegen sehe und diese ihre Schwerter gegen uns erheben, kommt mir ein Gedanke.

„Wo ist Katharina?", und ich erhasche ein kurzes Grinsen von dem Fremden, was mich etwas irritiert.

„Geh von ihm fort!", mischt sich nun Ross ein, der als staatlicher Krieger und nicht als Vogelgreif vor mir steht.

Gerade als ich ihm antworten möchte, kommen die ersten Pfeile auf mich zu geschossen. Fix baue ich meine violette Sicherheitszone auf und nehme dabei den Fremden mit hinein.

„So langsam verstehe ich meine Freunde nicht mehr", schimpfe ich wütend vor mich hin. Immerhin falle ich von einer Situation in die nächste und jedes Mal will man mich oder meine Freunde töten. Langsam habe ich darauf echt keinen Bock mehr!

„Du bist demnach, das besondere Kind, welches von den Göttern runtergeschickt wurde, um den Fluch zu beenden?", fragt er wachsam, als er vor mir steht.

„So sagt man. Ich hatte ja vorher von dem ganzen Mist keine Ahnung gehabt. Auch blicke ich nicht, ob unser Kampf geglückt ist." Da mustere ich den Mann etwas genauer. „Aber sag, wer bist du?"

„Ich bin der Gott, der diesen Fluch im Sternenthal ausgesprochen hat", beantwortet er mir majestätisch meine Frage.

„Mm, aber wieso wird hier draußen noch gekämpft? Ich dachte, Katharina hat das Ritual durchgezogen", gebe ich meine Gedanken frei.

„Leider hat es nicht geklappt. Als du den Hund zum Leben erweckt hattest, bekam sie es mit der Angst zu tun und lief mit der Perle und dem Kelch zur Burg", sagt er, als er meine Wand abläuft.

„Hast du eine Idee, wie wir Katharina finden können?", frage ich deshalb, aber irgendetwas an ihm gibt mir Rätsel auf. Denn langsam glaube ich nämlich, dass ich es hier mit Andastra zu tun habe. Ich bin nur froh, dass mir die drei Schwestern sehr gute Geschenke mit auf den Weg gegeben haben. Denn sie kann meine Gedanken nicht lesen. Was es mit meinen Händen zu tun hat, keine Ahnung. Bestimmt werde ich das noch herausfinden und wenn nicht, dann ist es nicht schlimm. Solange ich die Welt vor dieser Frau und ihrem Gefolge retten kann, ist es mir egal, ob ich alle drei Geschenke anwende.

„Meinst du, deine Schutzbarriere bleibt, wenn wir uns bewegen?", schaut mich die männliche Person aufmerksam an.

„Keine Ahnung, aber wir können es probieren. Warum?"

„Okay, dann lass uns zum schwarzen Felsen gehen, der die Welten miteinander verbindet. Vielleicht will Katharina darüber fliehen."

„Wäre möglich."

„Vielleicht liegen dort ihre Ritualutensilien."

Eigentlich möchte ich ihn danach fragen, wieso er annimmt, das Andastra ihre Utensilien nicht mitgenommen haben soll. Aber ich schweige lieber. Ich bin mir sicher, dass mit ihm etwas nicht stimmt. Gemeinsam bewegen wir uns dorthin und tatsächlich befindet sich davor der Kelch mit der Perle.

„Meinst du wir bekommen die beiden Dinge für das Ritual hier rein?", höre ich ihn hinter mir fragen und eine Gänsehaut kraucht mir den Rücken hoch.

Also, doch! Es ist kein fremder Mann, sondern die Siegesgöttin höchst persönlich.

„Warum sollten wir? Ich denke wir warten, bis sie erscheint", schinde ich etwas Zeit, bevor ich weiterspreche. „Sag mal, Katharina ist ja eine Göttin, kann sie echt ihre Gestalt ändern?" Dabei drehe ich mich zu ihm um.

Aber warum sagt mir mein Amulett bloß nichts? Wenn es tatsächlich die Siegesgöttin ist, die jetzt vor mir steht, warum tut mein Schutzschild, sie beschützen? Gehört das zu dem Spiel der Götterwelt dazu? Zumindest sind wir beide im Pentagramm der weißen Magie. Nun gut, es kann ja sein, dass Mitra in meiner Nähe ist und ich entdecke sie bloß noch nicht.

„Das kann sie, warum?", wispert er geheimnisvoll.

„Vielleicht sollten wir dann einfach auf sie warten?"

„Und solange hält dein Schutzschild? Ich denke, wenn wir die beiden Sachen zu uns holen, wird sie auftauchen."

Aha, das ist ihr Plan. Ich sitze in ihrer Falle oder etwa nicht? Obwohl ich noch den Dreizack in mir trage. Nur wie soll ich das alles unbemerkt hinbekommen?

„Okay, dann lass es uns probieren." Mutig gehe ich auf die beiden Dinge zu und ziehe den Kelch und das goldene Tablett mit der Perle zu mir.

„Schau, geschafft", tue ich so, als würde ich ihm vertrauen.

„Lass mich mal sehen!" Konzentriert läuft er auf mich zu und greift sich dabei die Perle. Als er diese in seiner Hand hält, dreht er diese, sodass sie in unterschiedlichem Rottönen aufleuchtet.

„Was soll das Spiel?" Angriff ist ja die beste Verteidigung.

„Du hast mich erkannt?", lacht er mich an, ohne sich zu verändern.

„Ja, weil ich nicht glaube, dass du als Mann derjenige bist, der den Fluch im achtzehnten Jahrhundert ausgelöst hat."

„Woher willst du das wissen?", und er nimmt noch den Kelch an sich.

„Weil du selbst diesen Fluch ausgesprochen hast und den Gott in zig Tausende Papierfetzen zerspringen ließest, nur um ihn später in das Buch zu ziehen. Das Buch, welches der schwarze Hund in seinem Maul hatte, als du den Befehl gabst ihn zu erschießen."

„Du bist gar nicht so dumm. Hätte nie geglaubt, dass es mir zum Schluss so viel Spaß macht." Während sie das sagt, verwandelt sie sich in ihre ursprüngliche Form zurück. „Willst du wissen, warum ich die Himmelswelt hasse und ich mich mit Hermes zusammengetan habe?" Allerdings wartet sie erst gar nicht meine Reaktion ab, sondern beginnt stattdessen ihre angestaute Wut von der Seele zu reden. „Meine Schwester und ich sind eine gemeinsame Seele und wollten für immer zusammenbleiben. Nur mein Vater sah das anders und gab sie als Friedensangebot Hermes zur Frau. Der hatte sich nämlich unsterblich in sie verliebt. Allerdings war Erinnyen todunglücklich bei ihm. Sie wollte von ihm fort, zurück zu mir. Sogar als sie schwer krank wurde und nur noch ein Schatten ihrer selbst war, kam von Hermes keine Einsicht. Er glaubte, wenn meine Schwester bei mir ist, dass sie nie mehr zu ihm zurückkäme.

So unterbreitete ich ihm einen Deal. Sie darf das halbe Jahr zu mir, um für ihn und seiner Unterwelt zu Kräften zukommen. Dafür würde ich ihm einen Wunsch erfüllen."

„Einen Wunsch?"

„Ja, er wollte an die Schwestern des Sternenthal. Denn alle sechs Mädels sind vereint eine mächtige Macht. Vor allem was die Seelen betrifft." Aufmerksam sieht sie mich an und ich habe das Gefühl, dass sie alles erneut durchlebt. „Ich ging in unseren besonderen Raum, in dem jede Seele als Miniaturausgabe steht, und griff mir die Statue der vereinten Schwestern. Leider ist mir Leandros auf die Schliche gekommen. Denn als ich am Treffpunkt bei Hermes ankam, stand er ebenfalls dort. Er riss mir die Statur aus der Hand und bei seiner ersten Berührung schossen zig weiße Lichtblitze aus ihm in die Miniatur. Als ich dann nach der Statue greifen wollte, verbrannte ich mir die Hände und sie war weg." Nachdenklich dreht sie die rote Perle in ihrer Hand. „Dann tauchte mein Vater auf. Er verbannte meine Schwester in diese rote Perle und sagte uns, dass Erinnyen an einem irdischen Ort vor uns zwei sicher sei. Selbst mich und Hermes verstieß er aus der Himmelswelt. Wir beide konnten ab da nicht mehr die Erde verlassen."

„Aber der Fluch, den du auf Leandros geschickt hast?", traue ich mich, sie zu fragen.

„Ach ja", lacht sie. „Daran ist er selbst schuld. Ich habe ihn wirklich geliebt und nach unserem alten Gesetz, hätte er nur mich heiraten dürfen. Wie du weißt, hat er sich in diese Hexe verliebt. Als er mir durch sein Eingreifen meine Schwester weggenommen hatte, konnte ich ihn nur noch hassen. Er sollte jetzt am eigenen Leib erfahren, wie es ist, wenn einem das wichtigste im Leben entrissen wird."

Ich bin von dieser Offenbarung platt.

„Was willst du?", fordere ich sie heraus.

„Mach das Ritual mit mir!", lacht sie mich erneut siegessicher an. „Sonst wäre Mathis umsonst gestorben. Findest du nicht auch?"

Am liebsten würde ich sie jetzt erwürgen.

„Aber ich kann das nicht alleine?", begehre ich auf.

„Quatsch." Energisch winkt sie mich zu sich.

Während ich mich auf den Erdboden setze, sitzt Katharina in ihrem goldenen Kleid und der Kapuzenkutte abwartend vor mir. Sie lässt fünf schwarze Kerzen erscheinen und stellt diese um das goldene Tablett auf.

„Du musst das Blut von Mathis in kleinen Schritten auf die Perle tröpfeln lassen und dann sollte diese zerschmelzen. Dadurch kommt meine Schwester endlich aus dem verfluchten Bann." Konzentriert sieht sie mich mit ihren wässrigen Augen an, als sie mir mit ihren zitternden Händen die Schale mit der Perle entgegenhält.

Zögernd nehme ich den goldenen Kelch in meine Hand und ich muss gegen meine Übelkeit ankämpfen, als ich das Blut nicht nur sehe, sondern auch rieche. Mein Gott, wie krank ist das nur und wie komme ich an den Dreizack? Klar, ich soll an ihn denken, dann öffnet sich mein Amulett. Nur, was ist dann mit dem Licht? Das wird mich gewiss verraten.

„Mach schon Mädchen!", schreit sie mich euphorisch an, als sie einen Vers aufsagt, um mit diesem Zauberspruch ihre Schwester aus der Verbannung zu holen.

„Mir zittern meine Hände." Ich bin völlig nervös und angespannt, weil ich nicht weiß, was jetzt passiert.

„Konzentrier dich mal!", treibt sie mich an, dass ich merke, wie ich zu schwitzen beginne.

Da ergreift sie bereits meine Hände, die mittlerweile voll verkrampft und kalt sind, dass ich mich noch nicht mal wehren kann. Sie schüttelt an dem Kelch und es fallen die ersten Blutstropfen auf die Perle, die langsam zu schmelzen beginnt und eine zierliche weiße Rauchwolke kommt zum Vorschein.

„Das kann nicht sein!", brüllt sie mich an und schüttet das restliche Blut auf die verwunschene Perle, sodass ich mich fast übergeben muss.

„Hier muss roter Nebel aufsteigen, kein Weißer!", motzt sie mich an. Sie springt erzürnt auf und zieht ihren Dolch, an dem noch das Blut von Mathis klebt.

„Ich habe nur das gemacht, was du befohlen hast", verteidige ich mich und halte abwehrend meine Hände vor mein Gesicht.

Wie eine Furie stürmt sie schreiend auf mich zu und sticht mit ihrem Dolch auf meinen Körper ein, sodass ich die Schnitte spüre. Zwar versuche ich, mich von ihr fortzubewegen, doch sie bleibt mir dicht auf meinen Fersen. Sie schreit und sticht unerlässlich auf verschieden Körperteile von mir ein, dass ich nur hoffen kann, dass ich jetzt nicht verblute, weil sie eine wichtige Schlagader von mir trifft. Voller Panik und Angst, dass ich mein Leben verliere, wünsche ich mir den Dreizack von Eistla zu mir.

„Ich lasse mich nicht von dir vernichten!", brüllt sie mich ununterbrochen hasserfüllt an.

Unaufhörlich sticht sie auf mich ein und erwischt dabei nicht nur meine rechte Schulter. In dem Moment frage ich mich, warum sich meine blöde Sicherheitszone nicht von selbst auflöst. Denn jetzt könnte ich wirklich jede Hilfe gebrauchen. Als Andastra dann auf mich einzuschlagen beginnt und ich diese Folter nicht mehr ertrage, spüre ich den Dreizack in meiner Hand. Schnell ziehe ich meine Hand nach vorn, als wolle ich ihr einen Peitschenhieb geben und in dem Augenblick fährt er zu seiner vollen Größe von einen Meter fünfzig aus. Und ehe Andastra überhaupt kapiert was passiert, kann ich ihren Namen rufen und sie mit den drei Zacken treffen. Zum Glück versteinert sie sofort zu dem schwarzen Lavagestein und ich rücke von ihr ab.

So fix, wie Katharina versteinert ist, so schlagartig löst sich meine Sicherheitszone auf und der weiße Nebel aus der Perle, zieht auf den Kampfplatz.

Puh, geschafft!

Ich bin nur froh, dass ich mich noch auf den Beinen halten kann.

„Das hast du gut gemacht", sagt Mitra, als sie in ihrem blauen und leicht überirdischen Kleid plötzlich neben mir vor dem Felsen erscheint.

Überall erspähe ich Tote auf dem Kriegsplatz und neben den magischen Menschen sind es auch Fabelwesen aus einer anderen Welt, die ich erst neu entdeckt habe. Ich bin von diesem Anblick völlig fassungslos und augenblicklich treten meine eigenen Blessuren in den Hintergrund. Mir ist es egal, dass mein Blut an mir runter tropft und ich die Schnitte spüre. An mein Gesicht mag ich gar nicht denken, denn ich schmecke mein eigenes Blut.

„Ich dachte, wenn ich sie versteinert habe, dass dann dieser Fluch vorbei sei und schau Mitra, die Kämpfen ja immer noch!"

„Du hast zwar die Siegesgöttin besiegt, aber ihren Bindungszauber nicht, weil du den Auslöser des Fluches nicht aufgehoben hast", erscheint eine weitere Frau neben uns. Sie ist in einem typischen Umhang eingehüllt und darunter trägt sie ein rotes verziertes Kleid. Ihr Gesicht ist ebenfalls herzförmig wie meins und sie hat hellblaue Augen. Sie muss sogar im Alter von meiner Mama sein.

Ihr Anblick überrascht mich dennoch, weil sie nicht überirdisch erscheint, sondern wie ich hellblondes langes Haare hat, welches sie offen trägt. Schließlich erkenne ich sie an ihrem Kopfschmuck. Bevor ich jedoch etwas sagen kann, spüre ich die Schmerzen der Kämpfenden in mir Widerhallen.

„Ich verstehe nicht ganz?", denn die Qualen der Kämpfer in meinem Körper werden intensiver, sodass sie mich fast in die Knie zwingen, so schwer lastet es auf mir. Dabei wollen alle nur ihre Freiheit zurückhaben.

„Aemilia, du hast alle Welten geöffnet und dieser Kampf wurde vor Tausenden von Jahren vorausgesehen."

„Aber …", unterbreche ich die Frau und Mitra sieht mich mitfühlend an.

„Ich bin Abnoba und als du mich in dem Turmzimmer erlöst hast, konnte ich alle drei Ebenen der Zeit öffnen."

„Bitte? Das ist wieder etwas, was ich noch nie gehört habe."

„Ich habe die Parallelwelten der Zeit geöffnet. Die Vergangenheit, Gegenwart und die Zukunft", erzählt sie mir, während die Kampfgeräusche lauter werden und die Schreie mich fast wahnsinnig machen.

„Was bedeutet das?", möchte ich mit brüchiger Stimme wissen.

„All das was du siehst, sind die überlagerten Kämpfe aus der Vergangenheit und unserer Gegenwart. Es ist alles real. Du siehst, dass sich die Vergangenheit soeben wiederholt. Wenn wir nicht bald eingreifen, wird unsere Zukunft in diesem Kampf sterben."

„Okay, aber was sollen wir jetzt tun?"

„Wir müssen den Hund finden und mit ihm in das Dorf der Eventus gehen. Uns bleibt nicht viel Zeit!", ermahnt mich Abnoba.

„Was ist mit meinen Freunden?", denn ich kann sie nirgends entdecken.

„Wenn du den Fluch aufgelöst hast, dann wirst du sie wiedersehen. Momentan kämpfen sie an unterschiedlichen Fronten."

„Und Mathis?"

„Das liegt nicht in meiner Hand."

Wieder einmal wird mir jede Hoffnung auf ein Wiedersehen mit ihm genommen. Ich kapiere absolut nicht, warum alle auf Abstand gehen, sobald es um unser Glück der Liebe geht.

„Er kommt", höre ich Mitra sagen und schaue in die Richtung, die sie uns mit einer Handbewegung zeigt. Damit meint sie den Hund und er läuft tatsächlich gesund und munter zu uns in den Felsen.

Ich höre die Klingen der Schwerter, wie sie aufeinander einschlagen, und vernehme das Schnaufen und Schreien. Immerhin ist es ein körperlicher Kampf, der viel Muskelkraft und Technik fordert. Trotz vieler magischer Flüche und Feuerbälle, will es einfach kein Ende finden.

Geschwind geht Abnoba zu dem Hund und kniet sich vor ihn, wobei sie ihn mit ihren drei Augen intensiv ansieht.

„Bist du bereit, in den Tempel zu den Eventus zu gehen?"

„Aber sicher", ertönt es voller Inbrunst aus seinem Maul.

Damit erhebt sie sich und nickt Mitra zu.

„Sei so gut und bleib hier, damit du die gefangenen Seelen erlösen kannst. Denn die dunklen Schatten, die Andastra erschaffen hat, leben noch."

„Das werde ich tun und euch wünsche ich viel Glück!"

Daraufhin verneigen sie sich und ein: „Friede", erklingt.

Als der Hund, Abnoba und ich mich in die Mitte der Felsöffnung stellen, fegt ein kräftiger Windstoß auf mich zu und katapultiert mich direkt hindurch. Abermals kann ich mich nur wundern, was jetzt grade passiert.

Ich rutsche nämlich hinter den beiden in einem enormen Tempo hinterher und es ist, wie in einer Achterbahn mit zig Loopings in schwindelerregender Höhe und ohne Sicherungsseil. Mein Herz pocht mir bis zu meinen Ohren und es wird mir echt heiß. Ich komme mir vor, als würde ich durch eine Art Fleischwolf gedreht. Und damit ich mich bei dem Ortswechsel nicht übergeben muss, denke ich an Mathis.

Warum habe ich ihn eigentlich nicht retten können? Was hat Andastra damit gemeint, als sie sagte, er sei kein Wiedergeborener?

Aber angenommen, Mathis ist kein Wiedergeborener, sondern wirklich ein Gott, der soeben getötet wurde, dann müsste er ab jetzt zurück auf die Erde geschickt werden. Bei der Erkenntnis wird es mir schlecht. Denn wenn alles stimmt, dann werden wir zwei nie eine Chance auf eine gemeinsame Zukunft erhalten.

Bevor ich allerdings weiter überlegen kann, falle ich hart auf meinen Po. Der Hund und Abnoba schauen mich nur kurz an und laufen ungerührt weiter, als wäre nichts passiert. Rasch checke ich, dass ich mich auf dem Marktplatz des Dorfes im Sternenthal befinde und auf der Anhöhe kann ich längst Birgitta mit all den Mädchen und Wotan erkennen.

Jetzt weiß ich, dass sie bereits auf uns warten.

Schnellen Schrittes laufe ich mit meinen Wegbegleitern hinauf und lande dann direkt vor Aurora, weil sie mir entgegenläuft.

„Hast du ihn für mich finden können?" Hoffnungsvoll hält sie mich an meinen beiden Händen fest.

Ich atme tief durch und straffe meine Schultern. Was soll ich ihr nur sagen?

„Abnoba, Friede", ertönt Birgitta ihr Gruß. Dabei verneigt sie sich mit allen Anwesenden vor Abnoba, außer Aurora und mir.

Erschüttert stiert sie mich an, weil sie durch meinen Gesichtsausdruck bereits die Antwort kennt, und da beginnen ihre ersten Tränen vor Enttäuschung zu rollen. Selbst mir blutet bei diesem Anblick mein Herz und innerlich verfluche ich mich, dass ich nicht nach ihm gesucht habe. Aber irgendwie habe ich mein Ziel nach Mathis seiner Tötung aus den Augen verloren. Komplett benommen von meinem Mitgefühl gehe ich in Hocke und klammere mich an den Hund, der zum Glück neben mir steht. Schließlich verklebe ich ihm sogar sein Fell mit meinen eigenen Tränen, wie ich es sonst bei meinem Stubentiger mache. Wie ich in dem Moment meinen Barna vermisse, der mir auch ohne Sprache meine Ängste und Trauer nimmt.

Plötzlich spüre ich, wie der Hund zu beben beginnt, und weiße Lichtstrahlen aus seinem Körper strömen. Sein inneres Licht wird immer intensiver und greller, sodass es mich kurzzeitig blendet. Schützend lege ich meine Hände vor meine Augen, bis das blendende Licht abnimmt. Danach luge ich hinaus und traue meinen Augen nicht. Denn in dem Moment schwebt nämlich aus dem Hund eine menschliche Gestalt hinaus. Es ist die Silhouette von einem Mann. Anschließend erscheint das schwarze Buch von Andastra und blättert im schwebenden Zustand durch die Buchseiten bis es innehält. Ein weiteres Beben kann ich verspüren, welches diesmal von der Erde unter meinen Füßen kommt. Da fliegt der Mann auf das Buch zu und aus dem Buch schießen die Papierfetzen heraus, nur damit diese sich vereinen. Mit einem Mal entsteht ein kleiner Wirbelsturm, der mir meine Haare ins Gesicht fegt und aus einem Geist formiert sich ein stattlicher Mann. Er sieht tatsächlich so aus, wie Aurora ihn mir bei meinem ersten Besuch beschrieben hatte.

Sobald der Mann vollständig neben mir steht, sucht sein Blick den von Aurora und ich kann beobachten, dass es ihr nicht anders ergeht. Ehe ich überhaupt etwas sagen kann, rennen die beiden aufeinander zu. Obwohl es fliegen vielleicht besser trifft, so fix liegen sich die zwei in ihren Armen. Aurora wird von ihm aufgefangen und zusammen drehen sie sich glücklich im Kreis. Überall schießen aus ihren Körpern die weißen und violetten Lebensfäden heraus. Sie werden pausenlos enger verwebt und zusammengehalten, dass er stehen bleiben muss, weil er sich kaum noch bewegen kann. Sie liegen in einer Umarmung, die keine andere Entscheidung als die Liebe duldet. Dann küsst er Aurora und die ersten Sterne glitzern am Himmelszelt. Sogar vier Sternschnuppen kommen direkt zu uns herunter. Es sind alles Männer, die in einem weißen Gewand mit Pfeil und Bogen vor uns stehen.

„Der erste Schritt ist getan", lässt Abnoba verlauten.

„Leandros, Friede." Birgitta rennt auf ihn zu, nur um sich an seine männliche Brust zu schmeißen, während sich die Fäden der beiden zurückziehen, wie einst bei Mathis und mir.

„Und Schwester, vermählst du uns diesmal?", fragt er Birgitta förmlich.

Da schiebt sie sich etwas von ihm ab und sieht ihn durchdringend und erhaben an. Bevor sie ihm jedoch antwortet, nimmt sie Aurora und seine Hand in die ihren.

„Was zusammengehört, sollte man niemals trennen!", spricht sie, sodass wir alle ihr bestätigend zunicken. „Lasst uns zum Pentagramm gehen und euch rechtmäßig verweben!"

Alle folgen wir Birgitta an den alten Altar, den es, seit Anbeginn dieses Fleckchen Erde gibt. Für die einen ist es eine Kirche, für die anderen ein

Tempel und für wieder andere einfach ein Ort, an dem sich seine Seele besinnen und Kraft tanken kann.

„Wer sind denn die Männer?", sehe ich fragend zu Abnoba.

„Das sind die vier Brüder, die Leandros einst auf der Insel besucht haben und die ihm die Ehe mit Aurora verboten haben."

„Oh."

Als ich eintrete, besprechen die sechs Schwestern den Schutzkreis neu, um uns vor den bösen Mächten zu schützen. An den vier Himmelsrichtungen flackern weiße Kerzen und der Altar schimmert in allen erdenklichen Farben. Diese erinnern mich an einen Regenbogen und symbolisieren für mich Freiheit und den Übergang zu einer anderen Welt. Während ich mich umschaue, beginnt Birgitta die beiden zu vermählen. Sie spricht mit ihnen über die weitreichenden Folgen dieser Trauung, die den beiden nicht nur Glück und Frieden bringen kann. Beide nicken ihr fortwährend bestätigend zu und strahlen sich verliebt an, während Birgitta ihnen das Band der Liebe an ihren Handgelenken miteinander verbindet. Nur als ich das Vibrieren unter meinen Fußsohlen verspüre, habe ich das Bedürfnis, nach draußen zu gehen.

Neugierig und skeptisch laufe ich aus den kleinen Tempel und bin froh, dass mich der schwarze Hund begleitet.

„Danke, dass du mich beschützt", flüstere ich.

„Das ist das Mindeste, was ich tun kann", erwidert er.

Nur ehe ich etwas erwidern kann, bin ich geschockt von dem, was ich erblicke.

In dem kleinen Dorf, welches nur eine Handvoll Häuser und einen Eingang zu dieser Bergwelt hat, befindet sich jetzt ein Kampfplatz. Die Anhänger von Andastra kämpfen sich Richtung Tempel vor, während unsere Kämpfer sie mit dem Schutzkreis der Schwestern aufhalten. Aufgewühlt eile ich über die Brücke zum Marktplatz und kann Abnoba mit Ross nach mir rufen hören, als sie ebenfalls aus dem Tempel gestürmt kommen.

Ich entdecke Aaron, der Schulter an Schulter mit Alban gegen ein dunkles Wesen kämpft und höre das Kriegsgeschrei um mich herum. Zu allem Überfluss sehe ich, explodierende Farben über mir und da weiß ich, dass unsere guten Seelen ihr irdisches Leben verlieren.

„Was kann ich bloß tun?", rufe ich laut, aber niemand antwortet mir. Das kann doch nur bedeuten, dass ich den Auslöser noch immer nicht beendet habe. Verdammt, wie soll ich den Fluch aufheben, wenn ich den Auslöser nicht kenne?

„Vergiss nicht, dass sich Aurora das Leben nahm, damit ihr göttlicher Mann frei ist", raunt mir der schwarze Hund zu.

„Stimmt und ab da begannen die Kriege."

„Und den Menschen hatte man ihre Magie geraubt", gibt er andächtig zurück.

„Hast du eine Idee, wie wir nach Iceland kommen?"

Gerade als er mir antworten will, sind Abnoba und Ross bei uns.

„Kommt zurück in den Tempel! Dort ist es sicherer."

Verunsichert lasse ich mich in die Richtung von dem Hund schubsen, um über die Brücke und den Tümpel von einem Herzsee in den Tempel zukommen. Dabei läuft der Hund hinter mir her, als wäre er die Nachhut.

Überall höre ich die Schreie der Kämpfenden, die mich zum Stehenbleiben zwingen. Ruckartig drehe ich mich um und starre direkt in das Angesicht von Hara, die in ihrer menschlichen Gestalt mit einem blutverschmierten Gesicht Widerstand leistet. Sobald ich begreife, dass Hara mit ihrem Volk um ihre Freiheit kämpft und sie kraftvoll austeilt, kommt wie aus dem Nichts eine Schwertklinge von hinten durch ihre Brust.

„Neiiin!", kann ich vor lauter Schmerz nur aufschreien.

Selbst Hara ist von dem heimtückischen Angriff überrascht, sodass sie starr vor Schreck nach ihrer Wunde sieht. Vorsichtig tastet sie nach der Schwertklinge, als diese mit voller Wucht herausgezogen wird, nur um im Anschluss ihren Kopf von ihren Schultern zu trennen. Ich bin geschockt und angewidert von dieser Brutalität, dass ich mich fast übergeben muss.

Mir wird es übel und meine Tränen laufen meinem Gesicht hinunter. Erneut überlege ich, was es wohl für einen schlimmen Auslöser gegeben haben muss, um diesen Krieg zu rechtfertigen. Dabei habe ich, dass Gefühl, das wir einfach von all dem Übel überrollt werden.

Plötzlich und völlig unverhofft kommt ein Pfeil auf mich zugeschossen. Doch weil mir einfach jegliche Kraft von Magie abhandengekommen ist, falle ich in den Tümpel hinein. Als ich schließlich das Gefühl habe, dass ich ertrinke, weil mir die Luft zum Atmen fehlt, komme ich am Ufer auf Iceland an.

Doch auch hier wird noch verbissen gekämpft.

Völlig benommen stehe ich auf und laufe zu der Stelle, wo einst Aurora in die Fluten des Fjords gegangen sein soll. Und wenn ich ganz ehrlich bin, kann ich es gut verstehen, dass sich Aurora dafür entschieden hatte. Sie hatte es gemacht, trotz einen weinenden Herzen, weil sie nicht verantwortlich sein wollte, wenn die magische Welt durch ihre Liebe den Frieden auf Erden verlieren würde.

Da höre ich neben mir eine bekannte Stimme.

„Aurora hat wahrhaftig ein gütiges und reines Herz. Dennoch sollte alles anders kommen."

„Hast du vorhin die beiden in deinem Tempel trauen können?", möchte ich von ihr wissen, während ich auf das dunkle Wasser blicke.

„Ja, das habe ich."

„Aber warum wird dann gnadenlos weiter gekämpft?", flüstere ich gebrochen, weil mir die geballte Wucht der Qualen von Sterbenden entgegen prallt.

„Ich weiß es nicht", höre ich Birgitta ihre niedergedrückte Stimme.

Durch die innerlichen Schmerzen blicke ich zum Himmel hinauf, der sich immer mehr zu einer dunklen Spirale zusammenzieht. Ich spüre den stürmischen Wind auf meiner Haut und merke, wie stark dieser an mir reißt. Und weil ich das Gefühl habe, das ich mehr Kraft brauche, damit ich von den Sturmböen nicht weggetragen werde, stemme ich mich mit erhobenen Armen dagegen. Gedankenverloren drehe ich mich mit dem Wind um mich selbst und nehme das elektrisierende Gefühl in meinem Körper wahr. Auf einmal habe ich ein Schulterfreies, langes Kleid an und eine weiße Stola schmiegt sich um meine Schulter, die mit einer goldenen Brosche gehalten wird. Meine Haare wehen genauso stürmisch im Wind, wie mein weitschwingendes, blütenweißes Kleid. Ich spüre das Wasser an meinen Füßen und kann noch nicht mal sagen, ob es eisig kalt ist oder Badewannentemperatur hat. Ich fühle nur, dass ich barfuß bin.

Dann stoppt unvermittelt der Wind, als wäre der Tornado vorbei und es ist windstill. Verdutzt schaue ich mich um, weil kein einziges Geräusch zu hören ist. Doch dann entdecke ich sie.

Vor mir stehen die vielen dunklen Kämpfer und zielen mit ihren Pfeilen auf mich. Als dann das erste Geschoss auf mich zukommt, stelle ich mich ein weiteres Mal, wie einst der Bettler im Sternenthal auf und stiere direkt meine Gegner an.

In dem Moment wünsche ich mir aus tiefsten Herzen, das mein Tod Mitra und unseren Helfern die nötige Kraft gibt, die Fehde zu beenden. Das sie den Menschen ihre Magie zurückbringen und die Verbindung zu ihren tierischen Wächtern wiederherstellen können. Ich wünsche mir, dass genügend Brücken entstehen, um alle Länder erneut miteinander zu vereinen. All das wünsche ich mir, damit diese Welt zu einer friedlichen und feinfühligen Gesellschaft wird. Denn alle Menschen müssen begreifen, dass es bei einer kriegerischen Auseinandersetzung keine Verlierer oder Gewinner gibt, weil wir alle voneinander abhängig sind und nur gemeinsam leben oder sterben können!

Während ich mir das wünsche, höre ich die beruhigende Stimme in mir und spüre den Wind. Beide flüstern sie mir zu, dass es so sein wird. Sobald die Eventus den Zugang zu allen Wesen haben, dann würde es einen Neuanfang mit Erinnerungen geben, die uns aufzeigen das es keinen Grund gibt, einen menschenverachteten Krieg zu führen. Als ich das höre, erwacht eine Sehnsucht in mir, die mich gedanklich nach Hause führt.

Bevor mich allerdings die Geschosse durchlöchern, bemerke ich, dass ich über den Strand schwebe. Dabei erstrahlt mein Amulett in seiner violetten Farbe hell auf, das es mir meinen Atem verschlägt. Völlig überrascht staune ich, als sich die violetten Strahlen mit meiner weißen Körperfarbe verbinden und ich mich um meine eigene Achse drehe. Bloß das Verrückte ist, das ich einen Meter über den Boden schwebe und es mir noch nicht mal schlecht wird. Auch spüre ich, wie sich in meinem Körper eine starke Spannung auflädt und ich immer höher hinauffliege. Als ich schließlich denke, dass ich diese Energie in mir nicht mehr aushalten kann, legt sich mein Licht mit einer überdimensionalen Druckwelle um die Erde.

Sofort fühle ich, wie die Herzen der Menschen zu schlagen beginnen und sie erwachen. Im gleichen Atemzug erscheinen zig neue Sterne am Himmelszelt und die dunklen Schatten steigen gen Himmel. Hier entzünden sich von selbst, bis die Papierfetzen in alle Himmelsrichtungen verglimmen. Im Anschluss schiebt sich Iceland aus dem Meer empor und das schwarze Lavagestein bröckelt von der Insel ab. Selbst das Wasser darunter kann sich komplett befreien, als die Wasserfontänen nach oben schießen. In dem Moment leuchtet meine Umgebung in allen erdenklichen Farben auf und glitzernde Lichtpunkte düsen zu mir hinauf, die kreiselförmig in den Himmel fliegen. Dann sehe ich, wie die Tempelanlage von Aurora ihrem Volk im alten Antlitz erscheint.

Als ich das beobachte, kann ich nur lächeln, denn ich fühle mich glücklich und frei. Obwohl ich immer höher aufsteige, kann ich diese Wunder miterleben. Zwar wird es mir kurz mulmig, weil ich meine Art Flug nicht kontrollieren kann, dennoch erkenne ich, dass all das Eintritt was Frija am Brunnen bei Ross mir gezeigt hatte.

Alle versunkenen Tempel schieben sich aus dem Ozean und die Brücken bauen sich, wie von Geisterhand auf. Das Schönste ist, dass sich alle Tempel durch den Blue-Moon Stein mit den Strahlen des Regenbogens verbinden. Jetzt bin ich mir sicher, dass selbst die ruhelosen Seelen befreit sind und sie in das Himmelszelt aufsteigen können.

Je mehr ich darüber nachdenke und mich freue, das Andastra mit ihren Lügen und Intrigen nicht gewonnen hat, umso mehr bekomme ich Atemnot bis ich mein Bewusstsein verliere.

Kapitel 14

Alles Leben verdient Respekt, Würde und Mitgefühl. Alles Leben!
A. D. Williams, 1861- 1931

Irgendwann werde ich in einem warmen und mollig Bett munter und genieße mit geschlossenen Augen die Geräusche von draußen. Ich rieche den Sommer und höre das Stimmengewirr der Vögel sowie das Rauschen von Bäumen und Sträuchern. Sollte ich vielleicht, nur einen völlig schrägen Traum gehabt haben? Aber warum fühle ich mich so seltsam? Mein Körper fühlt sich kaputt an und meine Augen wollen sich nicht öffnen lassen. Nun gut, was soll's? Solange ich in Wismar bin, ist alles gut.

Genüsslich strecke ich mich in meinem Bett aus und vermisse natürlich das Schnurren meines Katers. Gewiss ist mein Barna längst bei meiner Oma in der Küche und lässt sich von ihr lecker verwöhnen. Bei den Gedanken daran muss ich lächeln. Rasch entschließe ich mich, nicht rum zu trödeln, sondern zu den beiden nach unten zu gehen. Denn ewig kann ich ja nicht im Bett bleiben.

„Augen auf und Abmarsch ins Bad", sage ich laut zu mir selbst. Nur als ich mein Vorhaben in die Tat umsetzen will, scheitere ich und schnell checke ich den Grund dafür. Es ist das grelle Licht im Raum, was meinen lichtempfindlichen Augen zu schaffen, macht. Sollten wir es bereits Mittag haben? Oder ist es kein Traum und ich stecke wirklich in einem Kampf der magischen Gesellschaft fest?

Da fällt mir bruchstückchenhaft mein Erlebtes ein und mir wird schlecht. Bin ich dann etwa tot oder habe ich es überlebt? Wo sind meine Freunde und wo bin ich? Obwohl ich nun verunsichert bin, was mich gleich erwarten wird, kämpfe ich tapfer gegen das helle Licht an, um meine Augen zu öffnen. Außerdem bemerke ich, dass ich einen Filmriss habe. Ich kann mich zwar an die Hochzeit von Aurora und Leandros erinnern, aber was kam dann?

Es braucht echt lange, bis ich mich mit meinen Augen an diese Helligkeit gewöhnt habe, ohne dass diese tränen. Immerhin kann ich, nirgends meine Brille neben mir finden und greife ständig ins Leere. Aber als es klappt, bin ich von dem, was ich sehe überwältigt.

Ich liege in einem ausladenden Himmelbett, indem selbst Jola mit mir zusammen Platz hätte und über mir befindet sich ein hellblauer Himmel, dessen weichfließender Stoff sich im Wind aufbauscht. Ich kann sogar durch den Betthimmel die Wolken über mir betrachten. Die Bettdecke besteht aus vielen Lagen und unterschiedlichen Stoffen, sodass ich an mein Zuhause und meine Vorliebe für diverse Quilts denken muss. Das Zimmer selbst ist rund, mit vier bodenlangen Fenstern ausgestattet und mein Bett steht in der Mitte von diesem. Kein Wunder also, das es extrem hell ist. Die Sonne kann von allen Seiten zu mir durchscheinen. Verrückt, oder?

Der Wind, der mir die Sommerbrise ins Zimmer weht, ist so kühl wie in Wismar und angenehm auf meiner Haut. Nachdenklich schaue ich an mir herunter und stelle fest, dass ich in einem bodenlangen Nachthemd aus einem feinen Baumwollstoff stecke. Es verwundert mich sehr, weil ich solche Dinger nicht trage, sondern eher den Schlapperlock, der bequem sein muss. Ich kann nur hoffen, dass das Ding nicht durchscheinend ist, denn es ist tief an meinem Dekolleté ausgeschnitten und nur mit ein paar goldenen Bändern zugeschnürt.

Nun gut, was soll ich jetzt tun? Aufstehen und gucken was hier so abgeht? Soll ich mich echt trauen, in ein weiteres Abenteuer zu springen oder mich vielmehr zurücklehnen und abwarten was kommt?

Gute Überlegungen, oder?

Aber etwas neugierig bin ich dann schon. Deshalb setze ich mich aufrecht hin und schaue vor mein Bett. Doch von Schuhen oder einem Bettvorleger ist nichts zu sehen. Kein Schrank, kein Stuhl. Nix, nur das übergroße Bett.

Leise stehe ich auf und umrunde das Zimmer, automatisch linksrum, wie all die letzten Tage. Vielleicht ist das ein Trugbild von Andastra und ich sitze in einem von ihren Kerkern fest? Obwohl, für Schönheit und Annehmlichkeiten ist die Siegesgöttin bestimmt nicht zu haben. Immerhin hat sie meine Freunde in Säulen erstarren lassen.

Als ich aus den vier geöffneten Fenstern schaue, entdecke ich einen saftigen Rasen mit Bäumen, Sträuchern und bunten Blumen. Alles glitzert und wiegt sich im Wind hin und her. Vor meinem Zimmer spielen Kinder in unterschiedlichen Altern und Herkunft auf der Wiese. Sie lachen, während sie spielen, und einige singen sogar Lieder, die ich nicht verstehe. Dennoch weckt die Melodie Erinnerungen in mir, die ich nicht deuten kann.

Die spielenden Mädchen stecken in einem weißen Sari und haben geflochtene Zöpfe. Die Jungs tragen ein traditionelles Beinkleid und ein kragenloses Hemd darüber. Die Farbe ist ebenfalls weiß und sie haben einen Kurzhaarschnitt. Die ältesten der Kinder sind gut zehn Jahre alt.

Aber was mache ich dann mit achtzehn Jahren hier?

Unschlüssig setze ich mich noch mal auf mein Bett und habe viele Fragen in mir. Auch verwundert es mich, dass ich keinen Hunger oder Durst habe. Vor allem nach meinem heiß geliebten Milchkaffee. Vermutlich bin ich ja im Sternenhimmel. Das bedeutet doch dann, dass wir gegen die schwarze Magie gewonnen haben? Aber warum sehe ich dann nur Kinder und keine erwachsenen Seelen?

Mutig wie ich bin, atme ich tief durch und strecke meinen Rücken durch, um aufzustehen und durch eine der vier Türen zu spazieren. Als ich meinen ersten Fuß über die Schwelle setze, steigen viele handgroße Schmetterlinge empor, die bunten Staub aufwirbeln. Das verrückte daran ist, dass diese Wesen sogar eine Miniaturausgabe von den Kindern sind. Alle Kinder, einschließlich dieser fliegenden Wesen schauen mich erwartungsvoll an. Weshalb das so ist, dass blicke ich nicht. Das einzige was mich aber magisch anzieht, sind ihre himmelblauen Augen, die jeder von ihnen hat. Zwar sind sie nicht ganz so hell und durchscheinend wie meine, aber dem sehr ähnlich.

Überwältigt von dem Anblick rutsche ich, den Türrahmen hinab und setze ich mich dort auf die Schwelle, die zuvor mein Fuß berührt hat. Während ich nun meine Atmung kontrolliere, um meine Überraschung von diesem Ort zu verarbeiten, nehme ich im Seitenwinkel meiner Augen eine Frau wahr.

„Willkommen, Mila", begrüßt mich eine gut bekannte Stimme.

„Birgitta?" Verwundert stiere ich sie an, als sie in ihrem weißen Gewand vor mir steht.

„Ja, ich bin es wirklich", beantwortet sie mir meine unterschwellige Frage, ob ich es vielleicht nur träume.

„Bin ich dann tot?", möchte ich wissen. „Und was ist mit den anderen?"

„Das will ich dir alles erklären." Sie reicht mir ihre Hand und zieht mich zu sich hoch.

Etwas wacklig und nervös komme ich auf meine Beine.

„Komm, ich werde dir all deine Frage beantworten!"

„Ohne mir auszuweichen oder mir etwas zu verschweigen?", hake ich nach, denn sie war am Anfang meines Abenteuers nicht immer ehrlich zu mir. Als sie mir dann schließlich zustimmt, laufen wir auf die Kinder und die handgroßen Schmetterlingskinder zu. Oder, wie soll ich diese Fantasiewesen nennen? Schmetterlinge in Menschengestalt?

Sobald wir bei den erwartungsvollen Gesichtern ankommen, verbeugen wir uns mit ihnen und sagen:

„Friede."

Danach beschreite ich einen Trampelpfad, der sich in all den Jahren wohl selbst angelegt haben muss. Denn es gibt keinen Schotter oder Pflastersteine, sondern nur schmale Wege, die durch die vielen, kleinen Kinderfüße zustande gekommen sind.

„Geht es den Menschen im Sternenthal gut?"

„Ja, Mila", beschwichtigt mich Birgitta. „Aber alles zu seiner Zeit."

Schweigend folge ich ihr den Hügel hinauf, obwohl der Anstieg eine gefühlte Ewigkeit geht. Eigenartigerweise verbrennt mich die Sonne nicht und abermals merke ich, dass ich keinen Durst habe.

„Warum bin ich hier nicht durstig und schwitze nicht?" Verwundert bleibe ich stehen, sodass sich Birgitta zu mir umdreht, als sie ebenfalls innehält.

„Das ist eine Parallelwelt zur Erde. Da existiert kein Hunger oder Durst. Auch spürst du hier kein Leid oder Schmerz", erwidert sie mir.

„Ist es dann eine Art Paradies?", denn auf irgendeine Art klingt es befremdlich.

„In gewisser Weise, Ja. Aber komm, wir sind gleich da!", bittet sie mich und wir marschieren los.

Oben auf dem Hügel angekommen, drehe ich mich um meine eigene Achse. Wieder einmal werde ich von all dem überwältigt, sodass ich es nicht wirklich erfassen kann, was ich staunend erblicke. Ich befinde mich auf fast zwei identischen Bergkesseln, die mit einer bunten, farbenfrohen Brücke verbunden sind. Vor meiner Brücke steht ein Tempel und der sieht so aus, wie ich ihn aus Aurora ihrem Dorf kenne.

„Echt schön hier", kann ich da nur ehrfürchtig flüstern. „Birgitta, was ist das hier?"

Jetzt brauche ich ehrliche Antworten! Für mich und meinen Verstand. Ich möchte wissen, was passiert ist. Eben alles, weil mir mein Gedächtnis ab einem gewissen Punkt fehlt.

„Wenn du herabsiehst, siehst du ein kleines Kinderdorf. Hier leben unsere Kinderseelen, die bis zu ihrem zehnten Geburtstag auf der Erde gelebt haben und dann über die Regenbogenbrücke zu uns kamen."

Ich kann tatsächlich viele einzelne Hütten aus Holz und Stroh erkennen. Diese sind alle rund und haben geöffnete Fenster, die zeitgleich als Türen verwendet werden. Und zusammen ergeben die Baracken einen Kreis. Es ist nicht nur ein Kreis, sondern es folgen hintereinander immer weitere, die sich nur durch eine kleine Straße abgrenzen. Es sieht von hier oben aus, wie die Strahlen einer Sonne. Sodass in der Mitte ein übergroßer Spielplatz mit einer Liegewiese zu sehen ist, auf den die Kinder spielen und toben können. Dann dreht mich Birgitta mit ihren Händen um, damit ich zur anderen Seite über die Brücke schauen kann. Einvernehmlich laufen wir beide darauf zu und überqueren diese.

In der Mitte der eingeschlossenen Insel befindet sich ein übergroßer, tiefgründiger grüner Herzsee. Auf ihm schwimmen unterschiedliche Lotusblüten, die über die großen Blätter herausragen. Ich beobachte sogar, wie einige Schmetterlinge sich darauf niederlassen.

„Ich verstehe nicht?" Das traf jetzt den sprichwörtlichen Nagel auf den Kopf.

„Mila, dass was du hier siehst, ist das Dorf der ungeborenen Kinderseelen." Dabei betrachtet sie mich aufmerksam.

„Sollte ich das kennen?"

„Ich dachte, dass du darüber schon einmal etwas gehört hast", sagt sie mir mit enttäuschter Stimme und ich kann nur meine Schultern zucken. „Das sind die Kinderseelen, die von der Erde direkt zu uns geschickt werden."

„Das heißt, sie kommen nach ihrem Ableben über die Regenbogenbrücke hierher", hake ich noch mal nach.

„Das hast du nicht richtig verstanden. Diese Kinder wurden noch nie auf Erden geboren! Sie haben nie das Licht der Welt erblickt."

„Irgendwie blicke ich es nicht. Aber was machen die ganzen Seelen auf den beiden Inseln?"

„Sie bleiben solange bei uns, bis wir gute und liebevolle Eltern für sie gefunden haben und dann schicken wir sie auf die Erde zurück. Dort werden sie geboren und können viel Liebe und Freude unter den Menschen verbreiten."

Etwas erschlagen von ihrer Offenbarung, sehe ich Birgitta an.

„Lass uns zurück zur Brücke gehen! Unser gemeinsamer Tempel steht dort vorn. Lass uns dort hineinsetzen und dann erzähle ich dir, was du über diese Welt wissen musst."

Da gebe ich mich geschlagen, weil meine Gedanken in diesen Minuten ein Karussell an Informationen bewältigen muss. Ich weiß echt nicht, ob ich all das kapiere, geschweige begreifen kann.

Seite an Seite laufen wir über die Brücke zum Tempel mit seinen vielen Säulen und im inneren steht ein Altar, der mich drei Stufen nach oben führt. Dieser besteht aus dem Blue-Moon Stein und spontan nehme ich meine Hand an die Kette, aber sie ist nicht mehr bei mir. Etwas enttäuscht lasse ich meine Hand sinken und stiere zu dem Altartisch. Hieß es nicht, dass die Kette nur solange die Hüterin des Lebens beschützt, bis diese ihre Aufgabe erfüllt hat? Dann ist vielleicht alles zu unseren Gunsten ausgefallen, aber was mache ich dann hier oben?

„Setz dich!"

Ich setze mich zu Birgitta auf die letzte Treppenstufe vor dem Altar und sehe sie erwartungsvoll an.

„Du bist bei mir, damit du siehst, was dein Einsatz auf Erden geschafft hat. Du konntest nicht nur die irdische Welt retten, sondern auch diese." Da unterbricht sie sich kurz und sieht mich dabei aufmerksam an. „Vor sehr langer Zeit gab es diesen Ort nicht! Es gab keine Parallelwelt der ungeborenen Kinderseelen, sondern nur die der sogenannten Sternenkinder. Die Sternenkinder haben kurz gelebt, bis sie zu uns kamen. Sprich, ihre Seelen waren wiedergeboren." Während sie den letzten Satz ausspricht, sieht sie mich noch intensiver an. „Erst eine besondere Begebenheit hat es geschafft, dass die ungeborenen Seelen, die im Mutterleib oder bei der Geburt verstoben sind, eine eigene Welt bekommen haben."

„Was?" Wesen, die auf die Erde geschickt wurden und diese nie erblickt haben. Gibt es denn so etwas? Damit habe ich mich nie beschäftigt. Außerdem bin ich ein Teenie, die von Liebe und alles, was danach kommt, null Ahnung hat.

„Mila, als die verschiedensten Wesen die Erde mit ihrer Magie erschaffen haben, gab es drei Wege um den Kreislauf des Lebens zu durchlaufen. Es gab unseren Lebensbaum, dessen Krone weit in den Himmel reichte, um die Seelen zu begleiten. Es gab den Baumstamm, der die Himmelskrone zur Erde verband, auf dem die Menschen mit ihren Tierwächtern lebten. Es gab die starke Wurzel, die tief in die Erde und somit in die Unterwelt reichte. Der Regen, der aus dem Himmel fiel, bewässerte den Baum mit seiner Wurzel sowie die Erde. Damit entstanden die Flüsse und Seen. Wenn sich eine Seele aus dem Körper des Verstorbenen erhob, wurde diese direkt am Hafen zur letzten Überfahrt erwartet. Dort warteten auch die fünf Brüder aus der Götterwelt, die die Seelen beschützten."

„Stopp, ich verstehe nicht! Ich dachte, es gibt nur den Himmel und die Hölle, wieso dann fünf Wächter?", unterbreche ich Birgitta.

„Rasmus beschützt mit seinen sechsunddreißig Seeleuten die Seelen in den Holzbooten, die den Fluss des ewigen Kreislaufs durchqueren, dass diese nicht von den Seelen der Unterwelt aus den Booten hinuntergezogen werden. Wenn das passiert, dann gibt es keine Rückkehr mehr. Sie sind in einer Art Zwischenwelt gefangen."

Geschockt blicke ich sie an.

„Asmus steht am Tor zur Unterwelt und führt Buch, welche Seele aus dem Boot aussteigen muss, um bei Hermes in der Unterwelt Buße zu tun. Das bedeutet, dass diese Seele ihr irdisches Vergehen in der sogenannten Hölle abarbeitet. Die das bereits geschafft haben werden an deren Stelle in das Boot gesetzt, um dann im Kreislauf weiterzureisen. Wenn dann die Boote an der besagten Regenbogenbrücke anlanden stehen drei Brüder dort, die darauf warten diese Seelen zu begleiten.

Dagda nimmt sie mit in unser Himmelszelt, zum Ausruhen, bis sie erneut geboren werden. Der andere Bruder mit Namen Pan nimmt die Seelen mit, deren Geist erwacht ist und sie somit einen Ehrenplatz für immer in der Ahnenwelt erhalten. Schließlich gibt es noch einen Bruder, der all unsere Kinderseelen beschützt. Allerdings war das nicht immer so."

„Aber wieso?"

„Wir hatten verschiedene Götter und Geister, die an unserem Tisch saßen, und jeder hatte einen Vorschlag, wie die Erde und das Zusammenleben mit all der Magie funktionieren sollten. Wie es den Tag und die Nacht gibt, so sollten die Menschen wissen, dass es in ihrem Kreislauf den sogenannten Himmel und die besagte Hölle gibt. Am Anfang nutzte man es nur zur Mahnung, bis es verwendet wurde, um Ängste zu schüren. Du musst wissen, dass unser Bruder der Unterwelt genauso wie wir, Seelen für sich beansprucht. Er ist der Auffassung, dass es nicht nur gute Taten auf dieser Welt gibt. Diese Menschen müssen nach ihrem Ableben bei ihm in der Unterwelt arbeiten. Bei ihm, wo es immer dunkel und heiß ist. Doch er wollte noch mehr." Eine kurze Pause entsteht, als sie sich eine Träne aus ihren Augenwinkeln wischt.

„Was ist passiert?", frage ich sie, als ich meine Hände auf ihre lege.

„Wir waren so was von blöd und arrogant. Wir dachten, dass Wesen, die das Licht der Welt noch nicht erblickt hatten, keine guten Seelen besitzen könnten und gaben sie ihm direkt und ohne Umwege in seine Unterwelt. Dort bildete er sie zu seinen Kämpfern aus, die andere Menschen verleiten. Wir wussten nicht, das diese Kinderseelen etwas Besonderes können und uns damit schaden."

„Wozu sind sie denn fähig?"

„Sie haben die Macht den Menschen ihre Ängste zu nehmen und sie machen sie immun gegen die schwarze Magie. Doch in der Hand von Hermes wird diese Gabe zu seinen Gunsten umgewandelt."

„Oh, mein Gott!"

„Erst durch ein Ereignis im siebenden Jahrhundert entstand die Welt der Schmetterlingskinder, die von den Sternenkindern sowie von Mitra und ihren Freunden beschützt wird."

Als würde der Name nicht ausreichen, da erscheint die Himmelsgöttin in ihrem langen hellblauen Kleid.

„Hallo, Mila." Dabei gibt sie mir ihre Hand, die ich natürlich nicht annehme. „Dir kann hier nichts passieren, selbst wenn wir uns umarmen."

Bevor ich darauf was erwidern kann, drückt sie mich fest an sich. „Willkommen, Kleines", und ihr Lächeln ist ansteckend, sodass ich Lachen muss.

„Komm, setz dich zu uns, ich will Mila das von Aurora erzählen!"

Daraufhin setzen wir uns zu Birgitta, weil mich Mitra zur Begrüßung hochgezogen hatte.

„Nun zu Aurora. Du weißt ja, dass ich sie gerettet habe?"

„Du hast nur ihr ungeborenes Kind nicht retten können. Stimmt's?", denn soweit erinnere ich mich noch.

„Stimmt und eins solltest du ebenfalls wissen! Aurora ist eine Urenkelin von Abnoba ihrer Schwester, welchen den Stamm der Inselinen erschaffen hat. Abnoba und ihre Schwester waren die Töchter eines Erdgeistes und beide mächtige Seherin. Aber nur Abnoba hatte einst den Endkampf zwischen der schwarzen und weißen Magie vorausgesehen. Leider haben wir Götter ihr nicht glauben wollen. Nur Ross glaubte ihr und machte uns nach ihren Tod für alles verantwortlich. Wie du siehst, es gibt immer mehrere

Gründe, weswegen ein Krieg ausbricht und dann wird es schwierig alle Auslöser zeitgleich zu beschwichtigen."

„Na ja, das klingt mir eher nach einem Krieg der Liebe wegen", gebe ich meinen Gedanken frei.

„Liebe und Machtgier sind große Triebfedern, wenn der Frieden unterbrochen wird", klingt sich Mitra ein.

„Nun weiter mit unserem Schicksal, das so viel Zwietracht und Leid unter die Menschen gebracht hat", übernimmt erneut Birgitta. „Als ich Aurora gerettet hatte und sie vor meinen Herzsee im Sternenthal auftauchte, gab es einen ganz großen Knall im Universum. Ein hell erleuchtetes Wesen kam von der Erde in die Himmelswelt geschossen und drehte sich kontinuierlich spiralförmig um sich selbst. Je näher sie unserer Parallelwelt der Sternenkinder kam, umso stürmischer und grollender wurde es. Es schob, es krachte und in allen erdenklichen Farben regnete es auf uns hernieder.

Und als Mitra das sah, hatte sie Angst, dass unsere Welt in zig tausend Teilchen zerspringt. Denn eine weißviolette Druckwelle fegte über die Köpfe der Kinder. In Windeseile legten sich alle auf den Boden, weil keiner wusste, was es zu bedeuten hatte. Vor allem als dann eine kurze Dunkelheit einbrach."

„Dann kam endlich das Licht mit dem Geruch und den Geräuschen des Sommers zurück", übernimmt Mitra. „Und als wir zum Himmel aufsahen, entdeckten wir sie. Ein handgroßes Wesen mit Schmetterlingsflügeln flog über unsere Köpfe direkt auf den Hügel zu, auf dem du vorhin mit Birgitta warst, und sie winkte uns zu sich. Daraufhin ging ich vor und die Kinder liefen hinter mir. Ich konnte fühlen, dass uns von ihr keine Gefahr drohte. Wir eilten den Trampelpfad nach oben und je näher wir dem Wesen kamen, umso größer wurde sie. Auf einmal war Birgitta bei mir."

„Als ich das sah, nachdem Aurora bei mir erschien, schickte ich Wotan zu ihr und ich ging sofort zu Mitra", lächelt sie mich an. „Da stand nun ein kindliches Mädchen von fast einen Meter vor uns und ihre bunten Flügel überragten sie. Ihr Gesicht war herzförmig und sie blickte uns mit ihren großen hellblauen Augen an. In ihrem hellblonden Haar steckte ein goldener Kopfschmuck, der mit zwei kleinen und in der Mitte mit einem großen Edelstein gefertigt war. Aber auch ihre Ohrringe waren ungewöhnlich, weil der eine ein Schlüssel war und der andere eine Schlange in einem Rautenmuster.

Sie sah, wie ein fünfjähriges Mädchen aus, trotz das ihre Augen sie älter erscheinen ließen. Anschließend hielt sie ihre Kinderhand in die Luft und der Planet der Sternenkinder erschien als runde Kugel vor uns. Sie zeigte uns, was alle soeben hautnah erlebt hatten.

Ein fremder Planet kam auf uns zu und als sich beide mit einem Aufprall berührten, konnten wir es als eine Druckwelle wahrnehmen. In dem Moment fügte sich an unsere Welt eine zweite und diese wird seitdem von dieser Brücke zusammengehalten. Danach beobachteten wir in der Kugel zwischen ihren Händen, wie sich alles zu verändern begann. Denn als die Dunkelheit schlagartig über uns kam, nur um dann aufs Neue Licht zu bringen, da wuchsen beiden Welten zu einem Schmetterling zusammen."

Glücklich und vergnügt sehen sich Birgitta und Mitra neben mir an.

„Wer war das Mädchen?"

„Das Schmetterlingsmädchen hieß Aemilia. Sie ist das ungeborene Kind von Aurora und Leandros."

Abermals habe ich das Gefühl, dass ich gleich vom Glauben abfalle. Die meinen definit nicht mich! Deshalb luge ich vorsichtig hinter mich und kann zum Glück keine Flügel entdecken. Da habe ich aber noch mal Schwein gehabt. Puh!

„Mila, willst du gar nicht wissen, was es mit dem Mädchen auf sich hat?"

„Ehrlich?", und sie nicken mir zu. „Wenn es mich nicht betrifft, dann gerne. Ansonsten möchte ich zurück auf die Erde."

Die beiden Frauen wissen in dem Moment nicht, ob sie lachen oder weinen sollen.

„Diese Aemilia besitzt so viel Macht, sodass sie mithilfe von dem Gott Asbirg die Seelen aller Kinder schützt und rettet."

Etwas irritiert mustere ich Mitra.

„Aemilia stammt aus dem Stamm der Inselinen, der später untergegangen ist. Leandros ist in der Tat ihr leiblicher Vater und heißt in unserer Götterwelt Ixtilion. Bei den Azteken ist er der Gott der Heilung und Medizin. Außerdem steckt in Aemilia ihrem Namen das ganze Wesen von ihr selbst. Sie ist die Gütige des Volkes, die mit ihrem Mitgefühl den Frieden in die Welt trägt."

Beide sehen mich erwartungsvoll an, bloß kann ich damit nix anfangen.

„Mm, aber warum ist ihr Name mit so einer Bedeutung behaftet und warum nannte man mich auf Erden so?"

„Mila, kannst du dich wirklich nicht mehr erinnern, was vor deinem irdischen Leben war?", raunt mir eine männliche Stimme zu.

Prompt merke ich, wie mir meine Tränen die Wange runterlaufen. Denn dort steht die Person, die mein ganzes Denken und Fühlen auf den Kopf stellt. Doch bis ich aufspringen und zu ihm fliegen kann, steht Birgitta vor ihm und Mitra hält mich fest. Bloß begreife ich nicht, was das zu bedeuten hat. Immerhin sind unsere Fäden dabei, sich zu verbinden.

„Ich sagte es schon einmal, dass ihr beiden es nicht dürft!", höre ich Birgitta ihre kraftvolle und bestimmende Stimme.

Ungläubig schaue ich alle Beteiligten an. Selbst Mathis macht einen großen Schritt von mir zurück und die Kinder der zwei Welten halten angstvoll ihre Hände an ihre Münder.

„Okay, ich habe absolut keine Ahnung, was das zu bedeuten hat, aber erklärt es mir! Bitte!" Dabei tropfen mir meine Tränen ununterbrochen auf den Boden der Tempelstufen.

„Mila, wenn wir eure Liebe zulassen, dann haben wir keinen Beschützer für die Kinder mehr. Ohne kindliche Seelen ist keine Wiedergeburt möglich, damit die Menschen erwachen und ein bewusstes Leben führen können. Denn durch die Augen ihres Kindes lernen sie, die kleinen und alltäglichen Dinge besonders wahrzunehmen. Weil sie ihre Kinder lieben und beschützen, lernen sie, die wesentlichen Elemente des Friedens zu leben.

Durch die Hilfe von Asbirg, der als mächtiger Adler in den Lüften die kleinen Seelen in unsere Welt bringt, wird das Gleichgewicht in der menschlichen Welt gehalten. Durch euren Sieg ist es wiederhergestellt."

Hilfesuchend schaue ich zu Mathis auf und kann nur meinen Kopf schütteln, während ich die lang anhaltende Stille nicht mehr ertrage. Zweifelnd stehe ich auf und laufe zu dem See, auf dem die Seerosen treiben und setze mich an das Ufer.

Ich denke an Wismar und meine Familie, die ja eigentlich nicht meine Eltern sind. Zumindest, wenn es stimmt, was mir eben verklickert wurde. Obwohl ich tief im Herzen weiß, dass sie mich Lieben. Sie waren zu jeder Tages und Nachtzeit für mich da. Sie sind und werden immer meine Familie bleiben! Ich vermisse sie sehr, dass ich nicht begreife, warum ich hierbleiben muss und da unten mein wirkliches Leben ist.

Gedankenverloren berühre ich leicht mit meiner Hand das Wasser und fühle das kalte Nass. Nun wird mir bewusst, dass ich nicht träume.

„Mila?", höre ich Mathis seine Stimme und als ich mich zu ihm umdrehe, trifft mich der Schlag.

Ungläubig erhebe ich mich und starre ihn nur an. Vor mir wartet ein Mann, den ich so schnell nicht als Mathis erkannt hätte. Jetzt begreife ich, dass er die Kinderseelen vor Hermes beschützen kann.

Mathis steht mit seinen zwei Metern Körpergröße aufrecht da. Ein stattlicher Krieger, der in einem metallischen Hemd steckt. Sein Kettenhemd ist tief ausgeschnitten und ich kann seinen Hals sehen. Auf den Schulterpolstern sichte ich das Gesicht eines Haaster-Adlers. Seine Arme sind mit langen Handschuhen geschützt, obwohl die Finger und der Daumen frei sind. Seine Hüfte ist zugeschnürt, sodass ich sein frei schwingendes Beinkleid in mehreren Lagen erkennen kann. Allerdings weiß ich nicht, ob er eine Hose oder eine Art Rock trägt. Sein Schwert, auf dessen Knopf der Adler sitzt, ist waagerecht durch seinen Gürtel geschoben, sodass die beiden Arme darüber liegen und seine Handflächen zu mir zeigen. Das Haar, welches ihm jetzt bis zur Hüfte reicht, ist zu einem Zopf gebunden und seine Augen mustern mich angespannt. Doch am meisten irritieren mich die Flügel, die er auf seinen Rücken ausgebreitet hat. Denn diese haben eine große Spannweite und durch die unterschiedliche Schattierung der Federn, sehen sie dreifach aufgebauscht aus. Mächtig beeindruckend für mich, weil die Spitzen der Flügel weit über seinen Kopf hinausragen. Dennoch mache ich erschrocken einen Schritt zurück, weil das definit nicht alles wahr sein kann.

„Mila, bitte! Lass uns reden!"

„Mathis, auch wenn es verrückt klingt, ich zweifle so langsam an meinen Verstand", und ich hole tief Luft. „Oder, wie würdest du das hier sehen? Parallelwelten mit Wesen, die es eigentlich nicht gibt? Hat man mich vielleicht verwechselt? Habe ich sogar Liebe mit Freundschaft verwechselt?" Da merke ich, wie ich vor lauter Frust mit meinen Tränen kämpfe.

„Mila", flüstert er mir mit seiner zärtlichen Stimme, dir mir sagt, dass es ihm nicht besser geht als mir.

„Sag mir, warum hat man uns beide glauben lassen, dass wir eine Chance auf unsere Liebe haben?", will ich seine ehrliche Antwort hören und jedes Mal, wenn ich einen Schritt auf ihn zugehe, geht er einen zurück. „Siehst du, was ich meine? Wir können uns noch nicht einmal berühren, ohne dass du mir ausweichst", gebe ich wütend von mir.

„Ich weiß nur, dass du es geschafft hast, dass der Himmel nicht auf die Erde gestürzt ist." Mitfühlend und mit erhobenem Haupt sieht er mich an.

„Okay, aber was bringt mir das, wenn ich mich an kein bisschen von hier oben erinnere?" Vorsichtig gehe ich einen Schritt auf ihn zu, nur weicht er mir auch diesmal aus. „Sag mir, wieso lebst du noch? Wenn man das als Leben bezeichnen kann." Daraufhin breite ich meine Arme aus und drehe mich einmal um meine eigene Achse, um ihm das Ausmaß meiner Frage zu zeigen.

„Mila, es hat nicht geklappt mich zu töten, weil Andastra nur meine menschliche Hülle erwischt hatte, aber nicht meine Seele. Da hätte sie woanders hineinstechen müssen."

„Aber hätte sie es denn nicht besser wissen müssen? Das verstehe ich jetzt nicht wirklich und ehrlich gesagt, ist es mir im Moment völlig egal."

„Dank dir und deiner Gabe, konnte ich mich im Vorfeld vor ihren Angriff schützen", lächelt er mich an.

„Wie jetzt?"

„Als ich mit schussbereiter Waffe in deinem Zimmer stand, hattest du eine Vision und die zeigte uns, das Andastra über dich Bescheid wusste. Abnoba sagte uns einst voraus, welche Art von Ritual die Siegesgöttin anwenden würde, wenn sie dich erwischt."

„Ehm."

„Mila, deine Gabe ist nicht nur das Heilen, sondern auch das Leben." Rasch merkt er, dass ich jetzt grade etwas geistig umnachtet bin. „Mensch, Mila, durch deine pure Anwesenheit und deine Liebe zu mir, konnte sie mir nichts anhaben. Ich war durch dich und dein Mitgefühl vor ihr geschützt."

„Aber ich habe dein Blut gesehen und gerochen, und ich ..."

„Mila, du hast mich durch deine Gefühle gegen Andastra abgeschirmt", sieht er mich glücklich an.

„Solange du das verstehst", und eine endloslange Pause tritt ein, bis ich es nicht mehr ertrage. „Und was machen wir jetzt?"

„Ich denke, ich mache erst mal mit meiner Aufgabe weiter. Ich beschütze die Kinderseelen beim Aufstieg über die Regenbogenbrücke und dann sehen wir weiter."

„Und wenn wir es nicht schaffen?" Am liebsten würde ich mich in seine kräftigen Arme kuscheln.

„Der Morgen ist Klüger als der Abend", erwidert Mathis.

„Mm, vielleicht verstehe ich es morgen besser", und ich reibe mir meine Augen.

„Mila, du stammst auch von den Inselinen ab. Dein Volk hatte es damals geschafft, ein eigenes Land aufzubauen, welches ohne Hass, Neid und Missgunst auskam. Euer Tempel auf Iceland war für alle zugänglich, wie unser Grundgedanke, als wir die Erde mit den Tempeln erschufen.

Durch eure Gabe Visionen zu empfangen, konntet ihr uns immer helfen, dass wir den dunklen Schatten oft einen Schritt voraus waren. Selbst du hier oben kannst in deinen Träumen Visionen sehen, die unsere Friedenswächter und alle Verbündeten rasch handeln lassen", klingt er fast begeistert.

„Aber, Mathis, was soll daran gut sein?", hauche ich, weil ich schön tapfer meine Tränen zurückhalte. Rücksichtsvoll schaue ich zu ihm auf und bleibe dann in meiner Bewegung stehen, weil er längst dabei ist, mir auszuweichen. Das tut so was von weh! Zu sehen dass der Mensch, den man liebt, sich mehr von einen entfernt, sobald man einen Schritt auf ihn zugeht. Sollte ich vielleicht, wie einst Aurora, Mathis zum Wohle aller gehen lassen? Aber würde sich dann unser Dilemma nicht nur wiederholen?

Mit unglücklichen Augen blicke ich ihn an und nehme all meinen Mut zusammen.

„Matt, ich liebe dich und ich bilde es mir nicht ein. Ich bin mir sicher, dass du genauso empfindest. Ich möchte dich gerne fühlen und mich bei dir anlehnen dürfen, wenn wir reden. Ich will dich als meinen festen Freund wissen. Gemeinsam können wir das Abenteuer Liebe doch wagen? Aber wenn ich dich nicht als meinen Freund haben kann, wie können dann alle glauben, dass ich glücklich bin? Wie kannst du glauben, dass wir einfach so zusammenarbeiten können, als wäre nie etwas geschehen?" Leider sieht er mich nur sprachlos an. Jedenfalls kapiere ich jetzt, dass er mir keine Antwort geben wird, weil er selber darauf keine hat.

„Aemilia, es tut mir leid, aber ich werde augenblicklich zu meinem Bruder Rasmus gerufen. Er hat Kinderseelen für uns." Schon hebt er ab, ohne zurückzublicken.

Zumindest kann ich noch erkennen, dass er mit jedem Flügelschlag größer wird, als er abwärts zu seinen Bruder fliegt.

Mir blutet mein Herz und ich gehe zurück zu dem See und starre auf diesen hinaus.

„Was soll ich bloß machen?", frage ich mich selbst, als ich einen kleinen Stein hineinwerfe und auf das Spiel der Kreise warte. Allerdings warte ich vergeblich darauf, weil der See mir eine Abfolge von Ereignissen zeigt.

Ich kann mitverfolgen, wie ich damals als Kind von Mitra zu meinen Eltern auf den Dachboden in ihrem Haus übergeben wurde und sie sich riesig darüber freuten. Anhand ihrer Handbewegung erkenne ich, dass meine Familie ein Vergessenszauber erhielt. Dann verfliegen meine Jahre wie im Flug und ich begreife, dass ich nie alleine war. Die meiste Zeit bin ich mit Jola und meinem Stubentiger Barna zusammen gewesen, bis Mathis auftauchte und mein verrücktes Abenteuer begann.

Und was habe ich davor hier oben gemacht? schießt es mir durch meinen Kopf. Auch da zeigt mir der See eine Abfolge von Bildern.

Ich sehe mich als kleines, lachendes Mädchen mit glitzernden Schmetterlingsflügeln. Zwar kann ich keinen Kopfschmuck erkennen, aber wahrscheinlich wird dieser sicher verwahrt. Alle Kinderseelen, egal ob mit oder ohne Flügel werden mithilfe von Mitra und Birgitta betreut, nachdem sie ihnen die dunklen Schatten abgezogen haben. Die Kinder sind augenblicklich glücklicher und ausgelassener. Keine Angst ist, mehr zu spüren, sondern nur die Vorfreude, erneut auf die Erde geschickt zu werden.

Nachdenklich streiche ich über das Bild im Wasser und es verschwindet, als mir ein Gedanke kommt.

„Was ich nicht verstehe, wieso konnte ich runter auf die Erde um den Krieg zu beenden, und jetzt nicht mehr?", spreche ich laut aus. Jedoch entsteht kein neues Bild, sondern Mitra steht plötzlich neben mir.

„Mila, du hast Visionen die uns helfen, alles im Gleichgewicht zu halten. Du kannst die Menschen von ihren dunklen Schatten befreien und ihnen somit ihre Magie zurückgeben. Deshalb sagte deine Familie, dass du die Hüterin des Lebens bist. Denn ohne dich würden sehr viele Seelen nicht mehr existieren." Dabei setzt sie sich zu mir.

„Mm." Was soll ich darauf antworten? Ich kann maximal meine Stirn runzeln, wie einst auf der Erde nur das mir dort meine Brille, immer gleich runtergerutscht ist.

„Ach ja, deine Brille. Die war auf Erden dein Schutzschild, weil deine Augen schneller heilen als deine Hände. Sobald du die dunklen Schatten in den Menschen siehst, kannst du das Böse vertreiben und deinen Schutz hinterlassen. Andastra hätte dich dann sofort mit ihren Handlangern gefunden."

„Aber, Mitra, wieso konnte ich runter, ohne dass diese Welt unterging?"

„Okay, dann will ich es dir erklären. Zuerst musst du wissen, dass die Sternenkinder unter dem Schutz von Birgitta und Wotan stehen. Somit geht es um die ungeborenen Seelen, die ohne Aemilia und Asbirg nicht mehr zu uns aufsteigen würden. Stattdessen würden sie in der Unterwelt gefangengehalten werden. Nichts anderes ist das, was Hermes dort tut!", sieht sie mich erzürnt an.

Wusste gar nicht, dass Mitra wütend werden kann, weil sie immer lächelt und eine sonnige Ausstrahlung hat.

„Wie du gesehen hast, steckte Leandros mit seiner Seele in Birgitta ihrer Hündin. Die Hündin mit dem Namen Manu ist etwas Besonderes. Sie ist die tierische Gestalt der göttlichen Mutter, die für das menschliche Leben zuständig ist. Sie nahm seine Seele in sich auf und gab ihm somit genügend Schutz vor Andastra. Damit kam sie nicht mehr an ihn und an das Sternenthal heran."

„Eine Art Schutzzauber?"

„Das stimmt. Als die Siegesgöttin Ixtilion bei seiner Hochzeit mit Aurora verfluchte, sagte sie, dass er nur erlöst würde, wenn sich ein mitfühlendes Herz wegen seines Selbst für ihn opfern würde. Außerdem war sie der Meinung, dass es nur eine mächtige Hexe aus dem Volk der Inselinen könne, die er bereits selbst vernichtet hatte." Dabei mustert sie mich aufmerksam mit hochgezogenen Augenbrauen.

„Stimmt. Es gab keine Inselinen mehr auf der Erde. Sondern nur das Kind mit den Schmetterlingsflügeln im Himmel, die ich bis jetzt noch nicht gesehen habe."

„So ist es und unsere Aemilia wirst du bald kennenlernen." Ein Blinzeln ist in ihren Augen zu erkennen, sodass in mir eine Hoffnung aufkeimt.

Vielleicht durfte ich zurück nach Wismar?

„Mila?"

Gespannt sehe ich zu ihr.

„Du musst wissen, dass du freiwillig, Anstelle von Aemilia heruntergegangen bist. Du wolltest sie nur beschützen und damit dir nichts passierte, errichteten wir für dich Schutzmaßnahmen. Immerhin konntest du die Aufgabe auf Iceland nicht alleine meistern. Es boten sich viele Geister, Götter und andere Wesen an, uns zu helfen. Sie erkannten dich auf der irdischen Welt, nur mit deinem Namen als Prinzessin des Schmetterlingsvolkes. Deshalb war dein Name Aemilia. Selbst Manu, erkannte dich nur durch deinen Namen und das Amulett. Sie war es, die euch durch das unterirdische Labyrinth von Iceland lotste. Und weil die Seele von Ixtilion in ihr war und Aurora im Geisterdorf feststeckte, halfen die Geister der Zeit, das sich die beiden zumindest alle neunundzwanzig Tage bei Vollmond sehen konnten."

„Oh ja, das habe ich miterlebt. Das war echt traurig und dann nur für kurze Zeit." Bei der Erinnerung wird es mir schwer ums Herz.

„Das ist wahr. Dennoch gaben die beiden nie die Hoffnung auf, dass sie erlöst und der Frieden auf Erden einkehren würde. Unsere Schöpfer im Universum und all unsere Helfer warteten nur darauf, dass endlich der Zeitpunkt kam, um Andastra Einhalt zu gebieten."

„Woher wusstest du den Zeitpunkt, dass du mich, anstelle von Aemilia zu meinen irdischen Eltern bringen konntest?"

„Einmal durch Abnoba ihre Prophezeiung und als wir alle für einen kurzen Moment den Zugang untereinander erhielten. Es war wie früher, als die Welt noch in Ordnung war. Als alle Tempelanlagen geöffnet waren, da haben sich die Blue-Moon Steine miteinander verbunden und damit konnten wir über weite Entfernungen kommunizieren. Aber zurück zu den besonderen Augenblick. Denn urplötzlich hörte man es flüstern, dass die Zeit gekommen ist, um das Kind geschützt auf die Erde zu bringen."

„Verrückt. Also, habe ich mich angeboten, die Welt zu retten und das Ganze mit euer aller Hilfe? Und was hat es mit dem Amulett auf sich?"

„Das Amulett besteht wahrhaft aus Sternenstaub und es gehört Aemilia. Dieser Stein der in seinem Inneren eine Schlange beherbergt, hat diese Insel mit dem See und den Lotusblüten entstehen lassen. Als Aemilia hier ankam und uns zu sich rief, da hatte sie uns, eine neue Welt gezeigt und als wir nicht ganz verstanden, da löste sich ihr Amulett in einem violetten Nebel auf.

Es gab noch einmal ein Erzittern auf der fertig geworden Seite der Insel und urplötzlich sprudelte tiefgrünes Wasser empor, welches sich aus der Erde hochschob. Es dauerte nicht lange und der See entstand so, wie du ihn jetzt vor dir siehst. Die Schlange bewegte sich in diesem See und überall, wo ihre Bewegungen zu sehen waren, da trieben Lotusblätter mit einer weißen, geschlossenen Blüte herauf."

„Das muss fantastisch ausgesehen haben."

„Als sich dann nach und nach eine Blüte nach der anderen öffnete, sahen wir Babys mit hauchzarten Schmetterlingsflügel, die im Laufe der Zeit in der Lotusblume bis zum Kleinkindalter behütet heranwuchsen. Allerdings wird ihre Körpergröße nie fünfzig Zentimeter überschreiten." Wachsam sieht sie mich an, bevor sie die Bombe platzen lässt. „Und in der ersten Blüte, die sich öffnete, da erwachtest du mit dem Namen Amalia. Obwohl dich alle hier liebevoll Mila rufen. Denn du bist genauso eine ungeborene Seele, wie deine Cousine Aemilia aus dem Stamm der Inselinen."

„Was bin ich?"

„Aus diesem Grund siehst du ihr und all euren weiblichen Verwandten zum Verwechseln ähnlich. Das kommt durch die Verbindung zum Erdgeist. Deshalb fühlt ihr euch so tief verbunden. Du hast dich immer vor Aemilia gestellt und bist ihre beste Freundin. Deshalb kam ihr Amulett, welches in der Tiefe dieses Sees liegt, zu dir auf die Erde, als du in Gefahr warst."

„Stimmt, als die Einbrecher in den Laden meiner Oma kamen und sie fast meinen Barna getötet hätten." Ein Gefühl von Heimweh erfasst mich.

„Aemilia, ich werde mit dir jetzt nicht jeden deiner einzelnen Schritte besprechen, weil letztendlich alles zusammengehört."

„Was ist eigentlich mit Birgitta ihrem zweiten Hund? Schließlich wurde er erwähnt, als Sigrun mit ihren Verbündeten bei Birgitta im Bergdorf ankam."

„Ach ja. Beide Hunde besitzen eine gemeinsame Seele, sie sind eins."

„Muss ich das jetzt verstehen?" Zweifelnd schaue ich Mitra an, die mich milde anlächelt.

„Mila, die Göttin, die alles Leben hervorbringt, kann es auch schützen." Doch egal wie viel ich jetzt davon begreife, ich nicke ihr nur zu.

„Wir alle beschützen diese Welt. Birgitta mit der weißen Hündin von hier oben und Wotan mit dem Schwarzen im Bergdorf. Jetzt, wo der Frieden zurückgekehrt ist, können wir uns alle untereinander besuchen. Somit können das Leben und unsere Magie weiterhin existieren."

Wir lächeln uns an und ich genieße es, wie ihre Haare sich im Sommerwind wiegen. Bloß mit einem Mal leuchtet ihr Körper in einem hellen, weißen Licht auf.

„Was hat das zu bedeuten?", fragt uns Birgitta, die urplötzlich neben uns steht.

„Ich glaube wir bekommen Besuch."

„Ist das deine Alarmanlage?"

„Das verstehe ich nicht." Irritiert sieht sie mich an.

„Witterst du Gefahr?", probiere ich es noch einmal und sie schüttelt ihren Kopf.

Wie aus dem Nichts kommen vier hell leuchtende Sterne auf uns zu, die hinter sich einen Schweif herziehen, der viele Sternschnuppen erscheinen lässt.

„Friede." Vier Männer, die ich noch von der Zeremonie aus dem Sternenthal kenne, verbeugen sich vor uns.

„Seid ihr nicht die vier Brüder, die Leandros von seiner Pflicht als Beobachter überzeugen wollten?"

„So ist es", beantwortet mir einer mit hocherhobenen Hauptes meine Frage.

„Aber sagt, wie heißt ihr?"

Alle Männer tragen bodenlange weiße Gewänder, die schlicht und einfach mit einer Schnürung auf Brusthöhe zusammengehalten werden. Ihr langes braunes Haar ist offen und auf dem Kopf haben sie eine Art Turban, dessen Stoff am Hinterkopf bis zu ihren Oberschenkeln reicht. Die Gesichter sind rund mit Vollbart und ihre blauen Augen beobachten mich aufmerksam, während ich mir noch ihre Schwerter ansehe, die sie neben sich in der rechten Hand halten.

„Wir sind die vier Brüder, die einst mit Ixtilion auf der Welt umherwanderten. Doch wie du ja weißt, kam er dann auf Abwege", erklärt mir einer der Männer etwas patzig.

„Das finde ich nicht, denn ohne die beiden, würde es unsere Welt nicht mehr geben. Dann wäre euer Experiment gescheitert. Findet ihr nicht auch?" Ich finde es nicht in Ordnung, wenn man schlecht über jemand redet, wenn dieser nicht anwesend ist. Vor allem, wenn man ihre Liebe unterbinden wollte.

„Entschuldige, mein Bruder Bran spricht immer schnell und unüberlegt, wie er auch sein Schwert führt!" Aufmerksam verbeugt sich der andere Mann neben ihm.

„Ist schon gut", wiegle ich ab.

„Mein Name ist Chadh, das ist Laogh und der vierte im Bunde ist Cadan. Wir haben einst Ixtilion beschützt, als seine Wächter und Krieger. Nachdem er seine Entscheidung getroffen hatte und als ein Unsterblicher auf die Welt zurückging, da wurden wir abgezogen", erklärt mir Chadh.

Im Nachhinein hätte ich es besser gefunden, wenn sie bei ihm geblieben wären, dann hätte Andastra vielleicht keine Chance bekommen, Ixtilion zu manipulieren.

„Mitra, können wir die Nacht bei euch verbringen?", erkundigt sich Laogh.

„Natürlich!", und wir laufen den Berg hinunter.

Bevor ich aber in mein Zimmer gehe, drehe ich mich zu Birgitta um, die mit mir wortlos den Berg hinabgelaufen ist.

„Aber morgen will ich wissen, wie es meiner Familie und meinen Freunden geht!"

„Schlaf schön."

Zielstrebig laufe ich ins Bett.

Seit ich in dem großen Himmelbett liege wälze ich mich unruhig von einer Seite auf die andere. Die Nacht ist zwar nicht sehr dunkel, wie ich es von Zuhause kenne, dennoch fehlt mir meine gewohnte Umgebung mit meinem Stubentiger. Außerdem fliegen ständig meine Gedanken zu Mathis und meinen Freunden. Ich würde zu gern wieder alle bei mir wissen. Einfach, um zu sehen, dass es ihnen wirklich gut geht. Vor allem fehlt mir Jola ihr Lachen und ihre flotten Sprüche.

Was macht das bloß für ein Sinn, mich in einer Welt zu belassen, die ich nicht kenne und von der ich verunsichert bin? Außerdem habe ich keine Ahnung, was sie von mir erwarten. Wie sieht ihr Tagesablauf aus und kann ich mich da überhaupt mit einbringen? Kapiere ich tatsächlich, was Birgitta mit Mitra bei den Kindern leistet? Zum Glück sprechen wir die gleiche Sprache. Da kann ich ihnen wenigstens Fragen stellen, wenn ich etwas nicht begreife. Trotzdem fühle ich mich an diesem Ort fremd, obwohl alle lieb zu mir sind. Aber es fühlt sich für mich alles so unwirklich an. Mir blutet mein Herz, weil ich die Menschen verloren habe die ich liebe. Schließlich bin ich jetzt alleine an einem Ort, den ich nicht verstehe, und würde lieber in Wismar sein. Traurig gucke ich in den nächtlichen Himmel über mir, weil ich weiß, dass ich nicht aus dieser Nummer herauskomme.

Tief geknickt setze ich mich aufrecht in dem Himmelbett auf und blicke aus einem der Fenster. Alles ist friedlich und die Sterne im Himmelszelt leuchten meine Umgebung gut aus. Auch ist es im Zimmer nicht kalt, obwohl ein konstanter Luftzug durch dieses weht und sich bei mir Heimweh einstellt. Wenn es tatsächlich meine Welt mit seinen Jahreswechseln immer noch gibt, sich Menschen auf den Straßen begrüßen und für einen kleinen Plausch stehen bleiben, dann möchte ich es noch einmal miterleben dürfen. Vor allem will ich sehen, was sich nach unserem Sieg verändert hat.

Hieß es auf Erden nicht ständig, ich soll mein Herz und meinen Verstand verbinden, damit ich die Tür öffnen kann? Möglicherweise kann ich es nutzen, um mich nach Hause zu wünschen. Und wenn ich mit Aemilia, die ich noch nicht gesehen habe, mal rede?

Augenblicklich verspüre ich, wie aus meiner tiefsten Verzweiflung Zuversicht wird. Sollte ich echt einen Weg finden? Was mir aber schwer zu schaffen macht, ist natürlich die Liebe zu Mathis. Auf jeden Fall werde ich ganz tapfer sein und ihn gehen lassen! Immerhin macht er einen wertvollen Dienst. Er beschützt all die kleinen Wesen, damit sie eine zweite Chance erhalten. Das muss ich ihm zugutehalten und ihm hoch anrechnen.

Was sagt meine Oma immer? Ich kann nur das vermissen, was ich einmal selbst erlebt habe, als ich glücklich war. Deshalb tragen mich meine positiven Erinnerungen stets an den Ort oder an das Ereignis zurück. Und genau das ist der springende Punkt! Auch wenn ich jetzt vorübergehend an diesem Ort der Schmetterlingskinder bin, können sie mich nicht mit ihrer Freundlichkeit für immer festhalten, weil mein Herz für eine andere Heimat, nämlich für meine Familie in Wismar schlägt. Deshalb steht für mich fest, dass ich später mit allen reden werde, um das auszusprechen, was mir am Herzen liegt.

Schnell atme ich tief durch und als ich mich auf meinem Bett ausstrecken will, höre ich eine tierische Gestalt zu mir tapsen.

„Hallo, Mila."

Verwundert blicke ich Birgitta ihren weißen Hund an.

„Ich ...", aber weiter komme ich nicht.

„Wie ich dich fühlen und hören kann, kannst du nicht schlafen?", flüstert mir der Hund zu, während er immer näher kommt.

„Ja, aber wer bist du?"

„Ich bin die zweite Hälfte von Manu, die Göttin des Lebens."

Skeptisch mustere ich sie mit meinen großen Augen.

„Und der schwarze Hund?"

„Das ist mein Gegenstück. Wir ergeben vereint das Leben in jeglicher Form. Alles was du auf der Erde siehst, ist Leben. Ist Gott, sind wir. Jeder Grashalm, jeder Regentropfen und vieles mehr."

„Wow."

„Alle Himmelswesen ermöglichen, dass diese göttliche Welt funktionieren kann. Jeder braucht den anderen, damit der Zyklus wirken kann."

„Mm." Was soll ich darauf antworten? „Aber sag mir, wie sieht es auf unserer, Neuen und dennoch Alten Welt aus?"

„Es hat sich zu einer blühenden und friedlichen Gemeinschaft entwickelt. All die machtgierigen Ausbeuter wurden zu Hermes gebracht und wir haben uns die Hände gereicht." Als sie mir das erzählt, verwandelt sie sich in eine Göttin, sowie ich die Wesen aus den römischen Erzählungen und deren Olymp kenne.

„Das freut mich", murmle ich und sie schmunzelt mir zu. „Und du meinst, dass es mit Hermes klappt?"

„Ja, weil er dafür seine Frau zurückbekommt, die einige Tage bei Mitra verbracht hat."

Aha, Mitra ihre Macht die Menschen positiv zu beeinflussen, damit diese, ihr gefülltes Herz der Liebe weitergeben.

„Und beide dürfen an unseren Mondfinsternissen, die mehrmals im Jahr stattfinden, teilnehmen. Da öffnen sich alle Zugänge der Parallelwelten und wir feiern gemeinsam", erklärt sie mir zuversichtlich.

„Das freut mich sehr. Ich denke, wenn die Menschen fähig sind sich zu verzeihen und einen Neuanfang wagen, dann solltet ihr es ebenfalls können", bestärke ich Manu in ihrem Vorhaben.

„Aber eigentlich bin ich hier, um mit dir über deinen Herzenswunsch zu reden", zwinkert sie mich aus ihren hellblauen Augen an.

„Sag bloß, du hast meine Gefühle gespürt?", luge ich Manu etwas zerknirscht an.

„Und gehört."

„Ups, das ist mir vielleicht peinlich", antworte ich ihr ehrlich.

Da setzt sie sich auf mein Bett und sieht mich an.

„Du weißt ja, dass es immer zwei Seiten einer Medaille gibt?"

„Meinst du, wie hell und dunkel? Aber was hat das mit meinen Gedanken und meiner Sehnsucht zu tun?"

„Mila, jeder trägt eine gute und schlechte Seite in sich. Und sehr oft kollidieren sie miteinander. Wie dein Herz mit deinem Verstand."

„Okay, soweit kann ich dir folgen."

„Du hattest dich vor achtzehn Erdenjahren entschlossen auf die Erde herabzusteigen, um zu helfen."

„In echt? Bin ich dann eine Wiedergeborene?"

„Nein, du wurdest nicht auf normalen Weg geboren, sondern als ein kleiner Engel an deine Eltern übergeben. Du warst zu diesem Zeitpunkt mit

Aemilia noch die einzige Inselinen, die die Macht in sich trägt, um Leandros und die Welt zu befreien."

„Wirklich?"

„Ja. Als du dich während deines Einsatzes in die Lüfte erhoben hattest, um zu uns zurückkommen, da hast du dich mit den verschiedenen Mächten verbunden. Schließlich steckte Aemilia ihre Magie im Amulett, welches du am Hals trugst und das sich daraufhin öffnete.

Leandros seine heilende Kraft, Aurora ihre Liebe und Abnoba ihre Gabe den Menschen ihre Erinnerungen zu geben, haben sich mit dir verbunden. Gemeinsam konntet ihr die Welt von den dunklen Schatten heilen. Deshalb sahst du den Regenbogen, der sich um die Welt legte und selbst jetzt noch als Schutzschild darüber liegt."

„Aber was hat das mit der Münze zu tun?" Das kapiere ich nicht.

„Wenn du jetzt ein irdisches Leben führen willst, dann wirst du mit sehr hoher Wahrscheinlichkeit Asbirg verlieren."

„Was?", unterbreche ich sie erschrocken, als ich das aus ihrem Mund höre. Es ist doch etwas anderes, als es sich selbst nur gedanklich einzugestehen.

„Und wenn du hierbleibst, werdet ihr als gute Freunde zusammenarbeiten müssen!"

„Okay, aber was heißt das jetzt?", möchte ich Luftanhaltend von ihr in Erfahrung bringen.

„Du musst eine Entscheidung treffen oder eine Münze werfen!"

Da rollt mir bereits eine Träne an meiner Wange runter.

„Und wie ich sehe, bist du darüber nicht sonderlich erfreut." Dabei berührt sie beruhigend meine Hand.

„Mm", kann ich ihr nur zunicken, weil bereits die nächste Träne rollt.

„Weil dein kleines Herz die Liebe gefühlt hat. Richtig?"

Ein weiteres Mal kann ich ihr nur bejahend zunicken.

„Denk gut darüber nach!", bittet sie mich.

„Aber was ist mit unserer Liebe? Ich hatte gedacht, dass wenn wir siegen, dass Mathis und ich eine gemeinsame Zukunft hätten", frage ich sie mit fast tonloser Stimme.

„Mila, wir haben den drei Mädels ihre Friedenswächter gelassen. Aber Mathis ist für höhere Dinge berufen. Wir haben euch beiden das Gefühl einer Zukunftsperspektive gegeben, damit dein Herz frei ist und du deinen Auftrag erfüllen konntest."

Als ich sie fassungslos anstarre, steht sie auf und verlässt lautlos mein Zimmer. Hatte also Andastra doch recht? Sie sagte, dass er von einer sehr alten Familie abstammt und die würden solch eine Verbindung nie zulassen.

Was soll ich jetzt bloß tun? Ich rutsche an mein Kopfende und lehne mich an die Rückenlehne, um nachzudenken. Alles fühlt sich für mich so kalt und leer ohne ihn an.

Verdammt aber auch! Sollte ich vergeblich um unsere Liebe gekämpft haben? Und je mehr ich darüber nachdenke, umso wütender werde ich. Was bilden die sich überhaupt ein, ständig über mich zu entscheiden? Und ich soll mich angeboten haben die Welt für die zu retten und als Dank lässt man mich leiden? Man bestraft mich für was genau? Dafür das aus einem Mädchen eine Frau wird? Na, das gehört doch zu einem Lebenskreislauf dazu. Genauso wie das geboren werden und das sterben. Wurde mir das denn nicht ständig gepredigt? Und wenn Mathis aus einer namhaften Familie ist, dann hat er gewiss einen Bruder, um ihm und mir ein gemeinsames Leben zu gewähren. Wo ist da das Problem? Und während ich mich in Rage rede, ohne Punkt und Komma, höre ich ein kräftiges Flügelschlagen.

Geschwind trockne ich mir meine Tränen ab und laufe den Trampelpfad zum Tempel hinauf, während mir einige Kinder folgen. Als ich oben ankomme, erblicke ich am Himmel fünf mächtige Wesen die zu uns fliegen.

Es sind vier große Greifvögel, die mit ihren Krallen eine Art Holzboot festhalten. Je näher sie kommen, umso besser erkenne ich, dass es sich um eine Schaluppe handelt. Das ist ein Kutter ähnliches Boot, nur das dieses keine Segel hat. An allen vier Punkten halten die Greifvögel das Boot sicher im Flug. Aber am meisten bewundere ich Mathis. Er wacht über seine Krieger und dem Boot. Seine Flügel sind mächtig breit und lang, dass er als Beschützer aller, seinen Namen Ehren macht. Niemand wird so ein starkes Wesen angreifen, dafür ist er viel zu imposant anzusehen, dass es mir eine Gänsehaut über meinen Körper jagt.

Dann setzen sie vor unseren Tempel zum Landeanflug an und es wird immer heller, selbst die Kinder um mich herum erscheinen aus ihrem Innern mit einem hellen Schein. Da spüre ich ihre Wärme und Liebe in mir. Sie wollen gewiss den Ankommenden ihre Schmerzen nehmen.

In dem Boot sitzen ältere Kinder, die die Kleineren auf ihren Schoß haben und sie sehen uns verweint an. Sogleich tritt Birgitta mit Mitra an das Boot heran und sie verbeugen sich nicht nur vor den Kriegern.

„Friede, Kinder", spricht Birgitta aus und ich erkenne, dass die Neuankömmlinge unsicher sind.

„Habt keine Angst und steigt aus dem Boot!", bittet sie Mitra und ihr Lächeln gibt einem Jungen Mut.

Genau zehn Kinder sind an Board und sobald sie den ersten Fuß auf den Vorplatz des Tempels setzen, sehen sie nicht mehr verängstigt aus. Aus meinem Umfeld lösen sich zehn Kinder, die auf die Ankömmlinge zu schreiten. Sie strecken ihnen ihre Hände entgegen oder nehmen die ganz kleinen Kinder auf den Arm. Dabei fühle ich, wie die Anspannung von ihnen abfällt.

„Lasst uns gemeinsam in euer neues Zuhause gehen!", höre ich Mitra sagen und alle laufen sie abwärts in das Kinderdorf.

„Asbirg?"

Als ich eine mädchenhafte Stimme vernehme, muss ich mich voller Neugier umdrehen. *Wow*, schießt es mir durch meinen Kopf. Sie ist ein wundervolles und zierliches Geschöpf mit bunten und durchscheinenden Schmetterlingsflügel, die auf Mathis wartet. Dieser beginnt sich gegenwärtig von dem gigantischen Adler in eine fast menschliche Gestalt zu verwandeln. Nur seine großen Flügel und seine Kampfbekleidung behält er an.

„Aemilia", schon verbeugt er sich kurz, ehe er mich anlächelt. Dann richtet er sich auf und hält in seinen zwei Händen drei leuchtende Kugeln, die einen Durchmesser von neun Zentimeter haben.

Schon hebt Aemilia ihre beiden Hände kurz darüber und die Lichtkugeln erheben sich. Anschließend folgen sie ihr schwebend, als sie leichtfüßig zur Brücke läuft. Beeindruckt gucke ich erst Mathis an und dann Aemilia nach.

„Mila?", fragend sieht er mich an, aber immer schön Abstand haltend.

„Was war das?"

„Das sind ungeborene Seelen, die Aemilia zum See bringt. Sie legt die Leuchtkugeln auf ein Lotusblatt und sofort bildet sich eine Blüte daraus. Die kleinen Kinderseelen werden von der Blüte gewärmt und können somit in Ruhe zu Schmetterlingskindern heranwachsen", erklärt er mir, während er sich jetzt in seine menschliche Gestalt verwandelt. „Wollen wir reden?", lächelt er mich ehrlich bemüht, locker zu sein, an.

„Mm." Obwohl ich ihm nur schüchtern zunicken kann.

„Lass uns dort auf das Gras setzen!"

„Manu war vorhin bei mir", platze ich gleich raus.

„Und?"

„Sie meinte, dass man uns beide nur etwas vorgemacht hat, damit mein Herz frei ist und ich meinen Auftrag ausführen konnte." Diesmal kämpfe ich nicht gegen meine Tränen, sondern gegen meine Wut an.

„Das hat sie gesagt?"

„Glaubst du ich Lüge?"

„He, he, Mila! Das habe ich nicht gesagt. Komm mal wieder runter!"

„Man, mich ärgert es einfach nur, das ich ständig belogen werde! Und dann heißt es ich soll die richtige Entscheidung treffen. Wie denn?", motze ich.

„Was sollst du entscheiden?"

„Wenn ich runter gehe, um in Wismar bei meiner Familie zu leben, so geht es nur ohne dich. Bloß wenn ich hier oben bleibe, dann leide ich. Selbst jetzt sitzen wir ein gutes Stück auseinander, damit unsere Liebe sich nicht zeigt. Oder wie soll ich das nennen?"

Statt mir eine Antwort zu geben, schweigt er mich nur an. Gute zehn Minuten sitzen wir jetzt vor der Brücke zu den Schmetterlingskindern im Gras. Nicht einmal seine Hand kann ich berühren. Wie sehr wünsche ich mir das. Ihn einfach in meinen Arm zu nehmen und seine Wärme, samt Stärke zu spüren. Bloß jedes Mal, wenn ich an ihn Heranrutsche, weicht er mir aus.

„Mila?"

Fragend blicke ich ihn an.

„Ich hatte gehofft, dass wir beide eine Zukunft hätten. Es hatte sich zwischendurch so angefühlt, als ob wir es schaffen könnten." Da unterbricht er sich, weil er schwer aufatmet. „Offensichtlich hat es meine Familie wieder einmal geschafft, sich in mein Leben einzumischen."

„Deine Familie?" Herrgott noch mal, kann er nicht mal Klartext mit mir reden?

„Ja, meine Familie von hier oben aus der Himmelswelt", und er sieht mich intensiv an.

„Dann erzähl mir mal, von Anfang an, was ich über euch Götter in dieser Welt und vor allem über dich wissen muss!", zicke ich ihn etwas sauer an.

Verdammt aber auch! Bin ich echt nur ein Opferlamm, das seinem Schicksal ausgeliefert ist. Egal welche Gefahren ich überstanden habe, ich habe bis jetzt nur Trennungsschmerzen erlitten. So viele gute Kämpfer habe ich sterben gesehen und nun sitze ich zum Dank hier, ohne zu wissen, was eigentlich Leben bedeutet. Wieso soll ich eine ungeborene große Hexe sein, die zum Wohle aller Leiden muss? Das check ich alles nicht.

„Mila?", höre ich ihn leise rufen und ich folge seinem Blick.

Aemilia kommt mit ihren mächtigen Flügel über die Brücke zu uns gelaufen und schon bemerke ich den Wind auf meiner Haut, der mich leicht berührt. Außerdem beobachte ich, dass Birgitta ihr weißer Hund ebenfalls zu uns aufschließt.

„Mila?", vernehme ich Aemilia ihre Stimme, während sie sich zu mir setzt.

Augenblicklich verspüre ich, ihren intensiven Blick auf mir ruhen und fühle eine tiefe Vertrautheit zu ihr. Jedoch schmerzt mir mein Herz, weil ich mich nicht an sie erinnern kann.

„Du kannst dich an nichts von mir und dem hier erinnern, weil wir beide uns dazu entschlossen hatten, bevor du von Mitra zu deinen Zieheltern gebracht wurdest", lächelt sie mich wissend an. „Komm, ich möchte dir etwas zeigen!", und sie zieht mich mit sich hoch.

Als ich feststelle, dass sie mir nur bis zu meiner Brust reicht, bekomme ich das Gefühl, sie beschützen zu müssen. Wie eine große Schwester eben.

„Du hast mich seit Anbeginn beschützt", lächelt sie mich abermals wissend an.

„Du liest Gedanken. Stimmt's?"

„Mm, das kann ich."

Wir steigen die paar Tempelstufen hinauf und ich stehe vor dem Tempelbrunnen, der sich vor dem Eingang zum Altarraum befindet.

„Da du immer sehr neugierig bist und dem Sehen sowie Erleben mehr glaubst, als dem Gesagten ...", unterbricht sie sich kurz, als sie mit ihrer Hand darüber fährt. „Sieh selbst!"

Daraufhin wird das Wasser im Brunnen unruhig, ehe es glasklar wird und eine Spirale mich gedanklich mit sich zieht.

Zusammen mit Aemilia, Birgitta und Mitra finde ich mich in dem Tempel ein und betrachte das Wasserbecken mit seinen ernüchternden Bildern.

„Seid ihr euch sicher, dass wenn wir jetzt nicht eingreifen, wir dann für immer untergehen?", fragt Aemilia aufgeregt.

„Ja", höre ich Mathis sagen, der in seiner Kriegermontur hinter mir steht. „Wie können wir sicher sein?", fordert sie ihn auf, ihr eine ehrliche Antwort zu geben.

„Ich habe keinen Zugang mehr zum Hafen der letzten Überfahrt. Nicht nur ich kann keine Seelen mehr vor Hermes beschützen. Sogar meine Brüder sind von unserem Kreislauf des Lebens ausgeschlossen."

„Oh Gott!", wispert sie. „Keine guten Seelen und seine Armee wächst?"

„Wie ist denn euer Schlachtplan? Was sagen unsere Verbündeten?", hinterfrage nun ich.

„Es heißt, wenn wir Aemilia runterschicken und sie den Fluch der drei Seherinnen auflösen kann, dass sie durch ihr Lebenslicht, die Welt neu erwecken kann."

„Aber Asbirg, wir können sie doch nicht runterlassen! Wenn sie getötet wird, dann stirbt diese Seite der Kinderseelen", erwidere ich.

„Aber wenn der Himmel auf die Erde fällt, dann haben unsere Kinder keine neue Heimat, sondern müssten für immer hier mit uns leben. Wir wären in einer eingeschlossenen Welt."

„Ganz so unrecht hat Asbirg nicht", stimmt Birgitta ihm zu.

„Aber sagtet ihr vor langer Zeit nicht, das Aemilia den Planeten nicht verlassen kann, weil sie an diese Welt gebunden ist?"

„Deshalb wird uns Manu helfen."

Alle sehen wir zu der weißen Hündin, die sich zu einer Göttin aus einer längst, vergangen Zeit verwandelt hat.

„Ich habe das Menschengeschlecht mit zum Leben erweckt und kann dem Leben somit Schutz gewähren. Immerhin ist meine zweite Hälfte unten, um die Welt zu schützen, während ich hier oben diese Parallelwelt beschütze. Dennoch kann ich Aemilia nicht runterschicken, sie ist der Ursprung der Schmetterlingskinder und wenn ihr etwas zu stößt, stirbt ihr Land", spricht sie mit Bedacht.

„Und jetzt?"

Gespannt blicke ich Aemilia an, die genervt die Frage stellt.

„Nein, Mila, du gehst nicht!"

„Warum nicht? Außer das ich keine Gedanken lesen kann und nicht die Macht habe so ein bedeutendes Land entstehen zu lassen, kann ich es versuchen."

„Versuchen?"

„Klar", lache ich sie an. „Du glaubst doch wohl nicht im Ernst, dass ich zustimme, dass du dich opferst?"

„Mila, wenn dir etwas passiert, ich könnte mir das nie verzeihen. Du bist wie eine Schwester für mich", und eine erste Träne löst sich aus ihren Augen, sodass ich sie in meine Arme nehme.

„He, das wird schon. Wir haben gewiss Helfer", muntere ich sie auf.

„Aemilia, ich muss deiner Cousine zustimmen. Wir werden sie an deiner Stelle hinunterschicken", unterbreitet ihr Manu. „Sie ähnelt dir nicht nur, sondern sie kann wie du den Menschen ihre dunklen Schatten nehmen und sie immun gegen die schwarze Magie machen. Ihr Licht des Mitgefühls gekoppelt mit deinem Licht des Lebens lässt eine bessere Welt auferstehen."

„Wie soll das gehen? Wir können sie von hier oben nicht beschützen. Wir haben keinen Zugang mehr auf diese Erde."

„Wenn die Zeit reif ist, wird Mila mit deinem Amulett in Berührung kommen und es wird sie beschützen und führen. Sie wird deinen Namen tragen, damit unsere Freunde sie erkennen und ihr helfen. Wenn der Zeitpunkt gekommen ist, um dem Fluch seine Macht zu nehmen, wird sich eine allmächtige Druckwelle um den Planeten legen, der den Frieden bringt", erklärt ihr Manu.

„Was ist mit Mila?", denn so leicht lässt sich Aemilia nicht beruhigen.

„Sie wird wieder zu uns kommen", lächelt sie ihr zuversichtlich zu.

„Siehst du! Alles wird gut."

„Aber wenn die schwarze Magie sie erkennt? Oder, wenn Mila etwas beiläufig über unsere Welt erwähnt? Die Menschen haben vor Andersdenkenden, Träumer oder Visionäre Angst? Ich möchte Mila nicht unnötig Gefahren aussetzen und sie Leiden lassen."

„Stimmt, das haben wir gar nicht bedacht, weil es solche Ängste bei uns nicht gibt."

Erstaunt blicke ich Birgitta an.

„Wenn jemand Angst hat, dann dreht sich alles nur darum und aus Angst wird Hass. Viele die sich fürchten schlagen ziellos um sich und das endet nie gut", vernehme ich Mitra, die sich zu uns gestellt hat und Birgitta ansieht. „Kannst du dich noch erinnern, als die schwarze Magie immer stärker wurde? Es betraf die magischen Menschen in deinem Dorf", und Brigitta nickt ihr traurig zu. „Die Menschen, die ihre Magie verloren hatten, fürchteten sich vor uns. Sie dichteten uns viele böse Sachen an und eine weitverbreitete Hexenjagd begann, weil man uns ausrotten wollte."

Aus Angst wurde Gegenwehr und als die Menschen durch die Kirche Unterstützung bekamen, starben viele in diesem Zeitalter mit unerträglichen

Schmerzen. Die Folter war ein beliebtes Spielzeug, wie einst Cesar in Rom, als er die Christen von seinen Löwen in seinem Kolosseum zerfetzen ließ.

„Aber wie wollt ihr mich dann beschützen?"

„Es wird dir aber einiges abverlangen", und Manu sieht mich vielsagend an, doch ich nicke ihr tapfer zu. „Wir werden dir jegliche Erinnerungen nehmen, die du von uns und deinem bisherigen Leben hast."

„Aber ich bekomme sie dann zurück?" Hoffnungsvoll schaue ich sie an.

„Das liegt an dir selbst", sagt es Manu fast lautlos.

„Wie?"

„Du gehst als Kinderseele hinunter und du musst als diese zurückkommen, sonst hast du es verwirkt!"

„Weiter nichts? Denn woran soll das bitteschön scheitern?"

„Du bist sehr naiv. In deinem irdischen Leben geht es anders als hier zu. Da kann es passieren, dass dein kleines Herz sich verändert. Aber ich will nicht schwarzsehen. Bist du bereit?"

„Ja." Da nimmt sie mich an ihre Hand und übergibt mich an Mitra.

In diesem Augenblick höre ich es Flüstern:

„Es ist Zeit das Kind auf die Erde zu schicken!"

Überrascht und sprachlos was ich als Zuschauer sehe, wird es mir schwindlig und ich finde mich auf dem Boden vor dem Brunnen wieder. Starr schaue ich vor mich hin und mir rollen meine Tränen die Wange hinunter. So war das also. Es war von langer Hand vorbereitet und weil sich in meinem Herz die Liebe eingeschlichen hat, wurden mir all meine Erinnerungen nicht zurückgegeben. Jetzt bin ich hier und besitze keine Kinderseele mehr. Etwas schwerfällig erhebe ich mich von dem Tempelboden und schaue in die Runde. Vor mir steht meine Cousine mit Tränen im Gesicht und schweigt mich an. Mein Herz schmerzt mir, als ich sie betrachte. Sie weiß bereits, wie ich mich entschieden habe. Das ich, meinen eigenen Weg gehen möchte, der mir nicht prophezeit wurde, sondern den ich selber wähle.

Schnell schaue ich von Aemilia weg und erhasche Birgitta ihren Blick, die mir verstehend zunickt. Selbst Mitra hat ein verständnisvolles Gesicht aufgesetzt. Manu brauche ich nicht lange anzusehen, weil sie sich zu mir an den Brunnen gestellt hat.

Am meisten Mut brauche ich, um Mathis in seine Augen zusehen. Deshalb richte ich meinen Blick schweren Herzens zu ihm auf, wobei mein Herz mir bis zum Hals klopft und sein Anblick mich kurz ins Schwanken bringt. Denn wie soll ich ihm erklären, dass ich damit nicht umgehen kann, wenn ich ihn jeden Tag sehe, aber nicht berühren darf? Mich würde diese Situation wahnsinnig machen und ihm irgendwann seine Arbeit erschweren. Egal ob sich all die Fehler der Götter wiederholen, aber ich treffe jetzt meine Entscheidung zum Wohle aller! Denn ich bin mir sicher, dass ich nie mehr so fühlen werde, wie es mir mit Mathis ergeht.

„Manu, ich möchte zurück nach Wismar, zu meiner Familie und Barna!", sage ich mit vibrierender Stimme, in der Hoffnung, dass mir diese nicht versagt.

„So soll es sein!" Verstehend nimmt Manu meine Hand, nur um mich im gleichen Atemzug an Mitra zu übergeben.

Ich frage Manu nicht, warum mich Mitra abermals zu meinen Eltern bringt, sondern ich schließe nur meine Augen, damit ich Mathis seinen angespannten und traurigen Gesichtsausdruck nicht sehen muss. Sogleich spüre ich, dass sich mein Körper um seine eigene Achse dreht, während meine heißen Tränen meine Wange entlang laufen. Als sich weiterhin mein Körper dreht, denke ich an Mathis, den ich jetzt für immer verloren habe. Ich bin mir sicher, dass wir uns niemals wiedersehen werden. Auch checke ich jetzt, dass es für uns kein Treffen in einem nächsten Leben geben wird, weil wir beide einfach zu verschieden sind. Außerdem, wer sagt mir, dass ich ihn überhaupt wieder erkenne, wenn wir uns begegnen. Immerhin kommen wir beide aus unterschiedlichen Welten und die Zeit trennt uns bis an mein Lebensende. Ich wünsche mir nur, dass ich ihn niemals vergessen werde und er, ab und zu an mich denkt.

Kapitel 15

Ich glaube, dass wir wirklich weltweiten Frieden nur schaffen können, wenn wir nicht nur unseren Verstand bilden, sondern auch unsere Herzen und Seelen.
Malala, Kinderrechtsaktivistin und Friedensnobelpreisträgerin, geboren 1997

„M ila?"
Eine Hand schüttelt meine.
„Mila, wach auf!"

Die Stimme kommt mir mehr als vertraut vor. Selbst die Meeresbrise, die durch mein Fenster weht, und das Schnurren meines Katers lassen mich hoffen. Deshalb öffne ich erwartungsvoll meine Augen und ich schaue direkt in das Gesicht meiner besten Freundin.

„Mensch, Mila, wie lange willst du denn noch schlafen?", fragt sie mich mit einem glücklichen Lächeln in ihrem Gesicht. „He, Leute, kommt mal hoch! Mila ist endlich wach", brüllt sie gleich durch den Raum.

„Was ist passiert? Wo ist meine Brille?", denn ich kann diese nicht neben mir auf meinem Nachtschrank finden.

„Die hast du bei unserem Abenteuer in Österreich verloren."

„Ja und jetzt?"

„Mila, in dieser Welt wirst du deine Brille nicht mehr brauchen, weil sich alles zum Guten gewendet hat. Die schwarze Magie ist für die nächsten tausend Jahre verband, sodass du niemanden mehr vor der dunklen Macht schützen musst", strahlt sie mich an.

„Gebunden?", wiederhole ich, als ich meine Eltern mit meiner Oma in mein Zimmer stürmen sehe. Ihre geröteten Augen sagen mir, wie sehr sie wegen mir gelitten haben.

„Die Verbündeten von Andastra, die bei dem Kampf nicht gefallen sind sowie die Anhänger, die durch Mitra und deinem Licht nicht erwacht sind, wurden in eine Parallelwelt geschickt", erklärt mir mein Vater, als er zu mir tritt und mir behutsam über meine Stirn streichelt. „Willkommen, Kleines."

„Und du meinst, dass unser Frieden halten wird?"

„Natürlich!", höre ich meine Mutter antworten, als sie ebenfalls zu mir kommt und meine Hände streichelt. „Es wird in den tausend Jahren viele

Generationen geben, die nicht nur unsere Geschichte kennen, sondern viel voneinander gelernt haben, dass sie sich nicht mehr verführen lassen."

Ich kann mir nur aus tiefsten Herzen wünschen, dass es so sein wird.

„Aber eins muss ich noch wissen …", dabei blicke ich zu meiner Oma, die immer noch im Türrahmen steht. „Omi, wie lange liege ich schon im Bett?"

„Fünf Monate", klingt es tieftraurig von ihr und alle nicken ihr nachdenklich zu.

„Was?"

„Du hast wahrscheinlich einen Schock erlitten und dein Ich hat sich nach innen gezogen. Du lagst in einer Art Wachkoma", klärt mich Marius ganz sachlich auf, als er das Zimmer betritt. Als er vor meinem Bett steht, beugt er sich zu mir und deutet mir an, dass er ein paar Tests mit mir machen wird. „Folge dem Licht!", dazu leuchtet er mit einer kleinen Lampe in meine Augen hinein. „Wir setzen dich mal langsam auf, damit dein Kreislauf etwas in Wallung kommt. Wenn es dir schwindlig wird, dann legst du dich wieder hin." Wachsam und streng sieht er mich an.

„Jawohl, Herr Doktor!", brummt schon Jola. „Lass Mila erst mal munter werden!", fordert sie ihren Vater auf und ich muss grinsen.

Ich bin zuhause. Zwar leicht aufgewühlt und mit einigen Gedächtnislücken, aber ich habe Jola und meine Familie wieder. Die werden mich gewiss im Handumdrehen auf den neusten Stand bringen. Schwerfällig richte ich mich auf und ich muss gestehen, es wird mir schwarz vor meinen Augen und ich beginne zu schwitzen. Ich muss echt lange im Bett gelegen haben.

Fast acht Tage brauche ich, um endlich das Bett verlassen zu können. Etwas wacklig und steif genieße ich ein Vollbad, welches mir meine Eltern einlassen. Danach gehe ich mit meinem tierischen Begleiter in die Küche zu meiner Oma.

„Hallo, Mila", begrüßt sie mich mit leicht geröteten Augen.

„Hallo, Omi." Schnell umarme ich sie ganz fest. „Ich habe das Gefühl, als hätte ich dich schon lange nicht mehr umarmt."

„Das stimmt", erwidert sie mir mit einer belegten Stimme, weil sie tapfer ihre Tränen weg kämpft.

„Ich war wirklich lange fort."

„Ja, das stimmt", besorgt sieht sie mich an.

„Was ist passiert?"

„Mila?", und meine Eltern erscheinen am Türrahmen.

„Lasst uns ins Wohnzimmer gehen und reden", bittet mich mein Vater. Denn unsere Küche ist echt klein für vier Personen.

Wir laufen in die gute Stube und ich setze mich wie immer im Schneidersitz auf den Boden. Meine Eltern machen es sich auf der Couch und meine Oma auf dem Sessel bequem.

„Und was ist mit mir?", begierig stolziert Barna zu uns.

„Er hat seine Sprache behalten?"

„Ja, und es hat sich einiges zu unseren Gunsten verändert", klärt mich mein Stubentiger auf.

„Barna, lass es uns langsam angehen!", ermahnt ihn meine Oma liebevoll und er macht es sich neben mir bequem.

„Du bist mit deinen Freunden los und hast tatsächlich den Fluch vom Bergdorf im Sternenthal nehmen können. Alle Tempel erhoben sich und wir Menschen bekamen durch die Verbindung zu unseren tierischen Wächtern, unsere einheitliche Sprache zurück."

„Ich bin beeindruckt. Und die Magie?"

„Die auch. Also, all die, die diese besondere Gabe in sich tragen, bekamen sie zurück und sie besitzen auch die Erinnerung unseres letzten Kampfes", erklärt mir mein Vater. Natürlich merkt er, dass ich grüble. „Weißt du, unsere neue Welt ist ein Stück von der Alten. Das heißt, die Hektik aus der früheren Zeit gibt es nicht mehr. Deshalb gibt es verschiedene technische Erfindungen nicht mehr, weil sie einst die Menschen abhängig und unsozial werden ließen. Jetzt wird sich mehr unterhalten und geholfen. Wir sind glücklicher und leben in einer Gemeinschaft miteinander, ohne das ein Einziger die Macht an sich reißt."

„Das ist wie in einigen Ländern, die ich einst mit deinem Vater besucht hatte. Die Menschen, die am ärmsten waren, sind am glücklichsten und teilten gerne mit Fremden, ohne eine Gegenleistung zu erwarten. Und das ist, was du mit deinen Freunden geschafft hast! Wir sind wieder alle gleich." Dabei sehe ich meine glückliche Mutter an.

„Aber warum lag ich solange im Wachkoma?"

„Als Jola und Samu mit dir bei uns ankamen, sagten sie uns, dass du in Iceland zusammengebrochen bist. Jola hatte mit Isabella und Annabella eine Schutzwand um dich errichtet, um dich vor all den Pfeilen der dunklen Kämpfer zu beschützen. Erst als die Gegenseite besiegt war, haben sie die

Wand aufgelöst. Doch da lagst du bereits auf den Boden und sahst nur zum Himmel empor. Sie konnten dich nicht wecken und gemeinsam haben sie dich mit einem Zauberspruch hierher gebracht. Alle hofften wir, dass du in null Komma nichts zu Kräften kommst."

Während mein Vater mir das erzählt, schluckt meine Mutter schwer.

„Wir hatten schon Angst, du würdest nie mehr zurückkommen", schluchzt jetzt meine Oma.

„Hast du eigentlich etwas geträumt?", erkundigt sich mein Vater und da weiß ich, dass sein wissenschaftlicher Ehrgeiz geweckt ist.

„Ich muss dich leider enttäuschen. Ich habe keine Ahnung. Ich kann mich ab dem Punkt in Iceland, als ich am Wasser stehe, an nichts mehr erinnern. Klar, an die Pfeile, aber dann? Absolut die Gedächtnislücke."

Einige Tage später und mit einer besseren Kondition möchte ich mir Wismar selber ansehen. Meine Eltern und meine Oma sowie Barna haben mir schon viel darüber erzählt. Jetzt soll es keine Häuser mehr mit zig Zimmern geben, in dem nur eine Person lebt. Es haben sich stattdessen Gemeinschaften gebildet, in denen bis zu vier Generationen zusammen wohnen. Zwar hatte ich schon Angst, dass wir keine Kanalisation oder frisches Wasser mehr hätten, aber die Götter haben sich definit gedacht, dass manche Errungenschaften gut sind. Trinkwasser sollte für jeden zugänglich sein sowie eine gut strukturierte Kanalisation, damit keine zusätzlichen Krankheiten entstehen. Aus diesem Grund haben all die Himmelswesen mit ihrer enormen Macht eine magische Lösung für uns gefunden. So sagt es mein Vater. Vor allem das Thema mit der einstigen Fernwärme.

Weil alle Häuser einen Kamin haben und man ja die Wälder nicht abholzen möchte, gibt es von jetzt an ein mächtiges und magisches Feuer. Dieses wird nicht nur für all die Kaminöfen genutzt, sondern auch zum Kochen und als Lichtquelle in unseren Häusern. Und, um ganz ehrlich zu sein, ich mag das stille Flackern der Kerzen und die heimelige Atmosphäre mit meinen Eltern, wenn wir im Wohnzimmer sitzen. Selbst der alte Küchenofen, auf dem meine Oma für uns kocht und backt, hat eine schöne Wärme und vermittelt Geruhsamkeit. Doch heute muss ich mir die fantastischen Dinge mit meinen eigenen Augen selber ansehen.

Bei meinem Rundgang durch die Straßen erstaunt mich nicht nur das veränderte Stadtbild, sondern das all das eingetreten ist, was mir Birgitta und Frija prophezeit hatten.

Unsere Häuser sind mit den starken Baumwurzeln eng umschlungen, deren dichte Baumkronen gen Himmel hinauf reichen. Überall erkenne ich verwunschene Lichtungen und kleine Eingangstore führen in die angrenzenden Gärten. Es gibt keine asphaltierten Straßen mehr, sondern Trampelpfade und überall sieht man Bäume und Sträucher, die vom Schnee eingehüllt sind.

Als ich zum Hafen laufe, kann ich nicht nur die spielenden Kinder und Menschen sehen, die sich freundlich grüßen und sich mit den Tieren unterhalten, sondern ich spüre die Liebe in allen Herzen, als wäre es schon immer so gewesen. Allerdings sieht für mich alles neu aus, sodass ich echt überlegen muss, wie die Straßen vorher aussahen. Je näher ich jetzt dem Hafen zum Tempel komme, umso mehr steckt mich die Fröhlichkeit aller an. Zwar kommt es mir etwas unwirklich vor, aber ich weiß, dass sich nur das Beste von beiden Welten miteinander verbunden hat.

Ich kann viele Tiere auf den neuen Grünflächen entdecken, die sich gemütlich unterhalten oder mich interessiert ansehen. Sie rennen jetzt nicht mehr wie früher weg, sobald sie uns Menschen erspähen. Das macht mich wirklich glücklich. Immerhin hatte mir meine Oma erzählt, dass wir keine Tiere mehr essen, sondern nur das was wir auf dem Feld mit seiner Mischkultur anbauen. Und weil wir mit allen Tempeln verbunden sind, können wir sogar Früchte aus der ganzen Welt bekommen.

Was mich aber grübeln lässt, dass ich in unserem Wohnzimmer keinen Fernseher gesehen habe. Bedeutet das, dass diese ständige Beschallung an Informationen ebenfalls verschwunden ist? Für mich ist es völlig in Ordnung, denn ich habe es eh nie benutzt. Nur Jola wird bestimmt ihre Sendung mit Dieter Bohlen seinen coolen Sprüchen vermissen. Ich muss lächeln, als ich an meine beste Freundin denke und wie ihr besorgter Blick war, als ich erwacht bin.

Schließlich sehe ich unseren Tempel, wie ich ihn von meinen abenteuerlichen Besuchen kenne. Ohne Angst laufe ich dorthin und als ich die erste Trittstufe zum Tempelvorplatz betrete, habe ich das Gefühl, das ich hierher gehöre. Jede Stufe gibt mir einen kurzen Rückblick an unseren Kampf zurück, bloß tief in mir drin, bemerke ich, dass mir eine bedeutende Erinnerung fehlt. Nur kann ich sie nicht greifen.

Augenblicklich fühle ich den Wind um meinen Körper brausen und eine Stimme raunt mir etwas zu, was ich nicht verstehen kann. Allerdings besänftigt mich dieser flüchtige Windzug auf eine Art, die ich nur von meinem Barna kenne. Ohne weiter darüber nachzudenken laufe ich hinauf zur goldenen Glocke mit den vielen bunten Bändern und halte automatisch meine Hand an diese. Als ich völlig unerwartet ein Vibrieren des Erdbodens wahrnehme, drehe ich mich wachsam um.

Vor mir stehen Menschen und Tiere, die sich blitzartig vor dem Tempel sammeln. Bevor ich überhaupt realisieren kann, was gerade passiert, da verbeugen sie sich und rufen laut und deutlichen: „Friede, mit dir!", oder: „Danke dir!"

Da ich wiederum von nichts eine Ahnung habe, drehe ich mich hilfesuchend um und Jola kommt mit Samu Hände haltend zu mir. Dabei bemerke ich ihre Fäden, die sie zwanglos verweben. Sogleich empfinde ich abermals einen tiefen Herzschmerz in mir, der mich kurz nach Luft schnappen lässt. Nur warum das so ist, das begreife ich nicht. Sowie ich mir die Empfindung durch den Kopf gehen lassen will, erblicke ich Annabella und Alban, die ebenfalls glücklich aussehen. Selbst Isabella erscheint zu meiner Begrüßung mit Rean.

„Ich bin so froh, dass es euch gut geht!", kann ich nur mit Tränen im Gesicht sagen. Schnellen Schrittes laufe ich auf die sechs zu, nur damit wir uns umarmen können. „Bin ich froh, dass euch nichts passiert ist!", predige ich immer wieder aufs Neue.

„He, Mila, wir sind auch froh, dass es dir gut geht!", entgegnet mir Annabella.

„Lass dich mal ansehen!", höre ich Alban seine Stimme.

„He, außer dem dicken, langen Wintermantel und deiner Wollmütze ist von dir ja fast nichts zu erkennen", neckt mich Samu.

„Ihr seid ja genauso warm eingepackt, wie ich", erwidere ich.

„Na ja, nach zig Jahrzehnten gibt es endlich wieder Schnee und jetzt ist alles noch friedlicher als sonst. Das Glitzern der Eiskristalle ...", schwärmt Annabella und Alban zieht sie glücklich zu sich, nur um ihr einen Kuss auf ihre Stirn zu geben.

Abermals habe ich das Gefühl, als ob ich es selbst schon einmal erlebt habe, wenn ein Mensch den man liebt, einen so innig an sich zieht.

„Aber sagt, was hat das alles zu bedeuten? Wo stecken Robin und Aaron?", möchte ich wissen, damit ich nicht weiter nachdenken muss. Habe ich vielleicht durch mein Wachkoma, Gemütsschwankungen?

„Die beiden sind auf Hara ihrer Insel und unterstützen an unserer Stelle die Tempelpriesterin, bis Jola und ich zurückkommen", erklärt mir selbstbewusst Samu.

Als ich Hara ihren Namen höre, muss ich weinen. Sie war eine großartige Persönlichkeit und sehr mutig. Gerade sie, die mit ihrer Art mein Herz berührt und mir meine Augen geöffnet hatte, damit ich an das glaube, was ich nicht sehen kann. Sie musste so brutal und unter fürchterlichen Schmerzen von dieser Welt gehen.

„He, Mila." Schon nimmt mich Jola in ihre Arme und ich weiß, was sie tut.

Jola erdet mich und gibt mir den nötigen Halt, damit ich nicht zusammenbreche. Denn vor meinem geistigen Auge sehe ich die verschiedenen Kämpfe und spüre abermals die Schmerzen und Ängste in mir nachhallen, als würde es gegenwärtig stattfinden.

„Mensch, Süße, es ist alles gut. Hara wusste, auf was sie sich einließ! Glaub mir."

Ich blicke sie fragend an.

„In der Tat, Mila! Jeder der uns unterstützt hatte, wusste, dass er sein Leben verlieren könnte, nur um die anderen zu befreien", erwidert Samu, der zu uns beiden kommt.

„Mm." Was soll ich darauf antworten? „Was muss ich von euch sechs wissen und von all den Menschen, die uns glücklich zu rufen?"

„Jola und ich gehen die nächsten Tage zurück auf meine Insel. Dort unterstützen wir die Priesterin", informiert mich Samu.

„Gibt es denn jetzt eine neue Priesterin, wenn Hara im Kampf gefallen ist?"

„Ja, und du wirst es nicht glauben, wer es ist?", lacht mich Jola an und als sie selbst ihre Spannung nicht mehr aushält, da erzählt sie es mir. „Jolanda, meine Katze ist die besagte Göttin."

„Echt? Eine Tiergöttin."

„Jeep."

„Und die beiden Mädels bleiben mit ihren Männern als Wächter im Sternenthal. Dort helfen sie Birgitta und Wotan bei ihren Aufgaben."

Natürlich verstehe ich, was Jola damit meint.

„Und wer untersteht dann diesen Tempel hier?"

„Dieser hier wird seinen Pilgern und Hilfsbedürftigen nicht nur tiefstes Mitgefühl vermitteln, sondern ihnen auch die Heilung bringen", berichtet mir Samu.

„Und was übermitteln die anderen Tempelanlagen?"

„Alle lebensnotwendigen Grundlagen des Lebens, damit die Welt eine gute Basis hat, um zu gedeihen."

„Mm, aber wer ist dann der Priester oder die Priesterin, der dieser Aufgabe gewachsen ist?" Also, ich sollte schon wissen, wen ich unterstützen werde. Denn wenn meine Freunde, solange hiergeblieben sind, während ich im Koma war, bin ich gewiss eine der Hexen, die in diesem Tempel mithelfen soll. Ich kann mich nämlich daran erinnern, dass es hieß, das hilfreiche Hexen und Zauberer die Tempelpriester unterstützten, weil sie nicht alleine, eine stattliche Anlage bewältigen könnten.

„Das wird ein Priester sein, den du kennst."

Natürlich erkenne ich an Jola ihr verschmitztes Grinsen, das sie Samu zuvorgekommen ist.

„Eine Gottheit, die ich kenne?" Schnell überlege ich. „Leandros und Aurora. Stimmt's?"

„So ist es!", ertönt eine kräftige und männliche Stimme. „Ohne dich würde ich nicht hier stehen und mit der Liebe meines Lebens diesen Tempel leiten." Dabei lächelt er Aurora an und ihre Fäden leuchten nicht nur hell auf, sondern sie treffen sich, sodass ein violettes Aufleuchten zu sehen ist.

Aber sobald ich mich für sie freuen möchte, fühlt mein Herz eine Leere, die ich nicht kapiere. Bestimmt ist es für mich einfach zu viel, in kürzester Zeit alle möglichen Informationen zu verstehen. Dass mein Gehirn dann zumacht, ist ja wohl klar.

„All die Menschen und unsere tierischen Wächter haben gebetet und gehofft, dass du bald aufwachst. Dank dir, gibt es ein neues Leben nach einer langen und dunklen Zeit", holt mich Leandros aus meiner Gefühlswelt.

Als alle Anwesenden ihm zustimmen, fühle ich mich irgendwie unwohl. Deshalb sage ich, was mir gerade durch meinen Kopf geht.

„Das Lob gehört nicht mir alleine, denn ich habe all das nur mit meinen guten Freunden und all den Kriegern die sich uns angeschlossen haben schaffen können. Doch auch die, die nicht mit uns gekämpft haben, haben uns seelisch und moralisch unterstützt.

Jetzt haben wir es geschafft, dass wir die nächsten tausend Jahre unsere Kultur aufbauen können und vielleicht aus den Fehlern lernen, damit wir diese nie wiederholen. Denn ein verbittertes Herz kann viel Unheil anrichten." Sofort sind freudige Ausrufe zu hören sowie ein Klatschen, das sie mir zustimmen.

„Mila, willst du mit uns, in diesen Tempel mit seinen Bewohner und den Pilgern arbeiten?", sieht mich Leandros aufrichtig an und Aurora lächelt mir aufmunternd zu.

„Ja, ich will", höre ich mich sagen und auf irgendeiner Weise freue ich mich auf meinen Neuanfang.

Seit sechs Monaten lebe ich nun mit meinen Liebsten bei meiner Oma in ihrem Haus. Meine Eltern sind zum Glück zurück und haben sich endlich bei uns häuslich niedergelassen. Während ich jeden Morgen nach dem Aufstehen mit meiner Familie Frühstücke und im Anschluss zum Tempel gehe, unterrichtet mein Vater in unserer Dorfschule. Dort geht er voll in seiner neuen Berufung auf, weil er nachmittags noch Sonderkurse über unsere Geschichte gibt. Von Leandros habe ich auch erfahren, dass man aus dem Tempel in Iceland eine Gedenkstätte gemacht hat. Ein Wahrzeichen daran, was Aurora und ihrem Volk widerfahren ist. Dieser Pilgerort wird von all den gefallenen Kämpfern aus dem letzten Kampf betreut und ich hoffe sehr, dass ich ihn bald besuchen kann.

Hier im Tempel in Wismar bin ich eine helfende Hand, die überall dort einspringt, wo ich gebraucht werde. Egal ob ich Gebetskerzen auffülle oder Neuankömmlinge in Empfang nehme. Am liebsten pflege ich aber nach wie vor den Kräuter- und Blumengarten, weil ich dort zur Ruhe komme. Außerdem darf ich in unseren Garten einmal in der Woche alle Wissbegierigen unterrichten und koche zum Abschluss mit ihnen zusammen. Dabei kann ich, nicht nur meine Rezepte in das Kochbuch schreiben, sondern das ein oder andere in mein Zauberbuch. Immerhin bringe ich den Hexen und Zauberern die Magie der Blumenkunde bei.

Ansonsten haben wir auf dem Gelände noch zahlreiche Ställe für die Tiere und Unterkünfte für die Pilger errichtet, die wir Hexen und Zauberer mit versorgen, damit die Reisenden nicht verhungern oder vor lauter Müdigkeit vor dem Tempel kampieren. Nur sobald eine Arbeit mit Spritzen oder Blut zu tun hat, überlasse ich diese Art von Pflege, dann lieber Jola ihren Eltern.

Wenn ich jetzt an Jola denke, vermisse ich sie zutiefst, weil wir uns nicht mehr sooft sehen. Zwar gehe ich regelmäßig zu ihr oder sie kommt durch das Verbindungstor zu mir, doch ist es etwas anderes, weil wir ja sonst ständig beieinander waren. Denn seit sie, wie die beiden anderen Mädels im Sternenthal, mit ihrem Lebenspartner verwebt wurde, ist sie gerade damit beschäftigt ihre eigene Familie zu gründen. Da bin ich natürlich nicht mehr ganz so wichtig, was ich echt verstehen kann. Und obwohl ich etwas darunter leide, gebe ich ihr aus Liebe und Mitgefühl ihre Freiheit.

Zum Glück habe ich aber den gesamten Tag über keine Zeit, darüber nachzugrübeln, was mir dann wieder zugutekommt. Aber ganz egal wie erfüllt mein Leben geworden ist, ich fühle mich trotzdem alleine. Es ist so, als wäre in meinem Körper, eine Leere die ich nicht greifen kann. Als wäre ich unvollständig. Ich lache zwar mit den anderen und bin dennoch nicht glücklich. Wenn ich dann schließlich abends erschlagen in mein Bett falle, kann mich Barna in meinen Träumen nicht beschützen.

Und genau an solch einen Abend gehe ich wieder einmal sehr spät ins Bett und mein Barna schnurrt mich wachsam in den Schlaf. Nur als ich dann meine Augen öffne, bin ich überwältigt.

Ich finde mich auf den Rücken liegend, auf einer Wiese wieder und über mir befindet sich eine ausladende Esche mit bunten Blättern, die mir den blauen Himmel über mir zeigen. Ich kann den Sommer riechen und die Blumen, die nicht unweit von mir blühen. Als mich das farbige Blätterwerk des Baumes ablenkt, sinniere ich vor mich hin. Und plötzlich kann ich mich zurückerinnern, dass ich jede Nacht darunter liege und das bereits seit einigen Monaten. Aber warum kann ich mich am darauffolgenden Morgen nicht an diese Wiese und den Baum erinnern? Vermutlich schöpfe ich in der Nacht unter dem Baum die Energie für den folgenden Tag. Aber warum bin ich morgens völlig erschlagen? Das einzige was ich weiß, dass ich eine ständige Leere im Herzen spüre. Bin ich womöglich durch das Wachkoma nicht völlig gesund zurückgekommen? Sagten die Himmelwesen nicht, dass jeder dessen Seele einmal vor der Regenbogenbrücke steht und zurück in seinen irdischen Körper springt, dass er etwas aus der Zwischenwelt mitbringt? Kann es sein, dass eine Hälfte meiner Seele im Totenreich geblieben ist und auf mich wartet? Ist es das, warum ich mich in all den Monaten nicht glücklich fühle, obwohl ich für meine Umwelt immer lache und fröhlich bin?

Gedankenverloren und überrascht darüber, über was ich mir den Kopf zermartere, richte ich mich auf. Heute werde ich mich mal trauen und mir meine Umgebung genauer ansehen! So entschließe ich mich, einfach mal in eine Richtung zu laufen, in der Hoffnung bald schlauer zu sein.

Es geht einen kleinen Berg hinauf und dann hinunter und alles ist voller Wildblumen. Während ich den Klatschmohn bewundere, sehe ich ein Stück entfernt einen herzförmigen See mit einem Steg, der bis zur Hälfte hineinreicht. Zielstrebig laufe ich darauf zu und je näher ich dem See komme, umso klarer erinnere ich mich an die Ereignisse und mein einstiges Zusammentreffen mit unseren Priester des Lebens.

Ich befinde mich tatsächlich bei ihm und seiner Welt. Gerade als ich meine Gedanken zu Ende gedacht habe, erscheint ein orangener Nebel, aus dem sich der Priester formiert.

„Aemilia, ich habe auf dich gewartet", steht er verbeugend mit einem allwissenden Blick vor mir.

Ich tue es ihm gleich und blicke ihn fragend an. Er zeigt mir mit einer Handbewegung, dass ich ihm an das Ufer folgen soll.

„Setzt dich!", bittet er mich und ich hocke mich zu ihm ins Gras. „Wie ich feststellen kann, bist du etwas verunsichert, das du bei mir bist."

„Ja, es ist etwas komisch. Erst kann ich mich an nichts erinnern und je näher ich dem Herzsee komme, umso mehr fällt mir wieder ein", gebe ich meine Gedanken frei. „Was ich auch befremdlich finde, dass mir erzählt wurde, dass ich nur bei Gefahr Zugang zu dir habe. Oder habe ich etwas falsch verstanden?"

Nachdenklich sieht er mich in der orangenen, traditionellen Tempelkleidung an.

„Ja, das stimmt."

„Das heißt, ich bin in Gefahr?"

„Dein Seelenfrieden ist in Gefahr", sieht er nachdenklich auf den See.

Im Großen und Ganzen muss ich dem Priester zustimmen. Selbst ich fühle, dass ich eine innerliche Wut habe, die ich noch unterdrücken kann. Auch bin ich im Tempel ungeduldiger geworden und manchmal von allem genervt, obwohl ich ja für diese Neue Welt gekämpft habe. Nur woher diese Empfindungen kommen, das kann ich nicht beantworten.

Kein Mensch sieht, wie es um mich steht, weil ich es perfektioniert habe. Ich trage eine Maske, die meine Gefühlswelt den anderen nicht zeigt. Wäre allerdings meine Jola tagtäglich bei mir, so hätte ich keine Chance mich dahinter zu verstecken. Sie ist die Einzige, die bis auf den Grund meiner Seele blicken kann. Während ich das denke, fühle ich den Wind an meiner

Seite, als wolle er mir sagen, dass sie nicht die Einzige ist, die in mir lesen kann wie in einem Buch.

„Du bist aus einem bestimmten Grund hier", unterbricht mich der Priester aus meiner Gedankenwelt und steht ohne Vorwarnung auf, um auf den Holzsteg zu laufen.

Als ich neben ihm auf dem Steg stehe, lässt er mit einer Handbewegung das Wasser zu einem Bild verschmelzen. Ein wundervolles kleines Mädchen mit großen blauen Augen und mit Schmetterlingsflügeln auf ihren Rücken sieht mich an. Aber beim Sehen bleibt es nicht, weil ich ihre Stimme hören kann.

„Mila, schau nicht so ungläubig! Ich bin davon überzeugt, dass ganz tief in dir drin, deine Erinnerung zu mir vergraben ist. Ich bin deine Cousine aus der Parallelwelt und ich kann dich nicht noch länger leiden sehen.

All das was du fühlst und an all das, woran du dich nicht erinnern kannst, das schmerzt mich mehr, als du dir vorstellen kannst. Dabei bin ich an allem schuld", und ihre Tränen tropfen aus ihren großen Augen. „Es gibt aber eine Lösung, die dich vervollständigt und dir all deine Erinnerungen zurückbringt, die du in deinem menschlichen Koma verloren hast. Obwohl du mich nicht verstehst, so vertrau mir bitte!", fleht sie mich herzzerreißend an.

Ich würde sie am liebsten beruhigen und ihr die Schmerzen nehmen, allerdings sehe ich nur ihr Bild im See, bei dem Priester in seiner Welt. Trotz meines Mitgefühls macht sich eine tiefe Verbundenheit zu ihr bemerkbar.

Fragend richte ich den Blick an den Priester.

„Du kannst ihr vertrauen."

„Was muss ich tun?"

„Geh zu Leandros und Aurora! Erzähl ihnen, was du heute Nacht erlebt hast und Bitte beide um ihre Hilfe."

„Aber ich kann mich nie an meine Träume erinnern und ich kenne deinen Namen nicht?", begehre ich auf.

„Ich heiße wie du, Aemilia und an diesen Traum wirst du dich erinnern. Wir helfen dir dabei. Obwohl wir es eigentlich nicht dürften", erwidert sie augenzwinkernd.

„Muss ich das jetzt verstehen?"

„Glaub mir, mit etwas Vertrauen an das Gute und mit Zuversicht, wird deine Seele bald frei atmen können und glücklich sein! Es wird sich das erfüllen, was du dir am meisten wünscht, auch wenn es für dich nicht ersichtlich ist."

Sprachlos sehe ich den Priester an.

„Eine chinesische Weisheit sagt: Jedes Ding hat drei Seiten. Eine die du siehst. Eine die ich sehe und eine die wir beide nicht sehen."

„Und das was ich nicht sehe, ist das, was ich mir wünsche?" Irgendwie begreife ich es nicht.

„So ist es", antwortet mir Aemilia und da beginnt sie sich im Herzsee aufzulösen.

Unschlüssig drehe ich mich zu dem See und zum Priester um.

„Es ist Zeit in deiner Welt aufzuwachen."

Während er es mir sagt, sacke in mich zusammen.

Schließlich werde ich in meinem Bett munter und mein Herz klopft laut. Sogar eine innere Unruhe verspüre ich, die in mir ein Glücksgefühl auslöst. Aufgeregt runzle ich meine Stirn und schaue direkt in die Augen meines Stubentigers.

„Ich habe deinen nächtlichen Ausflug sehen können und das nach so langer Zeit", sagt er glücklich.

„Echt?" Lächelnd kraule ich meinen Barna, bis sein Schnurren aufhört und er mir mitteilt, dass wir sofort in den Tempel müssen.

Eilig ziehe ich mir ein leichtes, hellfarbenes Kleid an. Zum Glück muss ich, meine Haut und die Augen nicht mehr vor der Sonne schützen. Das Einzige, was ich aber wirklich in der Neuen Welt ein bisschen vermisse, das sind meine pinkfarbenen Haarspitzen. Bisher hat unser magischer Friseur die Formel für diese Farbe noch immer nicht getroffen. Entweder ist sie zu dunkel oder zu Violett. Aber zumindest habe ich meinen Milchkaffee, durch den genialen Milchaufschäumer, den ich mit einer Zauberformel betreiben kann.

Als ich die Treppe hinunter stürme und in der Küche ankomme, sieht mich meine Oma mit ihren großen und fragenden Augen an. Auch meine Mutter kommt in dem Moment aus unseren bezaubernden, fast verwunschenen Garten herein.

„Fällt das Frühstück heute aus?", wollen beide, wie aus einem Mund, von mir wissen.

„Ja!"

Eilends drehe ich mich um und lasse die Eingangstür ins Schloss fallen. Selbst Barna weicht mir nicht von meiner Seite und rennt mit mir die Straße entlang. Irgendetwas treibt mich an und ich vertraue meinem Gefühl und dieser Aemilia aus dem Herzsee.

Endlich kommen wir außer Puste vor der Brücke an und ich laufe im mäßigen Tempo weiter. Nicht nur wegen all den Pilgern und Menschen, die mich Begrüßen, sondern um selbst zu Atem zukommen. Bewusst und mit erhobenen Kopf laufe ich in den Tempel hinein und als ich in das Pentagramm eintrete, erscheinen beide.

Leandros steckt in einem silberfarbenen und fast bodenlangen Mantel, der seine nackten Füße zeigt. Die weißen Linien auf seinem edlen Stoff zeichnen sich mit den verschlungenen Ornamenten ab und sein blondes Haar trägt er offen, das mit einem Lederband auf der Stirn gebändigt wird. Aurora trägt ihr ellenlanges Kleid aus dem gleichen Stoff und ihr Haar wird an ihrer Stirn durch eine versilberte Kette mit drei Edelsteinen aus ihrem Gesicht gehalten. Beide betrachten mich jetzt neugierig, als ich atemlos mit Barna vor ihnen stehe.

„Friede, Mila", begrüßen sie mich mit einer Verbeugung, die ich wiederhole.

Dann laufe ich direkt zu den beiden und strecke ihnen meine Hände entgegen, die sie behutsam und fragend entgegennehmen.

„Warum bist du so zeitig hier?", fragt mich Aurora.

„Ich hatte letzte Nacht in meinem Traum Besuch und ich kann mich daran erinnern", strahle ich sie glücklich an, wenngleich ich nicht begreife, was das alles zu bedeuten hat.

„Und?"

„Ich bin bei unserem Priester erwacht und er ging mit mir an den Herzsee. Dort öffnete er mir einen Zugang zu Aemilia, die meinte, dass ihr beiden mir helfen könntet, damit sich mein Herzenswunsch erfüllt", rede ich ohne Punkt und Komma. So aufgeregt war ich schon lange nicht mehr, dass sich selbst meine Stimme überschlägt.

„Von welchem Herzenswunsch sprichst du?"

Ich blicke traurig zu Leandros und zucke mit meinen Schultern.

„Das weiß ich ja eben nicht. Beide sagten mir nur, dass mein Seelenfrieden in Gefahr ist und in meinem Unterbewusstsein die Antwort steckt."

Beide schauen sich angespannt an, als Barna sein Wort erhebt.

„Ich hatte das erste Mal als ihr Wächter wieder Zugang in ihrem Traum. Sie wurde von einem unsichtbaren Wind begleitet."

Ein plötzliches Rucken ist bei Leandros zu bemerken, als würde er sich an irgendetwas erinnern, als er mich angespannt ansieht.

„Du bleibst solange bei Aurora, bis ich zurück bin, und rührst dich nicht vom Fleck!", donnert er ernst, sodass ich erschrocken einen Schritt zurückgehe.

„Du brauchst vor ihm keine Angst haben. Ich denke, ich weiß, was in ihm vorgeht. Bitte vertrau uns!"

„Entschuldigt bitte! Ich denke, das sind meine Nerven." Immerhin haben die beiden mir nie etwas Böses getan, dennoch habe ich ihn noch nie so bestimmend und laut erlebt.

„Ich gehe jetzt zu meinen Geschwistern, die uns bestimmt Auskunft über deine Gedächtnislücke geben können."

Ehe ich allerdings irgendwas erwidern kann, küsst er seine Frau zärtlich auf ihre Stirn und löst sich anschließend in einem weißen Nebel auf.

„Barna, du bleibst, bitte, bei uns."

Selbstbewusstsein nickt er Aurora zu.

„Komm, Mila, lass uns, solange hier warten!" Sie klatscht kurz in ihre Hände und einige Tempelwächter kommen zu uns. „Nur für unsere Sicherheit", lächelt sie mich lieb an und zaubert uns Decken und Kissen. „So habe ich mal Zeit, mich richtig bei dir zu bedanken. Und demnächst werden wir zu den sechs Schwestern gehen."

„Echt?"

„Ja. Alle aus dem Sternenthal wollen mit uns das Fest des Lichtes feiern. Wir haben bereits in deinem Namen zugesagt."

Ich kann mich nur wundern, wie gut sich alles entwickelt hat.

Etliche Stunden müssen wir uns gedulden bis Leandros mit Birgitta und Wotan zu uns kommen. Rasch richte ich mich auf und ziehe Aurora mit rauf.

„Friede", und ich verbeuge mich vor den drei Erscheinenden.

„Ihr seid mitgekommen?" Freudig umarmt Aurora ihre einstigen Zieheltern.

„Natürlich!", ertönt die knappe Antwort von Wotan.

Gemeinsam gehen wir an den Altar und Barna begleitet mich Katerhaft als mein Beschützer, sodass ich verschmitzt lächeln muss.

„Mila?" Angespannt sieht mich Leandros an, während er die Hand von Aurora hält.

Da ich jetzt etwas unsicher werde, nehme ich vorsichtig Barna zu mir hoch und drücke ihn leicht an mich. So kann ich mich nicht nur an ihm festhalten, sondern er nimmt mir damit meine Angst.

„Ich kenne diese Art von Leben, welches du derzeit durchlebst. Dein Tierwächter kann dich in deinen Träumen nicht beschützen und du selbst kannst dich kein bisschen erinnern. Du merkst nur, dass dir etwas fehlt und das lässt dein Herz erfrieren.

Du fühlst dich unvollständig und du beginnst dich darüber zu ärgern. Du ärgerst dich, dass du keine Erinnerungen hast und das beginnt dich zu nerven. Denn du siehst all die glücklichen Menschen, obwohl dir dein Herz schmerzt. Keiner sieht es, keiner hilft dir und schließlich entsteht daraus Wut, die dann das mit dir macht, was mir einst widerfahren ist.

Ich habe das System angezweifelt, als Aurora von mir ging. Ich wollte sie alle Leiden sehen, weil ich selber unendlich litt, und habe dann aus blinder Wut fast die ganze Welt den Erdboden gleich gemacht. Mit den falschen Anhängern und dem Fluch des Sternenthal hätte Andastra es mit Hermes fast geschafft. Damit sich das nun nicht wiederholt, hat der Priester und Aemilia mit dir Kontakt aufgenommen. Sie wussten ganz genau, dass es nur eine Frage der Zeit ist, bevor aus dir eine verbitterte Mila wird. Denk daran, dass du eine große heilende Gabe hast, die du jederzeit umkehren kannst!"

Und ich erschrecke über die Offenbarung. Sollte ich mich auf dem besten Weg befinden, eine böse Kräuterhexe zu werden? Und das, wegen einer verloren gegangenen Liebe? Kann das sein oder bin ich schwer von Begriff?

„Aemilia, wir haben uns in der Himmelswelt besprochen und sind uns einig geworden, damit sich nicht noch einmal alles wiederholt", unterrichtet mich Leandros.

„Was zusammengehört, soll zusammenbleiben!"

Bestürzt schaue ich zu Brigitta, die in ihrem einfachen Baumwollkleid vor mir steht. Soll ich in echt eine zweite Hälfte haben? Jemanden, der mich mit all meinen Ecken und Kanten liebt? Der mich so nimmt, wie ich bin? Dumm nur das ich mich nicht an ihn erinnere. Und während ich mich das frage, fühle ich einen sanften Wind auf meiner Haut und ich habe das Gefühl der Geborgenheit und der Zuversicht.

„Du kannst dich tatsächlich nicht erinnern, aber deine Seele schon", erklärt mir Brigitta.

Sogleich marschiert Wotan mit den vielen Papierrollen auf mich zu und schiebt seine Kapuze vom Kopf. Sein weißes Haar schimmert durch die vielen kurzen Locken, wie eine Krone und dann beginnt er mir etwas vorzulesen.

„Wir Himmelswesen haben mit Hermes folgendes übereinstimmend entschieden! Sobald der Mann binnen neunundzwanzig Tage seine Entscheidung zu deinen Gunsten gefällt hat, wirst du auf deine erste große Liebe treffen und sein Nachfolger wird ernannt.

Sollte er sich entschließen zu dir zukommen und sich eure Lebensfäden abermals verweben, erhaltet ihr beide eure Chance. Ihr dürft ein irdisches Leben leben, bis das der Tod euch scheidet und ihr in den Kreislauf des Lebens einkehrt.“

„Was bedeutet das?“ Immerhin habe ich keine Ahnung, von wem geredet wird.

„Nach deinem Ableben wärst du zu mir gekommen, um mir bei den Kindern mit Aurora und Mitra zu helfen“, kommt es erklärend von Birgitta und ich schaue sie verständnislos an. „Das verstehst du, wenn deine Erinnerungen zurück sind. Jetzt wirst du in den Kreislauf gehen, wie jede andere Seele auch.“

Mir ist klar, was sie damit meint. Himmel oder Hölle. Ahnenwelt, Sternenzelt oder Wiedergeburt.

„Und der Mann, um den es geht“, spricht sie weiter, „ihm wird das gleiche zuteilwerden, falls er sich für dich entscheidet.“

„Das ist aber nicht fair“, begehre ich auf.

„Warum?“

„Er soll zwischen unserer Liebe und seinem bisherigen Leben wählen? Sollte Liebe nicht beflügeln und uns bereichern? Wenn er sich für mich entscheidet, dann wird er von euch verstoßen.“ Na, die spinnen ja total da oben. „Nein, solch einen Deal werde ich nicht annehmen, lieber reiße ich mich zusammen!“

Ohne auf all die Anwesenden zu achten, drehe ich mich um und marschiere schnellen Schrittes aus dem Tempel. Meinen Barna gebe ich erst aus meinen Armen frei, sobald ich von der Tempelstätte runter bin.

Seit Wotan nun meine Entscheidung in der Himmelwelt bekannt gegeben hat, habe ich erneut traumlose Nächte und selbst mein Kater wird immer mürrischer. Es tut mir für ihn mehr als leid, aber ich kann nix dagegen machen.

„Wozu bin ich dein tierischer Wächter, wenn ich dich in deinen Träumen nicht beschützen kann", mault er jeden Morgen.

„Lass uns ein anderes Mal darüber reden! Jetzt müssen wir uns fertigmachen, weil wir uns heute mit all meinen Freunden im Sternenthal Treffen."

Geschwind mache ich mich im Beisein von meinem Stubentiger fertig und freue mich nicht nur auf Jola und Samu, sondern auch auf die sechs Schwestern. Immerhin wird ein besonderes Fest des Lichtes im kleinen Dorf gefeiert.

Als auch meine Eltern und meine Oma startklar sind, gehen wir zu Leandros und Aurora in den Tempel, um durch die passende Tür zu Serafine ihren Gasthof zukommen. Zum Glück gibt es kein Springen mehr, wo man nie weiß wo man als Nächstes landet. Doch das Beste ist, es wird mir nicht mehr übel, denn der Ortswechsel ist angenehmer geworden, worüber ich nur staunen kann. Es ist so, als würdest du eine Tür öffnen, nur um das nächste Zimmer zu betreten.

Sobald wir in Serafine ihrem unterirdischen Tempel ankommen und ich durch die Tür zu den Eventus gehen will, fällt mir etwas auf.

„Fine, sag mal wo ist denn deine Statue mit den sechs Frauen?"

„Sie ist dort, wo sie hingehört", antwortet sie mir lächelnd.

„Ist das etwa die besagte Statue?", erkundige ich mich erstaunt.

„Ja. Nur konnte sich niemand von uns daran erinnern. Geschützt stand sie in meinem Tempel."

„Wow!", und meine Eltern ziehen mich eilig zur Tür.

„Wir müssen uns beeilen!", lacht mich meine Mutter an.

Als ich im Bergdorf ankomme, werde ich sofort von einem farbenreichen Treiben empfangen, denn es ist zu einem blühenden Ort geworden. Ich befinde mich bei meiner Ankunft am Toreingang und alle Häuser sind mit einer grünen und saftigen Moosdecke bedeckt. Die Fensterläden sind offen und mit bunten Fahnen, sowie Bändern geschmückt. Um den Dorfplatz haben sie kleine Spielbuden aufgebaut und es gibt ein Lagerfeuer, auf dem die Kinder ihren Knüppelkuchen brutzeln. Überall duftet es nach Gebäck und Süßigkeiten sowie gegrilltes Gemüse. Im Nu fühle ich all die Schwingungen der anwesenden Hexen und Zauberer, die ihre Liebe und Freude ausdrücken.

Fasziniert von meinem ersten Eindruck entschließe ich mich, mir den Herzsee genauer anzusehen. Dieser funkelt heute in den besagten Regenbogenfarben, statt der trüben Suppe, als ich das letzte Mal hier war. Als ich mir den See von der Brücke aus ansehe, bewegt sich das Wasser kreisförmig und die Farben verbinden sich miteinander zu einem Kaleidoskop.

Vor mir erblicke ich Hara, die ihren Blick fest auf mich gerichtet hat, bevor sie vor meinen eigenen Augen hingerichtet wurde. Denn genauso empfinde ich es. Eine Hinrichtung, die seinesgleichen sucht.

Jetzt wo ich das erneut erlebe, kann ich mich gegen die Erinnerungen nicht wehren und bekomme das Gefühl, ich hätte nicht das Recht mit all den Menschen gemeinsam zu feiern. Immerhin ist es ein besonderes Fest. Das Fest der Liebe. Nur meine Liebe gibt es nicht. Prompt fühle ich, meine Traurigkeit in mir aufsteigen und ich schaue flüchtig zum Tempel hinauf.

Dort stehen all meine Freunde in festlichen Kleidern und mein Wind lässt nicht lange auf sich warten. In dem Moment kann ich sein Flüstern hören und verstehen. Er will mich beruhigen und flüstert mir zu, dass ich meine Hoffnung auf ein Happy End nicht verlieren soll. Was soll ich darauf sagen?

Während ich mit meinen Überlegungen beschäftigt bin, nimmt die Dunkelheit über mir zu und ein Regenguss entlädt sich. Blitzartig rennen alle zu den aufgebauten Unterständen oder direkt in den Tempel hinein. Zu dem Regen, der jetzt heftiger wird, gesellt sich ein lauter Wind hinzu und eine dicke Wolke schiebt sich in meinen Blickwinkel. Schließlich verwandelt sich diese Wolke in ein männliches Gesicht und ein komplett ergrauter Mann mit lockigen Kopfhaar und dicken Augenbrauen sowie einem Oberlippenbart, stiert mich wütend an.

Aber das ist mir egal, ich habe ihn ja nicht gerufen. Oder?

Augenblicklich fühle ich meinen Wind, der sich schützend vor mich stellt, als würde er eine Schutzmauer um mich bauen.

„Du weißt, wer ich bin?", dröhnt er über mir und ein helles Aufblitzen ist zu sehen.

„Sollte ich?", brülle ich dem Gesicht in den dunklen Wolken über mir entgegen. Denn was habe ich schon zu verlieren?

„Du hattest die Wahl und hast dich dagegen entschieden!" Äußert er sich verärgert und sein Donnern, welches dreimal hintereinander lärmend ertönt, schüchtert mich nicht ein.

„Dann frage ich dich. Hast du jemals geliebt? Mit deinem Herzen in deiner Brust?"

„Mädchen!", grollt er erneut und ein großer Blitz schlägt neben dem Dorf ein.

„Aha, dachte ich es mir doch! Wenn du nur einmal so gefühlt hättest, wie ich dann würdest du nicht zulassen, dass mein Herz vor lauter Schmerz zerspringt", schreie ich zu ihm hoch und mir ist es egal, wie überrascht er mich ansieht. „Predigt ihr uns nicht die große Liebe? Eine Liebe, die über alles steht. Egal welchen Gott ich anbete, egal ob ich arm oder reich bin? Glaub mir, nur durch die Liebe können keine Kriege entstehen! Jeder der liebt, will seinem Gegenüber nicht leiden sehen."

Allerdings sieht er mich nur an, als würde ich mit ihm in einer anderen Sprache reden. Stattdessen lässt er es noch mehr regnen. Selbst das Gewitter baut sich unweigerlich auf, nur um sich dann direkt über mir zu entladen. Keiner der Menschen oder Tiere kommen zu mir, als würden sie in einem Stillstandszauber stecken.

„Wie du siehst, habt Ihr Götter das Wesentliche noch nicht verstanden."

„Ich warne dich!", wettert er erneut los, jedoch kann ich darüber nur lachen.

„Tu dir keinen Zwang an! Kannst mich gerne töten. Doch dann frage ich mich, wie all die Menschen und Tiere an eurer unermesslichen Liebe und Güte festhalten sollen, wenn du vor lauter Zorn mich vernichtest?" Übermütig lächle ich ihn an. Aber statt einer Antwort von ihm zu erhalten, schießt er ohrenzerreißend Blitze neben mir in den Herzsee hinein.

„Ich habe die Aufschrift der Friedenswächter nach meinem Erwachen aus dem Koma lesen können. Auf ihren Unterarmen steht folgendes: Ich verliere nie einen Kampf. Entweder gewinne ich oder ich lerne dazu." Kämpferisch schaue ich weiterhin nach oben. „Was lernen wir daraus, wenn ihr uns beide trennt?", fordere ich ihn erneut zum Nachdenken auf, was er mit seinem Starrsinn anrichten wird.

„Du hattest eine Wahl!", besteht er auf seine Sicht der Dinge.

„Im Ernst? Du nennst das eine Wahl oder willst du deinen Sohn nicht verlieren?"

„Meinen Sohn?", grollt er zum x-ten Mal über mir.

„Ich kann mich sehr schwach erinnern, wie Serafine um ihren Sohn gekämpft hatte, und du bist nicht anders. Du willst keine unkonventionelle Eheschließung zulassen!", und sogleich erscheinen die Bilder meiner Erinnerung im Herzsee, die jeder mitverfolgen kann.

Als ich anschließend in den Himmel blicke, bildet sich ein bunter Regenbogen nahe dem Gesicht des Gottes und es entfaltet sich ein besonderer Schmetterling. Ich kann mir denken, dass es die besagte Aemilia ist. Dann erscheint neben mir Mitra, nachdem sich eine Sternschnuppe von ihrem Planeten löst.

„Friede", verbeugt sie sich und ich tue es ihr gleich.

In dem Moment erhebt sich aus dem Herzsee eine Frauenfigur, die in einer Art Wasserfontäne vor sich dahinplätschert und mich mit ihren großen Augen anlächelt.

„Friede", erklingt es kräftig aus ihrem Mund und ihr Lächeln erreicht ihre Augen.

„Friede, Eistla", kann ich da nur überrascht erwidern.

Sobald wir uns erheben, erscheint schemenhaft Hara über dem Herzsee und mir laufen meine Tränen die Wangen hinunter.

„Hara?", wispere ich unglücklich.

„Es ist alles gut", raunt sie mir strahlend zu.

Da entdecke ich vier weitere Sternschnuppen, wie diese vom Himmel herabfallen und ich brauche nicht lange zu überlegen. Es sind die Brüder von Leandros, die einst mit ihm auf dieser Erde waren.

„Friede." Damit verbeugen sie sich und erneut schießen Blitze von Himmel herab, die die Männern zum Lachen bringen.

„Agon, beherrsch dich!", ruft ihm Wotan zu, als er mit Birgitta auf mich zu läuft.

Selbst Jola wird von Samu zu uns auf die Brücke gebracht und augenblicklich kommt das Sternenthal in Bewegung, weil alle auf den Herzsee zu strömen.

Auch Ross, diesmal in Gestalt als Greifvogel der Abnoba auf seinen Rücken trägt, fliegt zu unseren Tempel. Als er landet, spüre ich das Vibrieren der Erde unter meinen Füßen und er verwandelt sich allmählich, trotz Donner und Blitze in einen staatlichen Kämpfer. Schließlich kommen geflügelte Wesen mit ihren Anhängern und einem goldenen Horn in ihrer

Hand bei mir an. Auf irgendeiner Weise fühlt es sich für mich so an, als wollten sie für mein Glück kämpfen, obwohl ich sie nicht kenne.

„Agon?" In Begleitung von Abnoba tritt Ross auf die Brücke und beide stellen sich neben mich. „Du hast es wohl immer noch nicht verinnerlicht, weshalb wir die Erde entstehen ließen und beschützen?"

Ein Klopfen ist von den Menschen hinter mir zu hören, als würden sie mit ihren Füßen oder Stöcken auf den Boden stampfen. Natürlich sieht Agon Ross nur mit hochgezogenen Augenbrauen an.

„Agon, diese Welt ist unser Ebenbild, in der es keine Unterschiede gibt. Wir wollten, dass die Liebe auf dem Planeten lebt. Egal ob Mensch oder Tier. Egal welchen Gott oder Geist sie anbeten. Wir wollten, dass die Zauberer und Hexen über sich hinauswachsen, sodass wir gemeinsam voneinander lernen.

Denk daran! Es sollten keine Ängste in den Köpfen aller entstehen, damit wir uns nicht entfernen. Aber was tust du gerade? Du baust Grenzen gegen jede Vernunft auf, nur damit sich deine Welt nicht verändert und du Asbirg nicht verlierst. Willst du eine erneute kriegerische Auseinandersetzung riskieren, weil du die Liebe ignorierst?"

Abermals antwortet er ihm nicht.

„Agon", beginnt Abnoba. „Ich habe einst vorausgesagt, dass ein mutiges Kind vom Himmel geschickt wird, um uns von der dunklen Macht zu befreien. Sollte sie es nicht schaffen, dann würde der Himmel auf die Erde fallen und wir alle würden in der Dunkelheit verschwinden. Du bist oben und ich stehe mit all den Wesen hier unten. Jetzt frage ich dich, wieso sollen dein Sohn und eine Tochter meines Volkes nicht vermählt werden?"

Erstaunt blicke ich Abnoba an, die für mich und meine Liebe kämpft. Voller Dankbarkeit gehe zu ihr und wir sehen uns an, als sie ihren Blick von dem Wolkengesicht nimmt.

„Ich weiß nicht, wie ich dir danken soll, dass du für mich kämpfst. Aber außer meinem Gefühl kann ich sein Gesicht nicht vor mir erblicken. Womöglich bilde ich es mir ja nur ein. Denn ich möchte keinen weiteren Krieg und ich werde gewiss kein Auslöser dafür sein. Da verzichte ich lieber!"

„Wer sagt dir denn, dass du ihn auslösen wirst?", flüstert mir mein Wind zu. „Bitte, glaub an unsere Liebe! Du bist mein Licht und meine besondere Kämpferin, die felsenfest an eine bessere Welt glaubt.

Lass uns gemeinsam eine neue Welt aufbauen! Lass uns unsere Liebe zusammen meistern, egal was die anderen sagen! Hör auf deine Gefühle, denn diese sagen dir, wie es um uns beide steht! Egal was dir mein Vater erzählt, ich liebe."

Und während ich ihn immer besser verstehen kann, umso stürmischer wird es, als es passiert. Ich hebe mit meinem Wind von der Brücke ab. Wie eine Spirale, die sich nach oben schiebt, drehe ich mich in den weiten Himmel über mir, als vor mir ein eindrucksvoller Mann erscheint, den ich in der Tat erkenne. Ich brauche überhaupt nicht zu überlegen, ob er es wirklich ist. Ich brauche nicht zu überlegen, wie er heißt oder wer er ist. Mir fällt schlagartig alles wieder ein. Mit Tränen im Gesicht sehe ich Mathis glücklich an, als er mich fest an sich drückt. Immerhin ist es für ihn keine Glanzleistung, weil er seine gigantischen Flügel trägt, die uns beide in der Luft halten.

„Du kannst deine Augen ruhig wieder öffnen! Dir passiert nichts", erklärt mir Mathis.

„Deswegen sind sie nicht zu. Ich habe nur Angst, dass ich träume." In diesem Augenblick fällt mir nämlich ein, dass ich jede Nacht für kurze Zeit mit ihm auf der Wiese beim Priester des Lebens war.

„Ich werde dich nicht verlassen und wenn ich, wie Leandros, meine Unsterblichkeit verlieren sollte."

„Aber?" Da hält er mir mit seinem Finger meinen flüsternden Mund zu.

„Mila, ich liebe dich, mehr als mein Leben. Ich liebe dich aufrichtig und ich werde dir alles beantworten, was du von mir wissen willst. Die letzten Monate waren die leidvollsten meines Lebens, denn du warst für mich nicht erreichbar. Jetzt schließt sich für mich der Kreis. Ich will dich nie wieder verzweifelt sehen! Ich brauche dich für meinen Seelenfrieden." Als er das äußert, sieht er mich mit seinen wunderschönen und aufrichtigen Augen an, die mir sein Innerstes zeigen.

„Mathis, ich liebe dich auch und ich kann mir kein Leben ohne dich vorstellen. Aber etwas Angst habe ich dennoch", flüstere ich ihm zu, während er uns beide in den Lüften hält.

„Seit ich dir begegnet bin, habe ich mich das erste Mal wie ein Mensch gefühlt. Und unsere Liebe soll sich in der Welt vermehren! Ich brauche dich und ich werde dich nicht aufgeben."

„Oh, Mathis!" Sprachlos und überrascht, dass er mir so viel von sich preisgibt, kann ich ihn nur ansehen. Als dann sein Gesicht meinem immer näher kommt, schlägt mein Herzschlag schneller und mein Körper spannt sich an. Soll ich die Luft anhalten oder doch nicht? Wie war das noch mal mit dem Küssen? Völlig nervös, was nun folgt, habe ich die leichte Panik, dass ich mich jetzt vor ihm blamiere. Nur bis mir mein Verstand eine Antwort gibt, fühle ich längst das Kribbeln auf meinen Lippen, als er diese zaghaft berührt. Mein Körper vibriert und meine Ängste sind völlig weggefegt, als würde ich Mathis mit jeder Faser in mir aufnehmen. Überall spüre ich seine Wärme und seine Arme halten mich beruhigend fest. Eine Welle, die von meinem Kopf zu meinen Füßen runter rollt, lässt mich den linken Fuß hoch wippen. Und als hätte es Mathis bemerkt, löst er vorsichtig unseren Kuss und sieht erst zu meinem Fuß und dann zu mir. Da kann ich nur mit den Schultern zucken und ihn schmunzelnd ansehen, als er mich fragend ansieht.

„Ich habe mal zu Barna gesagt, wenn bei einem Kuss mein linker Fuß wippt, dass ich dann den richtigen Mann für mich gefunden habe." Bevor ich es überhaupt realisieren kann, lacht mich Mathis ausgiebig an und zig tausend bunte Farben erhellen den Horizont.

„Ehm. Ich denke, wir sollten mal wieder festen Boden unter unsere Füße bekommen."

„Erst, wenn du dich dafür entscheidest, dich mit mir rechtmäßig verweben zu lassen."

„Bis das der Tod uns scheidet und darüber hinaus?", hinterfrage ich ihn etwas vorwitzig. Allerdings brauchen wir darauf keine Antwort, sondern drehen uns glücklich im Kreis, bis wir auf der Brücke landen.

Ich schaue von Mathis zu seinem Vater hinauf, der etwas sagen will, als sich ein zierliches Gesicht zu ihm gesellt. Lange brauche ich nicht zu überlegen, wer diese Frau ist, denn die Ähnlichkeit zu Mathis ist nicht zu übersehen. Doch statt zu uns, spricht sie zu ihrem Mann.

„Agon, ich weiß wie du an deinem jüngsten Sohn hängst. Und das nicht nur, weil er dir in allen wesentlichen Sachen, sehr ähnlich ist", lächelt sie ihn gewinnbringend an.

„Was?"

„Aron! Einst hast du meine Bewerber zu einem Duell herausgefordert, wenn sie bei meinem Vater um meine Hand anhielten. Du kannst von Glück sagen, dass ich mich in dich verguckt habe. Meine Eltern waren so mitfühlend, dass sie uns beide auch ohne ein Duell verwebt haben."

Aufmerksam streichelt sie ihrem Mann seine Schulter und seine Augen verlieren seine Gefährlichkeit.

„Aber das war doch etwas anderes!", beharrt er auf seine Sicht der Dinge.

„Ja, ja. Das denke ich nicht. Liebe ist nun mal ein Gefühl, was tief unter die Haut geht. Dieses Gefühl lässt dir Flügel wachsen und sie gibt dir Träume von einer wunderschönen Welt. Einer Welt in der es kein Leid, sondern nur Freude gibt. Zwei Menschen, die sich lieben, können deshalb nur Mitgefühl weitergeben und keine negativen Schwingungen. Gemeinsam sind sie füreinander da. In guten wie in schweren Tagen.

Seit wir uns beide vor zig tausend Jahren begegnet sind, glaube ich an dich. Und mein lieber Mann, vergiss dabei das Wichtigste nicht!" Mit wachen Sinnen sieht er sie an. „Du bist der Grund, weshalb ich mich in dich verliebt habe. Wir haben neun gesunde Kinder, von unseren Enkeln will ich erst gar nicht reden. Und eins solltest du auch wissen, ich würde mich immer wieder für dich entscheiden!

Also, sag mir! Warum bekommen die beiden Herzen für ihre Zukunftsträume keine Zustimmung von dir?"

Da sieht er seine Frau an und ich fühle nicht nur ihre Verbundenheit, sondern ihre Liebe. Unweigerlich muss ich an Serafine denken. So erging es ihr ebenfalls, als wir beide um Mathis und mein Glück kämpften.

„Du hast ja recht, doch hatte ich gehofft, dass mein Sohn Asbirg weiterhin für Aemilia und ihre Welt da ist. Seine Brüder sind nicht so mächtig wie er", klingt es etwas kleinlaut.

„Aber wer sagt denn, dass er seinen Dienst aufgeben muss?", rufe ich nach oben, während unsere Lebensfäden uns beide miteinander verweben.

„Du hast eine Lösung?", will Mathis sein Vater aufrichtig von mir wissen.

„Warum soll er sein Leben für mich aufgeben, wenn er gebraucht wird? Er kann doch nach seinem Einsatz zu mir zurückkehren."

Na echt mal, wieso soll er alles hinschmeißen? Er hat schließlich eine wichtige Aufgabe und warum sollte sie mit unserem Leben nicht vereinbar sein? „Wir brauchen nur etwas Mut zur Veränderung", schiebe ich noch hinterher, weil keiner antwortet. „Immerhin weiß ich woher Mathis und ich kommen. Warum sollten wir das ganze System wegen unserer Liebe ändern? Wir fügen einfach die beiden Seiten einer Medaille zusammen und machen das Beste daraus."

„Ganz unrecht hat Mila nicht", erklingt es von Abnoba, die von Ross angelächelt wird.

„Ich teile ebenfalls Mila ihre Ansicht sowie ihren Schmerz, seit ihr uns voneinander getrennt habt!", höre ich Mathis erzürnt sagen.

„Ihr habt mich einst zu Mila zurückgeschickt, damit ich auf sie aufpasse. Und eins muss ich euch sagen, vergesst nicht, was wir für uns alle geschafft haben. Jetzt gebt euch einen Ruck!", spricht Jola und drückt mich dabei fest an sich.

Stolz sehe ich meine Freundin an, die tapfer für mich kämpft. Sogar ein Klatschen und Rufen ist zu hören, als sie ihre Rede beendet hat und es Sternenschnuppen regnet.

„Das sind die drei Seherinnen", flüstert mir Birgitta zu, als drei Regenbogen in den Himmel aufsteigen.

Genau dort erscheint nun eine Abfolge von Bildern. Diese zeigen die Entstehung der Welt und wie es aussehen würde, wenn wir jungen Leuten Andastra nicht zu Fall gebracht hätten. Als wir zu sehen, wie der Himmel auf die Erde fällt und alles in einem dunklen Loch verschluckt wird, wird mir schlecht. Zum Glück hält mich Mathis mit unseren Fäden fest und ich komme noch nicht einmal ins Straucheln. In dem Moment erscheint neben dem Tempel ein Mann in einer dunklen Kampfausrüstung. Doch ehe ich ihn genau studieren kann, spricht Mathis sein Vater den Krieger an.

„Hermes, was tust du hier?"

„Ich freu mich auch, Bruder, dich wiederzusehen." Amüsiert verbeugt er sich und seine langen Haare, die ebenfalls von einem Lederband gehalten werden, fallen nach vorn. Sein Gesicht ist nicht nur oval, sondern echt schön anzusehen. Wenn er bei Mister Universum antreten würde, könnte er Platz eins belegen. Leicht gebräunte Haut und große Augen in einem faltenfreien Gesicht.

„Ich möchte Amalia und Asbirg frei geben", antwortet er bestimmend.

„Bitte?" Etwas verunsichert stiere ich ihn an.

„Wir hatten uns vereinbart, dass ihr nach eurem irdischen Ableben den Kreislauf des Lebens durchlaufen werdet. Das bedeutet, dass ihr möglicherweise bei mir landet. Immerhin verführt euch das Leben täglich dazu, einen anderen Weg einzuschlagen", zwinkert er mich wissend an, dass ich einen Schritt zurückgehe. „Amalia, du kannst dich glücklich schätzen, dass du eine Verbündete hast. Nämlich meine Frau."

Abermals sehe ich erst Hermes und dann Mitra überrascht an, als ein roter Blitz über uns geschossen kommt. Irritiert stiere ich zu Agon hinauf und Mathis seine Mutter sieht die Männer sträflich an.

„Also, Jungs, jetzt lasst mal eure Streitereien ruhen und gebt den beiden euren Segen! Asbirg kümmert sich nach wie vor um die Kinderseelen und Amalia sich um den Tempel in Wismar. Später wird sie sich nach ihrem irdischen Ableben bei den Schmetterlingskindern einfinden.

Somit werden beide vieles lernen, was sie den kleinen Seelen mit auf ihren Weg geben können. Allerdings sollten wir nicht nur an das Leben danach denken, sondern an das Leben jetzt. Lasst sie das Kaleidoskop der Liebe erleben und all ihr Umfeld damit bereichern!"

Als Mathis seine Mutter das sagt, kann ich die Gefühle aller Anwesenden fühlen und mir wird klar, dass alles gut wird.

Mit einem Mal fegt eine bunte Druckwelle über das Sternenthal und ich finde mich in einem langen weißen und schulterfreien Leinenkleid bekleidet wieder. Meine Schultern sind mit einer roten Seidenstola bedeckt, die an ihren Rändern goldene Verzierungen aufzeigt. Selbst Mathis steht in seiner vollen Lebensgröße als Asbirg da, nur das er über seinem Kampfoutfit einen roten, verzierten Schal quer trägt.

Aufgelöst schaue ich in sein glückliches Gesicht.

„Ihr dürft jetzt rechtmäßig verwebt werden!", höre ich seinen Vater sagen. „Asbirg verliert nicht seine Unsterblichkeit und wird den Dienst als Begleiter und Beschützer der Kinderseelen weiterhin ausüben."

Flüchtig beobachte ich, dass Mathis seinem Vater dankend zunickt.

„Und du, Amalia, wirst mit ihm, solange auf Erden leben bis du zu Aemilia und der Welt der Kinderseelen aufsteigst."

Erleichtert und mehr als glücklich nicke ich ihm zu.

Augenblicklich bricht ein Jubel aus und überall glitzern die Blumen und Sträucher, als hätte die Druckwelle den Ort magisch verzaubert. Selbst der Sommerwind weht so stark, dass alle Bänder, die quer zum Tempel gespannt sind vor sich hin schaukeln. Dann höre ich hinter mir ein lautstarkes Trommeln und als ich mich umdrehe, kommen singende Männer und Frauen in bunten Gewändern auf mich zu. Sie entlocken ihren Trommeln eine Melodie, die den anwesenden Menschen und Tieren ein Lächeln in das Gesicht zaubert. Und auf meinem Weg zum Altar stoße ich auf verstreute, kunterbunte Blüten, die trotz des Windes liegen bleiben, als wollten sie uns den Weg zeigen.

„Wollen wir?" Verliebt zieht er mich an sich heran.

Ich schaue meinen Lebensretter aus Wismar an, der in kurzer Zeit mein Beschützer geworden ist. Obwohl ich meine Erinnerungen über ihn beraubt war, so habe ich ihn tief in meinem Herzen und in meiner Seele gespürt. Ganz sacht ist er mir unter meine Haut gekrochen, sodass ich mir ein Leben ohne ihn nicht mehr vorstellen kann. Behutsam nimmt er meine beiden Hände in die seinen und führt sie an seine Lippen, nur um diese zu küssen. Den Blick, den er mir dabei zuwirft, macht mich nicht nur verlegen, sondern auch nervös. Schlagartig überzieht die rote Farbe mein Gesicht. Von einer Gänsehaut, die sich bemerkbar macht, will ich erst gar nicht reden. Aber Mathis lacht mich nur an und zieht mich mit sich. Bloß je näher ich dem Altar komme, umso wilder klopft mein Herz. Ich kann sogar meinen Herzschlag bis in meine Ohren hören. Und zu allem Überfluss senkt sich mein Brustkorb heftig rauf und runter, was ich nicht kapiere. Immerhin werde ich ja nicht geopfert oder hingerichtet, dass ich um mein Leben Angst haben müsste.

„Mila?", fragt mich besorgt Mathis, als ob er wie meine Oma ein super Radar für mich hat. „Wovor hast du Angst?", verlangt er von mir, zu wissen, als er mit mir stehen bleibt. Mit seinem Zeigefinger unter meinem Kinn zieht er mein Gesicht näher zu sich heran.

Mensch, aber auch, muss er echt immer alles wissen wollen?

„Ich, ich ...? Ich weiß nicht, wie ich es sagen soll?", flüstere ich etwas ängstlich. Nicht das er jetzt denkt, dass ich einen Rückzieher mache. Aber schließlich ändert sich jetzt mein Leben.

„Mila?"

„Ich bin mir nicht sicher, ob ich das mit der Ehe kann. Ich kenne die Liebe nicht, außer was ich selber fühle. Außerdem weiß ich nicht, was sie mit uns macht."

„Sieh dir die Fäden an und dann sag mir, dass du mich nicht heiraten willst, weil du Angst vor unseren gemeinsamen Leben hast!"

Hilflos luge ich Mathis an und erblicke nicht nur all die Fäden an uns, sondern ich fühle, wie eng sie uns verweben.

„Mila, alles was wir beide erleben werden, machen wir zusammen. Und glaub mir, ich helfe dir, wenn du Geduld mit mir hast."

„Wieso soll ich mit dir Geduld haben?" Immerhin ist er schon etliche tausend Jahre alt.

„Ich würde sagen, weil ich auch noch nie so gefühlt habe", sieht er mich aufrichtig an. „Ich habe noch nie in meinem Leben, eine bezaubernde Hexe gefunden, die mein Herz berührt hat. Und zwar in dieser Weise, dass ich dafür alles aufgeben würde, nur um mit ihr glücklich zu sein!"

„Oh!" Was sollte ich da erwidern? So habe ich die Dinge aus seiner Perspektive noch gar nicht gesehen.

„Also, lass uns zusammen lernen! Lernen, eine gute und glückliche Ehe zu führen. Eine Ehe in der wir uns lieben, respektieren, vertrauen und ehrlich miteinander umgehen."

„Na, dann werde ich mich mal trauen."

Doch bevor mich Mathis mit sich nimmt, müssen wir beide kurz lachen, bis wir nervös in dem Pentagramm am Altar stehen.

„Jola?", fragend suche ich den Raum ab.

Da erscheint sie bereits mit den beiden Schwestern bei mir und drückt mich fest an sich.

„Wir sind deine Trauzeugen. Ich freue mich riesig für dich."

Auch die beiden Mädels umarmen mich und sehen dann zu Mathis, als sich Samu und Alban mit Rean zu ihm gesellen.

„Und wir sind deine Trauzeugen", höre ich Rean sagen, wohingegen sie ihm anerkennend auf seine kräftigen Schultern klopfen.

Während sie sich nun unterhalten, schaue ich hinter mich. Dort stehen meine Eltern mit meiner Oma, die mit leicht geröteten Augen zu mir sehen. Selbst Marius und Matilda sowie Aaron und Robin sind anwesend. Ich entdecke Freunde, Bekannte und tierische Begleiter aus unserem Abenteuer die Welt zu retten. Sie lächeln mich alle glücklich und zufrieden an.

„Mila?" Zusammen mit Jolanda, in ihrer tierischen Katzengestalt umschleicht mich Barna an meinen Beinen. Nachdem ich sie begrüßt habe, setzen sie sich neben mich und warten wie ich, dass es losgeht.

Schließlich erscheinen vor dem Altar die drei Seherinnen mit ihren Schwestern und Birgitta mit Wotan. Selbst Leandros steht mit Aurora neben ihnen.

„Wollen wir beginnen und die beiden Herzen ordnungsgemäß miteinander verweben?", fragt Birgitta in einem bedeutungsvollen Ton, sodass alle ruhiger werden und eine festliche Stimmung einkehrt.

Daraufhin nimmt Jola meine linke Hand und Samu Mathis seine rechte Hand. Sie führen uns in die Mitte von dem Pentagramm und lachen uns glücklich an. Als sie unsere Hände ineinander legen, erscheint Serafine mit ihrem Mann und meinen Eltern. Beide Elternpaare legen eine Hand auf unsere und eine Wärme durchflutet meinen Körper, sodass mein Herz abermals wild zu pochen anfängt. Immer mehr Familienmitglieder und Freunde verbinden sich, indem sie die Hand ihres Vorgängers nehmen und ihre dann weitergeben. Ein strahlendes Netz voller Güte und Liebe sowie den Erinnerungen vom Leben durchfluten mich. Gemeinsam leuchte ich mit Mathis auf und ich höre Birgitta zu, was sie uns zu unserer Verbindung zu sagen hat. Ihre Stimme klingt mit den Stimmen der sechs Schwestern fast überirdisch schön, auch wenn ich vieles nicht verstehe, weil ich so aufgeregt bin.

Was ich aber erfasse, ist, dass eine Ehe die im Himmel begonnen hat und auf Erden verwebt wurde, nie geschieden werden kann. Nicht mal nach dem Tod. Die Liebe soll auf stabilen Pfeilern stehen, die aus respektvollen Umgang zu seinem Partner besteht, die Ehrlichkeit und Treue beinhaltet und ein gutes Miteinander in guten und schlechten Zeiten voraussetzt. Erst wenn wir verinnerlicht haben, dass eine lebenslange Verbundenheit kein Freiheitsentzug bedeutet und wir den Partner nicht als unseren Besitz ansehen, dann werden uns die Lebensfäden immer wieder miteinander verweben.

Als Birgitta ihre Worte meinen Geist durchdringen, steigt eine Hitze in mir auf und ich fühle, wie sich etwas mit zig Umdrehungen aus meinem Körper hinaushebt. Ist das jetzt ein Glücksgefühl oder was passiert mit mir?

Gerade als ich ganz vorsichtig meine Augen öffne, sehe ich, wie mich Mathis glücklich und lebensfroh ansieht. Dabei halten wir uns nach wie vor an den Händen fest und ich checke, dass ich mich mit ihm in einem Raum ohne Türen und Fenster befinde. Außer einem sehr hellen fast weißem Licht ist kein bisschen zu erkennen, weil es neblig ist. Dann entdecke ich sie.

Eingeschüchtert sehe ich seine Eltern auf uns zukommen, die ihre typischen, römischen Gewänder tragen, welche ich aus meinem Geschichtsunterricht kenne. Jetzt fühle mich doch etwas unsicher und angespannt. Zugleich bin ich aber wachsam, nicht das sie ihre Entscheidung gleich wieder kippen.

Die zwei stehen direkt vor uns und sind genauso groß wie Mathis, sodass ich mir ganz klein vorkomme. Doch seine Mutter lächelt mich liebevoll an.

„Weil wir beide nicht herabsteigen können, möchten wir euch hier unseren Segen geben", erklärt sie mir und seine Eltern nehmen in dem Moment unsere Hände in die ihren.

Aus der Hand seines Vaters erscheint ein goldenes, dünnes Band und seine Mutter schiebt unsere Fingerspitzen nach oben. Dann legen beide die Mitte des Bandes an diese und ziehen es einmal rundherum, bis es sich kreuzt. Das wiederholen sie solange, bis es an unserem Handgelenk ankommt. Zum Schluss verknoten sie die zwei Enden miteinander.

„Auf das ihr beide uns zeigt, was Liebe alles ausrichten kann!" Dabei sieht Agon seinen Sohn aufmerksam an. „Ich wünsche mir mein Sohn, dass du mir meinen Starrsinn verzeihen kannst! Ich hatte einfach nur Angst dich für immer zu verlieren. Ich wollte nicht, dass du sterblich wirst."

Verstehend tritt Mathis mit mir im Schlepptau, näher zu ihm heran und umarmt dann fest.

„Mila?"

Erwartungsvoll blicke ich seine Mutter an.

„Bitte, mach meinen Sohn glücklich und verzeih uns!"

Ihr mütterlicher Gesichtsausdruck zeigt mir, wie sehr sie ihn vermissen wird. Sie hofft aber, dass er bei mir in guten Händen ist.

„Ich denke schon, dass wir beide es hinbekommen", kann ich da nur höfflich antworten.

Als wir vier uns abermals umarmen, passiert es noch mal. Durch viele Drehungen um meine eigene Achse komme ich mit Mathis in meinem irdischen Körper an. Unser goldenes Band hat sich wie ein Hanna Tattoo eingebrannt, ohne das ich es bemerkt habe, weil wir fest verwebt sind, und weißviolett aufleuchten.

„Asbirg, du darfst Amalia jetzt küssen!", vernehme ich Birgitta ihre Stimme aus dem Hintergrund.

Während unsere Münder zueinanderfinden, höre ich Raketen in die Lüfte fliegen, auch wenn ich mir sicher bin, dass es etwas anderes sein wird. Denn mit Magie geht einfach alles.

Anschließend gibt mich Mathis frei und unsere Körperfäden ziehen sich zurück, außer die an unseren Händen. Vorsichtig löse ich meine und die Fäden ziehen sich zurück. Nur das goldene Band bleibt und ich fühle keinen Abschiedsschmerz. Zur Sicherheit greife ich nach Mathis seinen Händen und unsere Fäden zeigen sich erneut, aber diesmal nur an den Händen.

„Finde ich gut", sage ich zu ihm.

„Echt?", überrascht sieht er mich an.

„Ich dachte echt schon, wir würden ständig verwebt sein, sobald wir aufeinandertreffen. Dann könnte ich mich bald nicht mehr bewegen." Augenblicklich grinsen wir uns an, bis wir laut auflachen müssen.

Jetzt sind es bereits vier Wochen, die wir standesmäßig verwebt worden sind, und ich bin absolut glücklich darüber. All die Menschen und Götter, die anwesend waren, haben mit uns das Ritual gemacht, wobei meine Mutter und meine Oma bei meiner Trauung ausnahmslos viel geweint haben. Warum das so war, weiß ich bis heute nicht. Immerhin war der Anlass voll schön. Ich hätte zwar vor Glück weinen können, aber bei dem ganzen Trubel und Hara ihrem glücklichen Gesicht im Himmel, habe ich es mir tapfer verkniffen. Selbst Mathis hat mich ständig aufgemuntert, als ich etwas unsicher war.

Die Zauberer und Hexen haben für uns imposante Feuerwerke in den Himmel aufsteigen lassen und die Kinder haben mit uns bis in die frühen Morgenstunden am Lagerfeuer gefeiert. Es war für mich, mehr als beeindruckend, was ich erleben durfte.

Und dann kam unsere erste Nacht als Eheleute, die wir bei Serafine in einem besonders behaglichen Hotelzimmer verbracht haben. Dennoch glaube ich, dass Mathis gewiss enttäuscht von mir war. Ich bin nämlich einfach in seinen Armen eingeschlafen und habe bestimmt die ganze Nacht geschnarcht, weil ich von dem Trubel fertig war. Gesagt hat er am nächsten Morgen nichts, sondern mich nur fest an sich gedrückt, während er mir einen Kuss auf meine Stirn gegeben hat. Gott bin ich froh, sonst würde ich mich in den Erdboden schämen.

Doch jetzt kehrt bei uns so langsam ein Alltag ein, sodass wir beschlossen haben zu meinen Eltern in ihr Haus einzuziehen. Deshalb bauen wir uns gerade den Dachboden aus, ohne natürlich den Altar zu berühren. Zwei Zimmer bekommen wir für uns. Wir teilen uns mit meiner Familie die Küche, das Wohnzimmer und das Bad. Somit hat sich mein Leben auf jeden Fall erfreulich verändert. Zwar hatten wir nur die ersten neunundzwanzig Nächte zusammen verbracht, aber das macht nichts. Immerhin haben wir beide ja gewusst, was auf uns zu kommt und solange können seine Brüder ihn auch nicht ersetzen. Sobald also Mathis zur Nachtschicht losmuss, bewacht mich mein Stubentiger. Obwohl er es nicht müsste. Aber Barna lässt sich das nicht nehmen und für Jolanda, die mit ihm verwebt ist, ist es ebenfalls kein Problem. Denn wenn mein Ehemann bei mir gegen Mittag im Tempel auftaucht, verschwindet Barna zu ihr.

Jetzt weiß ich auch, dass alle Seelen auf Erden sich entfalten und aus ihrer Vergangenheit lernen werden. Denn nicht nur ich beobachte die Sterne, sondern diese auch uns. Gemeinsam sind wir voneinander abhängig und lernen somit, was es bedeute, wenn wir uns nicht vertrauen und gegenseitig helfen. All die Tempel vermitteln unsere Abhängigkeit von einander. Egal ob es die Erde ist, die Tiere mit ihrer Sprache, wir Menschen mit unserer Magie oder all die Wesen, die uns erschaffen haben. Wir leben alle und sind keine gefühllosen Gegenstände, sondern wir haben eine Seele, die fühlt und Schmerzen empfindet.

Deshalb bin ich dankbar, dass ich nie alleine bin, weil alles um mich herum lebt und ich in der Nacht meinen Beschützer von Stubentiger habe. Ich weiß ebenfalls, wenn Mathis einige Kinderseelen gut und sicher bei Aemilia abgibt, dass er in Gedanken bei mir ist. Aus diesem Grund danke ich, jeden Tag Aemilia und unserem Priester des Lebens, dass sie mich aufgesucht haben und mir ihn zurückgebracht haben. Denn ohne ihre Einmischung wäre ich unvollständig geblieben und jetzt bin ich glücklich und könnte die ganze Welt umarmen, weil mein Herz vor Glück und Liebe überquillt.

Ich wünsche mir in der Neuen Welt, dass sich die Menschen nie wieder entfremden und neue Kriege entstehen. Dass niemand mehr so allmächtig ist, um Völker in ihr Unglück zu stürzen. Auch erhoffe ich mir, dass keiner mehr verzweifelt genug ist, um falschen Versprechungen zu folgen, ohne sein Gehirn anzustrengen. Vor allem, wenn es im Glauben eines Gottes ausgepriesen wird. Denn jedes himmlische Wesen um uns herum hat seine Daseinsberechtigung und gibt uns auf unseren Weg eine Lebenshilfe. Es würde niemals einen Aufruf zu einer Schlacht ausrufen.

Auch ist es völlig egal, welchen Heiligen ich anbete, wichtig ist nur, dass wir uns untereinander helfen. In meiner neuen Welt gibt es jetzt keinen Hunger mehr, keine Wassernot oder irgendeine Dritte Welt, die vergessen wird. Ich bin echt froh darüber, dass unser Aufstand nicht nur den Frieden über die Welt gebracht hat, sondern auch die Gleichstellung aller. Bloß für mich fühlt es sich immer noch utopisch an.

Menschen die öffentlich zaubern, Tiere die sprechen und ein Ort, der plötzlich voller Wälder und blühenden Feldern ist. Alle erarbeiten wir unseren Lohn gemeinschaftlich und die lachenden und spielenden Kinder geben mir recht, dass es sich für eine tolerante und friedvolle Gemeinschaft zu kämpfen lohnt.

Jetzt, wo ich ein erfülltes Leben habe, hoffe ich sehr, dass die nächsten Jahrtausende unser Überleben hinaussichern. Zumindest kann ich mit der Liebe meines Lebens und unseren Freunden einen kleinen Teil dazu beitragen.

Also habt Mut zu Veränderungen, schließt euch zusammen! Denn jeder Regentropfen der zusammen mit anderen auf unsere Erde fällt, ergibt einen herzförmigen See. Glaubt an eure Träume und lasst euch nicht ständig sagen, dass es nur Träume sind! Glaubt nicht nur an das, was ihr mit euren Augen seht, sondern vertraut auch eurem Herzen und Bauchgefühl!

Genauso lebe ich jetzt mit Mathis und all denen, die frei und friedlich ihr Leben bestreiten. Wir bereichern uns gegenseitig und das Schönste ist, Mathis und ich verstehen uns auch ohne viele Worte. Was es mir dann manchmal schwer macht, weil mein frischgebackener Ehemann in mir lesen kann, wie in einem offenen Buch.

„Was, wir werden Eltern?", fragt er mich eines Nachmittags völlig aufgeregt.

„Ich denke schon", antworte ich ihm ängstlich, weil ich mir noch nicht ganz sicher bin. Check es eh nicht, woher Mathis es bereits weiß.

„Ja, freust du dich denn nicht?"

So viel zu seinem super Radar.

„Ich habe etwas Angst", gebe ich ehrlich zu, als wir auf den Stufen vorm Tempel sitzen.

„Angst?" Besorgt nimmt er meine Hände.

„Ich weiß nicht, ob ich das kann? Mutter sein. Was ist, wenn ich alles falsch mache?"

„Ich habe dir schon einmal gesagt, dass wir alles gemeinsam schaffen werden! Ich helfe dir dabei. Geht das eigentlich nicht in deinen kleinen Kopf hinein?", entrüstet sich Mathis mitfühlend.

Da kann ich nur mit meinen Schultern zucken und vor lauter Überwältigung versuchen meine Tränen zurückzuhalten.

„Mila, ich werde immer für dich da sein."

Schnell schmeiße ich mich in seine Arme und mir ist es egal, was all die Pilger denken. Immerhin versperren wir ihnen den Aufgang, aber unsere Fäden irisieren so hell, dass es jeder sehen kann.

„Übrigens, es wird ein Junge", spricht uns eine alte Frau in gebückter Haltung an.

„Woher weißt du das?", flüstere ich erstaunt.

„In euren Lebensfäden ist ein zarter blauer Faden zu erkennen. Ich wünsche euch alles Gute!" Nur bevor ich mich bei ihr bedanken kann, läuft sie in den Tempel. Überwältig und glücklich zugleich liegen wir uns in den Armen.

„Ich liebe dich, Mila."

„Ich dich auch."

Nachwort

Wir dürfen niemals vergessen, dass alle Menschen einen gemeinsamen Ursprung haben, dass ihre Probleme überall auf der Welt die gleichen sind und dass sich ihr Schicksal gemeinsam entscheidet.
Sidney Sheldon 1917- 2007, US-amerikanischer Schriftsteller

Als ich 2009 mein Buch „*Finoula*" zu schreiben begann, war es für mich, als hätte ich eine fiktive Freundin zum Leben erweckt. Ich habe zusammen mit ihr und ihren Freunden ein Abenteuer begonnen, deren Ende damals nicht abzusehen war. Vier Jahre haben wir den Weg in einer Parallelwelt beschritten. Gebangt, gelacht und uns unseren Ängsten gestellt. Aber als ich mit einem kleinen Bedauern das Ende geschrieben hatte und Finoula weiterhin in meinen Gedanken rumgespukt ist, wollte ich an ihrer Story weiterschreiben.

Mm …, aber ich musste mir eingestehen das Wollen und Können zwei Paar Schuh sind.

Um mich nicht selbst verrückt zu machen und etwas Abstand zu meiner Geschichte zu bekommen, packte ich das Netbook und all meine schriftlichen Notizen in eine schöne Box und stellte diese in den Bücherschrank.

Aber was hat das jetzt mit „*Aemilia*" zu tun? Dann sage ich es euch.

Da ich nun meinen Kopf leer bekommen wollte, um einfach mal abzuschalten, fuhren mein Mann und ich 2014 mit unseren Freunden, Bärbel und Ditter, zu einem einwöchigen Wanderurlaub nach Österreich. Gemeinsam verbrachten wir dort eine supertolle Zeit in einem privatgeführten Hotel, wo sich jeder Gast sofort zuhause fühlt.

Zusammen mit ihnen und der Familie Netzer, die das Hotel führt, unternahmen wir Ausflüge in die gigantische, atemberaubende Bergwelt. Denn die Natur in diesem Tal ist einfach nur überwältigend und die Sonne dort oben echt mörderisch. Wir wanderten den Vorarlberg mit all seinen Sagen und Legenden ab, und die Geräusche sowie das Gefühl, hier an diesem Ort willkommen zu sein, ließ in mir überraschenderweise Aemilia erwachen. Folglich begann ich zum zweiten Mal in einem Schulheft, eine Art Tagebuch zu schreiben, und ließ mich von den Eindrücken und meiner Protagonistin selbst leiten. Nebenbei nutzte ich wie gehabt meine Pausen zum Recherchieren, um zu sehen, was für Aemilia und ihrem Abenteuer relevant ist.

Und was ihren tierischen Begleiter betrifft, so gibt es den Barna tatsächlich. Besser gesagt, es gab ihn. Drei Seelen, die zu einer verschmolzen.

Es war einmal mein Schlappohrhase Felix, der wundervolle elf Jahre mein Seelentröster war, ehe er über die Regenbogenbrücke ging. Für mich war er ein besonderer Freund, der mich in unserer Wohnung auf Schritt und Tritt verfolgte. Immerhin gab es bei uns keine Käfighaltung. Gab es bereits bei unserem vierzehnjährigen Tweety (Wellensittich) nicht, der das Gleiche tat wie Felix. Somit ist Tweety die Nummer zwei. Beide sind tatsächlich gute Freunde gewesen. Als für ein Jahr noch ein alter Kater mit seinem besonderen Charakter dazu kam und mir Josi mit Alex in mein Leben wirbelte, sind die drei mit ihrer Art zu Barna verschmolzen.

Gewiss lächeln die drei im Himmel über mich, aber so leben sie in mir und in diesem Buch weiter.

Deshalb hoffe ich natürlich, dass euch mein Buch beim Lesen mitreißt und ihr für einen Moment mitfiebern und lachen könnt. Denn all die Persönlichkeiten sind mir im Laufe meines Schreibens ans Herz gewachsen und nun werden sie das Laufen lernen. In einer großen Welt, die nicht immer nur taghell leuchtet.

Wenn ihr mich aufsuchen möchtet, findet ihr mich unter:

www.tabeawelsh.de

Facebook und Instagram unter Tabea Welsh

Ich freue mich über euren Besuch.

Danksagungen

Ich glaube, dass die einzige Religion darin besteht, ein gutes Herz zu haben.
Dalai Lama

In erster Linie danke ich meinem Mann, der mich und mein Hobby respektiert und das ein oder andere Mal, vergeblich darauf wartet, das ich ins Bett komme. Denn wenn ich vertieft mit Kopfhörern im Ohr am Computer sitze, bekomme ich nix von der Außenwelt mit. Nur wenn er dann in der Nacht schlagartig hinter mir steht, erleide ich fast einen Herzinfarkt. Dennoch lasse ich mich von ihm ins Bett bringen. Muss ja, genau wie er, am nächsten Tag wieder ins Geschäft und da sollte man ja schon fit sein. Oder?

Und wie bereits bei „*Finoula*", ist mein Mann in allem, was ich tue und fühle dabei. Denn beim Redigieren merke ich rasch, wo überall mein Hasi mit seinen Gedanken und Sprüchen drin steckt. Er gibt mir nicht nur täglich viel Wärme, sondern seine Liebe zu mir, lässt geschwind mein leeres Blatt mit Zeilen erscheinen. Ich bin sehr dankbar, das wir uns gefunden haben und ich glaube wirklich, dass unsere Ehe längst im Himmel geschlossen wurde, bevor es mein Mann so richtig gemerkt hat ;-).

(Aber nicht weitererzählen!)

An meine kleine Schwester Elky und ihre Familie möchte ich ebenfalls denken. Obwohl wir wenig Zeit für uns haben, so sind wir beide ständig in Gedanken beieinander. Wir wissen, dass wir uns haben und zum Glück gibt es WhatsApp, was nicht nur regen Andrang bei uns hat, sondern auch bei den beiden Neffen und unserer Nichte. So genießen wir die wenigen Abenden im Jahr mit euch und freuen uns auf ein baldiges Wiedersehen.

Natürlich werde ich unsere Freunde Bärbel und Ditter erwähnen, denn die beiden sind ja bereits für mein Erstlingswerk verantwortlich, als wir mit ihnen die Hurtigrutentour gemacht haben. Obwohl ich mehr unter Deck gewesen bin, als mir an Board schwankend die Beine zu vertreten. Doch der Zwieback und der Tee, den mir ständig mein Mann brachte, hielten mich am Leben. Da war die Wanderwoche in Österreich in vielem entspannter.

Bestimmt wollt ihr jetzt wissen, wo ihr das besagte Hotel meiner Inspirationen der Familie Netzer im Montafon finden könnt.

Hier ihre Homepage: http://www.hotelhirschen.at/

Danke, Fine, dass wir einen schönen Urlaub nicht nur bei euch, sondern mit euch und mit deinem Bruder Hansi verbringen durften. Ihr seid ein wundervolles Paar mit zwei besonderen Mädels und Hansi ist ein brillanter Berg und Wanderführer.

Ich hoffe, dass ihr das Hotel in meinen Ausführungen auch lieben werdet. Mir gefällt es genauso wie ich es in meiner Geschichte erzähle und wenn wir mal in eurer Gegend sind, dann kommen wir vorbei. Das Gasthaus „Fellimännle" wartet gewiss auf unseren Besuch.

Ein dickes Lob erhält meine Josi, die nach wie vor für mich und meine Probleme da ist. Denn egal ob mein Computer streikt, ob in Facebook irgendetwas schief läuft, weil ich das System immer noch nicht richtig verstanden habe oder ich eine Phase habe, wo mir spritzige Gesprächsthemen fehlen. Meine Josi ist trotz viel Stress immer für mich da. Und das muss ich sagen, egal zu welcher Tageszeit.

Du weißt, wie ich es meine ;-) Danke, dass es dich gibt. Ich genieße unsere gemeinsame, wenige Zeit und diesmal bist du auch meine Muse. Bin gespannt, ob du dich beim Lesen entdeckst.

Ein besonderer Dank geht an unsere liebenswerten Frantzen mit ihrer süßen Hündin mit dem Namen Paulinchen, die ebenfalls in meinen Gedanken rumgespukt sind und mich mit meinem Mann mehr als bereichern. Fühlt euch von uns gedrückt.

An unsere Tierärztin möchte ich denken, weil sie all die Jahre für unsere süßen Tiernasen da war und mir ihre Gespräche echt fehlen.

... ein Dank geht natürlich an darksouls 1 von Pixabay. Von ihm habe ich erneut das Pentagramm/ Hexagramm/ Motiv in einer anderen Version verwenden dürfen. Du hast nach wie vor beeindruckende Bilder für mich.

Außerdem möchte ich euch nicht vergessen, weil ihr mir mein Hobby versüßt. Deshalb wünsche ich euch viel Spaß beim Schmökern.

In liebe, Tabea Welsh.

Finoula und der Stein der Macht erschienen bei Tredition

© 2019 Tabea Welsh

Verlag und Druck: tredition GmbH, Halenreie 40-44,
22359 Hamburg

	ISBN
Paperback:	978-3-7439-8697-8
Hardcover:	978-3-7439-8698-5
E-Book:	978-3-7439-8699-2

Nachschlagewerke

Wikipedia
Google Earth
Das kleine Gesundheits Heilstein Lexikon aus dem Schirner Verlag
Räucherstoffe& Räucherstäbchen aus dem Schirner Verlag
Aberglaube von Edition XXL Verlag
Hexenhandbuch aus dem Heel Verlag

Bildnachweis

Titelbildmotiv- Pentagramm von: darksouls 1 in

https://pixabay.com/

Mit folgendem Programm geschrieben:

Papyrus Autor

Mit folgendem Programm geprüft und für gut befunden:

Duden/ Rechtschreibprüfung online